BASTEI
LÜBBE
TASCHENBUCH

David Weber
Charles E. Gannon | Joelle Presby | Timothy Zahn
HONOR HARRINGTON

ALLER EHRE ANFANG

Aus dem Amerikanischen von
Beke Ritgen

BASTEI
LÜBBE
TASCHENBUCH

BASTEI LÜBBE TASCHENBUCH
Band 20 904

Dieser Titel ist auch als E-Book erschienen

Vollständige Taschenbuchausgabe

Deutsche Erstausgabe

Für die Originalausgabe:
Copyright © 2013 by Words of Weber, Inc.
Titel der amerikanischen Originalausgabe:
»Beginnings, Worlds of Honor #6«
»By the Book« Copyright © 2013 by Charles E. Gannon
»A Call to Arms« Copyright © 2013 by Timothy Zahn
»Beauty and the Beast« Copyright © 2013 by Words of Weber, Inc.
»Best Laid Plans« Copyright © 2013 by Words of Weber, Inc.
»Obligated Service« Copyright © 2013 by Joelle Presby
Originalverlag: Baen Books, Published by Arrangement with
Baen Books, Wake Forest, NC, USA
Dieses Werk wurde vermittelt durch die Literarische Agentur
Thomas Schlück GmbH, 30827 Garbsen

Für die deutschsprachige Ausgabe:
Copyright © 2018 by Bastei Lübbe AG, Köln
Textredaktion: Dr. Ulf Ritgen, Bonn
Titelillustration: Arndt Drechsler, Regensburg
Umschlaggestaltung: Guter Punkt, München | www.guter-punkt.de
Satz: Urban SatzKonzept, Düsseldorf
Gesetzt aus der Baskerville
Druck und Verarbeitung: CPI books GmbH, Leck-Germany
Printed in Germany
ISBN 978-3-404-20904-0

5 4 3 2 1

Sie finden uns im Internet unter www.luebbe.de
Bitte beachten Sie auch: www.lesejury.de

Inhalt

Charles E. Gannon
Immer schön nach Handbuch

Vier Tage vor Hygeia, 12. August 2352 (250 P. D.)

Brian Lewis, von allen Gasten an Bord der jüngste, seufzte so schwer, dass sein Visor innen kurz beschlug. »Das war's also, Skipper. Wir sind ausgesperrt.«

Lieutenant Lee Strong starrte auf die äußerst unkooperative Luftschleuse vor ihnen.

Der andere Gast, Roderigo Burns, ein Veteran mit drei Jahren Erfahrung, fragte: »Warum bringen wir nicht einfach ein paar Ladungen an und sprengen uns den Weg ins Schiffsinnere frei?«

Jan Finder, Lees dienstältester Unteroffizier und EVA-Spezialist, knurrte ihm die Antwort zu: »Weil wir, Jungspund, nicht wissen können, wer an Bord am Leben bleibt, wenn wir jetzt ein Loch in diese Blechdose sprengen.«

»Aber die Innentür der Schleuse . . .«

»Gut zugehört jetzt, Rekrut! Wir können die Luftschleuse nicht einsehen, und deshalb wissen wir auch nicht, ob die Innentür der Schleuse geschlossen ist. Man geht von nichts aus, das sich im Vorfeld nicht überprüfen ließ. Obwohl unsere Lötnaht hier noch nicht trocken hinter den Ohren ist, weiß er das ganz genau – und vieles andere obendrein.«

Es war ein zweifelhaftes Kompliment, aber nichts anderes hatte Lee mittlerweile von Finder zu erwarten gelernt. Sehr genau hatte er beobachtet, wie die meisten Unteroffiziere mit neuen Lieutenants umsprangen: Konnten sie den Neuen nicht ausstehen, legten sie ihm gegenüber tadellose, respektvolle Förmlichkeit an den Tag, sägten aber hinter seinem

Rücken dezent und äußerst effizient an seinem Stuhl. Mochten sie den Neuen, wurde zunächst einmal gefrotzelt – so wie gerade eben. Dabei jedoch fiel die Frotzelei immer so aus, dass jeglichen Gasten eines absolut klar war: Ihr neuer Vorgesetzter mochte ja ein Neuling sein, aber er war auf jeden Fall ein *intelligenter* Neuling, und so täten sie gut daran, sowohl dessen Intelligenz als auch dessen Rang angemessenen Respekt entgegenzubringen.

Burns klang beinahe schon aufsässig. »Ja, aber mal davon ausgegangen, die Innenluke steht wirklich offen, wenn wir die Außenluke sprengen: Bemerken dann nicht die Sensoren der Lebenserhaltungssysteme das Vakuum sofort und versiegeln automatisch die Notschotten.«

»Sofern die Sensoren noch funktionieren, Roderigo«, gab Lee ruhig zurück. »Und weil wir wissen, dass das Schiff gekapert wurde, sollten wir besser davon ausgehen, dass die Systeme an Bord samt und sonders beeinträchtigt sind.«

»Öhm . . . na ja . . . jou, Sir, stimmt.«

Hinter Finders bestätigendem Grunzen war das Grinsen zu spüren, dass er sich vor den anderen nicht erlaubte. Aber Lee war sich sicher: Innerlich grinste Finder. Lee blickte zu seinem entschieden zu alten Kompaniefeldwebel hinüber, dessen untersetzte, kräftige Gestalt sich schwarz vor den Sternen abzeichnete. »Ihre Meinung, Sergeant?«

Der Schattenriss bewegte sich keinen Deut. »Wir könnten uns den Weg freischneiden.« Ein Schulterzucken folgte. »Das ist auf jeden Fall sicherer. Aber es dauert. Also wird man bemerken, dass wir kommen. Keine gute Idee.«

»Klingt, als würden Sie aus Erfahrung sprechen, Sergeant Finder.«

»Jou. Ich war noch ein grüner Rekrut, da hat ein Offizier das in einer ganz ähnlichen Situation schon mal ausprobiert.«

»Und die Piraten haben Sie kommen hören und die Geiseln umgebracht?«

»Schlimmer, Lieutenant. Sie haben uns an Bord kommen lassen, direkt vor unseren Augen ein junges Mädchen umgebracht und gedroht, noch mehr Geiseln umzubringen, wenn wir näher kämen. Also haben sich unsere Offiziere darauf eingelassen, mit denen zu verhandeln. Unterdessen wurden wir über die Luftschächte von der Mehrzahl der Piraten umgangen. Sie sind hinter uns in Stellung gegangen und haben das halbe Team niedergemäht.«

»Und ich wette, keine der Geiseln wurde gerettet.«

»Die Wette würden Sie gewinnen, L.T. – wenn Sie jemanden fänden, der dämlich genug wäre, dagegenzuhalten. Andererseits ist unser Burns hier nicht allzu helle, und es heißt, Wetten wären genau sein Ding, also …«

»He …!«, muckte Roderigo auf.

»Das reicht jetzt«, ging Lee dazwischen. »Sprengladungen scheiden aus, und Schneidbrenner auch.«

»Also sitzen wir hier draußen fest«, fasste Lewis ruhig zusammen, dem Tonfall nach sich rechtfertigend. »Wir sind erledigt.«

»Nein, Lewis, sind wir nicht«, widersprach ihm Lee. »Es gibt noch eine Möglichkeit.« Er blickte am Rumpf des Langstrecken-Passagierschiffs entlang. Hinter den Quartier- und Kommandosektionen bugwärts, vor der sie gerade schwebten, lagen mittschiffs die wurstförmigen Treibstofftanks. Dahinter kam ein langer, schmaler Ausleger, stabilisiert durch vier Stützstreben, und an dessen Ende befanden sich die achterlichen Maschinendecks. Dorthin deutete Lee und sprach die zeitlosen zwei Worte aus, derer sich Subalternoffiziere schon seit Jahrtausenden befleißigten: »Mir nach.«

Er stieß sich vom Rumpf der *Blütenduft* ab, des Passagierschiffs, das vor zwei Wochen aus einem marsianischen Raumhafen ausgelaufen war. Von den Düsen seines Raumanzugs ließ er sich achteraus treiben, geradewegs auf die Maschinendecks zu.

Sie starrten zu dem gewaltigen schwarzen Loch ›hinauf‹, das mitten im Hauptschubmodul des Passagierschiffs klaffte.

»Das können Sie doch nicht ernst meinen!«, hauchte Roderigo Burns.

»Man könnte sogar behaupten, der Lieutenant meinte das todernst«, versetzte Finder.

»Das war jetzt nicht sonderlich hilfreich, Sergeant«, bemerkte Lee.

»Verzeihen Sie, Sir, aber Ihr Vorhaben ist doch ein wenig ungewöhnlich.«

»Ein wenig ungewöhnlich?«, krächzte Brian Lewis. »Sir, das ist ein eklatanter Verstoß gegen die Vorschriften. Laut Handbuch haben wir es hier mit einem Strahlungsrisiko der Kategorie eins zu tun, und wenn . . . «

»Lewis . . . «, unterbrach ihn Finger rau. Offenkundig bewahrte er in seiner Kehle stets eine Schaufel Kies auf, nur für den Notfall. »Klappe! Bei Raumnotrettungseinsätzen geht nichts nach Handbuch, da sind Vorschriften und Dienstanweisungen ausdrücklich außer Kraft gesetzt. Und nennen Sie mich niemals wieder ›Sir‹! Ich bin kein Offizier, ich muss für meinen Sold richtig *arbeiten!* So, und wenn Sie jetzt nicht Ihre ungeteilte Aufmerksamkeit dem L. T. widmen, sorge ich dafür, dass Ihr Hintern die ungeteilte Aufmerksamkeit meines Stiefels erfährt!«

In der Zwischenzeit hatte Lee den Rand des gähnenden schwarzen Lochs begutachtet. »Sieht nicht nach Verschleiß in

jüngster Zeit aus. Wahrscheinlich ist das Ding seit dem Testlauf nach Fertigstellung nicht mehr benutzt worden.«

»Na prächtig«, murmelte Lewis und erschauerte.

»Beruhigen Sie sich, Brian«, sagte Lee. »So ein Testlauf
wird mit einem Inertkern durchgeführt, nur um sicherzustellen, dass das Auswurfsystem funktioniert. Sergeant, geben Sie
mir einen Rem-Wert.«

Finder brummte zustimmend.

Sogar noch durch die lichtempfindliche Tönung seines
Visiers hindurch wirkte Roderigo Burns skeptisch, und er
blickte sich mit großen Augen um. »Aber Sir, ich dachte,
durch diese Öffnungen würde radioaktiver Abfall entsorgt.«

Lee widerstand der Versuchung, in einem flammenden Vortrag die Panikmache anzuprangern, die von der Erd-Union
als Wahrheit verkündet wurde. »Nein, Burns. Der Ausstoßschacht eines Nuklearantriebs hat nur eine einzige Funktion:
Er gestattet im Falle einer Fehlfunktion den Abwurf einer
aktiven Reaktoreinheit.« Als automatisiertes Protokoll war
das schon an sich recht dämlich. Aber so war die Erd-Union
nun einmal: Seit vor beinahe zwei Jahrhunderten Technolo-
giefeinde und Ökofanatiker, die sich als Partei mit mehr oder
weniger Anrecht Neo-Ludditen und Grüne nannten, an die
Macht gekommen waren, hatte das Wort ›Atomkraft‹ die gleiche Bedeutung wie ›Teufelswerk‹. Die Vorstellung, einen
Menschen in Kontakt mit gleich welcher Art von Strahlung
kommen zu lassen, war als Angstvorstellung regelrecht zu
einem Fetisch geworden. Manche der besonders extremen
Neo-Ludditen verweigerten sogar die Anwendung medizini-
scher Diagnostik, bei der Röntgenstrahlung genutzt wurde.
Ja, sogar die Kernspintomografie wurde von manchen abgelehnt, trotz aller Versicherungen, dort kämen keinerlei
radioaktive Isotope zum Einsatz. Entsprechend lag in ein und

derselben Gemeinde die Lebenserwartung dieser ganz besonders Gesundheitsbewussten im Schnitt rund zehn Jahre unterhalb der anderer, weniger fanatischer Gemeindemitglieder.

Finder verstaute gerade wieder sein handtellergroßes Messgerät, eine Kombination aus Geigerzähler und Strahlungssensor. »Das Gerät meldet kontinuierlich achtzehn Rem pro Stunde. Oder ganz nach Handbuch: hundertachtzig Millisievert.«

Lee wandte sich den Gasten zu. »Innerhalb der nächsten zehn Minuten sind wir nicht nur drin, sondern auch schon wieder raus aus dem kontaminierten Bereich. Damit setzen wir uns einer Gesamtdosis von maximal drei Rem aus – oder, ganz nach Handbuch, dreißig Millisievert. Dreißig Millisievert sind unterhalb der schädlichen Dosis.«

Burns und Lewis gaben sich redlich Mühe, beruhigt zu wirken … und scheiterten auf ganzer Linie: Jahrelange Indoktrination ließ sich nun einmal nicht in einer Minute aus ihren Köpfen verbannen.

Finder näherte sich dem Zielgebiet. »Okay, L. T.: Wir gehen also durch den Heißluftschacht. Und dann? Am anderen Ende gibt's bestimmt keine Luftschleuse.«

»Nein, Sergeant, aber es gibt dort Wartungsklappen. Also, mir nach.«

Das Trägersignal veränderte sich, unaufdringlich, aber unverkennbar: Ein kaum hörbares Zischen war plötzlich über den Allgemeinen Taktischen Kanal zu vernehmen. »Sir«, sagte Finder über den Zweitkanal, der nur für die Kommunikation zwischen Unteroffizier und Offizier vorgesehen war. »Ich bin der EVA-Experte und außerdem bloß ein dummer Sergeant. Also gehe *ich* voran, okay?«

In Lee rangen zwei Reaktionen miteinander: einerseits die

12

sehr weise Bereitschaft, den respektvoll vorgebrachten Rat seines erfahrenen Sergeants anzunehmen, andererseits das beinahe übermächtige Bedürfnis, seinen Männern – durch entsprechende Taten – zu zeigen, dass er ihnen niemals etwas abverlangen würde, was er nicht auch selbst zu tun bereit wäre, und dass von seinem Befehl in diesem Falle keinerlei Gefahr ausging. Nun, zumindest nicht in Form von Strahlung.

Doch es gelang Lee, jenem zweiten Impuls zu widerstehen, so stark er auch war. Er räusperte sich und schloss mit dem Kinn den privaten Kanal. Seine nächsten Worte richtete er an das gesamte Team. »Sergeant Finder, wenn ich's mir recht überlege, gehen Sie besser mit dem Sensor voran. Sollte es doch noch heißer werden als im Moment, sollten wir das so früh wie möglich erfahren.«

»Damit wir abhauen können?«, erkundigte sich Burns besorgt.

»Nein, damit wir unser Zielgebiet im Laufschritt ansteuern können.« Lee zog seine beachtlich große Zehn-Millimeter-Handfeuerwaffe aus dem Holster.

Der Ausstoßschacht zeigte keinerlei Gebrauchsspuren – aber auch keinerlei sichtbaren Hinweise auf regelmäßige Wartung. Ganz offenkundig hatten die furchterregenden Legenden über die Atomkraftdrachen, die am anderen Ende jener von Menschen geschaffenen Höhle hausten, Besucher abgehalten – selbst jene, zu deren Pflicht die regelmäßige Kontrolle des Schachtes auf Funktionstüchtigkeit gehört hätte. Das war ein weiteres Beispiel dafür, welche Gefahr von exzessiv geschürter Angst ausging, die (Neo-)Grüne und Neo-Ludditen gleichermaßen der Öffentlichkeit einbläuten. Verwandelte sich die Furcht vor der Technik in eine Urangst, wurden aus Wartungsroutinen Ansammlungen gefürchteter, aber offenkundig unerlässlicher Rituale des Schreckens. Von wissenschaftlichem oder technologiebewusstem Vorgehen konnte dann keine Rede mehr sein.

Hätten die Ökofanatiker andere Mittel und Wege gekannt, kostengünstig und mit brauchbarer Geschwindigkeit in die Weiten jenseits des Mondes vorzustoßen, hätten sie das gewiss getan, davon war Lee überzeugt. Doch da die Machthaber weder willens waren, die Aufmerksamkeit der Öffentlichkeit auf technische Fortschritte zu lenken, noch entsprechende Gelder dafür freizugeben, hatten sie sich, allerdings nur zögerlich, bereiterklärt, den Einsatz thermonuklearer Raketen jenseits des Mondes zu billigen. Bedauerlicherweise ging diese Billigung mit so viel Betonung der Gefahren einher, die von jener Technik ausgehe, dass nur die wenigsten auf der Erde Geborenen das Interesse entwickelten – oder auch nur den Mut aufbrachten –, sich auf diesem Feld umzutun. So blieb diese Arbeit – ebenso wie viele andere als unerfreulich empfundene Tätigkeiten auch – jenen vorbehalten, die sich selbst Upsider nannten: der kleinen Bevölkerungsgruppe, die auf Mond oder Mars lebte oder in Habitaten in deren Umlaufbahn. Sie waren es, die Wartungsarbeiten an den Satelliten durchführten oder im Asteroidengürtel nach Rohstoffen schürften, und sie bauten auch die unterlichtschnellen Interstellarschiffe, die glücklose oder unerwünschte, weil aufsässige Vertreter der menschlichen Spezies in andere Sonnensysteme verfrachteten, um dort neue Kolonien zu gründen.

Dennoch war die Zahl der Schiffe mit Nuklearantrieb gering: Selbst jetzt noch befanden sich im gesamten System unter Einbeziehung aller Ziel- und Aufgabengebiete höchstens vier Dutzend im Einsatz. Frachtgüter ließen sich auch unter VASIMIR-Antrieb von einem Ende des Systems zum anderen bringen, und Kurzstrecken konnte man genauso gut mit den etwas leistungsstärkeren Magnetoplasmadynamik-Schubdüsen zurücklegen. Transporter aber für Flüge im offenen All mussten unweigerlich mit Thermonuklearraketen ausgestattet sein. Anderenfalls würde sich eine Reise, die derzeit nur wenige Wochen dauerte, über mehrere Monate hinziehen, möglicherweise sogar über Jahre.

Doch da die Erdenlenker in Nuklearraketen Teufelszeug sahen, hatte man sich nie an den Umgang damit gewöhnt. Dass man nicht auf sie verzichten konnte, war ein Stachel im Fleisch von Ökofanatikern und Neo-Ludditen gleichermaßen, und jeder, der damit zu tun hatte, besaß in der Gesellschaft nur geringes Ansehen.

Lee Strong, der die Nachhut der vierköpfigen Entermannschaft bildete, sah Burns und Lewis, seine ansonsten technisch wirklich versierten Gasten, abergläubisch (und darin geradezu hysterisch) davor zurückschrecken, in Kontakt mit der Wandung des Schachtes zu geraten. Lee rechnete halb damit, einer von ihnen würde eine segnende oder vorgeblich Unglück abwehrende Geste in Richtung des Kernspaltungsreaktors machen.

Am Ende des Schachtes angekommen, ließ Finder die Düsen seines Raumanzugs Gegenschub geben, bis er genau über einer großen Luke mit beachtlich großen Bolzen schwebte. Über den abgesicherten Kanal zu seinem Offizier sagte er: »Die Sensoren melden jetzt dreiundzwanzig Rem pro Stunde. Was jetzt, L. T.? Einen Schraubenschlüssel für Riesendinger wie die da habe ich nicht.«

»Brauchen wir auch nicht. Da gehen wir nicht rein.«

»Nicht?«

»Nö. Schauen Sie mal nach links. Sehen Sie das Paneel da? Das da, das genau in die Wand eingelassen ist?«

»Jou. Okay. Senkkopfbolzen. Aber das sieht mir ganz so aus, als bräuchten wir einen besonderen Schlüssel, um die manuell zu entriegeln, und ich habe ...«

»Sie haben nicht das richtige Bit-Profil dabei«, beendete Lee den Satz für Finder, während er zwischen Burns und Lewis hindurch auf den Sergeant zuschwebte. »Aber ich.« Er öffnete eine kleine Klettverschlusstasche an seinem Handgelenk und zog vorsichtig den entsprechenden Schrauber hervor, der mit einer dünnen Sicherungsleine an der Tasche befestigt war.

»Hmm.« Der Sergeant war wieder auf den abgesicherten Kanal zurückgekehrt. »Deswegen sind Sie Offizier, und ich nur Sergeant.« Selbst durch die halb getönte Visorscheibe seines Helms war noch zu erkennen, dass Finder in einem Lächeln die Zähne aufblitzen ließ.

»Stimmt in diesem Fall, jou. Mit Informationen über den Zugang zu Nuklearnutzungsanlagen gehen die Bonzen in Genf nicht gerade hausieren. Vor allem nicht, wenn es sich um ein Hintertürchen wie das hier handelt.«

»Also vertrauen Sie das Ganze lieber einem Lieutenant an, der vor seiner Abreise von Luna in seinem Leben noch keinen Haufen Nuklearschrott gesehen hat. Nehmen Sie das nicht persönlich, Sir, aber viele von denen, die wie Sie von der Erde kommen ... na ja, also, die sprühen jetzt nicht gerade vor gesundem Menschenverstand. Anwesende ausgenommen, klar.«

»Klar. Aber Sie haben völlig recht, Sarge, leider auch in diesem Fall.«

Das war nicht einfach nur ein höfliches kleines Geplänkel zwischen ihnen gewesen. Es war eine Notwendigkeit, wenn man im ersten Dienstjahr als Offizier von seinem Unteroffizier Unterstützung statt Verweigerung wollte, und damit standen oder fielen alle Einsätze. Der Sergeant war Upsider. Er hatte all die Vorurteile, Leuten von der Erde gegenüber, die Upsider nun einmal hatten, und hier traf er beklagenswerterweise ins Schwarze. Von klein auf bekam man auf der Erde zu hören, welche Gefahren von jeglicher Form von Technik ausgingen, vom Weltraum allgemein und ganz besonders von der Kernkraft. Daher hatte die Abteilung für Weltraumaktivitäten der Erd-Union große Schwierigkeiten, genug fähige junge Männer für den Offiziersdienst zu finden. Zum Schutz vor kosmischer Strahlung, die elektromagnetisch Raubbau an den Eizellen in den weiblichen Eierstöcken treiben könnte, waren Frauen jegliche Tätigkeiten beim Zoll oder in anderen Abteilungen der Erd-Union, für die Raumfahrt unerlässlich war, kategorisch untersagt. Bei den Männern, die dort Dienst taten, zeigte die Mehrheit – Lee konnte nicht umhin, das einzuräumen – deutlich weniger Technikaffinität als vielmehr Karrierebewusstsein. Sie ersetzten mangelhaftes Grundverständnis für die tatsächlichen Gegebenheiten im All durch den festen Glauben, sie allein wären die Wärter der Interessen ihrer Heimat, was es zur Selbstverständlichkeit werden ließ, dass bei Einheiten, in denen vornehmlich jenseits der Erde geborene Upsider Dienst taten, ausschließlich auf Terra geborene, wahre Kinder von Mutter Erde die goldenen Tressen eines Offiziers trugen. Eben diese Offiziere hatten sicherzustellen, dass wer von niederer Geburt war – weil im All zur Welt gekommen und folglich zuständig für die Dreckarbeit – niemals lange genug unbeaufsichtigt bliebe, um in Erwägung zu ziehen, sich gegen ihre Herren und Meister auf der Erde aufzulehnen.

Mit seinem Schraubwerkzeug hatte Lee die Bolzen-

abdeckungen gelöst. »Die sollten sich mit einfachem Hand-
werkzeug gut lösen lassen, Sarge.«

Obwohl er schon den gesicherten Kanal zu seinem Vorgesetzten nutzte, senkte Burns die Stimme noch weiter. »L.T.,
wenn die Meuterer ... oder Entführer, Piraten oder was auch
immer, die die *Blütenduft* übernommen haben ... Wenn die
uns hier hinten hören, könnten die dann ... also, könnten
die uns mit radioaktivem Gas hier aus dem Schacht heraus-
blasen?«

Lee musste gegen den Impuls ankämpfen, angesichts des
immensen Ausmaßes an Unwissenheit, das diese Frage zur
Schau stellte, resignierend den Kopf zu schütteln. Zugleich
schaltete er sein Mikro wieder auf den allgemeinen Kanal um.
»Nein, Roderigo, so funktionieren diese Maschinen nicht.
Jeder Nuklearantrieb mit Partikelausschüttung ist so konstru-
iert, dass radioaktives Material immer innerhalb eines eigens
abgeschirmten Bauteilverbunds vollständig versiegelt ist. Bei
Bedarf, also im Notfall, kann der Reaktorkern durch diesen
Schacht ausgestoßen werden, aber so etwas ist nur sehr, sehr
selten nötig. Das wäre also ein sehr spezieller Sonderfall. Nur
eine Hand voll Besatzungsmitglieder ist in die dafür erforderlichen Befehlskombinationen und Codes eingewiesen.
Außerdem bezweifle ich, dass sich von den Kriminellen, die
das Schiff geentert haben, in diesem Moment jemand hier in
der Maschinensektion aufhält.«

»Okay, aber wenn doch ... da gibt's doch sicher so was wie
eine manuelle Auslösung, oder, Skipper?«

Es war durchaus beruhigend, von einem deutlich dienst-
erfahreneren Besatzungsmitglied nach kaum mehr als zwei
Monaten des ersten Jahres im offenen All Skipper genannt zu
werden. »Na ja, für den Fall, dass sich dieser Bauteilverbund
aus irgendeinem Grund nicht von der Stelle bewegt, können

entsprechend eingewiesene Techniker den Abwurf auch manuell bewirken. Aber das wäre angesichts der dort herrschenden Strahlung ein Himmelfahrtskommando.«

Mittlerweile hatte Finder die Bolzen gelöst und schob das halbmondförmige Wartungspaneel auf der Schachtinnenwand beiseite. Der Blick auf einen schmalen Wartungsgang wurde frei, der schmaler, als die jetzt gelöste Abdeckung desselben hatte vermuten lassen, mit rechtwinkligen Wänden ins Schiffsinnere führte. Nach einem halben Dutzend Metern machte der Gang einen Knick nach rechts.

Roderigo Burns spähte über Lees Schulter hinweg. »Liegt die Luftschleuse hinter dem Knick?«

Lee schüttelte den Kopf. »Nö, keine Luftschleuse, noch lange nicht. Hinter dem Knick kommt erst ein weiteres Zugangspaneel, von dem aus man in den Lüftungs- und Wartungsschacht gelangt, der einmal um das ganze Antriebssystem herumläuft. Dann gibt es noch zwei weitere Zugänge zu Wartungsschächten, beides Doppelpaneele, ehe man ins eigentliche Schiffsinnere gelangt. Besser, wir legen jetzt los – es sei denn, Sie möchten Ihre Expositionszeit künstlich in die Länge ziehen.«

Burns riss die Augen auf, stieß sich eiligst an der Schachtwandung ab und sauste geradewegs in den nun frei zugänglichen Gang hinein.

»Ein guter Offizier weiß seine Männer stets angemessen zu motivieren«, meinte Finder in dem übertrieben belehrenden Tonfall, den man beim Zitieren von Binsenweisheiten aus dem Handbuch anschlug. »Nach Ihnen, Lieutenant.«

Lee und seine Männer folgten dem Gang bis zur Biegung. Wie erwartet fand sich dort das Wartungspaneel, leicht an seiner eindeutigen Markierung zu erkennen: Die sechs orange-farbenen Bolzen, die das Paneel hielten, waren von gelb und schwarz schraffierten Warnfeldern eingerahmt.

Lewis bedachte das Paneel mit einem bärbeißigen Blick. »Wenn man durchs Paneel zurück ins Schiff will, soll man diese sechs Explosivbolzen auslösen, echt jetzt? Damit man die Metallplatte genau vor den Kopf bekommt, oder was?«

Lee schüttelte den Kopf. »Das sind keine Spreng-, sondern Sollbruchbolzen. Wir können sie, einem nach dem anderen, auch von außen jederzeit auslösen. So lässt sich das Ablösen des Paneels steuern, und die Inertgase können auf der anderen Seite gefahrlos entweichen. Der Druck treibt uns also nicht den halben Ausstoßschacht zurück.«

Burns bedachte seinen Lieutenant mit einem langen, respektvollen Blick. »Sagen Sie mal, Skipper, woher wissen Sie das alles?« In seiner Stimme schwang sogar ein Hauch Erleichterung mit.

»Weil ich vor weniger als einer Stunde die technischen Spezifikationen gelesen habe.«

»Und«, setzte Finder mit reichlich bühnenreifem Pathos hinzu, »weil er handverlesener Offizier und Mitglied unserer allseits beliebten Zollpatrouille ist, *der* Eliteeinheit der Menschheit, wo sich Außenseiter, politisch Unerwünschte und Problemkinder zusammenfinden. Ein Hoch auf die Zollpatrouille!«

»Hoch!«, antworteten Burns und Lewis mit derselben Begeisterung, die sie sich ansonsten für den Latrinendienst aufhoben.

»Das ist die richtige Einstellung!« Lee grinste Finder an. »Dann mal los, Männer!«

Das Paneel des Zugangsterminals zum eigentlichen Maschinenraum funktionierte noch und reagierte daher auf die üblichen Befehle. Lewis schloss den Tastenwahlblock kurz und ließ einen Großteil der Atmosphäre entweichen, während Lee den Rest des Teams für einen Sturmangriff postierte. »Ich übernehme die Führung«, sagte er und warf Finder einen Blick zu, der sein Ziel nicht verfehlte: Da der Blick verriet, eine Diskussion wäre unangebracht, kam auch kein Widerspruch von Seiten des Sergeants. »Der Sergeant gibt Ihnen Feuerschutz, während Sie mir folgen, Burns. Wir schweben in Bodennähe rein, auf die Raummitte zu. Rings um das Kraftwerk gibt es reichlich Deckung.«

Burns nickte nervös. Vermutlich beunruhigte ihn die Vorstellung, sich einem Kernreaktor zu nähern, deutlich mehr als die Tatsache, es mit bewaffneten Gegnern aufnehmen zu müssen. »Lewis, auf drei! Eins, zwo ...«

Auf drei löste Lewis die Sprengbolzen des Paneels aus. Sofort schwang es ihnen entgegen. Lee duckte sich unter dem wegfierenden Paneel durch den noch schmalen Spalt und stieß sich kräftig ab. Fast drei Meter weit sauste er über Deck, erreichte das Reaktorgehäuse und kauerte sich hinter ein Steuerpult. Einen Augenblick später traf Burns ein und quetschte sich noch dazu. »Okay, Roderigo«, raunte Lee. »Sie decken zwölf Uhr, ich sechs Uhr.«

Sie spähten an Rohrleitungen und Steuerpulten und der Abschirmung des Nuklearantriebs vorbei. Nirgends eine Bewegung. Mit dem Kinn aktivierte Lee seine Verbindung zu Finder. »Sarge, Meldung bitte.«

»Wenn's was zu melden gäbe, hätt ich's schon gemacht, L. T. Alles ruhig.«

»Okay. Lewis und Sie kommen jetzt rein und schließen das Paneel hinter sich. Dann sichern Sie den Raum von der gegenüberliegenden Seite. Bei Bedarf geben Burns und ich Ihnen Feuerschutz.«

»Aye, Skipper.«

Zwanzig Sekunden später war der Maschinenraum gesichert, und Finder meldete eine Strahlungsbelastung von schwindelerregenden drei Millirem pro Stunde.

»Also keine Lecks«, seufzte Lewis dankbar.

»Und keine Leichen«, setzte Finder hinzu. »Was jetzt, L. T.?«

Lees Blick wanderte zur Luke hinüber. Sie ging zum nächstgelegenen Gang hinaus, der parallel zum Kiel des Schiffes bis hinauf zu den Quartiermodulen führte. »Wir gehen bugwärts. Geradewegs diesen verdammten Fünfzig-Meter-Schießstand lang.«

»Also gut«, übernahm Finder rasch die Initiative. »Genau zugehört, Gasten: Der L. T. sagt, wir arbeiten uns zum Bug vor. Burns, Sie tauschen mit Lewis die Waffe: Ich möchte, dass Sie für diesen Einsatz zusammen mit mir die Vorhut übernehmen. Lewis, Sie geben uns Feuerschutz mit dem Kurzgewehr. Dann folgen Sie der Vorhut im Abstand von zehn Metern. Bleiben Sie dicht an der Außenwand des Gangs. Feinsäuberlich aufstellen wie Kegel sollten wir uns schließlich nicht, nicht wahr, L. T.?«

Lee nickte, während er über Sinn und Zweck von Finders Befehlen nachgrübelte. Was hatte der Sarge nur vor? Okay, Lee hatte das nächste Ziel ausgewählt, und für die taktische Positionierung der Männer war vor allem sein Sergeant zuständig, aber gerade war Finder entschieden zu schnell aktiv geworden: als wollte er unbedingt, dass mit seiner und keiner anderen Truppenpositionierung gearbeitet würde. Außerdem, ging es Lee durch den Kopf, während er mit dem Kinn sein Mikrofon auf die gesicherte Leitung umstellte, konnte

nicht Lewis, sondern Burns am besten mit dem Kurzschaft-
karabiner umgehen. »Sarge«, setzte er an ...

Finders Antwort über den gesicherten Kanal fiel sehr
knapp aus. »Vertrauen Sie mir, L.T.! Ich weiß, dass Lewis nicht
der bessere Schütze ist, aber darum geht es nicht.«

»Und worum d...?«

»Vertrauen Sie mir, L.T., okay?«

»Na gut, Sergeant – unter der Bedingung, das wir eine aus-
führliche Nachbesprechung führen.«

Finder nickte. »Sie sind der Boss.« Finder schaltete wieder
auf den allgemeinen Kanal um. »Okay, Lewis, da Sie von jetzt
an für den Feuerschutz zuständig sind, übernehmen Sie die
Vorhut beim Vorstoß in den Gang. Sobald der Eingang gesichert ist, halten Sie sich rechts. Der L.T. geht als Letzter rein
und hält sich links. Sir, auf Ihr Zeichen legen wir los.«

Lee nickte. »Lewis, auf drei. Eins, zwo ...«

Bei ›drei‹ aktivierte Burns die Entriegelung, und Lewis
schwebte in den Gang hinein. Im selben Augenblick berührte
etwas Lees linke Hand und lenkte seinen Blick dorthin. Finder hatte ihm gerade eine äußerst sonderbar geformte Pistole
in die Hand gedrückt. Sie sah aus wie eine lange, auffallend
dünne Röhre, an deren Ende ein Magazin befestigt war. Alles
in allem wirkte dieses magersüchtige Gegenstück einer Handfeuerwaffe wie selbstgebastelt.

»Was zum ...?«

Über den gesicherten Kanal zischte Finder ihm eine rasche
Antwort zu: »Acht Schuss. Gyrojet-Munition. Rückstoßfrei,
für den Einsatz in der Schwerelosigkeit. Verwenden Sie nicht
Ihre Zehn-Millimeter. Bleiben Sie am Leben!« Dann folgte
Finder auch schon Burns, sauste durch die Öffnung und
bellte Befehle. Lee war so überrascht, dass er beinahe vergessen hätte, seinem Sergeant zu folgen.

Als er sich schließlich doch in Bewegung setzte, stellte er fest, dass der Rest seines Teams bereits auf den zugewiesenen Positionen war, allesamt schön geduckt, um ein möglichst kleines Ziel abzugeben. Lee tat es ihnen gleich und machte sich unmittelbar links neben der Luke so klein wie möglich.

»Alles klar, L.T.«, meldete Finder. »Seltsam ruhig für eine Schiffsentführung.«

Lee spähte den Gang hinab, der sich bis in unendliche Ferne zu erstrecken schien. »Ja und nein. Ich hatte nicht damit gerechnet, gleich hier auf böse Jungs zu treffen. Ich dachte aber, wir stießen auf Leichen der Besatzung. Tja, die könnten durchaus auch noch da drüben sein.« Lee wies in die entsprechende Richtung.

Burns kniff die Augen zusammen und nickte. »Jou. Sieht aus, als würde da wirklich jemand schweben. Fast ganz am Ende des Gangs.«

»Distanz dreiundzwanzig Meter«, meldete Lewis, mit halbem Blick auf den Laser-Entfernungsmesser des Karabiners.

»Aktive Sensoren abschalten, Lewis«, fauchte Lee. »Die haben ja vielleicht keine Patrouillen in diesem Teil des Schiffes, aber möglicherweise überall automatisierte Sonden! Ab jetzt läuft's hier ganz altmodisch: kein Com, nur Handzeichen.«

»Aber L.T. . . .«, setzte Burns an.

Lee fuhr sich mit Zeige- und Mittelfinger der Linken quer über den Kehlkopf. Burns verstand die Geste und verstummte sofort.

Finder nickte und deutete mit der Rechten nacheinander auf Lee und Lewis. Dann folgte eine eindeutige Stopp-Geste mit derselben Hand, bevor er beide Hände hob und alle zehn Finger spreizte. Schließlich reckte er ihnen einen aufrechten Daumen entgegen und wartete.

Das war eindeutig. Finder hatte lediglich noch einmal den letzten Einsatzbefehl wiederholt: Lee und Lewis sollten im Abstand von zehn Metern folgen. Lee reckte seinerseits den Daumen, das Zeichen dafür, dass er verstanden habe.

Finder nickte, tippte Burns gegen die Schulter und stieß sich in flachem Winkel kräftig von Deck ab, was ihn die rechte Gangwand entlanggleiten ließ. Burns tat es ihm gleich, allerdings wählte er die linke Seite. Lee wartete, bis beide Männer etwa acht Meter weit entfernt waren, dann nickte er Lewis zu und schickte sich an, sich wie vor ihm Finder abzustoßen.

Lee war der einzige Planetenhocker des Teams und hatte den Zielpunkt bei Weitem nicht so präzise angesteuert wie die anderen. Kurz bevor er die Stelle erreichte, an der das tote Besatzungsmitglied schwebte, musste er sich noch einmal von der Wand abstoßen. Finder hatte Burns bereits vorausgeschickt, um die Zugänge zu den Quartierbereichen zu sichern, und nun wies er auf die Verletzungen der Leiche. Mit zusammengekniffenen Augen spähte Lee durch eine kleine Wolke feiner roter Tröpfchen. Ein kleiner Armbrustbolzen hatte den Mann knapp oberhalb der Hüfte getroffen: Diese Verletzung war nicht tödlich gewesen. Todesursache waren offenkundig die beiden Stichwunden links und rechts vom Brustbein und die durchschnittene Kehle.

Lee schwebte noch näher heran und musterte die Schulterklappen des Toten. Ein Ingenieur. Vermutlich hatte er gerade Wache am Reaktor geschoben, als das Schiff gekapert wurde. Entweder hatte er Hilferufe gehört und war auf dem Weg zum Bug gewesen, oder die Piraten hatten ihn auf andere Weise aus dem Reaktorraum gelockt. Letztlich war es einerlei: Man hatte ihn überrascht und mit dem Armbrustbolzen kampfunfähig gemacht. Dann hatten die Piraten die Sache ganz aus der Nähe erledigt. Dass sie in der Schwerelosigkeit ein Messer verwendet hatten, war ein eindeutiger Hinweis: Es handelte sich um keine Erdgeborenen. Der Nahkampf in Schwerelosigkeit erforderte viel Geschick, und das entwickelte man nur mit genügend Erfahrung, also wenn man gewohnt war unter drastisch verminderter Schwerkraft oder sogar in der Schwerelosigkeit zu leben und zu arbeiten.

Finder beugte sich vor, bis sein Visor Lees berührte. Dank des Glases hörte er die Stimme des Sergeants, tonlos und gedämpft. »Das waren Upsider, keine Frage.«

»Ja. Zumindest bei diesem Mord hier. Aber das bedeutet noch lange nicht, dass es sich bei *allen* Entführern um Upsider handelt.«

Finder hob eine Augenbraue, dann nickte er. »Stimmt, L. T. Und jetzt lassen wir Lewis ein Stück weiter hinter uns zurückfallen, okay?«

»Noch mehr Gesprächsstoff für später.«

Finder zuckte mit den Schultern, lächelte und wandte sich Lewis zu. Er wiederholte die fortstoßende Geste und zeigte erst zehn, dann noch einmal fünf Finger. Schließlich tippte er Lee gegen die Schulter und bereitete sich auf den nächsten Sprung vor. Sobald Lee die gleiche Position eingenommen hatte, nickte Finder, und sie stießen sich zeitgleich ab. Etwa auf Hüfthöhe schwebten sie das letzte Stück des Gangs hinab.

Dieses Mal fiel Lees Sprung besser aus, teilweise deshalb, weil er sich nicht mehr eng an der Wand zu halten hatte. Angesichts der Beweislage, die sich ihnen hier nach und nach bot, bezweifelte er, dass die Piraten es für nötig hielten, durch diesen Teil des Schiffes zu patrouillieren. Mehr noch: Vermutlich hielten sie sich von dieser Sektion fern, weil sie sich sicher wähnten, den Aufenthaltsort sämtlicher Passagiere und Besatzungsmitglieder zu kennen. Das wiederum zeichnete ein klares Bild von der taktischen Lage.

Erstens: Die Piraten waren offenkundig bereit und willens, die Besatzungsmitglieder auch ohne Grund zu töten. Nichts sprach dafür, dass der tote Ingenieur eine Waffe bei sich gehabt hatte. Oder dass er versucht hatte, den anderen Besatzungsmitgliedern oder den Passagieren zu Hilfe zu kommen. Oder dass er die Absicht gehabt hatte, sich im Maschinenleitstand zu verschanzen, von dem aus er die Angreifer mit lokal deaktivierten Lebenserhaltungssystemen oder mit unvermittelt verriegelten Schotts hätte piesacken können. Richtig, vom Maschinenraum aus hätte er dafür sorgen können, das Kapern des Schiffes ungleich gefährlicher für die Piraten ausfallen zu lassen. Vielleicht hätte er es sogar vereiteln können. Lee hielt es allerdings für wahrscheinlicher, dass der Angriff so rasch und brutal geführt worden war, dass keines der Besatzungsmitglieder den Kameraden im Maschinenraum noch hatte warnen können. Die bis auf das Bolzenloch makellos sitzende Kleidung des Toten, sein sauber gekämmtes Haar: Der Mann musste von jemandem angegriffen worden sein, dem er hinreichend vertraut hatte, um ihn nahe an sich heranzulassen.

Das wiederum stützte die Vermutung, Besatzungsmitglieder könnten gemeutert haben, waren entweder die Rädelsführer des Angriffs oder zumindest Komplizen von Angreifern, die sich als Passagiere ausgegeben hatten. Da es keinerlei Anzeichen dafür gab, beim Kapern des Schiffes wäre etwas nicht nach Plan verlaufen, kam Lee zu einer letzten, sehr düsteren Schlussfolgerung: An Geiseln waren die Entführer überhaupt nicht interessiert. Sie hatten keinerlei Forderungen gestellt, es ging ihnen nicht um Lösegeld oder Zugeständnisse, für deren Gewährung sie im Gegenzug Geiseln freiließen. Nein, die Piraten hatten die Obrigkeit nicht kontaktiert. Lees Kenntnisstand nach gab es nur einen einzigen Grund, weswegen der Einsatz seiner Männer befohlen worden war: Der Kommandant der *Blütenduft* hatte im Vorfeld mit dem Verwaltungschef für Tiefenraumaktivitäten von Callisto, einem engen Freund, verabredet, sich zu melden, und es nicht getan. Somit schien Lee unwahrscheinlich, dass es noch Passagiere oder Besatzungsmitglieder an Bord gäbe, die seine Männer und er hätten retten können.

Als er den Zugang zu den Quartiermodulen erreichte, stoppte er seinen Schwebeflug.

Finder bedeutete allen, sich kurz zu besprechen, und so lehnten sie, soweit möglich, ihre Visoren gegeneinander.

»Okay«, sagte er, »was als Nächstes, L. T.?«

»Viel Auswahl gibt's nicht, Sergeant: Wir müssen jeden Raum einzeln durchsuchen – und das flott. Wahrscheinlich hat man sich nicht die Mühe gemacht, Wachen aufzustellen, außer in der Bugsektion. Die Piraten werden sicher die Brücke bemannt haben und unser Schiff im Auge behalten. Außerdem warten sie darauf, abgeholt zu werden.«

»Hä?«, entfuhr es Burns.

»Die warten darauf, abgeholt zu werden«, wiederholte Lee. »Wenn es denen darum ginge, sich das Schiff unter den Nagel zu reißen, ließen sie es jetzt nicht einfach nur im All treiben. Wie wir jetzt wissen, haben sie das Schiff im Griff, denn sie haben uns den Zugang zu den Luftschleusen verwehrt. Wir wissen auch, dass der Antrieb funktionstüchtig ist. Wenn es also Teil ihres Plans wäre, mit dem Schiff zu verschwinden, wären sie schon längst aufgebrochen. Das kann nur bedeuten, dass sie auf jemanden warten.«

Lewis und Burns blickten einander an, die Augen weit aufgerissen. Finder lächelte nur. »Ich sehe schon: Wir hatten

Glück mit unserem neuen Boss. Ausnahmsweise mal. Was sonst noch, Sir?«

»Dass man keinen Kontakt mit uns aufnimmt, und vor allem, dass man uns nicht loszuwerden versucht, indem man das Leben von ein paar Geiseln bedroht, bedeutet wahrscheinlich, dass es keine Geiseln mehr gibt. Im Prinzip dürften wir also freies Schussfeld haben. Aber sicher sein können wir uns eben nicht, und außerdem wollen wir diese Dreckskerle auf jeden Fall lebend erwischen, und das gleich aus zwei Gründen: Das Handbuch verlangt es so, und wir wollen die Kerle schließlich auch unbedingt verhören. Unbedingt!«

»Ach, und wieso das?«, fragte Lewis.

»Verglichen mit den wenigen anderen dokumentierten Fällen von Schiffsentführungen im offenen All ist dieser Fall sehr ungewöhnlich. Man ist weder an Geiseln noch am Schiff selbst interessiert. Also geht es um was ganz anderes – und was das ist, erfahren wir nur von den Piraten selbst. Bereiten Sie das Vorrücken vor, Sergeant.«

»Jawohl, Sir! Burns, Sie gehen vor, wenn wir jetzt die Kabinen und Kajüten stürmen. Nehmen Sie die Spritzpistole, klar?«

Roderigo, der gleich eine ganze Auswahl an Waffen über der Schulter trug, griff sofort nach einer Art Granatwerfer mit abgesägtem Lauf und bemerkenswert breiter Mündung.

»Gehen Sie auf maximale Dispersion und laden Sie schwere Betäubungsgeschosse.«

»Öhm, Sarge, die Spezialisten für chemische Kampfstoffe sagen immer, bei kleinen oder verwundeten Zielpersonen oder Personen mit einer Erkrankungen der Herzkranzgef...«

Der Blick, mit dem Finder Burns bedachte, hatte etwas von einem Hai. »Wenn Dreckskerle draufgehen, gehen sie eben drauf! Wir treffen unsere Vorsichtsmaßnahmen. Stellen Sie maximale Dispersion ein, dann ist mit Mehrfachtreffern nicht mehr zu rechnen. Je eine Gelkapsel pro Zielperson sollte ausreichen. Wir mixen heute die letzte Runde Cocktails vor dem Schlafengehen doppelt so stark.«

»Verstanden, Sarge.«

»Der L. T. und ich sichern die Gänge mit Letalmunition. Wir rücken im überschlagenden Einsatz vor.«

Lewis runzelte die Stirn. »Und was ist mit mir?«

»Sie halten den Karabiner griffbereit, Lewis. Sie sind unser Ass im Ärmel und bereit, sollte die Sprühpistole Ladehemmung haben oder ein oder mehrere Gegner uns in den Rücken fallen können. Im Bedarfsfall melden wir uns bei Ihnen, nehmen den Feind in die Zange oder nutzen Ihre Feuerkraft zur Unterstützung.«

»Ich bleib also hier hinten, richtig?«

»Richtig. Dann sind Sie in der Lage, uns, falls hier alles den Bach runtergeht und wir die Biege machen müssen, den Fluchtweg offen zu halten.«

Lewis zuckte mit den Schultern. »Jawohl, Sarge.«

»Gut. Lieutenant, sagen Sie Bescheid, wenn Sie so weit sind.«

Lee nickte. »Bescheid.«

Der Einsatz lief ziemlich genau so, wie Lee erwartet hatte. Sie erreichten ungehindert die Decks im Bug, lautlos beobachtet von neu ausgerichteten Videosensoren und anklagenden Blicken in der Schwerelosigkeit treibender Leichen.

Die Entführer hatten tatsächlich Besatzungsmitglieder ebenso wie Passagiere umgebracht. Einer davon, der widernatürlich schlanke Körperbau ließ einen Lunie vermuten, konnte kaum älter als vierzehn Jahre gewesen sein ... vielleicht sogar noch jünger. Lees Kiefer mahlten, während er sich einen Weg durch diese Saragossasee aus langsam strudelnden Leichen und Blutstropfen suchte.

Verschlossene Kabinentüren markierten sie mit winzigen Öffnungsalarmen. Auf diese Weise würden sie augenblicklich informiert, sollte durch eine dieser Türen jemand hinter sie gelangen. Dann stießen sie sich wieder ab und sausten auf die Brücke zu ...

... bis auf halbe Strecke jedenfalls. Dort wurden sie von zwei schlecht rasierten Bösewichtern abgefangen, die den unerwünschten Besuch offenkundig über neu ausgerichteten Überwachungskameras beobachtet hatten. Die gute Nachricht: Die Gegner waren nicht gerade schwer bewaffnet. Einer der beiden hielt eine Zehn-Millimeter-Pistole in Standardausführung in der Hand, der andere etwas, das aussah wie eine aus Ersatzteilen zusammengebastelte Pressluft-Harpune. Die schlechte Nachricht: Die Männer trugen Raumanzüge. Roderigos Sprühpistole war nutzlos – es sei denn, er träfe die Männer genau ins Gesicht.

Verdammt noch mal!, dachte Lee, während er gleichzeitig brüllte: »Burns, auf Letalmun wechseln. Feuer frei!«

Wie bei den meisten Feuergefechten verfehlte die überwiegende Mehrheit aller Schüsse ihr Ziel. Wie bei den meisten Gefechten in Schwerelosigkeit geschah das auch hier und jetzt in ungleich größerem Ausmaß. Burns hatte die Waffe noch nicht gewechselt, als ihn eine eigenwillige Kreuzung aus Speer und Armbrustbolzen an der linken Schulter traf. Das Grunzen, das Burns ausstieß, ließ nicht erkennen, ob das Projektil seinen Raumanzug durchschlagen oder ihm einfach nur einen kräftigen Stoß versetzt hatte. Bis er sein Trudeln rückwärts wieder abgefangen hätte, war er jedenfalls ausgeschaltet.

Finder sauste immer noch auf die Angreifer zu, doch drehte er sich dabei so zur Seite, dass er ihnen nur Gesicht und Schulter zuwandte. Lee ahmte die Bewegung sofort nach. Im Feld, unter Schwerkraftbedingungen und mit fester Position, hätte man die mögliche Angriffsfläche durch Bauchlage und Liegendanschlag minimiert und dann sicher schießen können. Der Effekt der ›schwebenden Bauchlage‹ war vergleichbar, was Lee sehr zu schätzen wusste: Er war jetzt schwerer zu treffen und konnte den Rückstoß seiner Waffe besser abfangen. Ins Taumeln oder Trudeln geriete er so jedenfalls nicht.

Zumindest Finders Treffsicherheit erhöhte sich sofort. Während die Zehn-Millimeter-Projektile des Gegners wild umherspritzten und funkenschlagend von Schotts und Decks abprallten, feuerte der Sergeant zweimal kurz hintereinander, ein drittes Mal mit etwas größerem zeitlichem Abstand. Den pistolenschwenkenden Piraten erwischte es, er trudelte rückwärts, während er die Waffe neu auszurichten versuchte. Mit einem vierten Schuss vereitelte Finder das.

Ob mit endgültigem Erfolg, vermochte Lee, mit einem Mal selbst sehr beschäftigt, nicht mehr herauszufinden. Er hatte mit der einfachen Zielvorrichtung seiner Waffe auf den Mann mit der Harpune angelegt und feuerte jetzt. Einen Rückstoß besaß seine Waffe nicht, doch Lee spürte, wie sich um das Handgelenk herum kurz Druck auf seinen Handschuh auf- und wieder abbaute: der umgelenkte Rückstoß der Ladung, die das Projektil aus dem Lauf beförderte, was dem Gesetz von Kraft und Gegenkraft Genüge tat. Einen Augenblick später glühte das hintere Ende des Projektils auf wie ein Leuchtspurgeschoss, während die Gyrojets zum Leben erwachten und es mit einem Satz vorwärts schießen ließen ...

... geradewegs in das Schott unmittelbar hinter dem Armbrustschützen hinein. Jetzt verstand Lee, warum Finder nach zwei Schüssen eine kurze Pause eingelegt hatte: Er hatte die Flugbahn seiner Geschosse mit der dreidimensionalen Drift seines Zieles abgeglichen. Doch da hob Lees Gegner auch schon die nachgeladene Harpune. Lee feuerte zweimal in kurzem Abstand.

Den Harpunenschützen schleuderte es nach rechts, als Lees erstes Geschoss den Schussarm traf. Der zweite Schuss ging völlig fehl und erstickte im Keim, was an Triumphgefühl in dem jungen Lieutenant gerade hatte aufsteigen wollen. Lee zielte vorsichtig und bereitete sich darauf vor, eine vierte Patrone auf dieses Ziel zu verwenden …

… da bellte hinter ihm eine Zehn-Millimeter-Automatik, dreimal. Mindestens eine der Kugeln traf den verwundeten Harpunenschützen genau in sein Massenzentrum. Blut quoll in einer raschen Folge als Regen aus kleinen, bläschenförmigen Tropfen aus ihm heraus. Unwillkürlich musste Lee an das Seifenblasenspielzeug für Kinder denken. Der tödlich Getroffene krampfte und zuckte.

Lee drehte sich um, um Burns zu danken, der sich offenkundig mit einer Pistole bewaffnet hatte. Der Gast jedoch war gerade zu beschäftigt für alles andere, als sich zu stabilisieren, und streckte dafür verzweifelt die Hand nach einem Schott aus, um die Taumelbewegung, in die ihn die rasche Abfolge von Schüssen versetzt hatte, abzubremsen. Lee wollte ihm gerade helfen …

»Zügig und rasch vorrücken, Lieutenant, das wollten Sie, richtig?« Finder klang respektvoll und barsch zugleich.

Lee hielt inne, nickte, drehte sich wieder in Richtung Brücke. Ruckartig riss er beide Arme nach oben, während er die Beine kraftvoll nach unten stieß. Sobald seine Stiefel das Deck berührten, stieß er sich ab.

Er sauste am Sergeant vorbei, und ein Grinsen schlich sich auf sein Gesicht, als er über den abgesicherten Kanal Finders Bemerkung hörte: »Gar nicht schlecht ... für einen Neuling!«

Die Brücke einzunehmen erwies sich als bemerkenswert banal. Die beiden letzten Meuterer waren zwar mit Zehn-Millimeter-Pistolen bewaffnet, hatten aber nichts Besseres zu tun, als nach Leibeskräften auf den einzelnen Handschuh zu ballern, den Finder träge durch die offen stehende Luke in Richtung Brücke hatte treiben lassen. Drei Schuss der Gegner genügten dem Sergeant. Mit der Unerschütterlichkeit eines Piranhas schwamm er über die Schottkante hinweg, ohne die unkontrolliert trudelnden Halunken aus dem Blick zu lassen. Sorgfältig zielte er.

Mit dem Kinn schaltete Lee auf den abgesicherten Kanal. »Wenn die hilflos genug sind, könnten wir sie gefang...«

»Negativ, L.T. Schauen Sie doch, die orientieren sich schon wieder. Das sind entweder Upsider, oder die haben lange genug geübt, um sich so rasch wieder in der Griff zu bekommen. In drei Sekunden war's das mit unserem Vorteil.«

Lee seufzte: »Feuer frei.«

Beide schossen sie, und mit je zwei Schuss von jedem von ihnen war das Problem endgültig gelöst.

Genau da schrillte hinter ihnen einer der Türöffneralarme. In einer Einhundertachtzig-Grad-Drehung wirbelten Lee und Finder herum, stießen sich ab und sausten hinaus in den Gang, der sie zur Brücke geführt hatte.

Als sie wieder dort anlangten, wo ihr erstes Feuergefecht an Bord stattgefunden hatte, sahen sie Burns Deckung in einer Luke suchen. Das charakteristische Bellen einer Zehn-Millimeter-Waffe brachte ihn dazu, sich besonders klein zusammenzukauern. Fast gleichzeitig waren ein Stück weit den Gang entlang deutlich schärfere Knalle zu hören: Hochgeschwindigkeitsgeschosse.

»Alles gesichert«, meldete Lewis über den offenen Kanal. »Das war nur einer. Hat wahrscheinlich geschlafen, als wir bei ihm vorbeigekommen sind. Ich hab ihn erwischt. Sarge, ich hab gleich dreimal getroffen, obwohl mich der Rückstoß . . .«

»Großartig, Lewis, ganz großartig.« Finder wandte sich an Lee. »So viel zu Ihrer Gelegenheit, einen Gefangenen zu verhören, L. T.«

Lee schüttelte den Kopf. »Pech, Sarge, wirklich Pech.«

Finder hatte wieder auf den abgesicherten Kanal umgeschaltet. »Vorausgesetzt, der Tod dieses letzten Halunken war wirklich Zufall und keine Absicht, Sir.« Der Blick, den Finder zu Lewis hinüberwarf, war sehr düster.

Ganz genau, dachte Lee. Tja, der Sergeant und er würden sich später sogar ausgiebigst unterhalten müssen.

Auf der Brücke seines Zollkreuzers angekommen, löste Lee den diensttuenden Eins-O, Bernardo de los Reyes, offiziell ab. Sie salutierten beide nachlässig.

»Ich hatte schon angefangen, mir Sorgen um Sie zu machen, Skipper«, meinte de los Reyes.

Während Lee den zweiten Handschuh seines Raumanzugs abstreifte, erklärte er: »Wir mussten Funkstille halten, bevor wir vor ungefähr zwei Stunden die Gegner ausgeschaltet haben. Fünf waren an Bord.«

»Ah, und warum dann die Schüchternheit während der letzten beiden Stunden?«, bohrte de los Reyes beinahe schon gelangweilt nach. Er führte dieses Schauspiel allein für die Brückengasten auf. Bernie wusste ganz genau, was ausgedehnte Funkstille zu bedeuten hatte: Etwas Ungewöhnliches ging vor sich, vermutlich sogar etwas Gefährliches.

»Darüber zu plaudern, fehlt mir im Augenblick die Zeit, Bernie. Es gibt Dringlicheres zu erledigen.«

Jetzt trudelte auch Finder auf der Brücke ein. Er trug immer noch seinen Raumanzug. »Unser Lieutenant Strong hier geht einem ziemlich interessanten Verdacht nach, Bernie.«

»Was Sie nicht sagen!«, brummte der deutlich jüngere de los Reyes. Die beiden kannten einander schon seit Ewigkeiten. Nach allen Regeln der Seniorität hätte Finder, nicht Bernie, diensttuender Eins-O des Kreuzers, der *Verehrten Gaia*, sein müssen. Doch Finder hatte einen Sinn für äußerst bissigen Humor, und gelegentlich schoss er unüberlegt übers Ziel hinaus. Viele der Planetenhocker-Offiziere, unter denen er gedient hatte, hatten in seiner Personalakte ausreichend Tadel und Verweise hinterlassen, um sicherzustellen, dass er niemals mehr etwas anderes werden würde als das, was er derzeit war: First Sergeant und als Leiter des EVA-Teams bei allen Außeneinsätzen dabei.

Lee schwebte quer über die Brücke, bis er hinter der Schulter des Navigationsgastes in der Luft stand. »Navigator?«

»Jawohl, Lieutenant?«

»Berechnen Sie mir einen Kurs, bitte: Flugbahn der *Blüterduft* im Laufe der kommenden drei Wochen.«

»Aber, Sir, sie treibt im All. Die hat keinen erkennbaren Kurs angelegt, und ihre Antriebe . . .«

»Ich weiß, Navigator. Tun Sie mir den Gefallen.«

»Jawohl, Sir.«

Während sich der Erste Navigator an die Arbeit machte,

schwebten Bernie und Finder zu ihm hinüber und schauten ihm über die Schulter.

Der Computer schaltete zwischen verschiedenen Subroutinen hin und her, dann zeigte das Display einen Kurs, der einen rot markierten Kreis schnitt: ein mögliches Zusammentreffen mit einem kartografisch erfassten Objekt.

»Geben Sie das auf den Hauptplot, Navigator«, verlangte Lee und deutete mit einer Kopfbewegung auf den Computerbildschirm.

Darauf war zu erkennen, dass die Flugbahn der *Blütenduft* sie über die Jupiterseite des Asteroidengürtels hinausführte und das Schiff dabei einem der dort gelegenen Planetoiden sehr nahe brächte: Die rote Markierung galt (216) Kleopatra.

Lee wandte sich an seine beiden ranghöchsten Untergebenen. »Die Enterer oder Meuterer lassen das Schiff nicht einfach nur treiben. Wäre dem so, befände es sich nach wie vor mehr auf Kurs nach Callisto – tut die *Blütenduft* aber nicht. Das bedeutet, dass man erst das Schiff geentert und dann mit den Schubdüsen den anliegenden Kurs korrigiert hat. Der neue Kurs führt sie geradewegs auf diese Ansammlung von Gesteinsbrocken«, erklärte er und deutete auf (216) Kleopatra.

»Warum ausgerechnet dahin?«, fragte der Erste Navigator, mehr sich selbst als die anderen Anwesenden.

»Weil«, schlug Lee vor, »dort Freunde unserer Piraten auf sie warten.«

Nur Bernie und Finder begleiteten Lee in den geradezu klaustrophobisch engen Bereitschaftsraum des Kommandanten. Gleich nach ihrem Eintreten griff Bernie unter den

Leuchttisch, der bereits die Kursberechnung nach (216)Kleopatra zeigte, und legte einen Schalter um. Augenblicklich erfüllte ein tonloses Summen den Raum, das mehr zu fühlen denn zu hören war: Ein Generator erzeugte weißes Rauschen.

Lee blickte zu Bernie hinüber. »Na, heute scheint ja der Tag für vorschriftswidrige Überraschungen zu sein.«

Bernie grinste verlegen und zuckte mit den Schultern. »Scheint so, Sir. Wie lange, bis wir (216)Kleopatra erreichen?«

»Zwo Stunden und acht Minuten«, antwortete Lee. »Das heißt, mir bleibt nicht die Zeit, Sie auf den neuesten Stand über das zu bringen, was wir an Bord der *Blütenduft* vorgefunden haben. Verdammt, uns bleibt nicht einmal mehr die Zeit, von den Lamettahengsten auf dem Mars Anweisungen einzuholen oder den weiteren Einsatzplan absegnen zu lassen.«

Bernie nickte. Der Mars war etwas mehr als zwanzig Lichtminuten entfernt, also würde sich die Signalverzögerung auf mindestens eine Stunde belaufen.

»Die könnten sowieso nichts Nützliches beitragen, bis wir uns auf einen Plan geeinigt haben«, meinte er. »Wir können entweder einen Alleingang hinlegen – das heißt, wenn was schiefläuft, dürfen wir's ausbaden, weil wir keine entsprechende Bestätigung abgewartet haben. Oder man schickt uns trotz unvollständiger Daten einfach los. Wenn dann etwas schiefläuft, kann man die Schuld darauf abwälzen, dass wir nur einen unvollständigen Bericht eingereicht und außerdem in der Umsetzung geschlampt hätten. Ungefähr das hatten Sie sich doch gedacht, Skipper, stimmt's?«

»Etwas in der Art«, bestätigte Lee.

»Damit haben wir auf jeden Fall die Probleme allein an der Backe«, knurrte Finder.

»*Ich*, Gentlemen, ich und sonst niemand«, seufzte Lee. »Ich wäre hocherfreut, wenn ich die Schuld, die man unweigerlich auf mir abladen wird, an Sie beide weiterreichen könnte, aber *ich* habe hier das Kommando. Damit geht es hier um *meine* Entscheidung – und *ich* bin dann auch derjenige, der sich vor einem Kriegsgericht zu verantworten hat.«

Bernie blickte Finder an und seufzte theatralisch: »Was ich Sie schon die ganze Zeit über fragen wollte: Haben wir eigentlich *immer noch* Schwierigkeiten mit dem Signallaser?«

Kurz blickte Finder ins Leere, dann nickte er betrübt. »Oh. Tja, genau. Ich krieg einfach nicht raus, was mit dem Ding los ist.«

»Sie haben es schon gestern als ›nicht funktionstüchtig‹ vermerkt, sobald wir die Fehlfunktion entdeckt hatten, stimmt doch, oder?«

»Könnte mir durchgegangen sein. Muss noch mal in den Unterlagen nachschauen. Vielleicht muss ich das rückwirkend korrigieren.« Finder strahlte jetzt regelrecht vor boshafter Schadenfreude.

»Ich sollte Sie beide melden«, meinte Lee und brachte das Kunststück fertig, nicht zu lächeln.

»Ja, das sollten Sie, Skipper«, bestätigte Bernie und nickte ernst. »Das sollten Sie wirklich.«

Lee grinste. »Also gut, der Signallaser wird wohl wieder funktionstüchtig sein, wenn wir von (216)Kleopatra zurückkehren. Das ist zu spät, um noch rechtzeitig einen Lagebericht zum Mars zu senden oder Anweisungen von dort einzuholen, aber immerhin rechtzeitig, um Meldung über die Lage hier wie dort zu machen. Klar, per Funk können wir keine Meldung absetzen. Schließlich dürfen wir nicht riskieren, eine aktive EM-Signatur abzustrahlen, solange sich in unserem Einsatzgebiet möglicherweise feindliche Schiffe aufhalten.«

»Aye, aye, Sir«, pflichtete ihm Bernie bei. »Immer schön nach Handbuch, dem wir stets folgen.«

»Ist mir nicht entgangen.«

Finder blickte auf. »Sie waren von Anfang an misstrauisch, was die Entführung der *Blütenduft* anging, L. T. Wieso eigentlich?«

Lee zuckte mit den Schultern. »Bei einem voll funktionstüchtigen Antrieb wäre das einzig Logische gewesen, dass die Piraten so rasch wie möglich das nächstbeste Versteck angesteuert hätten. Ebenso logisch wäre gewesen, dass wir ihre Antriebssignatur auffangen – oder die Resttemperatur, nachdem sie keinen Schub mehr gegeben und wir sie geortet hätten. In jedem Fall hätten unsere Sensoren aufleuchten müssen wie eine Leuchtreklame, sobald wir in ihre Nähe gekommen wären. Aber man hat gezielt dafür gesorgt, dass das nicht passiert.«

Bernie runzelte die Stirn. »Wollen Sie damit sagen, die hätten gewusst, dass wir hier sein würden? Aber wie?«

»Das ist das, was mich misstrauisch macht. Bei Schleichfahrt und mit deaktivierten Sensoren könnten die Halunken in diesem bühnenreifen Stück das eigentlich nur wissen, wenn sie Zugang zu vertraulichem Material hatten. Genau genommen: zum Kurs unserer Patrouillenfahrt.«

»Verdammt«, meinte Finder und stieß alle Atemluft auf einen Schlag aus, »da kommt man nicht so leicht dran.«

»Ganz genau, aber genau danach sieht es aus. Man wusste nicht nur, dass wir uns in dieser Gegend aufhalten würden, man war sogar auf jedes konventionelle Entermanöver vorbereitet.«

Bernie legte die Stirn in noch tiefere Falten. »Was soll das denn heißen?«

Finder zuckte mit den Schultern. »Nachdem wir die Piraten ausgeschaltet und das Schiff gesichert hatten, haben wir herausgefunden, dass sämtliche logischen Zugangswege mit Sprengladungen präpariert waren – außer dem Zugangsweg, den sie nicht auf dem Schirm hatten.«

»Die Kernausstoßröhre, meinen Sie?« Bernie schüttelte den Kopf. »Tja, die Brüder werden sich vermutlich gedacht haben, niemand könnte so verrückt sein, das zu versuchen.«

Lee lächelte. »Sie meinen, die sind davon ausgegangen, dass niemand seine aus dem Aberglauben geborenen Ängste überwinden und sich auf reine Physik konzentrieren könnte?«

»Jou.« Bernie kratzte sich hinter dem Ohr. »Womit wir beim Thema wären, L.T. . . . Dem Sarge und mir ist nicht entgangen, dass Sie anders sind . . . na ja, anders als die anderen Offiziere, die man von der Erde bisher zu uns geschickt hat.«

»Drücken wir's platt aus: Sie versuchen herauszufinden, warum ich kein arroganter Arsch bin.«

Finder prustete los.

Bernie grinste breit. »Öhm, tja . . . so in der Art.«

»Ist eine lange Geschichte. Sagen wir einfach: Meine Familie steht daheim nicht gerade hoch in der Gunst der globalen Politikos.«

»Und wo ist daheim für Sie?«

»Ursprünglich Tacoma, dann Vancouver, dann Amherst.«

Finder und Bernie warfen einander vielsagende Blicke zu. »Schon wieder ein Unruhestifter aus der Neuen Welt, was?«, meinte Bernie.

Lee schüttelte den Kopf. »Ich nicht, aber meine Eltern. Leider gehören sie einer aussterbenden Spezies an.«

Bernie zuckte mit den Schultern. »Ich glaube, unabhängiges Denken wird es in den sogenannten Kolonien noch 'ne ganze Weile geben.«

»Tja, vielleicht, vielleicht auch nicht.« Lee versuchte sich an einem echten Lächeln, scheiterte aber. »Früher oder später stirbt es eben doch aus.« Sein tief empfundenes Bedauern darüber war unverkennbar. »Echten Freidenkern versucht man mit allen Mitteln Herr zu werden, und ist man erst einmal als Wiederholungstäter gespeichert, dauert es außergewöhnlich lange, bis man in den Genuss von Sozialleistungen kommt.«

Bernie und Finder wechselten einen langen Blick. »Jou, wissen wir«, sagte der Sergeant schließlich.

Lee lehnte sich in seinem Sessel zurück. Ihn beschlich mehr und mehr das Gefühl, dass bei der ausgiebigen Unterhaltung, die er mit Finder hatte führen wollen, auch Bernie anwesend sein sollte. »Sie beide haben mich ziemlich genau im Blick behalten, was?«

Finder schmunzelte, während er sich Kaffee in eine Quetschflasche füllte. »Das merken Sie erst jetzt? Jemand, der so schlau ist wie Sie ... Sir?«

»Nein, mir wird erst jetzt bewusst, wie methodisch Sie beide vorgegangen sind. Und wie viel ich noch zu lernen habe.«

Bernie schüttelte den Kopf. »Lieutenant, Lieutenant, Sie haben ja keine Ahnung!«

»Stimmt sicher – aber das wird warten müssen.« Lee warf einen Blick auf die Uhr. »In etwa zwei Stunden passieren wir (216)Kleopatra, und vorher gibt es jede Menge zu tun.«

»Was denn so?«, erkundigte sich Bernie. »Wir könnten uns doch einfach von der *Blütenduft* zurückziehen, ohne deren Kurs zu ändern. Danach passen wir unseren Kurs ihrem an und halten den Ball schön flach, bis das Schiff eintrifft, das die Piraten abholt. Wenn sie mit dem Personentransfer beschäftigt sind, schlagen wir zu und ...«

Lee schüttelte den Kopf. »Sie gehen davon aus, dass die

Meuterer sich bei ihrem Eintreffen bei (216)Kleopatra für ein ausgiebiges Rendezvous bereit machen, sie also an Bord der *Blütenduft* bleiben und darauf warten, abgeholt zu werden. Aber vielleicht gehen sie schon im Vorfeld von Bord und werden bei dieser EVA von einem ferngesteuerten kleinen Boot abgeholt. Auf diese Weise könnte das feindliche Schiff die ganze Zeit über im Schatten von (216)Kleopatra bleiben.«

Wieder tauschten Bernie und Finder Blicke. Schließlich war es Finder, der als Erster den Kopf schüttelte und einräumte: »Da könnte er glatt recht haben.«

»Könnte er, ja«, brummte Bernie. »Das muss man sich mal vorstellen: Da erhält man von einem Planetenhocker Nachhilfe in Raumeinsätzen! Das wird mir meine Ma auf dem Mars nie verzeihen!«

»Dann erzählen Sie nichts davon«, schlug Lee vor. »Aber es gibt etwas anderes, was mir mehr Kopfzerbrechen bereitet als ein EVA-Abholungsmanöver.«

»Ach?« Finder beugte sich vor; der Kaffee schien vergessen.

»Ja, und zwar dass die Entführer weder Interesse an Geiseln noch am Schiff hatten. Sie verfolgen andere Ziele – Ziele, die wir bislang noch nicht kennen.«

Bernie zuckte mit den Schultern. »Okay, aber was ändert das?«

»Alles sogar! Wenn die wirklich Zugriff auf unsere Patrouillenpläne haben und wissen, welchen Kurs wir setzen, ist das Kapern der *Blütenduft* nur der besonders unschöne Teil einer deutlich größer angelegten Operation gewesen. Einer Operation, die man zu verbergen versucht oder die sich plausibel abstreiten lässt. Das bedeutet, sie muss sehr, sehr sauber durchgeplant sein.« Er schwieg einen Moment, ehe er fortfuhr: »Was heißt: Das Operationsbesteck, das zum Einsatz kommt, muss feinsäuberlich steril gehalten werden. Mit allen erforderlichen Mitteln.«

»Verdammt«, keuchte Finder, »der Kleine ... ich meine, der Lieutenant hat schon wieder recht! Möglich, dass das Rendezvous bei (216) Kleopatra nur dazu dient, Informationen über den Erfolg des Einsatzes zu sammeln. Wenn das Extraktionsteam erst einmal hat, was es braucht, könnte der nächste Schritt sehr gut darin bestehen, die Entführer selbst aus dem Weg zu räumen.«

»Jou«, pflichtete Bernie bei und nickte. »Das passt.« Er verschränkte die Arme vor der Brust. »Okay, Skipper, wie also sieht unser Plan aus?«

»Sind unsere fernsteuerbaren Schlepper einsatzbereit?«

»Einsatzbereitschaft einhundert Prozent, Sir.«

»Ausgezeichnet. Und wie viele fernsteuerbare Passivsensoren haben wir auf Lager?«

»Sechs, Sir. Verschiedene Modelle.«

Lee nickte, dann beugte er sich über den Leuchttisch. »Okay. Dann machen wir das folgendermaßen ...«

Beinahe zwei Stunden später war die gesamte Besatzung der *Verehrten Gaia* in Gefechtsbereitschaft versetzt, und allesamt fragten sich, warum zum Teufel Lieutenant Strong nicht mehr Dampf gab. Doch der Kreuzer, den seine Besatzung insgeheim schon vor langer Zeit in *Versehrter Geier* umbenannt hatte, folgte nach wie vor der träge durchs All treibenden *Blütenduft*. Er blieb immer schön längsseits in deren Schatten.

Aufgelassenes Frachtgut in Sofagröße trieb um die beiden einträchtig driftenden Schiffe im All. Es stammte aus dem

44

Frachtraum der *Blütenduft*. Der Abstand zwischen Treibgut und Schiffen wuchs stetig.

An Bord der *Geier* herrschte beinahe dieselbe Stille wie im All, das sie durchquerte. Das Summen der Computer und die gedämpften Vibrationen, die auf die nach wie vor aktive Energieversorgung zurückzuführen waren, ließen sich in Ermangelung zwangloser Gespräche an Bord ungewöhnlich klar wahrnehmen. Die Aussicht, vor einer Konfrontation mit unbekannten Gegnern zu stehen, sorgte für Anspannung und diese Anspannung wiederum dafür, dass sich die Gesamtlage unwirklich anfühlte. Schließlich waren Gefechte im All mehr als selten. Dass niemand wusste, zu was der mögliche Gegner fähig wäre, sorgte dafür, dass alle Besatzungsmitglieder unablässig ihre Bildschirme anstarrten. Alle warteten nur auf den Befehl, irgendetwas zu unternehmen.

Die Brückenbesatzung starrte etwas anderes an. Auf dem Hauptschirm dort wurde (216) Kleopatra größer und größer: ein Objekt von zweihundertsiebzehn Kilometern Länge, annähernd geformt wie ein Hundeknochen, der an seiner breitesten Stelle vierundneunzig Kilometer maß. Alle fünf Stunden rotierte er um seine Querachse und war damit im Vergleich zu vielen anderen Asteroiden recht aktiv. In nicht allzu großer Entfernung wurde er von zwei kleinen Monden mit einem Durchmesser von drei beziehungsweise fünf Kilometern begleitet. Zudem folgte ihm vereinzelt Gestein von Probebohrungen und Abraum aus Erzabbau, manches davon so groß wie ein Handball, anderes von der Größe eines Hauses. Also wäre das feindliche Schiff – vorausgesetzt, es wäre wirklich nur ein einzelnes Schiff – in der Lage, sich je nach Schiffsgröße gleich hinter mehreren Dutzend Gesteinsbrocken zu verstecken ... oder auch hinter dem vergleichsweise gewaltigen Asteroiden (216) Kleopatra selbst.

»Kleopatra befindet sich nun in Maximalreichweite unserer Raketen, Skipper«, krächzte der Erste Bordschütze. Offenkundig war sein Mund so trocken, dass er die Worte kaum über die Lippen brachte.

»Ortung? Lagebericht!«, forderte Lee, ohne den zuständigen Gasten anzublicken.

»Keine Veränderung, Sir. Natürlich würden wir bessere Daten erhalten, wenn wir die aktiven Sensoren einschalten ...«

»Denken Sie nicht einmal daran«, fiel ihm Lee leise, aber scharf ins Wort. »Wir bleiben auf Schleichfahrt, bis ich etwas anderes anordne.«

»Jawohl, Sir, aber ...«

»Mir ist durchaus bewusst, dass wir mit passiven Sensoren nicht die volle Ortungskapazität ausschöpfen, von der Zielerfassung ganz zu schweigen. Vorerst bleiben Sie einfach nur in Signallaserverbindung zu unseren Passivsensoren und halten mich auf dem Laufenden.«

»Jawohl, Sir.«

Bernie trieb näher an seinen Vorgesetzten heran. »Lieutenant, gut möglich, dass hier niemand auf die Entführer wartet. Vielleicht haben sie einfach im Vorfeld ein kleineres Fahrzeug in einer Felsspalte versteckt, wo man es nicht entdeckt, wenn man nicht weiß, wo es ist, und in das wollen sie umsteigen.«

»Möglich«, räumte Lee ein.

»Aber Sie halten das für unwahrscheinlich«, sagte Bernie

»Stimmt. Nach all der Mühe, die die Entführer in die Vorbereitungen gesteckt haben ...«

»Lieutenant ...!« Der angespannte Ausruf war die direkte Folge des unvermittelt aufflammenden Orangerots am schiffsabgewandten Rand von (216)Kleopatra: die Fehlfarbenüberlagerung einer neuen Thermosignatur.

»Ich sehe es, Ortung. Triangulieren Sie die wahrscheinlichste Punktquelle.«

»Das geht nicht, Sir – nicht mit den Fernsonden, mit denen wir derzeit arbeiten.«

Bernie kaute auf der Unterlippe herum und betrachtete das orangerote Leuchten. »Wenn wir das über diese Entfernung hinweg mit den ferngesteuerten Passivsensoren orten, müssen die ordentlich Saft haben. Was meinen Sie wohl . . .?«

»Nuklearantrieb«, antwortete Lee tonlos.

»Das klingt, als hätten Sie das erwartet«, bemerkte Finder vom hinteren Teil der Brücke aus.

Lee wirbelte herum. »Sergeant«, bellte er, »unter Gefechtsbedingungen befindet sich Ihr Posten im Hilfskontrollraum. Sollte die Brücke zerstört werden . . .«

Rings um Lee wurden die Gesichter schlagartig bleicher. Ruckartig nahm Finder Haltung an und salutierte. »Bin schon weg, Sir.«

Bernie lächelte – bis sich Lee zu ihm umdrehte. »Mr. de los Reyes, Sie sind der Einzige auf der Brücke, der sich nicht auf einer Andruckliege angeschnallt hat. Mangel abstellen!«

Bernie schluckte, nickte, setzte sich hin und zog die Haltegurte fest.

Der marsianisch-überschlanke Gast an der Ortungsstation klang, als werde er gerade erwürgt. »Die Halo heizt sich weiter auf, Sir. Die Daten lassen auf Hochenergiepartikel schließen, die . . .«

»Ich kann's mir vorstellen«, brummte Lee. »Bereiten Sie sich darauf vor, die Passivsensoren neu auszurichten. Aber achten Sie darauf, dass es bei den Gesteinsbrocken, auf denen wir sie installiert haben, nicht zu Vektorveränderungen kommt.«

»Aye, Sir. Die ferngesteuerten Schlepper stehen bereit, die Brocken zu drehen. Dann lassen sich die Abtastbereiche der einzelnen Sensoren sofort konvergieren.«

Und das keinen Moment zu früh! Das orangerote Leuchten über dem Rand von (216)Kleopatra stieg auf, zog sich zu einem Punkt zusammen und verwandelte sich dann in einen zornig rotglühenden Fleck.

»Vampir, Vampir!«, schrie der Ortungsgast. »Schub ... ach du Scheiße!«

Lee ignorierte den unziemlichen Ausruf. »Waffen, sämtliche Ortung ist jetzt auf Sie übergegangen. Triangulieren Sie mit den Passivsensoren die Emissionen.«

»Davon bekommen wir aber keine brauchbare Zielerfassung, Sir.«

»Weiß ich, Waffen. Ich lege es auch nicht auf eine klare Zielerfassung an ... noch nicht. Und solange unsere bordgestützten Systeme zur aktiven Ortung noch deaktiviert sind, wissen die da drüben nicht, dass wir sie schon geortet haben. Es sei denn, irgendjemand von denen würde über Psi-Kräfte verfügen und wissen, dass auf den Gesteinsbrocken, die uns so dezent folgen, Passivsensoren mitreiten.«

Anerkennend stieß Bernie einen leisen Pfiff aus. »Und die arbeiten dann beinahe wie eine phasengesteuerte Phalanx von Thermaldetektoren.«

»Das war der Plan. Hoffen wir, dass er auch funktioniert. Ruder, bereithalten! Navigator, berechnen Sie einen Kurs, sich von dem Vampir zurückzuziehen.«

»Wir ... wir *türmen*, Sir?«

»Nein, wir vergrößern nur die Distanz. Und wenn Sie mit der Kursberechnung nur noch *eine* weitere Sekunde warten, bekommen Sie von mir einen Vermerk wegen Pflichtvernachlässigung in Ihre Personalakte!«

»Sir, Kursberechnung erfolgt, *Sir!*«

Der Technikergast leckte sich über die Lippen. »Soll ich unser Kraftwerk hochfahren?«

»Noch nicht. Derzeit geben wir deutlich weniger Strahlungsenergie ab als die *Blütenduft*. So soll das auch bleiben.«

Bernie lächelte. »Also verstecken wir uns im Thermoschatten des Linienschiffs.«

»Hoffentlich. Waffen, bereiten Sie einen breiten Geschosskegel vor.«

»Wie viele Vögelchen, Sir?«

»Volle Salve.«

»Sir?«

»Schauen Sie doch nur, wie rasch dieses Schiff aufkommt! Was meinen Sie wohl, wie viele Chancen wir haben, einen zwoten Schuss abzusetzen?«

Der Gast am Waffenleitstand schluckte vernehmlich. »Volle Salve, aye, Sir.«

Der zornrote Fleck auf dem Schirm schien nun erste Konturen zu entwickeln, doch sein Rotton war noch intensiver geworden – und der Fleck wuchs und wuchs.

»Das verdammte Ding hat mindestens doppelt so großen Schub wie wir«, raunte der Rudergänger.

»Eher fünfmal so groß. Und wenn ich mich nicht sehr täusche, hinterlässt das eine so heiße Strahlungssignatur, dass die praktisch im Dunkeln leuchtet.«

»Verdammt . . . jawohl, Sir, das scheint mir auch so«, bestätigte der Ortungsgast.

»Waffen, haben wir eine erste Zielerfassung?«

»Wir arbeiten noch daran, Sir. Mit diesen mobilen Sensoren ist die Interpolation ziemlich unsauber und . . .«

»Ortung, hat der Vampir schon seine aktiven Zielerfassungssysteme eingeschaltet?«

»Nein ... aber das hätte er eigentlich tun müssen, Sir. Er ist in Reichweite. Ist das Schiff vielleicht beschädigt ...?«

»Vermutlich verfügt er über Raketen aus eigener Produktion mit geringerer Reichweite als unsere. Also hofft er, dass wir seiner Annährungsgeschwindigkeit wegen in Panik geraten und uns auf einen Schnellschuss aus extremer Entfernung einlassen.«

Bernie nickte. »Jou, der möchte, dass wir die Raketen absetzen, während er nur ein Thermofleck auf unserer Ortung ist. Ist das passiert, fährt er seine aktiven Systeme hoch, nimmt anhand der Emissionen unserer aktiven Sensoren eine reziproke Zielerfassung vor und jagt uns eine Rakete in den Hintern.«

Lee nickte ebenfalls. Er spürte, dass es unter seinen Achseln unangenehm feucht wurde. »Waffen, noch einmal die Frage: Haben wir eine erste Zielerfassung?«

»Noch ni... – Ziel erfasst! Unsauber und wackelig, aber wir haben ihn. Für einen garantierten Treffer reicht's aber nicht, Sir.«

»Volle Salve, Waffen! Stellen Sie die Raketen auf unseren Feuerleitdatenstrom ein.«

»Aber, Sir, wenn's die Chance auf einen Treffer geben soll müssen wir unsere Systeme hochfahren! Nur mit unseren bordgestützten Sensoren lässt sich eine aktive Zielerfassung vornehmen!«

»Negativ. Erst wenn fünfzig Prozent der Flugzeit unserer Vögelchen verstrichen sind.«

»Und das geschieht ... genau ... *jetzt!*«

»Aktive Sensoren hochfahren!«, befahl Lee. »Schicken Sie den neuen Datenstrom geradewegs zu unseren Raketen. Verschaffen Sie denen eine klare Zielerfassung. Maschinenraum: voller Schub! Ruder, mit maximaler Geschwindigkeit Rückzug vom Vampir!«

Waffen stieß einen kurzen Triumphschrei aus. »Raketen übernehmen Zielerfassung der aktiven Sensoren. Achtzig Prozent liegen nach wie vor auf einem potenziellen Abfangvektor und schließen auf.«

Jetzt orientierten sich die Raketen nicht mehr an den ungenauen Zielerfassungsdaten der taktischen Thermosensordaten, die die Fernsonden auf dem Treibgut im Gefolge der *Blütenduft* lieferten: Nach Zugriff auf den präziseren und detailreicheren Datenstrom der aktiven Sensoren richteten sie sich geradewegs auf das Zielobjekt aus. Die nur unzureichende Vorausrichtung anhand der Passivortung hatte dafür gesorgt, dass zumindest acht der zehn Raketen dem Gegner nahe genug gekommen waren, um immer noch einen echten Abfangkurs anzulegen – obwohl sie zu diesem Zeitpunkt bereits sechzig Prozent des Abstandes zu ihrem Ziel hinter sich gebracht hatten.

Offenkundig hatte das feindliche Schiff damit gerechnet, dass die *Geier* Raketen absetzen und dabei ihre Sensoren aktivieren würde – und genau das war das Zielsignal, auf das man dort schon gewartet hatte. Nun, nachdem bereits acht Raketen auf sie zurasten, versuchte sich der Vampir an einem Ausweichmanöver: Er stürzte sich im rechten Winkel in die ›Tiefe‹ und nutzte seinen bemerkenswerten Schub dazu, den Vektor so abrupt wie möglich zu ändern. Doch die gewaltige Delta-Vau, die bislang für das rasche Aufkommen des Gegners gesorgt hatte, war nun ein Nachteil. Obwohl das feindliche Schiff einen drastisch anderen Schubvektor vorlegen konnte, näherte es sich immer noch den ihm entgegenkommenden Raketen, die jede Vektorveränderung nachvollzogen.

Verzweifelt setzte der Gegner noch eigene Raketen ab, ehe er in einem kurzen, heftigen Lichtblitz verschwand.

Die erleichterten Jubelrufe auf der Brücke erstarben schlagartig, als Lee mit rauer Stimme eine Frage stellte: »Einkommende Raketen?«

»Drei, Sir. Störfelder aktiviert, aber sie halten weiter auf uns zu.«

»Wahrscheinlich halten die jetzt nur noch mit ihrer eingebauten Ortung nach unseren Emissionen Ausschau. Setzen Sie Täuschkörper ab und sehen Sie zu, dass reichlich Thermo-Emitter dabei sind.«

Bernie nickte. »Ein weiterer Grund, weswegen Sie unsere eigenen Düsen so lange kalt gelassen haben, stimmt's? Hätten wir schon die letzten Stunden über Schub gegeben, wären die jetzt so aufgeheizt, dass die Vögelchen vielleicht den Unterschied zwischen uns und den Täuschkörpern erkennen könnten.«

In genau diesem Moment meldete der Eloka-Gast, dass sich eines der drei gegnerischen Geschosse soeben auf einen Funktäuschkörper gestürzt habe, während die beiden anderen, ebenso harmlos, zwei Thermo-Emitter zerstört hätten.

Lee löste seine Haltegurte und stand auf. »Gefechtsbereitschaft aufheben.« Er beugte sich über das sprachaktivierte Com. »Sergeant Finder, umgehend auf die Brücke! Ruder?«

»Jawohl, Sir?«

»Als ranghöchster Gast übernehmen Sie jetzt das Kommando auf der Brücke. Sie finden mich in meinem Bereitschaftsraum. Zusammen mit Mr. de los Reyes bereite ich einen Einsatzbericht vor und warte ansonsten darauf, dass sich der Sergeant zu uns gesellt.«

Sobald sich die Tür des Bereitschaftsraumes hinter Finder geschlossen hatte, wandte sich Lee seinen beiden Unteroffizieren zu. »Also gut, Gentlemen, nachdem wir jetzt ein paar Minuten Zeit haben, frei miteinander zu reden, erwarte ich Erklärungen. Vor allem möchte ich wissen, woher diese selbstgebastelte Gyrojet-Pistole stammt, die Sie, Sergeant Finder, mir so dezent zugesteckt haben. Und warum haben Sie dafür gesorgt, dass Lewis nicht dem Team angehört hat, das in die Bugsektion der *Blütenduft* vorgestoßen ist? Lewis, der, wie Sie später angedeutet hatten, den letzten der Entführer möglicherweise nicht aus Nervosität erschossen hat, sondern weil er ausdrücklich angewiesen worden sein könnte, sicherzustellen, dass es keine Gefangenen gibt, die man verhören könnte. Und dann ist da noch der Weißrauschengenerator, den Sie offenkundig in diesem Raum haben installieren lassen, Mr. de los Reyes. Das ist ein ziemlich ungewöhnlicher Schritt für jemanden, der sonst immer schön nach Handbuch vorgeht.«

Lee setzte sich. »Meine Herren, bitte, gehen Sie aktiv gegen meine Planetenhocker-Unwissenheit hinsichtlich dieser Dinge vor! Und zwar hier und jetzt, bevor der Mars auf den Einsatzbericht reagieren kann, den ich gerade abgeschickt habe.« Er verschränkte die Arme vor der Brust und wartete.

»Hui«, entfuhr es Bernie, und er blinzelte kräftig, »wir hatten Sie bisher eher für einen von der sanften Sorte gehalten, L. T.«

»Tut mir leid, Sie enttäuschen zu müssen. Also: Jetzt wird es Zeit, dass Sie Ihrerseits mich überraschen. Was zum Teufel geht hier vor?«

Finder massierte sich eine schwielige Handfläche. »L.T., nur um sicherzustellen, dass wir hier nicht gerade das Rad neu erfinden, das sich in Ihrem Hirn derzeit unablässig dreht: Was meinen Sie denn, was hier vorgeht?«

»Tja, erstens: Nicht alles, was uns Planetenhockern über die Upsider berichtet wird, ist vollständig – was das Bild gehörig verzerrt und die vorherrschende Partei auf der Erde unsere allseits beliebten fanatisch Grünen, in ein besseres Licht rückt. Die haben nun einmal einen ausgeprägten Hang zur Informationskontrolle. Hingegen verfügen die Neo-Ludditen nicht über genug Einfluss oder die richtige Organisation und schon gar nicht die nötige Geduld, all die dafür erforderlichen Kleinigkeiten und Nuancen im Blick zu behalten. Deswegen *vermute* ich, dass das Offizierskorps der Zollpatrouille in Wahrheit mitnichten die einzigen treuen Augen und Ohren der Erd-Union im All sind, wie es in den Sonntagsreden immer so schön heißt. Die Union verfügt also noch über andere, weniger offensichtliche Überwachungsmethoden.«

Bernie zuckte mit den Schultern. »Wir wissen natürlich, wem unsere Offiziere die Treue halten, schließlich kennen wir den Stall, aus dem Sie alle kommen. Ist nicht persönlich gemeint, L. T.«

»Habe ich auch nicht so aufgefasst. Demnach sorgen Sie sich um Informanten aus den eigenen Reihen – in höheren Rängen, richtig?« Lee wandte sich an Finder. »Darum ging es also bei Lewis. Sie halten ihn für einen Informanten der Lamettahengste von der Erde.«

Finder nickte ernst. »Jou. Er ist neu, und keiner kennt seine Familie – nicht einmal die anderen Lunies.«

»Er ist Lunie? Danach sieht er gar nicht aus.«

»Weil er nicht auf Luna geboren ist. Aber mit der Schwerelosigkeit kommt er einfach zu gut zurecht, um von der Oberfläche zu kommen.«

Darüber dachte Lee kurz nach. »Ist er vielleicht in einem der rotierenden Habitate aufgewachsen – so wie Sie, Sergeant?«

Finder lächelte. »Also haben Sie mich schon einordnen können? Nicht schlecht.«

Lee zuckte mit den Schultern. »In der Messe habe ich Ihren Akzent gehört. Klingt nach einem der L-4-Hab-Ringe. Und so einen Körperbau entwickelt man nicht an einem Ort, an dem weniger als ein Gravo-Äquivalent herrscht. Also reden wir hier von einem der großen Ringkörper. Damit könnte auch Lewis' Familie aus einem solchen Torus stammen. Das würde erklären, warum er alle Fertigkeiten eines Upsiders an den Tag legt und Lunie erster Generation ist.«

Bernie nickte. »Und genau das macht ihn zum perfekten Kandidaten, um von den Ökos als Spitzel angeworben zu werden.«

»Wieso das?«

»Immigration ist von der Erd-Union streng geregelt, auch innerhalb der Upsider-Gemeinschaften. Also müssen sich Mittel und Wege finden lassen, die eigenen Chancen auf eine Umzugsgenehmigung zu verbessern.«

»Etwa deutlich zur Schau gestellte Kooperationsbereitschaft?«

Bernie nickte. »Ein regelmäßig genutztes Mittel, um sich Gefallen zu erpressen – vor allem, wenn die betreffenden Personen wirklich dringend umziehen müssen ... beispielsweise aus medizinischen Gründen.«

»Die da wären?«

Die Beine ein wenig gespreizt, beugte sich Bernie vor und rieb sich die Innenseite der Knie. »Wollen Sie sich das wirklich alles anhören, L.T.? Das könnte Ihre Weltsicht drastischer verändern, als Sie im Augenblick glauben. Und dann fällt Ihnen die Rückkehr vielleicht arg schwer.«

Lee atmete aus. »Ich weiß gar nicht, ob ich auf die Oberfläche zurückkehren möchte. Aber ich weiß auch nicht, ob ich zum Upsider werden will.«

»Tja«, knurrte Finder, »dazwischen gibt's nicht mehr viel.«

Lee lächelte. »Und da sehen Sie mein ganzes Dilemma, Sergeant. Aber legen Sie los, Bernie: Erklären Sie mir, wie die Erd-Union medizinische Versorgung als Druckmittel nutzt.«

Bernie zuckte mit den Schultern. »Okay. Aber vergessen Sie nicht: Sie haben danach gefragt. Also, als ich auf dem Mars aufgewachsen bin, hatten wir ein paar Nachbarn, zwei Kuppeln weiter die Haupt-Verkehrsröhre entlang. Nette Leute, mit zwei Kindern, eins davon ein Mädchen. Ich war wohl damals ein bisschen verknallt in sie. Wie dem auch sei, als sie zwölf war, hat man bei ihr umweltbedingte Leukämie diagnostiziert.«

Lee runzelte die Stirn. »Ich dachte, die Habitate auf dem Mars wären alle auf den höchsten Strahlenschutzstandard ausgelegt.«

»Ja, und die Schweine, die es bei uns nicht gibt, können alle fliegen. Hören Sie, L. T., vielleicht haben die ja alle Standards erfüllt, als sie damals gebaut wurden – aber das ist in einigen Fällen mehr als zwei Jahrhunderte her. Material verschleißt nun einmal, Schilde tragen sich nach und nach ab, Schutzwälle erodieren. Letztendlich läuft es darauf hinaus, dass wir selbst sie nach Kräften zu erhalten versuchen, aber die Erde hat immer wieder neue Ausreden gefunden, die Lieferung lebensnotwendiger Frachtgüter hinauszuzögern oder ganz einzustellen.«

»Man hat Lieferung von grundlegendem Strahlenschutz hinausgezögert?«

»Man hat alles an Lieferungen hinausgezögert, einschließlich – und damit kehren wir wieder zu meiner kleinen

Geschichte zurück – die spezieller Medikamente. Meine süße Nachbarin mit der Leukämie hätte ihre Medikamente wöchentlich erhalten sollen, aber auf dem Mars war der Vorrat nach fünf Wochen aufgebraucht. Zehn Wochen lang hat sie warten müssen, bis eine neue Charge eingetroffen ist. Wäre das so weitergegangen, wäre sie nach zwei, spätestens drei Jahren tot gewesen.«

Lee hatte Mühe, seine verkrampften Kiefermuskeln zu lockern. »Also haben sich die Eltern der Kleinen auf einen Deal eingelassen.«

»Natürlich. Hätten Sie das nicht getan? Sie haben die Genehmigung bekommen, in eines der Niederschwerkraft-Habitate nahe der Erd-Trojaner zu ziehen. Und da werden sie wohl immer noch sein und als Spitzel für die Erd-Union die Ohren offen halten. Lewis erscheint mir ein noch typischerer Kandidat.«

»Wieso das?«

»Na ja, offen gesagt, weil er ein Lunie ist. Wissen Sie, im Allgemeinen geht es Lunies von allen Upsidern am besten. Die erhalten viele Lieferungen von der Erde, ihnen werden für ihre Treue gewisse Privilegien eingeräumt, und sie haben regelmäßig Kontakt mit Planetenhockern. Sie sind nur eine Lichtsekunde von der Erde entfernt und ins selbe öffentliche Datennetz eingebunden. Deswegen bekommen die Planetenhocker ja von denen auch eine ganze Menge zu sehen. Der Erd-Union bleibt gar nichts anderes übrig, als für einen guten Eindruck vom Leben auf dem Mond zu sorgen. Deswegen kommen die Lunies auch in den Genuss praktisch derselben Sozialleistungen und Versorgungsgüter. Wo derart viel Geld und Privilegien sitzen, ist es einfacher, Sympathisanten des Erd-Regimes zu finden.«

Wann immer es an Bord eines Schiffes einen Spitzel der

Erd-Union gibt, stehen die Chancen ziemlich gut, dass es ein Lunie ist. Deswegen halten wir uns ihnen gegenüber immer gern bedeckt – zum Beispiel, was unsere selbst gebastelten Nullschwerkraft-Pistolen angeht.«

Lee lehnte sich zurück. »Okay, was wir in der Schule über das Upsiderleben erfahren haben, klang anders.«

»Ist uns klar«, bestätigte Finder barsch. »Vergessen Sie nicht: Wir hatten es schon mit einer langen Reihe Vorgängern von Ihnen zu tun – jedes Jahr gab's einen neuen. Und damit kommen wir auch schon zu dem Geheimnis, das *wir* zu ergründen versuchen, L. T.: Wie kommt es, dass Sie so ... öhm, sagen wir: aufgeschlossen sind?«

Lee zuckte die Achseln. »Na ja, einige meiner Verwandten sind Fünfer.«

Nun war es an Bernie, sein Gegenüber verständnislos anzustarren. »Fünfer?«

»Ja, Fünfer, wie in, Sie wissen schon: ›Ich berufe mich auf meine Rechte, wie sie der Fünfte Zusatzartikel garantiert‹, verstehen Sie?«

»Aha, und was garantiert der Fünfte Zusatzartikel?«, fragte Bernie.

Finder runzelte die Stirn. »Wenn ich mich nicht täusche, ist das der Teil der US-amerikanischen Verfassung, der jemandem das Recht vor einem ordentlichen Gericht zugesteht, die Antwort auf eine Frage zu verweigern, um sich nicht selbst zu belasten.«

»Wow«, staunte Bernie, »was aus diesem Recht wohl geworden sein mag?«

Lee zuckte mit den Schultern. »Zumindest auf dem Territorium der Vereinigten Staaten von Amerika gilt es noch – theoretisch zumindest. Aber vor ungefähr einhundert Jahren, nachdem die Ökos ihre Machtbasis konsolidiert hatten und dann die UN in die Erd-Union umwandelten, gelang in den meisten Ländern die Einführung eines Treueeids. In einigen Ländern, etwa im Norden von China, *musste* man diesen Eid schwören. In anderen wurde im Falle einer Auskunftsverweigerung auf eine alte Regel zurückgegriffen: ›Wer schweigt, stimmt zu‹. Nur in einigen wenigen Ländern konnte man sich weigern, den Treueeid abzulegen, musste aber seine Beweggründe erläutern – außer in den USA. Da konnte man einfach die Arme vor der Brust verschränken und den Mund halten, genauso, wie es der Fünfte Zusatzartikel gestattet. Und seitdem wird in den USA jeder, der nicht sofort vor der Obrigkeit kuscht, Fünfer genannt.«

»Hmm. Also entstammen Sie einem traditionsreichen Geschlecht von Unruhestiftern«, fasste Bernie zusammen. »Ich wusste doch, dass Sie etwas an sich haben, was mir sofort gefallen hat, L. T.! Aber das erklärt immer noch nicht, warum Sie so … na ja, so *tüchtig* sind.«

Wieder zuckte Lee die Achseln. Warum es für sich behalten? »Wahrscheinlich, weil ich in meiner Kindheit sämtliche radikalen Schriften in der Bibliothek meines Urgroßvaters gelesen habe – die Hälfte davon findet man heute gar nicht mehr.«

Bernie dachte nach. »Was für Bücher hat das Regime denn auf der Oberfläche aus dem Verkehr gezogen?«

»Reichlich. Praktisch alles, was es an vernünftiger Geschichtsschreibung gab. Alles an Romanen, Gedichten und Theaterstücken, in denen die Helden nicht hinreichend den Gemeinschaftsgeist oder das Zusammengehörigkeitsgefühl verkörpern.«

»Was denn?«, entfuhr es Finder. »Kein Shakespeare mehr?!«

»Ach, das ist etwas anderes. Alles aus der Zeit vor dem

neunzehnten Jahrhundert gilt heutzutage als primitive Literatur!«

»Ehrlich?«, meinte Bernie und blickte dabei fassungslos ins Leere. »Ich dachte, das wären Klassiker.«

»Ja, klar, aber das galt, bevor das Komitee für Verhaltensstandards bestimmte, dass Helden in unserer Gesellschaft samt und sonders stets vorbildliches Verhalten an den Tag zu legen hätten. Und so genießen die Helden aus früheren Zeiten nun den Status von Halbwilden. Natürlich nicht aufgrund eigenen Verschuldens: Sie lebten schließlich in der Zeit der geistigen Beschränktheit, vor dem sogenannten Erwachen.«

Nun war es an Finder, die Stirn zu runzeln. »Haben die Russen nicht während ihrer Kommunismusphase ebenfalls versucht, den Zugang zu bestimmten Büchern einzuschränken?«

Lee schüttelte den Kopf. »Keine Ahnung. Es ist wirklich schwer, an sachlich richtige historische Darstellungen über die Zeit nach dem Jahr 1800 heranzukommen. Ein bisschen was darüber gab es in Uropas Bibliothek. Aber darin ging es meistens um die Vergangenheit der USA und deren militärische Feldzüge. Aber Romane ...« Vor seinem geistigen Auge sah Lee die Regalwände aus immer mehr nachdunkelndem Holz, die gar kein Ende zu nehmen schienen: lautlose Zuwege in andere Welten als seine eigene triste, eingeengte Lebenswirklichkeit, in der kühne Ideen oder kühnes Handeln als destabilisierend und gefährlich angesehen wurden. In den Büchern hatten die Helden Städte gerettet und ganze Reiche entweder errichtet oder zum Einsturz gebracht, hatten Kontinente entdeckt und fremde Welten erkundet ...

»L.T., hallo-o, noch da?«

Bernies leise gestellte Frage riss Lee aus den sehnsüchtigen

Erinnerungen. »Also habe ich beschlossen, so viel wie nur irgend möglich von diesem Leben selbst mitzunehmen.«

Finders buschige Augenbrauen wanderten seinem fliehenden Haaransatz entgegen. »Und wie?«

Lee zuckte mit den Schultern. »Nach dem College habe ich mich bei der einzigen Truppe freiwillig gemeldet, die sich bei Bedarf geradewegs ins Risiko begibt: der Küstenwache. Für Such- und Rettungseinsätze. Und die Erd-Union ist immer froh, wenn sie Leute findet, die bereit sind, diese Pflicht auf sich zu nehmen – vor allem wenn darunter jemand ist, der sich zum Offizier eignet. Unter denen mit guten Noten gibt es nicht mehr viele, die bereit wären, derartige Risiken einzugehen – nicht einmal, um das Leben anderer zu retten.«

Bernie nickte. »Also gut, das erklärt Ihre Kaltschnäuzigkeit im Gefecht. Verdammt, nicht einmal wir Upsider stürmen geradewegs in die Gefahr hinein! Wenn die auf uns zukommt, machen wir das einzig Vernünftige und sehen zu, dass wir Land gewinnen. Wenn wir können.«

Finder lächelte. »Also haben Sie sich für die Zollpatrouille vorqualifiziert, indem Sie mitten hinein in Sturmgebiete gefahren sind.«

Lee erwiderte das Lächeln. »Ja, so könnte man das ausdrücken. Das war die einzige Möglichkeit, je hinaus ins All geschickt zu werden – in die Welt der Upsider.«

»Und warum wollten Sie da unbedingt hin?«

Lee nahm Bernie in den Blick. »Für genau das hier. Um einen Ort zu haben, an dem die globale Bürokratie nicht ständig alles überwachen und beeinflussen kann.«

»Tja«, seufzte Bernie, »dann willkommen in der Scheiße, Lieutenant Strong. Denn genau darin wollten Sie unbedingt schwimmen gehen, und da sind Sie jetzt, und . . .«

»Skipper«, unterbrach ihn der Ruf des Signalgasten, »Signal trifft ein – von den Lamettahengsten.«

»Wo wir gerade von Scheiße reden ...«, brummte Finder.

Lee warf ihm einen scharfen Blick zu, dann antwortete er dem Signalgasten: »Stellen Sie hierher durch.«

»Sir, da gibt es nichts, was sich durchstellen ließe. Es handelt sich lediglich um die Aufforderung, Ihren Einsatzbericht per Signallaser erneut zu übermitteln, Sir – an neue Koordinaten.«

»Neue Koordinaten? Wohin?«

»Wenn ich raten soll, Sir: Hygeia.«

Bernie und Finder sahen so überrascht drein, wie Lee sich fühlte. »Also gut. Kommen Sie der Aufforderung nach.« Er deaktivierte das Intercom und wandte sich den beiden Unteroffizieren zu. »Hygeia?«

Bernie zuckte die Achseln. »Der äußerste der großen Felsbrocken im Asteroidengürtel. Beobachtungs- und Versorgungsposten, Kneipe und Sammelplatz für vertragsfreie Prospektoren und Schürfer.«

»Weiß ich, das Kartenmaterial habe ich durchaus studiert. Aber was meint ›vertragsfrei‹?«

»Das, was hier draußen jeder weiß, L.T. – Ihre Vorgesetzten eingeschlossen. Nicht jeder, der jenseits der Erde geboren wird, wird pflichtschuldigst den Behörden gemeldet. Gleiches gilt für geschäftliche Transaktionen, für Schiffe oder für Gemeinschaften.«

»›Vertragsfrei‹ meint also, dass diese Leute nicht einen rechtlich bindenden Handelsvertrag eingehen, oder dass sie nicht im allgemeinen Gesellschaftsvertrag der ganzen Menschheit berücksichtigt werden?«

»Beides. Sie überleben nur, weil sie ständig unter dem Radar bleiben.«

»Ah. Und einige dieser ... Unabhängigen kommen nach Hygeia, um Geschäfte zu machen.«

»Das und noch viel mehr. Dort gibt's auch reichlich Kuppelei. Sie sollten sich beizeiten mit einem Gürtler über die Schwierigkeiten *echter* Fernbeziehung unterhalten.«

Lee schmunzelte. »Ich verstehe, was Sie meinen. Aber warum sollten uns die Lamettahengste dann anweisen, unseren Bericht nach Hygeia zu übertragen?«

Finders ganze Aufmerksamkeit schien seinen Stiefeln zu gelten. »Na ja, da gibt es so ein paar Gerüchte, Skipper.«

Bernie blickte ihn überrascht an. »Okay, Jan, was hast du mir vorenthalten?«

Finder blickte zu ihm auf. »Hör zu, Bernie, wenn ich dir alles erzählen würde, was ich weiß, dann wärest du ja genau so schlau wie ich. Na gut, fast zumindest. Also gestehe einem alten Mann doch das eine oder andere Geheimnis zu.« Er wandte sich wieder an Lee. »Skipper, es heißt, hier in der Nähe würden sich ein paar Schiffe der Erd-Union herumtreiben – größer als Kreuzer. Angeblich haben die geheime Versorgungsdepots auf oder in der Nähe von einem der größeren Planetoiden – wie Hygeia.«

Lee runzelte die Stirn. »Andere Schiffe der Zollpatrouille?«

»Ja und nein. Angeblich unterstehen diese Schiffe einer geheimen Sonderabteilung der Zollpatrouille – und die ist geradewegs einem Politiko im Führungskomitee unterstellt. Bemannt sind diese Schiffe mit Leuten wie Ihnen: ehemalige Skipper etwa der Küstenwache und andere Planetenhocker, die hier draußen ein bisschen echte Erfahrung sammeln konnten.«

Lee spürte, wie sich die Falten auf seiner Stirn vertieften. »Und wie lautet deren Auftrag?«

Finder blickte düster drein. »Alles, was die Politikos ihnen gerade befehlen.«

Lee spürte, wie ihm Hände und Füße schlagartig eiskalt wurden. »Eine Weltraum-Prätorianergarde?«

»Man könnte sie auch Kosaken nennen. So heißt es zumindest.«

Bernie starrte Finder an. »Ich dachte, das wäre nichts als Geschwätz. Ein Ammenmärchen, mit dem man Kinder erschreckt.«

Finder blickte zu dem deutlich jüngeren Mann hinüber. »Wenn an den Geschichten, die mir zu Ohren gekommen sind, wirklich was dran ist, tauchen diese Leute nicht auf, um jemanden zu erschrecken, sondern umzubringen.«

Lee ging die bisherigen Informationen noch einmal durch und setzte sie zueinander in Beziehung. »Sollte ein solches Schiff tatsächlich existieren, ist durchaus denkbar, dass es sich ganz hier in der Nähe verborgen hält – vor allem, wenn unsere Vermutung zutrifft, die Entführung der *Blütenduft* wäre Teil eines deutlich größeren, insgeheim ausgetragenen Konflikts.«

»Okay«, räumte Bernie ein, »aber wenn diese Kosaken-Patrouille dabei mitmischt, stellt sich doch die Frage, wessen Interessen die Entführer nun vertreten: die der Upsider oder die der Planetenhocker?«

Lee nickte. »Oder spielen da noch andere Fraktionen mit?«

Bernie runzelte die Stirn. »Wer denn, bitte schön?«

Ein Laut drang aus dem Intercom. »Signal trifft ein, Sir. Zur Vorwarnung: Die Signalverzögerung beläuft sich auf insgesamt vierzig Sekunden.«

»Verstanden. Stellen Sie durch.«

Bernie fuhr sich mit dem Zeigefinger über die volle Oberlippe, während er die jüngsten Informationen verarbeitete. »Abstand zwanzig Lichtsekunden. Das ist etwas näher als Hygeia, aber nicht sonderlich viel.«

Der Bildschirm am Heckschott erwachte flackernd zum Leben und zeigte einen Mann mit unauffälligen Gesichtszügen. Er trug einen äußerst konventionellen Anzug und saß phlegmatisch vor einem nichtssagenden Hintergrund.

»Meinen Gruß, Lieutenant Strong. Mein Name ist Stephan Mann. Ich bin Regionalkoordinator der Zollpatrouille.«

Da sie kein Antwortsignal absetzen würden, bis die Übertragung beendet wäre, scheute sich Bernie nicht, die kurze Sprechpause mit dem zu füllen, was er über Koordinator Mann zu sagen wusste. »Von dem Kerl habe ich schon gehört. Halb Schweizer, halb Belgier, seit ungefähr fünf Jahren hier draußen. Wann immer er irgendwo auftaucht, steht das eine oder andere äußerst übel riechende Fass kurz vor dem Überlaufen. Kein Freund von uns Upsidern, und ökofanatischer als der kann man nicht sein.«

Lee nickte und setzte in Gedanken hinzu: *Und er steht auf keinem Organigramm der Zollpatrouille, das mir je zu Gesicht gekommen wäre. Dieser Kerl kümmert sich ausschließlich um Sonderaufgaben. Ab jetzt ist ganz besondere Vorsicht geboten.*

»Ihr Einsatzbericht ist bei uns eingegangen, Lieutenant. Sie sind eindeutig zu belobigen für Ihre Tüchtigkeit.«

»Ich glaube, damit meint er ›dafür, den bösen Jungs gehörig in den Arsch getreten zu haben‹«, raunte Bernie.

Manns zeitverzögertes Abbild sprach bereits weiter. »Dass Sie es jedoch verabsäumt haben, die erforderliche Systembereitschaft Ihres Schiffes aufrechtzuerhalten, trägt Ihnen trotz Ihrer Leistungen auch eine negative Bemerkung ein. Wir vertrauen darauf, dass Ihnen ein solcher Fehler nicht erneut unterläuft.«

»Fehler?«, wiederholte Finder. »Was denn für ein Fehler?«

Über die Schulter hinweg grinste Lee ihn an. »Der Signallaser, den Sie ›gestern‹ als funktionsuntüchtig in den Unterlagen verzeichnet haben, erinnern Sie sich?«

Finders verwirrtes Stirnrunzeln wich dem gleichen verlegenen Grinsen, das schon auf Bernies Gesicht zu sehen war. »Ach ja, richtig. 'tschuldigung, dass wir diese kleine technische Schwierigkeit nicht vorausgesehen haben, L.T.!«

»Dann bekomme ich eben kein Fleißkärtchen von Mister Obermotz-im-schlecht-sitzenden-Anzug. Na und?«

Der Regionalkoordinator in dem zugegebenermaßen schlecht sitzenden (oder zumindest äußerst langweiligen) Anzug fuhr fort: »Deutlich mehr Anlass zur Sorge ist für uns jedoch, dass Sie keinen Gefangenen haben machen können. Es wäre sehr nützlich gewesen, zumindest einen der Täter dieses Aktes sinnloser Barbarei zu vernehmen, der gegen die *Blütenduft* ausgeführt wurde.«

Lee hob eine Augenbraue. *Akt sinnloser Barbarei?* Die Wortwahl ließ vermuten, Mann wäre davon überzeugt, die Ermordung von Passagieren und Besatzung wäre Willkür gewesen und verweise nicht auf skrupellose, vorsätzlich handelnde Täter: eine äußerst verwirrende – oder vielleicht auch sehr vielsagende – Schlussfolgerung.

Mann fuhr fort: »Hinsichtlich Ihrer Spekulation, das von Ihnen abgeschossene Schiff hätte eine rekonfigurierbare Thermonuklearrakete mit sich geführt – genau genommen eine Variante auf Gasbasis, bei der zwischen geschlossenem Modus und Koaxialmodus gewählt werden kann – weisen unsere Techniker darauf hin, dass derartige Technologie rein hypothetisch ist. Sie hingegen gehen sogar so weit, zu vermuten, dass es unter Upsider-Renegaten Techniker und sogar

Schiffskonstrukteure gäbe, die eigenständig derartige Hochleistungstechnologie entwickelt und zudem genug dafür erforderliches radioaktives Material zusammentragen haben könnten, um sie auch zum Einsatz zu bringen. Unsere Analyse der Bedrohungslage legt nahe, dass beide Vermutungen nicht haltbar sind und daher keiner weiteren Nachverfolgung bedürfen. Sollten Ihnen allerdings weitere Belege vorliegen, die Ihre Spekulationen stützen, übermitteln Sie diese bitte umgehend.« Die Nachricht endete.

Lee blickte die beiden Unteroffiziere an. »Ticke ich noch richtig, oder hat mir Mr. Mann soeben bedeutet, dass zwar meine Arbeitshypothesen samt und sonders unmöglich sind, ich aber bitte weitere Beweise für deren Richtigkeit übermitteln solle?«

»Öhm . . . jou, so ungefähr«, nickte Bernie.

Lee schüttelte den Kopf und gab dem Signalgasten ein Zeichen. »Übertragung einer Antwort vorbereiten.«

»Aufzeichner aktiv und sendebereit, Sir.«

Lee setzte sich auf, den Blick geradeaus in den Aufzeichner gerichtet. »Koordinator Mann, es freut mich, dass Sie meine Berichte und Daten so rasch erhalten und analysiert haben. Hinsichtlich Ausstattung und Herkunft des feindlichen Schiffes sei darauf hingewiesen, dass sich meine Mutmaßungen auf theoretische Arbeiten stützen, die bereits mehr als drei Jahrhunderte zurückliegen. Darüber hinaus ist allgemein bekannt, dass der Zollpatrouille nicht möglich ist, derart fern von der Erde Aktivitäten der Upsider im Blick zu behalten.«

Er spürte Bernies und Finders Blicke auf sich ruhen: Sie beobachteten ihn, bewerteten seine Worte, fragten sich, wie viel er von den neu gewonnenen Erkenntnissen über die Lebenswirklichkeit der Upsider ansprechend oder preisgeben würde.

»Aber auch wenn ich keinerlei konkrete Beweise dafür vorlegen kann, dass Produktionsstätten oder Arbeitskräfte ohne Aufsicht der Zollpatrouille oder anderer ordnungsgemäß bestallter Behörden der Erd-Union aktiv wären ...«, hinter sich hörte er an dieser Stelle zwei leise Seufzer der Erleichterung, »... erscheint mir die intensive Radioaktivität des von dem feindlichen Schiff verwendeten Treibstoffs doch erwähnenswert, und ebenso, dass es innerhalb kürzester Zeit derartige Leistungsspitzen zu erreichen vermochte. Beides zusammen lässt auf eine gänzlich andere Schubtechnik schließen – eine Technik, die voll und ganz zu den zu erwartenden Leistungswerten einer rekonfigurierbaren Thermonuklearrakete passt. Abschließend möchte ich anmerken, dass ein solches Fahrzeug für derartige Einsätze schlichtweg ideal wäre: Es wäre in der Lage, rasch den Leistungsausstoß zu verändern und bei Offensiveinsätzen dank eines fünfhundertprozentigen Schubvorteils die Initiative zu übernehmen. So zumindest ist es während unseres kurzen Gefechtes gewesen.

Über das Kapern der *Blütenduft* können wir lediglich das aussagen, was sich durch kriminaltechnische Untersuchung der uns vorliegenden Beweise ermitteln lässt. Dennoch möchte ich Folgendes noch einmal unterstreichen: Auch wenn den Tätern das Leben ihrer Opfer offenkundig und in bestürzendem Maße gleichgültig war, scheint mir ihr Vorgehen keineswegs sinnlos. Jeder einzelne Schritt ihres Plans wurde kaltblütig, gezielt und methodisch ausgeführt – bis hin zu dem Punkt, dass sie sich lange im All haben treiben lassen, um mehrere Tage nach dem Kapern des Schiffes unbemerkt (216)Kleopatra zu erreichen, statt so rasch wie möglich zu flüchten. Derart diszipliniertes Vorgehen bringt mich zu der Vermutung, es hier nicht mit einfachen Piraten zu tun gehabt zu haben, sondern mit radikalen Polit-Aktivisten aus den Reihen der Upsider.«

Er deaktivierte den Kommunikator, ließ sich in seinen Sessel zurücksinken ... und bemerkte plötzlich, wie sorgfältig Finder und Bernie vermieden, ihm ins Gesicht zu sehen. »Okay«, sagte Lee leise, »und jetzt? Gibt es wirklich eine Organisation radikaler Upsider-Renegaten?«

»Na ja«, antwortete Finder, »eine richtige Organisation ist das eigentlich nicht, eher so eine Art loses Kollektiv. Sie nennen sich selbst Raumschiffer.«

»Warum das?«

Besorgt rieb sich Bernie die Hände. »Damit wollen sie zum Ausdruck bringen, es wäre falsch zu glauben, die wahre Heimat der Menschen sei die Oberfläche des Planeten, L. T. Die ganz Extremen unter denen behaupten steif und fest, das an Besessenheit grenzende Beharren der Menschheit, sie müsse unbedingt auf einem grünen Planeten leben, sei nicht nur veraltet, sondern gefährlich. Sie glauben, genau aus diesem Grund würden die Planetenhocker die Upsider wie Dreck behandeln: weil sie sich denen überlegen fühlen. Schließlich leben sie ja auf der Erde, dem heiligen Mutterschoß der menschlichen Spezies.«

Finder nickte. »Und deren Antwort darauf besteht darin, der Erde den Rücken zuzuwenden und sie einfach in ihrem eigenen Müll und ihrer Überheblichkeit ertrinken zu lassen.«

Zum Teufel, ich habe wirklich noch viel *darüber zu lernen, was hier draußen vor sich geht*, dachte Lee.

»Aber ich weiß nicht, ob die Raumschiffer militant genug sind, um Schiffe zu entführen, Skipper«, schloss Bernie. »Andererseits hatten Sie natürlich völlig recht: Wer auch immer die *Blütenduft* in seine Gewalt bringen wollte, er hat das nicht getan, um damit Geld zu machen oder ein Schiff zu bekommen ... oder auch nur die kleinen Zugeständnisse, die sich mit Geiseln eben erkaufen lassen. Also bleibt die Frage: Was ist das Motiv?«

Als Finder nickte, bewegte sich sein ganzer Oberkörper. »Jou, und warum hat sich da ein illegaler Flitzer mit Nuklearantrieb versteckt, der nur darauf gewartet hat, sie mit seinen Raketen vom Himmel zu putzen?«

Lee nahm das Nicken auf. »Derzeit haben wir entschieden zu viele Fragen und nicht genug Antworten. Aber ich glaube nicht, dass wir noch etwas Neues erfahren, wenn wir das Schiff noch einmal genau unter die Lupe nehmen. Mir scheint, wir müssen das Suchgebiet ausdehnen.«

»Bis wohin?«, fragte Finder.

»Bis zu dem Ort, der erreichbar ist und Antworten für uns bereithält: Callisto, Zielhafen der *Blütenduft*.«

Bernie nickte. »Sie sind der Ansicht, wir haben es mit einer geplanten Meuterei zu tun, um dafür zu sorgen, dass sie dort nie ankommt?«

»Genauer gesagt, um dafür zu sorgen, dass etwas oder jemand an Bord dort nicht ankommt.«

Finder zog die Stirn in Falten. »Also glauben Sie, jemand auf Callisto hat auf eine ganz bestimmte Ware gewartet, die er in Empfang nehmen wollte? Vielleicht der Kerl, der die *Blütenduft* als überfällig gemeldet hat?«

Bernie schüttelte den Kopf. »Nein, das wäre zu offensichtlich. Außerdem treffen vor Callisto nicht gerade viele Schiffe ein – pro Jahr vielleicht vier Stück, höchstens. Also dürfte dort wohl immer eine ganze Reihe Leute sehnsüchtig das Eintreffen dieser Hand voll Schiffe erwarten. Immerhin bringen sie Versorgungsgüter, Baumaterial, neue Arbeitskräfte und umzuschlagendes Frachtgut.«

Lee nickte »Ja, aber irgendwo in dem Heuhaufen, als der

sich uns der Frachtraum der *Blütenduft* darstellt, ist die Nadel, die uns das Belastungsmaterial liefert – den Hinweis darauf, wer auf etwas gewartet hat, was *eben nicht* auf dem Ladungsmanifest zu finden ist . . . irgendetwas Geheimes.«

Durch die Tür zum Bereitschaftsraum hindurch rief der Signalgast: »Skipper, Antwort auf Ihre letzte Nachricht trifft ein.«

»Danke sehr. Stellen Sie durch.«

Der Schirm flammte wieder auf. Regionalkoordinator Mann saß genauso dort wie zuvor auch, doch er machte den Eindruck, als stehe er kurz davor, nervös herumzuzappeln. »Lieutenant Strong, meines Erachtens sorgen Ihr vergleichsweise junges Alter und der ungewöhnliche Stress der vergangenen Stunden dafür, dass Sie politisches Ränkespiel und Renegaten zu sehen vermeinen, wo nichts dergleichen existiert. Dabei handelt es sich um die voll und ganz nachvollziehbare Nachwirkung eines Gefechts, wie Sie es hinter sich haben. Aber Sie müssen diese Trugbilder jetzt abschütteln. Sie müssen Ihre Arbeit machen, müssen eine Patrouillenfahrt zum Abschluss bringen. Nehmen Sie die *Blütenduft* in Schlepptau und steuern Sie mit maximaler Geschwindigkeit die nächstgelegene Einrichtung der Erd-Union an. Hinsichtlich des Frachtrauminhalts des Schiffes werden Sie keine weiteren Untersuchungen anstellen. Entsprechende Untersuchungen werden von den Behörden vor Ort durchgeführt. Weitere Kommunikation über diesen Zwischenfall ist ausdrücklich untersagt, außer um sich mit der betreffenden Einrichtung der Erd-Union über die Überstellung des aufgegebenen Schiffes abzusprechen. Sollten Sie seit Ihrem ersten Bericht noch etwas Außergewöhnliches oder eine wie auch immer geartete Anomalie an Bord der *Blütenduft* bemerkt haben, sind Sie hiermit angewiesen, mich darüber zu informieren. Ich erwarte Ihr abschließendes Signal.«

Nach einigen Sekunden des Schweigens fragte der Signalgast über das Intercom: »Sir, wünschen Sie eine Antwort aufzuzeichnen?«

Langsam atmete Lee aus, dann lehnte er sich zurück, weg von dem Kommunikator. »Eine persönliche Antwort werde ich nicht übermitteln. Senden Sie einfach, dass ich nichts weiter zu berichten weiß, dass ich die an mich ergangenen Anweisungen erhalten und verstanden habe und mich unverzüglich auf den Weg zur nächstgelegenen Einrichtung der Erd-Union mache. Schließen Sie mit meinen Empfehlungen an Regionalkoordinator Mann und meinem Dank.«

Mit dem Kinn deutete Finder auf den nun leeren Bildschirm. »Diese Dumpfbacke hätte Ihnen gestatten müssen, den Indizien nachzugehen und diese Untersuchung abzuschließen.«

Lee lächelte. »Aber das hat er doch gemacht.« Er drückte auf den Intercom-Knopf und tat so, als entgingen ihm die völlig ungläubigen Gesichter seiner Untergebenen. »Ruder?«

»Jawohl, Skipper?«

»Die *Blütenduft* ins Schlepptau nehmen. Navigator?«

»Hier, Sir!«

»Legen Sie einen Kurs nach Callisto an. Sobald das Ruder meldet, die *Blütenduft* sei sicher vertäut, dem Kurs mit Maximalgeschwindigkeit folgen.«

»Jawohl, Sir!«

Lee wandte sich wieder seinen beiden ranghöchsten Untergebenen zu, denen nach wie vor beinahe die Augen aus den Höhlen quollen.

»Sie legen es darauf an, vor einem Kriegsgericht zu landen«, mutmaßte Bernie.

»Ich befolge Befehle«, korrigierte ihn Lee. »Sie haben doch selbst gesagt, dass wir an Bord der *Geier* immer schön nach Handbuch vorgehen. In diesem Falle folgen wir wort-wörtlich den ergangenen Anweisungen.«

Finders Gesicht hellte sich auf, als er begriff. »Mann hat Anweisung gegeben, die *nächstgelegene* Einrichtung der Erd-Union anzusteuern. Und die befindet sich, von unserer aktuellen Position aus ermittelt, auf Callisto.«

»Ja, die ist uns am nächsten – um ungefähr eintausend Kilometer.«

Bernie blickte niedergeschlagen drein. »Skipper, Sie wissen ganz genau, dass Callisto keineswegs auf Manns Liste der möglichen Optionen steht.«

»Weiß ich das wirklich, Bernie? Die *nächstgelegene* Einrichtung, das hat er gesagt. Sollten ihm irgendwelche Ausnahmen oder Sonderregelungen vorgeschwebt haben, dann lag es – immer schön nach Handbuch – in seiner Verantwortung, diese ausdrücklich anzusprechen.«

»Lieutenant, Callisto ist Sperrgebiet. Wir dürfen den Mond nicht ansteuern.«

»Da täuschen Sie sich, Bernie. *Sie* dürfen den Mond nicht ansteuern. Das gilt für sämtliche Upsider, außer bei behördlich genehmigten Bauaufträgen, die für die interstellaren Kolonistenschiffe der Outbounder gelten.« Ganz selbstverständlich verwendete Lee die Bezeichnung, die sich für die Kolonisten draußen im All eingebürgert hatte – für all jene, die bereit zum Abflug von den Interstellarraumhäfen waren, um nach den Sternen zu greifen. »Aber als *Offizier* der Zollpatrouille steht es mir frei, nach eigenem Ermessen die Einrichtung zu betreten und zu inspizieren, sollte mir ein solches Vorgehen aus Gründen der Sicherheit erforderlich erscheinen.«

»Haben Sie denn derzeit einen Grund, an der Sicherheit der Einrichtung zu zweifeln?«

»Den brauche ich nicht, Bernie. Erstens habe ich die nötige Sicherheitsfreigabe. Zweitens wurde ich gerade durch Koordinator Mann ausdrücklich dazu aufgefordert, die nächstgelegene Einrichtung anzusteuern – Callisto.«

Bernie blickte zu Finder hinüber. Dieser zuckte wieder einmal mit den Schultern. »Also, soweit ich das beurteilen kann, ist das absolut vorschriftsmäßig.«

»Wortwörtlich, klar, aber der Skipper verzerrt dabei völlig den eigentlichen Sinn des Befehls.« Bernie wandte sich wieder an Lee. »Hören Sie, Lieutenant Strong, wir hatten selten mit Offizieren wie Ihnen zu tun. Also werden Sie mir gewiss nachsehen, wenn ich Sie darum bitte, die Vorgehensweise zu überdenken – natürlich aus reinem Eigennutz und zum Schutz der restlichen Besatzung. Sie wissen genauso gut wie ich, dass man Sie auf kleiner Flamme rösten wird, wenn Sie Callisto ansteuern – einfach nur, weil Sie Upsider dem Mond so nahe bringen.«

Finder beugte sich vor. »Skipper, es passt mir nicht, aber Bernie hat recht. So gern ich miterleben würde, wie Sie der Sache mit der *Blütenduft* auf den Grund gehen, hat die Erd-Union uns Upsidern doch mit schmerzhafter Deutlichkeit klargemacht, dass wir uns dem Mond nicht weit genug nähern dürfen, um mitzubekommen, welche Technik in den Interstellarschiffen für die Outbounder verbaut wird. Und Sie verstehen natürlich auch, warum das so ist. Wenn Ihre Vermutung stimmt, dann haben unsere eigenen vertragsfreien Gemeinschaften tatsächlich Mittel und Wege gefunden, die Technik von Thermonuklearraketen zu verbessern und das Kampfschiff zu bauen, das uns vor ein paar Stunden beinahe zu Staub zerblasen hätte. Was meinen Sie wohl, was die mit den Fusionsantrieben und der Kraftwerktechnik der unterlichtschnellen Kolonistenschiffe für die Outbounder anstellen würden? Oder mit den Abwärmesystemen? Oder den Robotiken und den Automatisierungen?« Er spreizte die Finger beider Hände. »L.T., Ihre Bosse wissen ganze genau: Wenn wir Upsider diese Systeme in die Finger bekämen, nicht nur die paar Kleinteile, die wir getrennt vom ganzer Rest fertigen, dann würden wir innerhalb weniger Jahre Eins-zu-Eins-Kopien davon anfertigen und in Betrieb nehmen. Innerhalb eines einzigen Jahrzehnts würde es uns gelingen, die Dinger zu verbessern. Und wie lange würde es dann wohl noch dauern, bis die Raumschiffer zu dem Schluss kämen, man könnte Kreuzer wie diesen hier einfach fortschicken – oder im All verdampfen lassen, sollte man an Bord nicht hören wollen? Mit Energieerzeugung und Maschinen auf Fusionsbasis würde uns praktisch über Nacht das gesamte All gehören. Und was das heißen würde, wissen Sie genau.«

Lee nickte. »Letztendlich würde Ihnen dann auch die Erde gehören. Oder Sie könnten ihr mit völliger Vernichtung drohen.«

Bernie beugte sich ein wenig näher zu seinem Kommandanten. »Also würde ich das mit der buchstabengetreuen Auslegung hier nicht auf die Spitze treiben, L.T. Die Erd-Union wird Ihnen dafür die Hölle heißmachen, und wenn die dafür falsche Beschuldigungen gegen Sie vorbringen und Beweismittel fälschen müssen. Die können es sich einfach nicht leisten, sich von Ihnen eine lange Nase drehen zu lassen.«

Lee nickte. »Stimmt. Andererseits können die sich aber auch nicht leisten, mich zu tadeln, wenn ich herausfinde und beweisen kann, dass hinter der Entführung der *Blütenduft* tatsächlich eine Verschwörung größeren Umfangs steckt. Zum Teufel, Sie wissen doch auch, wie die das dann hinstellen werden: ›Koordinator Mann hat außerordentliche Weitsicht damit bewiesen, Lieutenant Strong anzuweisen, die *Blütenduft* allen Gepflogenheiten zum Trotz nach Callisto zu schleppen und ihm auf diese Weise zu ermöglichen, unauffällig die Untersuchung fortzusetzen, dank der letztendlich die Identität und die Ziele der Saboteure aufgedeckt werden konnten ‹ So wird es heißen.«

Bernie schüttelte den Kopf. »Aber L.T. … Sie *müssen* das doch gar nicht tun! Sie gehen hier ein verdammt großes Risiko ein, und wofür? Weil Sie glauben, Sie könnten Ihren Planetenhocker-Kameraden zeigen, dass die alle falschliegen?«

»Nein«, widersprach Lee und erwiderte Bernies Blick. »Weil es das Richtige ist. Weil es unsere Pflicht ist herauszufinden, wer letztendlich für den Tod all dieser Unschuldigen an Bord der *Blütenduft* verantwortlich ist. Das ist Job Nummer eins, ganz egal, was unsere feigen Vorgesetzten sagen. Also werden wir auch ganz genau diesen Job erledigen.«

»Verdammt noch eins«, seufzte Finder, »Sie segeln wirklich immer geradewegs in den Sturm hinein, was?«

»Administrator Perlenmann befindet sich auf dem offenen Kanal, Sir. Signalverzögerung ist minimal.«

Lee beugte sich dem Audioaufzeichner entgegen. »Hallo, Mr. Perlenmann. Es tut mir leid, dass ich Ihre Einrichtung unter diesen traurigen Umständen aufsuchen muss.«

»Lieutenant, so wie ich die Vorschriften verstehe, sollten Sie meine Einrichtung unter *keinen* Umständen aufsuchen. Für Upsider ist das hier Sperrgebiet.«

»Stimmt schon, Mr. Perlenmann. Aber zum einen *bin* ich kein Upsider, und zum anderen wurde ich ausdrücklich angewiesen, die *Blütenduft* zur nächstgelegenen Einrichtung der Erd-Union zu schleppen.«

»Und warum wurde ich nicht früher über Ihr Kommen informiert?«

»Wieder aufgrund der Befehlslage. Ich war angewiesen, keinerlei Signale hinsichtlich des Zustands der *Blütenduft* abzusetzen, bis ich bereit wäre, sie der nächstgelegenen Einrichtung zu überstellen.«

»Ich will wirklich nicht ungastlich sein, Lieutenant, aber Ihr Hiersein und Ihre Befehlslage gleichermaßen sind höchst ungewöhnlich. Allerdings sind wir Ihnen wirklich dankbar, dass Sie uns die *Blütenduft* gebracht haben – aus einsatztechnischen ebenso wie aus persönlichen Gründen.«

»Wie ich höre, hat es sich bei einigen der Passagiere um Spätankömmlinge einiger Outbounder-Familien gehandelt, die bereits vor Ort sind.«

»Das ist korrekt. Die Familien werden ihre Verstorbenen so rasch wie möglich in Empfang nehmen wollen – soweit das eben machbar ist. Wie ist Ihre geschätzte Ankunftszeit für Callisto, Lieutenant?«

»ETA etwas weniger als drei Stunden, Sir.«

»Also gut. Sobald unsere Lotsen Sie in den Orbit eingewiesen haben, schicke ich einen Shuttle, der an die Blütenduft andockt, und . . .«

»Es tut mir leid, Mr. Perlenmann, aber das wird nicht möglich sein.«

Eine lange Pause. »Und warum nicht?«

»Bedauerlicherweise wurde beim Transport einiger zweifelhafter Behälter, die offenkundig von den Entführern an Bord der *Blütenduft* geschmuggelt wurden, die hermetische Versiegelung beschädigt. Es ist sehr gut möglich, dass ein Biokampfstoff freigesetzt wurde.«

Lee blickte zu Finder hinüber, der auf dieses Signal hin eine abgelaufene Lebensmittelration öffnete. Der daraufhin aufsteigende üble Geruch brachte ihn dazu, die Nase zu rümpfen. »Oh, oh ... Davon könnte wirklich eine ernst zu nehmende biologische Gefährdung ausgehen, Skipper.«

Lee verdrehte die Augen, musste sich ein Grinsen verknefen ... und hörte, wie sich in Administrator Perlenmanns Stimme unverkennbar Besorgnis schlich. »Doch wohl hoffentlich kein besonders virulentes Pathogen?«

»Das lässt sich derzeit noch nicht sagen, Mr. Perlenmann. Wir sind immer noch darum bemüht, die Gefährdung zu identifizieren. Aber bis das geschehen ist und wir abschätzen können, wie effektiv unsere Bemühungen waren, die Gefährdung einzudämmen, muss ich leider Quarantäne über das Schiff verhängen.«

»Womit wir natürlich einen äußerst unangenehmen toten Punkt erreichen, Lieutenant: Wir können nicht gefahrlos zu Ihnen kommen, und Ihnen kann nicht gestattet werden, zu uns zu kommen.«

»Das trifft nicht ganz zu, Mr. Perlenmann. Ich persönlich hatte keinerlei Kontakt mit dem mutmaßlichen Pathogen, und als Planetenhocker und Offizier der Zollpatrouille bin ich autorisiert, Callisto zu betreten.«

Das eintretende Schweigen zog sich in die Länge. »Also gut, aber damit ist immer noch nicht die Frage beantwortet, wie unsere Outbounder nun ihre verstorbenen Angehörigen in Empfang nehmen können. Ebenso wenig ist sichergestellt, dass wir benötigte Versorgungsgüter rechtzeitig erhalten. Von den cislunaren Produzenten erhalten wir nur vier Lieferungen pro Jahr, darunter sämtliche proprietären Systeme, die in den Kolonistenschiffen verbaut werden. Ohne diese Komponenten können wir nicht weiterarbeiten.«

»Ich glaube, ich habe schon eine Idee, wie sich dieses Problem lösen ließe, Mr. Perlenmann«, sagte Lee. »Unmittelbar nach meiner Ankunft werde ich mit dem Shuttle nach Callisto fahren und Ihnen die Formulare übergeben, die erforderlich sind, um die Verstorbenen ihren nächsten Angehörigen zukommen zu lassen. Die Leichen bleiben dann noch zweiundsiebzig Stunden unter Beobachtung, um sicherzugehen, dass sie nicht mit dem mutmaßlichen Gefahrstoff kontaminiert wurden.« *Und währenddessen stellen wir fest, dass sich die belastende Nadel, nach der wir suchen, nicht im Inneren einer dieser Leichen befindet.*

Perlenmann klang nachdenklich. »Anschließend könnten dann entweder mein Personal oder Ihre Besatzung die Fracht der *Blütenduft* in meine Shuttles umladen?«

»Nun, Sir, was die Ladung betrifft, müssen wir schon ein wenig methodischer vorgehen.«

»Ich verstehe nicht recht, Lieutenant.«

»Mr. Perlenmann, die Entführer haben sich an den Computern der *Blütenduft* zu schaffen gemacht. Zu den Datenblöcken, die dabei am meisten in Mitleidenschaft gezogen wurden, gehören auch das Frachtmanifest, die Bestandslisten der Lagerräume und die Auflistung der persönlichen Gegenstände an Bord. Bedauerlicherweise haben wir weder Backups entdeckt noch irgendwo eine klassisch ausgedruckte Liste gefunden. Entsprechend sehen wir uns leider außerstande, Ihnen sämtliche Güter an Bord des Schiffes auszuhändigen. Denn zumindest einige der Güter im Frachtraum waren zweifellos für andere Zielorte als Callisto vorgesehen. Entsprechend muss ich Sie bitten, eine detaillierte Liste all der Frachtgüter anzufertigen, die Sie aus dem Laderaum in Empfang zu nehmen erwarten. Das schließt auch die persönlichen Besitztümer der Verstorbenen ein. Während wir die zweiundsiebzig Stunden der Quarantäne abwarten, werden wir die aufgelisteten Gegenstände zusammentragen und für die Weitergabe an Sie entsprechend kennzeichnen.« *Und dabei das ganze Zeug nach der belastenden Nadel durchforsten, die wir hier suchen.*

Perlenmann antwortete nicht sofort. Bernie und Finder warteten voller Hoffnung. Finder drückte sogar beide Daumen. Die Stille zog sich hin ...

»Also gut, Lieutenant, auch wenn das wirklich äußerst lästig ist. Wann, sagten Sie, würden Sie die Formulare bringen, damit wir die Verstorbenen den nächsten Angehörigen zukommen lassen können?«

Perlenmann erwartete Lee am Eingang zu Callistos riesiger Anlage zur Eisabscheidung und -weiterverarbeitung. Über das ununterbrochen ansteigende und wieder abflauende Heulen der katalytischen Wasserspalter rief er Lee eine Begrüßung zu, die in all dem Lärm unterging. Er winkte seinem Gast, ihm zu folgen. Lee tat, wie geheißen, und allenthalben drehten sich Arbeiter in Raumanzügen nach ihm um. Die Gesichter, in die er zu blicken vermochte, verrieten ebenso wenig wie die, die hinter geschlossenen Visoren verschwanden. Obwohl man in dieser Raffinerie für leichtflüchtige Verbindungen auch in Alltagskleidung hätte herumspazieren können, war doch die mörderische Oberfläche von Callisto nur ein Schott weit entfernt. Das Tragen von Raumanzügen war erforderlich, ausnahmslos.

Lee interessierte die Höhe der Tagesproduktion. Gerade wollte er sich mit einer entsprechenden Frage an seinen bärtigen Gastgeber wenden, als am entgegengesetzten Ende der Anlage der riesige Wasserstoff-Aufreinigungstank explodierte. Die Druckwelle erwischte Lee, als hätte ihn in voller Länge ein Rammbock getroffen, und das mit solcher Wucht, dass es ihn vorwärts trieb und dabei von den Beinen riss. Seine linke Schulter machte zuerst Bekanntschaft mit dem Felsboden, was Lee in Körpermitte zusammenklappen ließ. Seine Beine aber wurden von der Druckwelle weitergetragen: Lee überschlug sich, und Purzelbäume unter Niedrig-G-Bedingungen waren alles andere als ein Vergnügen.

Lees Instinkt übernahm, und dazu jene Reflexe, die man ihm während seiner Ausbildung auf Luna durch viel harten Drill antrainiert hatte. Das Training damals hatte ihm zerschrammte Glieder und blaue Flecken eingetragen, und mehr als einmal war es ihm dabei hochgekommen. Dem Brechreiz nachgeben ging einfach nicht, also hatte er wie alle anderen brav alles wieder hinuntergewürgt. Jetzt half ihm das Training dabei, beim nächsten Purzelbaum – als das Bewegungsmoment Kopf und Oberkörper wieder nach oben trug – die Beine auszustrecken und zu spreizen, was ihn sich nun um seine Längsachse drehen ließ. So drehte er sich zwar schneller, aber mit weniger Wucht. Gleichzeitig hob er den linken Arm (für Rechtshänder wie ihn leichter zu verschmerzen, sollte er sich dort verletzen). Den Ellbogen angewinkelt, das Handgelenk locker, war das sein Stoß-dämpfer, und der Aufprall würde sicher übel ausfallen. Die Rechte hob er an den Helm, griff nach der unteren Kante des nach oben geschobenen Visors und zog diesen kräftig nach unten ...

... und schon umfloss ihn die Hitze brennenden Wasser-stoffs, genau in dem Augenblick, als sich der Visor mit ver-nehmlichem Klicken schloss. Die Macht des Feuerbads beschleunigte Lees Trudeln vorwärts. Hart landete er auf der linken Hand, spürte gestauchte Knochen, einer brach unter der Wucht des Aufpralls. Glühender Schmerz schoss seinen Arm hinauf.

Es gelang Lee, die Beine ausgestreckt und gespreizt zu lassen. Die Hüften aber behielten die Vorwärtsbewegung bei, als er mit Kinn und Brust auf dem Boden aufschlug, und die Fersen wollten ihn, gegen alle Muskelanspannung im Bauch, hoch hinauf und ihn den nächsten Überschlag ziehen.

Doch Lee kämpfte dagegen an, behielt die Beine unten und so weit wie möglich an die Brust gezogen. Die Kreiselbewegung endete, stattdessen driftete er nun vorwärts. Mit der Linken versuchte er die Bewegung zu stabilisieren, während er mit der Rechten den Visor schützte. Noch ein paarmal kollidierte er mit Hindernissen, bis er allmählich ganz an Fahrt verlor. Er rollte sich herum, streckte mit kräftigem Ruck die Beine aus und gleichzeitig aufwärts und landete hart auf seinem Allerwertesten.

Die Stichflamme aus brennendem Wasserstoff war kurz gewesen, aber jeden Arbeiter in der großen Kuppelkammer hatte es durch die Wucht der Explosion von den Beinen gerissen. Die meisten hatten sich schwankend wieder aufgerichtet, manche jedoch nicht. Zittrige Finger tasteten nach den Sicherungen der Visoren, während es in der kalten, dünnen Luft zu schneien begann. Das war ein klarer Beweis dafür, dass die Explosion einen Riss in der Druckkuppel hervorgerufen hatte, möglicherweise hinter dem geborstenen Aufbereitungstank. Das gemächliche Tempo, mit dem die Flocken in diese Richtung wanderten, ließ vermuten, dass der Riss in dem auf einer Berme aufsitzenden Schott sicher nur klein war, nichts Großartiges.

Lee erhob sich – eine leichte Übung in der kaum existenten Schwerkraft – und sah sich nach Perlenmann um. Ein paar Meter weiter sah er ihn auf allen vieren, bemüht, wieder hoch auf die Füße zu kommen. Lee klopfte sich den Staub vom Raumanzug und begab sich im charakteristischen Niedrigschwerkraft-Hüpfgang zu Callistos Administrator hinüber, um ihm aufzuhelfen.

Hinter einem mehrfach gerissenen Visor nickte ihm Perlenmann zum Dank zu; eine graue Locke, die ihm in die Stirn fiel, wippte dabei müde. Mit einem schiefen Lächeln meinte er: »Herzlich Willkommen auf Callisto, Lieutenant.«

Dampf stieg aus dem Trinkschlauch auf, der aus Lees Quetschflasche mit Kaffee ragte. Was dem Anschein nach eine Wegwerfflasche war, wirkte älter selbst als die, die es auf der *Geier* gab. Sie war so oft abgespült und wiederbenutzt worden, dass die unzähligen Haarrisse im Plastikrand einem dichten Wald aus entastetem Jungholz glichen.

Direkt gegenüber am Tisch saß Administrator Perlenmann und starrte blicklos vor sich, während sein Chefingenieur seinen Bericht abschloss. Die Neuigkeiten waren alles andere als gut.

»... also sind wir meinen Berechnungen nach, Mr. Perlenmann, runter auf achtundvierzig Prozent Produktionsausstoß – das war einer der großen Aufbereitungstanks.«

Bedächtig nickte Perlenmann. »Können wir von den Standardtanks welche umrüsten, um diese dann als Aufbereiter einzusetzen?«

Der Ingenieur wackelte mit dem Kopf und betastete seine Wange, deren Haut Blasen warf. Er hatte sich in der Aufbereitungsanlage aufgehalten, als der Tank hochgegangen war, und seinen Visor nicht rechtzeitig schließen können. »Das funktioniert nicht, Mr. Perlenmann.«

»Warum nicht?«

Der Ingenieur kratzte sich die gerötete Wange, zuckte zusammen und nahm hastig die Hand von seinem malträtierten Gesicht. »Weil Lagertanks sich nun mal nicht zur Raffination umrüsten lassen. Die sind zu dünnwandig, um den Druckverhältnissen standzuhalten, die während der Aufbereitung erzeugt werden.«

»In Ordnung, Mr. Carroll.« Perlenmann wandte sich an einen Mann und eine Frau, die am anderen Kopfende des Tisches saßen. Er neigte leicht den Kopf in Richtung der Frau. »Dr. Iseult?«

Die Frau, um die dreißig und mit elfenhafter Figur, straffte die Schultern und setzte sich auf. Die Bewegung hatte mehr von einem Stachelschwein, das seine Stacheln schüttelte, als davon, mehr Haltung zu zeigen. »Die Verletztenzahlen sind geringer ausgefallen, als man hätte erwarten können oder, besser gesagt: müssen. Einer der für den Tankvorgang zuständigen Arbeiter, Grigori Panachuk, ist immer noch im Krankenrevier.

Ganz ehrlich, es ist ein Wunder, dass Panachuk nicht im Leichenschauhaus gelandet ist. Er war dreißig Meter von dem Tank entfernt, als dieser explodiert ist. Panachuk hatte das Visir offen und keine Handschuhe an. Zum Glück hat er gerade in die andere Richtung geschaut und mit beiden Händen seinen Kommunikator an der Helmmannschette justiert. Anderenfalls . . .«

». . . anderenfalls hätte Panachuk jetzt weder Gesicht noch Hände, über die er sich Sorgen zu machen bräuchte«, beendete der Mann gleich neben Iseult am Tisch den Satz.

Die Ärztin schoss ihm einen verärgerten Blick zu, nickte aber zustimmend. »Mr. Parsons' Einschätzung trifft den Nagel auf den Kopf. Wie die Dinge liegen, hat Panachuk schwere Verbrennungen und innere Verletzungen davongetragen. Ein Trümmerteil des Tanks hat seinen Anzug durchstoßen und sich in seinen Rücken gebohrt. Siebzehn weitere Belegschaftsmitglieder wurden wegen Verbrennungen zweiten Grades behandelt, achtzehn wegen Knochenbrüchen ... neunzehn, Lieutenant Strong mitgezählt.« Ihr Blick, scharf und unfreundlich, zuckte zu Lee hinüber. »Die Schmerzen haben nachgelassen, ja?«

Ehe Lee ihr zunicken und zum Dank die geschiente Hand heben konnte, fuhr Frau Doktor bereits in ihrem Bericht fort: »Verbrennungen ersten Grades und leichte Traumata ... hier fehlen mir noch die endgültigen Zahlen.«

Perlenmann nickte dem Mann neben ihr zu. »Mr. Parsons?«

Parsons, ein Mann wie ein Klotz, so eckig, verlagerte sein Gewicht im Sessel und blickte auf seine Quetschflasche mit Kaffee hinunter. Er wischte die ölverschmierte Hand vorn am grauen Overall ab. Weder schien er es mit einer Antwort eilig zu haben, noch von Perlenmanns Autorität sonderlich beeindruckt zu sein.

Ein leicht deutscher Akzent schlich sich mit einem Mal in Perlenmanns ansonsten fehlerlose Aussprache: »Ihr Bericht, Mr. Parsons.« *Parsons* klang jetzt wie *Parßentz*.

Parsons zuckte mit den Schultern. »Mein Bericht? In Ordnung, hier haben Sie meinen Bericht. Die meisten Verletzten hat es beim Tankpersonal gegeben. Alles Upsider. Alles meine Leute.« Der anklagende Unterton war nicht zu überhören.

»Soweit mir bekannt ist, Mr. Parsons, waren ein halbes Dutzend Flugtechniker und zwei Umwelttechniker in der Weiterverarbeitungsanlage, als sich die Explosion ereignet hat. Alle haben unterschiedlich schwere Verletzungen davongetragen. Alles Planetenhocker. Daher bezweifele ich, dass sich diese Explosion gezielt gegen Ihr Personal gerichtet haben soll.«

Lee verschluckte sich beinahe an seinem Kaffee. Eine *gezielte* Explosion? Terrorismus? Sabotage? Hier auch?

Ein freudloses Grinsen brachte Bewegung in Parsons' versteinertes Gesicht. »Perlenmann, wenn Sie nicht so ein buchverliebter Grüner wären, dann wäre ich manchmal bereit zu schwören, Sie steckten selbst mit den Sols unter einer Decke! Daran zweifeln, dass die dahinterstecken? Wie können Sie nur?! Das war Sabotage, lupenrein die Handschrift der Sols!«

Mit vernehmlichem *Klack!* stellte Lee seine Quetschflasche auf den Tisch. Aller Augen ruhten sofort auf ihm. »Verzeihung, aber wäre wohl jemand so freundlich, mir zu erklären, was zum Teufel in diesem scheinbar sicheren Anlagenkomplex vor sich geht? Insbesondere hätte ich gern gewusst, was oder wer die Sols sind!«

Iseult, Parsons und Carroll tauschten kurze, wissende Blicke. Perlenmann schien abzuwarten, was jetzt geschähe. Am Ende war es Parsons, der sich vorbeugte und mit Skepsis in der Stimme sagte: »Erzählen die da oben euch Jungs, ehe sie euch hier rausjagen, eigentlich irgendetwas? Moment, hätte ich fast vergessen: Es ist unter der Würde eines Planetenhockers, etwas über die Upsider zu lernen!«

Parsons war eindeutig auf Streit aus. Lee zügelte seine Zunge, bis er sicher war, ihm diesen Gefallen nicht tatsächlich zu erweisen. »Vor meiner Versetzung auf die *Geier*, Mr. Parsons, habe ich alles an Informationen über die Upsider-Gemeinschaften und ihre Probleme verschlungen, was mir in die Finger gekommen ist. Und es stimmt, was Sie sagen: Was man auf der Erde an Informationen darüber erhält, ist unvollständig und verzerrt. Wie auch immer: Ich für meinen Teil hatte das Glück, an ein paar Gesprächen von Upsidern teilhaben zu dürfen. Daher weiß ich etwas über die ein oder andere weniger offensichtliche Problemlage und politische Bewegungen wie die Raumschiffer.« Parsons blinzelte. *Hah, hab dich!* »Aber von den Sols habe ich noch nie gehört. Wären Sie also wohl so freundlich, meine Wissenslücke zu füllen?«

Parsons lachte schallend. »Lücken füllen? Wie soll ich das denn bei einem Planetenhocker bewerkstelligen, dessen Wissen über bestimmte Dinge von Natur aus lückenhaft ist, he? Aber ich will's bei Ihnen mal versuchen. Die neo-grüne Verwaltung mal außen vor gelassen, die diese Anlage unter sich hat«, kurz warf er einen Blick zu Perlenmann hinüber, »gibt es auf Callisto wenigstens drei scharf voneinander zu trennende Gruppen. Die kleinste besteht aus Planetenhockern, die als Kontraktarbeiter hier sind. Die zahlenmäßig stärkste setzt sich aus Upsidern wie mir zusammen, manche davon sind sicher Raumschiffer, ohne es offen zu zeigen. Und dann wären da noch die Outbounder, die es nicht erwarten können, auf ihr Kolonistenschiff zu steigen und uns Upsider der Gnade der Grünen und Neo-Ludditen auf der Erde auszuliefern. Unter denen könnte es ein paar verkappte Sols geben, die glauben, Upsider wie ich wären Weichlinge und Outbounder feige Verräter.«

Iseult verzog spöttisch den Mund, ehe sie das Gesicht abwandte.

Lee ließ sich die Gelegenheit nicht entgehen. »Sie sind anderer Meinung, Dr. Iseult?«

Sie wandte sich ihm zu, und ihr Blick verriet, dass sie noch damit beschäftigt war, zu entscheiden, ob er es wert wäre, das Wort an ihn zu richten. Schließlich zuckte sie mit den Schultern und gab ihre Sicht der Dinge kund. »Das Gros des Personals hier sympathisiert mit einer von zwei grundlegenden politischen Richtungen: Pro-Upsider oder Pro-Planetenhocker. Sie haben ihre Differenzen, haben sie aber nie gewaltsam ausgetragen. Die überwiegende Mehrheit der Upsider möchte auf Callisto bleiben und alles, was an Arbeit und Geschäft rund um die Outbounder anfällt, in Gang halten. Mit gutem Recht sind sie überzeugt davon, dass die politische Allianz aus Ökofanatikern und Neo-Ludditen sämtliche Weltraumprogramme und -aktivitäten gern einstellen würde, und das möglichst sofort. Doch so bietet sich ja immerhin Gelegenheit, die wohlhabendsten Dissidenten von der Erde fort und hinaus zu den Sternen zu schicken.

Die Planetenhocker hier sind allesamt Ingenieure und Techniker, die man von der Erde hierhergeschickt hat, um die Kolonistenschiffe mit als geheim klassifizierter Technologie auszustatten, sofern es sich bei ihnen nicht ohnehin schon um Outbounder handelt. Die Outbounder wiederum fürchten denselben Ausgang der Geschichte wie die Upsider. Ihrer ebenfalls begründeten Überzeugung nach ist der richtige Weg, die Werftschließung auf Callisto zu verhindern, den gemäßigten Flügel der Grünen im Führungskommitee der Erde zu unterstützen. Solange dieser Flügel an der Macht bleibt, bliebe, so hofft man, auch Callisto in Betrieb, und die Sternenschiffe starten zu ihren Kolonisierungsflügen.«

»Und die Sols?«

»Das sind die nicht berechenbaren Joker in diesem seltsamen Spiel. Die Sols oder Solisten, die selbst ernannte Sternenkammer der gesamten Erdbevölkerung, vertreten die Meinung, sämtliche Bestrebungen, die auf Ausreise hinauslaufen, sollten ein rasches Ende finden. Dann würden die gemäßigten Upsider nicht länger durch die Verträge verführt, die die Erde mit ihnen schließt. Die Folgen, davon sind sie überzeugt, sind klar: Die Upsider würden ihre Lage als immer aussichtsloser empfinden und ihnen dabei helfen, die Erd-Union zu entmachten.« Iseult zuckte die Achseln. »Ich kann ihre Methoden nicht gutheißen, aber man kann ihnen deren politischen Zielvorstellungen kaum vorwerfen. Sie wissen eben, was kommen wird.«

Sie wissen, was kommen wird. Seltsam, dass ein derart schlichter Satz einen so unheilvollen Unterton haben konnte. »Was wird denn der Meinung der Sols nach kommen, Dr. Iseult?«

Ihr fein geschnittenes Gesicht war düster. »Krieg.«

»Mit wem?«

»*Mon Dieu*, wie blind kann man denn sein! Mit der Erde natürlich! Die Upsider mögen die Erde ja verabscheuen, aber sie arbeiten für sie ... und das seit jetzt beinahe drei Jahrhunderten. Die ganze Zeit über aber haben die Upsider dafür gesorgt, dass ihre Machtposition wächst. Sie haben das Wissen gesammelt und sich die Mittel verschafft, unabhängig von der Erde Technologien zu entwickeln, die schon bald ihre Abhängigkeit von der Erde schmälern oder vielleicht sogar für immer beenden werden. Nun, wenn dieser Tag kommt ...«

Es schauderte Iseult, obwohl es in dem Raum angenehm warm war.

»Und die Sols meinen, das Ganze wird so schlimm werden, dass es besser ist, den Krieg jetzt auszulösen, indem man unverhohlen Sabotage begeht?«

Dieses Mal half Perlenmann mit einer Antwort aus. »Lieutenant, selbst hier draußen auf Callisto hören wir, wie in allen Verlautbarungen des Führungskomitees in Genf von Protektionismus die Rede ist. Das Verhaltensnormierungskomitee ist sogar so weit gegangen, Auslieferung und Besitz von Büchern auf der Upside zu beschränken – mit entsprechenden Folgen für die nun unzureichenden, weil unvollständigen Bibliotheken auf den Kolonistenschiffen, die von hier aus auslaufen.

Die das letzte Jahrhundert anhaltende Tendenz zu mehr Freiheit in Handel und Informationsaustausch wird gerade in rasanter Weise umgekehrt. Die Sols sind nicht willens, dabei tatenlos zuzusehen. Falls sie hinter dem heutigen Anschlag stecken sollten, wäre dieser als doppelte Warnung zu verstehen: vor der schleichende Wiedereinführung strenger Kontrollen und vor der Gefahr, die von der Selbstgefälligkeit der Upsider angesichts eines potenziellen Konflikts mit der Erde ausgeht.«

»Einen solchen Konflikt wird es nicht geben, und die Sols wissen das!«, knurrte Parsons ebenso aggressiv wie verächtlich. Die Aggression kam schon allein durch die Lautstärke zum Ausdruck, die er anschlug. »Bleiben wir doch auf dem Teppich! Ihr Planetenhocker wisst, wie weit ihr uns treiben könnt und wo Schluss ist, wo wir doch auf dem Mond sitzen, allzeit bereit zum nächsten Heinlein-Steinwurf-Manöver! Die Sols machen aus einer Mücke einen Elefanten. Denn wenn es hart auf hart kommt, macht die Erd-Union einen Rückzieher.«

Iseult schüttelte den Kopf. »Ehe Lieutenant Kotsukov versetzt wurde, hat er dasselbe über die Upsider gesagt: dass sie letztendlich einen Kotau vor der Erd-Union und den umfassenderen Einfuhrbeschränkungen machen würden, weil sie in den meisten Belangen nun einmal nicht unabhängig genug wären.« Die Ärztin lächelte bitter. »Parsons, wenn die, die auf beiden Seiten das Sagen haben, mit derselben Sturheit auf ihrer Ansicht beharren, wird es Krieg geben, keine Frage!«

Parsons schnaubte verächtlich, enthielt sich aber jedes gegenteiligen Kommentars.

Lees Aufmerksamkeit galt immer noch Dr. Iseult. »Frau Doktor, wer ist Lieutenant Kotsukov, und warum wurde er versetzt?«

Wieder entstand unbehagliches Schweigen. Perlenmann durchbrach es schließlich, seine Stimme zu nicht viel mehr als einem Murmeln herabgesunken. »Lieutenant Kotsukov war unser hiesiger Sicherheitschef. Er war zuvor Offizier bei der Zollpatrouille. Die Einheit zu seiner Unterstützung, die er hier befehligte, ist klein.«

»Besteht sie aus Upsidern?«

»Nein, alles Planetenhocker wie er. Man hatte sie für diese Verwendung aus inländischen Sicherheitsabteilungen verschiedener Nationen der Erd-Union abgezogen.«

Lee wusste zu verhindern, dass sich seine Reaktion am Gesicht ablesen ließe. ›Inländische Sicherheitsabteilungen‹ war lediglich ein anderer Begriff für paramilitärische Schlägertrupps, Söldner unterster Schublade, die Jagd auf Erfinder ohne Konzession machten und Andersdenkende aufmischten. »Dann war Lieutenant Kotsukov also ein überzeugter Parteigänger der grün-ludditischen Koalition?«

»Er war ein verfluchter Planetenhockerfaschist«, fauchte Parsons. »Politik hat ihn nicht die Bohne interessiert ... außer wenn's um ein Thema ging: nämlich, dass die Erde Objekt der Verehrung aller Menschen zu bleiben und dort alle Macht zu sitzen habe.« Parsons schnaubte. »Teufel noch eins, er hat keinen Hehl daraus gemacht, dass seiner Ansicht nach die Ökos Weicheier wären und die Neo-Ludditen zu starrköpfig, um sich Vertrauen zu verdienen. Das ist in der Zentrale sicher nicht sonderlich gut angekommen, vermute ich.«

Lee runzelte die Stirn. »Ich bin neugierig, Mr. Parsons. Woher wusste man zu Hause auf der Erde, welcher politi-

schen Richtung Lieutenant Kotsukovs Sympathien gehörten?«
Wie Mr. Perlenmann schon so treffend bemerkte, liegt diese
Einrichtung ja tatsächlich ziemlich weit vom Schuss.«

Parsons' grinste wölfisch. »Ich vermute, ein besorgter Bürger hat eine Beschwerde an den für Region und Zoll zuständigen Vertreter der Gerichtsbarkeit geschickt.«

Also war Parsons selbst für die Versetzung des Lieutenants
verantwortlich – interessant! Tja, und etwas, woraus man
seine Lehren ziehen sollte. Mit diesem Gedanken beschäftigt,
griff Lee wieder nach seiner Kaffeeflasche.

»Okay, in Ihrem schönen Außenposten gibt es Radikale mit
Gewaltpotenzial sowohl unter den Upsidern wie unter den
Planetenhockern, Sie haben es mit feindseliger Haltung der
Erde und den Outboundern gegenüber zu tun, und man
hat die Ankunft Ihrer vierteljährlichen Versorgungslieferung
sabotiert, indem man die *Blütenduft* gekapert hat ... was Sie,
so nehme ich an, hier draußen für eine ganze Weile aus dem
Rennen genommen hätte.«

Perlenmann nickte. »Stimmt so weit alles.«

»Warum, glauben Sie, ist das ausgerechnet jetzt passiert?
Was verrät das über die Strippenzieher im Hintergrund?«

Perlenmann lächelte. »Genau das, Lieutenant, hoffen wir
durch Ihre Untersuchung der Angelegenheit zu erfahren.«

Vor Überraschung vergaß Lee zu schlucken und hätte sich
fast mit dem heißen Kaffee die Kehle verbrüht. »'tschuldigung, wie bitte?«, krächzte er.

Perlenmann lächelte immer noch.

Parsons aber durchbrach die neuerlich einsetzende Stille
mit der Sanftmut eines gereizten Raubtiers. »Meine Fresse,
Perlenmann! Sie wollen *ihm* da die Untersuchung überlassen? Ist das Ihr Ernst?« Parsons stach erbost mit dem Finger
nach Lee. »Einem fachlich unterbelichteten und unerfahre-

nen Planetenhocker, wie gehabt, einem kleinen Lieutenant vom Zoll, der keine drei Stunden hier ist?

Ehe Lees Empörung über die Unverblümtheit, mit der er hier beleidigt wurde, in echte Wut umschlagen konnte, konterte Perlenmann bereits: »Lieutenant Strongs Personalakte zeigt deutlich, dass er keine, wie Sie, Parsons, es ausdrücken würden, Ausschussware ist.«

»Und was zum Teufel hat er dann hier draußen zu suchen? Die schicken doch nur Blindgänger auf die Zollschiffe hier raus ins tiefe All, das weiß doch jeder!«

Lee gab sich keinerlei Mühe, die Schärfe aus seinem Ton zu nehmen. »Meine Eltern, Mr. Parsons, sind US-Amerikaner, um genauer zu sein, Fünfer, die in der Verfassungsrestitutionsbewegung aktiv sind. Meine Verwendung hier ist, da bin ich mir sicher, teilweise dem Umstand geschuldet, dass die Erd-Union mich aus einer derart fehlgeleiteten Umgebung, wie man es dort nennt, zu entfernen wünschte.«

Parsons verdrehte die Augen. »Na, fantastisch, jetzt haben wir die Yankee-Ausgabe von Kotsukov an der Backe: einen Planetenhocker-Politkasper, der für sein geliebtes Rot-Weiß-Blau alles aufs Spiel zu setzen bereit ist! Wie bekommen Sie das nur immer hin, Perlenmann? Haben Sie so einen Kerl extra angefordert?«

Lee behielt Tonfall und Lautstärke bei. »Mr. Perlenmann hat mit meiner Anwesenheit hier nichts zu tun, Mr. Parsons. Dass ich hier bin, ist reiner Zufall. Darüber hinaus gehöre ich selbst der Verfassungsresitutionsbewegung nicht an. Allerdings«, sagte er und wandte sich an den Administrator, »würde ich, was die offiziellen Untersuchungen angeht, meine Rechtsbefugnisse mit der Aufnahme ziviler Ermittlungen weit überschreiten, Mr. Perlenmann, erst recht mit der Leitung solcher Ermittlungen.«

Perlenmanns Lächeln fiel dünn aus. Augenblicklich überfiel Lee die Gewissheit, er würde gleich erfahren, dass sein Wissen über juristische Kompetenzen lückenhaft wäre. Perlenmann enttäuschte ihn nicht.

»Lieutenant, es stimmt schon: Wir sind Vertragspartner einer Behörde, deren Aufgabe nicht genuin im Sicherheitsbereich liegt, dem Amt für Ausreiseangelegenheiten nämlich. Nichtsdestotrotz, und das möchte ich hier betonen, sind wir eine Hochsicherheitseinrichtung der Erd-Union. Die Gewährleistung der Betriebssicherheit einer solchen Einrichtung fällt direkt in die Verantwortung von Zollbehörde und Zollpatrouille. Unter solchen Bedingungen, finde ich, sind Ihre Befugnisse also eindeutig und die Zuständigkeitsfrage geklärt.«

Teufel noch mal, stimmt genau!, dachte Lee. Wäre Callisto nichts als ein kommerzielles Brennstoffdepot im Gürtel, wäre das Ganze eine Angelegenheit der örtlichen Behörden. Aber weil sich auf Callisto die Werften für die Outbounderschiffe befanden – was den Einsatz von geheimer oder zumindest patentgeschützter Technik erforderte, für die Sicherheitsvorkehrungen galten und die überwacht sein wollten –, galt ganz Callisto als Hochsicherheitsbereich. Das bedeutete, dass die Untersuchung der Explosion tatsächlich zu Lees Pflichten gehörte.

Er räusperte sich. »Eines ist Ihnen hoffentlich klar: Wenn Sie mir die Ermittlungen übertragen, kann ich den Fall nicht mehr als Industriesabotage behandeln. Ich müsste eine Untersuchung wegen Hochverrats führen.«

Nur Perlenmann nickte. Die anderen wirkten überrascht und schienen sich mit einem Mal recht unbehaglich zu fühlen. Lee hakte nach: »Alle Anwesenden hier scheinen davon auszugehen, Mr. Perlenmann, dass der Grund für die Explosion mit größerer Wahrscheinlichkeit Sabotage als mechanisches Versagen war. Warum das?«

Nach einem weiteren Achselzucken antwortete Perlenmann: »Weil wir, wie ich leider sagen muss, bereits einen kleineren Zwischenfall auf Callisto hatten, bei dem es sich um Sabotage gehandelt hat. Vor vier Monaten wurde unser Hochsicherheitsdokumentenscanner sabotiert. Das Ersatzgerät, um das ich gebeten habe, sollte sich unter der Fracht auf der *Blütenduft* befinden. Ist es Ihnen vielleicht beim Durchgehen des Frachtmanifests schon untergekommen?«

Lee nickte. »Ja, tatsächlich, schließlich ist das ja doch ein recht ausgefallenes Stück Technik. In der lückenhaften Auflistung von Frachtgut, die wir haben«, Lee unterdrückte den Impuls, die Finger zu kreuzen, als er mit seiner Lüge fortfuhr, »stand der Scanner auf dem Frachtmanifest mit einem vermerkten Dringlichkeitsstatus. Aber, Mr. Perlenmann, ich frage mich jetzt, ob die beiden Zwischenfälle wirklich miteinander zu tun haben. Was könnte denn ein Solist, ein Raumfahrer oder ein militanter Planetenhocker damit gewinnen, Ihren Sicherheitsscanner zu sabotieren?«

Perlenmann faltete die Hände. »Die Behörden der Erd-Union verlangen, dass wir den Dokumentenscanner als, zugegeben, primitive Datenfirewall zum Schutz unseres Hauptrechners benutzen. Alle einkommenden Daten laufen dafür zunächst auf einem unabhängigem Rechner auf und werden dann in Bilddateien umgewandelt oder gleich als Papierversion ausgedruckt. Beides, also sowohl Bilddateien wie Ausdrucke, werden dann durch den Sicherheitsscanner gejagt, der in der Lage ist, alle verdächtigen Kodierungen zu erkennen, ohne dass diese Kodierungen als ausführbare Datenpakete in den Speicher des Hauptrechners gelangen und sich dort einnisten können. Auf diese Weise kann der Hauptrechner nie von einem Virus oder Trojaner infiziert werden.«

Lee nickte. »Aber warum könnte jemand Interesse daran haben, das zu sabotieren?«

Parsons schnaubte. »Weil alle Extremisten auf diesem Felsbrocken ihre eigenen Befürchtungen hegen, wenn der Administrator Nachrichten erhält, von denen sie nicht zuerst *selbst* erfahren. Gibt es keinen Sicherheitsscanner, werden keine kodierten Anweisungen hierher gesandt, weil es ohne das Ding keine Möglichkeit der Dechiffrierung gibt, so einfach ist das! Wenn also im Führungskomitee der Erd-Union die radikalen Neo-Ludditen das Sagen bekommen und befehlen, Callisto zu schließen, müsste die Erd-Union diesen Befehl in Klartext verschicken, und den Outboundern bliebe immerhin eine gewisse Vorwarnzeit.«

»Und die Sols?«

Iseult zuckte mit den Schultern. »Sie haben Angst vor genau dem Gegenteil, nämlich dass die gemäßigten Grünen im Führungskomitee die aktuelle Politik der schärferen Gangart aufgeben und sogar Anweisung geben könnten, die Programme für den Rumpfbau der Outbounderschiffe zu beschleunigen. Darin sähen die Sols die Unterminierung ihrer eigenen nachdrücklichen Ziele aus der Anti-Erd-Agenda. Mit ausreichend Vorwarnzeit könnten sie ihrerseits alles politisch in eine andere Richtung Laufende mit gezielten Terroranschlägen unterminieren.«

»Ah ja, es gibt also gute Gründe, beide Seiten der Sabotage des Scanners zu verdächtigen. Ich nehme an, Sie sind dem Verdacht nachgegangen, haben aber bei Ihren Ermittlungen kein belastbares Beweismaterial finden können?«

Perlenmann nickte.

»Okay, da Sie immerhin wissen, dass die heutige Explosion

kein Unfall war, sondern mit Absicht ausgelöst wurde: Welche Art Bombe wurde benutzt?«

Jack Carroll, der Mann mit den Brandblasen im Gesicht, zog eine schmale Plastikhülle aus seiner Brusttasche und deutete auf die schwarze Masse darin. »Es gab keine Bombe. Der Saboteur hat diese elektrische Zündvorrichtung benutzt, synchronisiert mit einer üblichen Armbanduhr.«

Iseult beugte sich vor. »*Quoi?* Wie kann es eine Explosion ohne Sprengstoff geben, der sie auslöst?«

»Wenn sich auch nur der kleinste Rest Wasserstoff in einem Tank befindet, Frau Doktor, braucht man keinen Sprengstoff. Ein Funke genügt.« Nachdenklich runzelte Carroll die Stirn. »Wenn ich raten sollte, würde ich sagen, dass der Saboteur zuerst die Tankfüllanzeige manipuliert hat, sodass sie etwas zu früh auf ›leer‹ gegangen ist. Dann würden die Pumpen nach einem unserer üblichen Aufbereitungsschritte den Tank nicht mehr ganz trocken legen, was heißt, dass ein bisschen von dem flüssigen Wasserstoff am Boden des Tanks verbliebe.

Aber sobald der Tank laut Tankanzeige leer ist, setzt die Tieftemperaturkühlung aus. Der Tank erwärmt sich etwas, gerade genug, um den flüssigen Wasserstoff in die höchst entflammbare Gasphase übergehen zu lassen. An diesem Punkt ist alles, was man noch braucht, einen kleinen, winzig kleinen Zündfunken und *Krawumm!*, schon hat man die schönste Explosion, die man sich denken kann.«

Lee runzelte seinerseits die Stirn. »Wer auf Callisto hat das Wissen und die technischen Fähigkeiten, so etwas in die Tat umzusetzen?«

Am Gesicht abzulesen war Carroll nicht, was sein Ton nur allzu deutlich verriet: Nur ein absoluter Frischling konnte so eine Frage stellen. »Jeder, Lieutenant, eventuell mit Ausnahme von Dr. Iseult hier und ihrem Sanitätspersonal. All die

Zündvorrichtungen, die denkbar sind, lassen sich leicht beschaffen, denn wir benutzen sie in den verschiedensten Arbeitsabläufen: zur Abgasverbrennung, zum Anwerfen der Hilfsmaschinen für die Energieversorgung. Die Zünder sind allgegenwärtig.«

Lee seufzte. *Fehlanzeige also in der Rubrik einfache Antworten.*

Parsons erhob sich geräuschvoll. »Wenn wir damit dann wohl durch wären ... Ich habe Leute im Krankenrevier, die ich gerne noch besuchen würde.«

Perlenmann hatte sein zustimmendes Nicken noch nicht ganz beendet, da war der Leiter der Brennstoffumfüllung schon aus der Tür. Iseult und Carroll folgten ihm auf dem Fuße. Lee erhob sich ebenfalls, um zu gehen.

»Lieutenant, einen Augenblick bitte.«

Lee ließ sich wieder auf seinen Stuhl sinken.

Perlenmann lächelte. »Ich nehme an, Lieutenant, man hat Sie schon herzlicher willkommen geheißen. Allerdings muss ich gestehen, dass mich sehr überrascht, dass Sie überhaupt hier sind.«

»Reiner Zufall, Mr. Perlenmann. Ich war einfach an der Reihe in der Zollpatrouille ...«

»Sie missverstehen mich, Lieutenant. Was ich meinte, ist, dass ich es ungewöhnlich finde, einen Mann wie Sie bei der Zollpatrouille anzutreffen.«

»Oh, das. Tja, wenn Sie vorhin nicht gebluft haben, kennen Sie ja meine Personalakte.«

Perlenmann lächelte dünn. Wieder einmal. »Ich kenne die Akte, ja. Das ist ja genau der Grund, warum ich frage, was ausgerechnet Sie hier draußen zu suchen haben. Studienhauptfach Geschichte, Nebenfach Literatur? Mit Dissidenten als Eltern? Ich bin überrascht, dass man Sie überhaupt zum College zugelassen hat.«

Dieses Mal war es Lee, der lächelte. Das Lächeln fiel reichlich schief aus. »Herr Administrator, das ist jetzt aber nicht die Art, ähm, nun, politisch-inkorrekter Offenheit, die ich von offizieller grüner Seite aus zu hören gewohnt bin.«

Das quittierte Perlenmann mit einem Schulterzucken. »Ich kann mich nicht daran erinnern, gesagt zu haben, ich würde dieser Partei angehören. Oder auch irgendeiner anderen. Nun, im Laufe Ihrer Ermittlungen, Lieutenant, werden Sie gewiss entdecken, dass man hier auf Callisto dazu neigt, Menschen in Schubladen einzusortieren. Ich habe den Verdacht, dass Sie nicht besonders empfänglich sind für diese Art von Parteinahme, aber lassen Sie mich trotzdem noch einmal in den Fokus rücken, was Sie wahrscheinlich längst wissen: Bei Ermittlungen ist es alles andere als hilfreich, davon auszugehen, das richtige Etikett auf dem richtigen Menschen wäre nützlich oder gar zutreffend.«

»Bei Ermittlungen, ja, richtig – und auch beim Verwalten einer solchen Einrichtung, selbst wenn der, der diesen Job zu erledigen hat, so ungewöhnlich wortgewandt ist wie Sie, Mr. Perlenmann. Seien Sie doch so freundlich, mir zu verraten, was genau Sie eigentlich getan haben, um auf diesem besonderen Posten zu landen?«

Der Administrator strich sich über den Bart. »Getan? Vor allem mir selbst dabei zugesehen, wie ich alt und grau werde. Ansonsten entspricht meine Geschichte in mancherlei Hinsicht der Ihren. Begonnen habe ich als junger Professor für Politologie in Cambridge. Meinem Arbeitgeber galt ich als Radikaler. Ich bestand nämlich darauf, ungekürzte Originalwerke zur Grundlage von Forschung und Lehre zu machen, was nicht als begrüßenswerter pädagogischer Ansatz angesehen wurde – vor allem dann nicht, wenn die fraglichen Werke Abhandlungen wie die *Federalist Papers* der amerikanischen Gründerväter und Rousseaus Hauptwerk, *Du Contract Social*, sind.«

»Sind Sie Engländer?«

»Nur zur Hälfte. Meine Mutter stammt aus München. Dort bin ich aufgewachsen, ehe ich in Italien zur Schule gegangen bin. Ich bin also eine richtige EU-Promenadenmischung, wenn Sie so wollen. Nun, man warf mir vor, ich hätte die verbotene Frucht Gedankenfreiheit feilgeboten. Also schickte man mich hierher.«

»Es scheint fast, als sei bei der Bemessung passender Strafen für Freiheit verspritzende Luzifers Milton im Vergleich zur Erd-Union nachgerade zurückhaltend gewesen.«

Perlenmann lachte. »Lieutenant, trotz Sabotage und politischem Intrigantentum bin ich froh, Sie hier zu haben. Bitte fühlen Sie sich frei, vorbeizukommen, wenn Sie Unterstützung nötig haben – oder vielleicht ein Buch ausleihen möchten.« Nonchalant wedelte er mit der Hand in Richtung der unzähligen Bände unterschiedlichster Größe, Dicke und Farbe, die Rücken an Rücken und Reihe um Reihe in ständigem Auf und Ab eines Sägezahnblatts alle vier Wände füllten.

Ganz plötzlich war Lee, als stünde er wieder auf der Schwelle zur Bibliothek seines Großvaters. »Was dieses Angebot angeht, Mr. Perlenmann, könnte ich Sie beizeiten beim Wort nehmen.«

»Gut. Und, Lieutenant, Sie sollten sich vielleicht dem Sicherheitspersonal vor Ort vorstellen. Immerhin sind Ihnen diese unterstellt, solange Sie auf Callisto weilen. Ich darf Sie mit den entsprechenden Personalakten versorgen? Sie werden sicher erfahren wollen, dass ich die Sicherheitsleute von Ihrer Ankunft nicht unterrichtet habe.« Perlenmann lächelte. »Gibt es zum Heben der Truppenmoral etwas Schöneres als eine unangekündigte Inspektion?«

Im Bereitschaftsraum für den Diensthabenden herrschte heilloses Durcheinander: überquellende Aschenbecher, Teller mit eingetrockneten Essensresten und ein Sammelsurium von Papieren, die bräunliche Kaffeeränder hatte wie Lack zusammenbacken lassen. Durch die Tür auf der gegenüberliegenden Seite war gedämpft mädchenhaftes Gekicher zu hören. Möglichst lautlos, also auf Zehenspitzen, näherte sich Lee der Tür.

Die zwei Doppelstockbetten, die die Tür einrahmten, gestatteten einen guten Blick auf den – gänzlich entgegen den Vorschriften – an der gegenüberliegenden Wand befestigten Flachbildschirm. Die aktuelle cineastische Kost: Ein vollbusiges Filmsternchen im Schäferinnenkostüm wies halbherzig die Avancen von drei anzüglich grinsenden, in Leder gewandeten Jünglingen zurück.

Die unteren Etagen beider Stockbetten waren belegt. Links nahm jemand mit beachtlicher Leibesfülle, vor allem um die Körpermitte, die Matratze für sich in Anspruch, rechts war es ein zu klein geratener Hungerhaken von einem Mann, der die Muskelprotze aus dem Vid in einer Mischung aus Englisch und Portugiesisch lautstark anspornte.

»Aaach-TUNG!«

Der kleine Dürre rechts schnellte so heftig vom Bett hoch, dass er gegen die Decke rumste und von dort in einem Winkel abprallte, der ihn auf Kollisionskurs erst mit dem oberen linken Stockbett und dann seinem größeren Kumpel brachte, der sich gerade ebenfalls auf die Füße gekämpft hatte. Der Hagere verlor das Duell, schlug als Knäuel aus Armen und Beinen auf dem Boden auf. Der Fleischklops wankte und trat mit einem fleischigen Bein erfolglos nach dem Kopf des Hageren. Dann fand er sein Gleichgewicht wieder. Er spie einen auf Slawisch geknurrten Fluch aus – »*Izvierk!*« – und drehte sich zu Lee um. Das Knurren mutierte mit einem Mal zu Englisch. »Für wen zum Teufel hältst du dich eigentlich, du ...!« Der große Mund erstarrte zu einem überraschungsrunden Fischmaul, als sein Blick auf den goldenen Streifen auf Lees linker Schulter fiel.

»Sie setzten gerade an, mich etwas zu fragen, Sergeant Bulganin?«

Der russische Fleischberg klappte den Mund zu, so heftig, dass Lee die Zähne aufeinanderschlagen hörte. Dann: »*Njet* ... ich meine, nein, Sir. Nichts fragen, nein.« Bulganin nahm tatsächlich Haltung an, aber sein Kinn blieb unten, und seine dunklen, braunen Augen verwandelten sich in zwei stumpfe Stück Kohle, aus denen Lee der Eigensinn geradezu ansprang.

Er wandte seine Aufmerksamkeit dem kleineren der beiden Trooper zu, dessen Blick zwischen dem Amerikaner und dem Russen hin und her huschte. Dienstbeflissen, wachsam: Er wartete anscheinend erst ab, wie sich die Dinge entwickelten, um jedem, ungeachtet des Ranges, zu folgen, der sich als Rudelführer etablierte. Lees Aufmerksamkeit gehörte wieder dem Russen. »Ich nehme an, Sergeant, dass Sie von meiner Ankunft nicht unterrichtet wurden.«

»Das ist richtig ... Sir.«

Eine wirklich lange Pause vor dem ›Sir‹. Die Kampfansage war also schon gemacht. Gut. Besser, die Angelegenheit gleich hier und jetzt zu klären. »Und das ist also der Zustand, in den Sie Ihr Quartier versetzen, ja?« Ein Achselzucken von Bulganin war die ganze Antwort. Lee konnte die wachsende Erregung des kleinen Hageren spüren: Er witterte eine handfeste Auseinandersetzung.

»Ich habe Sie etwas gefragt, Sergeant!«

Bulganin, der nicht einen Laut von sich gegeben hatte,

meinte mit einem höhnischen kleinen Grinsen: »Ich sagte: ›Nein, Sir.‹ Ich bitte um Entschuldigung, aber ich muss wohl zu leise für Sie gesprochen haben.«

Der Hagere gluckste.

Lee machte einen Schritt auf den Russen zu. »Das ist seltsam, Sergeant. Mein Gehör ist ausgezeichnet, und Sie wirken nicht wie der stille Typ. Aber vielleicht ist Ihre Stimme ja weich geworden mit der Zeit«, Lees Blick blieb an dem Rettungsring um Bulganins Leibesmitte hängen, »wie der Rest von Ihnen.«

Ein Funken sprühender Blick, danach glühten die zwei schwarzen Kohlenstücke. »Der Lieutenant wird meine Nachfrage verzeihen, aber ich sehe zwar eine Uniform und ein Rangabzeichen, aber Papiere haben ich nicht zu sehen bekommen.«

Lee musste dem Russen Bewunderung für die Art zollen, mit der er sich weigerte, die Initiative aufzugeben. Bulganin war ein zäher Hund, wenn auch offenkundig schlampig. Aber möglicherweise steckte unter dem ganzen wabbelnden Speck ja ein guter Soldat. Mit einer zackigen Bewegung aus dem Handgelenk warf Lee sein gesamtes ID-Paket auf Bulganins Koje. »Lieutenant Lee Strong, Zollpatrouille, USA, Neuwelt-Gemeinschaft. Sie sind mir mit sofortiger Wirkung unterstellt.«

Bulganin lächelte dünn, ein blasiertes, süffisantes Lächeln. »Ich verstehe«, sagte er.

»Nein, tun Sie nicht – aber das ändert sich bald.« Den Blick immer noch unverwandt auf Bulganin, blaffte Lee: »Cabral!«

Der Hungerhaken fuhr zusammen, nahm zackig wieder Haltung an, die Augen weit aufgerissen. »Sir!«

Lee zitierte aus dem Gedächtnis die kürzlich erst gelesene

Personalakte. »Cabral, Eduardo. Dienstältester Gast, 3. Division Interurbane Sicherheitskräfte, Brasilien. Momentan zur Zollpatrouille abgestellt.« Möglicherweise ein Auftragskiller aus den *favelhas*, sollte man vielleicht überprüfen. »Aus Rio, Cabral?«

»Jawohl, Sir!«

»Und? Zufrieden mit Ihrer aktuellen Verwendung?«

»Jawohl, Sir!«

»Dann haben Sie offenkundig an Verstand verloren, was Ihnen bei der Geburt mitgegeben wurde. *Bulganin!*« Der Russe zuckte nicht einmal zusammen, als Lee so plötzlich seinen Namen bellte. »Vorname Arkady, Sergeant, 18. Sicherungsstaffel. Vierundzwanzig Dienstjahre. Einträge in die Personalakte wegen Streitsucht, ungebührlichen Betragens unter Alkoholeinfluss und politischer Agitation, *njet, towarischtsch*?«

Bulganins Augen verengten sich, als Lee aktuelles Polit-Vokabular der neo-ludditischen Hardliner seiner Heimat benutzte. »Wenn wir schon die übliche militärisch korrekte Anrede lassen, Sir, wäre mir *gospodin* lieber.«

Dickköpfig und aufsässig, aber Bulganin hatte wirklich Schneid. »Vielleicht, Sergeant, sollte ich diese Vorliebe Ihrerseits erwähnen, wenn ich meinen ersten Bericht schreibe. Das Neo-Ludditen-Regime in Moskau dürfte das ein wenig irritierend finden.«

»Ich lebe bereits im Exil, Sir.« Bulganins Blick wanderte über die ungeliebte Umgebung. »Wohin könnte man mich schicken, wo es noch schlimmer ist als hier?«

Lee fletschte die Zähne zu einem Grinsen. »Man könnte Sie durch eine Luftschleuse hinausbefördern, Arkady. In Mütterchen Russland spitzen sich die Dinge gerade noch einmal zu. Die Neo-Ludditen und ihr präindustrieller Öko-

Anarchismus halten gerade verstärkt Ausschau nach Konter-revolutionären. Manches ändert sich wohl nie.« Er trat einen Schritt zurück. »Momentan allerdings ist mir das völlig gal. Mein ganzes Interesse gilt dem, was hier und jetzt vorgeht.«

»Sir, bei allem schuldigen Respekt«, wobei Bulganins Ton andeutete, dass davon nur eine verschwindend geringe Menge vorhanden war, »muss ich doch fragen: Was wissen Sie denn überhaupt von dem, was hier gerade vorgeht?«

»Ich weiß, dass die Disziplin hier den Bach runtergegangen ist und diese Einheit momentan nicht in der Lage ist, den ihr übertragenen Auftrag auszuführen.«

»Lieutenant, die Einheit, wie Sie es nennen«, Bulganins Blick wanderte kurz zu Cabral hinüber, »hat ihre Pflicht getan, obwohl wir gezwungen waren, uns nun seit über einem Jahr ohne Offizier durchzuschlagen.« Bulganin erlaubte sich ein breites, sarkastisches Grinsen.

Lee grinste zurück. »Dann sind Sie also jederzeit einsatz-bereit? Selbst für einen Notfalleinsatz unter Erdschwerkraft-bedingungen? Sagen Sie mir doch, Sergeant«, Lees Blick lag wieder auf der fülligen Leibesmitte des Russen, »haben Sie die vorgeschriebene volle Stunde pro Tag mit Rotations-training zugebracht?«

Bulganins breites Grinsen bröckelte, erstarb.

»Und, Sergeant, haben Sie? Ich höre.«

Der Russe wandte den Blick ab. »Es hat ... ähm, Schwierig-keiten mit der Funktionstüchtigkeit des Trainingsraums gegeben.«

»Ach, tatsächlich? Nun, dann wird es Sie freuen zu hören, dass ich auf meinem Weg hierher am Rotationstrainingsraum vorbeigekommen bin und mich davon überzeugen konnte, dass er jetzt in voller Betriebsbereitschaft ist. Also erwarte ich, dass Sie für eine Doppelschicht RT antreten, Sergeant.«

Bulganins Augen verrieten einen Anflug von Panik. »Wann?«

Lees Grinsen wurde noch breiter. »Gleich jetzt.«

Iseult warf einen neugierigen Blick auf Lee, während sie Bulganins Beine nahm und den Sanitätern half, den bewusstlosen Russen aus dem Rotationstrainingsraum zu tragen. Cabral stand etwas abseits davon in Türnähe, beobachtete das Ganze kurzatmig, während ihm Schweiß von der Stirn troff. Die Muskeln einer seiner Waden zuckten krampfhaft – ein leicht erkennbares Anzeichen für körperliche Überforderung und Elektrolytmangel. Aber der kleine Brasilianer hatte die gesamte Trainingseinheit durchgehalten.

»Cabral?«

Sofort wandte sich der drahtige Gast von der Tür ab und Lee zu und nahm Haltung an. »Sir!« Sein Kinn war oben, seine Blick ging geradeaus und war – wie es sich gehörte – auf einen Punkt in der Ferne fixiert. Sein Körper war gespannt wie eine Bogensehne. Lee unterdrückte ein Grinsen. Der Rudelführer bellte, und Cabral stellte die Ohren auf.

»Rühren, Gast.«

Cabral nahm die verlangte Position ein, was noch weniger bequem aussah als seine vorherige Haltung.

»Nein, nein, Gefechtsbereitschaft aufheben und zehn Minuten Pause machen!«

Cabral blickte Lee aus den Augenwinkeln an. Offenkundig wollte er den Tenor von Lees Worten lieber noch einmal von dessen Gesicht ablesen: Wollte ihn der Yankee austricksen, oder meinte er es mit der Pause tatsächlich ernst?

Lee schlenderte zu einer Bank hinüber und ließ sich darauf fallen. Cabral seufzte erleichtert auf und folgte ihm.

»Wie nennt man Sie, Cabral?«

»Mich, Sir? Ähm, Eduardo, Sir.«

»Nein, ich wollte Ihren Spitznamen wissen.«

Eduardo lächelte, weiße Zähne blitzten auf. »Man nennt mich Fast Eddie, Sir.«

»Tja, Fast Eddie, Sie haben sich heute gar nicht schlecht geschlagen. Wie lange ist es her, dass Sie ...«, Lee blickte auf seine Uhr, »fünfzig Minuten Rotationstraining hinter sich gebracht haben?«

Cabral zögerte, dann gab er zu: »Eine ganze Weile, Sir.«

»Nun, das machen wir von jetzt an mindestens eine Stunde pro Tag, immer schön nach Handbuch. Vorschriften haben schließlich ihren Sinn.«

Unerwarteterweise lachte Cabral mit einem Mal laut auf.

»Habe ich was Komisches von mir gegeben, Private?«

»Oh nein, Sir! Ich meine: Doch ja, tatsächlich, Sie haben was Komisches gesagt – ohne es zu wissen, nehme ich an. Sie sagten, Sir: Immer schön nach Handbuch. So nennen die Arbeiter hier Mr. Perlenmann: Mr. Handbuch.«

Lee beugte sich vor, stützte lässig die Ellenbogen auf die Oberschenkel. »Mr. Handbuch? Wieso das denn?«

»Tja, hat gleich 'ne doppelte Bedeutung, Sir. Sie wissen schon, er hat diese vielen Bücher, stimmt's? Tausende, und immer gern eines bei der Hand. Aber eigentlich ist sein Spitzname eine Anspielung darauf, wie er Aufgaben erledigt wissen will: immer schön nach Handbuch, wie Sie gerade gesagt haben. So macht es Perlenmann, immer nach Handbuch. Vorschriften, Vorschriften, Vorschriften, Sie verstehen?«

Lee leckte sich salzigen Schweiß von der Oberlippe. Seltsam, Cabrals Beschreibung von Perlenmann deckte sich überhaupt nicht mit seiner Wahrnehmung des Mannes. »Sagen Sie, Eddie, was halten Sie von diesen ganzen Sabotagegeschichten? Wer, glauben Sie, steckt hinter dem Ganzen: Hardliner unter den Planetenhockern oder Sols?«

In einer eckigen Bewegung hob der Brasilianer die Schultern und ließ sie wieder fallen. »Keine Ahnung, Lieutenant. Infrage kämen beide Parteien, finde ich.«

»Was ist mit der breiten Masse Upsider? Hätte von denen jemand ein Motiv, die Schließung der Anlagen auf Callisto herbeizuführen?«

Fast Eddie runzelte die Stirn. »Keinen blassen Schimmer, Sir. Ich wüsste nicht, warum das einem von denen in der Kram passen sollte.«

»Mir fällt auch kein Grund dafür ein. Was ist mit den Outboundern?«

»Die Outbounder? Aber was hätten die davon? Wenn es nicht genug zu tanken gibt, können die mit ihren Schiffen nicht auslaufen.«

Bingo, Eddie – weshalb niemand einen von denen verdächtigen wird, eine Tankfüllung Wasserstoff zur Explosion zu bringen, nur um den Anschlag der Gruppe in die Schuhe zu schieben, die sie am allerliebsten am Auslaufen hindern will und obendrein zur Durchsetzung politischer Ziele auch Gewalt einzusetzen bereit ist: die Sols nämlich.

»Im Übrigen«, fuhr Eddie fort, »sind die, die bei den Outboundern das Sagen haben, also Briggs, Kerkonnen und sogar Xi, ganz liebe Leute, richtig *pacifico*. Die tun keiner Fliege was zuleide, haben die nie, und hinterhältig waren sie auch noch nie.«

Tja, sollte diese Ermittlungsrichtung je Früchte tragen, dann sicher nicht als Folge von Fast Eddies politischem Scharfblick. Also zurück zum Einmaleins. »Gast, wie viel Zeit ist seit Ihrem letzten Schießtraining vergangen?«

»Viel Zeit, Sir, ganze Monate.« Fast Eddies erwartungsvolles

Lächeln legte Zeugnis für den Umstand ab, dass er ein Waffennarr war, nicht mehr und nicht weniger.

»Dann wird's Zeit, dass Sie wieder ein bisschen Übung bekommen. Was auf Callisto dient Ihnen denn so als Schießstand?«

Früh am nächsten Morgen piepste Callistos Com-Spezialist Lee in seinem Quartier auf dem Jupitermond an. »Einkommende Nachricht von der *Gaia*, Lieutenant Strong. »Soll ich dechiffrieren lassen?«

»Ja, bitte, tun Sie das. Ich nehme das Gespräch an.«

Einen Augenblick später drängten sich Bernies und Finders Gesichter auf seinen Schirm. »Hallo, Skipper, wie ist denn der Fraß da unten bei Ihnen?«

»Nicht zu unterscheiden von dem, was ihr da oben habt.«

»Autsch, so schlimm? So viel zu Vergünstigungen für Offiziere.«

»Genau, so viel dazu. Haben Sie was Neues für mich, Bernie?«

»Klar doch, Skipper. Diese ganze Entführungskiste wird immer sonderbarer und schräger.«

Lee fragte sich, ob das tatsächlich noch möglich war. »In welcher Hinsicht?«

»Tja, als wir die digitalisierten DNA-Proben der Entführer zurück zur Erde geschickt haben, hat man uns in der Warteschleife für die Bearbeitung ganz hinten einsortiert.«

»Das ist in der Tat sonderbar. Eine DNA-Sequenzierung ist nicht sonderlich schwierig, und wir sollten eigentlich ganz oben auf der Wunschliste aufzuklärender Verbrechen stehen.«

»Genau das habe ich auch geglaubt. Also haben wir uns

die Freiheit erlaubt, die Proben an zwei Upsiderfreunde zu schicken. Einer arbeitet als Datenbankmanager auf L–5, der andere hat das Immigrationsregister auf dem Mars unter sich. Sie haben uns konkrete Ergebnisse geliefert ... und das in kürzester Zeit.«

»In kürzester Zeit? Das bedeutet dann ja wohl, dass unsere Entführer zu dem Teil der Bevölkerung gehören, der zur Überprüfung und Überwachung bereits vorgemerkt ist.«

»Bingo! Anscheinend sind unsere Piraten bereits verurteilte Gewalttäter oder haben zumindest schon einmal unter entsprechender Anklage gestanden.«

»Schachfiguren auf einem Spielbrett, mehr nicht. Keine Überraschung also.«

»Stimmt, aber was jetzt kommt, schon: Sie waren samt und sonders Upsider und stammten entweder aus dem cis-lunaren Raum oder aus dem Gürtel. Sie gehörten samt und sonders zum asozialen Typ Mensch, manche waren diagnostizierte Soziopathen. Was sagt Ihnen all das zusammengenommen, Skipper?«

»Tja, nicht sonderlich schlüssig, das Ganze. Sie sind alle Upside geboren. Sie könnten daher von anderen Upsidern, von Raumschiffern beispielsweise, herausgepickt worden sein, die auf der Suche nach kaltblütigen Attentätern waren. Andererseits könnte auch jemand von der Erde in das Ganze involviert gewesen sein – muss es vielleicht sogar. Jemand mit genug Einfluss, um Gewohnheitsverbrecher wie diese Typen aus dem Gefängnis zu holen oder eine Strafaussetzung durchzuboxen, um sie diesen Auftrag durchführen zu lassen.«

»Aber was für ein Auftrag war das denn?«

»Sie waren definitiv hinter etwas her, als sie an Bord der *Blütenduft* gegangen sind. Solange wir das, unsere viel zitierte Nadel im Heuhaufen, nicht gefunden haben, kommen wir der Antwort nicht um Epsilon näher, Finder. Apropos: Gibt es auf der Liste mit den Frachtreklamationen von Callisto irgendetwas Interessantes?«

»Nichts, was uns ins Auge gesprungen wäre, Skipper. Wir haben jedes Stück Frachtgut, nach dem sie gefragt haben, genau unter die Lupe genommen – was auch Sensorscans nach Geheimfächern eingeschlossen hat. Bei allen elektronischen Komponenten haben wir eine vollständige Datenanalyse laufen lassen. Bisher ohne Ergebnis.«

»Und was ist mit Tobsuchtsanfällen der Lamettahengste? Hatte irgendwer einen Herzinfarkt wegen meiner Entscheidung, Kurs auf Callisto zu setzen?«

»Es ist so still, dass es schon unheimlich ist, Lieutenant. Wir haben Depeschen und Routineanweisungen erhalten, aber das ist alles.«

»Anweisungen? Was denn für welche?«

»Nur das, was wir erwartet hatten. Zuerst die Nachricht, wir sollten unseren genehmigten Patrouillenkurs schnellstmöglich wieder aufnehmen, dann eine Korrektur dieses Befehls als Reaktion auf Perlenmanns Hinweis auf die an Bord verhängte Quarantäne. Damit hat er uns etwa hundert Stunden im Orbit erkauft. Und ich habe uns noch zwei zusätzliche Tage oben drauf organisiert.«

»Wie das denn, Bernie?«

»Nun, da Callistos Deuteriumraffinerie momentan nicht betrieben werden kann, habe ich behauptet, unsere Freigabestufe reiche nicht aus, um Callistos Reservetanks anzuzapfen, weil jeder gefrorene Tropfen dort drin jetzt dem nächsten Kolonistenschiff der Outbounder vorbehalten ist. Zumindest, bis die Hauptaufreinigungsanlage wieder arbeitet und sich ein ausreichend großer Überhang an Deuterium gebildet hat.«

Lee runzelte die Stirn. »Ich bin überrascht, dass die Lamettahengste das nicht eine Etage weiter nach oben getragen haben, um die nötige Freigabe zu bekommen.«

»Wir haben denen keine Gelegenheit dazu gelassen. In derselben Depesche haben wir signalisiert, mit den Vorbereitungen zum Umpumpen des Treibstoffs der *Blütenduft* in unsere Tanks zu beginnen, die ausstehende Genehmigung natürlich vorausgesetzt. Das könnte ansonsten ja als Manipulation von Beweismitteln unter Verschluss ausgelegt werden.«

Lee war beeindruckt von Bernies genialem Trick. »Ah, gut, und was hat man höheren Ortes mit dem undurchdringlichen Dickicht aus Befugnissen und Priorisierungen angefangen?«

»Was Bürokraten am besten können: Man hat den Schwarzen Peter an Perlenmann weitergereicht. Der hat eine Weile an der Antwort gebastelt und dann dem Führungsstab und uns mitgeteilt, er autorisiere uns ausdrücklich, die Tanks der *Blütenduft* anzuzapfen und deren Treibstoff zu übernehmen. Das ist, wie Sie sicher wissen, Sir, ein zeitintensiver Vorgang, außer man setzt spezielle Treibstoffpumpen ein.«

»Ja, stimmt schon, aber Perlenmann wird hier auf Callisto doch solche Spezialpumpen haben. Gleich eine ganze Reihe sogar.«

»Soviel ich weiß, ja. Aber den Einsatz solcher Pumpen hat er nicht angeboten, und wir haben nicht nachgefragt.«

Lee schmunzelte. »Wie lange können Sie die ganze Prozedur um das Auftanken in die Länge ziehen?«

»Die Lamettahengste haben uns der, wie es so schön heißt, situationsbedingten Hindernisse wegen zwei zusätzliche Tage zugestanden. Damit können wir insgesamt noch weitere sechs Tage im Orbit bleiben. Dann aber müssen Sie leider Ihren Urlaub auf Callisto unterbrechen, Sir, und ...«

»Negativ, Bernie, ich bleibe hier.«

»Sir, Verzeihung, habe ich Sie gerade richtig verstanden? Sagten Sie, Sie wollten bleiben?«

»Perlenmann hat mich festgenagelt und mir die Ermittlungen in dem Sabotagefall hier unten übertragen, der die ganze Produktion lahmgelegt hat. Alles streng nach Handbuch: Ich konnte mich nicht herauswinden. Aber das könnte am Ende ein Vorteil für uns sein: Haben die Lamettahengste sich dahingehend geäußert, *ich* hätte die *Geier* in sechs Tagen zurückzubringen?«

»Nun, tja, nein, aber Sie sind nun mal der Kommandant, und man dürfte höheren Orts ja wohl davon ausgegangen sein ...«

»Na bitte, dann ist das ja wohl deren Problem! Wenn ich in sechs Tagen den Fall nicht aufgerollt bekommen habe, nehmen Sie als diensthabender Kommandant die Patrouillenfahrt auf dem festgelegten Kurs wieder auf. Das wird mir die nötige Zeit verschaffen, auf Callisto herauszufinden, ob ein Zusammenhang zwischen dem besteht, was mit der *Blütenduft* passiert ist, und den Sabotageakten hier. Falls es sich um zwei Stücke ein und desselben Puzzles handelt, sollte ich im Zuge meiner Ermittlungen dann ja herausfinden können, wer eigentlich die Nadel in Empfang nehmen sollte, nach der Sie im Heuhaufen *Blütenduft* immer noch Ausschau halten.«

»Mag sein, Skipper. Vermutlich ist es völlig überflüssig, Sie daran zu erinnern, dass Sie mit dieser Entscheidung bei den Lamettahengsten keine Bonuspunkte einfahren dürften.«

»Dieses Mal müssten die sich bei Perlenmann beschweren.« Lee versuchte sich selbst davon zu überzeugen, dass ihn das vor dem schlimmsten Zorn seiner Vorgesetzten schützen müsste. Da er wusste, dass er ein schlechter Lügner war, war er von der Richtigkeit dieser Annahme nicht zu überzeugen »Wenn ich in sechs Tagen nicht wieder an Bord bin, laufen Sie mit Viertelkraft Kurs auf Hygeia aus.«

»Warum ausgerechnet dorthin, Skipper?«

»Dann sind Sie noch in der Nähe, wenn ich Sie rufe, um mich wieder aufzulesen.«

»Kapiert, Skipper. Sonst noch was, was wir für Sie tun können?«

»Nicht, falls Sie nicht an die Macht des Gebets glauben oder eine glücksbringende Hasenpfote Ihr Eigen nennen.«

»Eine was, bitte?«

»Ist eine Tradition aus barbarischen Zeiten der Erde.«

»Klingt nach was Neo-Ludditischem.«

»Könnte sogar stimmen, irgendwie, ja. Halten Sie bitte weiter nach der Nadel im Heuhaufen Ausschau, klar, Bernie?«

»Klar, Skipper. Und Sie halten immer schön den Kopf unten, klar?«

»Guter Rat. Ende.«

Es brauchte den Großteil einer Woche, um Cabral und Bulganin wieder an 1-G-Rotationsübungen und militärische Disziplin zu gewöhnen. Bulganin blieb schweigsam und unwirsch, obwohl er gehorchte und Lee, wie es schien, allmählich, wenn auch widerwillig, Respekt zollte.

Das war mehr, als man von den Upsidern unter der Belegschaft behaupten konnte. Ihre schriftlichen Aussagen im Zuge von Lees Ermittlungen über den Explosionshergang waren knapp bis hin zur Nutzlosigkeit. Begegnete man sich, etwa auf dem Gang, vermieden sie Blickkontakt mit ihm und reagierten auf sein höfliches Grüßen so kurz angebunden wie irgend möglich. Die Planetenhocker verhielten sich nicht besser. Die Outbounder, mit denen Lee es zu tun bekam, wirkten, als lebten sie bereits in einer anderen Welt, und waren allesamt bestrebt, den ganzen Upsider-Planetenhocker-Hickhack hinter sich zu lassen.

Der einzige Mensch auf Callisto, der Lee zu unterstützen bereit schien, war Perlenmann. Er gewährte ihm sogar Einsicht in sein persönliches Logbuch. Den Aufzeichnungen des Administrators nach waren die Streitigkeiten zwischen Upsidern und Planetenhockern auf Callisto nie zuvor in Sabotage und Gewalt umgeschlagen. Seit der Explosion aber hatten die Upsider aus Parsons' Tankteams wenigstens zwei öffentliche Konfrontationen mit Planetenhockern provoziert. Sie hatten gedroht, entsprechend Vergeltung zu üben, sollte sich herausstellen, der Anschlag habe ihnen gegolten. Dass sie dabei darauf achten würden, tatsächlich nur die Schuldigen zu treffen, war alles andere als ausgemachte Sache.

In der Mitte der zweiten Woche hatte Jack Carroll seinen forensischen Bericht fertiggestellt, der die technischen Details darüber enthielt, wie die Saboteure vorgegangen waren. Lee und Perlenmann entschieden sofort, den Bericht unter Verschluss zu halten, bis die Ermittlungen zu einem Ende kämen. Eine Offenlegung zum jetzigen Zeitpunkt würde den Tätern nur enthüllen, wie viel (oder besser: wie wenig) die Ermittler über Tat, Tathergang und Täter wussten.

Als Lee durch den Bericht scrollte, seufzte er und ließ mit seiner Atemluft alle Hoffnung auf ein schnelles Ende der Ermittlungen fahren. Zehn Tage gründlicher Ermittlungen hatten rein gar nichts zutage gefördert. Nun wäre es an der Zeit, allen, beteiligt oder unbeteiligt, auf den Zahn zu fühlen und herauszufinden, was dann passierte.

In den hohlen Eingeweiden des beschädigten Wasserstoff-Aufreinigungstanks hallten Arbeiterstimmen, wie Echos in den Bergen von der Tankwandung mehrfach zurückgeworfen. Lee verrenkte sich fast den Hals, um zehn Meter hinauf zur Tankkuppel schauen zu können. Er wagte sich tiefer in den Tank mit dessen enormen Ausmaßen hinein, behielt den Blick aber immer auf das Ziel gerichtet: das bläuliche Weiß glühender Fackeln, mit denen die Arbeiter ihren Arbeitsplatz ausleuchteten.

Ein Dutzend Schritte später sah sich Lee auf eine gedrungene Gestalt zusteuern, die sich, die Hände in die Hüften gestemmt, als dunkle Silhouette vor dem Gleißen von Schweißgeräten abhob. Parsons' Ton war noch unfreundlicher als gewöhnlich. »Was wollen Sie hier, Planetenhocker? Meine Leute haben Ihre dämlichen Fragebögen ausgefüllt, also lassen Sie sie endlich zufrieden!«

»Ich wünschte, das wäre möglich, Mr. Parsons. Leider aber haben Ihre Leute, wie Sie sie nennen, meine Fragen nur unvollständig beantwortet. Präzise gesagt, hat keiner von ihnen auch nur einen beim Namen nennen wollen, der in ihren Augen zu den radikalen Eiferern zählt – weder unter den Planetenhockern noch den Upsidern. Jetzt frage ich mich natürlich, was das zu bedeuten hat.«

»Fragen Sie sich so viel, wie Sie wollen, Zollpatrouille.« Parsons spie aus. Dumpf klatschte der Speichelklumpen auf den Tankboden. Es klang, als prallte ein Kiesel von Schiefer ab. »Wir sind keine Spitzel hier draußen. Sollten Sie das von uns wollen, fahren Sie zur Hölle!«

»Wenn Sie oder einer Ihrer Leute sachdienliche Hinweise zur Aufklärung des Vorfalls hat, rate ich Ihnen dringend, diese nicht zurückzuhalten. Jeder, der das tut, behindert die offiziellen Ermittlungen, was in diesem Fall der Mitschuld bei

Sabotage gleichkommt, und gefährdet das Leben aller hier Arbeitenden.«

Ganz wie Lee vermutet hatte, hatte er Parsons' wunden Punkt gefunden – oder besser, da er ja den Leuten hier auf den Zahn fühlen wollte, den gereizten Zahn. Parsons' Tonfall verriet Anspannung, die Worte überstürzten sich fast, so schnell stieß er sie hervor. »Sie wollen meine Leute bezichtigen, ihre Kollegen in Gefahr zu bringen? Von denen alle Upsider sind? Das können Sie ja gerne mal probieren, Zollpatrouille! Aber ich sage Ihnen eines: Hier auf Callisto passen wir auf unsereins auf, und wenn wir Probleme miteinander haben, regeln wir das unter uns. Sie haben nicht den blassesten Schimmer, wie die Dinge hier liegen, und Grünschnäbeln passiert rasch, dass sie sich beim Umgang mit Dingen verletzen, von denen sie nichts verstehen, meinen Sie nicht auch?«

»Einen Offizier der Zollpatrouille zu bedrohen, Mr. Parsons, ist ein ernstes Vergehen, und ich frage mich jetzt, ob ich meine Ermittlungen nicht in eine andere Richtung lenken und Sie zu meinem Hauptverdächtigen machen sollte.«

Parsons lachte, leise und tief. »Ich habe Ihnen gedroht, Lieutenant? Herrje, ich kann mich gar nicht daran erinnern, etwas Bedrohliches gesagt zu haben! Ich habe doch nur unterstrichen, dass mit politischen Querelen wie diesen umzugehen für Außenstehende schwierig sein kann, vielleicht sogar gefährlich. Und was in meine Richtung zu ermitteln angeht«, Parsons schnaubte spöttisch, »nur zu! Sie halten mich also für einen verdeckten Agenten der radikalen Planetenhocker, ja?« In einem höhnischen Grinsen ließ er die Zähne aufblitzen. »Ja, klar, während die grünen und neo-ludditischen Planetenhocker versuchen, dieser Anlage die Luft abzudrehen, verschwenden Sie Ermittlungszeit damit, hinter Leuten herzuschnüffeln, die diese Anlage für das eigene Überleben brauchen und sie darum unbedingt in Betrieb halten wollen.«

Ehe Lee etwas sagen konnte, fuhr Parsons in schneidendem Ton fort. »Wenn Sie uns oder wem auch immer das Leben schwermachen, könnte sich das auf die Produktion auswirken. Das wiederum könnte einigen Öko-Oberhanseln im Führungskomitee das Leben schwermachen, weil es den neo-ludditischen Hardlinern mehr Munition verschafft, Callisto in den Fokus der Kritik zu rücken. Das wiederum könnte zu einer Untersuchung führen, die ihrerseits *Ihnen* das Leben schwermachen könnte – sehr schwer sogar.« Er schwieg und beugte sich vor. »Verstehen Sie, worauf ich hinauswill?«

Lee beugte sich ebenfalls vor und bot Parsons die Stirn. »Ja, durchaus, und ich hoffe, Sie haben umgekehrt verstanden, worauf ich hinauswill. Ich bin hier, um dem Gesetz Geltung zu verschaffen und den Saboteur dingfest zu machen. Und genau das werde ich auch tun – mit oder ohne Ihre Hilfe.«

Stirn an Stirn waren sie keine Handbreit mehr voneinander entfernt, und nur das Zischen der Fackeln durchbrach die Stille zwischen ihnen. Dann verlagerte Parsons sein Gewicht, was ihm Gelegenheit gab, sich zurückzulehnen, ohne das Gesicht zu verlieren. Er lachte auf. »Nur zu, immer nur zu, Zollpatrouille, Sie sind es ja, der vor dem Kriegsgericht landet!« Er drehte sich um und schwebe-ging einmal quer durch den Bauch des riesigen Tanks in das Gleißen der Fackeln hinein, während er hier und da Befehle brüllte.

Dr. Iseult hob eine Augenbraue, als Lee ihr Sprechzimmer betrat. »Und wem oder was verdanke ich das Vergnügen Ihrer

Anwesenheit, Lieutenant?« Der kühle Tonfall ließ sie bei ihrer Zierlichkeit gleich einen ganzen Kopf größer wirken.

Lee versuchte es mit einem zögerlich ausfallenden Lächeln. »Darf ich mich setzen, Frau Doktor?«

Iseult durchbohrte ihn mit einem Blick, als wollte sie ihm allen Ernstes eine abschlägige Antwort auf seine Bitte geben. Dann jedoch seufzte sie und bedeutete ihm mit einem Wink, in dem Sessel vor ihrem Schreibtisch Platz zu nehmen. »Nun, jetzt sitzen Sie. Worum geht's?«

»Es ist sicher kein Geheimnis, Frau Doktor, dass ich mit meinen Ermittlungen nicht so recht vorankomme.«

Iseults Lächeln war echt, wenn auch mit einer gehörigen Portion Ironie gewürzt. »Sie haben das rechte Talent für Untertreibungen, Lieutenant. Nach allem, was ich höre, kommen Sie überhaupt nicht voran – obwohl Sie es geschafft haben, sich schon eine ganze Reihe Feinde zu machen.«

Lee nickte. »Ich hoffe, von Ihnen bekomme ich die nötige Unterstützung.«

Jetzt zeigte Iseults Lächeln ungläubiges Erstaunen. »Oh? Und was bringt Sie auf diese Idee?«

»Sie sind Ärztin.«

»Was mich dazu bringen sollte, mich gegen brutale Paramilitärs wie Sie zu stellen, ist es nicht so, *non*? Immerhin bin ich diejenige, die die Sauerei zu beseitigen hat, die Ihre uniformierten Kinderlein hier hinterlassen.«

Lee zuckte mit den Schultern. »Tja, vermutlich. Aber ich hatte mir gedacht, angesichts des sich steigernden Gewaltpotenzials hier auf Callisto würden Sie mir helfen wollen, neuerliches Blutvergießen zu verhindern, anstatt einfach nur hinterher alle wieder zusammenzuflicken. Offenkundig habe ich mich da getäuscht.«

Iseults Lächeln war verschwunden, stattdessen fletschte sie

wütend die Zähne. »*Merde!* Solch Unverfrorenheit – dass Sie es wagen, mir mit dieser hinterhältigen Masche meine Mitarbeit abzuringen!«

»Wie gesagt, Frau Doktor, ich möchte Ihnen nur die Gelegenheit geben, Menschenleben zu retten.« Lee erhob sich als hätte er vor zu gehen.

»*Mon Dieu*, wie arrogant Sie sind – nein, bleiben Sie sitzen! Setzen Sie sich, verdammt noch mal!« Sie hatte eine ihrer kleinen, schmalen Hände zur Faust geballt, so fest, dass die Knöchel weiß hervortraten. Offensichtlich rang Iseult um Fassung. Sie brauchte eine halbe Minute, um sich wieder im Griff zu haben. Dann suchte sie mit kühler Miene Lees Blick, die Augen blitzten. »Zu meinem Leidwesen haben Sie recht. Parsons' Leute werden langsam unruhig. Ich befürchte, dass sie sich einreden, den Planetenhockern mit einem Präventivschlag zuvorkommen zu müssen – ja, nicht nur ihnen, sondern auch den Outboundern. Und dieses Mal ist das nicht metaphorisch gemeint.«

»Das macht Ihnen also Sorgen?«

Sie blinzelte. »Natürlich macht mir das Sorgen. Wie Sie ja schon so scharfsinnig bemerkten, bin ich Ärztin.«

»Das meinte ich nicht. Ich meinte, es macht Ihnen Sorgen, weil ihre Sympathien den Outboundern gehören.«

Ihr Augen wurden groß vor Überraschung, ehe sie sie misstrauisch zusammenkniff. »Möchten Sie nun, dass ich Ihnen helfe – oder soll ich einfach nur hier sitzen und das Verhör über mich ergehen lassen?«

»Vielleicht von beidem etwas, Frau Doktor. Ich kann mich daran erinnern, dass Sie bei unserem Gespräch kurz nach meiner Ankunft hier für die Outbounder eintraten, als Parsons über sie herzog.«

Iseult trommelte mit den Fingern auf die Schreibtischplatte, den Blick starr auf die Finger geheftet, während sie ihre nächsten Worte genauestens abwog. Schließlich sagte sie: »Ja, man kann sagen, dass ich Verständnis für den Blickwinkel der Outbounder habe und sie gewissermaßen unterstütze – wie auch alle anderen gemäßigten Kräfte. Die Extremisten und alle in ihrem Fahrwasser sind diejenigen, die eine echte Gefahr für uns sind. Raumfahrer und Zollpatrouille, Sols und Pro-Erde-Faschisten, momentan seid ihr alle drauf und dran, euch gegenseitig umzubringen. Und wenn ihr euren Krieg erst beginnt, stehen Callisto und all die anderen friedlichen Gemeinschaften im All zwischen den Fronten.

Und selbst wenn ihr euren dummen Krieg nicht vom Zaun brecht, leben wir hier auf Callisto immer noch auf Messers Schneide. Wenn sich die politische Stimmung auf der Erde verschlechtert, wird man Kolonisierungsprogramme für die Outbounder einstellen, und der Außenposten hier auf Callisto wird geschlossen. Dasselbe Schicksal werden viele Anlagen im All teilen, die nur existieren, um uns mit Nachschub zu versorgen. Passiert das, wird man viele – um genau zu sein, sogar die meisten – Upsider wieder auf der Erde ansiedeln müssen. Kein anderer Siedlungsraum kann einen solch rapiden Anstieg der Bevölkerung verkraften.«

»Aber was ist mit den Upsidern, die in geringer Schwerkraft oder sogar Nullschwerkraft geboren wurden? Die können auf der Erde nicht überleben, nicht einmal in neutralen Auftriebtanks.«

»Ich bin Ärztin, Lieutenant, und niemand, der Sozialpläne entwirft und umsetzen lässt. Ich weiß darauf keine Antwort – falls es dafür überhaupt Lösungen gibt.« Frustriert wandte sie den Blick ab, eine zur Faust geballte Hand vor dem Mund.

Lee schaute sie abwägend an. Sie machte sich Sorgen, aber sie war hin und her gerissen, was jetzt zu tun war. Sie hatte nichts von einer politischen Parteigängerin, deren Sicherheit aus den eigenen dogmatischen Ansichten gespeist wurde. Zeit zum Rückzug. »Verzeihen Sie, Frau Doktor, ich hatte Sie nicht aus der Fassung bringen wollen.«

»Zu lügen gehört sich nicht, Lieutenant. Vor allem sollte man es nicht tun, wenn man ein so schlechter Lügner ist wie Sie. Natürlich wollten Sie mich aus der Fassung bringen, nichts anderes!«

Lee stieg die Hitze ins Gesicht, so unbehaglich fühlte er sich. »Ja, Frau Doktor, das stimmt, und es tut mir leid, aber mir blieb nichts anderes übrig.«

»Nun, immerhin macht Sie Ihr Verhalten so verlegen, dass Sie rot werden. Vielleicht steckt ja doch ein echter Mensch in Ihnen, Lieutenant Strong.«

»Lee.«

Sie lächelte beinahe schon wieder. »In Ordnung, Lee. Sie dürfen mich Genevieve nennen, sofern Sie mich denn genug provoziert haben.«

»Ich bin so gut wie durch damit, Genevieve.«

»Gut. Wie kann ich Ihnen noch helfen?«

Eine neue Stimme war zu vernehmen. »Sie können helfen, Frau Doktor, indem Sie Mr. Panachuk ein Beruhigungsmittel geben. Er hat es ein bisschen zu eilig, aus dem Krankenbett und zurück auf seinen Arbeitsplatz zu kommen.« Perlenmann war aus dem Krankenrevier gekommen, hatte die Tür aufschwingen lassen und lehnte sich nun gegen die Zarge. »Wie gehen Ihre Ermittlungen voran, Lieutenant?«

»Schleppend, Mr. Perlenmann, und die Richtung ist auch noch nicht klar, aber so weit, so gut. Ich hatte gehofft, Dr.

Iseult könnte mir neue Einblicke in die Verhältnisse hier verschaffen, insbesondere, was die Outbounder betrifft.«

Der Administrator schüttelte den Kopf. »Mir fällt es schwer, zu glauben, die führenden Köpfe der Outbounder, Mr. Briggs und Mr. Kerkonnen, könnten Gewalt in welcher Form auch immer befürworten.«

»Was ist mit Ms. Xi?«

Perlenmann zuckte mit den Achseln. »Sie ist mit Abstand die Temperamentvollste unter den Outboundern, sicher, aber das macht sie doch viel zu offenkundig zu einer Verdächtigen, finden Sie nicht auch?«

»Vielleicht hat nicht sie selbst die Sabotage begangen. Vielleicht hat sie jemanden gefunden, der engagiert genug war, das für sie zu übernehmen.« Aus dem Augenwinkel heraus sah Lee Iseult skeptisch die Stirn runzeln.

Perlenmann zuckte erneut mit den Achseln. »Möglich, sicher. Aber das einzig vernünftige Motiv, das sich denken lässt, ist doch wohl, dass die Outbounder die Sols oder Raumfahrer in Misskredit oder Verdacht bringen wollen – was sehr weit hergeholt ist. Jetzt muss ich bedauerlicherweise in mein Büro zurück. Ich versinke gerade in Unmengen Papierkram.«

Im hier üblichen und nötigen Schlendergang verließ Perlenmann Iseults Sprechzimmer. Lees Blick folgte ihm, und kaum dass sich die Tür hinter dem Administrator geschlossen hatte, fragte Lee: »Was ist mit ihm?«

Iseult neigte den Kopf zur Seite. »Was meinen Sie?«

»Könnte er . . . tja, ein verkappter Ökofaschist der übelsten Planetenhockersorte sein? Jemand, der nur auf einen vertretbaren Grund, eine gute Ausrede wartet, um Callisto dichtzumachen?«

»Perlenmann? Ein Spitzel der Ökofanatiker oder Neo-Ludditen? Sind Sie noch ganz bei Sinnen?« Iseults befreites Lachen klang angenehm melodisch.

»Was ist denn so komisch daran?«

»Lieutenant, selbst wenn Perlenmann Sympathien für eine der extremistischen Gruppen hegen würde, würde er diesen Sympathien niemals nachgeben. Er macht alles schön nach Handbuch, und sein Auftrag ist klar definiert: die Outbounderprogramme auf dem höchsten zu vertretenen Niveau in Gang zu halten. Trotz der reduzierten Nachschubmengen und Verzögerungen, die die Neo-Ludditen in Genf mit ihrer Verschleppungstaktik herbeigeführt haben, ist es Perlenmann gelungen, die ursprünglich geplanten Termine für das Auslaufen der Schiffe einzuhalten. Das ist eine beachtliche Leistung, glauben Sie mir.«

»Sofort.«

»Nun, dann haben Sie doch Ihre Antwort! Perlenmann hat eine klar umrissene Aufgabe zu erledigen, und er handelt, ohne davon abzuweichen, immer regelkonform.«

Lee nickte. »Jou, schon klar. Aber es sind die Ausnahmen, die die Regel bestätigen. Vielleicht sind wir hier auf eben diese Ausnahme gestoßen.«

Iseult schüttelte den Kopf, eine energische Bewegung, kurz und schroff. »Nein, hören Sie, Lee, ich kenne genügend Leute, die mit Radikalen in Kontakt stehen oder selbst verkappte Radikale sind. Ich bin nicht in ihre Pläne eingeweiht, aber sie vertrauen mir – genug, um mich wissen zu lassen, dass sie alle Perlenmann für einen Strohmann der gemäßigten Grünen halten, die zu Hause am Ruder sind. Upsider, Planetenhocker, Raumfahrer, Outbounder: Sie alle sind sich in einem einig, nämlich dass Perlenmann niemals die Regeln brechen würde.«

Mit einem Schulterzucken meinte Lee: »Tja, fragen musste ich.«

»Ja, mussten Sie. Gibt es sonst noch etwas, das sich für Sie tun kann?«

»Momentan nicht.« Lee erhob sich in der kaum existenten Schwerkraft.

»Gut, dann sind jetzt Sie dran, mir zu helfen.« Iseult umrundete ihren Schreibtisch, holte eine kleine Flasche mit Pillen hervor und drückte sie Lee in die Hand. »Ein Medikament für Sergeant Bulganin«, erläuterte sie.

Lee grinste. »Pillen zur Gewichtsreduktion?«

Iseults Gesicht wurde streng. »Das ist nicht lustig, Lieutenant. Seien Sie bitte so freundlich, und sorgen Sie dafür, dass der Sergeant seine Medikamente bekommt. Sofort.«

Lee runzelte die Stirn. »Wozu braucht er die Pillen denn?«

Iseult, deren Blick in Richtung ihres Computerschirms gegangen war, sah Lee überrascht an. »Das wissen Sie nicht?«

Lee schüttelte den Kopf.

»Er hat es Ihnen nicht gesagt?«

Lee schüttelte erneut den Kopf.

»*Mon Dieu*, wie kindisch Männer doch sind! Lee, Sergeant Bulganin hat Asthma, und die vielen Übungen, durch die Sie ihn gehetzt haben, haben eine Zustandverschlechterung herbeigeführt. Es geht ihm sehr viel schlechter.«

Lees Gedanken füllten sich mit Bildern von Bulganin im Rotationstrainingsraum, das versteinerte Gesicht mal puterrot, dann leichenblass, aber immer schmerzverzerrt. Lee hatte die körperliche Überbeanspruchung, von der dies beredt Zeugnis ablegte, dem Übergewicht des Russen zugeschrieben. Jetzt aber ging ihm auf, dass Bulganins graues Sweatshirt immer schweißnass gewesen war, obwohl weder sein Lauftempo noch seine Ausdauer sich im Training verbessert hatten: Er bekam einfach nicht genug Luft.

Lees Finger schlossen sich um die Flasche. »Danke, Frau Doktor. Ich sehe zu, dass Bulganin seine Medikamente sofort erhält.«

Bulganin nahm Haltung an, als Lee den nun makellos sauberen Bereitschaftsraum betrat. Mit einem Wink gab Lee ihm zu verstehen, sich wieder zu setzen.

»Rühren, Sergeant. Setzen Sie sich bitte, und nehmen Sie sich zehn Minuten Pause.«

Bulganin beäugte Lee misstrauisch, ließ sich aber tatsächlich, wenn auch zögernd auf seinen Stuhl sinken und blickte wieder auf seinen Computerschirm.

Lee streckte ihm die Rechte entgegen, in der offenen Hand das Pillenfläschchen. »Das hier ist für Sie, Sergeant.«

Bulganin lief rot an und biss die Zähne zusammen. Mit seiner rechten Bärenpranke nahm er mit aller Würde, die er aufzubringen vermochte, das Fläschchen an sich und steckte es sich in die Brusttasche. Er deutete ein Nicken an und veränderte seine Sitzposition, um sich wieder dem Computer und den Anzeigen auf dem Schirm zu widmen.

»Sergeant, warum haben Sie mich nicht über Ihren Gesundheitszustand informiert?«

Bulganins Kiefer mahlten, ehe er brummte: »Ist nichts Ernstes, Sir.«

»Teufel noch mal, Bulganin, das stimmt doch gar nicht, und das wissen Sie ganz genau. Und was noch wichtiger ist: Ich weiß es jetzt auch.«

Bulganin wagte nicht, Lees Blick zu begegnen. »Dann entfernen Sie mich jetzt aus dem Dienst?«

Lee schüttelte den Kopf. »Verdammt, nein, Sergeant! Selbst wenn ich wollte, könnte ich das nicht. Ich kann es mir nicht leisten, Sie zu verlieren.« Bulganins dunkle Augen wirkten mit einem Mal nicht mehr ganz so versteinert. »Aber ich verlange zu erfahren, wie lange Sie in diesem Zustand sind und warum, verdammt noch eins, Sie mir nichts davon gesagt haben. Also?«

Bulganin wandte den Blick vom Computerschirm ab, er schien nachzudenken. Dann fragte er: »Darf ich offen sprechen, Sir?«

»Darauf bestehe ich sogar.«

»Ich habe Ihnen nichts über meinen Gesundheitszustand gesagt, weil ich nicht von dem Umstand gedemütigt werden wollte, von Ihren Trainingsvorgaben ausgenommen zu werden ... Sir.«

»*Ich* habe diese Vorgaben nicht aufgestellt, Sergeant, und das wissen Sie. Es handelt sich um Vorschriften der Zollpatrouille.«

Bulganin deutete ein weiteres Nicken an. »Ja, stimmt. Aber nach Ihrer Ankunft wollte ich nicht ... ich wollte keine Sonderbehandlung von Ihnen, Sir.«

Lee nickte. »Ich glaube zu verstehen, Sergeant. Aber ich hoffe, wir haben unsere anfänglichen Spannungen zwischenzeitlich beilegen oder zumindest abbauen können. Ich erwarte immer noch, dass Sie eine Stunde Rotationstraining unter einem *G* pro Tag absolvieren. Nur werden Sie jetzt diese Anforderungen des Handbuchs in drei zwanzigminütigen Trainingsabschnitten erfüllen und danach mindestens eine Stunde körperlich nicht fordernden Dienst schieben.«

Bulganin öffnete schon den Mund, um zu widersprechen, aber Lee hob abwehrend die Hand. »Das ist ein Befehl, Arkady.«

Bulganin schloss den Mund, stierte vor sich hin, dann schlich sich doch ein Lächeln auf sein Gesicht. »Wird nett werden, zur Abwechslung mal wieder Luft zu bekommen.«

Lee gab das Lächeln zurück. »Kann ich mir vorstellen. Wie lange leiden Sie schon an Asthma, und warum steht nichts davon in Ihrer Personalakte?«

Bulganin zog finster die Augenbrauen zusammen. »Da steht es nicht, weil ich es nie gemeldet habe.«

»Herrje, Bulganin, das nenne ich mal Risiken eingehen!«

Der Russe zuckte mit den Schultern. »Ich wäre ein größeres Risiko eingegangen, wenn ich es gemeldet hätte. Wie Sie so schon hervorzuheben wussten, hat meine Personalakte ein paar dunkle Flecken, Teilnahme an Protestbewegungen gegen die Neo-Ludditen eingeschlossen. Was denken Sie wohl, was passiert, wenn die herausfinden, dass ich schweres Asthma habe? Ich würde ausgemustert. Und was dann? Ich habe nichts anderes gelernt, als Soldat zu sein. Also habe ich um Raumdiensteinsätze gebeten und mich freiwillig für die entlegensten Außenposten gemeldet.«

»In der Hoffnung, bei einer solchen Verwendung entweder verbergen zu können, dass Sie Asthmatiker sind, oder dass Ihr kommandierender Offizier kein Aufhebens darum machen und Sie deshalb auch nicht melden würde.«

»*Da* ... ja, meine ich. Genau das.«

»Okay, Arkady, machen Sie sich keine Sorgen: Ich habe nicht vor, in Ihrer Akte etwas über Ihren Gesundheitszustand zu vermerken.«

Bulganin blinzelte, dann strahlte er übers ganze Gesicht. »*Spassibwo*, Lieutenant.« Dann wandte er den Blick ab, offenkundig voller Unbehagen.

»Raus damit, Sergeant, was ist los?«

»Sir, es tut mir wirklich leid, aber ich habe ... vergessen,

Ihnen etwas zu berichten, was für Ihre Ermittlungen von Bedeutung sein könnte.«

Ah-ha, na bitte! Vielleicht bringt mich das ja endlich weiter. »Ich habe Verständnis dafür, dass man mal was vergessen kann, Sergeant. Die letzten zehn Tage waren ein bisschen stressig.«

Dankbar lächelte Bulganin. »Es geht um Kotsukov, Sir. Er hatte Beziehungen zu den Outboundern. Obwohl sie seinen leidenschaftlichen Einsatz für die Vorherrschaft der Erde sicher nicht teilten, waren sie an der Fortführung der Outbounderprogramme interessiert und wollten das sichergestellt wissen.«

»Nach allem, was ich zu hören bekommen habe, kann ich das nur bestätigen. Aber warum sollte Kotsukov sich mit ihnen verbünden? Logischerweise müssten sie in seinen Augen allesamt Verräter sein, oder nicht?«

Bulganin nickte. »So sah er sie auch. Aber Kotsukov ist nun mal Pragmatiker. Die Outbounder und er haben denselben Feind: die Sols. Übrigens reichte Kotsukov, was die Outbounder angeht, einstweilen, dass die Erde auf diese Weise sämtliche Dissidenten loswerden kann, die immerhin so unzufrieden mit dem Leben dort sind, dass sie lieber das Risiko auf sich nehmen, zu den Sternen zu reisen.« Bulganin quittierte das mit einem Achselzucken. »Gegen Ende hat er sogar geholfen, ihre geheimen Treffen zu arrangieren.«

»Geheime Treffen? Warum denn geheim?«

»Tja, ich glaube, die Outbounder haben begonnen, Notfallpläne für den Fall aufzustellen, dass die Erde die Arbeiten an den momentan in den Werften liegenden Kolonistenschiffen einstellt.«

»Gehören zu diesen Plänen auch Erwägungen, militant dagegen vorzugehen?«

»Da bin ich mir nicht sicher, Sir, aber ich glaube, manche Outbounder sind dafür zu haben. Und Kotsukov, nun, er . . tja, er . . . nun . . .«

»Ja?«

Bulganin schluckte. »Er hat mir gesagt, wo diese Treffen stattfinden.«

Als der Ventilator allmählich zum Stillstand kam, entkoppelte Bulganin dessen Beschlag. Ein heftiger Stoß, das protestierende Kreischen und Quietschen verrosteter Scharniere, und der Ventilator schwang mitsamt seinem Gehäuse nach innen auf. Ein Lüftungsschacht kam zum Vorschein, der vielleicht einen Meter im Durchmesser maß. Bulganin quetschte sich hinein und winkte Lee, ihm zu folgen.

Es war verdammt eng, um hindurchzukriechen. Zu drei unterschiedlichen Gelegenheiten bedauerte Lee besonders, dass Fast Eddie nicht mit dem Ventilationssystem vertraut war. Er wäre eine weitaus schneller vorankommende Kanalratte gewesen als Bulganin.

Nachdem Sergeant und Lieutenant eine halbe Stunde durch den Schacht gekrochen waren, erreichten sie dessen Ende. Der Schacht verbreiterte sich erst und wurde dann von einem sich sehr schnell drehenden Ventilator blockiert. Der Russe nahm den Ventilator vom Netz und wartete darauf, dass die Drehbewegung der Ventilatorblätter endete. Dann wiederholte er die Prozedur vom Anfang ihres kleinen Ausflugs: Er entkoppelte den Ventilator und schwang ihn im Gehäuse nach innen. Dieses Mal wurde der Blick auf ein engmaschiges Gitterrost frei. Die beiden Männer krochen so nah wie möglich heran; nur noch ein paar Zentimeter trennten sie davon.

Jenseits des schwarzen Metallrosts saßen etwa fünfunddreißig Personen in einem unregelmäßigen Halbkreis. Bulganin zeigte einmal, zweimal, dreimal auf Personen dort im Kreis: »Briggs, der eigentliche Kopf hinter allem, und der schlaueste von ihnen noch dazu. Kerkonnen, seine rechte Hand. Xi, gute Wortführerin. Sie ist erst siebenundzwanzig, spricht mehr die Jüngeren an.« Die anderen im Halbkreis waren eine bunte Mischung, die sich in Alter, ethnischer Herkunft und Beruf unterschied.

Lee zog seine Handfeuerwaffe: Er trug seine Dienstwaffe, eine Automatik für hülsenlose Zehn-Millimeter-Munition. Weil er sich Sorgen machte, die Upsider-Raketenpistole Marke Eigenbau könnte hochgezogene Augenbrauen und unerwünschte Spekulationen über seine Loyalität hervorrufen, hielt er sie lieber schön unter Verschluss.

Lees Versuch, die Outbounderdiskussion mitzuhören, war nicht von Erfolg gekrönt. »Bulganin, können Sie hören, was gesagt wird?«

»Nein, Sir. Viel zu viel Lärm da draußen und zu viel Hall hier drin.«

Lee schaute auf die Uhr. »Nun, wir haben schon bald mehr als genug Gelegenheit, das Thema des Treffens heute Abend herauszufinden. In exakt zwei Minuten ist es so weit. Überprüfen Sie Ihre Waffe und stellen Sie sicher, dass sie mit Betäubungspatronen geladen ist.«

Bulganin runzelte die Stirn. »Sind Sie sich mit der Betäubungsmun sicher, Sir?«

»Völlig sicher, Sergeant. Außerdem haben wir ja noch eine andere Variante in petto, wenn nötig.«

Bulganin nickte, zog seine eigene Zehn-Millimeter und brachte sich in Position: die Beine vor dem Gitterrost so weit wie möglich an den Körper gezogen.

Lee sah die Sekunden verstreichen. »Folgen Sie mir so bald als möglich. Und versuchen Sie beim Sprung nicht auf Weite zu gehen, Arkady, es kommt nur auf eine gute Landung an.«

»Und die Waffe bleibt gesichert, bis ich festen Stand habe.«

»Genau. Okay, Showtime! Los geht's! Treten Sie ordentlich fest zu!«

Lee hockte sich in einer Karikatur der Startposition eines Läufers gleich neben Bulganin. Der Sergeant holte aus und trat zu, gegen den Gitterrost, so kraftvoll wie möglich.

Der Gitterrost brach aus seiner Verankerung und stürzte in die Tiefe, wobei er in der niedrigen Schwerkraft um die eigene Achse kreiselte. Im selben Moment schnellte Lee vor. Sein Gleitsprung trug ihn sieben Meter weit, ehe er die Beine anwinkelte, nach vorn stieß und dann in einer für Weitspringer typischen Klappmesserhaltung mit einem *Whampp!* landete. Er entsicherte die Waffe und konnte nicht anders als zu grinsen, als er die offenen Münder sah, mit denen man ihn aus dem Halbkreis heraus anstarrte.

»In Übereinstimmung mit 1770B2,I des Rechtskodex der Erd-Union nehme ich alle hier versammelten Personen mit sofortiger Wirkung fest. Bitte, versuchen Sie nicht ...«

Xi und zwei andere sprangen auf, schwebe-rannten in langen Bewegungen auf den Eingang zu, eine große Tür fast genau gegenüber des Ventilatorschachts, aus dem Lee in den geheimen Versammlungsraum gesprungen war. Bulganin landete mit einem dumpfen Laut ein paar Schritte hinter Lee und knurrte: »Abknallen?«

»Nicht nötig, Sergeant. Decken Sie nur die Flanke.«

Xi und ihre beiden Mitstreiter erreichten gerade die Tür, als sie nach innen aufschwang und den Blick auf zwei Jugendliche in hellster Aufregung freigab. Sie schrien etwas von einer Razzia und wurden dann mit einem gezielten Fußtritt, einer Aufmerksamkeit von Fast Eddie und seinem schweren Uniformstiefel, gewaltsam in den Raum befördert. Xi machte sofort kehrte und schwebe-rannte zurück, woher sie gekommen war.

Aber die beiden anderen Möglichkeiten, zu entkommen, hatten Lee und Bulganin in der Zwischenzeit blockiert. Xis Fluchtversuch endete einen gesprungenen Schritt von dem Punkt entfernt, an dem sie losgerannt war. Ihre Lippen waren ein dünner Strich, ihre mandelförmigen Augen weit aufgerissen. Der klare Blick ging zum Lauf der Pistole, mit der Bulganin auf sie zielte. Hinter Xi tauschten Briggs und Kerkonnen einen Blick, ehe sie langsam die Hände hoben.

Lee steckte die Waffe zurück ins Holster, sicherte sie aber nicht. »Viel besser. Und jetzt, wenn Sie nichts dagegen haben, hätte ich da ein paar Fragen an Sie ...«

Hinter einem Schreibtisch voller aufgeschlagener Bücher fixierte Perlenmann Lee über die zum Zelt aneinandergelegten Fingerspitzen hinweg. »Und wohin führt uns das Ganze nun?«

»Leider nur an unseren Ausgangspunkt zurück.«

Perlenmann klappte ein paar der Bücher zu, unter denen dann noch mehr aufgeschlagene Druckwerke zum Vorschein kamen, ebenso wie der neue Scanner, der seinen Weg vom Frachtraum der *Blütenduft* über die *Geier* endlich hierher gefunden hatte. »Sie sind sich also sicher, dass keiner der Outbounder an der Sabotage beteiligt war?«

»Ob ich mir sicher bin? Sicher bin ich mir bei gar nichts mehr.« Lee seufzte und fragte sich, was der Scanner unter all den wertvollen Büchern Perlenmanns zu suchen hatte. »Aber so viel kann ich Ihnen sagen: Falls einer der Outsider an einem unter falscher Flagge segelnden Akt der Sabotage beteiligt gewesen sein sollte, hat er es vor seinen eigenen Anführern geheim zu halten verstanden.«

»Was ist mit Ms. Xi? Sie scheint ja der eigentliche politische Heißsporn unter den Outboundern. Könnte sie nicht wesentlich militanter sein, als sie vorgibt?«

Lee schüttelte den Kopf. »Unwahrscheinlich. Und sie hat ein ziemlich wasserdichtes Alibi für die zweiundsiebzig Stunden vor der Explosion.«

»Ach ja?«

»Sie hat zu Hause auf der Nase gelegen. Ein ziemlich gemeines Virus, das gerade umgeht, hatte sie erwischt. Auf Anordnung von Dr. Iseult hat sie das Bett gehütet. Jede Menge Leute haben sie besucht. Damit hat sie eben auch jede Menge Zeugen, die auszusagen bereit sind, dass sie die entscheidenden drei Tage vorher durchgehend zu Hause war.«

Perlenmann zuckte mit den Schultern. »Das bedeutet wohl, dass wir die Outbounder als Saboteure ausschließen können.«

»Und wer bleibt dann übrig? Die Sols vielleicht – falls überhaupt welche auf Callisto sind? Oder vielleicht ein allein agierender Psychopath?«

Ein erneutes Schulterzucken. »Vielleicht doch eher die Sols, denn dass ein Psychopath verantwortlich zeichnet, wage ich zu bezweifeln. Der Beamtenapparat der Erd-Union lässt jeden, der Callisto betritt, vorher auf psychische Anomalien durchchecken.«

»Tja, dann sind mir mal wieder die möglichen Verdächtigen ausgegangen.«

Erneut legte Perlenmann die Fingerspitzen zu einem Zelt zusammen. »Nun, ausgehend von der Annahme, die Explosion war kein Akt geistiger Umnachtung, muss sie den Zielen des Saboteurs dienen und ihn voranbringen, und dieser Saboteur ist nachweislich kein Planetenhocker, kein Outbounder und wahrscheinlich auch kein Sol.«

»Augenscheinlich ja.«

Das dritte Schulterzucken folgte. »Also könnte es sich möglicherweise als nicht mehr erfolgsversprechend herausstellen, weiter nach dem Übeltäter zu fahnden.«

Lee legte die Stirn in Falten. »Ich verstehe nicht ...«

Aber dann, schlagartig, gingen Lee die Augen auf ... und er verstand, kannte das Motiv für die Sabotage, für die Entführung der *Blütenduft*. »Mr. Perlenmann, ich spreche mal eben schnell allein mit der *Geier*. Dann möchte ich mich noch mit Dr. Iseult beratschlagen, ehe wir zu einer Zusammenkunft hinter verschlossenen Türen bitten ...«

Lee achtete sorgsam darauf, nicht grimmig dreinzublicken, als er später am Tag ein weiteres Mal Perlenmanns Besprechungszimmer betrat. Seinen genickten Gruß erwiderten nur Iseult und der Administrator. Parsons blickte ihn vom anderen Ende des Tisches her mürrisch an. Briggs und Xi wirkten beunruhigt.

Lee schob ein paar Bücher beiseite, noch während er sich setzte. »Danke, dass Sie sich so kurzfristig haben Zeit nehmen können.«

Parsons zog ein noch finstereres Gesicht. »Jou, tja, ich hab da jede Menge Arbeit, die auf mich wartet, also ...«

»Dann kommen wir am besten gleich zum Thema. Dr. Iseult?«

Genevieve faltete die Hände vor sich auf dem Tisch, hob aber nicht den Blick. Man konnte ihr anhören, wie angespannt sie war, als sie leise verkündete: »Mr. Panachuk ist vor ein paar Stunden verstorben.«

Perlenmann bekam große Augen. Briggs wirkte traurig, Xi besorgt, und Parsons, dem die Kinnlade heruntergefallen war, musste sehr darum kämpfen, zumindest ein Wort herauszubringen: »Was?!«

Iseult erklärte: »Als der Tank explodierte, wurde Panachuk offenkundig von einem nadelgroßen Splitter mit hoher Bewegungsenergie getroffen. Er muss dieselbe Flugbahn gehabt haben wie ein größeres Fragment, das wir operativ entfernen konnten. Daher gab es auch keine weitere Eintrittswunde, die uns hätte auffallen können. Der kleine Splitter punktierte relativ weit oben Panachuks linken Lungenflügel. Als er über das plötzliche Auftreten von Hustenanfällen mit blutigem Auswurf klagte, vermuteten wir eine Infektion mit demselben Virus, mit dem sich gerade erst Ms. Xi und so viele andere angesteckt hatten. Das war umso wahrscheinlicher, als Panachuks Verbrennungen sein Immunsystem geschwächt und ihn anfällig für opportunistische Infektionen gemacht haben ... entschuldigen Sie das Fachwort: Gemeint sind Infektionen bakterieller oder viraler Art, die für gesunde Menschen harmlos sind.

Wahrscheinlich spürte Panachuk nicht, wie der Fremdkörper sich mit jedem Husten tiefer in seine Lunge bohrte, weil er der Verbrennungen wegen unter Schmerzmitteln stand. Oder, ebenso wahrscheinlich: Er hat es gespürt, wollte aber nicht riskieren, als arbeitsunfähig ausgemustert zu werden und die Arbeit zu verlieren. So oder so, das erste Warnsignal, das wir bekamen, war, ihn bewusstlos mit sich ständig verschlechternder Herztätigkeit vorzufinden.« Iseult wandte den Blick ab. »Der Splitter ist schließlich ins Herz eingedrungen. Bis wir das Problem eingegrenzt und Panachuk für die OP vorbereitet hatten, war er tot.«

Parsons war sehr blass geworden. »Herr im Himmel, der arme Panachuk! Seine Frau Marta ist . . .«

»Das muss warten, Mr. Parsons«, fiel im Lee ins Wort. »Wir haben ein größeres Problem, mit dem wir umzugehen haben.«

Parsons runzelte die Stirn. »Was meinen Sie damit?«

»Dass Panachuk tot ist, bedeutet, dass wir es nicht länger mit einem Fall von Betriebskriminalität, unter die Sabotage fällt, und schwerer Körperverletzung zu tun haben, sondern es geht um Totschlag, wenn nicht sogar Mord – an einem *Ihrer* Leute, Parsons. Wie viel Geduld werden sie wohl unter diesen Umständen aufbringen und abwarten, bis die Mühlen der Justiz zu mahlen beginnen? Deshalb habe ich Sie alle hierhergebeten. Wenn wir den Täter nicht bald dingfest machen, nehmen Ihre Leute, Parsons, wahrscheinlich das Gesetz in die eigene Hand und lynchen den Nächstbesten, den sie zum Sündenbock machen. Glücklicherweise habe ich einen dringend Tatverdächtigen ermitteln können.«

Briggs blinzelte, Xi wirkte skeptisch. »Wen?«, wollte sie wissen.

»Jack Carroll, den Chefingenieur.«

»Jack?« Verblüfft starrte Parsons Lee an. »Das ist doch wohl ein Scherz!«

»Nein, alles andere als das. Er hat die Kenntnisse, er hatte die Gelegenheit, und wir können nachweisen, dass er Beweismittel gefälscht hat.«

»Wie das denn?«

Lee lehnte sich zurück. »Nun, in seinem Bericht hat Carroll behauptet, er könne das Uhrenfabrikat nicht benennen, das der Saboteur als Zündvorrichtung benutzt hat. Ich bin die Beweismittel im Zuge meiner Ermittlungen selbst durchgegangen, und ich bin mir recht sicher, die im Handel erhältliche Uhr identifiziert zu haben. Eine Uhr dieses Fabrikats besitzt beziehungsweise besaß auch Carroll. Eine Woche vor dem Anschlag hat er sie als gestohlen gemeldet.«

Parsons erschauerte, schüttelte dann aber den Kopf. »Sie müssen sich irren. Selbst wenn Carroll wirklich der Täter gewesen sein sollte, er hätte niemanden töten wollen oder können. Er würde das zu verhindern wissen – ganz einfach, weil er in der Lage dazu ist!«

Ostentativ legte Lee die Stirn in Falten. »Ich weiß nicht, ob ich nachzuvollziehen vermag, wie Sie zu dieser Schlussfolgerung gelangen, Mr. Parsons.«

Parsons' Gesicht verfinsterte sich wieder. »Weil er, wenn er wirklich hätte jemanden umbringen wollen, einen Funkenspaltzünder benutzt hätte, um den Wasserstoff zu entzünden, und keinen dieser schnuckeligen Magnetinduktionszünder, wie sie . . .«

Parsons unterbrach sich. Lee grinste, Perlenmanns linke Augenbraue war abrupt in die Höhe geschossen.

Lee beugte sich vor. »Sagen Sie, Mr. Parsons, woher wissen Sie bloß, *wissen* wohl gesagt, dass der Saboteur eine Magnetinduktions- und keinen Funkenstreckenzünder benutzt hat?«

Parsons, die ganze Zeit über schon bleich, wurde leichenblass.

Lee fuhr fort: »Sie können davon nicht aus Carrolls forensischem Abschlussbericht Kenntnis haben. Den nämlich habe ich wegen der anhängigen Ermittlungen bis zu deren Abschluss unter Verschluss gehalten. Sie können den Zünder auch nicht bei unserer ersten Versammlung der Belegschaftsvertreter identifiziert haben. Es hat Carroll zwei Stunden Arbeit am Mikroskop gekostet, um die Art des Zünders zu bestimmen. Ich frage Sie also jetzt noch einmal, Mr. Parsons: Woher wissen Sie, dass bei dem Anschlag ein Magnetinduktionszünder verwendet wurde?«

Parsons sagte keine Wort. Sein Blick glitt über die Gesichter der Anwesenden, blieb kurz an Lee hängen, ehe er zu Perlenmann hinüberwanderte. Dann, mit einem Ruck, machte Parsons erste Anstalten aufzustehen ...

Die Tür öffnete sich, und Fast Eddie stand auf der Türschwelle, die Zehn-Millimeter-Automatik sicher mit beiden Händen im Anschlag. Er zielte genau auf Parsons' Brust. Langsam, zeitlupenlangsam, ließ sich Parsons wieder auf seinen Stuhl sinken.

Mit einem Seufzer lehnte sich Lee in den seinen zurück. »Mr. Parsons, ich werde Ihnen diese Frage jetzt ein letztes Mal stellen ...«

Parsons sprudelte sein Geständnis nur so heraus, kaum dass er erfahren hatte, dass Panachuk immer noch am Leben war und obendrein kurz vor seiner Entlassung aus dem Krankenrevier stand. Parsons war wütend, zugleich aber auch erleichtert, zu erfahren, dass Carroll nie unter Verdacht gestanden hatte. Welche sonstigen Verfehlungen Parsons sich auch sonst hatte zuschulden kommen lassen: Er wollte auf gar keinen Fall Unschuldige für seine Vergehen büßen lassen.

Parsons' Geschichte erzählte sich etwa so, wie Lee es sich vorgestellt hatte. Obwohl die Sols in Parsons' Augen gefährliche Extremisten waren, war er im Geheimen, dafür mit um so mehr Leidenschaft, Raumfahrer. Daher erfüllte ihn mit Besorgnis, wie die Upsider sich an ihre Planetenhockerherren anpassten. Also brütete er einen Plan aus, der beide Probleme auf einen Schlag lösen sollte.

Die Sabotage am Treibstofftank, die er wie ein politisches Statement der Sols aussehen ließ, hätte – davon war er überzeugt gewesen – die Erd-Union als direkte Reaktion darauf zu einem harten Durchgreifen auf breiter Front provoziert. Damit, so war Parsons weiterhin überzeugt gewesen, würde die Saat für eine Gegenreaktion der Upsider gegen die Unterdrückung durch die Planetenhocker endlich aufgehen.

Außerdem hatte Parsons geplant, die Upsider um sich zu scharen, um sogenannte Selbstschutzpatrouillen auf die Beine zu stellen. Diesen hätte man dann letztendlich zugeschrieben, alle weiteren ›Gewaltakte der Sols‹ mit Erfolg verhindert zu haben. Die gemäßigten Grünen würden dann zweifellos über die ›Beseitigung von Hochverrätern‹ auf Callisto in Triumphgeschrei ausbrechen. Stolz verwiese man auf die sich selbst kontrollierenden Upsider als Quelle dieses Triumphes. Man würde sie sogar zum Aushängeschild für die politische Position machen, mit den richtigen Anreizen könnten Gemeinschaften im All den Interessen der Erd-Union dienlich sein.

Selbstverständlich ließe sich so den ›vorbildlichen Upsidern‹ zeigen, dass sie den Planetenhockern Zugeständnisse abringen könnten, wenn sie sich nur organisierten und die Initiative ergriffen. Langfristig hoffte Parsons, dass die Erd-Union immer mehr Kompetenzen auf Callisto den Upsidern übertrüge. Dann, und das war sein eigentliches Ziel, erhielten auch Raumfahrer Zugang zu immer mehr geheimer Technologie, und sie trügen dieses Wissen dann zu den unabhängigen Enklaven im Gürtel. Dort würden diese Technologien verbreitet und weiterentwickelt, was wiederum die Machtposition aller Upsider im Vergleich zu ihren terrestrischen Herren anwachsen ließe.

»Aber mit der Sabotage des Scanners hatte ich nichts zu tun«, endete Parsons. »Nicht, dass mir das jetzt noch viel helfen wird. Also, bringen wir es endlich hinter uns!«

Perlenmann neigte den Kopf zur Seite. »Bringen wir was hinter uns?«

»Spielen Sie keine Spielchen mit mir, Perlenmann! Ich weiß doch, was als Nächstes kommt. Ich habe gestanden, Sie verknacken mich. Das gehört zu Ihren Aufgaben und Pflichten als Administrator.«

Lee erlaubte sich einen Seufzer der Erleichterung. Damit hatte es ein Ende mit der Rolle, die er in dieser verfahrenen Situation zu spielen hatte. Vielleicht würde ja jetzt endlich Ruhe einkehren ...

Perlenmanns nächste Worte erstickten diese Hoffnung im Keim. »Mr. Parsons, ich wäre bereit, Ihre Strafe auf Bewährung auszusetzen und die Protokolle dieses Verfahrens – und alle Ermittlungsberichte von Lieutenant Strong – unter Verschluss zu nehmen. Allerdings knüpfe ich daran eine Bedingung: Sie müssten bereit sein, sich an der Durchführung eines besonderen gemeinnützigen Projekts zu beteiligen.«

Iseults Blick wanderte von Perlenmann zu Lee hinüber. »Darf der das?«

Lee nickte, während sich seine Gedanken überschlugen: Wozu das Ganze? Wohin sollte das führen? »Ja, Frau Doktor, das darf er. Obwohl ich die Ermittlungen geführt habe, vertritt Mr. Perlenmann auf Callisto de facto die Gerichtsbarkeit.«

Perlenmann nickte, um die Richtigkeit von Lees Ausführungen zu bestätigen. »So ist es. Mr. Parsons, haben Sie Interesse an der vorgeschlagenen Lösung?«

Immer noch glotzte Parsons den Administrator an, als wäre diesem ein zweiter Kopf gewachsen. »Ähm ... sicher doch, ja.«

»Nun, Mr. Parsons, Folgendes haben Sie dann jetzt zu tun: Sie richten ein offenes Forum für Diskussionen ein, zu dem nicht nur Upsider und Raumfahrer einberufen sind, sondern auch Outbounder und Planetenhocker. Ihr erster gemeinschaftlicher Beschluss wird ein allseitiger Gewaltverzicht sein. Danach werden Sie das Forum nutzen, um Ihre Bedenken und Sorgen mit der gesamten Bevölkerung Callistos zu erörtern. Das bedeutet, dass alle hier häufig geäußerte Bedenken nebst den Standpunkten Ihrer politischen Gegner zu hören bekommen. Bringen Sie so viel zustande, bin ich zufrieden. Nicht Schlagabtausch, sondern Gedankenaustausch ist ein Muss hier auf Callisto.«

Perlenmann suchte Lees Blick und lächelte. Lee erwiderte das Lächeln und nickte. Ja, alles klärte sich gerade, keine Frage.

Perlenmann schloss mit den Worten: »Sind Sie mit diesen Bedingungen einverstanden, Mr. Parsons?«

Parsons nickte entgeistert. »J-ja, sicher doch.«

Lee nickte Perlenmann zu. »Alles schön nach Handbuch, nicht wahr?«

Perlenmann lächelte erneut. »Ja, so in etwa.« Dann durchbohrte er Parsons mit seinem Blick und sagte mit erhobener Stimme: »Mr. Parsons, nachdem Sie zugestimmt haben, den von Ihnen verlangten gemeinnützigen Dienst zu versehen, steht es Ihnen frei zu gehen. Aber aufgemerkt: Wenn Sie Gewaltakte gegenüber Personen oder Sachgütern auf Callisto verüben, anstiften oder derartigem Vorschub leisten, werden die Protokolle des gerade verhandelten Falls weitergeleitet, Sie in Haft genommen und den Behörden auf der Erde überstellt, um Sie dort für Sabotage und Hochverrat vor Gericht zu bringen und abzuurteilen.«

Parsons erhob sich, augenscheinlich bestrebt, so schnell wie möglich den Besprechungsraum zu verlassen. Lee schmunzelte. *Will wahrscheinlich weg sein, ehe Perlenmann wieder zu Verstand kommt und ihn mit Beschuldigungen überhäuft. Was eigentlich normal gewesen wäre.*

Perlenmann nickte. »Sie dürfen gehen.«

Rasch war Parsons zur Tür hinaus. Briggs, Xi und Cabral folgten ihm unmittelbar. Der kleine Brasilianer hatte immer noch ein Auge auf Parsons – und eine Hand an der Waffe, die wieder im Holster steckte. Iseult warf Lee einen weiteren Blick unter hochgezogener Augenbraue zu, ehe auch sie den Raum verließ.

»Bravo, Mr. Perlenmann, ein Auftritt der Spitzenklasse!«

Perlenmanns Lächeln verblasste ein wenig. »Wie meinen, Lieutenant? Ich vermag Ihnen nicht zu folgen.«

»Ach, Mr. Perlenmann, Sie wissen ganz genau, was ich meine. Sie verstehen sich sogar so gut darin, zu wissen, was ich meine, dass Sie an meinen Strippen ziehen wie bei einer Marionette, ohne dass ich es bisher mitbekommen hätte. Ein einziges Mal allerdings haben Sie die Grenzen der Rechtmäßigkeit überschritten ... und das hat Sie verraten.«

Perlenmann schmunzelte. »Und was war das Versehen, das mir angeblich unterlief?«

»Oh, nein, ein Versehen war das nicht! Sie hatten tatsächlich keine andere Wahl. Der Scanner, Mr. Perlenmann. *Sie* waren es, der den Scanner sabotiert hat.«

Das Lächeln wurde breiter. »Und warum sollte ich dergleichen tun?«

Mit einer Handbewegung verwies Lee auf den mit Büchern übersäten Tisch. »Nun, teilweise wegen der Bücher ... die der momentanen Zensur der Erd-Union wegen keine Verbreitung mehr finden dürfen.«

Perlenmann, der Mann, der so gern lächelte, tat sein Zweitliebstes: Er zuckte mit den Schultern. »Ich vermag Ihrer Argumentation nicht zu folgen. Warum sollte ich Bücher scannen, die sich bereits in meinem Besitz befinden? Und, nebenbei bemerkt, auch im Besitz einer ganzen Zahl von Upsiderbibliotheken.«

»Ihre Besorgnis gilt ja auch nicht den Upsidern, Mr. Perlenmann, sondern allein den Leserinnen und Lesern unter den Outboundern – insbesondere denen der Nachfolgegenerationen. Sie nämlich würden ansonsten der wahren Tiefe und Bedeutsamkeit menschlichen Denkens, menschlicher Erfindungsgeistes und menschlicher Vorstellungskraft beraubt. Die Planetenhockerzensoren kontrollieren, was Eingang in die Datenbanken der Kolonistenschiffe findet, und deshalb kam Ihnen die Idee, diese Einschränkungen zu umgehen, indem Sie Ihre eigene unzensierte Präsenzbibliothek schaffen.

Aber für diese Aufgabe war der alte Sicherheitsscanner nicht das richtige Werkzeug: Er war zu langsam. Sie brauchten ein Gerät, dass innerhalb eines Lidschlags Seiten zu erfassen in der Lage ist. Und all diese Ablichtungen verstecken sich jetzt wahrscheinlich unter falschen Dateinamen oder in anderen Dateien auf den Kolonistenschiffen der Outbounder.«

Perlenmann lächelte. »Weitaus besser noch. Die Bibliothek ist in komprimierten Backups von Vorgängerversionen der Navigationssoftware verborgen. Die Outbounder werden sie nicht bemerken, ehe sie nicht mehrere Jahre unterwegs sind. Zu einem vorgegebenen Zeitpunkt wird sich das Datenarchiv öffnen und so die Aufmerksamkeit der Besatzung auf sich ziehen.« Perlenmann lehnte sich zurück. »Ja nun, Sie haben mein ruchloses Verbrechen aufgedeckt. Ich bin Ihnen ganz und gar ausgeliefert.«

»Sie sollten das Ganze nicht so ins Lächerliche ziehen, Herr Administrator! Ich bin noch nicht am Ende meiner Ausführungen: Sehen Sie, ich begann darüber nachzudenken, wie mir Ihre Sabotage des Sicherheitsscanners die Antworten auf einige andere offene Fragen liefern könnte, mit denen ich mich herumzuschlagen hatte und immer noch habe. Beispielsweise, ob und welcher Zusammenhang zwischen diesem Sabotageakt und der Entführung der *Blütenduft* besteht.«

Perlenmann wölbte eine Augenbraue. Sein Tonfall troff vor Ironie, als er sagte: »Dann waren die Piraten also hinter meinem Scanner her, ja? Ich hatte ja keine Ahnung, dass das Gerät einen solch außerordentlichen Wert besitzt.«

»Eigentlich verhält es sich andersherum: Sie selbst kannten den Wert ganz genau, die Entführer aber nicht. Aber hören wir besser auf, sie so zu nennen. Schließlich handelt es sich bei diesen Männern um Auftragskiller, die bezahlt wurden, etwas in ihre Gewalt zu bringen, was ihnen nie in die Hände fiel. Weil es genau dort, in diesem Scanner, verborgen ist.« Lee zeigte auf das Gerät.

Perlenmanns Lächeln war wie von seinem Gesicht gewischt.

Mit dem Finger klopfte Lee einen langsamen Rhythmus auf das Scannergehäuse. »Es heißt immer, am besten versteckt man ein großes Verbrechen hinter einem kleineren, und exakt so sind Sie vorgegangen. Sicher, ja, Sie wollten diesen neuen Scanner, und das unbedingt, und wenn man Sie dann erwischt hätte, wären Sie errötet, hätten eines Ihrer Lächeln aufgesetzt, und alles wäre gut gewesen. Niemand wäre da noch auf die Idee gekommen, den neuen Sicherheitsscanner genauer unter die Lupe zu nehmen, der eigentlich kein Scanner, sondern vielmehr ein Datenkurier ist. Oh, klar, ja, natürlich hatten Sie damit vor, Ihre Bibliothek zu digitalisieren. Aber sein eigentlicher Zweck ist, illegale, sogar unter Hochverrat fallende Daten, auf dem Chip im Scanner abgespeichert als verschlüsselte ›Testbilder‹, zu übermitteln. Wenn ich nicht völlig danebenliege, waren es diese Daten, um die es den Auftragskillern beim Kapern der *Blütenduft* gegangen ist. Ihr Auftrag lautete, die Daten abzufangen. Das ist der Grund, warum sie sich keinen Deut um Geiseln geschert haben oder darum, das geenterte Schiff zu stehlen. Das ist der Grund, warum sie an Bord geblieben sind und die *Blütenduft* haben treiben lassen, um nur ja keine Aufmerksamkeit auf sich zu lenken, während sie versucht haben, das Datenversteck ausfindig zu machen. Das ist der Grund, warum sie ein zweites Schiff, ein bewaffnetes, besonders schnelles Fluchtfahrzeug, auf (216) Kleopatra erwartet hat: um das gesuchte Datenpaket zu übernehmen, eine umfassende Einsatznachbesprechung mit den Piraten zu halten und sie dann wahrscheinlich zu liquidieren.

Und ja, wir haben jede Menge Testbilder im Speicher des Scanners entdeckt. Wir haben Kopien davon angelegt, aber sie gaben uns Rätsel auf – bis jetzt. Haben wir erst den richtigen Dechiffriercode, dürfte es nicht mehr schwierig sein, herauszufinden, warum man willens war, skrupellose Schwerverbrecher zu schicken, um an die Daten zu gelangen … und warum Sie, der Empfänger der Daten, willens sind, ein Doppelleben zu führen, das einen unverkennbaren Beigeschmack von Hochverrat hat.«

»Sie machen mich wirklich neugierig, Lieutenant: Was hat Sie zu der Schlussfolgerung gebracht, ich wäre der Empfänger des geheimen Datenpakets, von dem Sie sprechen?«

Mit einem Achselzucken erklärte Lee: »Im Zuge meiner Ermittlungen habe ich unter anderem Ihre vertraulichen Logbucheinträge durchgeschaut, in denen sich auch Aufzeichnungen der gesamten Kommunikation des Stützpunkts hier auf Callisto befinden. Ich bin zeitlich ein Stück weiter zurückgegangen und habe den Funkverkehr während der früheren Anflüge der *Blütenduft* durchgehört. Es gab so gut wie keinen Austausch mit Ihnen. Aber dieses Mal waren Sie von dem Moment an, wo das Schiff von seinem Anlegeplatz im Mars-Orbit ablegte, ständig in Kontakt mit ihm.« Lee lächelte. »Offenkundig hatten der Kapitän der *Blütenduft* und Sie viel zu besprechen. Für Sie war das ein glücklicher Zufall, denn hätten Sie nicht verabredet, einander regelmäßig zu kontaktieren, dann hätten Sie nicht rechtzeitig genug von der Entführung der *Blütenduft* erfahren, um uns zu alarmieren.«

»Oh, Glück hat mit unserem häufigen Austausch über Funk nichts zu tun, Lieutenant Strong. Das war vielmehr der Versuch, die Piraten abzuschrecken, von denen wir befürchtet hatten, sie befänden sich bereits an Bord.«

Lees Blick wurde starr. »Was meinen Sie?«

»Nun, Lieutenant, obwohl dem Kapitän der *Blütenduft* keine handfesten Beweise vorlagen, hatte er doch beträchtliche Bedenken betreffend einiger Passagiere, die erst im letztem Moment ihre Reise gebucht hatten. Gleiches galt für ein paar erst in letzter Minute ausgetauschte Besatzungsmitglieder. Er hat diese Bedenken mir gegenüber zur Sprache gebracht, und wir haben einen relativ genauen Zeitplan festgesetzt, zu dem die *Blütenduft* Funkkontakt mit Callisto aufzunehmen hatte, und darum in aller Öffentlichkeit sehr viel Aufhebens gemacht. Jedes Mal kamen dabei Informationen zur Sprache, denen wir einiges an Abschreckungspotenzial zutrauten. So erwähnte ich mehrere Male, dass Ihr Kreuzer und ihr Schwesterschiff, die *Verehrtes Waldland*, relativ in der Nähe stünden. Offensichtlich haben wir die Entschlossenheit unserer Gegner unterschätzt.«

Die Selbstanklage war in Perlenmanns Tonfall deutlich zu hören – so jedenfalls kam es Lee vor. »Machen Sie sich keine Vorwürfe, Mr. Perlenmann. Auftragskiller wie diese lassen sich durch nichts von ihren Plänen abbringen.«

Perlenmann nickte. Er suchte Lees Blick. »Ich bin mir nicht sicher, ob Sie sich der Wahrheit Ihrer Worte in vollem Umfang bewusst sind, Lieutenant. Nur zwei Tage vor dem Angriff auf die *Blütenduft* wurde die *Verehrtes Waldland*, in Ihrer Nomenklatur die *Versehrter Waidmann*, unvermittelt abberufen. Sie sollte medizinische Notfallhilfe auf einem kleinen provisorischen Bergbauvorposten tief im Gürtel leisten.«

»Na und? Solche Einsätze fahren wir immer wieder, das ist Routine.«

»Selbstverständlich, ganz sicher ist das so – aber nicht zu Außenposten, die gar nicht existieren. Aber dieser falsche Alarm hat eine interessante Herkunft: Die Nachricht war mit einem gültigen Autorisierungscode der Zollpatrouille versehen. Mit der Abberufung der *Waidmann* aber war sichergestellt, dass Ihr Schiff das einzige im ganzen Raumquadranten war.«

Lee lief es kalt den Rücken hinunter. »Was wollen Sie damit andeuten?«

Perlenmann hob die Hände in einer Geste, die Offensichtliches anmahnte. »Das liegt doch wohl auf der Hand, finden Sie nicht? Das Schiff, das nah genug gewesen wäre, um der *Blütenduft* zu Hilfe zu eilen, wurde behördlicherseits zu einem weit entfernten Ziel beordert, und zwar nur zwei Tage vor dem Piratenangriff. Wer also blieb in der unmittelbaren Nachbarschaft zum Schauplatz des Piratenangriffs allein zurück? Nun, ein unerfahrener junger Kommandant. Jemand ohne Kampferfahrung. Jemand aus einer Familie mit dubiosen politischen Verbindungen. Jemand, der allen Berichten nach mit der Besatzung der *Verehrten Gaia* alias der *Versehrten Geier* viel zu gut zurechtkommt.« Perlenmann sah Lee über die zeltförmig zusammengelegten Fingerspitzen hinweg an. »Sie wissen doch, dass Ihre positiven Bewertungen seitens Ihrer Besatzung bei Ihren Vorgesetzten tiefe Besorgnis hervorgerufen haben, nicht wahr?«

Lee schluckte. Das hatte er nicht gewusst, aber angesichts all dessen, was er in den letzten Wochen Neues erfahren hatte, ergab das durchaus Sinn. Eine Besatzung aus Upsidern, die einen Planetenhocker als Kommandanten akzeptierte und ihm vertraute, konnte sich aus Sicht der Erd-Union zu einem enormen Gefahrenpotenzial entwickeln. »Ihre Hypothesen finde ich sehr . . . verstörend,« gestand Lee. Mit einem Mal war sein Mund ganz trocken.

Perlenmann nickte. »Dachte ich mir schon.«

Lee fasste sich wieder. »Wenn stimmt, was Sie sagen, dann müssen die Strippenzieher hinter dem Ganzen Agenten innerhalb der Zollpatrouille haben, sonst hätte man die *Waidmann* nicht umdirigieren können. Da sie auch hinter dem Plan stecken, die *Blütenduft* zu kapern, dürften sie die Mörderbande an Bord beider Schiffe, der *Blütenduft* wie des Fluchtschiffs, mit unserer Position versorgt haben . . . und dazu auch der Information, dass wir allein auf weiter Flur waren. Aus diesem Grund haben die Piraten ihre Pläne nicht geändert. Sie sind davon ausgegangen, dass wir zu weit entfernt wären, um Verdächtiges zu bemerken oder zufällig über sie zu stolpern. Das ginge gut, so dachten sie sich wohl, solange die Besatzung der *Blütenduft* nicht dazu käme, einen Notruf abzusetzen. Also ließen sie sich weiter im All treiben. Das erklärt auch, warum die Piraten auf alle konventionellen Arten vorbereitet gewesen waren, das Schiff zu entern, die wir hätten versuchen wollen. Jemand hat sie angewiesen, genau das zu tun: sich vorzubereiten.«

Lee wechselte einen langen Blick mit Perlenmann. »Wir hätten nicht von den Schwierigkeiten erfahren, in denen die *Blütenduft* steckte, wenn Sie nicht gewesen wären. Die Strippenzieher hinter dem Angriff auf die *Blütenduft* konnten nicht voraussehen, dass Sie direkt Kontakt mit mir aufnehmen würden, dass Sie die Lage unter strenger Überwachung hatten und die exakte Position der *Geier* immer im Blick behielten.« Lee schüttelte den Kopf. »Ich hätte wissen müssen, dass etwas nicht stimmt, als Ihre Nachricht über die *Blütenduft* uns direkt über unseren Signallaser erreicht hat. Derart präzise Koordinaten können Sie nur gehabt haben, wenn Sie unsere Position ständig trianguliert und unseren Kurs so nachverfolgt hätten. Ganz genauso wie die bösen Jungs.«

Perlenmann nickte. »Nun, Sie können gewiss aus Ihren Schlussfolgerungen die logische Konsequenz ziehen.«

»Sie meinen, dass Sie, Herr Administrator, einer Geheimorganisation angehören? Doch, klar, aber welcher? Und für welche Seite arbeitet diese Organisation?«

»Die Organisation, der ich angehöre, arbeitet für keine Seite. Unsere Sorge gilt dem Wohlergehen aller im gesamten Sonnensystem. Damit die Verhältnisse dort stabil und gesund bleiben, müssen alle in den Genuss derselben Freiheiten kommen. Die grundlegendste all dieser Freiheiten ist, dass jeder lesen, schreiben, sagen und denken darf, was er

150

will. Ohne dieses Grundrecht sind alle anderen Freiheiten nicht nur bedeutungslos, sie sind vorgetäuscht.«

Lees Lächeln fiel sehr schief aus. »Jetzt klingen Sie schon fast wie meine Eltern.«

Perlenmann erwiderte das Lächeln. »Das war zwar nicht meine Absicht, aber es verwundert mich nicht.«

Lee lehnte sich zurück und musste sich eingestehen, dass er das erste Mal seit seiner Pubertät nicht hätte sagen können, auf welches Ziel die gegenwärtige Unterhaltung zusteuerte und mit welchem Resultat für ihn das geschähe. »Tja, und was steckt nun an Daten in dem Scanner: Ihre eigenen geheimen Daten oder die Ihrer Gegner?«

Perlenmann seufzte. »Bedauerlicherweise trifft beides zu, und das völlig absichtslos. Zu unseren Plänen gehörte, ein letztes verstecktes Datenpaket auf der *Blütenduft* zu transferieren. Das hätte keinerlei Aufmerksamkeit auf sich gezogen. Aber der Gang der Ereignisse wollte, dass ein anderes Datenpaket, Pläne einer ultrageheimen Operation, die die Grünen vorbereiten, zusammen mit dem unseren hierher verschickt werden musste.«

»Moment, schön einen Schritt nach dem anderen: Was ist das für eine Operation der Grünen, von der Sie da reden?«

Perlenmann seufzte erneut. »Die Grünen haben einen geheimen Plan ausgetüftelt, um auf einen Schlag der wachsenden Selbstständigkeit der Upsider und gleichzeitig den momentanen politischen Zugewinnen der Neo-Ludditen ein Ende zu setzen. Es handelt sich um eine in der Tat raffinierte Intrige, die den Codenamen ›Fall Rot‹ trägt.«

»Und wie ist dieses Datenpaket auf die *Blütenduft* gelangt?«

Ein Schulterzucken, ehe Perlenmann antwortete: »Offenkundig hat einer unserer Agenten unerwartet Zugriff auf das Datenpaket erlangt, ein Zufallstreffer sozusagen, und musste es an den Schergen des Ökosicherheitsapparats vorbeischmuggeln.«

»Meinen Sie nicht eher den Sicherheitsapparat der Erd-Union?«

Mit einem Kopfschütteln verneinte Perlenmann. »Die Grünen konnten und können es sich in diesem Fall nicht leisten, zur Wiederbeschaffung der Daten die Sicherheitsorgane der Erd-Union hinzuzuziehen. Täten sie es, würde das Datenpaket einer Untersuchung unterzogen und sein brisanter Inhalt aufgedeckt, nämlich dass es sich um den Versuch handelt, den vermeintlichen politischen Verbündeten, die Neo-Ludditen, zu unterminieren.«

»Dann haben die Grünen also einen eigenen Sicherheitsapparat. Wahrscheinlich steckt der hinter dem Piratenangriff, dem Piratenschiff und dem fingierten Notruf, der die *Versehrter Waidmann* ins Aus geschickt hat.«

»Zweifelsohne. Nichts als Schachzüge, um ihr Tun vor Upsidern wie Neo-Ludditen gleichermaßen geheim zu halten. Als unsere Agenten Fall Rot in die Hände bekamen, war es deren einzige Chance, das Datenpaket so rasch wie möglich aus dem Erdorbit ins All zu schaffen.«

»Deshalb haben sie es dem Kapitän der *Blütenduft* übergeben.«

»Ja, er gehörte, was die Grünen offenkundig wussten, unserer Organisation an. Was sie ebenso offenkundig *nicht* wussten, das war, dass er nur Kurier war, also eher eine untergeordnete Rolle spielte. Er brachte eine Reihe geheimer Dokumente nach Callisto, deren Empfänger ich war. Plötzlich hatten wir also, ohne es geplant zu haben, alle unsere hochbrisanten Geheimnisse an einem Ort versammelt, der

Blütenduft: alle rohe Eier in einem einzigen fragilen Korb, sozusagen.«

Lee nickte. »Die ursprünglichen für Fall Rot Verantwortlichen haben ihn bis zur *Blütenduft* verfolgen können, konnten aber nicht handeln, ehe sie nicht abgelegt hatte, denn alles in einem Hafen steht ständig unter offizieller Beobachtung.«

»Genau. Stattdessen bringen die Ökofanatiker eine Mischung aus Agenten und mit Straferlassen geköderten Schwerkriminellen an Bord. Die Agenten geben den Ersatz für ausgefallene Besatzungsmitglieder, die Kriminellen tarnen sich als Passagiere. Der Kapitän ahnt zwar etwas, kann aber nichts dagegen unternehmen. Die Eingeschmuggelten haben zwar gefälschte, aber bei Prüfung einwandfrei wirkende Papiere und Referenzen. Damit haben die Drahtzieher sie versorgt, die schließlich als wichtiger Machtfaktor auf der Erde Zugriff auf Datenbanken für personenbezogene Informationen verfügen.«

Lee erkannte nun, wie das alles zu dem Szenario führte, das sich ihm auf der *Blütenduft* geboten hatte. »Die Eindringlinge warten, bis das Linienschiff die Tiefen des Alls erreicht hat, übernehmen die Kontrolle, verhören Passagiere und Besatzung in dem Versuch, Fall Rot aufzuspüren. Sie scheitern, töten alle an Bord und setzen die Suche fort. Höchstwahrscheinlich wollte Koordinator Mann uns davon abbringen, weiter zu ermitteln und tiefer in die Materie vorzudringen, weil er Agent der Verschwörer ist. Eigentlich könnte sogar er derjenige gewesen sein, der dafür gesorgt hat, dass die *Blütenduft* gekapert wurde.«

»Das lässt sich nicht mit Sicherheit sagen, aber er hatte zumindest Gelegenheit und hinreichende Weisungsbefugnis, um das zu tun.«

Lees Blick wanderte über die Bücher auf dem Schreibtisch. »Dann plaudern wir doch noch mal ein bisschen über Ihre Geheimdaten, die, die als Testbilder im Scanner gespeichert waren. Was für Daten sind das denn nun, zum Teufel?«

Perlenmann faltete die Hände. »Bei den Bildern handelt es sich um einen in eine grafische Darstellung umgewandelten Computercode – einen Code, der zu bedeutsam und zu sensibel ist, um ihn als Code zu übermitteln. Also haben wir ihn in Teilstücken hierher nach Callisto transferiert.«

»Und was ist so bedeutsam an diesem Code?«

»Wissen Sie, was ein Hintertürchen ist, Lieutenant?«

»Klar! Das ist ein Code, der in einem Programm verankert ist, normalerweise im Betriebssystem. Mittels dieses Codes hat der Programmierer Zugang zu dem System und auch Kontrolle darüber, ohne sich einloggen zu müssen. Er kann also sämtliche Sicherheitsprotokolle umgehen.«

»Genau. Nun, wir haben uns in den letzten fünf Jahren damit beschäftigt, einen Code wieder auszugraben, der zu einem lange nicht mehr benutzten Hintertürchen führt.«

»Aha, und wozu gewährt dieses Hintertürchen Zugang?«

»Zur Software, die die Erd-Union zur Finanzmarktverwaltung nutzt.«

Lee fielen fast die Augen aus dem Kopf. »Wie haben Ihre Agenten den Zugriff auf einen solchen Code bekommen können? Das sollte doch ein Ding der Unmöglichkeit sein!«

»Sollte es, ja. Sogar für die Ökofanatiker, die sich Grüne nennen.«

»Bitte, Mr. Perlenmann, seien Sie doch so gut und hören Sie auf, in Rätseln zu sprechen!«

»Ich spreche doch nur Tatsachen aus, simple Tatsachen. Den Grünen ist das Wissen abhanden gekommen, dass ein solches Hintertürchen existiert. Sehen Sie, einige Jahrzehnte vor der großen Wirtschaftskrise im einundzwanzigsten Jahrhundert wurde an allen großen Börsenplätzen der Welt ein und dasselbe Programm zur Geldflussüberwachung eingesetzt. Geschrieben haben es Programmierer, denen bewusst war, dass der Tag kommen würde, an dem die Weltregierung in den Markt würde eingreifen wollen, um einen finanzpolitischen Zusammenbruch großen Ausmaßes zu verhindern. Also bauten sie in ihr Programm ein Hintertürchen ein.«

»Und die Sicherheitssubroutinen des Programms haben sich daran nie gerieben?«

Perlenmann schmunzelte. »Das wäre wahrlich schwierig zu bewerkstelligen gewesen, denn das Hintertürchen war in die Sicherheitssubroutinen selbst eingebettet.«

»Oh«, sagte Lee und kam sich im Moment nicht sonderlich intelligent vor.

»Als eine Generation später die Wirtschaft tatsächlich zusammenbrach, hatten die Nachfolgegeneration der für den Finanzmarkt Verantwortlichen die Codes fast vollkommen vergessen, und was an Kenntnis darüber noch vorhanden war, ging in dem allgemeinen Chaos unter, das auf den Börsencrash folgte.

Das hätte nun eigentlich das Ende unserer Geschichte sein müssen, hätte es nicht eine Hand voll Nationen gegeben, vornehmlich in Europa, die sich wirtschaftlich trotz Krise zu stabilisieren vermochten und untereinander Handel betrieben haben. Das gelang vor allem durch eine Verstaatlichung aller Schulden und eine Umstellung auf Planwirtschaft zur Krisenbewältigung. Mit der Zeit erholten sich auch die Weltmärkte, jetzt allerdings unter Kontrolle der erstarkten Ökos.

Nun, in der technophoben Kulturlandschaft, die nach dem Zusammenbruch ihren Aufstieg feierte, bestand kein Interesse daran, neue Programme zu schreiben, die den Datenfluss zwischen den Börsenplätzen der Welt miteinander verflochten und verwalteten. Man behielt einfach die alte Software und reparierte die Hardware, auf der sie lief.«

Lee machte große Augen. »Und damit arbeitet man heutzutage immer noch, ja? Ist das zu fassen! Fast zweihundert Jahre später!«

Perlenmann zog wieder einmal die Schultern hoch und ließ sie dann wieder fallen. »Warum auch nicht? Es funktioniert doch. Hard- und Software zu ersetzen würde einen enormen Investitionsaufwand bedeuten, und der müsste dann auch noch gegen die Vorbehalte der Neo-Ludditen bewilligt werden, von denen viele schon das Konzept von Geld an sich verabscheuen. Die Software wurde natürlich weiterentwickelt, aber das Kernprogramm ist dasselbe geblieben. Das Hintertürchen ist also immer noch da.«

»Und Ihre Organisation hat den Code dafür wiederentdeckt? Wie ist das gelungen?«

Perlenmanns Lächeln hatte nun etwas nachgerade Durchtriebenes. Lee sah ihn vor seinem geistigen Auge Eva vorschlagen, in den dargebotenen glänzenden, herrlich reifen Apfel zu beißen, nur ein kleiner Biss, wäre sicher ein Vergnügen. »Die Codes sind nie ganz verloren gegangen, obwohl ihre Wirkmacht nicht verstanden wurde. Kurz nachdem der Aufstieg der Ökofanatiker an die Spitze begann, war der Zugangscode selbst in mehrere Teile geteilt worden. Über Generationen hinweg gab es weder die Notwendigkeit noch die Gelegenheit, ihn wieder zusammenzufügen und zu benutzen. Bis zu den jüngsten Ausgabenkürzungen war es ja immer noch vorstellbar gewesen, dass die Grünen mit der Zeit einlenken würden und die Menschheit ein vernünftiges Gleichgewicht zwischen ökologischem Bewusstsein und technologischem Fortschritt anstreben würde – auch gegen den Widerstand der Neo-Ludditen.

Aber dann erhielten wir erste noch bruchstückhafte Berichte über eine Geheimoperation namens Fall Rot. Übrigens hat sie ihren Namen von dem Ort, wo es beginnen soll: auf dem Mars, wo ein fingierter Volksaufstand angezettelt und dann niedergeschlagen werden soll. Die Operation hat das Ziel, die Autonomie, die den Upsider-Gemeinschaften mit der Zeit erwachsen ist, zur Gänze zu zerstören und sie ein Jahrhundert zurückzuwerfen. Das Ganze ist so geplant, dass es als Verschwörung der Neo-Ludditen – und *nur* der Neo-Ludditen – erscheinen wird.«

»Also haben Sie begonnen, die Stücke des Hintertürchencodes zusammenzutragen. Damit wollen Sie die finanzpolitischen Strukturen der Erd-Union stark beschädigen, ehe man die Upsider wieder einmal zu Leibeigenen der Planetenhocker macht.«

»Nun, stimmt. Aber wir agieren nicht allein mit dem Ziel, die Upsider vor politischer Unmündigkeit zu retten. Es geht uns darum, die Erde selbst zu retten.«

»Wie soll das denn gehen? Wie kann man die Finanzmärkte der Erde in die Krise stürzen und dabei dennoch die Welt retten?«

Perlenmann heuchelte Überraschung. »Na aber, Lieutenant Strong, ich dachte, Sie hätten Geschichte studiert!«

»Habe ich. Daher ist mir klar, dass Ihr schöner Plan Folgen nach sich ziehen wird – von dem Umfang, wie man sie während der Weltwirtschaftskrise im zwanzigsten Jahrhundert, der Großen Depression, beobachten konnte oder während des Währungszusammenbruchs im späten einundzwanzigsten Jahrhundert, der die Grünen ja erst an die Macht gespült hat.«

»Ganz genau. Nun sagen Sie mir doch bitte: Gab es nicht wesentlich schlimmere Krisen des Gesellschaftssystems in der Geschichte der Menschheit?«

»Natürlich«, erwiderte Lee leichthin. »Der Zusammenbruch des Römischen Reiches hat die Epochenwende zum Mittelalter eingeleitet. Es waren Zeiten der Not, des Verfalls, in denen man geglaubt hat, die Menschheit hätte an Würde verloren und wäre nun vom Schicksal dazu bestimmt, im Schatten einstiger Größe zu leben. Wiedererlangen lasse sich diese aber nicht mehr.«

»Ganz genau. Und was hat den Fall Roms so viel schwerwiegender gemacht als die Wirtschaftskrisen des zwanzigsten und einundzwanzigsten Jahrhunderts?«

Lee suchte nach dem richtigen Einstieg für seine Argumentation. »Eigentlich kann man das nicht miteinander vergleichen. Wirtschaftliche Zusammenbrüche sind die Krise nur eines einzigen Elements in einem größeren, komplexeren System.« Dann wurde ihm klar, worauf Perlenmann hinauswollte. »Sie haben keine vollständige gesellschaftliche Implosion zur Folge gehabt, egal als wie schwerwiegend man sie in der entsprechenden Zeit empfunden hat. Es kam zu keinem flächendeckenden Systemversagen. Es hieß nur, ein mit Mängeln behaftetes Element innerhalb des Systems zu korrigieren.«

»Genau, und Sie haben natürlich recht: Die Menschen, die diese Krisenzeiten durchleben mussten, haben diese Zeiten nicht als bloße Korrektur empfunden. Aber eines steht mit Sicherheit fest: Es waren Zeiten, in denen zu leben weitaus weniger schrecklich war, als in einem Europa um fünfhundert nach Christus, zur Völkerwanderungszeit, wo alles im Umbruch war und nichts mehr Stabilität bieten konnte.«

Lee nickte. »Und genau solche Zeiten werden auf der Erde erneut anbrechen, wenn die Grünen und die Neo-Ludditen Erfolg mit Fall Rot haben. Mit dem Zerschlagen der Upsider-Gemeinschaften verschwindet das Wenige, was an Innovation und Entwicklung wie eine Spritze gewirkt hat. Diese Spritze war es, die kulturellen Verfall und ökonomischen Stillstand bislang abwenden konnte und damit letztendlich eine systemische Implosion verhindert hat.«

Perlenmann nickte und faltete wieder die Hände. »Lieutenant, lassen Sie uns einen Augenblick davon ausgehen, die Durchführung von Fall Rot gelänge *nicht*. Wenn also die Erd-Union auf ihrem bisherigen Kurs bleibt, was dürfte dann in hundert Jahren die Folge sein?«

Lees Mund war staubtrocken, die Kehle war ihm wie zugeschnürt. »Dasselbe: Stillstand und ein Implodieren aller gesellschaftlich-kulturellen Strukturen. Die Große Depression, die Völkerwanderungszeit und der Zusammenbruch Roms – alle endeten in Aufruhr und Verheerung. In Anarchie, Brutalität, Barbarei.«

»In ganz entsetzlichem Ausmaß, ja. Eine unvermeidliche Gewissheit. Wie in Rom hat das System so viel Macht erlangt und ist so träge geworden, dass es, überlässt man es sich selbst und damit den eigenen Mechanismen, nicht wankend zum Stillstand kommen wird. Nein, es wird sich mit Wucht selbst vor die Wand fahren und in tausend Stücke gehen, die sich nicht wieder zusammensetzen lassen.«

Lee warf seinem Gegenüber einen scharfen Blick zu. »Aha. Sie wollen mir also verkaufen, dass Ihre Sabotage durchs Hintertürchen eigentlich ein Gnadenakt ist, wenn auch ein sehr verdrehter?«

»Zugegebenermaßen, es wirkt wirklich sehr kontraintuitiv und verdreht, ja. Ein Zusammenbruch der Märkte zum jetzigen Zeitpunkt wird Tausende das Leben kosten und viel Leid über die Menschen bringen. Wenn aber alles die nächsten fünfzig oder hundert Jahre weiter vor sich hin schwärt, wie gehabt, wird das System nur noch tiefer fallen. Milliarden werden sterben und das Leid und die Barbarei, in die die Erde dann zurückfallen wird, werden ihresgleichen suchen. Oder trauen Sie jetzt Ihren eigenen Schlussfolgerungen nicht mehr, Lieutenant Strong?«

Entschieden schüttelte Lee den Kopf. »Jetzt verstehe ich auch, warum Sie den Code hier draußen im All, auf Callisto, wieder zusammensetzen: weil Callisto das *ultima Thule* für Sie ist – die Grenzmark des Weltreichs, der äußerste Rand der Welt. Es ist ein Ort, an dem nur viermal im Jahr Schiffe vorbeikommen, wo es fast keine Beaufsichtigung durch die Erd-Union gibt und wo sich die Zollpatrouille so selten zeigt, dass unser Besuch hier zu den Ereignissen gehört, an die man sich erinnern wird. Welcher Ort wäre besser geeignet, einen Code wie diesen wieder zusammenzusetzen, und wer wäre besser geeignet, diese Aufgabe zu übernehmen, als Auge und Arm der Erd-Union und ihrer Behörden, der Administrator der dortigen Einrichtungen?«

Perlenmann nickte und schwieg. Abwartend ruhte sein Blick auf Lee.

Lee erwiderte das Nicken. Er hatte verstanden. »Und jetzt, wo der Hintertürchencode komplettiert ist, wollen Sie, dass ich ihn zur Erde zurückbringe, wo dann andere Agenten Ihrer Organisation für seine Verbreitung sorgen können. Denn gestreut entfaltet er eine größere Wirkung, und erst dann aktivieren Sie ihn.«

Auf diese Worte reagierte Perlenmann mit seiner offenkundigen Lieblingsgeste: Er zuckte mit den Schultern. »Ich kann Sie nicht dazu zwingen, den Code systemeinwärts zu bringen. Aber Mittel einzusetzen, Sie zu zwingen, läge mir selbst dann fern, wenn mir diese zur Verfügung stünden. Denn würde ich solcherart Zwangsmittel einsetzen, würde ich genau wie das System handeln, das zu besiegen ich mich bemühe.«

»Was also passiert, wenn ich mich weigere, als Ihr Kurier zu fungieren?«

»Vielleicht ergibt sich eine andere Möglichkeit, den Code zu übermitteln, wenn es denn an der Zeit ist, vielleicht aber auch nicht. Nun, ich will offen zu Ihnen sein: Wir befinden uns gerade in einem verzweifelten Wettlauf zur Verhinderung der dräuenden Katastrophe.«

»Was soll denn das nun schon wieder heißen?«

»Das soll heißen, dass die Grünen vermutlich den Fall Rot für gefährdet halten. Sie werden mit an Sicherheit grenzender Wahrscheinlichkeit den Zeitplan für seine Umsetzung ändern. Was sich erst in den nächsten fünf bis sechs Jahren ereignen sollte, wird vorgezogen und bereits in zwei oder drei Jahren seinen Anfang nehmen – oder vielleicht sogar noch früher.«

»Und dagegen können Sie nichts unternehmen?«

»Das Einzige, was wir dagegen unternehmen könnten, wäre, so schnell wie möglich für die Verbreitung des Hintertürchencodes zu sorgen. Das, Lieutenant, bedeutet, dass Sie eine Entscheidung zu treffen haben, und das schon sehr bald.«

Lee dachte nach. Würde er zum Kurier für den Hintertürchencode und beziehungsweise oder den Fall Rot, beginge er Hochverrat. Ginge er einfach nur wieder an Bord der *Geier* und täte nichts, machte er sich immer noch der Beihilfe zur Tat schuldig. In beiden Fällen bräche er den Eid, den er geleistet hatte, außer er inhaftierte Perlenmann, und das augenblicklich.

Selbstredend hatte die Erd-Union schon Versprechen und heilige Eide gebrochen, die einzuhalten sie dem Volk geschworen hatte, dem sie dienen und das sie beschützen sollte. Rücksichtslose Missachtung von dessen Interessen war kein Einzelfall geblieben, ganz im Gegenteil: Es war so oft geschehen, dass der Fahneneid sich allmählich wie ein Vertrag mit einem Betrüger angefühlt hatte. Aber wenn er, Lee Strong, Lieutenant der Zollpatrouille, schon seinen Eid und damit mit der Erd-Union zu brechen beabsichtigte, sollte er dann nicht das moralisch einzig Richtige tun und seinen Bruch mit dem System in aller Öffentlichkeit vollziehen?

»Lieutenant, ich habe viele Jahre damit zugebracht, in den Gesichtern von Menschen zu lesen. Lassen Sie mich also raten: Sie befinden sich mitten in einem schweren Gewissenskonflikt, nicht wahr? Vielleicht kann ich Ihnen helfen, die Dinge klarer zu sehen. Wenn Sie sich öffentlich von Ihrem Fahneneid distanzieren, machen Sie alles zunichte, wofür wir so lange gearbeitet haben. Ein solche öffentliche Ankündigung würde die Aufmerksamkeit, die zu erregen wir stets vermieden haben, erst recht auf uns ziehen. Bedauerlicherweise erbitte ich von Ihnen nicht nur Kurierdienste, ich muss Sie auch verpflichten, Stillschweigen zu bewahren ... zumindest bis Sie das Datenpaket abgeliefert haben.«

Wieder nahm sich Lee die Zeit, darüber nachzudenken. Nun, ja, das machte es ihm leichter, zumindest in einer Hinsicht. Wenn er seinen Eid zu brechen bereit wäre, müsste er den Weg bis zum bitteren Ende gehen und zum Mitverschwörer werden. Kein offener Feind des Staates, aber ein im Dunkeln operierender Verräter, ein Spion. Beinahe wünschte er sich, er hätte sich nicht entschlossen, das wahre Leben kennenzulernen und nach hier draußen, zu den Upsidern, zu kommen.

Perlenmanns Lächeln wirkte traurig. »Lieutenant, leider gibt es keinen Mittelweg bei der Wahl, die Sie zu treffen haben. Sie wissen, wessen ich mich schuldig gemacht habe. Sie können also nur Ihrem Eid folgen und mich festnehmen ... oder eben nicht.«

Lee lehnte sich zurück, sein Blick wanderte über die Bücher, streifte Perlenmanns Gesicht, in das sich jetzt Falten gruben, die eine gewisse Besorgnis verrieten. Schließlich blieb er an dem Scanner hängen. »Das ganze Scannen, selbst mit diesem Gerät, muss ja ewig dauern.«

Wieder ein Achselzucken. »Ach, nicht so schlimm, nur sehr langweilig: scannen, die Seite umschlagen, scannen, die nächste Seite umschlagen ...«

Lee nickte, stand auf und nahm eines der Bücher in die Hand: Hesses *Das Glasperlenspiel.* »Angesichts der vielen Arbeit, die vor Ihnen liegt, klingt das in meinen Ohren so, als ob Sie ein zweites Paar Hände gut gebrauchen könnten.«

»Stimmt, das könnte ich wirklich, Lieutenant. In mehr als einer Hinsicht.« Perlenmann reichte Lee ein dünnes Bändchen: Sun Tzus *Die Kunst des Krieges.* »In mehr als einer Hinsicht.«

Der plötzliche, gewissermaßen über Nacht erfolgte Zusammenbruch des gesamten Finanznetzes von Alterde am 26. Juli 252 P. D. (2354 nach alter Zeitrechnung) zog katastrophale Schäden für globale und nationale Märkte nach sich. Der Ökonomische Winter, wie die weltweite Krise betitelt wurde, löschte innerhalb der ersten sechsunddreißig Stunden mehr als ein Drittel der marktführenden Unternehmen aus. Bemühungen, den weltweiten Kollaps der Wirtschaft unter Kontrolle zu bringen oder zumindest zu verlangsamen, erwiesen sich als fruchtlos. Bis zum 1. August war mehr als die Hälfte aller globalen Unternehmen bankrott. Nie zuvor in der Geschichte hatte Alterde eine solche Welle von Banken- und Firmenzusammenbrüchen erlebt.

Jeder Versuch eines ökonomischen Neustarts oder der Einführung von wirtschaftlichen Zwangsmaßnahmen scheiterte angesichts des massiven Zusammenbruchs des globalen Wirtschaftsnetzes, als die lenkende Software, die Sehnen im Muskelfleisch des Systems, in den Strudel der Katastrophe, in den Abgrund gerissen wurde und zu funktionieren aufhörte.

Behauptungen der herrschenden politischen Parteien, die völlige Zerstörung der Weltwirtschaft sei Folge einer abstrusen Verschwörung, von Terroristen absichtsvoll in Gang gesetzt, wurden anfangs ungläubig aufgenommen. Unglauben schlug schnell in Zorn um, als das offenkundige Bemühen der politischen Eliten, andere, *irgendjemand anderen*, für die eigenen Versäumnisse zum Sündenbock zu machen, allgemein ins Bewusstsein einsickerte. Der Mob ging auf die Straße, anfangs ohne klare Zielvorstellungen, getrieben allein von Wut und Verzweiflung, doch schon bald trug diese Welle erste Führungspersönlichkeiten an die Spitze. Innerhalb weniger Wochen hatte sich in Nordamerika der erste Wiedererweckungsausschuss zusammengefunden, innerhalb weniger Monate sahen sich Grüne und Neo-Ludditen der regierenden GRASP-Koalition im Kampf ums Überleben. Die seit langer Zeit bestehenden Pläne der herrschenden Eliten, sich angesichts des ökonomischen und gesellschaftlichen Desasters nun erst recht auf die Orbitalhabitate von Alterde zurückzuziehen, scheiterten. Bei der Zollpatrouille, die man zur Unterstützung der Polizeibehörden der Erd-Union im Einsatz gegen die bewaffneten Unterstützer der Ausschüsse herbeibeordert hatte, verweigerten deren Offiziere den

Befehl oder wurden von Mitgliedern ihrer Besatzung gewaltsam daran gehindert. Vom Mars bis nach Callisto befürworteten die Gemeinschaften der Upsider die Aufstände. Nach dreiwöchigen schweren Gefechten auf Luna traten die lunaren Habitate den vereinigten oppositionellen Kräften bei.

Im Januar 253 P. D. war die Erd-Union faktisch zerfallen. Die alten Nationalstaaten, die offiziell nie aufgelöst worden waren, erklärten erneut ihre Souveränität und Unabhängigkeit, und die überlebenden Anführer der diskreditierten Grünen und Neo-Ludditen waren überall und vollständig aus ihren bisherigen Machtpositionen vertrieben. Aller Zorn richtete sich gegen sie, war noch angewachsen und erbitterter geworden, als die Bürgerinnen und Bürger der Erde das volle Ausmaß von Stillstand und Lähmung begriffen, die man ihnen, geboren aus dem bis dato herrschenden System, aus ideologischen Gründen aufgezwungen hatte. Viele der führenden Köpfe des alten Systems waren nun gezwungen, unterzutauchen oder sogar – vielleicht die bitterste Ironie der Geschichte – ihr Heil in der Flucht hinaus zu den Sternen zu suchen, nachdem die Interstellarraumfahrt im Jahr 257 P. D. wiederaufgenommen worden war.

Der Ökonomische Winter führte zu unermesslichem Leid. Schätzungen gehen davon aus, dass mehr als ein Jahrhundert lang kumulierter Reichtum innerhalb von weniger als zwei Wochen vernichtet wurde. Die tatsächliche Anzahl Todesopfer hat sich nie zur Gänze bestimmen lassen, muss aber erdweit in die Hunderttausende gegangen sein. Wie viele einzelne Bürgerinnen und Bürger ihre gesamten während eines ganzen Lebens zusammengetragenen Ersparnisse verloren, lässt sich im wortwörtlichen Sinne nicht zählen. Trotz des heftigen Schlags, den das Sol-System erlitten hatte, stiegen in dieser Phase wiederhergestellter individueller Rechte unter gewählten Regierungen, die nach dem dramatischen Weckruf erblühten, als den sich die Zerstörung der Erd-Union ansehen lässt, Kreativität und Kenntnisreichtum der menschlichen Gemeinschaft in ungeahntem Maße an. Auf das Jahr 261 P. D. darf man die vollständige Erholung des Systems nach dem Ökonomischen Winter datieren. Für zwei T-Jahrhunderte erlebte Alterde eine sich beispiellos stürmisch entwickelnde ökonomische, technologische und intellektuelle Blütezeit, und das Wiedererwachen des Heimatsystems der Menschheit machte dort nicht halt. Der Albtraum des Letzten Krieges von Alterde lag zwar noch in einer nicht voraussehbaren, nebulösen Zukunft, doch die nächsten sechs T-Jahrhunderte lang – bis man in den politischen und ideologischen Wahnsinn neuerlicher Verheerung und Gewalt gesogen wurde, der mit der Veronezh-Erklärung im Jahr 850 P. D. begann – brannte das Licht der Hoffnung, brannten die Träume und Sehnsüchte der Menschheit so hell wie Sol selbst.

Aus: Bousquet, Ephraim (Dr. phil.), Von der Dunkelheit zurück zu den Sternen: Das Versagen der Neo-Ludditen. Nouveau Paris, Haven (Pélissard et Fils) 1597 P. D.

Timothy Zahn
Im Namen der Ehre

PROLOG

Lange hatte es Jeremiah Llyn verabscheut, klein zu sein.

Dabei war er gar nicht *so* klein. Ihm fehlten nur neun oder zehn Zentimeter zum planetenweiten Durchschnitt. Aber diese wenigen Zentimeter hatten mehr als ausgereicht, um ihn in der Grundschule zum bevorzugten Opfer der Witzbolde zu machen, während der Unter- und Mittelstufe zum bevorzugten Opfer der Schläger und während der darauffolgenden Jahre zum bevorzugten Opfer einer Vielzahl weiterer Schikanen, Beschimpfungen und Beleidigungen. Die ersten Jahre des echten Erwachsenseins waren ein bisschen besser gewesen. Denn Hohn und Spott waren seitdem unter einer hauchdünnen Tünche aus Höflichkeit und zivilisiertem Verhalten verschwunden. Was in den Köpfen seiner Arbeitgeber vor sich ging, wusste Llyn allerdings nur zu genau, während er bei Beförderungen übergangen und für die wirklich lukrativen Aufträge meist nicht einmal in Erwägung gezogen wurde.

Nun hingegen, mit all dem Weitblick und der Reife eines Mannes, der auf fünfzig T-Jahre zurückblicken konnte, empfand er den Mangel an Körpergröße nicht nur als äußerst bequem, sondern sogar als wertvoll. Die meisten Menschen, selbst die intelligentesten, neigten dazu, kleinere Männer zu unterschätzen.

In Llyns derzeitiger Position war es äußerst nützlich, unterschätzt zu werden.

Cutler Gensonne, hinter seinem Schreibtisch, veränderte die Position im Schreibtischstuhl. Als er sich bewegte, blitzten die selbst verliehenen Rangabzeichen eines Admirals im mit der Bewegung einhergehenden Lichtwechsel auf. »Interessant«, sagte er dann, den Blick immer noch auf den Tablet-Rechner gerichtet.

Einen Moment lang wartete Llyn, ob mehr käme, doch Gensonne wischte nur zur nächsten Seite, die Augenbrauen konzentriert zusammengezogen.

»Ist das jetzt ›interessant gut‹ oder ›interessant schlecht‹?«, erkundigte sich Llyn schließlich.

»Na ja, das ist auf jeden Fall nicht gut«, knurrte Gensonne. »Ihnen ist doch bewusst, dass es hier um eine Sternnation geht, die möglicherweise bis zu *dreißig* Kriegsschiffe aufzubieten hat, darunter sechs bis acht Schlachtkreuzer?« Er neigte den Kopf. »Das ist eine verdammt schlagkräftige Streitmacht, Mr. Llyn.«

Llyn lächelte. Das war ein Standard-Schachzug unter Söldnern – ein Schachzug, den schon mindestens zwei Gruppen bei ihm versucht hatten: durch Überbetonen der möglichen Risiken die Entlohnung zu steigern. »Sie haben anscheinend die Abschnitte fünfzehn und sechzehn überlesen«, entgegnete er. »Ein Großteil besagter Flotte ist eingemottet und wartet nur darauf, abgewrackt zu werden. Was dann noch übrig bleibt, ist entweder nur halb bewaffnet oder halb bemannt ... oder beides. Wir gehen davon aus, dass Sie es mit nicht mehr als acht bis zehn Schiffen zu tun bekommen, wobei sich dann darunter möglicherweise auch *ein* Schlachtkreuzer befindet.«

»Ich habe die Abschnitte fünfzehn und sechzehn sehr wohl gelesen, vielen Dank«, gab Gensonne zurück. »Und ich habe auch bemerkt, dass die jüngsten Daten bereits mehr als fünfzehn Monate alt sind.«

»Ich verstehe.« Llyn stand auf, griff über den Schreibtisch

hinweg nach dem Tablet-Rechner in Gensonnes Händen. »Offenkundig sind Sie nicht die Truppe, die wir brauchen, Admiral. Ich wünsche Ihnen für Ihre zukünftigen Unternehmungen alles Gute.«

»Warten Sie mal!«, protestierte Gensonne und wollte sich das Tablet zurückholen. Damit aber hatte Llyn gerechnet und zog es rasch außer Reichweite. »Ich habe nicht gesagt, dass wir den Job nicht annehmen.«

»Ach, wirklich?«, gab Llyn zurück. Pokern konnte er auch. »Das klang jetzt aber ganz so, als wäre dieser Job einfach eine Nummer zu groß für Sie.«

»Solch einen Job *gibt* es nicht«, erklärte Gensonne steif und stand auf, als wäre er notfalls bereit, Llyn bis zur Tür seines Büros zu verfolgen, um das Tablet wieder in die Finger zu bekommen. Dass Llyn allerdings keinerlei Anstalten machte, den Raum zu verlassen, schien ihn ein wenig aus dem Konzept zu bringen. »Ich habe nur darauf hingewiesen, dass Ihre Informationen veraltet sind und *jeder* militärisch versierte Anführer neuere Daten verlangen würde, bevor er überhaupt etwas unternimmt.«

»Ach, das wollten Sie damit sagen!«, tat Llyn überrascht und täuschte sogar ein entsprechendes Stirnrunzeln vor. »Aber warum haben Sie dann angedeutet, die Erfolgschancen ...« Er hielt inne und verwandelte das Stirnrunzeln in ein wissendes Lächeln. »Ach, jetzt verstehe ich! Sie wollten den Preis in die Höhe treiben!«

Normalerweise, das wusste Llyn, verabscheuten es Menschen, wenn man ihre Manipulationsversuche aufdeckte. Doch Gensonne verzog keine Miene. Er war offenkundig jemand, der im Zweifelsfall die Flucht immer nach vorn antrat und den Stier bei den Hörnern packte: keine Ausflüchte, keine Entschuldigungen, kein Bedauern – genau so hatte Llyn den Mann auch schon vor diesem ersten persönlichen Zusammentreffen eingeschätzt. »Natürlich«, bestätigte er. »Ich war nur auf der Suche nach weiteren Informationen.« Er deutete auf den Tablet-Rechner. »Den Job bekommen wir hin. Die Frage ist, *warum* wir uns überhaupt die Mühe machen sollten.«

»Eine gute Frage«, gab Llyn zurück. Als ob er den Anführer eines zwielichtigen Söldnertrupps in die intimsten Geheimnisse und Pläne der Axelrod Corporation einweihen würde! »Aber Sie werden mir gewiss verzeihen, wenn ich voller Respekt davon absehe, diese Frage zu beantworten.«

Gensonne kniff die Augen zusammen, und einen kurzen Moment lang rechnete Llyn schon damit, der andere würde es mit einer weiteren Finte versuchen. Doch dann hellte sich das Gesicht des Admirals auf, und er zuckte mit den Schultern. »Na gut«, sagte er, »schließlich wollen Sie Söldner anheuern, nicht Investoren anwerben.«

»Ganz genau«, bestätigte Llyn, und schon wieder stieg sein Gegenüber ein Stückchen mehr in seiner Achtung. Gensonne wusste, wie das Spiel gespielt wurde, aber er wusste auch, wann er damit aufhören musste. »Also? Sind die Volsungs die Richtigen für den Job, oder muss ich mich nach jemand anderem umschauen?

Gensonne schnaubte leise und verzog die Lippen zu einem kaum merklichen Lächeln. »Die Volsungs sind ganz genau die Richtigen für diesen Job, Mr. Llyn«, erklärte er. »Setzen Sie sich, dann reden wir über Geld.«

I

»Mr. Long?« Die barsche Stimme hallte im Korridor von HMS *Phoenix* wider. »Sir!«

Zögerlich bremste Lieutenant Senior-Grade Travis Uriah Long ab und atmete erst einmal tief durch – ganz so, wie er es für genau derartige Situationen eingeübt hatte. Feuerleittechnikerin Senior Chief Osterman war eine Nervensäge ersten Ranges – und das auf einem Schiff, dessen Offizierskorps und Mannschaftsdienstgrade miteinander um genau diesen Ehrentitel wetteiferten. »Ja, Senior Chief?«, antwortete er, umklammerte einen der in die Wandung eingelassenen Haltegriffe und kam ganz zum Stillstand.

Osterman war noch etwa zwanzig Meter von ihm entfernt, schwebte nun auf ihn zu, hangelte sich von einem Haltegriff zum nächsten und vermied dabei geschickt Zusammenstöße mit anderen Besatzungsmitgliedern, die sich ebenfalls durch den schmalen Korridor bewegten. An Bord der *Phoenix* gab es eine ganze Reihe Besatzungsmitglieder, die zum ersten Mal an Bord eines Sternenschiffs eingesetzt waren und so ihre liebe Not in der Schwerelosigkeit hatten. Aber bei alten Hasen wie Osterman lief jede Fortbewegung rasch und effizient ab.

Darauf, sich rasch zu bewegen, schien Osterman aber im Moment nicht erpicht zu sein. Ja, wo Travis nun an Ort und Stelle schwebte, schien es ihm, als ließe sich der Petty Officer sogar ganz bewusst Zeit, den Abstand zu ihm zu verringern. Travis wartete, übte sich in Geduld und widerstand dem Bedürfnis, sie anzuweisen, gefälligst in die Hufe zu kommen. Er hatte derlei Situationen bereits am eigenen Leib erfahren dürfen, von der anderen Seite aus, als Mannschaftsdienstgrad. Deswegen erinnerte er sich nur zu gut daran, wie es sich anfühlte, von einem Offizier angebrüllt zu werden.

Schließlich, nach einigen schier endlosen Sekunden, traf Osterman gemächlich bei ihm ein. »Ich wollte Sie nur wissen lassen, Sir«, erklärte sie in einem Tonfall, der ebenso haarscharf an der Insubordination vorbeischrammte wie zuvor ihr Getrödel, »dass Captain Castillo Sie sprechen möchte.«

Travis runzelte die Stirn und blickte auf sein UniLink, um sich zu vergewissern, dass es auch eingeschaltet war. War es. »Ich habe davon noch nichts gehört.«

»Weil er es selbst noch nicht weiß, Sir«, entgegnete sie ruhig. »Aber ich garantiere Ihnen, dass er Sie wird sprechen *wollen*.«

Also hatte sogar Ostermans Abteilung davon Wind bekommen. »Ensign Locatelli hat sich das selbst zuzuschreiben«, sagte Travis mit fester Stimme.

Oder vielmehr: Er versuchte sich an einer festen Stimme. Sogar in seinen eigenen Ohren klangen seine Worte verdammt nach Selbstverteidigung und störrischer Abwehrhaltung.

Das war offenkundig auch Osterman nicht entgangen. »Es ging um einen von drei gänzlich voneinander unabhängigen Ortungssensoren«, rief sie ihm ins Gedächtnis zurück. »Sobald die nächste Schicht einen Selbsttest eingeleitet hätte, wäre das sofort bemerkt worden.«

»Aber der nächste Selbsttest stand erst in zwo Stunden an«, versetzte Travis. »Was wäre wohl passiert, wenn Sie irgendwann während dieser zwo Stunden eine Ihrer Schnellfeuerkanonen zum Einsatz hätten bringen müssen?«

Osterman hob die Augenbrauen. »Gegen wen?«

»Gegen was auch immer Captain Castillo den Einsatz der Waffen befohlen hätte.«

Osterman hob in unausgesprochener Herausforderung die Augenbrauen und hätte nicht mehr Spott in ihre Mimik legen können. Ehrlich gesagt, konnte Travis es ihr nicht einmal verübeln.

Denn draußen im All hatte es wirklich nichts gegeben, wogegen die *Phoenix* ihre Waffen hätte zum Einsatz bringen können. Es gab keine Angreifer, keine Feinde – weder aus einer fremden Sternnation, noch aus der eigenen –, und der letzte bedrohliche Kinderschreck, der jemals in dieser Region aufzutauchen gewagt hatte, war vor beinahe einem Jahrhundert irgendwo in der Ferne verschwunden.

Aber darum ging es hier und jetzt nicht: Die Männer und Frauen in der Uniform der Royal Manticoran Navy sollten sich gefälligst bemühen, anständige Arbeit zu leisten. Verdammt noch mal!

Osterman schien seine Gedanken gelesen zu haben. »Und Sie sind der Ansicht, Sie wären der Einzige, der sich hier richtig verhalten hat, Sir?«, fragte sie höflich.

»Nein, natürlich nicht«, gab Travis leise zu. »Aber . . .«

Der Klingelton seines UniLinks rettete ihn. Er nahm das Gespräch an und hielt sich das kleine Gerät vor die Lippen. »Long hier«, sagte er forsch.

»Bajek«, war die Stimme von Travis' unmittelbarem Vorgesetzten zu vernehmen. »Melden Sie sich umgehend im Büro des Captains.«

Travis schluckte. »Aye, aye, Ma'am.«

»Commander Bajek?«, erkundigte sich Osterman und blickte Travis wissend an, als er das UniLink wieder ausschaltete.

»Ja«, bestätigte Travis säuerlich. Hatte diese selbstgefällige Chief eigentlich *immer* recht? »Weitermachen!« Eine kurze Drehung des Handgelenks, und Travis machte in der Schwerelosigkeit kehrt, dann stieß er sich von seinem Haltegriff ab und sauste den Korridor hinab.

»Sie sollten lernen, nach den richtigen Regeln zu spielen, Lieutenant!«, rief ihm Osterman hinterher.

Travis verzog das Gesicht. Spielen zu lernen – diesen Ratschlag meinte ihm anscheinend wirklich jeder Bewohner dieses Universums geben zu müssen. Wenn man das Spiel spielte, sollte man die Regeln kennen. Da war es doch egal, ob das Spiel gut oder schlecht war und ob es sauber gespielt wurde oder gezinkte Karten zum Einsatz kamen. Man musste einfach nur das Spiel spielen.

Keine Chance, nicht mit ihm!

Die Fahrt mit dem Aufzug durch die rotierende Sektion der *Phoenix* war, wie stets, ein wenig unangenehm, denn die rapide Veränderung der effektiven Schwerkraft reizte Travis' ungewöhnlich empfindliches Innenohr. Während der ganzen Fahrt blickte er strikt geradeaus und verwünschte die Gesetze der Physik: Nun gut, einerseits gestatteten sie die Erzeugung leistungsstarker Verzerrungsbänder. Mit diesen konnte man gewaltige Gravitationsfelder erzeugen und formen. Darüber hinaus machten sie Kompensatoren möglich, die eine Beschleunigung von mehr als zweihundert Gravos auszugleichen vermochten. Andererseits aber legten eben jene Gesetze der Physik der Menschheit beharrlich Steine in den Weg. So gab es gerade erste magere Erfolge bei dem Versuch, auch nur ein einziges Gravo genau auf die Decks eines Kriegsschiffs auszurichten. Eine Kajüte in der rotierenden Sektion eines Schiffes, in der wenigstens ein halbes Gravo Pseudoschwerkraft herrschte, war natürlich schon etwas. Denn man musste dort nicht in Schwerelosigkeit essen und schlafen. Aber an sämtlichen wichtigen Arbeitsplätzen des Schiffes musste man seinen Dienst immer noch in Schwere-

174

losigkeit versehen. Es war nervig, sich wie ein luftatmender Fisch fühlen zu müssen.

Als Travis eintraf, wartete Lieutenant Commander Bajek, der Waffenoffizier des Schiffes, bereits in Captain Castillos Büro. »Kommen Sie herein, Lieutenant«, forderte ihn der Captain auf, Gesicht und Tonfall streng. »Wie ich höre, haben Sie die Absicht, einen Eintrag in Ensign Locatellis Personalakte vorzunehmen.«

Travis setzte bereits zu einer Erwiderung an, doch dann bemerkte er, was genau der Captain da gerade gesagt hatte. Nein, Travis hatte keineswegs nur *die Absicht*, einen Eintrag in Ensign Locatellis Personalakte vorzunehmen: Er hatte es bereits *getan*.

Das zumindest hatte er gedacht. »Jawohl, Sir, habe ich«, bestätigte er daher vorsichtig. »Gibt es ein Problem?«

Eine angespannte Sekunde lang glaubte er schon, mit dieser Frage eine unsichtbare Grenze übertreten zu haben. Castillos Miene veränderte sich keinen Deut, doch Bajek verlagerte ihr Gewicht von einem Bein auf das andere – was bei ihr eine äußerst ungewöhnliche Zurschaustellung ihres Unbehagens darstellte.

»Sie wissen sicher, dass Admiral Carlton Locatelli der Onkel von Ensign Locatelli ist, ja?«, sagte Castillo, denn eine Frage war das nicht.

»Jawohl, Sir, das weiß ich«, erwiderte Travis. Kurz zog er in Erwägung nachzufragen, was Locatellis Familienstammbaum mit der Einhaltung der vorgeschriebenen Vorgehensweise zu tun habe. Dann jedoch kam Travis zu dem Schluss, er sitze auch so schon tief genug in der Patsche. Außerdem war er sich ziemlich sicher, die Antwort auf diese Frage bereits zu kennen.

Dass er damit recht hatte, erfuhr er sogleich. »Admiral

Locatellis Familie blickt auf eine lange und ruhmreiche Geschichte im Dienst der Royal Manticoran Navy zurück«, erläuterte Castillo in einer Art und Weise, die Travis an jemanden denken ließ, der eine vorformulierte Textdatei ablas. »Sein Neffe setzt als Vertreter der jüngsten Generation dieser Familie diese Tradition fort. Der Admiral legt viel Wert darauf, dass es sein Neffe in der gleichen Weise zu Ruhm und Ehre bringt und sich ebenso einen Namen macht wie seine Vorfahren.« Castillo hob beide Augenbrauen, und auf sein Gesicht trat exakt der gleiche Ausdruck, den Travis vor wenigen Minuten bei Osterman erlebt hatte. »Muss ich mich noch deutlicher ausdrücken?«

Travis atmete tief durch. Bedauerlicherweise brauchte sich weder der Captain noch irgendjemand sonst aus den Reihen der Royal Manticoran Navy deutlicher auszudrücken. »Nein, Sir«, sagte er.

»Es gibt im Parlament zunehmende Bestrebungen, die Royal Manticoran Navy noch weiter zur Ader zu lassen, als das ohnehin schon geschehen ist«, sagte Castillo. Ganz offenkundig war der Captain fest entschlossen, sich doch einer deutlicheren Ausdrucksweise zu befleißigen – obwohl Travis versichert hatte, das sei unnötig. »Männer wie Admiral Locatelli und deren Verbündete sind die, die sich für uns und unsere Arbeit einsetzen. Für *Sie* und *Ihre* Arbeit ebenfalls, Lieutenant.«

Was natürlich überhaupt *nichts bedeutet*, dachte Travis düster. *wenn der Preis dafür darin besteht, bei der Navy Leute aufsteigen zu lassen, obwohl sie unwillig und/oder unfähig sind, ihre Arbeit zu machen, nur weil das politisch so gewollt ist.*

So war's, deutlich ausgedrückt. »Verstanden, Sir«, sagte er.

»Gut«, gab Castillo zurück. »Bislang sieht es aus, als stünde

Ihnen eine vielversprechende Karriere bevor, Mr. Long. Es wäre mir überhaupt nicht recht, wenn dieser Karriere für nichts und wieder nichts ein schlagartiges Ende bereitet würde.« Kurz schürzte er die Lippen. »Und behalten Sie im Hinterkopf, dass es auch andere Mittel und Wege gibt, sich fachlicher Unfähigkeit und Nachlässigkeit anzunehmen – Mittel und Wege, die sich nicht dauerhaft in der Personalakte der betreffenden Person wiederfinden. Es wäre ratsam, sich diese Methoden anzueignen.«

»Jawohl, Sir.« Zumindest einige dieser Mittel und Wege kannte Travis bereits.

Manchmal funktionierten sie auch. Manchmal jedoch auch nicht.

»Gut.« Castillo blickte zu Bajek auf. »Ist er noch im Dienst?«

»Jawohl, Sir«, bestätiget Bajek, ohne auch nur eine Sekunde lang den Blick von Travis abzuwenden.

Castillo nickte und bohrte wieder seinen Blick in Travis. »Dann kehren Sie zu Ihrer Station zurück, Lieutenant. Wegtreten!«

Während der ganzen Restzeit seiner Schicht herrschte unübersehbare Anspannung, aber es war nicht so schlimm, wie Travis befürchtet hatte. Niemand aus seiner Abteilung sagte auch nur ein einziges Wort, doch er bemerkte bei so mancher im Flüsterton geführten Unterhaltung den schneidenden Unterton. Locatelli selbst besaß immerhin genug Anstand, sich ein selbstgefälliges Grinsen zu verkneifen. *Schreib niemals der Bösartigkeit zu, was sich mit reiner Dummheit erklären lässt!* Diesen Rat hatte Travis irgendwann einmal von jemandem erhalten, und es war immerhin durchaus möglich – wenn auch unwahrscheinlich –, dass Locatelli trotz all seiner Arroganz in Wahrheit eben nicht entsetzlich desinteressiert an der ganzen Sache war, sondern einfach nur sehr, sehr langsam lernte.

Travis hoffte, Letzteres wäre der Fall. Ein langsames Lerntempo ließe sich mit Zeit und Geduld überwinden. Arroganz hingegen erforderte meist eine möglichst große Peitsche.

Als er ein letztes Mal sämtliche Systeme überprüfte, die ihm während dieser Dienstzeit anvertraut waren, empfand er tatsächlich doch etwas mehr Optimismus als zu Beginn des Tages.

Zumindest, bis er feststellte, dass der Hauptortungssensor der Schnellfeuerkanone im Vorschiff schon wieder fehlkalibriert war.

Vielleicht, dachte er, während er sich erschöpft zu seiner Kajüte schleppte, *wird es allmählich Zeit, nach einer Peitsche Ausschau zu halten.*

»Frachter *Hosney*, Sie haben Freigabe, den Orbit zu verlassen«, drang die Stimme der Raumüberwachung Manticore aus dem Brücken-Com.

Interessante Tonlage, dachte Tash McConnovitch. Unter dem offiziell-sachlichen Auftreten verbargen sich Spuren von Aufregung und Bedauern: Aufregung, weil in einem System, das weniger als zweimal pro T-Monat Besuch erhielt, jeder Solly-Frachter eine willkommene Abwechslung von der öden Routine eines Lotsen bot, und Bedauern, weil mit der Abreise der *Hosney* genau jene Langeweile wieder Einzug halten würde.

Nur Geduld!, sandte McConnovitch düster einen Gedanken in Richtung des Lotsen. *Bis wir mit dir fertig sind, wirst du um Langeweile und Routine betteln!*

Nun, vielleicht auch nicht. Den letzten Dateien gemäß, die

Llyn von den Axelrod-Spionen erhalten hatte, bestand die Flotte von Manticore aus ungefähr zehn Kriegsschiffen, und davon war bestenfalls ein einziger Schlachtkreuzer auf ein Gefecht vorbereitet.

Aber diese Dateien waren schon recht alt gewesen – gefährlich alt, wie sich herausgestellt hatte. Aus Gründen, die McConnovitch noch würde herausfinden müssen, hatte König Edward ein ehrgeiziges Programm ins Leben gerufen: Bereits eingemottete Schiffe der Royal Manticoran Navy waren wieder in den aktiven Dienst zurückzuholen und zugleich eine Vielzahl von Frauen und Männern durch Ausbildungslager und die Kadettenanstalt zu schleusen, um diese Schiffe auch anständig zu bemannen.

Aber Edwards Flottenrevitalisierung war noch längst nicht abgeschlossen. Auf dem Papier (oder dem Bildschirm) mochte die Royal Manticoran Navy ja inzwischen wieder ganz ordentlich dastehen und beeindruckend wirken, aber bislang hatte noch keines der frisch überholten Schiffe auch nur ansatzweise seine volle Schlagkraft erreicht. Also sollten sie auch kein Problem für die Volsungs sein.

Allerdings könnten die Volsungs selbst das ein wenig anders beurteilen.

Glücklicherweise war das alles nicht McConnovitchs Problem. Seine Aufgabe bestand lediglich darin, die Daten in das System zu schaffen, in dem sich der Kampfverband der Söldner versammelte. Die Entscheidung, loszuschlagen oder nicht, fiel diesem arroganten kleinen Kerl Llyn zu.

»Sind ausgeschwenkt, Sir«, meldete der Rudergänger. »Kurs liegt an.«

»Gut«, sagte McConnovitch und meinte das sogar ehrlich. Er war mehr als bereit, diesem schäbigen kleinen Hinterwäldlersystem den Kilt zu zeigen. »Dann legen Sie mal ein paar

Gravos vor, Hermie! Wir wollen Mr. Llyn doch nicht warten lassen.«

Travis hatte schon die Versiegelung des ersten Stiefels gelöst und machte sich gerade am zweiten zu schaffen, als ihn der junge Mann bemerkte, der sich bisher auf der oberen Pritsche ihrer winzigen Kajüte gelümmelt und irgendwo in den Tiefen seines Tablet-Rechners verloren hatte. Nur aus diesem Grund schien er erst verspätet zu bemerken, dass er nicht mehr allein im Raum war.

»Ach, *da* steckst du!«, meinte Brad Fornier, als er über die Kante des Bettes spähte. »Hat Bajek dir eine Extra-Schicht aufs Auge gedrückt? Oder hast du einfach schon ein bisschen früher als alle anderen mit dem Feiern angefangen?«

»Was feiern wir denn?«, fragte Travis zurück.

»Na, den unmittelbar bevorstehenden Landgang natürlich!«, erklärte Fornier. »Erzähl mir bloß nicht, du würdest dich nicht darauf freuen, endlich mal wieder ein paar Wochen auf der Planetenoberfläche zu verbringen!«

Travis zuckte mit den Schultern. »Hängt davon ab, ob der Ortungssensor von Schnellfeuerkanone zwo endlich ausgetauscht werden soll. Wenn ja, dann schon. Sonst eher nicht.«

»Hmpf«, kommentierte Fornier. »Wenigstens gibst du jetzt nicht mehr Locatelli die Schuld daran.«

Travis verzog das Gesicht. Nein, er gab dem jungen Ensign nicht mehr die Schuld daran, dass der Sensor verrückt gespielt hatte. Zumindest nicht direkt.

»Er hätte das Problem erkennen und entweder selbst beseitigen oder melden müssen.«

»So, so«, gab Fornier zurück, und in seinem Tonfall schwang ein unüberhörbares und äußerst unangenehmes

›Ich weiß genau, was hier läuft‹ mit. »Wie viele Leute gehören zu deiner Abteilung, Travis?«

»Neun, mich mitgezählt.«

»Und wie viele von denen sind nutzlose politische Günstlinge wie Locatelli?«

Erneut verzog Travis das Gesicht. Es war leicht abzusehen, worauf Fornier hinauswollte. »Zwo vielleicht.«

»Zwo vielleicht, aha«, wiederholte Fornier. »Machen wir anderthalb daraus. Anderthalb von acht Personen – ach, sagen wir neun, schließlich bist du selbst kein bisschen politisch, und ich gehe einfach davon aus, dass du dich selbst nicht für nutzlos hältst. Also kommen wir hier auf siebzehn Prozent. Alles in allem betrachtet, ist das doch gar keine schlechte Quote.«

»Nein, wohl nicht«, räumte Travis ein. Aber Fornier ignorierte bei diesem Rechenbeispiel geflissentlich, dass das politische Problem umso schlimmer wurde, je weiter man in Nahrungskette und Hackordnung aufstieg. Solange eine Fraktion des Parlaments immer noch alles in ihrer Macht Stehende tat, um der Navy die Gelder zu streichen oder sie gleich ganz abzuschaffen, rannten sich sämtliche Polit-Heinis, die einzig für Ruhm und Ehre zur Navy gegangen waren, beinahe schon wechselseitig über den Haufen, um bis zu dem ersehnten eigenen Kommando aufzusteigen, bevor ihnen der Teppich unter den Füßen weggezogen würde.

Vielleicht würde König Edward diese Entwicklung aufhalten können. Sein Umbau- und Anwerbungsprogramm machte zumindest Fortschritte.

Aber Travis hatte schon erlebt, wie ähnliche Bestrebungen im Laufe der Jahre immer wieder in der Versenkung verschwunden waren. Er ging nicht davon aus, dass es dieses Mal anders laufen würde.

Derzeit jedenfalls gab es mehr Earls und Barons in der Kommandostruktur, als man gebrauchen konnte.

Vielleicht war das der Endvektor aller Streitkräfte während langer Friedensphasen. Vielleicht ging der Trend immer mehr zu Offizieren, die ihren Posten ausschließlich aus politischen Gründen erhielten ... und zu Leuten, die nichts anderes konnten ... und zu den Herumtreibern, die glaubten, wenn man zur Navy ginge, könnte man bequem, gemütlich und in aller Ruhe durchs Leben schlendern. Vielleicht war das Einzige, was diese Entwicklung aufhalten könnte, ein neuer Krieg.

Trotzdem: So interessant es gewiss auch wäre, einmal zu sehen, wie sich diese drei Gruppen in einem echten, unerwarteten Gefecht schlagen würden, wünschte Travis dem Sternenkönigreich ganz gewiss keinen Krieg. Anderen Sternnationen im Übrigen auch nicht.

»Glaub mir, so schlimm ist das nicht«, setzte Fornier trocken hinzu. »Hier kann man wirklich nicht gerade von einer Travestie oder so was reden.«

Travis bedachte ihn mit einem finsteren Blick. »Nicht du jetzt *auch* noch«, knurrte er.

»'tschuldigung«, sagte Fornier, konnte sein Grinsen aber nur halb verbergen. »Das passt einfach so gut zu dir, weißt du? Wie um alles in der Welt fängt man sich eigentlich so einen Dauerspruch ein?«

»Ist 'ne lange Geschichte«, sagte Travis knapp und widmete seine ganze Aufmerksamkeit wieder den Stiefeln.

»Okay, schon gut, dann erzähl's mir halt nicht«, sagte Fornier gleichmütig. »Aber ernsthaft jetzt: Glaub ruhig jemandem, der zwo Jahre im Einzelhandel gearbeitet hat, bevor er zur Navy gegangen ist: Achte einfach mal auf alle Verkäufer, Händler, Bürokraten und Amtspersonen, mit denen du während der zwo Wochen Landgang zu tun bekommst. Ich wette einen Hunderter, dass du auf deutlich mehr als siebzehn Prozent Idioten komm…«

Unvermittelt dröhnten rings ums sie Alarmsirenen. Ihnen beiden blieb fast das Herz stehen. Zwei Sekunden lang war das Heulen mit voller Lautstärke zu vernehmen, dann verklang die Kakophonie beinahe schon zu einem Flüstern. »Klar Schiff zum Gefecht! Klar Schiff zum Gefecht!«, übertönte die Stimme von Commander Vance Sladek, dem Eins-O der *Phoenix*, klar und deutlich den Alarm. »Für das gesamte Schiff gilt Bereitschaftsstufe eins! Ich wiederhole: Für das gesamte Schiff gilt Bereitschaftsstufe eins!«

Ein dumpfer Aufprall war zu hören, als Fornier von seiner Pritsche auf Deck sprang. Travis stand schon vor dem Notspind, zog die Raumanzüge hervor, warf Fornier den für ihn bestimmten Anzug zu und machte sich bereits daran, den eigenen anzulegen. »Ist ja 'n toller Zeitpunkt für einen Probealarm!«, knurrte Fornier.

»Wenn's ein Probealarm ist«, gab Travis zu bedenken.

»Sladek hat nicht gesagt, dass es *keiner* ist!«

»Er hat auch nicht gesagt, dass es einer ist«, versetzte Travis. »Aber Probealarm hin oder her, der zieht uns beiden das Fell über die Ohren, wenn wir zu spät kommen, also mach voran!«

Als Travis eintraf, befanden sich vier der acht Männer und Frauen aus seiner Abteilung bereits auf ihren Gefechtsstationen. Verärgert stellte er fest, dass Ensign Locatelli nicht darunter war. »Diagnoseprogramm?«, fragte er und schwebte in der Schwerelosigkeit, die im Bug des Schiffes nun einmal herrschte, auf seine Leute zu.

»Ist bereits gestartet«, bestätigte Ensign Tomasello. »Die Peilung von Nummer zwei macht noch Schwierigkeiten …«

»Long!«, hallte dröhnend Bajeks Stimme durch die beengte Abteilung. »Lieutenant Long?«

»Hier, Ma'am«, meldete sich Travis und entfernte sich von der Kühlleitung, die ihn in ihrer ganzen Breite fast verdeckt hatte.

»Der Captain will Sie auf der Brücke sehen«, sagte Bajek nur. »Ich übernehme hier. Los!«

»Jawohl, Ma'am.« Travis schwebte an ihr vorbei und schoss den Korridor hinab, zog sich Hand über Hand an den Haltegriffen in den Schotts geradewegs auf die Brücke zu. Sein ohnehin schon vor Anspannung verkrampfter Magen verwandelte sich obendrein gerade in einen dicken Klumpen Eis. Travis hatte keine Ahnung, was er jetzt wieder falsch gemacht hatte, aber wenn Castillo meinte, sich zu einem solchen Zeitpunkt mit ihm befassen zu müssen, musste es etwas wirklich Gravierendes gewesen sein.

Ebenso wie die anderen Offiziere an Bord der *Phoenix* hatte auch Travis schon seit den ersten Tagen seiner neuen Verwendung immer wieder turnusmäßig die Brückenwache übernommen. Aber er hatte sie noch nie unter Gefechtsbedingungen erlebt, und das Erste, was ihm auffiel, als er durch die Luke schwebte, war, wie ruhig alle zu sein schienen. Die Stimmen, die Befehle ausgaben oder Meldung machten, verrieten zwar eindeutig ein gewisses Maß an Anspannung, aber sie waren klar und deutlich und sehr beherrscht. Captain Castillo hatte sich in seinem Sessel angeschnallt, sein Blick wanderte methodisch über zahlreiche Displays. Commander Sladek wich auch jetzt nicht von seiner Seite, und gelegentlich tauschten die beiden leise Bemerkungen aus. Sämtliche Monitore waren eingeschaltet: Sie zeigten Position, Vektor und Beschleunigung des Schiffes ebenso wie den Status der beiden Bugraketenwerfer, des Lasers auf Mittschiffslinie und der drei Abwehrbatterien aus Schnellfeuerkanonen.

Genau in der Mitte des taktischen Displays stand der Gegner, der sich ihnen näherte.

Ein Kriegsschiff, keine Frage. Daran hatte die Signatur des Impellerkeils von Anfang an keine Zweifel gelassen. Derzeit legte das Schiff einhundertundzwanzig Gravos vor – was Travis nicht viel verriet: Praktisch jedes Kriegsschiff käme mit dieser Beschleunigung zurecht, die meisten schafften einiges mehr. Laut Abstandsmarker war der Feind etwas weniger als vierhunderttausend Kilometer von ihnen entfernt – bei ihrem derzeitigen Annäherungsvektor hieß das: etwas mehr als zwölf Minuten.

Seine erste Reaktion: Erleichterung. Ein Kriegsschiff konnte sich unmöglich so nah heranschleichen, ohne dass die Sensoren der *Phoenix* es erfassten. Fornier hatte recht gehabt: Das Ganze war bloß eine Übung.

Aber für welche Art Übung würde man Travis extra von seinem Posten fort auf die Brücke scheuchen? Wollte Castillo überprüfen, wie gut Bajek die Abteilung im Griff hatte, die für die Schnellfeuerkanone zuständig war? Diese Vorstellung kam Travis geradezu lächerlich vor.

»Lageabschätzung, Mr. Long?«

Das riss Travis abrupt aus seinen Gedankengängen. Castillo und Sladek hatten ihr leises Gespräch beendet und blickten quer über die Brücke geradewegs zu ihm, Travis Long, hinüber.

Travis schluckte schwer. Warum fragten die beiden ausgerechnet *ihn*? »Eindeutig ein Kriegsschiff, Sir«, sagte er und versuchte verzweifelt, sein eingefrorenes Hirn wieder ans Laufen zu bringen, während sein Blick über die Vielzahl von Bildschirmen hastete. Die Sensoren hätten mittlerweile längst eine Datenzusammenstellung und vielleicht sogar eine Identifikation ausspucken müssen, doch auf dem Bildschirm war immer noch nichts anderes zu sehen als die Zusammenstellung der Vorabberichte. Wahrscheinlich zickten die Sensoren der *Phoenix* wieder einmal herum. »Aber nicht übermäßig aggressiv«, fuhr er fort und versuchte mit diesen Worten ein wenig Zeit zu schinden. »Die einhundertzwanzig Gravos, die sie vorlegt, dürften nur etwa siebzig Prozent des Standard-Beschleunigungsvermögens sein.«

»Bislang hat sie auf unseren Anruf nicht reagiert«, erklärte Sladek. »Wie würden Sie weiter vorgehen?«

Zu Travis immenser Erleichterung erwachte bei dieser Frage der Sensor-Identifikationsbildschirm endlich zum Leben. Das aufkommende Schiff gehörte tatsächlich zu ihnen: ein Schlachtkreuzer der *Triumph*-Klasse. Genau genommen handelte es sich um HMS *Invincible*, das Flaggschiff von Kampfgruppe Grün-eins.

Einen Sekundenbruchteil lang war ihm neuerlich Erleichterung vergönnt: Das hier war tatsächlich nur eine Übung. Doch gleich darauf brachte sich der Eisklumpen, zu dem sein Magen mutiert war, in Erinnerung.

Grün-eins stand unter dem Kommando von Admiral Carlton Locatelli. Ensign Fenton Locatellis Onkel. Ensign Locatelli, über den Travis ständig Meldung machen musste.

Also befand sich Travis gerade auf der Brücke der *Phoenix* und wurde von seinem Captain um Rat gefragt, während Locatelli in ein simuliertes Gefecht gegen ihn zog.

Was um alles im All ging hier vor?

»Mr. Long?«, setzte Castillo auffordernd nach.

Unter gewaltiger Anstrengung gelang es Travis, sich zu konzentrieren und die Schreckensstarre abzuschütteln. »Wissen wir, ob sie allein ist?«, fragte er und blickte sich erneut auf der Brücke um. Nach allem, was er erkennen konnte, war die *Invincible* das einzige Schiff in der Nähe, aber Travis war nicht ganz bereit, allein dem zu vertrauen, was auf den entsprechenden Bildschirmen angezeigt wurde.

»Bestätigt«, beantwortete Sladek die Frage. »Es befindet sich nichts Weiteres in Reichw...«

»Raketenspur!«, bellte jemand.

Ungläubig zuckte Travis' Blick zum taktischen Display. Ein neuer Impellerkeil war zu sehen: der kleinere, kompaktere Keil einer Rakete, die geradewegs auf die *Phoenix* zuhielt.

»Beschleunigung drei fünf null null Gravos. Zeit bis Einschlag: zwo Minuten, vierzig Sekunden«, setzte der taktische Offizier hinzu.

»Schnellfeuerkanone bereit machen«, befahl Castillo ruhig. »Fünfzehn Sekunden vor dem abgeschätzten Einschlag eigenständig das Feuer eröffnen.«

Scharf sog Travis den Atem ein. Das war, das wusste er genau, exakt die vorgeschriebene Reaktion auf einen Angriff mit Raketen. Die selbstlenkenden Geschosse der Schnellfeuerkanone mit ihrer effektiven Reichweite von einhundertundfünfzig Kilometern waren darauf ausgelegt, sich einer einkommenden Rakete in den Weg zu stellen und zu explodieren. Dabei entstand eine massive Schrapnellwand, die alles zerriss, was sie zu durchqueren versuchte – vor allem etwas, das sich mit einer Geschwindigkeit von fünftausend Kilometern pro Sekunde bewegte. Und genau das war die Endgeschwindigkeit einer Rakete.

So zumindest *sollte* es laufen. Da eine Rakete erst eine Zweihundertstelsekunde, bevor sie ihr Ziel traf, die Schrapnellzone erreichte, gab es immer nur zwei Möglichkeiten: Entweder die Taktik funktionierte tadellos und prächtig, oder sie scheiterte grandios und katastrophal. Doch generell funktionierte sie schon.

Nur dass die Ortung von Schnellfeuerkanone Nummer zwo der *Phoenix* nicht einwandfrei arbeitete.

»Haben Sie einen Einwand, Mr. Long?«, erkundigte sich Castillo.

Travis zuckte zusammen. Ihm war nicht bewusst gewesen, dass er etwas laut ausgesprochen hatte. »Wir haben Schwierigkeiten mit der Schnellfeuerkanone, Sir«, sagte er. »Ich überlege gerade ...« Er hielt inne, denn plötzlich wurde ihm bewusst, wie ungeheuerlich anmaßend er hier gerade war: Er, ein einfacher kleiner Lieutenant Senior-Grade, versuchte dem *Captain* des Schiffes zu erklären, wie dieser seinen Job zu machen habe?!

Aber wenn Castillo über die Einwände des einfachen kleinen Lieutenants verärgert war, ließ er es sich nicht anmerken. »Fahren Sie fort«, sagte er nur.

Travis straffte die Schultern. Schließlich hatte man ihn gefragt. »Ich überlege, ob es besser wäre, die aufkommende Rakete mit dem Keil abzufangen«, sagte er. Die Worte sprudelten geradewegs aus ihm heraus, weil er befürchtete, jeden Moment die Nerven zu verlieren. »Wenn die Rakete ventral aufkommt, besteht die Möglichkeit, dass die Schnellfeuerkanonen nicht ausreichen, um sie aufzuhalten.«

Möglicherweise hatten Castillos Lippen gezuckt. Das war über diese Entfernung hinweg schwer zu sagen. Aber sein Nicken fiel kräftig genug aus. »Ruder, Neigungswinkel sechsundzwanzig Grad positiv«, befahl er.

»Neigungswinkel sechsundzwanzig Grad positiv, aye, aye, Sir«, bestätigte der Rudergänger sofort. »Änderung des Neigungswinkels um sechsundzwanzig Grad positiv eingeleitet.«

Auf dem taktischen Bildschirm veränderte sich die Ausrichtung der *Phoenix* relativ zum aufkommenden Geschoss: Quälend langsam zog das Schiff die Nase höher und höher. Angespannt betrachtete Travis die Displays, während die einkommende Rakete mit wachsender Geschwindigkeit näher und näher kam. Er fragte sich, ob sein vorgeschlagenes Manöver womöglich zu spät eingeleitet worden war.

Zu seiner großen Erleichterung war das nicht der Fall. Die Rakete war noch sechsundzwanzig Sekunden entfernt, als die vorderste Kante des Keilbodens der *Phoenix* deren Vektor schnitt.

»Countdown bis zum Einschlag beibehalten«, entschied Castillo. »Ausweichbewegung: einen Kilometer backbord.«

Als der Rudergänger den Befehl wiederholte, runzelte Travis die Stirn. Einen gewissen Bewegungsspielraum innerhalb seines Keils besaß jedes Schiff – vor allem bei der Nullbeschleunigung, wie sie die *Phoenix* derzeit vorlegte.

Aber das Schiff in dieser Weise zu bewegen, war nicht ganz einfach und kostete auf jeden Fall Manövrierfähigkeit. Was hatte Castillo vor?

»Rakete hat den Keil getroffen«, verkündete der Taktische Offizier. »Anweisungen?«

Castillo blickte schweigend zu Travis hinüber und hob fragend die Brauen. »Vorschläge, Mr. Long?«, setzte er dann noch hinzu.

Travis starrte das taktische Display an: Darauf war die Position der *Invincible* nun mit blinkendem Rot markiert. Das zeigte an, dass diesbezügliche Informationen auf den mehr als ungenauen Gravitationsdaten der *Phoenix* basierten. Schließlich mussten die zugehörigen Sensoren dafür den eigenen Keil mit all seinen Verzerrungseffekten durchdringen. Zumindest derzeit befanden sich beide Schiffe in einer

Pattsituation. Die *Phoenix* konnte nicht das Feuer auf einen Gegner eröffnen, den sie für ein Anvisieren nicht sauber genug orten konnte, und ihr Keilboden, der nun geradewegs zwischen den beiden Schiffen stand, schützte sie vor allem, was die *Invincible* ihr entgegenschleudern mochte.

Doch die *Phoenix* war ein Schiff der Royal Manticoran Navy. Ihre Aufgabe bestand nicht darin, in geschützter Position untätig im All zu stehen. Ihre Aufgabe war es, das Volk des Sternenkönigreichs zu beschützen. Nach welchen Kriterien auch immer Locatelli ihre Leistungen bei dieser Übung wohl bewerten würde: Wenn sich die *Phoenix* weiter nur hinter ihrem Keil verschanzte, würde diese Bewertung nicht positiv ausfallen.

»Mein Vorschlag lautet, wieder den ursprünglichen Neigungswinkel einzunehmen und vollen Sensorkontakt herzustellen, Sir«, sagte er. »Weiterhin schlage ich vor, ebenfalls den Einsatz von Raketen vorzubereiten.« Er zögerte, weil er sich fragte, ob er ausdrücklich anmerken sollte, gemeint sei der Einsatz von Übungsraketen, nicht von Raketen mit echten Gefechtsköpfen. Das war seinen Vorgesetzten gewiss bewusst.

»Das sehe ich auch so«, sagte der Captain. »Sonst noch etwas?«

Travis runzelte die Stirn. Castillos Tonfall ließ ihn vermuten, dass er etwas übersehen hatte. Keil, Sensorkontakt, Raketen …

Natürlich! »Weiterhin empfehle ich Feuerschutz durch die Schnellfeuerkanonen, sobald der Gegner wieder erfasst wurde.«

»Gut.« Castillo vollführte eine Handbewegung. »Neigungswinkel sechsundzwanzig Grad negativ, Raketen und Schnellfeuerkanonen bereit machen.«

»Neigungswinkel sechsundzwanzig Grad negativ, aye, aye, Sir.«

»Raketen und Schnellfeuerkanonen bereit machen, aye, aye, Sir.«

Wieder veränderte sich die Anzeige auf dem taktischen Display. Wie bei Formaldiensthaltung Vorschrift, nur dass es jetzt Anspannung war, presste Travis die Daumen der gestreckten Hände fest gegen die Zeigefinger. Aus dem Vorschiff war gedämpftes Grollen zu hören: Die Schnellfeuerkanonen hatten das Feuer eröffnet. Die rote Markierung rings um die *Invincible* verschwand, kaum dass die Sensoren den Schlachtkreuzer wieder erfasst hatten ...

»Raketenspur!«, bellte der Taktische Offizier.

Travis blinzelte. Viel zu schnell, er hatte gar nichts gesehen! Aber der Vektor auf dem Taktischen Display zeigte deutlich, dass die einkommende Rakete haarscharf am Schussfeld der falsch ausgerichteten Schnellfeuerkanone Nummer zwo und dann in einem Abstand von elf Kilometern an der *Phoenix* selbst vorbeigejagt war. Sie würde ihren Weg mit derselben Geschwindigkeit fortsetzen und unweigerlich am Dach des Keils zerschellen.

Verwirrt verfolgte Travis den Kurs auch dieser Rakete auf dem Display. Wie hatte es eine zweite Rakete überhaupt schaffen können, sich an den Sensoren vorbeizuschleichen? Plötzlich flammte der der Com-Bildschirm auf und zeigte Admiral Locatelli persönlich. »Also, Captain«, drang dröhnend Locatellis Stimme aus dem Lautsprecher, »ich glaube, damit habe ich Sie erledigt.«

»So gut wie, Admiral«, entgegnete Castillo ruhig. »Aber mir scheint, Sie werden feststellen, dass Ihre Rakete uns *nicht ganz* erwischt hat.«

Der Admiral runzelte die Stirn. Sein Blick fiel auf etwas

außerhalb des Aufzeichnerbereichs. Sein siegesgewisses Lächeln bekam eine unverkennbar säuerliche Note, und er knurrte, widerstrebend anerkennend: »Clever. Aber Sie sind immer noch blind wie ein Maulwurf – diese Rakete hätte Ihre ganze Ortung zerstört. Die Telemetrie auch.«

»Ich kann immer noch Raketen starten lassen«, gab Castillo zu bedenken.

»Nur wenn noch ein weiteres Schiff in der Nähe wäre, dem Sie die Telemetrie der Raketen überlassen könnten«, versetzte Locatelli, »was nicht der Fall ist.« Er schüttelte den Kopf. »Alles in allem, Captain, scheint mir Ihre Reaktion auf die Lage ein wenig schlampig. Vielleicht sollten Sie Ihrem Taktischen Offizier ein paar zusätzliche Schulungsstunden zur Auffrischung verpassen.«

»Ich habe nicht mit meiner üblichen taktischen Mannschaft gearbeitet, Sir«, gab Castillo zu bedenken. »Einer meiner anderen Offiziere hat den Einsatz geleitet.«

Locatelli schniefte lautstark. »Dieser andere Offizier hat noch eine ganze Menge zu lernen.«

»Jawohl, Sir.« Mit neutraler Miene – dessen war sich Travis sicher – blickte Castillo zu ihm herüber. »Ich glaube, das ist ihm bewusst.«

Ungläubig versuchte Travis die Situation zu begreifen, sein Magen wieder ein Eisklumpen. Sollte er glauben, ein Admiral der Royal Manticoran Navy könnte sich eventuell all diese Mühe gemacht haben, um einem jungen, unerfahrenen Offizier, der ihn verärgert hatte, gehörig auf die Finger zu klopfen? Nein, unmöglich und obendrein anmaßend!

Travis' eigener Captain jedoch war aktiver Teil der Demütigung. So paranoid Travis war, damit hatte er nicht gerechnet, nicht damit, dass Castillo ihn in dieser Weise vor der gesamten Brückenbesatzung der *Phoenix* fertig machte …

Travis schluckte und kämpfte gegen das Gefühl an, verraten und verkauft worden zu sein. Aber Castillo war immer noch sein Vorgesetzter, und als solcher erwartete er eine Antwort auf seine unausgesprochene Frage. »Jawohl, Sir«, brachte Travis heraus.

»Perfektion ist ein hehres Ziel«, fuhr Castillo fort, den Blick immer noch auf Travis gerichtet. »Da verliert man durchaus aus dem Blick, dass Perfektion nur der *Weg* ist, nicht das Ziel selbst.«

Ich habe niemals behauptet, perfekt zu sein! Der Protest, der Travis sofort durch den Kopf schoss, blieb unausgesprochen. Ganz offenkundig war das die Retourkutsche für sein Beharren darauf, dass Ensign Locatelli gefälligst anständige Arbeit zu leisten hätte. Weder Castillo noch der Admiral wären also an logischen Argumenten interessiert.

Oder an jämmerlichen Ausflüchten, und genauso würde alles, was er jetzt sagte, aufgefasst werden. Unweigerlich. »Ich verstehe, Sir«, sagte er daher nur. »Ich werde die heutige Lektion auf jeden Fall beherzigen.«

»Dessen bin ich mir sicher.« Castillo wandte sich wieder dem Com-Bildschirm zu. »Weitere Befehle, Admiral?«

»Derzeit nicht«, entgegnete Locatelli, und in seinem Tonfall schwang – dezent, aber doch unüberhörbar – Befriedigung mit. Ob das alles hier seine eigene Idee gewesen war oder die Castillos, war unerheblich: Der Admiral war sich offenkundig bewusst, was im Hintergrund an Bord dieses Schiffes vor sich ging. »Gehen Sie wieder auf Kurs nach Manticore. Ich wünsche so rasch wie möglich eine vollständige Analyse des Verhaltens Ihrer Besatzung im Rahmen dieser Übung.«

»Sie wird Ihnen vorliegen, sobald Sie von Ihrer Schulungsfahrt zurückgekehrt sind, Sir«, versprach Castillo.

»Gut«, entgegnete Locatelli. »Weitermachen.« Er streckte die Hand aus dem Aufzeichnerbereich heraus, und sein Abbild verschwand.

»Alarmstufe eins aufheben«, befahl Castillo. »Kurs nach Manticore wiederaufnehmen. Und bringen Sie die rotierende Sektion wieder auf Sollgeschwindigkeit.«

Dann wandte er sich an Travis. »Die erste Regel im Gefecht, Mr. Long: Erwarten Sie stets das Unerwartete. In diesem Falle konnte die *Invincible*, weil wir nicht beschleunigt haben und einen relativ gut vorhersagbaren Kurs angelegt hatten, im Keilschatten der ersten Rakete eine zwote an unseren Sensoren vorbeischmuggeln. Wenn der Angreifer bei einem solchen Manöver besonders geschickt vorgeht und das Timing hinbekommt, kann er dafür sorgen, dass der Keil der hinteren Rakete genau zu dem Zeitpunkt ausbrennt, in dem die vordere Rakete am Keil des Zielobjektes zerschellt. Wenn dann nichts auf den Displays zu sehen ist, bleibt einem Schiff, das zuvor den Neigungswinkel verändert hat, gerade genug Zeit, wieder in die Ausgangsposition zurückzukehren, bis die zwote Rakete eintrifft.«

»Manchmal kann man so ein Manöver daran erkennen, dass während der Annäherungsphase kurzzeitig doch der zwote Keil aufblitzt«, setzte Commander Sladek hinzu. »Ein weiteres Warnzeichen ist verzögertes Ansprechen der vorderen Rakete auf die Steuerung, weil die Übertragung der Telemetriedaten gestört ist. Schließlich befindet sich diese Rakete im Funkschatten der zwoten.«

»Jawohl, Sir«, entgegnete Travis. Wenn die Rakete mit einem Fusionsbooster auf den Weg geschickt wurde, könnte man bei deren Start ein charakteristisches Aufflackern orten. Außerdem würde das angreifende Schiff seine Beschleunigung zumindest kurzzeitig drosseln, um sicherzustellen, dass sich die Rakete weit genug entfernt hätte, bevor sie ihren Keil aufbaute. Das alles war während des Schulungsprogramms für Offiziersanwärter behandelt worden, wie ihm nun, entschieden verspätet, wieder einfiel. Aber im Eifer des Gefechts und wo ihm die Rolle des Kommandanten derart unerwartet zugefallen war ... Er verkniff sich, den Gedanken fortzuführen. Oder vielmehr: die Suche nach Ausflüchten. Man hatte ihm eine Aufgabe übertragen, und Lieutenant Travis Long hatte sie vergeigt. So einfach war das.

Wenn das hier keine Übung gewesen wäre, bei der entsprechend keine echten, sondern nur Übungsraketen zum Einsatz gekommen waren, dann wären er und alle anderen an Bord der *Phoenix* jetzt vermutlich tot. »Jawohl, Sir«, wiederholte er. »Ich bedauere, Sir.«

Castillo stieß ein Brummen aus, während er den Sicherheitsgurt löste, der ihn an seiner Konsole hielt. »Bedauern ist nicht nötig, Lieutenant. Nötig ist nur das Lernen.« Er deutete auf das taktische Display. »Wie gesagt: Für diesen Trick muss man neben einer guten Portion Glück das Timing genau hinbekommen und viel Geschick mitbringen. Zu Ihren Aufgaben als Offizier der Royal Manticoran Navy gehört, beides nach Kräften zu kultivieren ... und davon auszugehen, dass Ihnen Ihr Gegner in nichts nachsteht.«

Er schwebte von seinem Sessel, orientierte sich kurz im Raum, stieß sich dann ab und schwebte quer durch die Brücke. »Mr. Sladek, gehen Sie wieder auf Bereitschaftsstufe fünf«, wies er über die Schulter hinweg seinen Ersten Offizier an. »Mr. Long, Sie können für die Nachbesprechung zu Ihrer Station zurückkehren.«

»Jawohl, Sir«, bestätigte Travis. Lektion erteilt, Lektion gelernt, und schon war der Captain wieder beim Alltagsgeschäft angekommen.

Travis würde die Lektion dieses Tages nicht vergessen, das versprach er sich hoch und heilig. Sie würde ihn sein Leben lang begleiten.

Die darauffolgenden zwei Tage bewegte sich Travis wie auf rohen Eiern: Unablässig wartete er auf die unschönen Folgen, die sein Beitrag zu diesem Übungsfiasko zeitigen mussten.

Zu seiner Überraschung geschah nichts. Zumindest ihm nicht. Gerüchten zufolge verbrachte Captain Castillo ungewöhnlich viel Zeit in seiner Kajüte und sprach wieder und wieder mit System Command, doch weitere Details erfuhr man nicht, und Travis wurde niemals zum Captain gerufen. Da der *Phoenix* einiges an Wartungs- und Umbauarbeiten bevorstanden, standen die Chancen nicht schlecht, dass es in besagten langen Gesprächen vornehmlich darum ging.

Die *Phoenix* glitt in die für sie vorgesehene Parkposition im Orbit von Manticore, und Travis wagte allmählich wieder normal zu atmen, als der Hammer doch noch fiel.

»Du machst Witze«, sagte Fornier und starrte ihn mit großen Augen an. »Nach all dem Zeug wirst du *befördert*?«

»Ich werde versetzt«, korrigierte ihn Travis. »Dass das eine Beförderung ist, habe ich nie behauptet.«

»Ach, bitte«, versetzte Fornier trocken. »Wenn eine Versetzung auf die *Casey* keine Beförderung ist, was zur Hölle soll es denn sonst sein?«

»Weiß ich auch nicht«, knurrte Travis, während er die Jacke seiner Paradeuniform vorsichtig ganz oben in seinen Seesack legte. »Aber wenn Locatelli hinter der Sache steckt, fahre ich vielleicht tatsächlich zur Hölle – oder gerate zumindest in deren unmittelbare Nachbarschaft!«

Fornier schüttelte den Kopf. »Du bist noch viel zu jung, um schon so zynisch zu sein«, sagte er. »Und wer sagt überhaupt, dass Locatelli was damit zu tun hat? Genauso gut könnte doch auch Castillo die Empfehlung ausgesprochen haben, dich zum Zwo-T-O der *Casey* zu machen.«

»Nach meiner großartigen Leistung auf der Brücke während dieser Übung?« Travis stieß ein Schnauben aus. »Höchst unwahrscheinlich.«

»Meinetwegen«, versetzte Fornier, dem allmählich die Geduld ausging. »Also hat Castillo beschlossen, dir eine Lektion in Bescheidenheit und Demut zu verpassen. Willkommen in der Welt der normalen Menschen! Aber vielleicht hat er, während er dir diese Lektion verpasst hat, auch etwas bei dir gesehen, das ihm gefallen hat – irgendein Potenzial, das ihm vorher noch nicht aufgefallen war.«

»Das bezweifle ich«, sagte Travis. »Ich habe eigentlich nichts anderes gemacht, als das Lehrbuch wiederzukäuen. Oder zumindest die Hälfte dessen, was im Lehrbuch steht. Nein, angesichts von Heissmans Ruf gehe ich davon aus, dass die mich bloß aus Castillos väterlicher Obhut entfernen und dafür eine Zeit lang unter einen richtigen Vorschlaghammer packen wollen.«

Einen Moment lang schwieg Fornier. Travis blickte sich in der Kajüte um, ging in Gedanken all die Dinge durch, die er bereits eingepackt hatte, und versuchte herauszufinden, ob er wohl doch noch etwas vergessen haben könnte.

»Es gibt immer zwo Wege, wie man an das Leben an sich herangeht, Travis«, unterbrach Fornier schließlich sein Nachdenken. »Entweder du gehst davon aus, dass alle anderen immer und überall hinter dir her sind. Dann musst du in jeder Situation stets wachsam bleiben und dich gegen Ärger wappnen. Oder du gehst einfach davon aus, dass zumindest die meisten Menschen ziemlich freundlich oder dir gegenüber zumindest völlig neutral eingestellt sind, und dass in den meisten Fällen alles schon irgendwie laufen wird.«

»Mir scheint Möglichkeit zwo eine prima Einladung, sich von anderen aufs Kreuz legen zu lassen.«

»Moment, ich habe nie gesagt, dass man nicht mit Ärger rechnen muss!« Unvermittelt grinste Fornier ihn an. »He, wir sind Flottenoffiziere! Es ist unser Job, immer mit Ärger zu rechnen. Ich will damit nur eines sagen: Wenn du immer damit rechnest, dass irgendwann irgendwo der Hammer fällt, dann wirst du niemals jemandem vertrauen können.« Er zuckte mit den Schultern. »Und aus eigener Erfahrung weiß ich, dass es in der Welt da draußen eine ganze Menge Leute gibt, die dein Vertrauen wirklich verdienen. Nicht alle, natürlich. Aber doch eine ganze Menge. Genug.«

»Ja, vielleicht«, sagte Travis, versiegelte seinen Seesack und wuchtete sich ihn über die Schulter. »Ich denk drüber nach.« Er streckte seinem Kajütenkameraden die Hand entgegen. »War prima, zusammen mit dir zu dienen und sich mit dir eine Kajüte zu teilen, Brad. Meld dich mal, ja?«

»Mach ich«, versprach Fornier, drückte Travis fest die Hand und schüttelte sie kräftig. »Alles Gute!«

II

»Hyperabdruck«, verkündete Captain Ngo. »Dem Annäherungsvektor nach ist es wohl die *Hosney.*«

Llyn nickte und spähte auf das Display. Wurde auch Zeit! Schon seit zwei Wochen drückte sich der Großteil des Volsung-Kampfverbandes in diesem unbewohnten Sonnensystem herum, dessen Zentralgestirn ein roter Zwerg war: Nur einer der Schlachtkreuzer fehlte noch, und allmählich wurde Gensonne unruhig. Die frischen Daten, die McConnovitch aus Manticore brächte, sollten die nagenden Sorgen des Admirals hinsichtlich der gegnerischen Kampfstärke jedoch lindern. »Schon irgendwelche Übertragungen?«

»Nein, Sir«, antwortete Ngo, und in seinem Tonfall schwang ein Hauch auf die Probe gestellter Geduld mit. »Immerhin ist das Schiff noch gut eine Lichtminute weit entfernt.«

»Auf dieses Schiff hatte ich mich gar nicht bezogen«, gab Llyn zurück. »Gensonnes Nörgelanruf, der mit schöner Regelmäßigkeit alle zwei Stunden hier eintrifft, ist schon beinahe überfällig, und er wird den Hyperabdruck der *Hosney* ja wohl auch bemerkt haben.«

»Nein, Sir, bislang sind noch keinerlei Übertragungen eingegangen.«

Dass dieses Schweigen nicht lange anhalten würde, wusste Llyn. McConnovitch war ein wirklich guter Mann, und was das Abgreifen von Daten betraf, machte ihm so leicht niemand etwas vor. Doch derlei Dinge interessierten Gensonne nicht. Er hatte seine eigenen Vorstellungen davon, wie das Universum im Ganzen zu funktionieren hatte, und McConnovitch hatte diesen Zeitplan einfach nicht eingehalten! Der

Admiral hatte auch keinerlei Scheu gezeigt, Llyn regelmäßig darüber in Kenntnis zu setzen, wie er über derlei Nachlässigkeit dachte.

Doch damit wäre ja jetzt bald Schluss – endlich. Wenn McConnovitch erst einmal bestätigt hätte, wie schwach die Royal Manticoran Navy tatsächlich war, könnte Llyn die Volsungs von der Leine lassen und dann seine Axelrod-Vorgesetzten aufsuchen, die bereits auf die Bestätigung warteten, der Einsatz habe endlich begonnen. Wenn Gensonne dann schließlich Landing und die Regierung von Manticore im Griff hatte, wären die Leute von Axelrod bereits auf dem Weg, um zu übernehmen.

»Signal trifft ein«, rief Ngo. »Ein Datenpaket von der Hosney.«

Llyn stellten sich die Nackenhaare auf. Kein Gruß, keine Identifikation, nur das Datenpaket? Das passte gar nicht zu McConnovitch! Der Bericht erschien auf seinem Display. Stirnrunzelnd begann Llyn zu lesen.

Und aus dem Kribbeln in seinem Nacken wurde ein ausgewachsener Schauer, der ihm über den Rücken lief.

Kampfgruppe Grün-eins, die Kundschafter: vier Schiffe.

Kampfgruppe Grün-zwo, die Hauptverteidigungseinheit von Manticore und Sphinx: neun Schiffe, darunter zwei Schlachtkreuzer. Nicht bloß einer, sondern gleich zwei!

Kampfgruppe Rot, die Verteidigungseinheit von Gryphon: vier Schiffe, darunter noch ein weiterer Schlachtkreuzer.

Aus den zehn Schiffen, darunter ein Schlachtkreuzer, mit denen Gensonne rechnete, waren siebzehn Schiffe geworden, darunter nicht weniger als *drei* Schlachtkreuzer. Und dabei waren noch gar nicht die zwei Schlachtkreuzer und die sechs weiteren Kriegsschiffe mitgezählt, die sich derzeit in Wartung oder Umbau befanden.

Das würde Gensonne nicht gefallen. Ganz und gar nicht. Vielleicht würde es ihm sogar so wenig gefallen, dass er einfach seine Siebensachen packte und nach Hause führe.

Angesichts dieser neuen zahlenmäßigen Größe der Royal Manticoran Navy gestattete der Vertrag, den Llyn und Gensonne unterzeichnet hatten, den Volsungs nicht nur, die vertraglich eigentlich vereinbarte Leistung nicht zu erbringen, sondern verpflichtete Axelrod zusätzlich noch zur Zahlung einer Stornogebühr, die sich gewaschen hatte.

Dass sich sein schöner Plan in diese Richtung entwickelte, würde Llyn nicht zulassen. Nicht, nachdem sie schon so weit gekommen waren!

Um sich zu beruhigen, atmete er erst einmal tief durch. Dann ging er die Zahlen noch einmal methodisch und systematisch durch.

Ganz so schlimm war es eigentlich doch nicht. Nein, wirklich nicht. Die Kampfgruppen Grün-eins und Grün-zwo waren zwar durchaus schlagkräftig, aber gerade weil sich die Schiffe auf zwei Untergruppen aufteilten, sollte Gensonne sie eine nach der anderen ausschalten können. Selbst wenn das nicht ginge, stünden dort immer noch bloß *zwei* Schlachtkreuzer der Royal Manticoran Navy den *drei* Volsung-Schlachtkreuzern gegenüber. Und was noch besser war: Kampfgruppe Rot befand sich weit entfernt, stand drüben bei Manticore-B, würde also dem Geschehen lange fernbleiben und sich frühestens dann zeigen, wenn die Schlacht schon längst geschlagen wäre. Zudem dürften die Schiffe, die sich derzeit noch für die Umbauten in der Werft befanden, gar nicht erst auftauchen.

Nein, Gensonne würde es hier nicht mit einem Gegner aufnehmen, mit dem er nicht zurechtkäme. Nicht mit seinen drei Schlachtkreuzern, seinen vierzehn anderen Schiffen und seinem beachtlichen Selbstvertrauen.

Es gab gewiss keinen Grund, den Admiral mit albernen, irreführenden Zahlen und unnötigen Bedenken zu belästigen.

Er nahm einige letzte feine Veränderungen an McConnovitchs Bericht vor, als sich Gensonnes Flaggschiff schließlich doch noch meldete. »Ja, Admiral, ich habe den Bericht entschlüsselt«, meldete ihm Llyn in aller Ruhe. »Ich übermittele ihn gerade in diesem Moment.«

»Danke«, gab Gensonne zurück. »Ich darf wohl davon ausgehen, dass sich die Lage seit Ihrem letzten Bericht nicht geändert hat.«

»Nicht nennenswert«, versicherte ihm Llyn, »nicht nennenswert.«

Commodore Rudolph Heissman, Kommandant des Leichten Kreuzers HMS *Casey* und zugleich Kommandeur der anderen drei Schiffe von Kampfgruppe Grün-zwo, Rufzeichen Janus, war zweifellos ein viel beschäftigter Mann. Doch für Travis, der auf der anderen Seite von Heissmans Schreibtisch stand, wirkte es ganz so, als nehme sich der Commodore außergewöhnlich viel Zeit dafür, Travis' Marschbefehl zu studieren. Sein Erster Offizier, Commander Celia Belokas, saß neben ihm und schien ebenso wenig wie ihr Vorgesetzter in Eile zu sein.

Endlich, nach einer mittleren Ewigkeit, blickte Heissman auf. »Lieutenant Long«, sagte er, und sein sachlicher Tonfall ließ nichts von dem durchblicken, was er wohl denken mochte, »laut diesem Schreiben besitzen Sie beachtliches Potenzial.« Er schwieg, als erwarte er eine Antwort.

»Danke sehr, Sir«, war das Einzige, was Travis einfiel. Diese Worte, die ihm in seinen Gedanken durchaus sinnvoll erschienen waren, klangen nun, da sie laut ausgesprochen waren, furchtbar dämlich.

Diese Ansicht teilte Heissman anscheinend. »Wissen Sie, was ich höre, wenn jemand von beachtlichem Potenzial spricht, Mr. Long?«, fragte er, ohne dass sich seine Mimik auch nur im Geringsten änderte. »Ich höre Ausflüchte. Ich höre, dass da jemand nicht hart genug gearbeitet hat, um das zu erreichen, wozu er oder sie fähig wäre. Ich höre, dass da jemand nicht zur Royal Manticoran Navy passt. Ich höre, dass da jemand kein bisschen an Bord von HMS *Casey* gehört.«

»Jawohl, Sir«, sagte Travis. Diese Reaktion klang auch nicht besser als die letzte.

»Ich will kein Potenzial sehen«, fuhr Heissman fort, »ich will Ergebnisse sehen.« Fragend neigte er den Kopf zur Seite. »Wissen Sie, was die Aufgabe des Zwoten Taktischen Offiziers ist, Mr. Long?«

»Jawohl, Sir.« Dieses Mal klang es schon ein bisschen besser. Ein bisschen. »Dem Captain und dem Taktischen Offizier bei Manövern behilfli...«

»Das ist die *Stellenbeschreibung*«, fiel ihm Heissman ins Wort. »Aber die *Aufgabe* eines Zwo-T-O ist es, Muster und Fehler im Verhalten der Gegenseite zu finden und sie beim eigenen Schiff zu vermeiden.«

Er blickte Travis geradewegs in die Augen, und seine Miene verhärtete sich. »Captain Castillo erwähnt hier oft das Wort ›Glück‹. An Bord meines Schiffes möchte ich Sie niemals dieses Wort aussprechen hören. Haben wir uns verstanden?«

»Jawohl, Sir«, sagte Travis.

»Gut«, brummte Heissman. »Wie ich schon sagte: Eine Ihrer Aufgaben ist es, die Schwächen Ihres eigenen Schiffes zu kennen und Mittel und Wege zu finden, sie zu minimieren. Der erste Schritt dabei besteht verständlicherweise darin, das Schiff kennenzulernen.« Er nickte dem Commander neben sich zu. »Aus diesem Grund hat sich Commander Belokas bereit erklärt, Sie durch das Schiff zu führen. Passen Sie gut auf und behalten Sie alles im Gedächtnis, was sie zu sagen hat. Anschließend werden Sie erst einmal Stunde um Stunde mit dem technischen Handbuch des Schiffes verbringen, bevor Sie auch nur ansatzweise auf dem Laufenden sind.«

»Jawohl, Sir«, sagte Travis, dann richtete er den Blick auf Belokas. »Ma'am.«

Heissmans Augenbrauen wanderten einige Millimeter aufwärts. »Es sei denn, natürlich, Sie hätten sich vielleicht schon eine Weile mit dem technischen Handbuch befasst«, fuhr der Commodore fort, als wäre ihm dieser Gedanke gerade erst gekommen. »Ist dem so?«

»Ja, Sir, dem ist tatsächlich so«, bestätigte Travis und zwang sich mit Macht dazu, nicht das Gesicht zu verziehen. Während der zwei Wochen, die er sich nun schon auf dem Planeten aufhielt, hatte er ungefähr achtzig Prozent sämtlicher nicht im Schlaf verbrachten Stunden dazu genutzt, alles durchzuarbeiten, was sich über die *Casey* und deren Ausstattung hatte auftreiben lassen. Angesichts all der bürokratischen Hürden, die er hatte überwinden müssen, um überhaupt auf das Handbuch zugreifen zu können, war er sich sicher, dass Heissman darüber längst informiert war. »Natürlich nur die frei zugänglichen Informationen ...«

»Dann werden Sie selbst die Führung übernehmen«, entschied Heissman. »Sie erklären Commander Belokas alles, was Sie wissen, und sie erstellt eine Liste von allem, was Sie noch nicht wissen. Klingt das fair für Sie?«

»Jawohl, Sir«, sagte Travis.

»Gut«, wiederholte Heissman. »In zwo Stunden haben Sie sich bei Lieutenant Commander Woodburn zu melden, also sollten Sie wohl lieber loslegen.« Er nickte knapp und richtete den Blick dann wieder auf den Bericht. »Wegtreten.«

III

»Admiral Gensonne?«

In Gedanken immer noch ganz mit Llyns Bericht beschäftigt, streckte Gensonne die Hand aus und aktivierte das Com. »Was gibt es, Imbar?«

»Hyperabdruck, Sir«, meldete Captain Sweeney Imbar, der Kommandant der *Odin*. »Sieht ganz so aus, als wäre die *Tyr* endlich eingetroffen.«

Mit einem Grunzen nahm Gensonne die Meldung zur Kenntnis. Wurde auch Zeit, verfraggt noch mal! Schon seit geschlagenen vier Wochen warteten sie darauf, dass Blakely endlich seinen Hintern herschaffte. Die anderen Captains wurden allmählich unruhig. Jetzt, wo auch der Letzte von Gensonnes drei Schlachtkreuzern vor Ort war, konnten sie endlich zur Tat schreiten. »Meinen Gruß an Captain Blakely«, wies er Imbar an. »Sagen Sie ihm, er möchte endlich in die Hufe kommen und Versorgungsgüter und Armierung aufnehmen. In fünf Tagen brechen wir nach Manticore auf, und wenn er bis dahin nicht fertig ist, bleibt er eben hier zurück.«

»Aye, Admiral«, bestätigte Imbar, und Gensonne konnte sich das gehässige Grinsen seines Gesprächspartners nur zu deutlich vorstellen. Imbar mochte es, derlei Anweisungen weiterzugeben.

Gensonne deaktivierte das Com wieder und wandte sich mürrisch erneut Llyns Bericht zu.

Siebzehn Kriegsschiffe. Mehr brachten die Volsungs zur Schlacht nicht mit: drei Schlachtkreuzer, sechs Kreuzer, sieben Zerstörer und einen Truppentransporter. Die Manticoraner hingegen hatten dem nur dreizehn Kriegsschiffe entgegenzusetzen.

Na ja, genau genommen waren es natürlich ebenfalls siebzehn, wenn man auch noch die Kampfgruppe mitzählte, die vor Gryphon Wache hielt. Aber die stand weit draußen, drüben bei Manticore-B. Wenn die Volsungs anständige Arbeit leisteten, würde diese Kampfgruppe überhaupt keine Rolle spielen. Llyns Spione hatten es nicht geschafft, bei den beiden Kampfgruppen, die in der Nähe von Manticore-A standen, sämtliche Schiffstypen zu identifizieren, aber den vorangegangenen Berichten gemäß verfügte die größere der beiden Gruppen über einen einzelnen Schlachtkreuzer, und die jüngsten Daten sagten nichts darüber aus, dass sich in dieser Hinsicht etwas geändert hätte. Die zusätzlichen Schiffe, die in den jüngsten Daten erstmalig auftauchten, mussten also klein sein: Zerstörer oder Korvetten.

Außerdem konnte man selbst mit allem nur erdenklichen Enthusiasmus nicht unbegrenzt viele Impellerringe montieren und Besatzungsmitglieder ausbilden. Selbst wenn Llyn mit seiner Schätzung um ein oder zwei Schiffe danebenlag, sollten den Volsungs maximal so viele Schiffen gegenüberstehen, wie sie selbst in die Schlacht führten.

Trotzdem ...

Nachdenklich fluchte Gensonne vor sich hin. Der Joker in diesem Spiel – ein Joker, den Llyn entweder nicht als solchen erkannt oder in seiner Bedeutung ganz bewusst heruntergespielt hatte – war diese verdammte HMS *Casey*. Verzeichnet war sie als einfacher Leichter Kreuzer in Standardausführung, aber schon die technischen Daten, die Llyns Spione hatten auftreiben können, zeigten, dass an diesem Schiff überhaupt nichts dem Standard entsprach – schon gar nicht dem Standard von Schiffen hier draußen mitten im hinterwäldlerischen Nirgendwo. Allein schon die Formgebung verriet Gensonne, dass die Manticoraner einen modernen, mit Schwerefeldgeneratoren ausgestatteten Quartierbereich und ein äußerst leistungsfähiges Abwärmesystem eingebaut und die Länge ihrer Raketenwerfer deutlich vergrößert hatten. Möglicherweise verfügte das Schiff jetzt über ein Werfersystem für Schienenkanonen. Wahrscheinlicher war allerdings, dass, was man gesichtet hatte, in Wahrheit Absorptionszylinder waren. Diese würden das unvermeidbare Auflodern startender Raketen verdecken. Nichts Revolutionäres ... und nichts, womit Gensonne nicht zurechtkäme.

Trotzdem: Das war deutlich fortschrittlicher, als Schiffe hier draußen sein sollten – und besser als die Ausstattung der meisten Schiffe der Volsungs, die aus zweiter Hand oder aus Überschussbeständen stammten. Was Armierung oder Verteidigungssysteme betraf, ging der Bericht nicht ins Detail, aber Gensonne war sicher, dass die Designer der *Casey* nicht vergessen hatten, sie auch mit beachtlicher Feuerkraft auszustatten.

Wenn König Edward die Autorität, das Selbstvertrauen und die nötigen finanziellen Mittel besaß, entsprechende Designer und Konstrukteure bei der *Casey* nach Gutdünken schalten und walten zu lassen, dann mochte er auf die gleiche Weise und mit den gleichen Mitteln vorangetrieben haben, die anderen Schiffe aus der Mottenkiste zu holen.

Das Klügste wäre, den Einsatz zu verschieben, bis Gensonne seine eigenen Leute nach Manticore geschickt hätte. Dann könnten sie vor Ort eine militärische Lageeinschätzung vornehmen, statt sich auf Llyns bürokratische Papiertiger-Raterei verlassen zu müssen. Aber ein ziviles Spionageschiff erst nach Manticore zu entsenden und anschließend hierher zurückzubeordern, würde mehr als ein Jahr dauern, und Llyn wollte die Operation *jetzt* durchgezogen wissen.

Gensonne verzog mürrisch das Gesicht. Hinter der ganzen Sache verbarg sich ein großes Geheimnis: Was um alles in der Welt mochten die Manticoraner besitzen, das einen derartigen Aufwand lohnte? Llyn zahlte den Volsungs eine gewaltige Summe, bloß um drei Planeten am hinterletzten Winkel, am Allerwertesten des Alls, zu übernehmen. Schon zu verschiedenen Gelegenheiten hatte Gensonne versucht, dem aalglatten, kleinen Mann dieses Geheimnis zu entlocken. Jedes Mal hatte Llyn es geschafft, der Frage ruhig und geschickt, geradezu kunstvoll, auszuweichen.

Aber das war in Ordnung so. Die Volsungs waren ja schließlich auch nicht ganz ohne Ressourcen … und auch wenn Gensonne immer noch nicht beim Warum angekommen war, kannte er mittlerweile wenigstens schon einmal das Wer.

Llyns Auftraggeber – der geheimnisvolle Mann im Hintergrund, der heimlich, still und leise die ganze Operation finanzierte –, gehörte zur Chefetage des transstellaren Multibillionen-Konzerngiganten namens Axelrod Corporation.

Also lautete die Frage nun, warum *Axelrod* an Manticore interessiert war. Ging es um die Baumkatzen? Verbarg sich etwas wirklich Profitträchtiges in der Wäldern von Sphinx oder den Wüsten von Gryphon?

»Admiral?«, drang Imbars Stimme aus dem Com-Lautsprecher.

Gensonne aktivierte den Transmitter. »Ja?«

»Captain Blakely lässt grüßen, Sir«, setzte Imbar an. »Er bestätigt, in die Hufe zu kommen und rechnet mit einem Rendezvous in vierzehn Stunden.«

Gensonne warf einen Blick auf sein Chronometer. »Sagen Sie ihm: Wenn er es nicht in zwölf Stunden schafft, braucht er sich gar nicht erst die Mühe zu machen.«

»Mit einer derartigen Anweisung hat er bereits gerechnet«, erklärte Imbar, und seine Stimme verlor ein wenig an Robustheit. »Er hat mich angewiesen, Ihnen auszurichten, vierzehn Stunden würden voll und ganz ausreichen, wenn Sie es hinbekämen, dass die Verlader wenigstens halb so kräftig in die Hufe kommen wie er selbst. Und wenn Sie das *nicht* hinbekämen, müsse er das eben selbst machen.« Der Captain schnaubte leise. »Er hat dann noch ein ›Sir‹ angefügt, aber ich glaube, das hat er nicht so richtig ernst gemeint.«

Gensonne lächelte. Einen noch arroganteren und selbstgefälligeren Hurensohn als Blakely hatte er noch nie erlebt. Aber zugleich war dieser Kerl eben auch ein verdammt guter Soldat, und Gensonne war durchaus bereit, sich das eine gefallen zu lassen, solange er sich darauf verlassen konnte, das andere zu bekommen. »Dann richten Sie ihm aus, für jeweils zehn Minuten, die er nach den erwähnten zwölf Stunden zu spät kommt, büßt er ein Prozent seines Anteils ein.«

»Jawohl, Sir, das dürfte genügen«, meinte Imbar verschlagen. »Ich sag's ihm.«

»Machen Sie das«, bestätigte Gensonne geistesabwesend. In Gedanken war er schon wieder ganz bei dem bevorstehenden Feldzug. Die Standard-Militärdoktrin besagte natürlich, dass man sich zunächst der größten Schiffe des Gegners annahm: Diese galt es zu erledigen, sobald man deren zugehörige Abschirmverbände beiseitegeräumt hatte.

Aber in diesem Fall wäre es vielleicht klüger, sich eher früher als später um die *Casey* zu kümmern und dafür zu sorgen, dass dieses Schiff an dem Gefecht nicht mehr teilnehmen könnte. Wenn das wirklich das Modernste war, was die Manticoraner aufzubringen hätten – das Aushängeschild der Royal Manticoran Navy –, dann mochte die Zerstörung dieses Schiffes das Sternenkönigreich dazu bewegen, noch rascher um Kapitulationsbedingungen zu ersuchen.

Das könnte sich als nützlich erweisen. Das allgemein anerkannte Kriegsrecht schrieb vor, ein Planet habe zu kapitulieren, wenn ein Gegner den Orbit des besagten Planeten eingenommen habe. Diese Konvention sollte verhindern, dass sich in einem sich in die Länge ziehenden Krieg die Zivilbevölkerung abgeschlachtet würde. Wäre die *Casey* erst einmal zerstört, könnten die Volsungs den Orbit des Planeten um so rascher einnehmen – und wenn Gensonne König Edward erst einmal dazu gebracht hätte, die Kapitulationserklärung zu unterzeichnen, wären alle Streitkräfte des Sternenkönigreichs rechtlich dazu verpflichtet, Waffenruhe einzuhalten.

Gensonne mochte rasche Kapitulationen. Damit sparte man Einsatzkräfte und Material gleichermaßen, was den Profit steigerte.

Und wenn die *Casey* in Wahrheit doch nichts Besonderes war?

Er zuckte mit den Schultern. Letztendlich würde dieses Schiff ja ohnehin zerstört.

»Admiral, eine Antwort von Captain Blakely ist eingetroffen«, unterbrach Imbar erneut die Gedankengänge des Admirals. »Er grüßt Sie und lässt Ihnen ausrichten, Sie sähen sich in der Hölle wieder.«

Gensonne lächelte. »Sagen Sie ihm, dass unser Date dort steht«, gab er zurück. »Er erkennt mich sofort: Ich bin der ganz in Weiß.«

IV

Offiziell war die Mittwache die erste Wache eines jeden neuen Tages an Bord. Ob sie sich allerdings eher wie die ultimative Frühschicht oder eben doch eher die ultimative Spätschicht anfühlte, hing vor allem davon ab, wie die eigene biologische Uhr tickte. Einige der Offiziere und Mannschaftsmitglieder der *Casey* verabscheuten es zutiefst, für diese Wache eingeteilt zu sein, während andere dem Thema deutlich mehr Gleichmut entgegenbrachten ... aber über den Dienst selbst waren sie auch nicht glücklicher als die andere Fraktion.

Travis hatte überhaupt keine Schwierigkeiten damit, für die Mittwache eingeteilt zu sein. Ganz im Gegenteil: Er genoss es regelrecht, zu dieser Zeit Dienst zu haben. Während der Mittwache war es an Bord eines Schiffes mit Abstand am ruhigsten: Die Mehrheit der Besatzung befand sich im Quartiermodul des Schiffes und schlief. Nur die Systeme, die wirklich rund um die Uhr aktiv bleiben mussten, arbeiteten noch, und auch die Wartungsroutinen beschränkten sich in diesem Zeitfenster auf ein Minimum.

Kurz gesagt: Das war die beste Zeit des Tages, wenn man einfach nur in aller Ruhe nachdenken wollte.

Und nachzudenken gab es für Travis reichlich! Während der letzten sechs Wochen hatte er, wie er es gern anging, den Großteil seiner gesamten nicht im Schlaf verbrachten Lebenszeit darauf verwendet, alles nur Erdenkliche über die *Casey* zu erfahren, über ihre Waffensysteme, ihre Leistungswerte ... und ihre Besatzung. Lieutenant Commander Alfred Woodburn, der Taktische Offizier des Schiffes, hatte ihn ordentlich rangenommen. Doch im Gegensatz zu so manchem Offizier, mit dem Travis auf der *Phoenix* zu tun gehabt hatte, war Woodburn dabei überaus fair geblieben und schien wirklich viel eher daran interessiert, Travis einzuarbeiten, als sich selbst als überlegen oder seinen Lehrling als dämlich hinzustellen.

Gemächlich ließ Travis den Blick über die Brücke wandern: Alle saßen angeschnallt vor ihren Konsolen, immer noch voller Wachsamkeit – selbst jetzt, wo wirklich absolut nichts passierte. Die *Casey* war nicht gerade sein Zuhause – Travis wusste nicht einmal, ob es irgendeinen Ort gab, den er jemals wirklich als sein Zuhause ansehen würde. Doch Schiff und Besatzung besaßen all die kleinen Macken, Schrullen und liebenswürdigen Eigentümlichkeiten, die er sich immer als unerlässlich für ein echtes Zuhause vorgestellt hatte. Gewiss, es gab so einige Personen an Bord, deren Verhalten zumindest irritierend war, und mit manchen davon hatte Travis auch schon den einen oder anderen Strauß ausgefochten, aber im Großen und Ganzen schienen die verschiedenen Besatzungsmitglieder gut zueinanderzupassen.

Unter den Offizieren an Bord war dieses Gefühl, Teil einer Familie zu sein, sogar noch etwas stärker ausgeprägt. Auf der Brücke verzichtete Commodore Heissman meist auf all die Formalitäten, auf die Captain Castillo an Bord der *Phoenix* stets so viel Wert gelegt hatte: Der Commodore sprach seine Ressortoffiziere mit Vornamen oder gelegentlich sogar mit Spitznamen an – von denen einige Travis derzeit noch Rätsel aufgaben. Alles in allem herrschte auf der Brücke eine Atmosphäre ungezwungener Kameraderie – ganz so, wie Travis das in Büchern über das Militär immer gelesen hatte. In gewissem Rahmen hatte er das auch selbst schon einmal erleben dürfen: damals, auf der Offiziersanwärterschule.

Allerdings hatten auch diese Familiarität und Kameraderie ihre Grenzen: Heissman und die anderen ranghöheren Offiziere sprachen Travis immer noch ganz förmlich als *Lieutenant* oder *Mr. Long* an, und natürlich erwartete man damit von ihm im Gegenzug ebenfalls entsprechende Förmlichkeit. Er hoffte, dies ließe sich damit erklären, dass er sich ja derzeit sozusagen auf Probe an Bord befand und man ihn in absehbarer Zeit als vollwertiges Mitglied der *Casey*-Familie anerkennen würde.

Es sei denn, auch hier gäbe es, wie an Bord der *Phoenix*, gewisse politische Grundströmungen – bislang nur eben unbemerkt. Sollte dem so sein, konnte sich Travis gleich an die Rolle des hässlichen Entleins auch auf der *Casey* gewöhnen.

»Eins-O auf der Brücke!«, verkündete Lieutenant Rusk lautstark von der Ortungsstation.

Travis blickte von seinen Instrumenten auf und sah Commander Belokas auf die Brücke schweben. »Ma'am«, begrüßte er sie, griff reflexartig nach der Entriegelung seines Haltegurts und konnte dem Impuls gerade noch widerstehen. Wenn ein ranghöherer Offizier auf der Brücke eintraf, so hatten Besatzungsmitglieder, das verlangte eine entsprechende zentrale Dienstvorschrift, augenblicklich Haltung anzunehmen. Die Einhaltung dieser dauerhaft gültigen Anweisung hatte Captain Castillo an Bord der *Phoenix* unnachgiebig eingefordert. Commodore Heissman und Commander Belokas hingegen verzichteten auf diese Förmlichkeit, und die Umstellung bereitete Travis immer noch Schwierigkeiten.

Kurz hatte ihn die Frage umgetrieben, ob wohl die Offiziere und einfachen Mannschaftsdienstgrade der *Invincible* wohl jedes Mal senkrecht in der Schwerelosigkeit verharren mussten, wenn Admiral Carlton Locatelli die Brücke oder andere Abteilungen betrat. Travis' Vermutung nach war dem so.

»Was kann ich für Sie tun, Ma'am?«, erkundigte er sich, während Belokas die Brücke durchquerte und ihr Blick dabei von einem Statusmonitor zum nächsten zuckte.

»Ich wollte mich erkundigen, ob es etwas Neues über dieses Flackern gibt, das wir vor sechzehn Stunden aus dem Nordwest-Sektor aufgefangen haben«, antwortete sie.

»Ich glaube nicht, Ma'am«, sagte Travis und runzelte die Stirn, während er das Logbuch aufrief. In dem Wachbericht, den er zu Dienstantritt vor einer Stunde gelesen hatte, war nichts über irgendwelche Aktivitäten verzeichnet gewesen.

Kein Wunder. Das Flackern, das Belokas ansprach, war wirklich nur eine winzige Unregelmäßigkeit gewesen. Sie wäre niemandem aufgefallen, wäre es im Rest des Universums nicht so ereignislos gewesen ... und die Crew der *Casey* entsprechend gelangweilt. Der Offizier vom Dienst hatte es einem Sensorecho zugeschrieben. Nach einer gründlichen Untersuchung der gesamten Messdaten hatte der OPZ-Supervisor vorgeschlagen, es sei wahrscheinlich ein Hypergeist, also ein Phänomen, das genau zu orten oder zu identifizieren die bordeigenen Instrumente bedauerlicherweise nicht leistungsstark genug waren. Dafür bedurfte es einer ausgewachsenen Gruppenantenne für die Ortung, die man sinnvollerweise im Orbit stationierte – und ein solches Riesending würde Manticore in absehbarer Zeit ganz gewiss nicht anschaffen.

Doch Belokas' Stirnrunzeln ließ vermuten, dass sie mit beiden Erklärungen nicht zufrieden war. Travis erschien das sonderbar, denn Geistersignale waren nun wahrlich nicht beispiellos. »Bislang nichts Neues, Ma'am«, meldete Travis. »Sollen wir erneut eine Sensorselbstdiagnose durchführen?«

Mehrere Sekunden lang schwieg Belokas und trieb dabei wortlos weiter auf die Kommandostation zu. Er sah die Eins-O näher und näher kommen, und sein Herzschlag beschleunigte sich. Daran, dass er als Offizier die ganze Verantwortung trug, hatte er sich noch nicht zur Gänze gewöhnt, und er wusste längst, wie jämmerlich er darin war, Belokas' Mimik und Körpersprache zu lesen. Hätte er die Diagnose eigenständig bereits im Vorfeld veranlassen müssen? Schwieg der Commander gerade, weil sie vorhatte, Travis aus allernächster Nähe zur Schnecke zu machen, ohne dass der Rest der Brückencrew es mitbekäme?

»Weitere Selbstdiagnosen werden uns auch nichts Neues verraten«, sagte sie schließlich, packte den Haltegriff neben seiner Konsole und kam zum Stillstand. »Versuchen wir etwas ganz anderes: Finden Sie durch eine Simulation heraus, wie eine Transition unter minimalem Schub in ungefähr fünfzehn Lichtminuten Entfernung zur Hypergrenze aussehen würde.«

»Jawohl, Ma'am«, bestätigte Travis und drehte sich wieder zu seiner Konsole um. Dem Bericht hatte er entnehmen können, dass man auch diese Möglichkeit bereits in Betracht gezogen hatte. Aber irgendwann zwischen dem Einleiten der Selbstdiagnose und der Arbeitshypothese Hypergeist war sie wohl verworfen worden. Zumindest gab es keinerlei Aufzeichnungen darüber, dass jemand eine entsprechende Simulation durchgeführt oder auch nur einen Kurvenverlauf mit den entsprechenden Daten erstellt hätte.

Glücklicherweise war das eine recht leichte Aufgabe: Die wichtigsten Prozessvorlagen und Templates waren im Bordcomputer bereits gespeichert. Nach wenigen Minuten war Travis fertig. »Los geht's«, kündigte er an und startete den Rechenprozess. »Ich habe die Simulation jetzt auf den Distanzbereich dreizehn bis achtzehn Lichtminuten beschränkt. Wenn das nicht reicht, kann ich den Bereich auch noch wei...«

»Hyperabdruck!«, rief Rusk.

Einen Sekundenbruchteil lang dachte Travis, der Ortungs-offizier beziehe sich auf die Simulation. Dann war sein Verstand wieder online. »Verstanden«, bestätigte er, schwenkte den Sessel erneut herum und warf einen Blick auf das Sensordisplay. Ja, das war wirklich eine Transition: eine richtig dicke, fette, laute, mit reichlich aus dem Hyperraum mitgenommener Geschwindigkeit.

Und sie fand sich im Nordwest-Sektor, auf exakt dem Vektor, auf dem zuvor die unerklärliche Unregelmäßigkeit aufgetaucht war. »Wissen wir schon etwas über das Schiff?«, erkundigte er sich.

»Ist ganz schön groß«, gab Rusk zurück und studierte stirnrunzelnd die Displays. »Geringe Impellerstärke, geringe Beschleunigung. Wahrscheinlich ein Frachter, möglicherweise ein Passagierschiff. Aber irgendetwas ist komisch an deren Keil ... da tritt eine arrhythmische Fluktuation auf. Vielleicht hat das Schiff Reaktorprobleme.«

Travis blickte zu Belokas hinüber und fragte sich dabei, ob sie ihn nun offiziell ablösen und selbst die Wache übernehmen würde. Unbekannte Schiffe tauchten schließlich nicht alle Tage in der Nähe von Manticore auf.

Doch sie studierte nur schweigend die Displays. Anscheinend wartete sie darauf, dass der wachhabende Offizier auf die Situation reagierte.

Travis straffte die Schultern. »Erbitten Sie Identifikation und Statusbericht, dann informieren Sie den Rest von Janus, dass wir Besuch haben«, wies er an. »Anschließend schicken Sie einen Bericht an System Command.« Mit zusammenge-kniffenen Augen betrachtete er das taktische Display. »Wie weit ist der Bogey noch entfernt? Zehn Lichtminuten?«

»Jawohl, Sir, sogar noch ein bisschen weniger«, bestätigte

Rusk. »Also werden wir von denen wohl erst in zwanzig Minuten etwas hören.«

»Es sei denn, die hätten wirklich Schwierigkeiten«, widersprach Belokas. »Dann werden die nämlich jetzt schon lautstark um Hilfe schreien.« Nachdenklich tippte sie sich mit einer Fingerspitze rhythmisch gegen die Wange. »Wo steht Aegis derzeit?«

Aegis, das Rufzeichen von Admiral Locatellis Kampfgruppe Grün-eins. »Auf der anderen Seite von Manticore«, antwortete Travis. »Etwa zwoundzwanzig Lichtminuten von uns entfernt – Distanz zu unserem Bogey etwa dreizehn oder vierzehn Lichtminuten. Soll ich Admiral Locatelli direkt informieren?«

»Das wäre eine gute Idee«, bestätigte Belokas. »Wenn es Schwierigkeiten gibt, sind wir ihnen definitiv am nächsten. Aber je nachdem, was da draußen wirklich läuft, wird er Aegis vielleicht umgruppieren wollen, während wir rüberfahren.« Kurz presste sie die Lippen aufeinander. »Und während Sie sich um das alles kümmern, sollten Sie, so scheint es mir, auch Commodore Heissman auf die Brücke bitten.«

»... und ich glaube, die Reaktorflasche fällt auch bald aus«, drang Captain Olvers Stimme hektisch aus dem Com-Lautsprecher der *Odin*. »Laut dem Maschinenraum könnte die sich jeden Moment verabschieden.«

Aufmerksam lauschte Gensonne und mühte sich redlich, die Tonschwankungen des bewusst ineffizient eingestellten altmodischen Funkgeräts zu ignorieren, mit dem Olver seine Nachricht zusätzlich zum Signallaser übertrug. Dabei hoffte er, der Bursche werde sich an seine Anweisungen halten: Sein Hilferuf sollte flehend wirken, aber nicht weinerlich. Wirklich *jeder* verabscheute Weinerlichkeit, selbst aufrechte Flottenoffiziere, die bereit waren, ihr eigenes Leben aufs Spiel zu setzen, um andere, die in Not geraten waren, zu retten. Wenn der Skipper der *Naglfar* stoisch und sympathisch wirkte, mochte das die Manticoraner dazu bewegen, auf seinen Hilferuf hin so schnell wie möglich aufzubrechen ... und dabei idealerweise möglichst wenig Vorsicht walten zu lassen.

»Ich wiederhole: Hier spricht das Passagierschiff *Leviathan* auf Kurs in den Haven-Sektor, mit dreitausend Passagieren an Bord«, fuhr Olver fort. »Die gleiche Spannungsspitze, durch die unsere bugwärtigen Alpha-Emitter und die Fusionsflasche beschädigt wurden, hat auch unser Lebenserhaltungssystem in Mitleidenschaft gezogen. Wir versuchen das derzeit zu reparieren, aber gut sieht es nicht aus. Ich weiß nicht, wie lange die Lebenserhaltung noch mitspielt, bevor sie völlig ausfällt. Falls Sie irgendwelche Schiffe in der Nähe haben, dann schicken Sie eines davon bitte um Himmels willen zu uns. Wir legen so viele Gravos vor, wie wir eben können, aber ich weiß nicht, wie viel Zeit uns noch bleibt, bis wir den Keil vollständig herunterfahren müssen – und wir sind hier verdammt weit weg von *allem*. Bitte schicken Sie uns, was für Schiffe auch immer Sie zur Verfügung haben mögen – Frachter, Passagierschiffe, Erztransporter ... Hauptsache unsere Leute passen irgendwo an Bord! Ich bitte Sie, helfen Sie uns!«

Sein Gesuch um Unterstützung wurde unterbrochen, als eines von Olvers Besatzungsmitgliedern mit sorgsam besorgter Stimme einen Bericht über neue Auswirkungen des vorgeblichen Stellaratorversagens ablieferte – gerade so laut, dass es vom Mikro noch aufgefangen wurde. Gensonne schaltete den Lautsprecher ab. Bis zum Systeminneren war es noch ein gutes Stück, aber es sah ganz danach aus, als wäre die

nächstgelegene Kampfgruppe der Manticoraner nur ungefähr zehn Lichtminuten weit entfernt. Daher ergäbe sich bei
jeglicher Kommunikation eine Signalverzögerung von zwanzig Minuten.

Die Antwort der Manticoraner dürfte ... interessant ausfallen. Aber bis es so weit wäre, gab es noch reichlich anderes, womit sich Gensonne beschäftigen musste. »Wie ist der
Status des Hauptverbands?«, fragte er lautstark quer über die
Brücke.

»Wir haben vorübergehend den Kontakt verloren, Admiral«, rief Imbar zurück. »Die Schiffe befinden sich eindeutig
immer noch hinter uns, aber mit heruntergefahrenen Keilen
sind sie schwer zu orten.«

Gensonne nahm die Meldung mit einem verärgerten
Grunzen entgegen und musterte nacheinander die betreffenden Displays. Na, schließlich ging es ja darum, dass die
Schiffe möglichst schwer zu orten wären – aber wenn man
wusste, wo man suchen musste, sollte man sie verdammt noch
mal auch finden können!

Aber vielleicht tat er Imbar und dem Ortungsteam damit
unrecht. Vor wenigen Stunden waren die vierzehn Schiffe der
Vor- und Nachhut gemeinsam in den N-Raum transistiert,
heimlich, still und leise etwa vierzig Lichtminuten von Manticore A entfernt. Dort sollten sie sich eigentlich außerhalb der
Reichweite aller Sensoren der Royal Manticoran Navy befinden. Die gewaltigen Passivantennen, die in bevölkerungsrei-
cheren Sonnensystemen beinahe schon alltäglich waren, hätten sie ganz gewiss geortet, aber die Reichweite bordeigener
Sensoren war deutlich eingeschränkter. Unbemerkt hatte
sich der Verband der Invasoren umgruppiert: zu Gensonnes
Vorhut, die aus sechs Schiffen bestand, und dem Hauptverband unter Führung der *Thor*. Dann hatten sie, in einem

Abstand von etwa einer Stunde, in zwei getrennten Wellen das Zentrum des Systems angesteuert. Nach einigen Stunden der Beschleunigung hatten beide Gruppen beachtliche Geschwindigkeit aufgebaut, und dann hatten alle vierzehn Schiffe die Keile in den Standby-Modus versetzt und waren im freien Fall weiter systemeinwärts getrieben. Selbst wenn man genau wusste, wo man nach ihnen zu suchen hatte, brach sich kaum Licht des fernen Sterns Manticore-A auf den Rümpfen der weit verstreuten Schiffe.

Nun, nach all den Stunden der tatenlosen Langeweile, schien endlich etwas zu geschehen. Weit vor ihnen war die *Naglfar* in das System transistiert – nicht ebenso dezent und unmöglich auszumachen wie alle anderen Volsung-Schiffe, sondern mit einer dicken, lautstarken Transition, um die Aufmerksamkeit wirklich jedes Schiffes der Royal Manticoran Navy in dieser Region auf sich zu ziehen. Dieser markante Auftritt und dazu Olvers angsterfüllter Hilferuf ... das alles sollte dafür sorgen, dass sich die verschiedenen Schiffe der Manticoraner praktisch wechselseitig ins Gehege kämen bei dem hastigen Versuch, dem in Not geratenen Schiff zu Hilfe zu kommen.

Es wäre zweifellos höchst unterhaltsam geworden, miterleben zu dürfen, wie eine manticoranische Entermannschaft, die an Bord eine Ladung hilfloser Zivilisten erwartete, auf fünf ganze Bataillone Volsung-Stoßtrupps reagierte. Leider würde Gensonne auf dieses Spektakel verzichten müssen. Denn wenn alles nach Plan verliefe, würde der Erstkontakt der Manticoraner mit besagten Stoßtrupps nicht hier mitten im offenen All zustande kommen, sondern am Royal Palace in Landing.

Aber dann wäre es natürlich keine Überraschung mehr. Andererseits ging es hier ja nicht um Unterhaltung, sondern darum, Schiffe der Royal Manticoran Navy aufzubringen und zu übernehmen. Wäre die RMN erst einmal ausgeschaltet, wäre es nur noch reine Formsache, dass die Volsungs auch die Zentren der manticoranischen Macht einnähmen.

»Habe die *Naglfar* angepeilt, Admiral«, rief Imbar. »Wir befinden uns auf einem guten Abfangkurs. In etwa siebenundneunzig Minuten sollten wir sie passieren.«

Gensonne warf einen Blick auf das taktische Display. Siebenundneunzig Minuten, das war etwas weniger, als er eigentlich geplant hatte, aber es lag noch innerhalb der akzeptablen Toleranzgrenzen. »Olver soll die Beschleunigung auf fünfundneunzig Gravos steigern«, wies er Imbar an. Sollte sich später als erforderlich erweisen, das bevorstehende Rendezvous genauer abzustimmen, konnte Gensonne die *Naglfar* immer noch abbremsen lassen. »Schon irgendwelche Bewegungen der Manticoraner?«

»Nein, Sir«, antwortete Imbar. »Aber Bogey eins sollte ziemlich genau jetzt Olvers Hilferuf auffangen.«

»Behalten Sie die Gegner im Auge«, befahl Gensonne. »Sobald wir Startzeitpunkt und Beschleunigung wissen, möchte ich einen Plot von deren Rendezvouspunkt sehen. Wir müssen sicher sein, dass wir der *Naglfar* weit genug voraus sind, damit die Manticoraner unmöglich noch ausweichen und flüchten können, wenn die uns erst einmal geortet haben.«

Eigentlich sollte die andere kleine Überraschung, die Gensonne vorbereitet hatte, dieses Problem noch weiter eindämmen, das war die Idee des Gefechts. Wenn die Zerstörer *Umbriel* und *Miranda* ganz nach Zeitplan an den vorgesehenen Positionen ins System transistierten, bestand eine gute Chance, dass sie mit dem richtigen Timing und dem richtigen Vektor jegliche Rückzugsbestrebungen der Manticoraner im Keim erstickten.

»Jawohl, Sir«, sagte Imbar. »Außerdem haben wir eine zweite Impellergruppe geortet: Peilung null zwo eins zu null eins acht. Der Signatur nach zu urteilen, scheinen zu dieser Gruppe deutlich mehr Schiffe zu gehören als zur ersten. Das dürfte wohl der Hauptteil von Bogey zwo sein.«

»Distanz?«

»Knapp vierzehn Lichtminuten.«

Befriedigt nickte Gensonne. Llyns jüngste Daten hatten bereits vermuten lassen, die beiden Kampfgruppen würden mehr oder weniger in dieser relativen Position zu Manticore und Sphinx stehen. Auf diese Daten hatte sich Gensonne auch bei der Ausarbeitung des Angriffsplans verlassen, doch wie genau die Manticoraner positioniert sein würden, konnten die Volsungs erst in Erfahrung bringen, als sie tatsächlich in das System-Innere vorgestoßen waren.

Nun, nachdem die Positionen der Verteidiger ermittelt waren, trat der Plan ganz offiziell in Kraft. Wenn die Manticoraner Olver die ganze Sache abkauften, würde ihm Bogey eins zu Hilfe kommen ... und von der *Odin* und dem Rest der Vorhut rasch zerstört werden. Wenn dann Bogey zwo nachstieße, um in den Kampf einzugreifen, würden die Schiffe dieser Kampfgruppe gerade rechtzeitig eintreffen, um sich der gesamten Volsung-Kampfgruppe gegenüberzusehen, denn bis zu diesem Zeitpunkt sollten die *Thor* und der Rest des Hauptverbands zu Gensonnes Vorhut aufgeschlossen haben.

Sollte sich Bogey zwo allerdings dafür entscheiden, von einem Kampf abzusehen und stattdessen nach Hause zu rennen, würde es letztendlich auf das gleiche Ergebnis hinauslaufen – es würde nur ein paar Stunden auf sich warten lassen. Aber wie es auch käme: Manticore war so gut wie erledigt.

Llyn wäre erfreut. Und was noch viel wichtiger war: Llyns Boss drüben bei Axelrod würde, ganz vertragsgemäß, einen ordentlichen Bonus zahlen.

Ein angespanntes Lächeln auf den Lippen lehnte sich Gensonne in seinem Sessel zurück und wartete darauf, dass die Manticoraner den Köder schluckten.

»Wir legen so viele Gravos vor, wie wir eben können«, drang eine angespannte Stimme aus dem Lautsprecher der Brücke, »aber ich weiß nicht, wie viel Zeit uns noch bleibt, bis wir den Keil vollständig herunterfahren müssen – und wir sind hier verdammt weit weg von *allem*. Bitte schicken Sie uns, was für Schiffe auch immer Sie zur Verfügung haben mögen – Frachter, Passagierschiffe, Erztransporter ... Hauptsache unsere Leute passen irgendwo an Bord! Ich bitte Sie, helfen Sie uns!«

Heissman vollführte eine kleine Handbewegung, und der Signaloffizier drosselte die Lautstärke. »Eins-O?«, wandte sich der Commodore an Belokas. »Was meinen Sie, wie viele Passagiere wir an Bord nehmen können?«

Belokas atmete für alle hörbar aus. »Alle vier Schiffe unserer Gruppe gemeinsam können wohl kaum mehr als fünfhundert Mann aufnehmen. Und dafür müssten wir die schon an den Schotts vertäuen – Luxusreisen sehen anders aus.«

»Immer noch besser, als in der Kälte des Alls zu ersticken«, brummte Woodburn.

»Das wohl«, pflichtete Heissman Woodburn bei. »Senden Sie eine Kopie des Notrufs an Aegis – zusammen mit der offiziellen Bitte um Unterstützung. Die sind zwar weiter entfernt als wir, aber dafür haben die mehr Platz an Bord.«

»Vorausgesetzt, die Flasche der *Leviathan* hält lange genug durch, dass Locatelli das Schiff überhaupt noch erreichen kann«, merkte Belokas warnend an.

»Da können wir nun überhaupt nichts ausrichten«, sagte Woodburn.

»Also steuern wir sie wirklich an, ja?«, fragte Travis.

Alle wandten sich zu ihm. »Haben Sie etwas anzumerken, Lieutenant?«, fragte Heissman.

»Irgendetwas *Handfestes*?«, setzte Woodburn hinzu. »Weil irgendwelche Vorahnungen oder so ...«

Eine kurze Handbewegung Heissmans ließ ihn verstummen. »Sprechen Sie weiter«, forderte ihn der Commodore auf.

Travis nahm all seinen Mut zusammen. »Irgendwas an der ganzen Sache stimmt nicht, Sir«, setzte er an und hoffte dabei, seine Worte hörten sich für die anderen längst nicht so lahm und kraftlos an, wie sie ihm selbst erschienen. Vor allem, da Woodburn bereits darauf hingewiesen hatte, niemand hier wolle Vorahnungen hören. »Das Timing, der Vektor – genau die gleiche Peilung wie der Hypergeist ... Dass die gerade hierhergekommen sind, statt es irgendwo anders zu versuchen ...«

»Deren Keil zeigt wirklich Anzeichen einer Störung«, erinnerte ihn Heissman. »Und es sieht ganz danach aus, als handle es sich um ein Handels- oder Passagierschiff, nicht um einen Kriegsraumer.«

»Sir, Rendezvouskurs berechnet und bereit«, meldete der Rudergänger.

»Nachricht an die anderen Schiffe, und dann sollten wir ein paar anständige Gravos vorlegen«, sagte Heissman. Dann blickte er zu Travis hinüber. »Und lassen Sie auf allen Schiffen Bereitschaftsstufe zwo ausrufen«, setzte er hinzu. »Nur für den Notfall.«

»Die kommen«, verkündete Imbar. »Ihr Vektor ist ... es ist noch ein bisschen früh, um sicher zu sein, aber es sieht ganz danach aus, als würden die ein Rendezvous mit der *Naglfar* anstreben.«

»Ausgezeichnet«, sagte Gensonne und strahlte vor Befriedigung regelrecht. Die Manticoraner waren wirklich darauf hereingefallen! »Haben wir *Umbriel* und *Miranda* schon auf dem Schirm?«

»Noch nicht«, antwortete Imbar. »Aber wir tasten die Region ab, in der sie jetzt stecken sollten. Davon ausgehend, dass alles geklappt hat, sollten sie irgendwann innerhalb der nächsten Stunden die Keile aufbauen, um dann ihren eigenen Abfangkurs für Bogey eins zu optimieren.«

Gensonne nickte. Wenn die beiden Zerstörer gerade rechtzeitig einträfen, um die Manticoraner ins Kreuzfeuer zu nehmen, wäre das wirklich praktisch, aber keineswegs unerlässlich für seinen Plan. Wenn sie noch zu weit entfernt wären, um sich an diesem ersten Scharmützel zu beteiligen, könnten sie immer noch eine ähnliche Angreiferrolle übernehmen, sobald es die Volsungs mit Bogey zwo aufnahmen.

Verpassten sie dort ebenfalls das Beste, wären sie immer noch als Kundschafter zu gebrauchen: Wenn die beiden Verteidigungsgruppen erst einmal erledigt wären, könnten die Zerstörer auf dem Weg zum Planeten Manticore der Volsung-Flotte vorausfliegen.

So oder so, versprach sich Gensonne, würde sich wirklich jedes Schiff der Angriffsstreitmacht an diesem Tag seinen Sold verdienen.

Kampfgruppe Janus war immer noch zwei Stunden von dem berechneten Rendezvous mit *Leviathan* entfernt. Man nahm gerade eine weitere kleine Kurskorrektur vor, nachdem das beschädigte Passagierschiff erneut seine Beschleunigung verändert hatte. In eben diesem Augenblick traf von der *Gorgon* die Meldung ein, in der Ferne seien zwei weitere kleine Impellerkeile geortet worden.

»Shapira sagt, es sei reines Glück, dass sie sie überhaupt bemerkt hat«, erklärte Belokas, die dicht neben Heissmans Konsole schwebte und gemeinsam mit dem Captain die unerwarteten – und zumindest für Travis beunruhigenden – Daten betrachtete, die der Captain des Zerstörers ihnen geschickt hatte. »Und wenn man bedenkt, dass unsere Keile relativ zu dieser Richtung stehen und die Crews ganz mit Kurskorrekturen beschäftigt sind, muss ich ihr beipflichten.«

»Captain Shapira hat die schlechte Angewohnheit, auch jene Dinge dem Glück zuzuschreiben, die in Wahrheit einer guten Ausbildung und lobenswerter Wachsamkeit zu verdanken sind«, bemerkte Heissman nachdenklich und ließ den Blick zum taktischen Display hinüberwandern. »Vergessen Sie nicht, für Shapira selbst und ihre gesamte Brückencrew eine Belobigung in den Akten zu vermerken. Und was halten Sie davon?«

»Die sind eindeutig kleiner als die *Leviathan*«, setzte Belokas an. »Könnten kleine Frachter sein. Definitiv keine Erztransporter oder anderes von der Art Schiffe, die sich eigentlich in dieser Gegend herumtreiben sollten.«

»Oder es sind kleine Kriegsschiffe«, setzte Woodburn hinzu. »Zerstörer oder Leichte Kreuzer. Vor allem ... da! Na, wenn *das* mal nicht interessant ist!«

Unwillkürlich kniff Travis die Augen zusammen. So abrupt, wie die geheimnisvollen Impellerkeile erschienen waren, waren sie auch wieder verschwunden. Als hätten sich die Schiffe für eine Kurskorrektur oder ein Beschleunigungsmanöver kurz aus ihrem Versteck herausgewagt und sich anschließend wieder in die alles verbergende Schwärze des interplanetaren Raums zurückgezogen.

Woodburn dachte offenkundig ebenso. »Die verstecken sich, gar keine Frage«, erklärte er grimmig. »Und Ihnen wird auch nicht entgangen sein, dass die mit ihrem Manöver gewartet haben, bis wir selbst eine Kurskorrektur vorgenommen haben und deswegen besonders unaufmerksam waren – zumindest theoretisch. Bei allem schuldigen Respekt, Commodore, aber das Ganze sieht für mich immer weniger nach einer Rettungsaktion aus und immer mehr nach einer Invasion.«

»Sehe ich auch so«, bestätigte Heissman.

»Mr. Long, wie steht's um unser Waffeninventar?«

»Nicht so gut, wie es aussehen sollte, Sir«, antwortete Travis.

Und bereute seine Wortwahl sofort. Die Schuld daran, dass Kampfgruppe Janus nicht mit voller Kampfstärke in den Einsatz gegangen war, lag bei den Politikern des Parlaments, nicht beim Oberkommando der Royal Manticoran Navy. Doch seine gedankenlose Bemerkung ließe sich leicht als Kritik an eben jener Führungsebene lesen.

Glücklicherweise schien Heissman das nicht zu tun. »Da will ich gar nicht widersprechen, Lieutenant«, gab er nur trocken zurück. »Weiter?«

»Ohne redaktionelle Anmerkungen, wenn ich bitten darf«, setzte Belokas noch trockener hinzu.

»Jawohl, Ma'am«, sagte Travis und verzog das Gesicht. »Ich bitte um Verzeihung. Wir haben nur noch achtzehn Raketen, aber Bug- und Hecklaser sind voll funktionstüchtig und einsatzbereit. Gleiches gilt für die Breitseitenbewaffnung mit Energietorpedos. Eine unserer Schnellfeuerkanonen ist ein wenig unzuverlässig – Probleme mit der Kühlung, die Techniker arbeiten schon daran. Außerdem verfügen wir über neunzehn Antiraketen, und alle vier Werfer melden grünes Licht.«

»Was ist mit den anderen Schiffen?«

»Die *Gorgon* hat acht Raketen, die *Hercules* und die *Gemini* je vier«, antwortete Travis sofort. »Deren Nahbereichsabwehr ist in etwa so leistungsstark wie unsere eigene, und auch deren Kapazität ist ähnlich.«

»Wie viele Raketen von dieser Liste sind Übungsraketen?«, fragte Heissman nach.

»Keine, Sir«, antwortete Travis und runzelte die Stirn. »Ich dachte nicht, dass ich die auch mitzählen sollte.«

»Sie sehen nun mal wie echte Raketen aus, auch wenn sie nicht *Rumms* machen«, gab Heissman zu bedenken. »Stückzahlen?«

»Wir haben vier, die *Gorgon* zwo, die *Hercules* eine und die *Gemini* wieder zwo«, meldete Travis. Aber wenn die Raketen doch keine Gefechtsköpfe hatten …?

Die Verwirrung musste ihm anzusehen gewesen sein, denn sowohl Heissman als auch Woodburn schenkten ihm ein kurzes Lächeln. »Sie sollten niemals die Wirkung eines einfachen, unverschämten Bluffs unterschätzen, Mr. Long«, mahnte hin Heissman. »Schlimmstenfalls kann so eine Raketenattrappe den Feind dazu bewegen, Munition der Nahbereichsabwehr zu verschwenden. Im besten Falle kann der Impellerkeil einer Übungsrakete immer noch einen Schiffsrumpf zerfetzen.«

Das Lächeln auf dem Gesicht des Commodore verschwand. »Also sind wir kurz gesagt unterbewaffnet und unterbemannt, und selbst wenn Aegis sämtliche nur erdenklichen Gravos rauskitzelt, wird es noch seine Zeit dauern, bis Verstärkung eintrifft. Ihre Empfehlungen?«

»Das Sicherste wäre, den Einsatz abzubrechen«, meinte Woodburn zögerlich. »Bei unserem angeschlagenen Passagierschiff könnte es sich um alles mögliche handeln, bis hin zu einem ausgewachsenen Schlachtkreuzer. Und bis wir nahe genug herangekommen sind, um anständige Sensordaten zu erhalten, ist es viel zu spät, um noch rechtzeitig wegzukommen.«

Er deutete auf ein Display. Alle Blicke folgten seinem Fingerzeig dorthin.

»Und dann«, fuhr er fort, »haben wir da noch diese beiden Schiffe, die Verstecken mit uns spielen. Wenn innerhalb eines Monats zwei Schiffe bei uns vorbeischauen, können wir uns normalerweise ja schon glücklich schätzen, und jetzt sollen wir plötzlich *drei* Besucher am gleichen Tag haben? Und dann auch noch drei Schiffe, die ihre Bewegungen anscheinend genau miteinander koordinieren?«

»Also empfehlen Sie, dass wir System Command informieren und uns dann zurückziehen – und möglicherweise zu Aegis stoßen?«, fragte Heissman völlig ruhig nach.

»Ich habe gesagt, das wäre das *Sicherste*«, korrigierte ihn Woodburn ebenso ruhig. »Aber wir sind ja nicht hier draußen, um auf Nummer sicher zu gehen. Wir sind hier draußen, weil wir nachschauen sollen, wo es Ärger gibt – und wenn wir ihn finden, sollen wir die Bedrohungslage einschätzen und uns ihrer annehmen.«

»Also lautet Ihre eigentliche Empfehlung, wir sollten dem Untier geradewegs in den Rachen fliegen?«, fragte Belokas.

»Ganz genau das, geradewegs«, bestätigte Woodburn. »Begleitend empfehle ich, dass wir die *Gorgon* hinter uns und die Korvetten zurückfallen lassen. Nicht so schnell und nicht so weit, dass unsere Freunde da draußen es bemerken und sich fragen, was wir wohl im Schilde führen, aber doch weit genug, dass die *Gorgon* unsere Kommunikation koordinieren und weiterleiten kann, wenn wir unsere Seitenschilde aufbauen.«

Sein Mund wurde ein dünner Strich aus Anspannung. »Es steht zu hoffen, dass sie lange genug Abstand halten kann, um eine vollständige Aufzeichnung all dessen weiterzuleiten, was hier so als Nächstes passiert.«

Travis musste schlucken. Was das bedeutete, war ihm nur zu bewusst. Woodburn rechnete nicht damit, dass die *Casey* oder die beiden Korvetten die bevorstehende Begegnung überleben würden.

Aber auch das gehörte dazu, wenn man bedachte, warum Kampfgruppe Janus hier draußen stand.

»Eins-O?«, fragte Heissman nur.

»Ich schließe mich Commander Woodburns Lageeinschätzung ebenso an wie seinen Empfehlungen, Sir«, sagte Belokas und klang dabei ungewohnt förmlich.

»Also gut«, entschied Heissman und klang nun genauso wie sie. »Informieren Sie sämtliche Schiffe über die Lage und weisen Sie alle Kommandanten an, weitere Anweisungen abzuwarten. Alfred, Sie arbeiten einen Zeitplan für die geplante Detachierung der *Gorgon* und den Übergang in die Gefechtsformation aus. Eins-O, wir bleiben auf Bereitschaftsstufe zwo, aber warnen Sie sämtliche Schiffe, dass wir jederzeit wieder zu Bereitschaftsstufe eins wechseln könnten. Und falls wir noch überschüssige Gefechtsköpfe an Bord mitführen, soll die Besatzung die jetzt an die Übungsraketen koppeln.«

»Jawohl, Sir.« Woodburn gab Travis einen kurzen Stoß. »Kommen Sie, Lieutenant, wir haben zu arbeiten!« Er stieß sich von seinem Haltegriff ab und schwebte auf seine Konsole zu.

Travis folgte ihm. Jahrelange Übung erlaubten ihm, dicht

hinter seinem Vorgesetzten zu bleiben, ohne Gefahr zu laufen, mit ihm zu kollidieren. »Gestatten Sie eine Frage, Sir?«, erkundigte er sich.

»Warum gerade die *Gorgon* und nicht eine der Korvetten, ist es das?«

Travis' Lippe zuckte. »Jawohl, Sir«, gestand er. »Die *Gorgon* verfügt über mehr Raketen, eine bessere Panzerung und leistungsstärkere Seitenschilde. Wenn wir ins Gefecht ziehen, könnten wir sie gut an unserer Seite gebrauchen.«

»Außerdem verfügt sie über eine Schnellfeuerkanone am Heck«, rief ihm Woodburn ins Gedächtnis zurück. »Wenn es darauf hinausläuft, dass nur noch einem einzigen Schiff von Kampfgruppe Jason die Flucht gelingt, müssen wir sicherstellen, dass dieses Schiff die besten Chancen hat, auch eine ganze Salve von Schüssen in den Kilt zu überstehen.«

Travis nickte, und ein sonderbarer Gedanke durchzuckte ihn wie ein Schauer. Auch die *Casey* verfügte über die zusätzliche Heckschnellfeuerkanone und besaß eine noch bessere Überlebenschance als die *Gorgon*. Wenn die Beschaffung von Informationen über die Invasoren und deren Sicherung durch umgehenden Rückzug wirklich die höchste Priorität besäße, wäre es schlichtweg logisch gewesen, die Koordinationsposition mit der *Casey* zu besetzen. Aber je nach Art Kriegsraumer, als der sich das angeschlagene Passagierschiff entpuppen mochte, würde es vielleicht gar keinen so großen Unterschied machen, dass die *Casey* stattdessen in den Kampf geschickt wurde.

Er fragte sich, ob Heissman diese Möglichkeit überhaupt in den Sinn gekommen war. Oder Belokas, oder Woodburn. Wahrscheinlich nicht. Sie hatten das Kommando inne, und natürlich würden sie die *Casey* geradewegs und mitten in das hineinsteuern, was ihnen allen bevorsteht.

Aber Travis war diese Möglichkeit *sehr wohl* in den Sinn gekommen.

Hieß das, dass er ein Feigling war?

Verstohlen warf er einen Blick auf Woodburns Profil. Im Blick des Offiziers war Anspannung zu erkennen ... und erst in diesem Moment dämmerte Travis, dass vermutlich keiner der leitenden Offiziere der *Casey*, beginnend mit Heissman persönlich, jemals in ein echtes Gefecht verwickelt gewesen war. Das Sternenkönigreich hatte lange Zeit Frieden genossen, hier draußen in seiner Hinterwäldlerabgeschiedenheit, und es war durchaus möglich, dass keiner der Machthaber ernstlich damit gerechnet hatte, das werde sich jemals ändern. Auf der Basis dieser Annahme handelte auf jeden Fall jene Fraktion im Parlament, die fest entschlossen waren, die gesamte Flotte nach Kräften zur Ader zu lassen.

Vielleicht war die *Leviathan* ja tatsächlich ein beschädigtes Passagierschiff. Vielleicht gab es auch für die zwei Jetzt-bin-ich-da-jetzt-bin-ich-weg-Impellerkeile eine völlig vernünftige Erklärung. Vielleicht war das alles nur ein völlig abstruser Zufall, und irgendwann später würden sie sich alle zu einem Drink zusammensetzen und über das Ganze lachen.

Aber wenn nicht, dann würden sie alle schon bald wissen, wie sich die Royal Manticoran Navy in einem echten Gefecht schlug, nicht bloß in einer Simulation.

Damals, an Bord der *Phoenix*, hatte sich Travis gefragt, ob ein erster Vorgeschmack auf echten Krieg das Sternenkönigreich wohl aus seiner Selbstgefälligkeit reißen würde. Jetzt sah es ganz danach aus, als würde diese Frage schon bald beantwortet.

Es war an der Zeit.

Ein letztes Mal ließ Gensonne den Blick über die Brücken-displays der *Odin* schweifen. Sein Schiff und die *Tyr* hatten sich zu einer Gefechtssäule positioniert: Die *Odin* stand eintausend Kilometer senkrecht über dem anderen Schlacht-kreuzer. Daher hatten beide Schiffe trotz aller Einschränkun-gen durch Impellerkeil und Seitenschilde optimale Schuss-felder für ihre Raketen und Schnellfeuerkanonen. Die zwei Schweren Kreuzer, *Copperhead* und *Adder*, bildeten ebenfalls eine Gefechtssäule. Sie standen etwa eintausend Kilometer vor den beiden Schlachtkreuzern, dabei aber in ihrer Höhen-position etwas versetzt. Ihre Antiraketen würden also bei-den größeren Kriegsschiffen gleichermaßen zugutekommen. Fünfzehnhundert Kilometer vor den Kreuzern und um ein-tausend Kilometer nach Steuerbord versetzt, bewachte der Zerstörer *Ganymede* die Steuerbordflanke des Verbandes.

Wäre es einzig und allein nach Gensonne gegangen, hätte sich die *Phobos* als Spiegelbild zur *Ganymede* positioniert und so die Backbordflanke ihres Kampfverbandes gesichert. Aber da sich Kommunikation durch Seitenschilde hindurch bes-tenfalls ... knifflig gestaltete, war es viel wichtiger, dass die *Phobos* den anderen Schiffen in hinreichend weitem Abstand folgte, um als Com-Relais zu dienen. Im Gefechtsfall konnte ein Kommunikationsblackout, wie kurz er auch sein mochte, zur Katastrophe führen. Das ließ sich nur auf eine Weise ver-meiden: Man stellte eines seiner Schiffe als Nachrichtenüber-bringer ab, das die entsprechenden Signale durch die Öff-nungen im Kilt der anderen Schiffe übermittelte, denn durch diese war Kommunikation jederzeit ungehindert möglich.

Außerdem wurde für die anstehende Aufgabe wohl kaum die maximale Schlagkraft des Verbandes benötigt. Notfalls könnten die *Odin* und einer von Gensonnes Kreuzern die vier kleinen Bogey-eins-Schiffe, denen sich die Volsungs näherten, sogar im Alleingang ausschalten – vermutlich, ohne dabei auch nur einen einzigen Kratzer im Lack abzubekommen!

Trotzdem wollte Gensonne die Manticoraner die gesamte Schlagkraft seines Kampfverbands spüren lassen. Schließlich gab es etwas, das noch besser war als ein schmerzloser Sieg: ein *schneller* schmerzloser Sieg.

Gensonne aktivierte das Com. »An alle Schiffe, hier spricht der Admiral«, sagte er in das Mikrofon hinein. »Alle Mann auf Gefechtsstation. Übertragung der Statusdaten einleiten.«

Einen Augenblick lang geschah nichts. Dann blitzten in der korrekten Reihenfolge nach und nach die entsprechenden Anzeigen auf der Statustafel auf. Die *Odin* meldete grün, die *Tyr* meldete grün, die *Copperhead* . . .

Gensonne kniff die Augen zusammen. Inmitten eines ganzen Ozeans aus beruhigendem Grün glommen zwei rote Lichter. »Captain Imbar?«

»Das liegt an der Ventral-Schnellfeuerkanone«, drang Imbars Stimme aus dem Lautsprecher der Signalstation. »Der Steuerbordsensor ist falsch kalibriert. Es wird schon dran gearbeitet.«

Gensonnes Lippen formten lautlos einen Fluch, während er den Blick wieder auf die Statustafel richtete, an der rings um die roten Lämpchen der *Copperhead* weitere grüne Lichter aufflammten. Sollte er der *Copperhead* noch ein paar Minuten Zeit geben? Die manticoranische Kampfgruppe bremste derzeit ab, und ihre Kilts wiesen genau auf die aufkommenden Volsungs, schließlich bereiteten sie ja ein Rendezvous mit der *Naglfar* vor, die sich jetzt weit hinter ihm befand. Wenn Gensonne die *Naglfar* nun anwies, ihre Beschleunigung ein wenig zu steigern, würden die Manticoraner darauf vermutlich mit gesteigerter Abbremsung reagieren, und das würde den schon bald anstehenden Moment hinauszögern, an dem die Sensoren des Feindes schließlich *doch* die Kriegsschiffe auffingen, die hier getarnt im freien Fall durch das All trieben.

Gensonne richtete sich auf und spürte, wie ihn der Kragen seiner Uniform, die über den Helmdichtungsring seines Raumanzugs hinausragte, bei jeder Bewegung am Nacken scheuerte. Lächerlich! Selbst wenn jede einzelne Statusleuchte der *Coppperhead* jetzt auf Rot umspränge, war sein Verband dem Gegner meilenweit überlegen.

Außerdem raste in diesem Augenblick auch die deutliche größere Kampfgruppe Bogey zwo quer durch das Manticore-System auf sie zu. Wenn sie das Scharmützel mit Bogey eins noch hinauszögerten, hätten sie anschließend weniger Zeit, sich wieder zu organisieren und nachzuladen, bevor Bogey zwo einträfe.

Bogey eins war fast in Reichweite.

Es wurde Zeit, die Besatzungen dieser Schiffe den Tod schmecken zu lassen.

»Sagen Sie der *Copperhead*, sie soll sich weiter bemühen, das in den Griff zu bekommen«, knurrte er Imbar zu. Dann schaltete er das Mikro wieder ein und straffte die Schultern. »An alle Einheiten: Bereit, die Keile hochzufahren.«

Heissman hatte Belokas und Woodburn von der Brücke geschickt, damit die beiden wenigstens eine kurze Pause bekämen. Travis hatte sich vor der Konsole des Taktischen Offiziers angeschnallt, als der Moment, auf den alle an Bord der *Casey* warteten, endlich kam.

Nur sahen sie eben nicht nur das eine Schiff, mit dem sie gerechnet hatten. Nein, es war schlimmer, viel schlimmer.

»Neuer Kontakt!«, fauchte Rusk an der Ortungsstation, und diese beiden Worte durchschnitten jegliche im Flüsterton geführten Gespräche auf der Brücke. »Ich orte sechs Schiffe auf einem Abfangvektor, mit zwohundertfünfzig Gravos. Raketenreichweite wird in etwa sechzehn Minuten erreicht.«

»An alle Schiffe: Abbremsung auf zwo Kps Quadrat steigern, und ab sofort gilt Bereitschaftsstufe eins!«, rief Heissman in sein Mikro, und die völlige Ruhe seiner Stimme bildete einen bemerkenswerten Kontrast zu Travis' Herzen, das plötzlich hämmerte wie verrückt. »Mr. Long?«, setzte Heissman dann hinzu.

Verstohlen tastete Travis nach dem Helm seines Raumanzugs – natürlich war er ganz vorschriftsgemäß neben seiner Konsole befestigt. Genau zu wissen, dass dieser Helm dort war, wo er hingehörte, sorgte dafür, dass sich Travis ein wenig sicherer fühlte. Ein ganz klein wenig. »Bogey drei besteht aus drei Schiffen«, meldete er, und sein Blick zuckte zwischen den Displays und der Computer-Echtzeitanalyse der eingehenden Daten hin und her. Zu den vielen Dingen, die ihm Woodburn im Laufe der vergangenen Wochen eingebleut hatte, gehörte auch, dass man niemals einem Computer glauben sollte, wenn die Möglichkeit bestand, eine eigene Analyse und Lageeinschätzung vorzunehmen. »Die jeweiligen Impellerstärken lassen zwo Schlachtkreuzer vermuten, zwo Schwere Kreuzer und zwo Leichte Kreuzer oder Zerstörer. Eines der beiden letztgenannten Schiffe bleibt hinter den anderen in Com-Position zurück.«

»Was man wohl als Beleg dafür ansehen muss, dass es sich um eine Kriegsflotte handelt«, hörte Travis über seine Schulter hinweg Woodburns Stimme.

Er blickte auf und sah, dass der Taktische Offizier unmittelbar hinter ihm schwebte und mit unbewegter Miene den Blick zwischen den verschiedenen Bildschirmen hin und her zucken ließ. »Jawohl, Sir«, pflichtete ihm Travis bei und griff schon nach der Entriegelung seiner Haltegurte.

Zu Travis' großer Überraschung bedeutete ihm Woodburn mit einer beiläufigen Handbewegung, an der Konsole sitzen zu bleiben.

»Gibt es bereits Informationen über die Herkunft oder die Schiffsklassen?«, erkundigte sich Heissman.

»Nein, Sir«, antwortete Woodburn, während er neben Travis schwebte. »Aber die vertikale Positionierung der Kreuzer und Schlachtkreuzer könnte darauf schließen lassen, dass sie durch das solarische Militär ausgebildet wurden und dessen Doktrinen übernommen haben.«

»Was uns trotzdem nicht so recht verrät, woher die nun kommen«, gab Belokas zu bedenken, während sie quer durch die Brücke schoss, auf ihre Konsole zu. »Viele Militärs orientieren sich an der Solly-Doktrin.«

»Vielleicht ist man höflich genug, um sich uns vorzustellen«, meinte Heissman. »Alle Mann aufgepasst und zugehört.« Er langte an Travis vorbei und aktivierte das Com. »Unidentifizierte Schiffe, hier spricht Commodore Rudolph Heissman von der Royal Manticoran Navy. Seien Sie bitte so freundlich, sich zu identifizieren und uns darüber zu informieren, zu welchem Zweck Sie in manticoranisches Hoheitsgebiet eingereist sind.«

Es folgte eine Pause, nur wenig länger, als sich mit der Signalverzögerung aufgrund des Abstands der Schiffe hätte erklären lassen. Offenkundig hatte der Kommandeur der Gegenseite einen solchen Anruf erwartet und wusste bereits, was er antworten wollte. »Meinen Gruß, Commodore Heissman«, drang eine tiefe Stimme aus den Brückenlautsprechern.

Travis betrachtete das Com-Display. Das Gesicht, das auf dem Bildschirm erschienen war, wirkte für ihn bemerkenswert hell – die Hautfarbe ließ vermuten, dass dieser Mann nur selten Sonnenlicht abbekam. Seine Augen waren blau, sein Mund hatte einen entschieden sardonischen Zug. Form und Winkel der Fältchen an den Mundwinkeln ließen Travis vermuten, dass der Mann gern auf sardonisch machte. Eingerahmt war das Gesicht von allmählich schütter werdendem, militärisch kurz geschnittenem, blondem Haar. Unterhalb des Kinns ragten die obersten Zentimeter eines hohen Uniformjacken-Stehkragens aus der Halskrause eines Raumanzugs.

»Blaugrau gewirkter Kragen, schwarz abgesetzt«, brummte Woodburn. Travis nickte und gab schon die entsprechenden Parameter ein, nach denen der Computer das Archiv durchsuchen sollte.

»Mein Name und meine Herkunft sind irrelevant«, fuhr der Mann fort, »aber um der Zweckmäßigkeit willen können Sie mich Admiral Tamerlane nennen. Der Zweck meiner Einreise ist, so bedauerlich es auch ist, die Zerstörung Ihrer gesamten Kampfgruppe. Allerdings bin ich durchaus willens, über Kapitulationsbedingungen zu verhandeln. Sollten Sie an diesem Angebot interessiert sein, so zeigen Sie das bitte deutlich, indem Sie Ihren Keil streichen und sich darauf vorbereiten, geentert zu werden.«

Er neigte den Kopf ein wenig zur Seite, und durch diese kleine Bewegung war das an seinem Kragen befestigte Rangabzeichen besser zu erkennen: ein Komet, dessen Schweif einen Drittelkreis bildete, mit einem Stern an dessen Innenkante. Travis fügte es zu den Suchkriterien hinzu.

»Natürlich gilt dieses Angebot nur innerhalb eines sehr engen Zeitraums«, erläuterte Tamerlane. »Ich sehe, dass Sie in etwas weniger als achtzehn Minuten in Raketenreichweite kommen. Es wird noch etwas rascher so weit sein, wenn Sie Ihren völlig vergeblichen Fluchtversuch abbrechen und sich zum Kampf stellen. Ich erwarte Ihre Antwort.« Er streckte die Hand aus dem Bereich des Aufzeichners hinaus aus, und sein Abbild verschwand.

»Ganz schön von sich überzeugt, dieser Mistkerl«, merkte Heissman an. »Hat jemand ihn oder seinen Akzent erkannt?«

Auf der Brücke blieb es still, und aus dem Augenwinkel bemerkte Travis hier und dort ein Kopfschütteln. »Mr. Long?«, fragte Heissman.

»Die Uniform könnte solarischen Ursprungs sein«, erläuterte Travis und überflog die Suchergebnisse. »Aber bei vielen Flotten der Kernwelten werden sehr ähnliche Uniformen getragen. Das Wenige, was wir gesehen haben, scheint mir eher zur Navy von Tahzeeb zu passen.«

»Also sind das wahrscheinlich Söldner«, sagte Belokas.

»*Höchst*wahrscheinlich sogar«, pflichtete ihr Woodburn bei. »Aber ich weiß noch nicht genau, was es zu bedeuten hat, dass er sich selbst Tamerlane nennt. Der ursprüngliche Tamerlane – auch Tamerlan oder Timur-i Läng genannt – war ein Eroberer auf Alterde, der vor etwas mehr als zwotausend Jahren ziemlich rücksichtslos einen beachtlichen Teil des ganzen Planeten in seine Gewalt gebracht hat.«

»Außerdem galt Tamerlan als militärisches Genie«, ergänzte Heissman. »Ich frage mich, auf welchen dieser beiden Aspekte der Kerl da wohl anspielen will.«

»So oder so, auf jeden Fall haben wir es hier mit angewandtem Größenwahn in Reinkultur zu tun«, entschied Belokas. »Von sich überzeugt ist er, aber wahrscheinlich nicht so sehr, dass wir ihn dazu bringen könnten, uns zu sagen, was er mit

Manticore vorhat, wenn wir erst einmal aus dem Weg geräumt sind.«

»Nicht, solange er sich nicht sicher ist, dass wir unmöglich noch irgendetwas Nützliches an System Command oder Aegis weiterleiten können«, pflichtete Heissman ihr bei. »Wo wir gerade von Aegis sprechen: Wie ist deren aktuelle ETA?«

»Sind noch fast zwo Stunden weit entfernt«, antwortete Belokas. »Wenn wir unsere Kompensatoren bis an die Belastungsgrenze treiben, könnten wir das Gefecht noch ein wenig hinauszögern, aber nicht genug, um sie vor Beginn der Kampfhandlungen hier eintreffen zu lassen.«

»Was ist mit Bogey zwo?«, fragte Heissman nach.

»Nichts Neues seit der letzten Kurskorrektur«, antwortete Woodburn. »Je nachdem, wo genau die sich innerhalb des Ortungskegels befinden, werden sie wahrscheinlich innerhalb der nächsten zehn bis zwanzig Minuten in Sensorreichweite kommen.«

»Also sind es keine Verbündeten, sondern weitere Gegner«, entschied Heissman. »Dann sehe ich keinen Grund, das Unvermeidbare künstlich hinauszuzögern.« Er aktivierte das Com. »An alle Schiffe, hier spricht der Commodore. Man hat uns zum Kampf aufgefordert, und ich habe die Absicht, denen den verdammt noch mal heftigsten Kampf zu liefern, den die je erlebt haben. *Gorgon*, derzeitigen Kurs und aktuelle Beschleunigung beibehalten. Ihre Aufgabe ist es, alle Aufzeichnungen der nachfolgenden Geschehnisse nach Manticore zu schaffen. *Hercules* und *Gemini*, bereithalten für eine koordinierte Vertikalwende.«

Travis legte die Stirn in Falten. »Eine *Vertikal*wende?«, fragte er leise. Bei den meisten Wendemanövern, die er bislang miterlebt hatte, war das Schiff um die lotrechte Achse herumgeschwenkt. Bei einer Vertikalwende rollte sich ein

Schiff über seine Längsachse herum, sodass kurzzeitig die zwar stärkeren, aber dafür für sämtliche Sensoren undurchdringlichen Verzerrungsbänder zwischen dem Schiff und der aufkommenden Bedrohung zu liegen kamen.

»Eine Vertikalwende«, bestätigte Woodburn, und in seiner Stimme lag ein unverkennbarer Hauch von grimmiger Belustigung. »Dann können wir eine Raketensalve absetzen, kurz bevor unser Keil weit genug in die Tiefe geht, um aus dem gegnerischen Blickfeld zu verschwinden. Auf diese Weise dürften dem Gegner die Boosterflammen entgehen. Wenn wir das Wendemanöver abgeschlossen haben, sind die Raketen dann so weit, dass sie ihre Keile hochfahren können. Es fehlt nur noch Commodore Heissmans Befehl, welches Ziel als Erstes anzugreifen ist.«

Travis nickte. Die *Casey* selbst verfügte über elektromagnetische Raketenwerfer, die einen Raketenstart eben nicht gleich so deutlich verrieten. Die Raketen der *Hercules* und *Gemini* waren allerdings nur mit Standardboostern ausgestattet, die dafür sorgten, dass sich die Raketen auch wirklich weit genug von ihrem Mutterschiff entfernten, bevor die Keile hochgefahren wurden. Wenn es Janus gelänge, Raketen zum Einsatz zu bringen, ohne dass Tamerlane sie bemerkte, würde das den Manticoranern zumindest kurzfristig einen Vorteil verschaffen.

»Vertikalwende: jetzt!«, rief Heissman. »Bereit machen für Raketenstarts – jeweils zwo pro Korvette, vier von uns, wieder auf mein Zeichen.«

Travis blickte zum taktischen Display hinüber. Seite an Seite wendeten die *Casey* und beide Korvetten, und ihr Geschwindigkeitsabbau sorgte dafür, dass die *Gorgon* fast am Bildrand verschwand, während die Formation der Angreifer einen regelrechten Satz in ihre Richtung zu machen schien.

Bedauerlicherweise würde dem Feind reichlich Zeit bleiben, zu ihnen aufzukommen. Ob nun Vertikal- oder klassische Horizontalwende: Eine solche Drehung um einhundertundachzig Grad dauerte immer gut zwei Minuten.

»Raketen bereit?«, fragte Heissman leise, den Blick fest auf das taktische Display gerichtet.

»Raketen bereit«, bestätigte Belokas. »Zielobjekt?«

Einen Moment lang studierte Heissman schweigend das Display, dann wandte er sich Woodburn zu. »Vorschläge, Alfred?«

»Ich würde alle acht auf einen der Kreuzer setzen«, antwortete Woodburn. »Deren Formation lässt vermuten, dass sich die Schlachtkreuzer dafür entschieden haben, zusätzliche Raketen an Bord zu nehmen, statt Antiraketen zu laden – und das bedeutet, die verlassen sich darauf, dass ihre Kreuzer die Abschirmung übernehmen. Wenn wir einen von denen gleich als Erstes ausschalten können, bekommen wir möglicherweise sogar die Chance, auch einem der ganz dicken Brummer ordentlich die Nase einzubeulen.«

»Admiral Locatelli würde es gewiss zu schätzen wissen, wenn wir die für ihn schon ein bisschen weichkochen«, merkte Belokas trocken an. »Ich gebe Alfred voll und ganz recht.«

Heissman blickte zu Travis hinüber. »Mr. Long?«

Auch Travis hatte das taktische Display nicht aus den Augen gelassen. Drei kleine Schiffe gegen sechs ... »Ich würde vier Raketen gegen jeden der beiden Kreuzer einsetzen, Sir.«

»Begründung?«

»Wenn das dort draußen wirklich Söldner sind, verfügen sie möglicherweise über eine inhomogene Mischung verschiedener Schiffstypen und -klassen«, setzte Travis an. »Vielleicht können wir mehr darüber erfahren, was für

Schiffstypen das sind und wie man sie effektiver angreifen kann, wenn wir deren Abwehrmaßnahmen beobachten. Und wenn wir zwo Schiffe gleichzeitig angreifen, erhalten wir diese Daten ein wenig rascher.«

»Alfred?«, wandte sich Heissman erneut an seinen Taktischen Offizier.

»Es wäre trotzdem besser, bei einem der beiden Schiffe die Abwehr zu übersättigen«, beharrte Woodburn. »Offen gesagt, Sir, allzu viele Raketen werden wir in der Zeit, die uns bleibt, nicht absetzen können. Wir sollten uns darauf konzentrieren, maximalen Schaden anzurichten.«

»Da könnten Sie recht haben«, bestätigte Heissman. »Aber Mr. Long hat da ein gutes Argument vorgebracht. Informationen sind hier im Augenblick das Wichtigste – für uns wie für Admiral Locatelli. Mir scheint es das Risiko wert.« Er aktivierte das Com. »*Hercules* und *Gemini*: Jeder von Ihnen setzt jeweils eine Rakete auf die beiden Vorhutkreuzer ab. Wir tun es Ihnen mit jeweils zwo Raketen gleich.« Kurz schenkte er Travis ein dünnes Lächeln. »Schauen wir doch mal, wie gut dieser Admiral Tamerlane tanzen kann.«

Die drei nächststehenden manticoranischen Schiffe beendeten ihr Wendemanöver – interessanterweise hatten sie sich für eine Vertikalwende entschieden –, und nun standen ihre Rachen für jede Form des Angriffs sperrangelweit offen.

»Klarmachen zum Raketenstart«, befahl Gensonne. Die erste Salve würde der *Casey* gelten, hatte er beschlossen. Die Telemetrie der *Odin* konnte nur sechs Raketen gleichzeitig lenken, und normalerweise hätte er es vorgezogen, dem manticoranischen Kreuzer etwas doch deutlich Schlagkräftigeres entgegenzuschleudern. Doch derzeit war es nützlicher, zu erfahren, welche Abwehr die Manticoraner gegen eine weniger massive Salve zum Einsatz bringen konnten. »Salve abfeuern: Eins bis sechs, Zielobj…«

»Raketen!«, fauchte Imbar.

Was denn sonst?, lautete Gensonnes erster, reflexartiger Gedanke. Hatte er denn nicht gerade ›Klarmachen zum Raketenstart‹ befohlen?

Dann arbeitete sein Hirn wieder fehlerfrei, und er drehte sich ruckartig zum Sensordisplay um.

Ja, dort draußen befanden sich wirklich Raketen: acht Stück. Sie kamen auf ihn zu, ohne Impellerkeil. Einzig ihre relative Geschwindigkeit und die der Volsung-Schiffe sorgten dafür, dass überhaupt Bewegung stattfand. Gensonne wollte Imbar schon eine Erklärung abverlangen, woher die gekommen seien und warum die nicht unter eigenem Schub …

… da, ganz unvermittelt, bauten alle acht Raketen ihren Impellerkeil auf und machten einen Satz geradewegs auf den Volsung-Verband zu.

»Woher zum Teufel kommen *die* denn jetzt?!«, fauchte Imbar. »Ich dachte, die Manticoraner hätten keine elektromagnetischen Werfer!«

»Deswegen diese verdammte Vertikalwende«, entfuhr es Gensonne, als er endlich begriff, was gerade geschah. Dann warf er einen Blick auf den Countdown. Noch hundertdrei Sekunden bis zum Einschlag. »Die haben diese Dinger abgefeuert, als die uns mit ihrem Keil den Blick auf deren Boosterflammen versperrt haben.«

»Clever«, brummte Imbar.

»Sehr sogar«, bestätigte Gensonne. »Aber machen Sie sich keine Sorgen. Clever können wir auch.«

Aber nicht während der nächsten einhundert Sekunden. In vierzig Sekunden, sechzig Sekunden vor dem Einschlag der einkommenden Raketen, würden die *Copperhead* und die *Adder* den aufkommenden Geschossen eine Salve Antiraketen entgegensetzen. Fünfundvierzig Sekunden danach sollten dann alle sechs Volsung-Schiffe das Feuer mit ihren Schnellfeuerkanonen eröffnen und versuchen, alle Raketen zu erwischen, die doch irgendwie an den Antiraketen vorbeigekommen wären.

Das Frustrierende daran: Während diese Raketen aufkamen, war es fast völlig unmöglich, vorherzusagen, auf welches Schiff oder welche Schiffe sie zielten. Doch wenn Heissman auch nur einen Funken Verstand besaß, würde er diese erste Salve gegen einen der beiden Kreuzer oder gleich beide richten. Ein leidlich kompetenter Flaggoffizier musste aus der Formation der Volsungs ableiten können, dass nur die Kreuzer Antiraketen an Bord hatten. Also mussten diese auch ausgeschaltet werden, bevor die Manticoraner auch nur den Hauch einer Chance hätten, sich an der *Odin* oder der *Tyr* zu versuchen.

Na, sollten sie doch! Die Kreuzer waren mit voller Abwehrarmierung für den Nahbereich ausgestattet, und wenn Heissman seine Raketen auf die Volsung-Abwehrsysteme verschwenden wollte, dann durfte er das gern tun.

Nur ...

Gensonne stieß einen Fluch aus und wirbelte zur Statustafel herum. Dort, immer noch leuchtend rot zwischen all den grünen Lämpchen, war die Meldung über die Schwierigkeiten der *Copperhead* mit der ventralen Schnellfeuerkanone.

Wenn eine der manticoranischen Raketen zufälligerweise von der Seite her aufkäme, an der ein gewisser Sensor Schwierigkeiten machte ...

»An alle Schiffe: Auf mein Zeichen Beschleunigung abstellen!«, bellte er und wandte sich wieder dem taktischen

Display zu. Es gab zwei Standardreaktionen auf eine solche Lage: Entweder die *Copperhead* gierte nach Steuerbord, um die Sensor-Fehlkalibrierung auszugleichen, oder sie veränderte ihren Neigungswinkel, damit ihr Impellerkeil zwischen dem Schiff und den einkommenden Raketen zu liegen käme. Aber wenn der Rest der Formationen zu diesem Zeitpunkt gerade beschleunigte, würden beide Gegenmaßnahmen bedauerlicherweise zum Zusammenbruch der Volsung-Formation führen. Die einzige Möglichkeit, ihre relativen Positionen aufrechtzuerhalten, bestand darin, dass alle sechs Schiffe auf Nullbeschleunigung gingen und sich treiben ließen.

Das würde den Schiffen von Bogey eins eine kurze Atempause verschaffen: Das Verderben, das so unaufhaltsam auf sie zukam, würde ein wenig länger auf sich warten lassen. Aber Gensonne konnte sich nicht vorstellen, was die Manticoraner mit diesen wenigen geschenkten Minuten würden anfangen wollen. Das Nachhutschiff, von dem Heissman ganz offenkundig hoffte, es könnte sich zusammen mit allen Daten über dieses Gefecht in Sicherheit bringen, würde tatsächlich ein wenig Distanz gewinnen können, aber das war immer noch zu wenig ... und schlicht und einfach zu spät.

Was die anderen drei Schiffe betraf, so würden sie ein weiteres Mal eine Kehrtwende vollziehen müssen, wenn sie wirklich darauf hofften, noch die Flucht ergreifen zu können. Und ein solches Manöver würde relativ langsam ablaufen und von der Gegenseite augenblicklich bemerkt.

Nein, Heissmans Kampfgruppe würde nicht entkommen! Gensonne konnte sich genug Zeit nehmen, dass hier richtig hinzubekommen. »An alle Schiffe, Beschleunigung abstellen – *jetzt*. Imbar?«

»Alle Schiffe im freien Fall«, meldete Imbar. »Formation beibehalten.«

Gensonne nickte und blickte wieder angestrengt zum taktischen Display hinüber. Die *Copperhead* nutzte die Gelegenheit bereits und gierte nach Steuerbord.

Zur Hölle damit! Wenn sie hier ohnehin schon dazu gezwungen wurden, unter Nullschub durch das All zu treiben, gab es keinen Grund, warum die *Copperhead* auch nur das geringste bisschen ihrer Nahbereichsabwehrbewaffnung ungenutzt lassen sollte. »Von Belling, Gieren abstellen«, sprach er den Befehl ins Mikrofon. »Keilneigungswinkel den einkommenden Raketen anpassen.«

»Ich komme schon klar«, drang von Bellings Stimme aus dem Lautsprecher.

»Keilneigungswinkel anpassen, habe ich gesagt!«, fauchte Gensonne.

»Aye, aye, *Sir*«, bestätigte von Belling mit kaum verhohlenem Abscheu. »Keilneigungswinkel wird angepasst.«

Auf dem taktischen Display hörte das Gieren der *Copperhead* auf, stattdessen veränderte sich der relative Neigungswinkel des Schiffes: Ihr Bug sank ein wenig ab, sodass ihr Dach genau in die Richtung der einkommenden Raketen wies. Gensonne verfolgte das Manöver, widmete seine Aufmerksamkeit dabei gleichermaßen dem Kreuzer und den einkommenden Raketen. *Wenn von Bellings kurzes Herumgezicke jetzt dafür sorgt, dass das ganze Manöver zu spät abgeschlossen wird*, so versprach sich der Admiral finster selbst, *kann der Kerl nur hoffen, dass ihn die manticoranischen Raketen erwischen, bevor* ich *ihn in die Finger kriege!*

Glücklicherweise stellte sich das Problem nicht. Die *Copperhead* beendete ihren Positionswechsel mehr als rechtzeitig. Als die Schnellfeuerkanonen der *Odin* als Feuersturm zum Leben erwachten, verfolgte Gensonne gespannt mit, wie sich die einkommende Salve in zwei Gruppen aufteilte – jeweils vier Raketen hielten auf jeden der beiden Kreuzer zu. Die Raketen, die der *Copperhead* gegolten hatten, lösten sich harmlos am Dach von deren Impellerkeil auf, während die Antiraketen und Schnellfeuerkanonen der *Adder* kurzen Prozess mit der anderen Raketengruppe machte. »Bereithalten zum Beschleunigen«, wies Gensonne an. Die *Copperhead* schwenkte gerade wieder zurück in ihren Ausgangsneigungswinkel, und sobald sie wieder ihre ursprüngliche Positionierung eingenommen hätte, könnten die Volsungs die Verfolgung der Manticoranern wieder aufnehmen – mit maximaler Beschleunigung.

Aber es gab keinen Grund für Gensonne, auf die Wiederaufnahme der Beschleunigung zu warten, wenn es darum ging, nun seinerseits gegen Heissman loszuschlagen. »Raketen bereit?«, rief er.

»Raketen bereit«, bestätigte Imbar.

»Sechs gegen den Leichten Kreuzer«, entschied Gensonne. »Feuer.«

»Alle Raketen zerstört«, meldete Rusk. »Kein Treffer.«

»Verstanden«, bestätigte Heissman. »Alfred, was haben wir herausgefunden?«

»Deren Nahbereichsabwehr scheint mir mit der unseren vergleichbar zu sein«, antwortete Woodburn und studierte konzentriert die Echtzeitanalyse. »Die Kreuzer haben Antiraketen, alle anderen Schnellfeuerkanonen – beide anscheinend von ziemlich guter Qualität. Deren Eloka ist ebenfalls gut – sieht so aus, als hätten die mindestens eine unserer Raketen durch Naheinschlag vernichtet, vielleicht sogar zwo. Außerdem scheuen die anscheinend nicht davor zurück, reichlich Mun zu verblasen.«

»Und bei Raketen haben die auch keine Hemmung«, ergänzte Rusk angespannt. »Raketenspur, zwo Raketen! Dreitausendfünfhundert Gravos. Zeit bis Einschlag: einhundertfünfzig Sekunden. Nein: vier Raketen, gleiche Zeit bis Einschlag ... Nein: *sechs* Raketen. Zeit bis Einschlag: einhundertachtundvierzig Sekunden.«

Travis verzog das Gesicht. Sechs Raketen, und bei allen vier manticoranischen Schiffen lag die Kapazität der Nahbereichsabwehr bei nur sechzig Prozent.

In genau die gleiche Richtung dachte gerade ganz offenkundig auch Woodburn. »Commodore, ich glaube nicht, dass wir in der Lage sind, uns so vieler Vögelchen gleichzeitig anzunehmen.«

»Sehe ich auch so«, bestätigte Heissman. »Aber wir brauchen weitere Daten über deren Leistungsfähigkeit.«

»Also lassen wir die näher an uns ran?«, fragte Belokas.

»Wir kommen denen entgegen«, korrigierte Heissman sie. »Lassen Sie nach Backbord gieren – nicht zu weit und auch nicht zu schnell, nur ein paar Grad. Ich möchte der Raketenformation den Steuerbordseitenschild entgegenstellen, sodass nur eine oder zwei an dessen Kante vorbeikommen – und vertraue ansonsten darauf, dass die dann schon von den Antiraketen erledigt werden. So können wir uns die Raketen und auch deren Leistungsfähigkeit gut anschauen, ohne das Risiko einzugehen, dass hier zu viele gleichzeitig eintreffen, um sie alle noch abzuwehren.«

Verstohlen blickte Travis zu Woodburn hinüber und wartete darauf, dass der Taktische Offizier das offenkundige Risiko ansprach, das dieser Plan nun einmal barg: Wenn die Seitenschildbrecher der einkommenden Raketen ordnungsgemäß funktionierten, konnte der Versuch, vier oder fünf Raketen gleichzeitig mit dem Seitenschild der *Casey* abzuwehren, geradewegs in die Katastrophe führen. In den meisten Fällen war ein solches Manöver zwar durchaus sinnvoll – schließlich waren diese Schildbrecher dafür berüchtigt, alles andere als zuverlässig zu sein. Aber wenn man es mit vielen Bedrohungen gleichzeitig zu tun hatte, konnte es durchaus knifflig werden.

Vor allem, wenn Tamerlanes Schiffe und Raketen mit fortschrittlicheren Seitenschildbrechern ausgestattet waren, die störenden Einflüssen gegenüber nicht mehr ganz so empfindlich waren.

Doch Woodburn schwieg. Eigentlich hatte Travis auch nichts anderes erwartet. Der Commodore hatte bereits eingeräumt, dass die Hauptaufgabe der *Casey* derzeit lautete, Informationen zusammenzutragen, die Locatelli möglicherweise entscheidend dabei helfen würden, diese Invasion abzuwehren.

Die Raketen kamen näher und näher. Auf dem taktischen Display sah Travis, dass Belokas die Position der *Casey* optimierte ... und in diesem Augenblick kam ihm ein Gedanke. Nein, vielmehr bislang nur eine vage Vorstellung, eine Idee. Er meinte, während der ersten Janussalve etwas gesehen zu haben. Wenn das stimmte ...

Er schwenkte zu seiner eigenen Konsole herum und rechnete Zahlen, Abstände und Winkel durch. *Ja, das müsste klappen*, entschied er dann. Es würde knifflig werden, und das Timing wäre wieder einmal entscheidend, aber es müsste klappen.

Die Kondensatoren der Werfer summten pulsierend, als die *Casey* eine ganze Salve Antiraketen lodernd ins All hinausschleuderte ... und dann begriff er: Wenn Heissmans Trick nicht funktionierte, bestand eine gute Chance, dass er das niemals erführe: Bei der hohen Geschwindigkeit der Raketen würden sie die *Casey* ungefähr zwei Zehntelsekunden später erreichen, als sie selbst in den Wirkungsbereich der Antiraketen kämen. Wenn die Nahbereichsabwehr diesen Angriff nicht aufhielte, oder wenn der Seitenschild zerstört würde ...

Zwei Blitze zuckten auf dem taktischen Display auf, als zwei der Raketen auf Antiraketen trafen und augenblicklich zerstört wurden. Travis' Augen und der zugehörige Verstand hatten diese Tatsache gerade erst registriert, als das Deck unter ihnen abrupt erzitterte und die angespannte Stille auf der Brücke vom markerschütternden Heulen des Notalarms zerrissen wurde.

Travis wirbelte zur Statustafel herum. Keine der vier Raketen, die den Steuerbordseitenschild getroffen hatten, war durchgekommen, aber zwei waren nur Mikrosekunden vor dem Aufschlag detoniert, und diese Detonation hatte den Buggenerator überladen, vermutlich sogar zerstört.

»Seitenschildgenerator zwo ist ausgefallen!«, übertönte Belokas lautstark das Heulen des Alarms und bestätigte damit Travis' Vermutung. »Generator vier ist unbeschädigt und übernimmt.«

»Verlustmeldung«, rief Chief Kebiro an der Signalstation angespannt, »sieben Mann, Zustand unbekannt. Sanitäter sind unterwegs, Schadenserfassung läuft.«

Travis' Lippen formten einen lautlosen und absolut nutzlosen Fluch. Jeder der beiden Generatoren auf den beiden Seiten des Schiffes war darauf ausgelegt, im Bedarfsfall den gesamten Seitenschild aufzubauen. Aber da gab es dieses alte Sprichwort: Zwo Personen können genauso billig leben wie eine, aber eben nur halb so lange. Der Seitenschild der *Casey* stand zwar noch, aber nur noch mit halber Leistung. Noch ein solcher Doppeleinschlag, und er würde vollständig ausfallen.

Die Kreuzer und Schlachtkreuzer des Gegners aber machten nicht gerade den Eindruck, als würden ihnen die Raketen ausgehen.

Der Alarm verstummte. »Alfred?«, fragte Heissman nur, ruhig wie eh und je.

»Gegnerische Raketen scheinen ähnlich leistungsstark wie unsere«, antwortete Woodburn und klang dabei deutlich angespannter als sein Kommandant. »Deren Eloka scheint mir im direkten Vergleich ein bisschen besser zu sein, aber unsere Antiraketen sind bestens damit zurechtgekommen.«

»Was wieder eher auf Söldner als auf die offizielle Flotte irgendeines Systems schließen lässt«, griff Heissman den Gedanken auf. »Auf jeden Fall gehören die nicht zu einer Flotte, die in irgendeiner Weise Beziehungen zur Solaren Liga unterhält. Die würden doch nicht Zweit- oder Drittgenerationsausrüstung verwenden.«

»Das ist die gute Nachricht«, übernahm wieder Woodburn. Irgendwo im Hinterkopf registrierte Travis, dass der Taktische Offizier mit einem Mal ein wenig lauter klang – als beuge er sich gerade über Travis' Schulter. »Die schlechte Nachricht lautet, dass deren Raketen genauso gut sind wie unsere und die wahrscheinlich verdammt viel mehr als wir davon in petto haben.«

»Ich frage mich, worauf die warten«, raunte Rusk. »Das wäre doch jetzt der perfekte Zeitpunkt für eine zwote Angriffswelle.«

»Wahrscheinlich nehmen sie sich Zeit für die Datenauswertung«, vermutete Belokas. »Die dürften ebenso erpicht darauf sein, unsere Stärken und Schwächen auszuloten, wie wir die ihren – und warum auch mehr Raketen aufwenden als unbedingt nötig? Die wollen auf jeden Fall alles nur Erdenkliche über uns in Erfahrung gebracht wissen, bevor sie sich an ein Gefecht mit Aegis wagen.«

»Und da wir die Mistkerle davon nicht abhalten können«, schlussfolgerte Heissman in aller Ruhe, »sieht unser Optimalszenario wie folgt aus: Wir halten sie lange genug auf, dass die *Gorgon* mit so vielen Daten wie möglich entkommen kann, und dabei richten wir ein Maximum an Schaden an.«

»Die Korvetten und wir verfügen zusammen noch über zwanzig Raketen, und dazu noch sieben Übungsraketen«, fasste Belokas die Lage zusammen. »Wenn wir denen alles entgegenschleudern, was wir überhaupt haben, sollten wir zumindest einen der Kreuzer ausschalten können.«

»So viele Raketen können wir noch nicht einmal ansatzweise gleichzeitig steuern«, rief ihr Woodburn ins Gedächtnis zurück.

»Solange Tamerlanes Schiffe nicht beschleunigen, ist das vielleicht gar nicht von Bedeutung«, gab Belokas zu bedenken. »Die müssen unsere Raketen immer noch abwehren, und selbst wenn wir damit nichts anderes erreichen, als bloß deren Nahbereichsabwehr zu erschöpfen, ist es das immer noch wert.«

»Oder wir schaffen sogar noch ein bisschen mehr«, sagte Woodburn. »Mr. Long hatte da gerade eine Idee.«

Travis verdrehte sich fast den Hals bei dem Versuch, den Taktischen Offizier anzublicken. »Sir?«

Woodburn deutete auf die Simulation, die Travis während der letzten Minuten durchgerechnet hatte. »Erläutern Sie«, befahl er.

Travis schnürte es mit einem Mal die Kehle zu. Unvermittelt wähnte er sich wieder auf der Brücke der *Phoenix* und wagte es, Captain Castillo unausgegorene Ratschläge zu erteilen.

Aber Heissman war nicht Castillo. Und wenn dieser Trick hier funktionierte ...

»Mir scheint, die Ventralschnellfeuerkanone des oberen Kreuzers macht Schwierigkeiten«, sagte er. »Wenn das stimmt, dann ...«

»Woher wollen Sie das denn bitte wissen?«, fiel ihm Belokas ins Wort und runzelte missbilligend die Stirn. »Die haben doch noch nicht einmal *versucht*, dieses Geschütz abzufeuern.«

»Weil das Schiff gerade nach Steuerbord schwenken wollte, dann aber doch um die Längsachse gerollt ist, um seinen Keil anders zu positionieren«, erläuterte Travis. »Für mich sah das so aus, als habe sich der Kommandant eigentlich für diese Seite entschieden, und dann hat er es sich doch noch anders überlegt.« Er spürte, wie seine Unterlippe zuckte. »Auf der *Phoenix* habe ich selbst ein wenig Erfahrung mit einer störrischen Schnellfeuerkanone sammeln dürfen – und das, was ich hier gesehen habe, sah eindeutig nach einem fehlkalibrierten Sensor aus.«

»Alfred?«, fragte Heissman.

»Er könnte recht haben«, gab Woodburn zurück. »Ich bin gerade noch einmal die Daten durchgegangen, und das abgebrochene Schwenkmanöver war eindeutig da.«

»Angenommen, Sie hätten recht«, wandte sich Heissman wieder an Travis, »was dann?«

»Lassen Sie uns davon ausgehen, dass Tamerlane tatsächlich so schlau ist, wie er selbst von sich glaubt«, sagte Travis. »Wenn dem so ist, wird er, nachdem sein Kreuzer die Schwenkbewegung abgebrochen hat, vermuten, dass wir es bemerkt und die richtigen Schlüsse daraus gezogen haben. Er wird davon ausgehen, dass wir diese Schwäche ausnutzen, indem wir eine ganze Raketensalve auf dieses Schiff abfeuern.«

»Dann muss er sich entweder doch auf die unzuverlässige Nahbereichsabwehr verlassen, oder er wird erneut das ganze Schiff rollen lassen, um den Keil richtig auszurichten«, übernahm Woodburn, griff über Travis' Schulter hinweg und drückte die Taste, die Travis' Simulation an die Konsole des Commodore weiterleitete. »Und wenn er sich für Letzteres entscheidet, können wir ihn vielleicht überraschen.«

Einige Herzschläge lang betrachtete Heissman das Display. Dann verzog er die Lippen zu einem schmalen Lächeln. »Ja, ich verstehe. Ganz schön gewagt, aber wer nicht wagt, der nicht gewinnt – vor allem, wenn er keine andere Chance hat.« Er nickte knapp. »Bereiten Sie den Schuss vor.«

»Analyse abgeschlossen, Admiral«, verkündete Imbar, der auf Schulterhöhe neben Clymes, dem Taktischen Offizier des Schiffes, in der Luft schwebte. »Ähnliche Antiraketen wie wir, mit einer Reichweite von etwa dreizehnhundert Kilometern. Auch deren Schnellfeuerkanonen sind ähnlich leistungsstark.«

Mürrisch verzog Gensonne das Gesicht. Also war die Reichweite der manticoranischen Antiraketen ein bisschen geringer als die der *Copperhead* und der *Adder.*

Es hieß allerdings, die *Casey* sei das fortschrittlichste Schiff der gesamten manticoranischen Flotte. Wenn Llyn damit recht hatte, dann würde die Bewaffnung der größeren Kampfgruppe Bogey zwo, die gerade auf die Volsungs zuraste, deren Waffensystemen sogar noch mehr unterlegen sein.

Ja, es hätte wirklich schlimmer kommen können. Aber es hätte auch ungleich besser sein dürfen! Mit Engelszungen hatte er auf Llyn eingeredet, ihm leistungsstärkere Ausrüstung zukommen zu lassen, aber dieser verdammte kleine

Buchhalter hatte jede Materialanforderung abgelehnt. *Etwas Leistungsstärkeres werden die Volsungs nicht brauchen,* hatte er völlig ruhig behauptet, und außerdem würde ihnen allen die Solare Liga aufs Dach steigen, wenn man dort jemals hiervon erführe.

Was natürlich eiskalt gelogen war, das wusste Gensonne. Die Axelrod Corporation war entschieden zu einflussreich, um sich Gedanken darüber machen zu müssen, welchen Bürokraten die Aufgabe zufiel, die Einhaltung von derlei Vorschriften zu überwachen. Llyn wollte einfach nicht, dass ein Haufen freiberuflich tätiger Söldner mit richtig fortschrittlichem Kriegsgerät durch die Gegend zog, so war das!

Aber das würde sich schon bald ändern. Wenn Llyn erst einmal sah, wie rasch und effizient Gensonne ihm Manticore auf dem Silbertablett servierte, würde Axelrod die Volsungs gewiss auch für das nächste Projekt auf ihrer Liste anheuern wollen.

Llyn könnte sein Hinterteil darauf verwetten, dass die Frage nach fortschrittlicherer Bewaffnung dann wieder auf die Tagesordnung käme.

»Salve bereit, Sir«, meldete Imbar.

»Verstanden«, gab Gensonne zurück. Die Frage war nun, ob sie der Situation schon sämtliche Daten abgerungen hatten, die ihnen Heissman und die *Casey* bieten konnten. Wenn ja, wurde es jetzt Zeit, diese Scharade zu beenden und die manticoranische Kampfgruppe zu erledigen. Wenn nicht, erwiese es sich vielleicht als ratsam, noch ein wenig länger Zurückhaltung an den Tag zu legen.

»Raketen einkommend«, unterbrach Clymes die Gedanken des Admirals. »Sieht so aus, als hätte jede der Korvetten zwo abgefeuert.«

Gensonne schwenkte seinen Sessel so herum, dass er das

Sensordisplay einsehen konnte. Zweifellos: An beiden der kleineren Schiffe waren die charakteristischen Boosterflammen zu erkennen. Reine Zeitverschwendung, aber was sollten die auch sonst machen? »Sechs Raketen auf den Kreuzer abfeuern«, befahl er. »Feuererlaubnis.« Auf dem Display hatten die Raketen nun den Wirkungsbereich der Korvettenimpellerkeile hinter sich gelassen und fuhren ihren eigenen Keil hoch.

Zwo Raketen pro Korvette ... aber von der *Casey* kam nichts.

Gensonne legte die Stirn in Falten. Konnte sich der Schaden, den sein erster Angriff am Seitenschild des Kreuzers angerichtet hatte, auch auf Werfer oder Feuerleitsysteme ausgewirkt haben? Llyn hatte behauptet, die *Casey* sei auf Manticore entwickelt worden. War den Konstrukteuren womöglich ein fataler Fehler unterlaufen? »Schadensbericht über die *Casey*«, verlangte er.

»Deren Steuerbord-Seitenschild ist auf halber Kraft«, meldete Imbar und klang dabei ernstlich erstaunt. »Wir haben uns das schon angeschaut ...«

»Noch mehr Boosterflammen«, unterbrach ihn Clymes. »Von jeder Korvette eine.«

»Immer noch nichts von der *Casey*?«

»Nein, Sir.«

Das ergab überhaupt keinen Sinn ... es sei denn, der Kreuzer hätte tatsächlich die Möglichkeit eingebüßt, selbst noch Raketen zum Einsatz zu bringen. Auf jeden Fall ein bemerkenswertes kleines Detail – vor allem, wenn es ähnliche Konstruktionsmängel auch bei den anderen auf Manticore entwickelten Schiffen gäbe.

Letztendlich war es bedeutungslos, welche Schiffe der Manticoraner nun feuerten und welche nicht. Von Bedeutung war nur, dass sie ein weiteres Mal versuchten, die Abwehr ihres Gegners zu überlasten – und es war ziemlich offensichtlich, wohin sie bei diesem Angriff gezielt hatten. Heissman war augenfällig jemand, der ziemlich genau beobachtete, und von Bellings nur halb ausgeführter Schwenk hatte den Manticoranern ganz offenkundig einen Hinweis auf die momentane Schwäche der *Copperhead* geliefert.

Aber auch das hatte kaum Bedeutung. »Weisen Sie die *Copperhead* an, den Neigungswinkel ihres Keils der Bedrohung entsprechend anzupassen«, wandte er sich an Imbar. »An die *Adder*: Antiraketen vorbereiten. Für alle anderen Schiffe: Schnellfeuerkanonen bereit.«

Er lauschte den nach und nach eintreffenden Bestätigungen, den Blick fest auf die sechs Impellerkeile gerichtet, die mit einer Beschleunigung von dreitausendfünfhundert Gravos auf seinen Kampfverband zurasten. Der Abstand betrug noch eine Minute und fünfzehn Sekunden, und in etwa vierzig Sekunden würden sie ihre Formation entweder enger zusammenschließen und sich auf die *Copperhead* stürzen, oder sie würden ausschwärmen und die *Copperhead* und die *Adder* bestreichen. In diesem Augenblick würde dann offenkundig, ob Heissman tatsächlich die technische Schwäche der *Copperhead* erkannt hatte oder zu den militärischen Genies gehörte, die dem Feind immer weiter Raketen entgegenschleuderten, weil es das Einzige war, was sie an Taktik kannten.

Letzteres wäre armselig, aber nicht überraschend. Auf Manticore herrschte schon seit Langem Frieden – viel länger, als für das Sternenkönigreich gut war. Krieg hielt die Besatzungen stark und wachsam. Die Konsequenzen eines Überlebenskampfes, den nur die Stärksten überstanden, sorgte für eine sich stets erneuernde Reinheit der ganzen Spezies.

Zu Friedenszeiten hingegen, wo dieses Korrektiv nicht mehr griff, verwandelten sich Menschen in nutzlose Drohnen.

Hatte Llyn deswegen Manticore als Ziel ausgewählt? Hielt Axelrod Ausschau nach bislang unterentwickelten, aber vielversprechenden Immobilien, und der Konzern hatte sich gedacht, es würde niemand bemerken (oder zumindest niemanden stören), wenn es bei ein paar fetten, faulen Hinterwäldlerplaneten plötzlich zum Regimewechsel käme?

Das klang nach Geldverschwendung im großen Stil. Aber die Axelrod Corporation hatte ja auch Geld wie Heu. Wenn die einen Teil ihrer Portokasse dazu nutzen wollten, sich ihr ganz persönliches kleines Königreich aufzubauen – nur zu!

Die *Copperhead* hatte den Neigungswinkel ihres Keils nun geändert, das Manöver war abgeschlossen, und das Dach des Impellerkeils stellte für die einkommenden Raketen erneut eine undurchdringliche Barriere dar. Die Raketen blieben nach wie vor in Formation, und sie verrieten durch nichts, auf welches Zielobjekt sie es abgesehen hatten. Doch wie auch immer Heissmans Plan aussehen mochte, er hatte gewiss begriffen, dass die Zerstörung seiner eigenen Kampfgruppe unausweichlich war. Vermutlich legte er es darauf an, dem Gegner so viele Raketen wie möglich entgegenzuschleudern, damit dieser möglichst viele Abwehrressourcen verbrauchte und ...

Gensonne warf einen Blick auf das Sensordisplay und kniff die Augen zusammen. Die Manticoraner hatten sechs Raketen abgefeuert – das hatte Clymes bereits bestätigt. Auf sämtlichen Displays der Brücke waren auch entsprechend sechs Raketenimpellerkeile zu erkennen.

Aber laut den Sensoren waren alle sechs Raketen ein wenig überhitzt.

Wieso überhitzt?

Auf dem taktischen Display stob jetzt aus dem Rachen der *Adder* ein ganzer Schwarm Antiraketen, erblühte zu einem schützenden Konus, der sowohl das Schiff selbst als auch die Schlachtkreuzer einhüllte, die sich eintausend Kilometer dahinter befanden. Gensonne schaute zu, wie sich der Kegel den einkommenden Raketen entgegenreckte ...

... und plötzlich elektrisierte ihn ein Adrenalinstoß: *ein* schützender Konus! Nicht die zwo Kegel, mit denen diese Konfiguration eigentlich die Schlachtkreuzer abschirmen sollte. Nicht, solange die *Copperhead* das Dach ihres Impeller-keils in Richtung des Feindes streckte, um sich selbst vor den einkommenden Raketen zu schützen.

Trotzdem gab es nichts Neues von den Sensoren. Nichts Neues über die Raketenspuren. Aber Gensonne war nun einmal ein Mann des Krieges, und so hatte er auch die Instinkte, die man zum Überleben im Krieg brauchte. Sein ausgeprägtes Bauchgefühl sagte ihm, schrie ihm zu, was die uneindeutigen Datenlagen des Universums ihm nicht zu sagen vermochten.

Nicht die *Copperhead* war Heissmans Ziel, es war die *Odin.*

»Alle Schnellfeuerkanonen aktivieren!«, fauchte er. Sein Blick zuckte zum taktischen Display hinüber. Er wollte eine Alarmstartkehrtwende anordnen ... und wusste ganz genau, dass es dafür zu spät war. Sechs Raketen tauchten auf den Monitoren auf ... doch sein Bauchgefühl verriet ihm, dass das nicht die Gesamtzahl aller Raketen war, die auf sie zurasten. Irgendwie war es der *Casey* gelungen, unbemerkt einen Beitrag zu dieser Salve zu leisten. Irgendwie waren diese Raketen heimlich hinter denen aus den Korvettenmagazinen gelangt. Irgendwie hatten sie genau das richtige Timing und genau den richtigen Kurs angelegt, dass diese Raketen verborgen blieben, bis sie ihren eigenen Keil hochfuhren.

Die vier Schnellfeuerkanonen der *Odin* spieen dem Gegner ihren ganzen Zorn entgegen, füllten den Raumabschnitt vor dem Schiff mit Schrapnell. In hilfloser Wut schaute Gensonne zu, wie die einkommenden Raketen dem Keil der *Copperhead* weiträumig auswichen, ungehindert den Rand des Antiraketenkegels der *Adder* passierten und geradewegs auf den weit offenen Rachen der *Odin* zuhielten ...

Das Schiff verwandelte sich in ein Chaos aus kreischendem Metall und schrillenden Alarmsirenen.

»Erwischt!«, rief Rusk, sein Tonfall eine Mischung aus Triumph und Unglaube. »Eine ist tatsächlich durchgekommen.«

»Schaden?«, fragte Heissman sofort.

»Wird noch abgeschätzt«, antwortete Woodburn. »Trümmer gibt es reichlich, aber bei so einem Brocken wie einem Schlachtkreuzer könnten die immer noch von reinen Oberflächenbeschädigungen stammen.«

»Raketenspur!«, rief Belokas. »Sechs auf dem Weg zu uns.«

»Antiraketen und Schnellfeuerkanonen bereit«, bestätigte Woodburn.

»Erste Schadenserfassung trifft ein«, meldete Rusk. »Sieht ganz so aus, als hätte der Bug einiges abbekommen – wahrscheinlich genug, um die Telemetriesysteme auszuschalten. Wenn wir Glück haben, hat es auch gleich mindestens einen von deren Werfern erwischt, vielleicht sogar noch den Buglaser.«

»Ausgezeichnet!«, freute sich Heissman. »Feuern Sie vier weitere Raketen ab – schauen wir doch mal, ob wir die durchbekommen, bevor der obere Kreuzer begreift, was hier los ist, und in die Verteidigungsposition zurückschwenkt.«

»Aye, Sir«, bestätigte Travis, verfolgte die Spuren von Tamerlanes einkommenden Raketen und verspürte kurz grimmige Befriedigung. Sie alle an Bord würden zwar höchstwahrscheinlich trotzdem sterben, aber wenigstens hatten sie es geschafft, diesem Tamerlane eine blutige Nase zu verpassen.

Das Zittern der Schnellfeuerkanone durchlief die ganze Brücke. »Alle Raketen zerstört«, verkündete Woodburn. »Vier Treffer, zwo durch Naheinschläge ausgeschaltet. Unsere Raketen befinden sich nach wie vor im Zielanflug.«

Nachdenklich studierte Travis die Formation des Gegners und versuchte zu erahnen, was Tamerlane wohl als Nächstes unternehmen würde, als ganz am Rand des Displays zwei weitere Impellerkeile aufflammten.

Die geheimnisvollen Schiffe, die sie vor Kurzem geortet hatten, waren eingetroffen.

»Telemetrietransmitter ausgefallen«, drang eine angespannte Stimme aus dem Brückenlautsprecher. Inmitten der allgegenwärtigen Kakophonie von Schreien und Flüchen war sie kaum zu verstehen. »Laser Nummer eins ist offline, Nummer zwo zickt herum, und die Schnellfeuerkanonen eins und drei sind durchgeschmort.«

»Die Aufzeichnungen besagen, dass diese Salve aus zehn Raketen bestanden hat«, übertönte Imbar zornig den Lärm. »Wie zum Teufel konnten da *zehn* verdammte Raketen sein?«

»Weil die *Casey* über ein Werfersystem für Schienenkanonen verfügt, so halt!«, versetzte Gensonne ebenso scharf. Seine Wut war so groß, dass sie ihm wie ein roter Schleier den Blick trübte. »*So* haben die also vier zusätzliche Raketen absetzen können, ohne dass wir etwas davon mitbekommen!«

Imbar stieß einen drastischen Fluch aus. »Und deswegen waren auch die Dinger, die wir gesehen haben, so überhitzt.«

»Meinen Sie?«, stieß Gensonne hervor. Dieser verdammte Trick hatte die *Odin* gerade fast die halbe Bugarmierung gekostet.

»Vier weitere Raketen einkommend«, warnte Clymes. »Die *Copperhead* schwenkt herum … die *Copperhead* kümmert sich darum.«

»Wird auch Zeit«, knurrte Gensonne durch zusammengebissene Zähne. Sein Blick wanderte über den immer länger werdenden Schadensbericht, dann schaute er zum taktischen Display auf.

Die Antiraketen der *Copperhead* hatten sich gerade der letzten Salve der *Casey* angenommen, als kurz vor der Kante des Displays unvermittelt zwei neue Keile auftauchten: Gleichzeitig vollführten beide einen Satz vom Rand des Schlachtfeldes geradewegs auf Bogey eins zu.

Die beiden Zerstörer, *Umbriel* und *Miranda*, waren endlich eingetroffen.

»Admiral?«, rief Imbar.

»Habe sie gesehen«, gab Gensonne zurück und verzog die Lippen zu einem Lächeln, das ebenso gut ein Zähnefletschen sein mochte. *Wird auch Zeit, verdammt!* »Geben Sie Befehl, Raketen abzufeuern. Ach, zum Teufel, geben Sie den Befehl an alle Schiffe!«

Er straffte die Schultern. Sie hatten genug Daten zusammengetragen. Sogar mehr als genug.

Es wurde Zeit, dass Heissman und seine Schiffe in den Tod gingen.

»Als Erstes die Nachhut der Kampfgruppe anvisieren«, entschied Gensonne, »und dann den ganzen Rest zerstören.«

In dieser einen, entsetzlichen Mikrosekunde änderte sich alles.

»Raketenspur!«, rief Rusk grimmig. »Vier von Bogey zwo – scheinen die *Gorgon* anzuvisieren. Die Schiffe von Bogey drei feuern ebenfalls ... zehn Raketenspuren einkommend.«

»Der hat alles herausgefunden, was es herauszufinden gab, und hat beschlossen, dem Ganzen ein Ende zu machen«, meinte Heissman. »Wir sollten es ihm gleichtun.«

Er aktivierte sein Com. »*Hercules, Gemini*: Schwalbenschwanz! Ich wiederhole: Schwalbenschwanz! Viel Glück!«

Travis verzog das Gesicht. ›Schwalbenschwanz‹ war die offizielle Bezeichnung für das letzte verzweifelte Manöver in einer solchen Situation, ein selbsterklärender Name, wenn man wusste, wie das Manöver aussah: Die beiden Korvetten sollten ihre Keile Tamerlanes Hauptverband zudrehen und dann in unterschiedliche Richtungen beschleunigen, sodass die beiden resultierenden Vektoren die Schiffe über oder unter die feindliche Streitmacht führten ... und das idealerweise, bevor die gegnerischen Schiffe schnell genug und weit genug rotieren konnten, um den Flüchtenden einen letzten Schuss geradewegs unter den Kilt zu verpassen.

Natürlich war das eine höchst riskante Taktik, gerade angesichts der Reichweite moderner Raketen und Laser. Aber nun, wo an der Flanke von Kampfgruppe Janus noch zwei weitere Gegner aufgetaucht waren, war diese Bedrohung größer als das einzugehende Risiko bei diesem Manöver. Die relative Positionierung der Angreifer machte es unmöglich, die Keile der beiden Korvetten so auszurichten, dass sie Raketen aus beiden Richtungen gleichermaßen blockieren könnten.

Für die *Casey* war die Lage sowieso verzweifelt: Der Seitenschild, den sie Bogey zwo zuwandte, wurde ja nur noch von einem Generator gespeist. Ein einziger Treffer noch, und der

Schild könnte vollständig ausfallen –, und damit wäre die gesamte Flanke Angriffen schutzlos ausgeliefert.

Auf dem taktischen Display verfolgte Travis, wie die *Hercules* und die *Gemini* in entgegengesetzte Richtungen rollten: Die erste Korvette legte einen Steigungswinkel an, der sie über Tamerlanes Verband hinweg befördern sollte, die zweite machte sich daran, unter dem Verband hindurchzutauchen. Weit hinter ihnen sah Travis, dass die *Gorgon* ebenfalls rollte, um ihren Impellerkeil den beiden Schiffen von Bogey zwo zuzuwenden – womit ihr Kilt immer noch ungeschützt in Richtung von Tamerlanes Hauptstreitmacht wies.

Was hieß: Die *Casey* stand dem Feind allein gegenüber.

»Commodore?«, fragte Belokas angespannt.

»Vektor beibehalten«, entschied Heissman, und sein Blick zuckte zwischen den beiden Raketensalven hin und her, die auf seine Kampfgruppe zurasten. »Ich möchte eine letzte Salve Antiraketen abfeuern. Mal sehen, ob wir wenigstens ein paar der Raketen wegräumen können, die Bogey drei der *Gorgon* auf den Hals gehetzt hat.«

»Es halten auch noch zwo Raketen auf unsere Steuerbordflanke zu«, warnte ihn Woodburn. »Wenn das hier zu knapp wird, könnten wir alles verlieren.«

»Verstanden«, sagte Heissman. »Antiraketen klarmachen … Feuer! Neigungswinkel neunzig Grad negativ, Beschleunigung null.«

»Beschleunigung null?«, wiederholte Belokas leise.

»Beschleunigung null«, bestätigte Heissman. »Wir halten geradewegs auf das Zentrum von deren Formation zu.« Seine Mundwinkel zuckten. »So ein Ablenkungsmanöver verschafft den beiden Korvetten vielleicht bessere Fluchtchancen.«

Einen Moment lang herrschte völliges Schweigen auf der

Brücke, dann hörte Travis, wie Woodburn Unverständliches in seinen nicht vorhandenen Bart murmelte.

»Verstanden, Sir«, bestätigte Belokas knapp.

»Steuerbordraketen einkommend«, warnte dann Rusk. »Ich weiß nicht, ob der Seitenschild mit denen fertig wird.«

»Dann versuchen wir mal was ganz Ausgefallenes«, entschied Heissman. »Sobald die beiden Raketen in Reichweite der Energietorpedos kommen, lassen Sie den Seitenschild flackern, geben Sie zwo Feuerstöße entlang des Vektors der Raketen ab und ziehen den Seitenschild wieder hoch. Vielleicht erwischen wir auf diese Weise wenigstens eine davon, bevor sie einschlägt.«

Travis' Magen krampfte sich zusammen. Über kurze Entfernungen hinweg besaßen Energietorpedos – eingedämmtes Plasma, direkt aus dem Reaktor des Schiffes abgezapft – eine geradezu verheerende Wirkung. Aber sie waren eigentlich nicht auf die Abwehr einkommender Raketen ausgelegt.

Offenkundig wusste auch Woodburn das. »Das ist riskant«, warnte er, »vor allem, weil wir den Seitenschild vielleicht nicht rasch genug wiederaufbauen können. Und wenn wir beide Raketen verfehlen, könnte das bedeuten, dass uns dann gleich zwo der Dinger völlig schutzlos erwischen.«

»Stimmt«, pflichtete ihm Heissman bei, »aber die Alternative lautet, darauf zu vertrauen, dass ein Seitenschild mit halber Kapazität sie abhalten kann.« Ein müdes Lächeln huschte über sein Gesicht. »Und bislang sind unsere Schüsse doch ganz ordentlich gelaufen.«

»Stimmt«, bestätigte Woodburn und erwiderte das Lächeln des Commodore. »Sehr wohl, Sir. Energietorpedos bereit.«

Auf dem taktischen Schirm flackerte das Abbild der *Gorgon* kurz und verschwand dann.

»Wir haben die *Gorgon* verloren, Sir«, meldete Rusk grimmig. »Unterer feindlicher Kreuzer schwenkt herum, um die *Gemini* anzuvisieren.«

»Computer ist bereit, den Seitenschild flackern zu lassen und Energietorpedos abzufeuern«, setzte Woodburn hinzu.

»Verstanden«, sagte Heissman. »Computer übernimmt.«

»Computer übernimmt, aye«, bestätigte Woodburn. »Los geht's ...«

Travis spürte die *Casey* leicht erzittern, als die schweren Maschinen eine ganze Salve Torpedos ins All entsandten. Die Waffen arbeiteten bemerkenswert schnell, beinahe so rasch wie die bordeigenen Röntgenlaser. Ein zweites Erzittern, eine zweite Salve folgte der ersten ...

»Seitenschild steht wieder«, rief Woodburn. Travis hielt den Atem an ...

Alle Hoffnungen, alles Daumendrücken waren vergeblich. Einen Augenblick später wurde die *Casey* heftig erschüttert – in entsetzlich vertrauter Art und Weise.

Die Raketen waren tatsächlich aufgehalten worden. Doch dabei hatte es auch den zweiten Seitenschildgenerator an Steuerbord überladen und zerstört.

»Schadensbericht!«, rief Heissman, während der Alarm die ganze Brücke einhüllte.

»Generator ausgefallen«, meldete Belokas. »Dort auch Sekundärschäden. Verlustmeldungen sind eingegangen, Details liegen noch nicht vor.«

Travis hatte das Gefühl, eine Eisenfaust zerquetschte ihm den Brustkorb. Der Steuerbordseitenschild war fort, sie hatten nur noch weniger als die Hälfte ihrer Raketen übrig, und nun hielten sie auf ballistischem Kurs und im freien Fall geradewegs auf die Mitte der feindlichen Formation zu.

Schlimmer noch: Sie würden die anderen Schiffe in einem

Abstand passieren, der eindeutig innerhalb der Reichweite von Strahlenwaffen lag. Das würde kein Schusswechsel werden, sondern eine Messerstecherei ... und bei der *Casey* waren Rachen, Kilt und die Steuerbordflanke ungeschützt. Damit stellte sich für Tamerlane nur noch eine einzige Frage: Welchem seiner Schiffe die Ehre zukäme, den Leichten Kreuzer HMS *Casey* der Royal Manticoran Navy zu erledigen.

Stirnrunzelnd betrachtete Travis das taktische Display, und seine Finger flogen über die Bedienfelder. Tamerlane hatte bereits unter Beweis gestellt, dass er schlau war und in angemessener Weise vorsichtig vorging. Er würde davon ausgehen, dass die *Casey* über Bug- und Hecklaser verfügte. Also würde er sich vermutlich dafür entscheiden, den Angriff von der Steuerbordseite aus vornehmen zu lassen, an der es keine Abwehr mehr gab – von den Energietorpedos einmal abgesehen. Dort konnte man ein deutlich größeres Profil des Schiffes anvisieren.

Die *Casey* hatte nur noch acht richtige Raketen an Bord, aber da waren auch noch vier Übungsraketen. Dank des elektromagnetischen Werfersystems statt der konventionelleren Booster sollten sie in der Lage sein, zumindest *eine* dieser Raketen aus dem Rohr zu befördern, ohne sie augenblicklich dem Feind entgegenzuschleudern.

Und wenn das möglich wäre ...

Er räusperte sich. »Commodore Heissman? Ich hätte da eine Idee.«

»Weil ich diesen Schuss absetzen *kann*, Sie aber nicht«, erklärte Captain Blakely in seiner üblichen, provozierenden Art pedantischer Überlegenheit. »Sie wollen Heissman zerlegt wissen, fein! Aber Sie tragen die Verantwortung für diesen kleinen Einsatz hier, und das heißt, Sie können nicht einfach aus der Formation ausscheren, bloß weil Ihnen gerade der Sinn danach steht. Nicht, wenn in absehbarer Zeit Bogey zwo hier auftauchen und uns die Hölle heiß machen wird. Sie müssen genau dort vorn an der Front stehen, wo Sie die Rolle des Admirals spielen können.« Er machte eine Kunstpause, und ein selbstgefälliges Lächeln huschte über sein Gesicht. »Und wo Sie sich dann bereithalten können, den ersten Schuss abzugeben.«

Gensonne durchbohrte das Com-Display mit einem finsteren Blick. Alles in ihm schrie danach, diesen blasierten Kerl in seine Schranken zu verweisen.

Aber leider hatte Blakely recht. Die *Casey* folgte im freien Fall einer flachen Flugbahn, die sie geradewegs durch die Formation der Volsungs führen würde – ein träges, leicht zu erledigendes Ziel, wie aus dem Lehrbuch. Aber in der richtigen Position, um dieses Schiff zu erledigen, ihm den Todesstoß zu versetzen, befand sich nun einmal die *Tyr*, nicht die *Odin*.

Mindestens ebenso wichtig: Die Armierung der *Tyr* war immer noch in einwandfreiem Zustand, die der *Odin* nicht.

»Fein«, knurrte er. »Aber passen Sie bloß auf! Sie werden in Reichweite von seinen Energietorpedos sein, und als Bestandteil einer Glutwolke sähen Sie noch dämlicher aus als jetzt.«

»Wollen Sie rüberkommen und mir das Händchen halten?«, versetzte Blakely. »Ich weiß, wie man ein Schwein absticht! Ich werde die Zielerfassung auf den Bug des Schiffes einstellen, während er sich für die Breitseite entscheiden wird, und das verschafft mir einen Zeitvorteil von mindestens einer Viertelsekunde, vielleicht sogar einer halben Sekunde. Außerdem muss der Manticoraner dafür noch zur Zielerfassung fähig sein – und dass das nach allem, was wir seinem Seitenschild angetan haben, überhaupt noch der Fall ist, bezweifle ich.« Er gestikulierte ungeduldig. »Konzentrieren Sie sich ganz darauf, Bogey zwo auszuschalten ... und sehen Sie zu, dass Llyn, wenn wir fertig sind, auch wirklich zügig zahlt. Ich kümmere mich um Heissman und seine heiß geliebte *Casey.*«

»Fein«, wiederholte Gensonne, wieder knurrig. »Aber beeilen Sie sich! Wir reizen hier ohnehin schon das Zeitfenster aus, den Hauptverband hierherzuschaffen, bevor Bogey zwo eintrifft. Ich will Sie wieder in der Gefechtssäule stehen sehen, bevor das passiert.«

»Ich bin so schnell zurück, da merken Sie gar nicht, dass ich weg war!«, gab Blakely beschwichtigend zurück. »Und wenn Sie sich langweilen, lassen Sie sich von Imbar ein Buch bringen.«

Gensonne verbiss sich einen Fluch und deaktivierte das Display. Einen Moment lang durchbohrte er den nun schwarzen Bildschirm mit finsterem Blick, dann wandte er sich wieder dem taktischen Display zu. Auch hier hatte Blakely recht: Sensor- und Zielerfassungssysteme von Energietorpedos waren von Natur aus langsamer als die eines Mittschiffslinienlasers. Vermutlich würde Heissman versuchen, sein Schiff, geschützt vom Keil, in eine andere Position zu bringen. Damit ließen sich die Zielerfassungssysteme der *Tyr* in die Irre zu führen. Doch wenn Blakely gleich in dem Augenblick das Feuer eröffnete, in dem der Kreuzer in Sicht käme, sollte er keine Schwierigkeiten haben, ihn auszuschalten, bevor die *Casey* zurückschießen könnte.

Blakely wollte seinen Admiral noch einmal kräftig mit der Nase darauf stoßen: Die *Tyr* würde das lächerlich kleine Schiff ausschalten, dem es gelungen war, der *Odin* eine Ohrfeige zu verpassen. Fein, über solche Kleinigkeiten war Gensonne doch erhaben! Er sah das große Ganze. Deswegen war er ja auch Admiral und Blakely bloß Captain.

Und wenn Blakely Ehrgeiz in genau diese Richtung entwickelte?

Gensonnes Lächeln fiel sehr schmal aus. Er hoffte, dass Blakely keineswegs so töricht wäre – um Blakelys willen.

Eine Dreiviertelsekunde.

Travis hatte es durchgerechnet. Gleiches galt für Woodburn und für Heissman … und vermutlich auch für jeden anderen auf der Brücke. Die harten, nackten, kalten Zahlen führten zu dem ebenso harten, nackten, kalten Ergebnis: Die *Casey* war dem Untergang geweiht.

Der feindliche Schlachtkreuzer hatte sein Schwenkmanöver abgeschlossen, der Laser auf Mittschiffslinie am Bug wies bereits genau auf den Punkt, den die Casey auf ihrem Weg quer durch die Formation der gegnerischen Schiffe in exakt neunzig Sekunden erreichen würde. Dort befände sie sich in Kernschussweite dieses Geschützes, kaum eintausend Kilometer entfernt – eine geradezu aberwitzig geringe Distanz, gerade im Zeitalter von Langstreckenraketen und hochleistungsfähigen Röntgenlasern.

Der Captain des Schiffes würde die damit einhergehenden Risiken gewiss erkennen. Aber auch er hatte die Lage zweifellos durchgerechnet: Im gleichen Augenblick, in dem der Bug seines Schiffes den Rand des manticoranischen Impellerkeils passierte, würden seine Zielerfassungssensoren die *Casey* orten, die Daten an den Mittschiffslinienlaser weiterleiten und die Waffe auslösen. Das alles würde automatisch ablaufen, ohne dass irgendwo ein Mensch eine Entscheidung treffen müsste oder anderweitig einzugreifen hätte ... Wenn der Schlachtkreuzer mit moderner Elektronik ausgestattet wäre, wovon auszugehen war, würde das Ganze zwischen einer Viertelsekunde und einer halben Sekunde dauern.

Das wäre der einzige Schuss, den der Schlachtkreuzer zunächst abgeben könnte. Schließlich dauerte es seine Zeit, bis ein Laser wiederaufgeladen war. Aber wenn das Zeitfenster für diesen einen Schuss beinahe zwei Sekunden betrug, würde diese halbe Sekunde mehr als ausreichen.

Auch das Gegenfeuer der *Casey* war bereits einprogrammiert, vorbereitet und nun voll automatisiert – auch die Waffen des Leichten Kreuzers würde schnellstmöglich feuern. Doch Energietorpedos waren langsamer: Der Gegenangriff der *Casey* würde beinahe eine halbe Sekunde später erfolgen als der Angriff des Schlachtkreuzers.

Mit anderen Worten: eine halbe Sekunde später, als die *Casey* noch existieren würde.

Eine Dreiviertelsekunde.

Travis wusste, was ein Röntgenlaser einem Schiff anzutun vermochte. Wenn der Strahl des Schlachtkreuzers die *Casey* traf, würde er den Rumpf und sämtliche inneren Sektionen durchschneiden: Das Schiff, das einem Zuhause am nächsten kam, würde ausgeweidet wie ein Fisch. Wenn der Strahl der Waffe auch noch den Stellarator träfe, fände die gesamte Besatzung ihr Ende in einem gewaltigen Flammenball. Wenn nicht, käme der Tod langsamer: Einige würden dort, wo der Rumpf des Schiffes beschädigt war und ungehindert die Atemluft entwich, rasch ersticken, während andere im zweifelhaften Schutz ihrer Raumanzüge hilflos in die Unendlichkeit hinaustrieben.

Das Einzige, was das noch verhindern konnte, war Travis' völlig abwegige Idee.

Genauer gesagt: Travis' abwegige Idee und die Tatsache, dass Heissman bereit war, sich trotzdem daran zu versuchen.

Eine Dreiviertelsekunde.

»Noch zehn Sekunden«, verkündete Woodburn.

Ein letztes Mal betrachtete Travis seine Displays. Vor seinem geistigen Auge lief automatisch der Countdown ab. Zehn Kilometer achtern der *Casey* und ungefähr zwanzig Kilometer von deren Steuerbordseite entfernt, fixiert durch einen Traktorstrahl, befand sich eine der Übungsraketen. Sie wartete auf den automatisierten Befehl, der bewirken würde, dass sie ihren Keil aufbaute und immens beschleunigte. Wenn der feindliche Schlachtkreuzer eintausend Kilometer entfernt wäre – Travis rechnete es im Kopf automatisch durch –, würde die Rakete siebeneinhalb Sekunden benötigen, ihr Ziel zu erreichen. Unter den gegebenen Umständen waren diese siebeneinhalb Sekunden eine Ewigkeit.

Glücklicherweise brauchte die Rakete ihr Ziel nicht zu treffen.

Wieder warf Travis einen Blick auf das taktische Display und wunderte sich ein wenig, dass er überhaupt in der Lage war, derartige Zeitaspekte in seine Berechnungen einzubeziehen. Schließlich brachte all das Adrenalin in seinen Adern sein Zeitgefühl völlig durcheinander: Er kam sich selbst schon vor wie eine Rakete unter Maximalbeschleunigung. Der Countdown vor seinem geistigen Auge erreichte die Null . . .

Auf dem Taktikschirm tauchte am Rand des Impellerdachs der *Casey* der Schlachtkreuzer auf – mit völlig freiem Schussfeld. Eine Viertelsekunde noch, so hatte Travis geschätzt, bis dessen Laser den hilflosen Kreuzer zerschnitte.

Auf der Steuerbordseite der *Casey* baute die Übungsrakete ihren Keil auf und machte einen Satz vorwärts.

Sie raste nicht auf den Schlachtkreuzer zu, und sie entfernte sich auch nicht von der *Casey*, aus deren Waffenbeständen sie stammte. Vielmehr blieb sie auf einem Kurs, der parallel zu deren Rumpf verlief.

Raketen besaßen nur zwei voreingestellte Beschleunigungsraten: Beim Langstreckeneinsatz wurden dreitausendfünfhundert Gravos vorgelegt, im für Kurzstrecken gedachten Sprintmodus ganze zehntausend. An diesen Voreinstellungen ließ sich nichts ändern, zumindest nicht mit Bordmitteln der *Casey* – und selbst mit der geringeren der beiden Beschleunigungsraten würde die Rakete nicht allzu lange Seite an Seite mit der *Casey* bleiben.

Aber das war auch gar nicht nötig. Der Impellerkeil der Rakete maß zehn Kilometer, die *Casey* selbst war nur dreihundertundsiebzig Meter lang: Den feindlichen Laser blockierte die Rakete mit ihrem Impellerkeil daher von dem Augenblick an, wo dieser mit seiner äußersten Spitze den Bug der *Casey* passierte, bis zu dem Moment, wo sozusagen sein äußerstes Schwanzende am Heck des Schlachtkreuzers vorbeizog.

Die ganze entscheidende Dreiviertelsekunde lang.

Irgendwann während dieses Augenblicks, der nur einen einzigen Herzschlag währte, hatte der gegnerische Schlachtkreuzer zweifellos den einen Schuss, der ihm blieb, auch abgefeuert. Travis sollte es nie erfahren – der Impellerkeil der Rakete blockierte ja auch die Sensoren der *Casey*, sie war blind dem gegenüber, was jenseits der Rakete und ihres Keils geschah. Dann hatte die Rakete die *Casey* passiert, und die Massenträgheit des Schiffes sog den Schlachtkreuzer in den Bereich zwischen den Verzerrungsbändern der *Casey*.

Mit einer letzten, massiven Salve Energietorpedos holte sie zum entscheidenden Schlag aus.

Ungläubig starrte Gensonne seine Displays an. Sein Mund stand offen, sein Verstand weigerte sich zu verarbeiten, was er sah. Das war unmöglich, schlichtweg unmöglich! Die Zahlen, alle Berechnungen ... sie hatten es unbestreitbar *belegt!* Die *Tyr* konnte ihr Ziel unmöglich verfehlen, und die Manticoraner konnten unmöglich den ersten Schuss abgeben.

Doch die Zahlen, die Berechnungen ... sie hatten gelogen. Irgendwie hatten sie gelogen!

Hilflos und starr vor Entsetzen musste Gensonne mitansehen, wie die *Tyr* ... verschwand. Sie löste sich einfach auf.

Der Bug verschwand als Erstes: In dem Augenblick, da das erste Projektil aus überhitztem Plasma das Metall des Rumpfes traf, schälte dieser sich wie altes, brüchiges Papier ab. Noch während dieser erste Plasmaball ausbrannte, wurde der Schlachtkreuzer von einem zweiten getroffen, der noch tiefer in den Schiffsrumpf eindrang. Dabei wurde der Bugimpellerring zerstört, und in einem Chaos widerstreitender und rasch zerfallender Schwerkraftfelder verschwand der ganze Keil der *Tyr*. Gensonne beobachtete, wie das nächste Torpedo sein Ziel traf, dann noch eines, und kurz erging er sich in der Hoffnung, dass der Zwillingsreaktor in der Hecksektion des Schiffes das Inferno überstünde.

Dem war nicht so. Der letzte Energietorpedo durchzuckte das bereits geborstene Schiff ...

... und die *Tyr* verwandelte sich in eine lodernde Feuerwolke aus zerfetztem Metall und zerschmetterten Leibern.

Lange sagte niemand auf der Brücke der *Odin* auch nur ein einziges Wort. Gensonne ließ den Blick zur *Casey* hinüberschweifen, die nach wie vor im freien Fall die Formation seiner Schiffe durchquerte.

Oder besser: das, was von der Formation seiner Schiffe jetzt noch übrig war.

»Admiral?«, fragte schließlich Imbar mit gedämpfter Stimme. »Die *Casey* kommt zur *Phobos* auf. Soll sie schießen?«

Ja! Gensonne hätte es schreien mögen. *Ja, verdammt, schießt! Bringt sie alle um!*

Aber diesen Befehl konnte er nicht ausgeben. Was auch immer für Zauberwerk Heissman gegen die *Tyr* zum Einsatz gebracht hatte, es gab keinen Grund zu glauben, die gleiche Zauberwaffe lasse sich nicht auch gegen die *Phobos* anwenden. Gensonne wagte nicht, ein zweites Schiff zu riskieren, solange er keine Ahnung hatte, wie die *Casey* das erste hatte zerstören können. »Nein«, sagte er, und das Wort schien sich in seiner Kehle zu einem Klumpen nutz- und hilfloser Wut zusammenzuballen. »Weisen Sie die *Phobos* an, den Keil herumzurollen und die Manticoraner ziehen zu lassen.«

Wieder spürte er den Kragen seiner Uniformjacke im Nacken. Immerhin stand die Hauptflotte genau in der Richtung, die die *Casey* nun ansteuerte, jederzeit bereit, ihre Keile hochzufahren und den Überresten der Vorhut zu Hilfe zu eilen. Sie würden sich mit der *Casey* befassen, danach wäre mit vereinter Schlagkraft Bogey zwo an der Reihe.

Gensonne warf einen Blick auf die sich immer weiter ausbreitende Materiewolke, die einst die *Tyr* gewesen war. »Wir sehen uns in der Hölle wieder«, murmelte er. »Sie erkennen mich sofort: Ich bin der ganz in Weiß.«

Gerade noch rechtzeitig, bevor der Impellerkeilboden die *Casey* blind machte, hatte Travis erkennen können, dass der Schlachtkreuzer dem Untergang geweiht war. Doch er spürte, wie die eigene Anspannung trotzdem weiter zunahm, als sie auf das Signalrelaisschiff aus der hintersten Reihe der

Formation von Bogey drei zuhielten. Er fragte sich, ob der *Casey* wohl noch ein weiteres Gefecht bevorstünde.

Doch der Verlust seines Schlachtkreuzers hatte Tamerlane offenkundig schwer erschüttert. Die *Casey* raste auch am letzten Schiff der gegnerischen Formation vorbei und sah nur noch, dass das Schiff herumgerollt war, um sich hinter seinem Impellerkeil vor ihnen zu verstecken.

Zu sagen, dass es auf der Brücke ein kollektives erleichtertes Ausatmen gegeben hätte, wäre übertrieben gewesen. Doch die Anspannung ließ erkennbar nach, das fiel Travis sofort auf.

Belokas brach das Schweigen als Erste. »Und jetzt, Sir?«, fragte sie.

»Keine Ahnung«, gestand Heissman nachdenklich. »Darüber, wie vorzugehen ist, wenn man hinter eine feindliche Formation gelangt ist, schweigen sich bemerkenswerterweise sämtliche Dienstvorschriften aus. Liegt wahrscheinlich daran, dass so etwas nicht allzu häufig vorkommt.«

»Dann müssen wir wohl improvisieren«, schlug Woodburn vor.

»Müssen wir wohl«, pflichtete ihm Heissman bei, ebenso nachdenklich wie zuvor. »Gehen wir doch erst einmal auf Abstand, damit wir nicht mehr in Reichweite des Hecklasers sind, und dann schauen wir, was uns sonst noch so einfällt.«

Epilog

»Sie sollten vielleicht wissen«, sagte Heissman, schaute von seinem Schreibtisch auf und bedachte Travis mit einem unergründlichen Blick, »dass ich Sie für das CGM vorgeschlagen habe.«

»Ich danke Ihnen, Sir«, sagte Travis mit einigem Stolz. Es war ein gutes, warmes Gefühl. Die Conspicuous Gallantry Medal, der Orden für herausragende Tapferkeit, war eine wirklich angesehene Auszeichnung.

Aber wie alles an Gefühlen, was Travis während der zwei Wochen, die seit der Schlacht vergangen waren, umgetrieben oder heimgesucht hatte, war dieser Stolz nicht rein und ungetrübt, ganz im Gegenteil.

Natürlich war er erleichtert, das Gefecht überlebt zu haben, und er war erleichtert, dass sich über so viele andere das Gleiche sagen ließ.

Aber für allzu viele galt das eben nicht. Die Royal Manticoran Navy hatte schwere Verluste an Schiffen und Besatzungen hinnehmen müssen, und zwischenzeitlich hatte es durchaus so ausgesehen, als wäre alles verloren. Dass es doch anders gekommen war, war verschiedenen Faktoren geschuldet: Gewiss hatten auch Gottes Segen und Gottes Gnade eine Rolle gespielt, doch offenkundig hatte Tamerlane mit deutlich weniger schlagkräftigem Widerstand gerechnet. Und die Angehörigen der Flotte hatten beachtlichen Mut und beachtliches Geschick an den Tag gelegt – in einem Maße, das Travis niemals für möglich gehalten hätte.

Es war ihm voll und ganz vernünftig und naheliegend erschienen, dass es *Casey*, nachdem sie erst einmal Tamerlanes Kampfgruppe entkommen war, an Kampfhandlungen nicht mehr beteiligt wäre. Wenn Locatelli erst einmal eingetroffen wäre, sollte es für die Manticoraner doch nichts mehr zu tun geben, als dank ihrer nun frisch errungenen zahlenmäßigen Überlegenheit die Überreste von Tamerlanes Kampfgruppe auszuschalten.

Doch Tamerlane hatte sich als schlauer erwiesen, als seine Gegner ihm zugetraut hatten: In dem Augenblick, da sich Locatellis Schiffe dem Schlachtfeld näherten und den Angriff vorbereiteten, fuhr die andere Hälfte des Invasionsverbandes ihre Impellerkeile hoch und kam zu ihnen auf. Die Anwesenheit dieser Schiffe hatte niemand an Bord der *Casey* auch nur geahnt.

Und so hatte sich die *Casey* plötzlich genau zwischen zwei feindlichen Kampfgruppen befunden.

Beinahe hätten sie alle dort ihr Ende gefunden. Nur dank viel Glück und viel Geschick und dank einiger äußerst kniffliger Manöver gelang es Heissman, sie alle in Sicherheit zu bringen.

Und erst in jenem Moment hatte die Schlacht von Manticore richtig begonnen.

Erst später, nachdem die letzte Rakete und der letzte Laser abgefeuert waren, nachdem die Schlacht endlich vorbei gewesen war, wurde allen Beteiligten bewusst, welchen entsetzlichen Preis die Verteidigung ihres Sternenkönigreichs gefordert hatte.

Angesichts all dessen über Auszeichnungen auch nur zu sprechen, erschien Travis geradezu schmerzhaft verfrüht, um nicht zu sagen: geschmacklos. Doch Admiral Locatelli gab sich redlich Mühe, das Verdienst für den Sieg weitestgehend persönlich einzuheimsen, im Parlament wie in den Medien. Daher war es nur recht und billig, dass auch den anderen Helden dieser Schlacht – nach Travis' Meinung:

den *wahren* Helden – wenigstens ein Teil der Anerkennung zukäme.

»Freuen Sie sich nicht zu früh«, fuhr Heissman säuerlich fort. »Das Gesuch wurde abgelehnt.«

Das warme Gefühl in Travis' Magengrube verflog. »Bitte, Sir?«, fragte er verwirrt.

»Gewisse einflussreiche Persönlichkeiten«, erläuterte Heissman und quetschte die Worte so zwischen den Zähnen hervor, als müsste er sie zerbeißen, »sind der Ansicht, mit Ihren Ideen hätten Sie im Wesentlichen nichts anderes als Glück gehabt und so erzielte Erfolge seien in Wahrheit eben jenem Glück zu verdanken sowie der allgemeinen Leistungsfähigkeit der Offiziere und Mannschaftsdienstgrade der *Casey*.«

»Jawohl, Sir«, sagte Travis. »Ich meine ... natürlich war das eine Leistung der gesamten Besatzung. Die beste Idee bringt ohne Teamwork gar nichts, und ...«

»Und Teamwork allein reicht nicht aus, wenn man vor einer schlichtweg unlösbaren Aufgabe steht«, fiel ihm Heissman brüsk ins Wort. »Und genau das habe ich auch zu erklären versucht. Sie erhalten dennoch, ebenso wie alle anderen, eine Lobende Erwähnung Seiner Majestät – die kann man Ihnen einfach nicht verwehren. Aber karrieretechnisch gehen Sie wohl leider im allgemeinen Durcheinander unter.« Er blickte Travis fest an. »Ich habe langsam das Gefühl, Sie haben den einen oder anderen wirklich einflussreichen Feind, Lieutenant.«

Travis verzog das Gesicht. Was sollte er dazu sagen? Es galt, die Worte mit Bedacht zu wählen. »Ich habe niemals wissentlich oder willentlich den Unmut anderer auf mich gelenkt, Sir«, erklärte er daher.

»Ob nun willentlich oder nicht, anscheinend haben Sie es prächtig hinbekommen«, gab Heissman zurück. »Ich nehme mal an, die jüngsten Beiträge dazu stammen aus Ihrer Zeit an Bord der *Phoenix*.«

Travis spürte, wie seine Lippe zuckte. Oh ja, der im Kampf gefallene Ensign Fenton Locatelli, seines Zeichens Neffe des nun berühmten und umjubelten Helden von Manticore. Schon vor diesem Gefecht hatte Admiral Locatelli vermutlich über genug Einfluss verfügt, um Travis militärische Ehren zu verwehren. Jetzt war daraus praktisch eine Selbstverständlichkeit geworden.

Aber dagegen konnte Travis nichts unternehmen. Und selbst, wenn er doch irgendwo eine Möglichkeit gesehen hätte: Die Mühe hätte er sich gespart. Im Vergleich zu den Opfern, die so viele gebracht hatten, um ihre Heimatwelten zu retten, erschien ihm sein eigener bescheidener Beitrag dazu unbedeutend. »Ich weiß Ihre Bemühungen zu schätzen, Sir«, sagte er. »Wenn das alles wär ...«

»Nicht ganz«, grollte Heissman. »Fangen wir mit dem Offensichtlichen an. Ich weiß, dass das ein ziemlicher Tritt gegen das Schienbein ist, aber allzu viele Gedanken würde ich mir darüber nicht machen. Natürlich gibt es bei der Flotte eine ganze Menge Polit-Hansel. Aber wenn man sich die Gesamtzahlen ansieht, sind wir anderen doch wirklich die Mehrheit.«

Wir anderen? Meinte er damit diejenigen, die einfach nur, so gut sie konnten, ihren Job machten? Oder schloss Heissman damit auch diejenigen ein, denen eigentlich völlig egal war, wo sie sich gerade befanden, solange sie nur regelmäßig ihren Sold bekamen? Denn von denen gab es ebenfalls reichlich. »Jawohl, Sir«, sagte er nur.

»Und damit meine ich nicht die Faulenzer, deren Personalakten Sie so unablässig mit Einträgen füllen«, fuhr Heissman fort. »So etwas stört Sie richtig, oder? Leute, die sich nicht an die Vorschriften halten.«

»Jede Vorschrift hat ihren Grund, Sir.«

»Auch wenn man den Grund nicht erkennen kann oder nicht einsieht?«

»Einen Grund gibt es für jede Vorschrift, Sir«, wagte Travis ein wenig steif dagegenzuhalten. »Auch wenn er vielleicht nicht auf den ersten Blick ersichtlich ist.«

»Ich weiß Ihren Optimismus in derlei Dingen wirklich zu schätzen«, erklärte Heissman, »aber eines muss ich doch sagen: Genau wegen dieses Charakterzugs stellen Sie eine gewisse ... Anomalie dar. Normalerweise ist jemand, der so sehr auf die Vorschriften achtet, auch in allen anderen Lebenslagen geistig inflexibel. Sie hingegen können nicht nur kreuz und quer und um die Ecke denken, Sie überschreiten dabei Grenzen.«

»Danke, Sir«, sagte Travis und fragte sich dabei, ob der Commodore ihn gerade wirklich gelobt oder doch eher kritisiert hatte. »Aber ich habe wirklich nichts Außergewöhnliches getan.«

»Wer ein Talent hat, ganz egal welches, hält es nie für etwas Außergewöhnliches«, versetzte Heissman trocken. »Ich wollte auf etwas anderes hinaus: Diese beiden Charakteristika werden Sie in gewissen Kreisen alles andere als beliebt machen. Aber den *wirklich* wichtigen Leuten werden Sie auffallen, und die werden Sie auch zu schätzen wissen – was auch immer Ihnen das bringen mag.«

»Danke, Sir«, wiederholte Travis. »Bitte verstehen Sie, dass ich nicht zur Royal Manticoran Navy gegangen bin, um Ruhm oder Anerkennung einzuheimsen. Ich bin zur Flotte gegangen, um das Sternenkönigreich zu schützen.« Er zögerte. »Und sollte es erforderlich werden, für das Sternenkönigreich auch zu sterben.«

»Ich weiß«, sagte Heissman und klang noch düsterer.

»Bedauerlicherweise werden Sie sich auch *damit* in bestimmten Kreisen unbeliebt machen. Echter, ungenierter Patriotismus beschämt nun einmal alle Zyniker und all diejenigen, die gern andere Menschen zu ihren eigenen Zwecken manipulieren.« Dann entspannte sich seine Miene ein wenig. »Und das bringt mich zu meiner letzten Frage. Wo auch immer Sie auftauchen, versuchen früher oder später praktisch alle, irgendwo das Wort ›Travestie‹ in den Alltag einzubauen, ob das nun Sinn ergibt oder nicht. Was hat es damit eigentlich auf sich?«

Travis seufzte. »Angefangen hat das schon in der Highschool«, erklärte er dann zögerlich. »Einer der Lehrer dort hielt sich für besonders geistreich, und so hatte er Spaß daran, seinen Schülerinnen und Schülern Spitznamen zu verpassen. Ich heiße ja nun einmal Travis Uriah Long, kurz Travis U. Long, und der Lehrer fand, das würde wie ›Travis Oolong‹ klingen – Sie wissen schon, wie der Oolong-Tee von Alterde. Von ›Travis-Tee‹ war's nicht weit bis ›Travestie‹.«

»Tja«, nickte Heissman und grinste, »wer wie Sie selbst kleinste Regelverstöße ahndet und damit die Regeln viel zu absolut setzt, denn das sollten sie nicht sein, provoziert Sarkasmus dieser Art!«

»Jawohl, Sir.« Travis nahm all seinen Mut zusammen. »Sir, ich wüsste es sehr zu schätzen, wenn . . . wenn das nicht allgemein bekannt würde.«

»Kein Problem«, gab Heissman zurück. »So! Ich wurde gerade erst informiert, dass die *Casey* noch einen weiteren Monat in der Werft verbringen wird. Also ist der Landgang für sämtliche Besatzungsmitglieder verlängert. Aber es ist jederzeit möglich, dass man Sie zu weiteren Aussagen oder Erklärungen einbestellt, also entfernen Sie sich nicht allzu weit von Landing City.«

Zu Travis' großer Überraschung erhob sich der Commodore dann unvermittelt.

»Gut gemacht, Travis«, sagte er und salutierte.

Travis war so erstaunt, dass er den Salut beinahe nicht erwidert hätte.

»Ich freue mich darauf, mit Ihnen wieder auf die *Casey* zurückzukehren, und das so bald wie möglich.« Heissmans Blick schien sich in der Ferne zu verlieren. »Ich habe das unbestimmte Gefühl, dass Manticore schon bald den Status als hübsche, friedliche Hinterwäldlersternnation verlieren wird, den wir so lange haben genießen dürfen. Wie oder warum das so ist, weiß ich nicht. Niemand scheint das zu wissen. Aber eines kann ich Ihnen garantieren: Heute in zwo Wochen ist die Royal Manticoran Navy keine Lachnummer mehr, und auch nicht mehr der Ball, der aus politischen Erwägungen mal hierhin, mal dorthin geworfen wird. Jemand da draußen hat unsere Sternnation ins Visier genommen ... und wir werden herausfinden, wer das ist.«

Seine Miene verhärtete sich. »Sie haben gesagt, Sie wären bereit, für das Sternenkönigreich zu sterben. Gut möglich, dass Sie beizeiten Gelegenheit dazu haben.«

David Weber
Die Schöne und das Tier

»Lieutenant Harrington?«

Alfred Harrington drehte sich herum. Nach fast zwei T-Jahren hatte er sich langsam daran gewöhnt, nicht mehr mit ›Gunny‹ angesprochen zu werden. Dennoch war die Anrede ›Lieutenant‹ bisher für ihn nicht zur Selbstverständlichkeit geworden. Zweifellos würde sich das noch ändern ... wie sich alles im Leben änderte.

»Ja?«, sagte er und hob eine Augenbraue, während er Blickkontakt mit dem Mann aufnahm, der ihn angesprochen hatte.

Was Körpergröße anging, war der arme Kerl verglichen mit Alfred, der an die zwei Meter maß, eindeutig zu kurz gekommen. Der Mann war schätzungsweise eins sechsundfünfzig groß, wenn's hochkam eins achtundfünfzig, sicher nicht mehr. Wie ein Großteil der beowulfianischen Bevölkerung hatte er mandelförmige Augen – ein Erbteil aus dem Asien Alterdes – und dunkles Haar; sein Teint erinnerte Alfred an sphinxianische Sandeleiche. Auf den zweiten Blick hatte der Mann, größentechnisch zu kurz gekommen hin oder her, etwas an sich, das den Eindruck vermittelte, er wäre aus härterem Holz geschnitzt ... aus dem Holz einer Sandeleiche etwa, an Zählebigkeit unübertroffen. Diesen Eindruck hatte man, obwohl es nichts gab, woran man das hätte festmachen können. Vielleicht war es die Art, wie er sich hielt, wie ausmoduliert seine Muskulatur war. Oder es waren die Augen – ja, genau, es war der Blick aus diesen dunklen, mandelförmigen Augen, der, so ging Alfred auf, ihm verriet, was für eine Sorte Mann der Beowulfianer war. Diese Art Blick, unabhängig davon, welche Form oder Farbe die Augen hatten, kannte Alfred, sehr gut sogar.

»Meine Name ist Jacques Benton-Ramirez y Chou«, stellte sich der kleine Mann vor.

»Gesundheit«, rutschte Alfred unwillkürlich heraus, und schüttelte gleich darauf bedauernd den Kopf. »Verzeihen Sie bitte. Vermutlich sollte kein Offizier der Flotte das zugeben müssen, aber ich bin, wie ich zu meiner eigenen Schande sagen muss, nach einer Fahrt nicht ganz auf der Höhe. Und wahrscheinlich«, fuhr er mit einem schiefen Lächeln fort, »bin ich nicht der Erste, der sich diesen besonders schlechten Scherz erlaubt.«

»Hier auf Beowulf?« Benton-Ramirez y Chou legte den Kopf in den Nacken, um zu Alfreds zwei Metern Gardemaß aufzuschauen, und blickte ihn dabei so prüfend an wie ein Holzfäller eine Kroneneiche. »Nun, da dürften Sie tatsächlich der Erste sein.« Für einen weiteren Moment durchbohrte Benton-Ramirez y Chou Alfred mit seinem Blick, dann lächelte er. Es war ein schiefes Lächeln, ganz wie das, mit dem sich Alfred für seinen schlechten Scherz entschuldigt hatte, doch dieses Lächeln war mit Bedacht aufgesetzt. Alfred spürte tief in sich Wärme aufsteigen, als Benton-Ramirez y Chous Augen amüsiert blitzten, und er dachte an die alte Redewendung, man erwärme sich für andere. »Außerhalb von Beowulf, tja, da ist mir dieser Scherz natürlich schon begegnet. Ein- oder zweimal.«

»Nun denn«, Alfred streckte seinem Gegenüber die Rechte entgegen und mahnte sich angesichts seiner sphinxianischen Muskelkraft, dem Beowulfianer nicht aus Versehen die Mittelhandknochen zu zerquetschen, »ich werde mich bemühen, mich in Zukunft anständig zu benehmen, Mister Benton-Ramirez y Chou.«

»Bemühen Sie sich nur ja nicht zu sehr«, erwiderte dieser, der Ton staubtrocken, »sonst verrenken Sie sich noch die Synapsen.«

Alfreds Lächeln wurde breiter, und er schüttelte den Kopf. »Ich werde pfleglich mit meinem armen überarbeiteten Hirn umgehen«, versprach er. »Nur ist hier oben ja die Luft so dünn, dass ich wahrscheinlich Sauerstoffmangelerscheinungen zeige.«

»Oder Höhenkrankheit«, warf der Beowulfianer leutselig ein und sah ostentativ zu Alfred hoch.

»Möglich, ja«, schmunzelte Alfred. »Durchaus möglich!«

Der kleine Mann grinste und ließ Alfreds Hand los. Alfred bemerkte, wie das warme Gefühl in ihm wuchs. Es war schon eine Weile her – wirklich schon eine ganze Weile! –, dass er in der Gesellschaft anderer etwas Vergleichbares verspürt hatte. Also erhöhte er, mehr Reflex als bewusste Entscheidung, den Schub.

»Darf ich davon ausgehen, dass Sie speziell nach mir Ausschau gehalten haben? Oder muss ich annehmen, dass Ihr Blick einfach nur auf mein Namensschild gefallen ist und Sie sich spontan an einer Unterhaltung versuchen wollten?«, fragte er.

»Ersteres, Sie haben mich erwischt«, antwortete Benton-Ramirez y Chou. »Man hat mich gebeten, mich Ihrer anzunehmen und dafür zu sorgen, dass Sie auf dem Campus untergebracht werden.«

»Oh?« Alfreds beide Augenbrauen schossen in die Höhe. »Man hat mir nicht gesagt, dass man mir einen Begleitservice zuzugestehen gedenkt.«

»Tja, nennen Sie es Höflichkeit unter Soldaten. Genau genommen heißt es nicht Mister Benton-Ramirez y Chou, sondern *Captain* Benton-Ramirez y Chou. Biological Survey Corps.«

Alfred straffte die Schultern – ein Automatismus, obwohl sein Gegenüber Zivilkleidung trug –, und gleichzeitig fühlte er sich in dem bestätigt, was er in dem Beowulfianer schon auf den ersten Blick gesehen hatte. Trotz des zivil klingenden Namens gehörte das BSC zu den besten militärischen Spezialeinheiten der Solaren Liga. Es handelte sich um keine sonderlich große Truppe. Hartnäckig hielten sich Gerüchte, nicht alle Einsätze vertrügen sich mit der offiziellen Linie solarer Politik; das BSC schien sich nicht daran zu stören. Wichtiger noch: Die Rangabzeichen eines Captains fischte man beim BSC nicht als Beipack aus einer Cornflakes-Schachtel.

»Freut mich, Sie kennenzulernen, Sir«, zeigte sich Alfred jetzt formvollendet.

Benton-Ramirez y Chou schüttelte den Kopf. »Ich bin frisch befördert, und Sie sind in fünf Monaten dran und sind dann Lieutenant Senior-Grade. Außerdem sehe ich die Bandschnalle des Ostermankreuzes auf Ihrer Brust, Lieutenant.« Jetzt schwang in seinem Ton nur sehr wenig mit, das als humorvoll durchgegangen wäre. »Ich finde, wir müssen uns unter uns nicht mit Anreden wie Sir herumschlagen.«

Der angespannte Zug um Alfreds Mund war alles, was verriet, dass plötzlich heller Zorn in ihm aufflackerte. Dass der Beowulfianer einen so ernsten Ton angeschlagen hatte, verschlimmerte es noch, machte den Zorn scharf wie einen Stich. Es war eine ganz und gar vernunftwidrige Reaktion, das wusste Alfred auch. Also zwang er sich, zustimmend zu nicken.

»Meine Familie hat bessere Beziehungen zur arrivierten Ärzteschaft und medizinischen Wissenschaft hier auf Beowulf als üblich«, fuhr Benton-Ramirez y Chou fort. Wenn er Alfreds Reaktion auf seine vorherige Bemerkung mitbekommen haben sollte, war er nicht bereit, das zuzugeben oder darauf einzugehen. »Stimmt schon, hier auf unserer schönen Welt hat absolut jeder irgendwie Beziehungen zu den Biowissenschaften. Aber es gibt tatsächlich Beowulfianer – echte lebende Beowulfianer, auch wenn Sie es nicht glauben mögen, Lieutenant Harrington! –, die überhaupt keinen Bezug zur Medizin haben. Ich jedenfalls bin bereit, darauf alle Eide zu schwören. Natürlich versuchen wir nach Kräften, diese bemitleidenswerten Gestalten in den tiefsten Kellern vor den Augen von Fremdweltlern zu verstecken, damit dieses schändliche Geheimnis niemals aufgedeckt wird.«

»Ich verstehe.« Jetzt musste Alfred doch unwillkürlich schmunzeln und entspannte sich wieder. Dann feuerte in seinem Hirn endlich die richtige Synapse: Benton-Ramirez y Chou, so hieß er doch, oder? Die Familie mit besseren Beziehungen zur Ärzteschaft als üblich? Nun, so konnte man natürlich auch den Umstand beschreiben, Teil einer Familie zu sein, die mit ein paar anderen zusammen die Speerspitze von Beowulfs biowissenschaftlicher Forschung bildete – seit einer Kleinigkeit von gerade einmal neun T-Jahrhunderten. Was zum Teufel aber hatte ein Mitglied dieser Familie dazu gebracht, zum Militär zu gehen? Oder, nur so nebenbei gefragt, ihm den Auftrag eingefangen, Babysitter für einen ehemaligen Mannschaftsdienstgrad und frisch eingeschriebenen Medizinstudenten von Manticore zu spielen?

»Was das schändliche Geheimnis Ihrer Welt angeht, sind meine Lippen versiegelt, Ehrenwort«, sagte Alfred laut.

»Meinen aufrichtigen Dank.« Benton-Ramirez y Chou brachte das im Ton großer Ernsthaftigkeit vor. »Nun, allerdings ließen die genannten Beziehungen meiner Familie zur Ärzteschaft und der Umstand, dass ich mit der üblichen Familientradition gebrochen und auf einem ganz anderen

Feld ehrenhaften Bemühens mein Glück gesucht habe, gewisse Kreise meinen, ich wäre ein geeigneter Begleiter für Sie. Also geleite ich Sie jetzt pflichtschuldigst durch den Zoll und liefere Sie auf dem Campus ab, damit Sie nur ja nicht unterwegs verloren gehen.«

»Ich verstehe«, wiederholte Alfred. Er war allerdings sehr sicher, dass Benton-Ramirez y Chous Erklärung, auch wenn zutreffend, nicht vollständig war. Er wusste nicht, was ihm diese Sicherheit gab, dennoch war er gewohnt, sich auf sein Bauchgefühl zu verlassen, auf seine Fähigkeit, Menschen zu ›lesen‹. Immerhin hatte ihm genau dieses Vertrauen in sich selbst schon mehr als einmal das Leben gerettet.

Eine neuerliche schwarze Wolke umwölkte sein Gemüt. Wild entschlossen ignorierte er sie. Allmählich fiel ihm das leichter. Möglicherweise, mit ein bisschen Übung, merkte er nicht einmal mehr, wenn er derlei aufziehende schwarze Wolken beiseiteschob. Aber ob das eine gute Sache war oder doch eher schlecht für ihn? Er wusste es nicht zu entscheiden.

»Tja, weil es mir absolut zuwider wäre, wenn ich mich im Großstadtdschungel verliefe«, sagte er, »nehme ich Ihr großzügiges Angebot, mich durch Grendels Innenstadt zu lotsen, dankbar an, Captain. Ich suche nur noch meine Siebensachen zusammen.«

Sehr viel später, der Tag neigte sich dem Ende zu, saß Alfred auf dem kleinen Balkon, der zu seinem Apartment gehörte, und ließ den Blick über den Campus der Ignaz-Semmelweis-Universität von Beowulf hinüber zu den gewaltigen in Pastellfarben gehaltenen Türmen von Grendel schweifen. Das sanfte Licht der sinkenden Sonne, das den Horizont in unterschiedlichen Tönen einfärbte, überzog die Türme mit einem Schimmer aus Gold und Bronze oder tauchte sie in Schatten. Sich im Großstadtdschungel zu verlaufen, war natürlich ein Scherz gewesen. Dennoch war Grendel für einen Kerl, der in den sphinxianischen Wäldern aufgewachsen war, ein wirklich beeindruckender Anblick. Landing auf Manticore war, auf seine Art zumindest, ebenfalls beeindruckend gewesen, aber Grendel war doppelt so groß wie Landing und sehr viel älter. Im Herzen Grendels gab es immer noch Stadtteile, in denen sich historische Gebäude aus der Kolonialisierungsphase des Planeten nicht mehr als vierzig oder fünfzig Stockwerke hoch erhoben. Sie wurden als geschichtsträchtiges Kulturgut sorgfältig erhalten. Eine solche Behandlung verdienten sie auch nach fast zweitausend T-Jahren, und so waren sie für alle Besucher sichtbares Zeichen und Erinnerung daran, dass Beowulf das extrasolare Sternsystem mit der längsten Besiedlungsgeschichte war.

Auf Beowulf lagen die Temperaturen höher als auf Sphinx, aber auf Manticore wäre es jetzt sogar noch wärmer. Alfred hätte zwar niedrigere Temperaturen bevorzugt, wollte sich aber nicht beklagen. Er war auf einem Planeten aufgewachsen, dessen Schwerkraft dreiundzwanzig Prozent höher war als hier auf Beowulf, also fühlte er sich momentan geradezu leichtfüßig. In der Luft hing ein angenehm würziger Duft, den Grünflächen und blühende Sträucher in den herrlich gestalteten Anlagen auf dem Gelände der ISU speisten. Die Vögel allerdings waren nicht nach Alfreds Geschmack. Was von Alterde importiert worden war, war ganz in Ordnung, die einheimischen Analoga allerdings waren nur hübsch anzusehen. Denn so manche Art stieß ein absonderliches, trillerndes Pfeifen aus, das Alfred unangenehm an die Steinraben auf Clematis erinnerte. Das musste er nun wirklich nicht haben.

Er nahm einen Schluck Bier aus dem Krug, den er mit hinaus auf den Balkon genommen hatte. Zu Hause trank er sein Bier am liebsten ungekühlt, auf Raumtemperatur war es für seinen Geschmack perfekt. Aber die Raumtemperatur auf Sphinx war nun einmal beträchtlich niedriger als hier auf Beowulf. Schon beim Schulungsprogramm für Offiziersanwärter auf Manticore hatte sich Alfred daran gewöhnt, Bier gekühlt zu trinken, und Beowulf war sicher nicht der Ort, an dem man mit Gewohnheiten brechen sollte, die sich als derart nützlich erwiesen hatten. Immerhin schmeckte Alfred das Bier. Nicht so gut natürlich wie das sphinxianische, aber er hatte es bereits überprüft: Old Tilman war als Importware auch hier erhältlich, er müsste es nur in die Küche des Apartments einprogrammieren. Andererseits sah auch die Weinliste interessant aus. Was Wein betraf, war er sehr wählerisch. Seine Kameraden im Korps hatte ihn deswegen nun wahrlich häufig genug aufgezogen, aber er hatte im selben Maße ausgeteilt, wie er hatte einstecken müssen. Hier nun gab es wenigstens zwei Dutzend Lesen auf der Liste, von denen er noch nicht einmal gehört hatte. Er freute sich schon darauf, sie alle zu verkosten. Bis dahin aber wäre er mit Bier mehr als zufrieden.

Genüsslich nahm er den nächsten Schluck, während er an all das zurückdachte, was ihm dieser lange Tag an Ereignissen und neuen Eindrücken geboten hatte.

Auf dem Beowulf-Campus der Ignaz-Semmelweis-Universität befand sich vermutlich die renommierteste medizinische Hochschule in der ganzen erforschten Milchstraße. Das Gerangel um die Zulassung war immer erbittert, und Alfred vermutete, zumindest einige seiner Kommilitonen würden an seiner Anwesenheit hier Anstoß nehmen.

Auf Beowulf befand sich einer der sekundären Termini des

Manticoranischen Wurmlochknotens. Die Solare Liga im Allgemeinen war Manticore und seiner stetig expandierenden Handelsmarine nicht sonderlich gewogen, aber die Beziehungen zwischen Beowulf und dem Sternenkönigreich waren dafür seit Jahrhunderten um so enger gewesen. Man heiratete daher auch viel untereinander; die Beziehungen zwischen den Systemverteidigungskräften von Beowulf und den Streitkräften des Sternenkönigreichs waren herzlich und gründeten auf gegenseitigem Respekt. Bei einer ganzen Reihe von Gelegenheiten hatte das Sternenimperium auch mit dem BSC eng zusammengearbeitet, obwohl dabei die Beziehung ein bisschen ... nun, angespannter gewesen war – angesichts der Natur so mancher Operation des BSC nicht unbedingt verwunderlich. All das jedoch erklärte, warum die Royal Manticoran Navy jährlich ein bestimmtes Kontingent Studierender auf die ISU schicken durfte. Nicht jeder war bereit, dieses Arrangement gutzuheißen, und es war so sicher wie der Sonnenaufgang, dass irgendwer im Semester zu dem Schluss käme, Alfred wäre nur eben dieser Quote für die befreundete Flotte Manticores wegen auf der ISU. Man würde ihn für einen zu sehr in die Höhe geschossenen Trottel von Sphinx halten, der sich nicht einmal die Mühe gemacht hätte, seinen Bachelorabschluss zu machen, ehe er auf und davon sei, um sich zur Marineinfanterie zu melden, und der aus eigenem Vermögen die Zulassung zum Studium an der ISU nie geschafft hätte.

In Wahrheit hätte er sehr wohl auch so seine Zulassung schaffen können. Ja, vielleicht wäre es angesichts des akademischen Maßstabs, den man hier anzulegen pflegte, ein bisschen eng geworden. Er war mit einer glatten 1,0 als Durchschnittsnote aus dem Bachelorstudiengang und den zwei Jahren vorklinischer Ausbildung gekommen, für die die

Flotte bezahlte hatte. Er wusste auch, dass er bei den Eignungstests und den schriftlichen Aufnahmeprüfungen der ISU sauber abgeschnitten hatte. In den mündlichen Prüfungen allerdings hatte er sich weniger gut geschlagen. Er hatte sofort gespürt, dass er von zweien der Beowulfianer keine Bestnoten zu erwarten hatte. Die ›Ahnungen‹, die ihn gelegentlich beschlichen, hatten ihm verraten, dass sie an seiner Antwort, warum er sich auf Neurochirurgie spezialisieren wolle, etwas auszusetzen gefunden hatten. Es hatte nicht daran gelegen, dass sie ihm nicht geglaubt hätten, auch nicht daran, dass seine Ausführungen ... nun, unverhältnismäßig gewesen wären. Es war eher so, als glaubten sie, er wäre nicht ganz offen zu ihnen gewesen.

Und damit hatten sie recht gehabt.

Alfreds Finger schlossen sich fester um den Krug. Sein Blick über den wunderschönen Campus hinüber zu den in Sonnenlicht gebadeten Türmen Grendels umwölkte sich, wurde leer, hart. In diesem Moment hatte er ein ganz anderes Bild vor Augen. Er sah Clematis vor sich. Er sah, wie sich die Feuerwalzen durch Hope fraßen, durch die ganze Stadt. Er hörte die Explosionen und die Schreie. Ein weiteres Mal durchlebte er, was Nerven-Disruptoren anzurichten vermochten, und mit einem Mal hinterließ das Bier einen schalen Geschmack in seinem Mund. Seine Bauchmuskeln verspannten sich, so lebhaft erinnerte er sich an die aufsteigende Übelkeit ... und an die Wut, an den lodernden Zorn, der sich damals, als wäre es jetzt, in seine Eingeweide fraß. An das überschwängliche Gefühl, einem höheren Ziel zu folgen. An das alles vergiftende, seelenzerfressende Vergnügen dabei.

Alfred schloss die Augen und stellte den Bierhumpen vorsichtig auf den Tisch neben seinem Ellenbogen. Die Erinnerung an die durchlebten Gefühle ließ seine Nerven flattern, aber allmählich normalisierte sich seinen Puls wieder. Er holte tief, tief Luft. Er hielt den Atem an und zwang sich wieder einmal zur Ruhe. Erst als sich die Dämonen, die ihn jagten, zurückgezogen hatten, öffnete er wieder die Augen.

Das war eine von den schlimmeren, dachte er. *Vielleicht, weil ich müde bin. Aber das ist schon in Ordnung. Es wird besser. Ich sollte, ach was: ich* kann *zufrieden sein. Immerhin bin ich lebend da rausgekommen, oder nicht?*

Das Lächeln, das seine Lippen umspielte, war freudlos, und noch einmal atmete er tief durch. Möglicherweise machte er sich ja nur etwas vor, wenn er diesen kurzen Trip ins Gefühlschaos lediglich der Müdigkeit zuschrieb, aber er war tatsächlich müde, und möglicherweise, ja, möglicherweise sah die Welt morgen früh tatsächlich besser aus.

Er wuchtete sich aus dem Sessel, warf Grendel einen letzten Blick zu und machte sich auf ins Bett.

»Also, Lieutenant Harrington? Ich nehme an, Sie haben sich eingelebt?«

»Ja, Sir. Danke, Sir.«

»Gut.«

Captain Howard Young, der manticoranische Militärattaché in Grendel, hatte gemäß der kurzen Einweisung, die Alfred vor seinem Aufbruch dorthin erhalten hatte, entfernt verwandtschaftliche Beziehungen zu den North Hollows. Sonderlich erfreut wirkte Young nicht, den hoch aufgeschossenen sphinxianischen Ex-Marineinfanteristen auf seinem Display zu sehen. Immerhin rümpfte er nicht die Nase, was, wie es schien, so mancher aus dem Navy-Offizierskorps zu tun pflegte, der aus aristokratisch und damit besser gestellten Kreisen stammte.

»Gut«, wiederholte Young. Mit der rechten Hand spielte er mit einem Briefbeschwerer auf seinem Schreibtisch, einer Antiquität, und schien nach den rechten Worten zu suchen, die ihm nicht so recht auf die Zunge wollten. Das kam Alfred schon ein wenig seltsam vor, weil Young ihn vor der vonstattengegangenen offiziellen Begrüßung auf Beowulf durchleuchtet haben musste. Einen Grund allerdings, warum sich ein Captain of the List wegen der Begrüßung eines kleinen Lieutenants, der nach Beowulf gekommen war, um ein Studium aufzunehmen, Gedanken machen sollte, fiel Alfred beim besten Willen nicht ein. Also blieb ihm nichts weiter, als geduldig zu warten. Geduld zu üben war etwas, das er früh gelernt hatte – während der Jagd auf Sphinx –, obwohl die Geduld, die er übte, seit er seine Heimatwelt verlassen hatte, von einer anderen Sorte war.

»Ähm, gestern hat ein gewisser Umstand meine Aufmerksamkeit erregt, Lieutenant«, sagte Young schließlich. »Es geht um sicherheitspolitische Fragen.« Die Augen mit einem Mal schmal zusammengekniffen, stach sein Blick aus dem Display direkt in Alfreds Gesicht.

»Ja, Sir.« Er sagte es nur noch mit halber Stimme, und seine Kiefermuskeln verspannten sich. Die Kotzbrocken vom Geheimdienst zu Hause hatten ihn wiederholt gewarnt, es ihm also förmlich eingebleut, seine Klappe zu halten. Sie hatten ihn sogar so oft daran erinnert, wieder und wieder, dass er den beinahe überwältigenden Drang verspürt hatte, ein paar Köpfe zu zerquetschen ... wie Pickel. Er hatte längst verstanden, perfekt sogar, schließlich war er kein Idiot, und er hatte sein Wort gegeben. Warum also konnten sie nicht selbst die Klappe halten und ihn in Ruhe lassen?

Außerhalb des Sichtfelds des Com-Aufzeichners ballte er die Fäuste und nahm wahr, wie fest er die Kiefer zusammenbiss.

Schon wieder eine Überreaktion, ermahnte er sich streng. *Vielleicht ist Young ja einfach sehr pingelig, nichts weiter. Oder er deckt bloß seinen eigenen Hintern – könnte ja sein, dass der durchgeknallte Marine ausgerechnet während* seiner *Wache die Klappe aufreißt, nicht wahr?*

»Ich wurde, bevor ich das Sternenkönigreich verlassen habe, was derartige Fragen angeht, gründlich instruiert, Sir«, sagte er ruhig.

»Oh, gut.« Young schien sich zu entspannen, schüttelte dann den Kopf. »Verzeihen Sie bitte, Lieutenant, ich wollte auf dem Thema nicht herumreiten. Leider kommt mein Ansprechpartner in der Admiralität häufig nicht dazu, in seinen Depeschen an mich im entsprechenden Kästchen das Häkchen für erledigt zu setzen. Er hat mich zwar informiert, ich bräuchte das Thema nicht aufzubringen, aber ohne mir mitzuteilen, dass er es Ihnen gegenüber bereits angesprochen hat. Unter den gegebenen Umständen hielt ich es für angebracht, das abzuklären und uns beiden Kummer zu ersparen – nur für den Fall, dass der Kollege nicht dazu gekommen sein sollte.«

»Ich verstehe, Sir.« Alfred entspannte sich ebenfalls und holte tief Luft. »Das ist kein Thema, über das zu sprechen ich sonderlich angenehm finde.«

Young wollte schon etwas erwidern, überlegte es sich anders und schlug dann offenkundig ein völlig anderes Thema an, als er ursprünglich vorgehabt hatte. »Nun, Lieutenant, ich hoffe, Sie wissen, dass wir hier in der Botschaft uns freuen würden, uns um alles zu kümmern, was wir während Ihres Aufenthalts auf Beowulf für Sie tun können. Ich glaube, Sie sind momentan auf der ISU der einzige Offizier auf weiter Flur, stimmt doch, oder?«

»Soweit ich weiß, Sir, ja.«

»Das hatte ich mir gedacht.« Youngs Lächeln fiel jetzt viel natürlicher aus. »Mich hat man auch schon das ein oder andere Mal allein unter Zivilisten ausgesetzt, Lieutenant. Falls Sie also, während Sie hier sind, das Gefühl bekommen, Sie sollten mal wieder mit jemandem in Uniform ein ordentliches Gespräch führen, bloß um bei geistiger Gesundheit zu bleiben, Sie verstehen schon, schauen Sie doch mal rein. Wir haben sogar ein paar Marines unter unseren Leuten, und pokern, dass es kracht, kann man bei uns auch.«

»Danke sehr, Sir.« Alfred erwiderte das Lächeln. »Ich werde das im Hinterkopf behalten. Aber so ganz ohne Kontakt zu Uniformträgern bin ich hier gar nicht.«

»Ach, nicht?« Young hob eine Augenbraue.

»Nein, Sir. Um ehrlich zu sein, frage ich mich der Angelegenheit wegen, die Sie eben kurz ansprachen, wie zufällig dieser Kontakt eigentlich zustande gekommen ist.«

»Ach ja? Wieso das?«

»Weil ich schon am Landeplatz gleich von einem Ein-Mann-Komitee in Empfang genommen wurde. Der Name des Mannes war Benton-Ramirez y Chou. Er stellte sich als Captain des BSC vor.«

»Jacques Benton-Ramirez y Chou?« Young verengte die Augen erneut zu schmalen Schlitzen.

»Ja, Sir.« Alfred deutete ein Schulterzucken an. Als kleiner Lieutenant Junior-Grade und Sanitätsoffizier ohne Zugang zu sensiblen Informationen (*ausgenommen über Clematis*, erinnerte ihn eine Stimme im Hinterkopf kalt) musste er, Gott sei Dank, nicht bei jedem offiziellen oder offiziösen Fremdweltlerkontakt einen Bericht zu den Akten geben. Dennoch war es gewiss eine gute Idee, nicht einfach zur Tagesordnung überzugehen, sondern es gegebenenfalls, so wie jetzt, zu erwähnen, wenn ein solcher Kontakt zu höheren ausländischen Stellen zustande gekommen war. So zu verfahren passte wahrscheinlich gut unter die Überschrift ›sehr penibel‹. »Benton-Ramirez y Chou sagte, es wäre reine Höflichkeit, um mir das Einleben auf dem Campus zu erleichtern. Er vergaß auch nicht seine guten Beziehungen zur Ärzteschaft und Medizinforschung auf Beowulf zu erwähnen.«

»Das allerdings ist mehr als wahr!« Youngs Gesichtsausdruck verriet Nachdenklichkeit. »Es ist gut, dass Sie Ihr Begrüßungskomitee erwähnt haben, Lieutenant. Aber ich glaube nicht, dass dahinter eine Initiative von ... nun, offizieller Seite gesteckt hat. Benton-Ramirez y Chou ist von Natur aus wissbegierig. Ihm eilt der Ruf voraus, in jedem gesellschaftlichen Rahmen zum Blutsauger zu mutieren und leicht lästig zu werden. Vielleicht hat er ein paar Gerüchte aufgeschnappt, aber es ist unwahrscheinlich, dass man auf Beowulf aktiv in der Sache etwas auszugraben gedenkt. Andererseits gehört seine Familie nicht nur Abolitionistenkreisen an, sondern ist in dieser Hinsicht auch recht aktiv. Also sollten Sie, unwahrscheinlich oder nicht, zuständig oder nicht, schon mit der Möglichkeit rechnen, sein Interesse geweckt zu haben. Falls er Ihnen also noch einmal ganz ›zufällig‹ begegnet, lassen Sie uns das wissen, ja?«

»Ja, Sir, wird gemacht.«

»Bestens! Ganz Marine, wie es sich gehört.« Young lächelte. »Und jetzt, wo ich doch weiß, dass Sie heute Ihre ersten Einführungskurse haben, lasse ich Sie Ihren Aufgaben nachgehen. Viel Glück, Lieutenant.«

»Passen Sie doch auf, wo Sie hinlaufen!«

Der Tonfall war scharf, gereizt, der Akzent des Sprechers höchst vertraut. Alfred wandte sich zu der Person um, die gerade in ihn hineingerannt war, und sah sich einem blonden, jungen Hänfling gegenüber, einen halben Meter kleiner als er selbst. Vorausgesetzt der Hänfling und er gehörten beide der ersten Prolong-Generation an, dürften sie gleichaltrig sein. Auffällige Unterscheidungsmerkmale waren die Frisur, die der Hänfling trug – sie verriet den Zivilisten und einen exquisiten Frisör –, die blaue Augenfarbe und der wütende Gesichtsausdruck.

»Verzeihung, wie bitte?«, sagte Alfred. »Haben Sie mit mir gesprochen?«

Absichtlich betonte er seinen sphinxianischen Akzent, obwohl er ganz genau wusste, dass er diesem Feuer besser keinen zusätzlichen Sauerstoff zuführen sollte. Aber er konnte nicht an sich halten. Der Akzent des Hänflings, offenkundig Oberschicht, offenkundig Privatschule, offenkundig manticoranischer Adel, in Verbindung mit dem wütenden Gesichtsausdruck reichte ihm, um sich daran zu stoßen.

»Es gibt noch andere hier im Saal, begreifen Sie das nicht?«, fauchte der Hänfling.

»Mensch, Sie haben ja recht!«, staunte Alfred und sah sich in schönster Bedachtsamkeit in der überfüllten Benton Hall um, ehe er seine ganze Aufmerksamkeit wieder seinem Gegenüber zuwandte. »Erstaunlich! Der Saal ist so groß, dass ich es gar nicht bemerkt habe. Danke, dass Sie mich darauf hingewiesen haben.«

Jetzt schien der Hänfling vor Wut gleich zu platzen. Alfred sah ihn wortwörtlich beben vor Wut. Es brauchte keine ›Ahnungen‹, um zu spüren, wie Zorn in ganz Wellen von dem Manticoraner zu ihm hinüberwogte.

»Einige hier im Saal haben es *verdient*, hier zu sein«, sagte er jetzt in sarkastischem, eisigem Ton.

»Nun, ich bin sicher, man wird sich an Ihrer Anwesenheit

nicht stoßen«, entgegnete Alfred. »Übrigens, weswegen sind Sie eigentlich hier?«

»Hören Sie, Sie . . .!«

Alfred hob die Augenbrauen und verlagerte sein Gewicht. Es war nur eine Kleinigkeit, aber geschah mit voller Absicht. Der Hänfling verschluckte sofort den Rest seines Satzes, als sich der große, breitschultrige Sphinxianer über ihn beugte – auch wenn es nur angedeutet war.

Der Hänfling blickte hinauf zu Alfred, einen Augenblick lang, zwei, dann grunzte er empört, machte auf dem Absatz kehrt und stürmte, erbost wie er war, davon. Alfred sah ihm hinterher und fragte sich, was denn eigentlich das Problem des Hänflings war.

Offenkundig warst du das, Alfred, sagte er sich selbst und fand, er klänge dabei süffisant. *Und mit Ruhm bekleckert habe ich mich bei der Problemlösung nun auch nicht gerade. Immer wieder mein Schema F, immer derselbe Mist, den ich wieder und wieder verzapfe.*

Er atmete tief durch, brachte sich dazu, die eigene innere Mitte zu finden, und dachte an die Zeiten zurück – längst vergangene Zeiten –, in denen er den Zorn des Hänflings an sich hätte abprallen lassen. Gern könnte er das wieder, ganz so wie einst, aber dass das wieder einträte, war illusorisch. Er würde lernen müssen, mit sich umzugehen.

Er wandte sich wieder zu der Schlange um, in der er stand und die kontinuierlich weiter vorrückte, und nahm sich fest vor, an sich zu arbeiten.

»Ich bitte vielmals um Entschuldigung, Allison«, sagte Franz Iliescu, während er auf den leeren Stuhl schlüpfte. Er gab sich Mühe, reuevoll zu klingen, und bedauerte bereits, dass er sich so hatte gehen lassen. Nicht dass dieser lange Lulatsch von einem Trottel Beherrschtheit verdient gehabt hätte. Aber letztendlich war es kindisch gewesen, so fand Franz jetzt, seinem Zorn freien Lauf zu lassen, und absolut unter seiner Würde.

»Worum ging es denn eigentlich?«, fragte die Schönheit, die ihm gegenüber am Tisch saß. »Ich war zu weit entfernt, um etwas von dem aufzuschnappen, was gesagt wurde, aber es sah nicht danach aus, als wäret ihr zwei Busenfreunde.«

»So weit käme es noch!«, schnaubte Iliescu und gestattete sich einen kurzen Blick über die Schulter zurück auf die alle anderen überragende Gestalt in der Uniform der Royal Manticoran Navy. Dass der Depp sich auch noch auf dem Campus damit brüsten musste! »Ehrlich gesagt ist mir der ungehobelte Kerl heute das erste Mal über den Weg gelaufen, und ich kann nicht gerade behaupten, dass es eine erfreulichere Erfahrung war, als ich erwartet hatte.«

»Ach, tatsächlich?« Allison neigte den Kopf und musterte Iliescu nachdenklich. »Ich für meinen Teil finde, dass Erwartungen sich ein ums andere Mal in Voraussagen verwandeln, die sich selbst erfüllen.«

Nur für einen kurzen Moment verhärteten sich Franz Iliescus Gesichtszüge, ehe er sich einen Ruck gab und tief durchatmete, um sich zur Ruhe zu zwingen.

»Da ist durchaus etwas dran«, räumte er ein. Seine Begleiterin wirkte absurd jung für jemanden mit abgeschlossenem Bachelorstudiengang, selbst in einer Gesellschaft, die Prolong kannte und einsetzte. Nun, vielleicht hatte sie ja bereits die Prolong-Therapie der zweiten Generation erhalten. Diese konnte zu einem weitaus früheren Zeitpunkt angewandt werden, und Iliescu musste sich selbst daran erinnern, dass die Person, deren Gesicht sie so viel jünger wirken ließ als ihn, nur ein oder zwei Jahre jünger als er sein dürfte. »Ich muss gestehen, dass meine … ich nenne es mal: vorgefasste Meinung meine erste Reaktion getrübt hat. Trotzdem kann ich wohl mit Fug und Recht behaupten, dass wir beide auch in jeder anderen Situation kaum etwas füreinander übrig gehabt hätten.«

»Vielleicht, vielleicht auch nicht.« Vorsichtig nahm sie einen kleinen Schluck heißen Tee, dann verzog sie das Gesicht. In der Mensa von Benton Hall bekam man nicht gerade den besten Tee auf Beowulf. Allison wünschte sich, sie hätte abgelehnt, Iliescu ausgerechnet hier zu treffen … und nicht nur der schlechten Getränke wegen. Aber weil sie auf die Einladung eingegangen war, sollte sie jetzt auch ein bisschen Konversation betreiben, ehe sie die nächstbeste Gelegenheit ergriffe, sich, möglichst ohne viel Porzellan zu zerschlagen, davonzumachen.

»Warum beispielsweise bist du mit einer so schlechten Meinung von diesem speziellen Menschen in euer Gespräch gegangen?«, fragte sie.

»Weil er nun mal ein Trottel ist«, sagte Iliescu. »Schau ihn dir doch nur an! Trägt Uniform bei der Einschreibung! Kapiert er denn nicht, dass das hier keine Hochschule des Militärs ist, sondern eine ganz normale zivile Universität? Ihn in dieser Uniform herumstolzieren zu sehen beschämt mich als Manticoraner.«

»Du hast etwas gegen Uniformträger?«

»Nein, natürlich nicht – nicht da, wo sie hingehören«, antwortete er. »Aber doch nicht hier! Hier Uniform zu tragen ist nicht angemessen. Oh ja, klar, es muss Menschen geben, die sich zum Militärdienst bei der Flotte oder der Marineinfanterie verpflichten. Daran ist nichts Beschämendes, glaube ich … nein, sicher nicht. Aber die ISU ist für Studierende gedacht, die in aller Ernsthaftigkeit anderen helfen wollen ... die hier sind, weil sie heilen wollen. Das hier ist nicht der richtige Ort für Leute, die sich freiwillig für das Töten im großen Stil gemeldet haben. Ich habe schon so einige Geschichten über diesen Kerl gehört. Wirklich hässliche Geschichten.«

»Was denn für hässliche Geschichten?« In Allisons dunklen, braunen Augen blitzte es gefährlich auf, aber das entging Iliescu offenbar.

»Keine jedenfalls, die zum Gesprächsstoff bei Tisch taugen würden«, sagte er. »Zu Hause gibt es niemanden, der gern Worte darüber verliert – was mir jedenfalls jede Menge darüber verrät, wie unappetitlich es gewesen sein muss. Was immer passiert ist, wurde in ziemlichem Tempo vertuscht, aber augenscheinlich hat der Kerl im Verlauf der ganzen Geschichte, worum immer es dabei gegangen ist, jede Menge Menschen umgebracht. Die Krone scheint nicht sonderlich glücklich damit gewesen zu sein. Nun gut, die Königin hat ihm einen Orden an die Brust geheftet, aber die Verleihung wurde nur im Beisein der Familie eilig und in aller Verschwiegenheit über die Bühne gebracht. Und die Lobende Erwähnung wird unter Verschluss gehalten. Offenkundig wollte man nicht, dass die Medienfritzen sie in die Finger bekommen.«

»Ach, tatsächlich?« Allison blickte einmal quer durch den riesigen Saal, und ihre Augen folgten dem Lieutenant in seiner schwarz-goldenen Uniform, der gerade durch eine Tür auf der gegenüberliegenden Saalseite nach draußen verschwand.

»Ja, tatsächlich! Und dann hat er seinen Orden dazu benutzt, sich eine Zulassung zur ISU zu verschaffen«, knurrte Iliescu. Er nahm einen raschen Schluck Tee, immer noch erbost. »Er ist über die Quote der Royal Manticoran Navy ins Studium reingerutscht. Klare Vorteilsnahme, deshalb ist er hier! Ich kann gar nicht sagen, wie sehr ich dieses ganze Quotensystem verabscheue! Wenn man es nicht aus eigenem Vermögen heraus schafft, hat man hier nichts zu suchen. Und sicher sollte man dafür keine Studierenden abweisen, die besser geeignet sind – Menschen, die wirklich Ärzte werden wollen und nicht Teil einer Tötungsmaschinerie sind –, nur weil jemand mit einer bunten Bandschnalle an der Uniform daherkommt. Die Quotenregelungen, das ist ein verkapptes Bevorzugungssystem für die, die gedient haben, eben weil sie gedient haben und diese verdammte Uniform tragen. So zu einem Studienplatz kommen, das kann jeder! Und dabei ist das ja nicht die einzige Vorzugsbehandlung, die sie bloßen Zivilisten voraus haben. Dabei haben sie sich fürs Militär doch eigentlich freiwillig gemeldet, niemand hat sie dazu gezwungen. Warum also soll ihnen das Vorteile vor allen anderen bringen, nur weil diese anderen eben nicht andere Menschen abschlachten möchten?«

Iliescus Begleiterin gab einen unverbindlich klingenden Laut von sich und fragte sich, ob er bei seiner ersten Bewerbung vielleicht die begehrte Zulassung nicht bekommen hatte oder die Hochschule jemandem, der im nahestand, den Studienplatz verwehrt hatte. Zumindest verstand Allison allmählich, warum er seine erste Begegnung mit dem Riesen von einem Lieutenant so angelegentlich auf dem falschen Fuß begonnen hatte.

Tja, ich nehme an, er ist tatsächlich aufgrund der Quote an seinen Studienplatz gekommen, dachte Allison, *aber jemand, der Franz in diesem Tempo derart auf die Palme bringen kann, kann so übel nun wirklich nicht sein!*

»Nun denn, Lieutenant Harrington, was bringt Sie dazu, sich auf Neurochirurgie spezialisieren zu wollen?«

Dr. Penelope Mwo-chi lehnte sich in ihren Schreibtischsessel zurück und musterte Alfred, der auf der anderen Seite des Schreibtischs saß. Dieses Bewerbungsgespräch war verdammt noch eins wichtiger als all die anderen, und die Ignaz-Semmelweis-Universität pflegte in mancherlei Hinsicht sehr altmodischste und interessante Gebräuche. Dazu gehörten auch Vier-Augen-Gespräche zwischen Studierenden und Lehrenden, bei denen man sich leibhaftig gegenübersaß. Verglichen mit elektronisch geführten Besprechungen war das sicher ineffizient. Aber Alfred hatte nicht vor, ein System infrage zu stellen, dass die besten Ärzte und Medizinwissenschaftler der Galaxis hervorbrachte – und das schon für einen längeren Zeitraum, als das Sternenkönigreich existierte. Im Übrigen funktionierten Alfreds ›Ahnungen‹ nicht via Interface, und ihm war klar, dass Dr. Mwo-chis Frage ernster gemeint war und mehr Gewicht besaß, als ihr Plauderton vermuten ließ.

»Ich halte die Neurochirurgie für ein Fachgebiet, dass einen Arzt in besonderem Maße fordert und herausfordert«, beantwortete er die Frage, und setzte nach einem Moment des Nachdenkens hinzu: »Und ich mag Herausforderungen. Aber ich halte es auch für ein sehr wichtiges Fachgebiet, besonders in Hinblick darauf, dass lebensverlängernde Prozesse der Allgemeinheit in immer größerem Maße zugänglich werden. Mein vornehmliches Interesse gilt allerdings nicht der Geriatrie oder der Präventivversorgung von Patientinnen und Patienten, sondern einer anderen Fragestellung. Die menschliche Lebensspanne erhöht sich gerade enorm, und wir wissen nicht, welche Wirkung eine Verlängerung des Lebens um ein paar Jahrhunderte auf Nervenbahnen und

Synapsen hat. Alles könnte so reibungslos funktionieren, wie die Prolong-Therapeuten annehmen, aber vielleicht irren sie sich hier. Ich bin weniger optimistisch, was künstlichen Ersatz dafür angeht, als so manch anderer in diesem Fachgebiet, obwohl ich glaube, dass sich hier ein zukunftsträchtiges Forschungs- und Arbeitsfeld auftut. Mein eigener Interessenschwerpunkt liegt allerdings auf der neuronalen Wiederherstellung und dem Neuaufbau, vornehmlich nach Verletzungen durch äußere Gewalteinwirkung. Ich bin überzeugt, dass wir die Prothetik auf diesem Gebiet vorantreiben können, um bessere Ergebnisse allgemein und beim Zusammenspiel mit dem biologischen Nervensystem zu erzielen als bisher.«

»Ich verstehe.« Mwo-chi ließ ihre Sessellehne noch ein Stück weiter zurückwippen und legte in professoraler Nachdenklichkeit das Zeigefingerpaar der zum Zelt aneinandergelegten Fingerspitzen ans Kinn. Anders als ihr Nachname vermuten ließ, war sie blond und hatte blaue Augen, und nun musterten diese Augen Alfred mit wissenschaftlicher Neugier. »Das, Lieutenant, war eine höchst zufriedenstellende Antwort. Warum werde ich dann den Verdacht nicht los, dass es nur die halbe Wahrheit ist, die Sie mir anbieten?«

Alfred verkrampfte sich, erwiderte aber den Blick der Dozentin. Ihre Frage zielte auf Tiefgründiges, hatte etwas Gewichtiges, zumindest für sie. So viel konnte Alfred sagen, aber den Grund dafür verrieten ihm seine ›Ahnungen‹ nicht. Er überlegte kurz, Ausflüchte zu machen, entschied sich aber dagegen. Trotzdem hatte er nicht vor, ihr die ganze Wahrheit zu sagen, auch wenn sie sie vielleicht erwartete – und zwar nicht, weil es etwas war, für das er sich zu schämen hätte, sondern weil er an dem für ihn so Unaussprechlichen nicht rühren wollte. Nein, er müsste sich dafür nicht schämen, tat es aber, mehr noch: Er fühlte sich schuldig. Aber Mwo-chi war der eigentliche Grund, weshalb er unbedingt hier an der ISU studieren wollte. Möglich, dass es galaxisweit eine Neurochirurgin oder einen Neurochirurgen gab, der ähnlich hochqualifiziert war wie sie, aber Alfred wusste verdammt genau, noch mehr Spezialisten ihres Faches gab es sicher nicht. Vom Ergebnis dieses Gesprächs hier hing ab, ob sie ihn als Studierenden in ihren Arbeitskreis aufnähme oder nicht.

»Ich habe die Folgen von ... von Verwundungen im Gefecht gesehen, Frau Doktor«, lautete endlich seine Antwort. »Auch Menschen, die ... die mir am Herzen liegen, sind davon betroffen.« Unerschrocken begegnete er Mwo-chis Blick. »Das ist ein Grund dafür, warum ich mich für Rekonstruktionsmedizin und die Weiterentwicklung der Prothetik interessiere, bei der organisch-elektronische Schnittstellen zum Einsatz kommen.«

»Aber diesem Gebiet gilt nicht Ihr ganzes Interesse, ist es nicht so, Lieutenant?«, fragte sie freundlich.

»Nein«, gestand er. Einen Augenblick lang schloss er die Augen, ehe er wieder Mwo-chis Blick suchte. »Ich habe auch gesehen, was Nerven-Disruptoren anrichten«, sagte er und blieb dabei, es war beinahe schon unheimlich, völlig ruhig.

Mwo-chis Nasenflügel bebten, und ihre Kiefer mahlten. Dann schüttelte sie den Kopf. »Lieutenant«, sagte sie, und es klang mitfühlend, »Nerven-Disruptoren lassen nichts übrig, was wir reparieren oder neu aufbauen könnten. Deshalb heißen sie ja Disruptoren, weil sie alles an Nerven bis hinunter auf zellulare Ebene zerstören. Ich kann mir denken, dass Sie bereits wissen, wie wenig nach einem Disruptortreffer übrig bleibt, womit wir arbeiten könnten. Aus diesem Grund ist die klassische Behandlung bei schweren Verwundungen an den Gliedmaßen die letzten siebzig T-Jahre über immer Amputation und Regeneration gewesen. Und für die Patienten, bei denen Regeneration nicht infrage kommt oder bei denen wir nicht amputieren und das Neuwachstum anregen können, ist die einzige Option ein Nerventransplantat und für diejenigen, bei denen die Abstoßungsreaktion ausbleibt, ein vollständig künstliches Nervennetz. Was Nervennetze angeht, haben wir große Fortschritte gemacht, vor allem in den letzten etwa einhundert Jahren, und was wir heute imstande sind, für Patientinnen und Patienten mit solchen Verletzungen zu tun, ist *verdammt* viel mehr als ehedem. Aber davon, die organisch gewachsenen Nervenbahnen zu ersetzen, sind wir noch weit, weit entfernt. Bei allem, was wir zu bewerkstelligen fähig sind, müssen wir immer noch mit Funktionsverlusten und weitreichenden Verlusten in der Sensorik rechnen, und manche Patienten sind nicht in der Lage, sich anzupassen, so sehr sie sich auch bemühen. Aber künstliche Nervennetze sind alles, was wir zu bieten haben. Angesichts des Umfangs von Hirnverletzungen, die Disruptoren in vielen Fällen verursachen, und natürlich vorausgesetzt, sie führen nicht gleich zum Zusammenbruch des gesamten vegetativen Nervensystems, sind Nervengewebstransplantationen in zwanzig bis dreißig Prozent der Fälle von Erfolg gekrönt, sofern man hier von Erfolg überhaupt sprechen kann.«

»Ich kenne die Zahlen, Frau Doktor.«

Alfreds Antwort war im Ton schroffer ausgefallen, als er beabsichtigt hatte. Aber er hatte sich vor dieser Antwort, obwohl halb erwartet, gefürchtet. Genau deswegen hatte er sich vor dem Gremium, bei dem er für die Studienzulassung hatte vorstellig werden müssen, so bedeckt gehalten, was die Gründe für seine Fachgebietswahl anging. Was er zu erreichen hoffte, war bestenfalls als überspannt zu bezeichnen und schlimmstenfalls eine enorme Zeit- und Energieverschwendung. Er hatte sich Sorgen gemacht, das Zulassungsgremium könnte seinen Antrag zugunsten eines Studenten oder einer Studentin ablehnen, deren Forschungsvorhaben tatsächlich Aussichten auf positive, ganz konkrete Ergebnisse hätte.

»Ich kenne die Zahlen«, wiederholte er, diesmal in einem Ton, der beinahe als normal hätte durchgehen können, »aber ich sehe keinerlei Grund dafür, warum wir akzeptieren sollten, dass wir diese Zahlen, also die Erfolgschancen der bisher praktizierten Therapien, für in Stein gemeißelt und nicht veränderbar halten sollten. Es hat auch Zeiten gegeben, in der die Medizin keine Schutzimpfungen gegen Krebs kannte oder keine Ahnung von Lebensverlängerung hatte. Wenn man noch weiter in der Zeit zurückgeht: wo man nicht wusste, wie man eine Infektion und damit beispielsweise Kindbettfieber verhindert. Semmelweis endete in einer psychiatrischen Klinik, Frau Doktor, weil niemand seine Forschungsergebnisse für belegbar und wahr hielt. Man traute ihm einfach nicht zu, etwas so Wunderbares zu erreichen, wie Gebärende vor dem Tod im Kindbett zu bewahren, indem man nichts weiter tat, als sich die Hände zu waschen und die Instrumente zu sterilisieren. Aber deswegen hatte Semmelweis nicht weniger recht.«

»Wie ich merke, kennen Sie sich ein bisschen in Medizingeschichte aus«, konstatierte Mwo-chi, ließ ihren Sessel wippen, und um ihre Augen bildeten sich Fältchen, als lächelte sie – was sie aber nicht tat. »Aber so sehr ich den Arzt bewundere, der dieser Universität seinen Namen gab, sollten wir beide, ich im Allgemeinen und Sie im Besonderen, darüber nachdenken, dass Ignaz Semmelweis nicht der letzte anmaßende Mensch war, der Medizin praktizierte. Mit der Art und Weise, in der er sich daranmachte, seine Forschungsergebnisse zu präsentieren und umzusetzen, hat er sich bei seinen Kollegen nicht gerade beliebt gemacht. Oder, schlimmer noch, wie er seine Meinung über die fraglichen Kollegen äußerte. Er hatte recht, und schließlich hat das auch die Ärzteschaft begriffen, aber Wirkung erzielt hat er während seines ganzen weiteren Lebens als Arzt nicht. Nicht jedenfalls außerhalb der Klinik, in der er selbst arbeitete.«

»Ich habe nicht vor, die Welt zu verändern, Frau Doktor«, entgegnete Alfred. »Ich würde mich natürlich nicht dagegen sperren, wenn es mir gelänge, Sie verstehen sicher schon, aber das ist nicht, worauf ich aus bin oder was ich glaube, das passieren müsste. Ich möchte mich nur in die Lage versetzt wissen, zu helfen. Etwas von den Verwundungen wieder rückgängig machen, die ich ...«, während er sprach, änderte er rasch noch das Verb, das er eigentlich auf der Zunge gehabt hatte, »gesehen habe. Ich erwarte nicht, eine Patentlösung zu finden, eine Wunderpille zu entdecken, nein, sicher nicht. Aber ich bin überzeugt, medizinischen Fortschritt auf diesem Gebiet zu erzielen ist jede Anstrengung wert. Es ist zumindest den *Versuch* wert.«

»Und Sie sind wirklich willens und bereit, eventuell die nächsten drei T-Jahre Ihres Lebens zu verschwenden, indem Sie sie auf ein Fachgebiet und ein Forschungsvorhaben verwenden, dass am Ende mit großer Wahrscheinlichkeit zum Scheitern verurteilt ist?«

»Es ist mein Leben«, antwortete er. »Will ich es verschwenden? Sicher nicht! Aber niemand, der auf der medizinischen Fakultät der ISU seinen Abschluss macht, verschwendet seine Zeit oder sein Leben, Dr. Mwo-chi. Möglicherweise finde ich keinen Weg, Disruptorverletzungen zu heilen, so wie mir alle unaufhörlich versichern, es wäre ein Ding der Unmöglichkeit. Doch auch das heißt noch lange nicht, dass es mir nicht gelingen könnte, das Leben vieler Patientinnen und Patienten zum Besseren zu verändern.«

»Aber was Sie wirklich möchten, ist lernen, wie man die nutzlose Sülze aus Gehirnmasse, die ein Disruptor hinterlässt, neu aufzubauen, nicht wahr?«

Alfred blickte ihr direkt in die Augen, und dort sah er tief verborgen in dem Blau Hoffnung leuchten wie eine Stadt am nächtlichen Horizont, dieselbe Hoffnung, die ihn antrieb, und er hörte Schreie, sah menschliche Körper wie abgeschnittene Marionetten zu Boden stürzen, roch Rauch. Penelope Mwo-chi nahm nur wenige Bewerber als Studierende in ihren Arbeitskreis auf, und noch weniger als Assistenten. Der Umstand, dass Alfred so weit gekommen war, sagte viel und war vielleicht mehr der bunten Bandschnalle auf seiner Brust geschuldet, als er sich einzugestehen bereit war. Nur würde Mwo-chi die wenigen Plätze, die sie zu vergeben gewillt war, nicht an jemanden verschwenden, der ernsthaft glaubte, aus Sülze, wie sie es gerade so treffend beschrieben hatte, wieder funktionstüchtige Hirnmasse zu regenerieren. Dessen war sich Alfred bewusst, nur wollte er nicht lügen, nicht hier, nicht jetzt. Sie hatte ihn nicht grundlos herausgefordert. Hinter der Herausforderung lauerte vielleicht eine weitere, eine, die nichts mit bereits gefällten Urteilen zu tun hatte, mit vorgefassten Meinungen und Vorstellungen, an die man sich pragmatisch klammerte. Vielleicht war noch nicht alles entschieden, seine Bewerbung nicht bereits abgelehnt ... zumindest noch nicht. Also begegnete Alfred Mwo-chis Blick und nickte.

»Ja, Frau Doktor, stimmt. So ist es.«

Sie entließ ihn nicht aus dem Blick. Dann, plötzlich, ließ sie die Stuhllehne wieder in die aufrechte Position schnellen, legte die Hände auf die Schreibtischplatte und nickte wie abgehackt.

»Gut«, sagte sie, der Ton freundlich, »sehr gut, Lieutenant Harrington.«

Seine Überraschung musste ihm anzusehen gewesen sein, denn jetzt lächelte sie. Es war ein mit Bedacht aufgesetztes Lächeln, besaß aber dennoch Wärme, und dieses Lächeln steckte an: Er lächelte zurück.

»Wahrscheinlich sind Sie nichts als ein Traumtänzer, Lieutenant«, sagte sie, »aber die Medizin braucht solche Traumtänzer, braucht im wahrsten Sinne Ver-rückte ebenso wie Träume und Visionen ... und die Traumtänzer, die nicht von ihnen lassen wollen. Es trifft sich, dass ich selbst so in etwa das letzte Jahrzehnt auf ein bisschen Forschung in diese Richtung, sogar in Richtung Disruptorverletzungen, verwendet habe. Mir sind keine Wunderheilungen gelungen oder auch nur Ergebnisse, die einen Durchbruch in der Forschung erbracht hätten. Aber ich habe Fortschritte gemacht, und wenn es das ist, was Ihnen vorschwebt, woran Sie wirklich interessiert sind, dann habe ich eine Stelle für einen wissenschaftlichen Mitarbeiter, die wie für Sie gemacht ist.«

»Es muss mehr in unserem Freund Lieutenant Harrington stecken, Franz, als auf den ersten Blick zu erkennen ist«, meinte Allison mit einem schon auffallenden Unterton von Boshaftigkeit. Der Angesprochene hob den Blick, und Allison lächelte. »Hast du es noch nicht gehört? Dr. Mwo-chi hat ihm eine ihrer raren Mitarbeiterstellen gegeben.«

Iliescus Geschichtszüge verhärteten sich. Er setzte schon an zurückzuschießen, irgendeine mindestens ebenso boshafte Bemerkung, hübsch kurz und scharf, wie Allison vermutete, riss sich aber noch gerade rechtzeitig am Riemen. Stattdessen atmete er tief durch und zuckte mit den Schultern.

»Dr. Mwo-chi hat das Recht, sich auszusuchen, wen immer sie möchte«, erwiderte er. »Also hast du vielleicht recht, und es steckt tatsächlich mehr in ihm, als ich dachte. Das Letzte, was mir einfiele, wäre, Dr. Mwo-chi für eine Dozentin zu halten, die unqualifizierte Mitarbeiter auswählt. Aber das ändert nicht meine Meinung über die Quotenregelung fürs Militär. Die Stelle jetzt bekommen zu haben, bedeutet nicht, dass er die ursprüngliche Studienzulassung verdient hat, und es bedeutet auch nicht, das er nicht jemandem den Platz weggenommen hat, der diese Zulassung tatsächlich verdient hätte. Ich für meinen Teil«, noch einmal unterstrich er das Gesagte mit einem Schulterzucken, »bin jedenfalls froh, dass wir uns für sehr unterschiedliche Fachgebiete entschieden haben. Die ISU ist groß genug, da muss ich nicht dauernd in ihn hineinlaufen, außer ich habe schlicht Pech.«

»Damit hast du sicher recht«, gab Allison zurück. »Die Hochschule ist groß genug, um jeden, der einem auf den Zeiger geht, aus dem Weg zu gehen. Oje, schau nur, wie viel Uhr es schon ist! Wenn ich mich nicht beeile, komme ich zu spät zum nächsten Kurs!«

Sie machte auf dem Absatz kehrt und hastete davon, beschäftigt mit der Frage, was um alles in der Welt sie in Franz Iliescu gesehen hatte, als sie sich das erste Mal auf dem Campus begegnet waren. Er hatte sympathisch gewirkt, auf seine eigene Art recht charmant sogar. Offenkundig hielt er sich für einen Frauentyp, aber er nahm ein Nein mit der nötigen Fassung hin und akzeptierte es, wenn sein Interesse nicht erwidert wurde. Fairerweise musste man ihm auch noch zugestehen, ausgesprochen sachkundig und immer gut unterrichtet zu sein. Er hatte einen guten Musikgeschmack, und er hatte sich auch als angenehme Gesellschaft im Bett erwiesen.

Doch unter all diesen unbestreitbaren Vorzügen lag eine Persönlichkeit verborgen, die Allison nicht anders denn als scharfkantig zu beschreiben vermochte. Er gehörte zu der Sorte Mann, an der man sich, wenn man mit ihm brach, blutig riss. Er war ein guter Student, jemand, der eines Tages einen guten Mediziner abgäbe, technisch durchaus brillant, aber keinen Arzt. Nach allem, was sie bisher über ihn erfahren hatte, verstand Allison überhaupt nicht, warum er ausgerechnet Gynäkologie als Fachgebiet gewählt hatte. Gut, er war gewitzt, intelligent, vielleicht sogar klug, könnte er nur seine Vorurteile überwinden und lernen, nicht immer gleich, beim geringsten Anlass, die Stachel auszufahren.

Auch Allison hätte sich beinahe für Perinatalmedizin eingeschrieben, die Versorgung von Schwangeren und Föten kurz vor und nach der Geburt, aber am Ende war sie doch zu der Überzeugung gelangt, das Fachgebiet wäre ihr zu spezialisiert. Das Wunder der Geburt, ja, das war ein mitreißendes, ein hervorragendes Fachgebiet, richtig. Aber sich so sehr zu spezialisieren, hätte ihr Leben schon jetzt auf Bahnen gesetzt, die doch einen sehr engen Kreis beschrieben, enger, als es ihr passte. Stattdessen hatte sie sich auf Gentherapie und Chirurgie verlegt, ungeachtet der Tatsache, dass dies das traditionell und schon seit Generationen gewählte Fachgebiet der Familie war. Hin und wieder kam ihr der Gedanke, dass sie Perinatalmedizin nur hatte wählen wollen, weil sie zu sehr darauf aus gewesen war, sich gegen die Familientradition zu entscheiden. Immer schon hatte sie ihren eigenen Kopf und bürstete gern alles gegen den Strich. Mit dieser Wahl wäre sie ihrem erklärten Ziel und Lebenszweck innerhalb der Familie, nämlich genau gegen diese Familie zu rebellieren, sicher am nächsten gekommen – so nah, wie es niemandem mehr gelungen war, seit Großtante Jacqueline das College abgebrochen, ihren Namen geändert und nach Alterde ausgewandert war. Dabei wollte Allison eigentlich nicht als schwierig gelten, wie ihre Mutter es gern nannte. Genauso wenig aber hatte sie vor, sich dreinzuschicken und sich von Familientraditionen und den Erwartungen anderer diktieren zu lassen, was sie zu tun und zu lassen hätte. Es war *ihr* Leben, auf nichts anderes lief es schließlich hinaus. Also war sie diejenige, die zu entscheiden hatte, was sie mit diesem Leben anfinge, ob das dem Rest von Beowulf nun gefiel oder nicht. Obendrein war es nichts als langweilig und beschnitt einen selbst in seinen Möglichkeiten, sich in die Rolle pressen zu lassen, die zu spielen man von einem Mitglied ihrer Familie erwartete. Ehrlich gesagt, wäre sie am liebsten dem Beispiel ihres Bruder gefolgt und hätte ganz einen Beruf vermieden, der mit Medizin zu tun hatte. Der Schlag hätte ihre Eltern getroffen, ganz altmodisch!

Schlussendlich war sie nicht in der Lage gewesen, diesen Plan dann wirklich durchzuziehen. Vielleicht stimmte ja, was ihre Mutter behauptete: Die Medizin läge ihrer Familie im Blut, wie es von alters her hieß. Nun, die Aussage an sich verwunderte in ihrer Unwissenschaftlichkeit bei einer Frau, die zu den führenden Köpfen in der systemweiten Genetik zählte. Doch als es schließlich um die Entscheidung für ein Studienfach ging, war Allison schlichtweg, so war die Wahrheit, nicht in der Lage gewesen, die Medizin bei den Studienwünschen unberücksichtigt zu lassen. Das Wunder, das der menschliche Körper nun einmal war, ja, besonders die staunenswerte, gegen unendlich tendierende Komplexität des genetischen Bauplans und dessen Großartigkeit, hatten viel zu große Anziehungskraft besessen. Die Verlockung, sich im Studium in die Arbeit auf diesem Feld versenken zu dürfen, hatte die Frustration zu überwinden vermocht, in der von allen für Allison Benton-Ramirez y Chou vorgesehenen Nische zu landen. Allison fand es mehr als unfair, dass sie das menschliche Genom viel zu sehr faszinierte, um ihrer Mutter, die sie mal mehr, mal weniger sanft in diese Richtung schubste und drängte, nicht nachzugeben. Aber um auf Iliescu zurückzukommen, war Allisons Interesse an Perinatalmedizin zumindest mitverantwortlich dafür gewesen, dass sie sich zu ihm hingezogen gefühlt hatte. Sie würde auch jetzt noch einen Gutteil ihrer Arbeitszeit mit werdenden Eltern umgehen, und was immer sie auch von seiner Persönlichkeit hielt, er würde ganz klar einer der führenden Geburtshelfer und Gynäkologen werden. Wie sollte es da denn auch anders sein, als dass sie viele Gemeinsamkeiten hatten?

Doch was auch immer es gewesen sein mochte, das Allison anfangs zu Franz Iliescu hingezogen hatte: Es legte sich mit erschreckender Geschwindigkeit. Immer häufiger entdeckte sie, dass sie über den hoch aufgeschossenen Lieutenant der Royal Manticoran Navy nachdachte, den Iliescu auf den ersten Blick und mit so erstaunlicher Vehemenz abgelehnt hatte. Jemand, den Franz Iliescu so wenig mochte, war einen zweiten Blick sicher wert. Harrington hatte außerdem etwas an sich: Er fiel auf, und das nicht allein der Uniform wegen, die er stets trug, oder weil er die meisten Beowulfianer überragte – Allison selbst, die kleiner war als der Durchschnitt auf ihrer Heimatwelt, tatsächlich um einen *halben* Meter! Er war kein schöner Mann, beileibe nicht, aber er sah recht gut aus, das musste man ihm zugestehen.

Was also war es, das er an sich hatte? War es vielleicht die Art, wie er sich bewegte? Jemand von seiner Größe sollte sich nicht so elegant, so ... geschmeidig bewegen, und trotzdem tat er es. Anteil daran hatten gewiss die unterschiedlichen Schwerkraftverhältnisse auf Beowulf und seiner Heimatwelt Sphinx. Aber das allein genügte nicht als Erklärung. Allison beschäftigte, wie sie selbst bemerkte, sein Genprofil. Das Sternenkönigreich von Manticore hatte mehr als den üblichen Anteil an Dschinni. Alle Planeten des Systems besaßen eine höhere Schwerkraft als Beowulf, doch Sphinx besaß die höchste von allen. Harrington allerdings hatte nicht den gedrungenen, überdimensioniert muskelbepackten Körperbau eines nicht genmanipulierten Menschen, der in einem Schwerefeld aufgewachsen war, das fünfunddreißig Prozent höher lag als das, in dem sich die Menschheit einst entwickelt hatte. Also gab es in Harringtons Familiengeschichte mit Sicherheit Genmanipulationen zur Anpassung an die auf Sphinx vorgefundenen Umweltbedingungen. Aber welche? Nicht Quelhollow, Harrington hatte nicht den entsprechenden Teint. Meyerdahl war natürlich eine Möglichkeit, ebenso die Kismet- und Cantrell-Modifikationen. Nicht, dass das Rätsel zu lösen wirklich eine Rolle spielen würde, nur stachelte es Allisons professionelle Neugier an.

Darüber dachte Allison nach, während sie zu dem Raum hinüberschlenderte, in dem ihr nächster Kurs stattfinden würde. Sie hatte Iliescu gegenüber übertrieben, was die Dringlichkeit anging, mit der sie zu diesem Kurs hatte aufbrechen müssen. Mit einem Mal grinste sie. Ihr Bruder hatte sie immer gern ihrer Neugier wegen aufgezogen. Er hatte eine Vorliebe für antike Literatur, vor allem für Schriftsteller von Alterde aus der Vorraumfahrtzeit. Einer seiner Lieblingsautoren war Kipling, weshalb er ihr den Spitznamen Ricky verpasst hatte, als sie klein gewesen war. Auf ihre Frage, warum, hatte er geantwortet, sie erinnere ihn an seine beiden Lieblingsfiguren aus Kiplings Kinderbüchern, nämlich das Elefantenkind mit seiner unbezähmbaren Neugier und Rikki-Tikki-Tavi, dessen Lebensmotto wie das seiner ganzen Art lautete: Lauf und sieh! Allison hatte sich damals nicht entscheiden können ob sie sich geehrt oder angegriffen fühlen sollte, also hatte

Jacques ihr Ausgaben der Bücher geliehen. Danach war Allison zu dem Schluss gekommen, dass ihr Bruder durchaus recht hatte. Sogar ausgesprochen recht, wenn man gründlich darüber nachdachte.

Mit raschen Schritten durchquerte Alfred Harrington den Innenhof, um den sich eine Reihe Hochschulgebäude gruppierten. Karten hatte er sich schon immer gut merken und sich auch immer rasch in unbekannter Umgebung orientieren können. Diese Fähigkeit kam ihm nun auch hier auf dem wahrhaftig weitläufigen Campus der ISU zugute. Trotzdem war er zu spät, um noch rechtzeitig zu seinem Treffen mit Dr. Patterson zu kommen. Dr. Mwo-chi und Alfred hatten ihre Zeit im Labor überzogen, teilweise wohl deshalb, weil sie beide sich immer noch aneinander gewöhnen mussten, wie es in der Anfangsphase einer Zusammenarbeit ja nicht ungewöhnlich war. Sie hatte versprochen, sich für Alfred einzusetzen, sollte Dr. Patterson der Verspätung wegen erbost sein und entsprechend reagieren. Angesichts der Tatsache, dass Dr. Patterson als freundlich galt und stets bester Laune war, wie sonst nur wenige Dozenten auf dem Campus, war es unwahrscheinlich, dass Alfred eine Hilfestellung wie diese bräuchte. Nur schätzte und mochte er Dr. Patterson sehr, weshalb ...

»*Ohhh!*«

Alfred ruderte mit einem Arm, um nicht das Gleichgewicht zu verlieren, als die kleine schwarzhaarige Schönheit plötzlich wie aus dem Nichts auftauchte. Sie musste sich hinter einer sorgsam gestutzten Reihe blühender Büsche praktisch materialisiert haben, um so plötzlich in seinen Weg zu geraten. Seine Reflexe sprangen schneller an als bei nicht-modifizierten Menschen, die immer nur in der Schwerkraft ein und derselben Welt gelebt hatten. Um den Zusammenstoß zu vermeiden aber reichte selbst das nicht. Der Stoß, den ihr Zusammenprall der jungen, schönen Frau versetzte, ließ sie mit reichlich Effet rücklings taumeln.

Mit einem erschrockenen Schrei, der so gar nichts Aufgesetztes hatte, flog Allison mehr rückwärts, als dass sie stolperte. Sie hatte die Geschwindigkeit nicht berücksichtigt, mit der sich Harrington bewegte, und auch seine Größe und schiere Körperkraft hatte sie in Betracht zu ziehen vergessen. Er war eben doch ein Drittel größer als sie, obendrein war er muskulös und besaß die schweren Knochen und die für eine Welt wie Sphinx und eine derartige Knochen- und Muskelmasse sicher nötigen Sehnen und Knorpelgewebe. Daher wog er bestimmt doppelt so viel wie Allison selbst, und während sie das Gleichgewicht verlor und rücklings stürzte, dämmerte ihr, dass es gewisslich bessere Wege gegeben hätte, um eine ›zufällige‹ Begegnung zwischen ihnen herbeizuführen.

Dann schoss Harringtons Hand vor. Noch nie zuvor hatte Allison jemanden derart schnell reagieren sehen. Er packte sie bei der Schulter: ein Griff wie von einer Stahlhand und dennoch mit einer Behutsamkeit, die zu der Unnachgiebigkeit des Griffs nicht recht passen wollte. Harrington fing ihren Sturz ab, mühelos, wie es schien.

»Entschuldigen Sie bitte vielmals«, sprudelte er erschrocken heraus und mit so großem Ernst, dass es Allison einen Stich mitten ins Herz gab, oder besser: einen Biss. Aber mehr war es nicht, was die Gewissensbisse zustande brachten, eine kurze Heimsuchung, weil sie es gewesen war, die die Kollision absichtlich verursacht hatte. »Normalerweise passe ich besser auf, wohin ich laufe.«

»Seien Sie doch nicht albern.« Sie gab sich einen Ruck und strich sich mit der Rechten das Haar aus dem Gesicht, als er ihre Schulter losließ. »Es war eher meine als Ihre Schuld, dass wir ineinandergerannt sind«, setzte sie, jetzt vollkommen aufrichtig, hinzu. »Ich weiß eigentlich ganz genau, dass der Schmetterlingsflieder jeden verdeckt, der in Richtung Priestly Hall unterwegs ist. Wenn ich also Kollisionen wie unsere vermeiden möchte, sollte ich stehen bleiben und erst nach beiden Seiten schauen, ehe ich weitergehe.«

»Nichts passiert, oder? Alles in Ordnung?«, fragte Harrington.

»Alles in bester Ordnung, Lieutenant ...«, sie tat, als ob sie den Namen von dem schmalen Schild auf seiner rechten Brust ablesen würde, »Harrington.« Sie lächelte ihn an. »Offenkundig sind Sie Manticoraner. Schön, Sie kennenzulernen!« Sie streckte ihm die Hand entgegen. »Ich heiße Allison Chou.«

Das war natürlich nicht ihr voller Name, aber hier auf dem Campus brauchte er mehr nun wirklich nicht zu wissen ... zumindest jetzt noch nicht. Es war immerhin der Name, den sie auf ihrer Bewerbung und Zulassung angegeben hatte, zur großen Verärgerung ihrer Eltern, besonders ihrer Mutter. Aber so hatte Allison sich entschieden, und Namenswahl war Privatsache auf Beowulf: Jeder durfte selbst darüber entscheiden. Also gab es auch niemanden, der gegen diese ihre Entscheidung etwas vorzubringen gewusst hätte. Obwohl Allison sich recht sicher war, mit dem verkürzten Namen die meisten ihrer Kommilitoninnen und Kommilitonen nicht hinters Licht zu führen, konnte sie so immerhin darauf beharren, so laute nun einmal ihr Name.

»Ich freue mich, Ihre Bekanntschaft zu machen, Ms. Chou.«
Er nahm ihre Hand und schüttelte sie.

Allison bemerkte zum zweiten Mal heute, dass Harrington sich zurücknahm und seine Körperkräfte willentlich modulierte. Der Händedruck besaß so viel Kraft, wie sie vermutet hatte, war aber zugleich behutsam. Seltsamerweise schien ein Kribbeln von seiner in ihre Hand zu fließen, so jedenfalls kam es ihr vor.

»Alfred Harrington«, stellte er sich jetzt mit vollem Namen vor. »Und ja, ich stamme aus dem Sternenkönigreich. Von Sphinx, um genau zu sein.«

»Ah, dacht ich's mir doch, dann habe ich den Akzent richtig eingeordnet«, erwiderte Allison, damit beschäftigt, das seltsame Kribbeln und das damit einhergehende Gefühl irgendwie einzuordnen. So etwas hatte sie noch nie gespürt, wirklich seltsam. »Sie studieren auch hier?«

»Ja«, bestätigte er und nickte. Dabei entließ er sie aus seinem Händedruck. »Neurochirurgie. Und Sie?«

»Genetik«, lautete Allisons Antwort, während sie zögernd die Hand zurückzog und möglichst unauffällig die Finger der rechten Hand schüttelte, um das Kribbeln zu vertreiben. Wie um das zu überspielen, setzte sie rasch hinzu: »Ach, wo wir doch beide hier studieren: Machen wir es uns doch einfacher und duzen uns, einverstanden?«

Er nickte.

»Genetik«, sagte sie daraufhin mit einem entschuldigenden Schulterzucken, »ist auf Beowulf natürlich schon Tradition und daher wenig überraschend.«

»Ich halte es für ein sehr interessantes Fachgebiet«, meinte er. »Natürlich«, das Lächeln, das die Worte begleitete, fiel ein wenig schief aus, »haben viele Manticoraner, vor allem die von Sphinx, ein ... nun, besonderes Interesse daran.«

»Natürlich«, bestätigte sie und blickte zu ihm hoch. Seine Stimme hatte einen ganz speziellen Unterton, jedenfalls kam ihr das so vor. Sie wusste ihn nicht recht einzuordnen – schon wieder etwas, das er an sich hatte und ihr Rätsel aufgab. Seltsamerweise war die erste Assoziation, die ihr kam, weiches Fell wie von einem Pelztier. Als striche seidenweiches Fell über ihre Haut. Ganz offenkundig war es nicht seine Absicht, diesen Effekt hervorzurufen, dennoch besaß das Ganze Intimität: Es war, als ob das Kribbeln von ihrer Hand auf andere Körperregionen überspränge. Dergleichen zu spüren, hatte sie nicht erwartet, nicht im Mindesten, und dabei ging diese Wahrnehmung, diese ... Empfindung mit einer weiteren einher. Düsterkeit, Trauer ... Das war natürlich völlig absurd, und das wusste Allison auch, aber einen Lidschlag lang hatte sie geglaubt, gleichzeitig schnurren und in Tränen ausbrechen zu müssen.

»Dann bleibst du also noch eine Weile auf Beowulf?«, hörte sie sich selbst fragen.

Harrington nickte. »So wie es aussieht, die nächsten drei T-Jahre. Aber der Wurmlochknoten verkürzt die Strecke nach Hause ja ungemein. Ich kann mit den Tagesausflüglern jederzeit, wenn ich ein paar Tage frei habe, nach Hause auf einen Besuch. Gestrandet im Exil bin ich hier also nicht.«

»Nein, natürlich nicht.« Allison kam sich ein bisschen närrisch vor. Einerseits war es einfach *nett*, hier zu stehen und ein bisschen mit Harrington – *Alfred*, korrigierte sie sich beiläufig – zu plaudern. Andererseits war das absolut lächerlich. Denn, erstens, sie kannte ihn kaum, zweitens war sie schon energischer von Männern umworben und gelegentlich auch erobert worden, die um einiges besser ausgesehen hatten als Alfred Harrington. Drittens erschreckte sie diese schwarze Düsterkeit, weil sie keine Ahnung hatte, woher die Empfindung kam. Viertens war ganz offensichtlich, dass, egal was für Gefühle sie vielleicht in Bezug auf ihn hegte, er diese Empfindungen, was sie betraf, nicht teilte.

»Na dann«, sagte sie, »du warst eben etwas in Eile, stimmt's ehe ich in dich hineingerannt bin. Also lasse ich dich jetzt wohl am besten deiner Wege ziehen.« Sie trat einen Schritt zur Seite und gab ihm so den Wege frei.

Harrington sah zu ihr hinunter, wollte etwas sagen, zögerte, nickte dann. »Du hast recht, ich sollte mich tatsächlich besser auf den Weg machen.«

Seltsamerweise war sich Allison gleich sicher, dass er zuerst eigentlich etwas anderes hatte sagen wollen.

»Vielleicht«, fuhr er fort, »laufen wir uns bald wieder einmal über den Weg ... wir müssen ja nicht gleich miteinander kollidieren.«

»Vielleicht, ja«, erwiderte Allison, nickte ihm zu und sah ihn dann mit großen, geschmeidig federnden Schritten davoneilen.

Na, das war ja mal seltsam, dachte sie, während sie ihm nachschaute und zu rekonstruieren versuchte, was da gerade zwischen ihnen passiert war. Sie hatte jede Menge attraktiver Männer in ihrem Leben kennengelernt, und zu so manchem hatte sie sich hingezogen gefühlt, schließlich war sie Beowulfianerin und, das wusste sie ohne falsche Bescheidenheit oder Eingebildetheit, attraktiver als die meisten Frauen. Doch noch nie hatte sie sich so schnell einem Mann gegenüber so ungezwungen gefühlt – oder sich mit einem Mann so ... wohlgefühlt.

Gedankenverloren schlenderte sie zu einer der Bänke im Schatten hinüber und nahm dort Platz. Sie wusste weniger über Alfred Harrington als, wie ihr Bruder es ausgedrückt hätte, über Adams Hauskatze – was eigentlich hieß: gar nichts –, und ihre Begegnung war mehr als seltsam gewesen. Verstörend seltsam. Gemeinhin hielt man Allison für einen gefühlsbetonten Menschen, und sie war bereit einzugestehen, dass daran Wahres war. Aber so etwas wie eben? Das war ihr noch nie passiert. Es war, als hätte es eine Art Verbindung, wirklich und wahrhaftig ein Band zwischen Alfred und ihr gegeben, obwohl sie einander noch nie begegnet waren. Völlig absurd. Und dann die Düsterkeit ... Jetzt, wo der erste Kontakt ... der erste Schreck vorbei war und sie dem Gefühl nachspürte, schmeckte sie Eisen auf der Zunge, eindeutig, wie bei Blut. Es schauderte sie. Es war, als ob sie selbst keinen Anteil an dieser Düsterkeit gehabt hätte, sie nicht aus ihr käme, sondern jemand anderem gehörte, und das ängstigte sie.

Sie blinzelte, als ihr aufging, was sie da gerade gedacht hatte: Es *ängstigte* sie? Ja, gut, es stimmt schon, es war seltsam gewesen, aber *beängstigend*? Das war nicht nur absurd, das war nachgerade albern! Und, Allison straffte die Schultern, sie würde es nicht hinnehmen! Was sie deswegen zu tun beabsichtigte, wusste sie nicht. Sie würde eine Weile darüber nachdenken müssen. Eines jedoch war sicher: Lieutenant Harrington war ein stilles Wasser, daran war nichts zu deuten, und stille Wasser waren nun einmal tief. Also wäre es besser, nichts zu forcieren, nicht unbesehen in etwas hineinzustolpern, Rikki-Tikki-Tavi hin oder her. Nein, das war die rechte Zeit für Subtilität, für Scharfsinn und Raffinesse gleichermaßen, nur mit Bedacht und ... Vorsicht neugierig zu sein. Wozu hatte man denn familiäre Beziehungen, wenn man sie nicht nutzte?

»Was verschafft mir die Ehre?«, fragte Jacques Benton-Rami-rez y Chou, während er seiner Schwester den Stuhl zu-rechtrückte, als sie sich setzte. Er umrundete den Tisch und nahm selbst Platz. In höflicher, aber unmissverständlicher Auf-forderung hatte er die Augenbrauen hochgezogen. Allison lächelte ihn an.

Die beiden sahen einander sehr ähnlich, was nicht sonder-lich überraschte, da sie zweieiige Zwillinge waren. Nun, er war fünf T-Jahre älter als sie, beinahe sogar sechs, nichts nen-nenswert Außergewöhnliches zwischen Zwillingspärchen auf Beowulf, anders als auf anderen Welten, auf denen die Ge-burtenregelungen weniger streng waren als hier. Jacques war auch ein bisschen größer als Allison, aber niemand, der sie zusammen sah, hätte sie je für etwas anderes gehalten als die Zwillinge, die sie nun einmal waren.

»Warum gehst du immer davon aus, dass ich Hinterge-danken habe, wenn ich mich mit dir zum Lunch treffen möchte?«, fragte Allison.

»Hauptsächlich jahrelange Erfahrung«, erwiderte er tro-cken.

Sie grinste. »Dir werde ich nie ein Schnippchen schlagen können, stimmt's, Bruderherz?«

»Was sicher nicht daran liegt, dass du nicht ernsthaft genug übst.«

»Kleine Mädchen müssen an ihren Brüdern üben, wollen sie als Frauen später Männern gegenüber nicht den Kürzeren ziehen«, gab sie ihm zu bedenken.

»Ich bin außerordentlich froh, dir nützlich gewesen zu sein«, sagte er ausgesucht höflich im Ton. »Aber du hast mir immer noch nicht gesagt, worum es bei unserem gemein-samen Lunch denn nun geht.« Mit einer raschen Hand-bewegung schloss er das teure Restaurant in seiner Gänze ein.

»Nun, auch wenn ich das Essen hier im Madoka's immer sehr genossen habe, ist die Einladung selbst für dich ausgesprochen kurzfristig erfolgt.«

»Mein Zeitplan ist dieses Semester ein bisschen eng.« Sie hob die Schultern und ließ sie wieder fallen. »Es gibt nur noch kleine Lücken, in die sich etwas spontanes Sozialleben hineinquetschen lässt.«

»Und die Wünsche meiner Vorgesetzten, dass ich meine Terminpläne mit den ihren in Übereinstimmung bringe, lässt sich nun wie genau in deine Pläne einpassen?«

»Oh, jetzt aber mal im Ernst, Jacques!« Sie schüttelte den Kopf. »Du formst und schlingst doch, seit ich denken kann, aus jedem deiner Terminpläne eine Brezel, wenn es dir in den Kram passt! Versuch nicht mir einzureden, deine Vorgesetzten glaubten noch, sie könnten das ändern!«

Nachdenklich musterte er sie. Das Argument war nicht von der Hand zu weisen, auch wenn Allison die Gewichtigkeit ihres Argumentes zu hoch einschätzte. Viel von der Brezel, von der sie sprach, war Augenwischerei, nicht Realität. Es würde seine Vorgesetzten – und nicht zuletzt ihn selbst – enorm erfreuen, wenn sie jemandem mit einem tatsächlich arbeitenden Verstand weismachen könnten, er würde es als Sohn einer von Beowulfs führenden Familien amüsant finden, an seiner Karriere beim Militär herumzustümpern und sie gerade nur so ernst zu nehmen, wie er unbedingt musste. Jacques bezweifelte allerdings, dass sie sonderlich vielen von denjenigen, die in seinem Geschäft zählten, tatsächlich etwas vormachten. Immerhin, den Versuch war es allemal wert, und selbst Menschen, die es besser wussten, konnten nicht so ohne Weiteres darüber hinweggehen, wie er in der Öffentlichkeit auftrat. Wenn der ganze Rest der Galaxis Jacques Benton-Ramirez y Chou für einen Dilettanten hielt, hätten auch die maßgeblichen Leute so zu handeln, als ob sie dieser Ansicht wären, oder sie müssten sich in aller Öffentlichkeit erklären. Aus diesem Grund, um die Einschätzung, er sei eher ein Lebemann als irgendetwas anderes, zu stützen, würde er in ein paar Jahren vielleicht sogar seinen Dienst quittieren müssen, zumindest offiziell. Diese Aussicht stimmte ihn nicht gerade heiter. Während seiner Einsätze für das BSC hatte er viel Hässliches gesehen und getan, aber er war auch Teil von Operationen gewesen, die verdammt noch eins befriedigend gewesen waren. Er würde die Außeneinsätze vermissen, die Kameradschaft, die Herausforderungen.

»Nun, obwohl ich nicht willens und bereit bin, einzugestehen, dass in deinen abfälligen Bemerkungen über meinen Charakter auch nur ein Körnchen Wahrheit steckt«, nahm er das Geplänkel mit seiner Schwester wieder auf, »bin ich hier, und du hast Gesprächsbedarf angedeutet. Also...?«

Er unterstrich seine Aufforderung durch hochgezogene Augenbrauen, daher setzte Allison zu einer Antwort an. Aber gerade in diesem Moment erschien der Kellner, als hätte er sich wie bei einem Zaubertrick in einer Rauchwolke materialisiert, genau neben Jacques' Ellenbogen, und Allison unterbrach sich. Madoka's war eines der zehn beziehungsweise zwanzig (je nachdem, wer die Einstufung vornahm) besten Restaurants in Grendel, und die Qualität des Services, des rein menschlichen Personals, das dort beschäftigt war, war mitverantwortlich dafür. Die Zwillinge gaben ihre Bestellung auf, die der Kellner in seinem fotografischen Gedächtnis behielt, warteten, bis er die Getränke serviert und eingeschenkt hatte und wieder verschwand.

Kaum war das geschehen, fragte Jacques: »Was wolltest du gerade sagen?«

»Es ist reine Neugier«, antwortete Allison. »Ich hätte dich

das Ganze auch über Com fragen können, aber wir haben uns schon einen Monat lang nicht mehr gesehen, also dachte ich, ich schlage zwei Fliegen mit einer Klappe.«

Jacques nickte und lächelte. Das war die Wahrheit und nichts als die Wahrheit, das wusste er genau. Das Band zwischen ihnen beiden war stärker selbst als unter Zwillingen üblich und wurde noch verkompliziert durch den Umstand, dass Allison nicht nur Jacques' Zwillings-, sondern gleichzeitig auch seine kleine Schwester war. Wenn sie voneinander getrennt waren, zog es sie zueinander hin: eine Sehnsucht, ein Verlangen, sich nahe zu sein, fast wie ein irritierender Juckreiz, bei dem Kratzen nicht half, und ebenso wenig zu erklären. Über die Jahre hatten sie sich daran gewöhnt und, um im Bild zu bleiben, es juckte sie nicht mehr so sehr wie früher. Doch beide empfanden es als Erleichterung, wenn der Juckreiz aufhörte, kaum dass sie einander wie jetzt gegenübersaßen.

»Ah, und was ist das Objekt der Neugier? Oder sollte ich sagen: Wer?«, bohrte Jacques nach.

»Ja, stimmt schon, es geht um einen meiner Kommilitonen, aber vielleicht nicht ganz so, wie du denkst.« Sie zuckte mit den Achseln. »Er hat Neurochirurgie belegt, nicht Genetik, also haben wir eigentlich nicht viel miteinander zu tun. Aber ich habe da jemanden kennengelernt, der nicht viel von dem fraglichen Kommilitonen hält, und ich wüsste gern, ob es dafür einen guten Grund gibt … neben dem übersteigertem Selbstwertgefühl von dem Kommilitonen, den ich kennengelernt habe.«

»So, und das kannst du nicht selbst herausfinden?«, fragte Jacques betont höflich im Ton. »Ich habe nicht gewusst, dass du, seit wir uns das letzte Mal gesehen haben, arm, alt und gebrechlich geworden bist und bei Alltagshandreichungen Hilfestellung brauchst.«

»Klar, herausfinden könnte ich das schon.«

Allison schnitt ein Gesicht; dass sie ihm nicht die Zunge herausstreckte, war alles. Jacques aber spürte etwas dahinter: Es war eine Ausflucht. Allison verschwieg etwas.

»Offenkundig«, fuhr sie fort, »habe ich mich, oh Wunder, daran erinnert, dass einer meiner überfürsorglichen älteren Brüder mich vor ein paar Jahren wegen meiner Sorglosigkeit meinem sozialen Umfeld gegenüber gerügt hat. Ich kann mich allerdings nicht daran erinnern, wer von ihnen es war.«

Jacques lachte, aber er musste ihr recht geben. Was das betraf, war er tatsächlich überfürsorglich. Allison war immer diejenige gewesen, die sich am meisten daran gestoßen hatte, eine Benton-Ramirez y Chou zu sein. Sie wusste um die Prominenz ihrer Familie, und meistens verübelte sie sie ihr. Besonders ärgerte sie, dass von einem Mitglied ihrer Familie erwartet wurde, in den Staatsdienst oder in die Politik zu gehen oder, teilweise in Ergänzung dazu, Karriere in der Medizinbranche zu machen. Allison pflegte sich in geradezu krankhaftem Reflex allem zu verweigern, was nach Druck auf sie oder Zwangsausübung auch nur roch, und neigte im dazu passenden Maße zu Impulsivität in ihrem Handeln und ihren Entscheidungen. Sie war nicht etwa dumm, faul oder sorglos, nein, ganz sicher nicht. Sie war vielmehr ein Energiebündel, fähig, mit großer Begeisterung gleich mehrere und darunter ganz unterschiedliche Dinge auf einmal anzugehen, und das in einem Umfang, der jeden in ihrer unmittelbaren Umgebung in den Wahnsinn trieb. Der Gedanke, Vorsichtsmaßnahmen zu ergreifen, weil sich ihre Familie nicht überall und bei jedem großer Beliebtheit erfreute, war ihr fremd. Sich so zu benehmen besaß, das musste Jacques ihr zugestehen, durchaus ein gewisses Maß Vernunft. Weithin verehrte man die Familie Benton-Ramirez y Chou auf Beowulf. Das war, zu dieser Überzeugung war Jacques irgendwann gelangt, der Grund dafür, warum Allison es verabscheute, eine Benton-Ramirez y Chou zu sein, denn alles, was man als Benton-Ramirez y Chou auf Beowulf zu tun brauchte, um diese Verehrung zu verdienen, war atmen. Aber unverdient verehrt zu werden fand Allison belastend, und sie ärgerte sich maßlos darüber. Häufig dachte Jacques darüber nach, wie sie wohl damit umginge, wenn sie die Universität erst verlassen hätte. Auf die Verehrung ihrer Familie zu bauen, weil genau das die meisten Beowulfianer taten, und sich nicht zu viele Gedanken über Vorsichtsmaßnahmen ihre eigene Person betreffend zu machen, war also von Allison tatsächlich vernünftig. Abgesehen von dem in jeder Gesellschaft unvermeidlichen Prozentsatz an Geistesgestörten, würde wohl niemand Allison angreifen.

So gesehen vernünftig oder nicht: Nicht jeder in der Galaxis war Beowulfianer, und momentan gab es mehr Gründe als sonst, dass Allison sich ein bisschen vorsichtiger in unbekannter Gesellschaft bewegte, auch wenn sie Vorsicht wie diese so sehr verabscheute. Leider hatten, das musste Jacques einräumen, die meisten Gründe, die zur Vorsicht rieten, mit ihm zu tun, weshalb die Sorge um seine kleine Schwester seinerseits mit Schuldgefühlen einherging.

»Ah ja, und wer, Alley, ist nun dieses Objekt deiner Begierde, Pardon: Neugier?«, fragte er.

»Er stammt von Sphinx«, klärte sie ihn auf. »Er ist ein Riese von einem Mann und Offizier bei der Flotte, ein Lieutenant, auch wenn ich mir da nicht ganz sicher bin. Jedenfalls hat er ein goldenes Dingsda an seinem Kragen.« Sie warf den Kopf zurück. »Ich komme immer völlig durcheinander, wenn ich diese ganzen Navy-Ränge auseinanderzuhalten versuche, und das schon bei der beowulfianischen Navy. Warum nur nutzen sie nicht die Rangabzeichen und -bezeichnungen wie alle anderen auch?«

»Wer? Die Mantys oder Beowulfs Systemverteidigungskräfte?«

»Entweder oder. Nein, beide!«

»Wohl, weil die Navy-Fuzzies uns allen haushoch überlegen sind und nicht die Absicht haben, uns das jemals vergessen zu lassen«, meinte er, um Zeit zu gewinnen. Dass sie ihn nach Harrington fragen würde, hatte er nicht erwartet, und er war sich nicht sicher, ob er ihr mögliches, aber bisher abgestrittenes Interesse an ihm befördern sollte oder nicht. Er hatte nichts gegen Harrington, beileibe nicht, das Gegenteil war eigentlich der Fall, wenn er es recht bedachte. Aber Harrington war nun einmal nicht unsichtbar, nein, sicher nicht ... und sicher nicht die Person, bei der man seine Schwester sicher aufgehoben wüsste – vor allem nicht, wo doch seine Schwester den Namen Benton-Ramirez y Chou trug.

»Also, er heißt Harrington«, fuhr Allison jetzt fort, als hätte es sein kleines Ablenkungsmanöver nicht gegeben. »Und weil du doch so viel Aufhebens darum gemacht hast, mit wem ich meine Zeit verbringe, und weil er ein Fremdweltler ist, dachte ich, ich frage dich einfach. Ähm, vielleicht überprüfst du ihn mal, also, für mich.«

»Und wie viel Beachtung hast du bisher stets dem geschenkt, was bei meinen Überprüfungen herausgesprungen ist?«, neckte er sie, was erst sein Grinsen erklärte, das auf die Frage folgte. »Habe ich dir nicht gleich gesagt, dass dieser Hammel Iliescu dich auf die Palme treiben wird? Gib's ruhig zu!«

»Er ist nicht so übel, wie du behauptet hast«, entgegnete sie. Als er sie noch breiter angrinste, zuckte sie mit den Schultern. »In Ordnung, er ist schon übel«, räumte sie ein, »aber eben nicht ein so übler Kerl, wie du behauptet hast.«

»Ah, ich verstehe. Danke, dass du mir den Unterschied noch einmal begreiflich gemacht hast.«

»Bitte schön, keine Ursache. Aber was ist jetzt? Wirst du Lieutenant Harrington für mich überprüfen, oder nicht? Ich könnte natürlich auch einfach mal hallo zu ihm sagen und mich ihm vorstellen, geht sicher auch. Ich mach's, glaub mir!«

»Sofort.« Jacques überlegte einen Moment, ehe er seine Bedenken mit einem Schulterzucken beiseiteschob. »Um ehrlich zu sein, weiß ich schon ein bisschen was über ihn.«

»Ach, tatsächlich?« Während sie das sagte, faltete sie ihre Serviette auseinander und legte sie sich auf den Schoß.

Jacques schien, dass sie der Serviette und ihrer Platzierung mehr Aufmerksamkeit widmete, als der simple Handgriff tatsächlich verdiente. »Ja, tatsächlich. Ich habe dafür gesorgt, dass ich bei seiner Landung in Grendel am Raumhafen war, um ihn durch den Zoll zu lotsen und dann sicher auf dem Campus abzuliefern.«

Sie schaute von ihrem Schoß auf, der Blick mit einem Mal hochkonzentriert. Jacques seufzte. Er kannte diesen Blick, diesen angespannt interessierten Gesichtsausdruck. Er hatte gehofft, sie würde seine Sorge spüren und deshalb ihr Interesse an Harrington verlieren. Aber diese Strategie würde nicht aufgehen, nicht nach diesem Blick. Dummerweise sprach alles, was er über den Sphinxianer wusste, für den Mann, nicht etwa gegen ihn, auch wenn Harrington selbst, so Jacques' Vermutung, das anders sah.

»Warum?«, fragte Allison nur.

»Weil Lieutenant Harrington ... nun, interessant ist«, antwortete er. »Interessant für jemanden wie mich, meine ich.«

Sie schürzte die Lippen. Anders als so manches Familienmitglied hatte sie eine klare Vorstellung davon, was seine Pflichten beim Beowulf Survey Corps zumindest gelegentlich umfassten. Sie wusste lange nicht alles – um nicht zu sagen: nicht sonderlich viel –, und Jacques hatte nicht die Absicht, das zu ändern. Aber sie wusste genug, um zu wissen, dass ›interessant für ihn‹ nicht unbedingt Gutes bedeutete.

»Alley, ehrlich, ich weiß nichts über ihn, was man als Minuspunkt bei ihm verbuchen müsste«, rückte er die vielleicht falsch angekommene Aussage gerade. »Im Gegenteil. Alles, was ich von ihm weiß, spricht für ihn. Aber er ist in etwas hineingeraten, so mitten hinein, das … nun, Komplikationen nach sich zieht.«

»Was denn für Komplikationen?«

»Von der Art, über die ich dir nichts sagen kann.« Er verzog das Gesicht. »Nicht, dass ich nichts sagen möchte, sondern nichts sagen darf. Alles darüber ist streng geheim und unter Verschluss. Noch nicht einmal das BSC kennt die ganze Geschichte.«

»Und was kannst beziehungsweise darfst du mir erzählen?«, fragte sie.

Nachdenklich kniff er die Augen zusammen. Er kannte seine Schwester gut, besser als jeden anderen Menschen, und er hörte das unnachgiebig Stählerne im Unterton der Frage. Er verstand nur nicht, was dieser Unterton in der Frage zu suchen hatte. Offenkundig war Allisons Interesse an Alfred Harrington weit weniger beiläufig, als sie bisher hatte durchblicken lassen. Was Jacques jedoch hauptsächlich beschäftigte, war die Spur Unsicherheit, die dort mitschwang, und Unsicherheit kannte er bei seiner Schwester nicht in diesem Maße, dass sie hörbar oder zu sehen gewesen wäre. Ein Teil von ihm, der weitaus größte, um genau zu sein, wollte das

Thema sofort beenden, hier und jetzt. Hier könnte er in gefährliches Gewässer geraten, in Untiefen, die er lieber vermieden hätte, und es war nun einmal eine Tatsache, dass sich Harrington jede Menge Feinde gemacht hatte. Diese Feinde wären *wahrscheinlich* nicht töricht genug, ihren Konflikt mit Harrington offen auszutragen, und schon gar nicht hier auf diesem Planeten, ausgerechnet auf Beowulf. Aber eine Garantie dafür gab es natürlich nicht. Und wenn dann noch Jacques' eigenes Tun und Lassen Teil der Rechnung würde, die sie vielleicht doch aufzumachen gedachten ...

Allison war seine Schwester.

Eben, genau das war sie.

»Mit achtzehn hat er sich freiwillig zur manticoranischen Marineinfanterie gemeldet.« Er sagte es, und sein Ton war spröder, um nicht zu sagen, schärfer, als Allison von ihm gewohnt war. »Er hat sich gut gemacht. Mit dreiundzwanzig war er Zugführer, und das Korps zog in Erwägung, ihm bei seiner Güte als Platoon Sergeant ein Offizierspatent anzubieten. Etwa zu diesem Zeitpunkt kam es zu einem ... nennen wir es: Zwischenfall. Es hatte nichts mit dem Marineinfanteriekorps der Mantys zu tun, jedenfalls nicht direkt. Harrington fand sich inmitten einer ausgesprochen unschönen Situation wieder, und das ganz ohne sein Zutun. Er änderte die Situation, in die er geraten war. Es gab eine Menge Tote, er selbst wurde schwer verwundet, und als die Mantys von dem Vorfall Kenntnis bekamen, hat man ihm das Ostermankreuz verliehen.« Jacques tauschte einen tiefen Blick mit Allison über den Tisch hinweg. »Das ist die zweithöchste Auszeichnung für Tapferkeit, Alley, die die Mantys vergeben. Die verdient man sich nicht allein mit Heldenmut auf dem Schlachtfeld.«

Allison hielt seinen Blick ein, zwei Augenblicke fest.

In einer eckigen Bewegung hob Jacques die Schultern und

ließ sie wieder fallen. »Das Ostermankreuz kann nur Mannschaftsdienstgraden und Unteroffizieren verliehen werden, und der Verleihung folgt stets das Angebot, ein Offizierspatent zu erwerben. Hin und wieder wird das Angebot abgelehnt, und die Mantys sind klug genug, dem stattzugeben, ohne sich daran zu stoßen. Sie wissen, wie wichtig diese Sorte Unteroffiziere für die Truppe sind, und sie sind froh, einen von dieser Sorte in ihren Reihen zu behalten, statt ihn zu bedrängen, entweder aufzusteigen oder seinen Abschied zu nehmen, wie es die Solarian League Navy praktiziert. Ich sagte, der Verleihung des Ordens folge stets das Angebot auf ein Offizierspatent, und so war es auch im Fall Harrington, nur dass er eine ungewöhnliche Bitte äußerte. Er bat um die Versetzung zur Navy und ins Sanitätskorps.« Erneut ein Schulterzucken. »Der Versetzungswunsch zur Navy ist nicht so seltsam, wie er im ersten Augenblick klingen mag. Denn die Navy war im Sternenkönigreich immer schon für die medizinische Versorgung der Marineinfanterie zuständig. Ungewöhnlich war es trotzdem, besonders bei jemandem, der sich bei den Streitkräften so gut geschlagen hat. Doch der Umstände wegen und unter Berücksichtigung dessen, was Harrington geleistet hat, wurde seiner Bitte stattgegeben, und das erklärt, warum er jetzt hier ist.«

»Was hat er getan, um sich seinen Orden zu verdienen?«, fragte sie unaufgeregt.

»Das gehört zu den Informationen, die ich nicht mit dir teilen darf. Alles unter Verschluss, Alley. Die Mantys haben das Ganze zur Geheimsache gemacht, als sie Harrington die Lobende Erwähnung überreicht haben.«

Sie musterte Jacques, ohne sich ihre Gefühle anmerken zu lassen, und dachte über das Gehörte nach ... und darüber, was ihr Bruder alles nicht gesagt hatte. Mit Geheimsachen kannte er sich aus, manchmal wusste er Geheimes auch dann, wenn er es nicht wissen sollte. Aber er war durch und durch integer. Wahrscheinlich war er mit dem, was er ihr gerade erzählt hatte, den Grenzen dessen, was er hatte erzählen dürfen, gefährlich nah gekommen – beziehungsweise was zu erzählen er sich selbst erlaubte. Während sie darüber nachdachte, kam plötzlich die Erinnerung daran hoch, wie es sich angefühlt hatte, die Düsterkeit in Lieutenant Harrington zu spüren, und es schauderte Allison.

»Tja«, sagte sie und hatte resolut einen normalen Ton angeschlagen, »was ich jetzt weiß, ist, dass Franz falsch liegt – wieder einmal, muss ich wohl sagen –, was die Frage betrifft, ob Lieutenant Harrington es verdient hat, an der ISU zu studieren, oder nicht.«

»Ich für meinen Teil finde: Wenn jemand einen Studienplatz dort verdient hat, dann Harrington«, gab Jacques ihr recht und sah auf, da ihnen ihre Vorspeise serviert wurde.

Der Kellner trug geschäftig Salate und Consommé auf und zog sich sofort wieder zurück.

Allison nahm ihre Gabel und blickte ihren Bruder an. »Danke, Jacques«, sagte sie, »du hat mir einiges zu denken gegeben.«

»Hier, bitte.« Sojourner X händigte Jacques Benton-Ramirez y Chou den Chipordner aus. »Ich hoffe, diese Informationen sind hilfreich.«

»Nun, schaden können sie jedenfalls nicht«, entgegnete Benton-Ramirez y Chou und schaute zu dem baumlangen, breitschultrigen Ex-Sklaven auf.

Es war eine Weile her, da hatte er Sojourner erklärt, die historische Sojourner Truth sei eine Frau gewesen, kein Mann, aber das kümmerte den Ex-Sklaven nicht. Augenscheinlich war ihm dieser Umstand bereits bekannt gewesen, und er hatte angemerkt, dass ›sojourner‹ ein geschlechtsloses Nomen sei, ebenso wie Gäste an sich ja auch männlich oder weiblich sein könnten. Daher tauge dieses Nomen ganz wunderbar sowohl als weiblicher wie männlicher Vorname. Im Übrigen, so hatte er gesagt, könne er sich wegen der Inspiriertheit, die der historischen Sojourner Truth zu eigen gewesen sei, gut mit ihr identifizieren. Diese Bemerkung aus dem Mund eines Riesenkerls mit markigen Gesichtszügen und einem Kreuz, das jedem Ochsen zur Ehre gereicht hätte, war schon merkwürdig gewesen. Aber Benton-Ramirez y Chou war rasch aufgegangen, mitten im Gedanken schon, dass er in diesem Fall einem Vorurteil seinerseits aufgesessen war – einem Vorurteil, dass auf reinen Äußerlichkeiten, auf Stereotypen des Körperbaus gründete.

Mit der Erkenntnis war bei Benton-Ramirez y Chou ein gerüttelt Maß Ärger über sich selbst einhergegangen. Wenn jemand auf Beowulf gegen Vorurteile wie diese immun sein sollte, dann die Mitglieder seiner Familie. Seine Vorfahren waren maßgeblich daran beteiligt gewesen, die Nutzung von genetischem Wissen zur Waffenentwicklung zu ächten. Damit hatte sie sich gegen Detweilers ›Übermenschen‹-Manipulationen des menschlichen Genoms gewandt. Festgehalten war dieses Bemühen seiner Familie im Biowissenschaften-Kodex Beowulfs, der die Reaktion auf die albtraumhaften Neuschöpfungen war, die der Letzte Krieg von Alterde hervorgebracht hatte. Seine Familie hatte damals dafür gekämpft und in diesem Kampf nicht nachgelassen, bis sie Erfolg damit gehabt hatten, genetische Waffen als Massenvernichtungswaffen anzusehen. Damit fielen sie unter die Bestimmungen des Eridanus-Erlasses. Ebenso war seine Familie auch im Kampf um die Brandmarkung des Handels mit genetisch modifizierten Sklaven die Speerspitze der Bewegung gewesen und hatte damit ebenfalls Erfolg – zumindest in der Solaren Liga. Sie sorgte mit dafür, dass in der Cherwell-Konvention der Sklavenhandel mit Piraterie gleichgesetzt wurde und damit für beides dieselbe harte Strafe galt. Ganz Beowulf hatte in diesem Kampf unerschütterlich hinter der Familie gestanden, und Benton-Ramirez y Chous Heimatwelt war galaxisweit zweifelsohne der Planet mit dem höchsten Anteil an befreiten Sklaven in der Bevölkerung. Diese befreiten Sklaven hatten das ihrer neuen Heimat mit einem Patriotismus gedankt, der so manchen auf Beowulf Geborenen beschämte (oder zumindest hätte beschämen sollen). Viele von Jacques Benton-Ramirez y Chous Kameraden beim BSC waren Ex-Sklaven oder deren Nachkommen. Trotz alledem, trotz Familien- und eigener Geschichte war er auf die unterbewusste, reflexhaft ablaufende Schlussfolgerung hereingefallen, dass jemand, der so viehisch und stumpfsinnig wirkte wie sonst nur die Vorlage für Manpowers Schwerstarbeitermodelle, unterdurchschnittlich intelligent sein müsste. In Wahrheit besaß Sojourner zwei durch Habilitationen erworbene Privatdozenturen einschließlich der dazu gehörenden Venia legendi, einmal in Physik und dann in Chemie. In beiden Fachbereichen lehrte er an der Warshawski-Universität.

»Es mag nicht schaden, ja, aber würde auch nichts bewirken, das gut zu nennen wäre, wenn niemand es zum Anlass nimmt, zu handeln.« Sojourner war jetzt beseelter Prediger (wie seine Namenspatronin es gewesen war), seine Stimme grimmig. »Und das Verfallsdatum dieser Informationen ist rasch erreicht, Jacques. Lassen Sie drei Monate verstreichen, und die Hurensöhne brechen ihre Zelte ab, verpassen jedem, der es ihnen nicht wert erscheint, mitgenommen zu werden, einen Kopfschuss und suchen sich einen neuen Standort.«

»Das ist mir vollkommen klar«, meinte Benton-Ramirez y Chou nur, sein Ton mit Bedacht nüchtern. »Ich werde mein Möglichstes tun, Sojourner, und das wissen Sie auch. Aber nach der Haswell-Geschichte rütteln jede Menge offizielle Untersuchungen die Liga ordentlich durch. Immerhin geht es um etwa ein Dutzend anständige, aufrechte Liga-Gendarmen, die während der Razzia in einem Sklavenumschlagdepot, das an Ort und Stelle nichts zu suchen hatte, das Leben ließen, Täter unbekannt. Keinen blassen Schimmer, warum man glaubt, ausgerechnet wir hätten bei solch einer verabscheuungswürdigen Tat die Finger im Spiel.«

Benton-Ramirez y Chou schlug einen Tonfall an, der ehrlich betrübt klang. Man hätte es ihm abgenommen, hätte er nicht gleichzeitig in einem wölfischen Grinsen die Zähne gebleckt. Aber er wischte sich das Grinsen rasch wieder aus dem Gesicht und zuckte unglücklich mit den Schultern. »Leider ist nur zu wahr, Sojourner, dass wer zwei und zwei zusammenzählen kann, sich ganz leicht ausrechnen kann, wer tatsächlich hinter dem Zwischenfall steckt. Höchstwahrscheinlich ist dieser Art von Rechenkünstlern auch klar, wo ich ... ich meine natürlich: ein entsprechender Jemand die ursprünglichen nachrichtendienstlichen Infos lanciert hat. Alles zusammengenommen heißt, dass es sehr schwierig sein wird, den Boss davon zu überzeugen, eine Operation, wie sie hier nötig würde, abzusegnen. Natürlich gilt das nur unter der Voraussetzung, dass uns die Daten auf diesen Chips auch tatsächlich das verraten, was ich vermute. Unter den gegebenen Umständen wird sich der Boss für diese Entscheidung an eine Etage weiter oben wenden und die offizielle Genehmigung von der Direktion einholen müssen. Sie wissen ja selbst, wie lange das dann dauert.«

Sojourner blickte finster drein, ein geradezu furchteinflö-ßender Gesichtsausdruck, und Benton-Ramirez y Chou spürte den Zorn, der sein Gegenüber dieses Gesicht hatte auf-setzen lassen. Die Wut galt nicht Benton-Ramirez y Chou, aber es fühlte sich an, als träfe ihn dieser Zorn wie wütende Sturmböen, gegen die er sich zu lehnen hätte, um nicht von den Füßen gerissen zu werden.

»Dann ist es wohl angeraten, gleich jemanden anzuspre-chen, der inoffiziell zu handeln in der Lage ist«, meinte der Ex-Sklave barsch.

Benton-Ramirez y Chou atmete tief durch. »Das habe ich besser nicht gehört … sollte ich zumindest nicht«, warnte er Sojourner. »Momentan jedenfalls nicht«, setzte er hinzu.

Sojourner verengte die Augen zu schmalen Schlitzen.

Benton-Ramirez y Chou biss sich auf die Zunge und ver-fluchte sich selbst dafür, die Einschränkung hinzugefügt zu haben. Wenn man seine Vorgesetzten zwänge, offiziell Kennt-nis davon zu nehmen, dass er je mit einem Kontaktmann des Audubon Ballroom auch nur gesprochen hatte, wären die Folgen drastisch und träfen ihn unverzüglich. Ein Gutteil sei-ner Vorgesetzten wusste natürlich, dass er Kontakte dieser Art hatte, aber das war nicht dasselbe, wie es in einem offiziellen Bericht zu lesen oder hineinschreiben zu müssen. Der Audu-bon Ballroom war zwischen Beowulf und Alt-Chicago, von wo aus die Solare Liga regiert wurde, ein sensibles, weil höchst umstrittenes Thema. Benton-Ramirez y Chou war sich, was dieses Thema betraf, bei einer Sache ziemlich sicher: Der der-zeitige Permanente Leitende Staatssekretär für Inneres, Gi-useppe Adamson, hatte zumindest Indizien dafür gesammelt, dass das BSC nicht nur Kontakte zum Audubon Ballroom unterhielt, sondern sich für eigene Operationen sogar der Unterstützung des Ballrooms versicherte. Vielleicht ging es weiter, vielleicht besaß Adamson sogar Indizienbeweise, was den Vorfall auf einem Planeten namens Haswell anging. Wäre dem so, könnte das für die Personen, die an dieser speziellen Operation beteiligt gewesen waren, ausgesprochen heikel werden. Eine dieser Personen war ein gewisser Jacques Benton-Ramirez y Chou gewesen, damals noch Lieutenant. Die Liga war alles andere als erbaut, wenn Ligabürger solarische Gendarmen erschossen, selbst wenn die fraglichen Gendarmen schwarz als Sicherheitsbüttel in einem von Manpowers Sklavendepots arbeiteten, und zwar auf einem Planeten, auf dem Gensklaverei offiziell verboten war.

Tja, wenn's so wäre, blöd gelaufen, und wie es laufen kann, habe ich gewusst, als ich mich verpflichtet habe, erinnerte Benton-Ramirez y Chou sich selbst. *Wir brauchen nun einmal die zusätzlichen ... Möglichkeiten, die uns der Ballroom bietet. Wäre es in Haswell das Risiko nicht wert gewesen, warum sich freiwillig für diesen Einsatz melden? Lüg dir doch nicht selbst in die Tasche, Mann, indem du so tust, als hättest du das Ganze im Nachhinein nicht immer noch jeder Mühe und jedes Risikos wert erachtet!*

Bedauerlicherweise war der Ballroom keine adrett durchhierarchisierte Organisation. Er war vielmehr der Schirm, unter dem sich unabhängige ortständige Verbände und Gruppierungen sammelten, die miteinander verbündet waren. Zudem brauchte es für ein Sammelbecken unterschiedlichster Fraktionen wie dem Ballroom in der Tat Menschen, die auf jene Kraft vertrauten, die blanker Hass verlieh. Nur so vermochte man sich einer einflussreichen, jedes Hindernis zerschmetternden Macht wie Manpower Incorporated und deren gewissenlosen Partnern in Geschäftswelt und Politik entgegenzustellen, die die Firma im Laufe ihrer Geschichte an sich gebunden hatte. Selbst wenn Ballrooms Koordinierungsrat willens gewesen wäre, die Extremisten unter den Mitgliedern zu zügeln – wofür es wenig Anzeichen gab –, hätte er dafür kein Instrument besessen. Angesichts dessen, was die meisten von denen durchgemacht hatten, aus denen sich der Ballroom rekrutierte (oder hatten mitansehen müssen, was geliebte Menschen durchleiden mussten), wäre eines wahrhaftig töricht gewesen: anzunehmen, dass diese Ballroom-Kämpferinnen und -Kämpfer nicht mit aller Härte zurückschlügen, wenn sie Gelegenheit dazu hätten. Genauso wenig überraschte, dass für den Geschmack weniger verbitterter Zeitgenossen diese Vergeltungsaktionen als blutige Massaker an Personal von Manpower und Geschäftspartnern daherkamen. Obendrein war der Ballroom nicht sonderlich penibel darauf bedacht, Kollateralschäden zu vermeiden, wenn es um einen Schlag gegen Manpower und seine Sklavenhändler ging. Viele Ballroom-Mitglieder und -Sympathisanten wie Sojourner X etwa wussten sehr wohl um die Nachteile, die es mit sich brachte, Manpower und seine Sprachrohre mit Futter für Gräueltatenprogaganda zu versorgen. Aber es hätte eines direkten Eingriffs höherer Mächte bedurft, um das zu verhindern.

»Ich gebe die Chips weiter, gleich heute Nachmittag noch«, versicherte Benton-Ramirez y Chou seinem riesenhaften Freund und klopfte auf die Tasche, in der er den Chipordner mit den Datenpaketen verstaut hatte. »Und ich tue alles, was in meiner Macht steht, um sie zum Handeln zu bewegen. Aber es wäre gelogen, würde ich behaupten, dass mehr als eine Fünfzig-Fünfzig-Chance bestünde, die nötige Operation auf die Beine gestellt zu bekommen. Wenn das Zeitfenster von drei Monaten stimmt, das Sie genannt haben, haben wir weniger als sechs Wochen für Genehmigung, Planung des

Einsatzes und Einsatzbeginn. Das wäre schon unter normalen Umständen verdammt knapp, aber erst recht so rasch nach der Haswell-Geschichte. Ich versuch's, Sojourner, versprochen, aber ich möchte nichts versprechen, was ich nicht halten kann.«

Der Naturwissenschaftler blickte auf ihn hinab, mehrere Herzschläge lang maß er ihn mit diesem Blick, dann nickte er abgehackt. »Mehr als Ihr Bestes können Sie nicht geben.« Er ließ die Hand auf Benton-Ramirez y Chous Schulter sinken und ließ sie dort bedeutungsschwer liegen. »Sie werden alles versuchen, das weiß ich, Jacques. Passen Sie auf sich auf.«

»Sie auch«, gab Benton-Ramirez y Chou zurück und sah ihm nach, als er davonging.

»Warum machen wir nicht endlich Nägel mit Köpfen und legen den kleinen Bastard um?«, verlangte Giuseppe Ardmore genervt zu wissen.

Tobin Manischewitz und er saßen an dem Schreibtisch, der in dem billigen Hotelzimmer zur Ausstattung gehörte, und stierten auf das Display des Computers vor ihnen. Sie beobachteten, wie Sojourner X scheinbar ziellos die in die Landschaft eingebetteten Wege im Rosalind-Franklin-Park entlangschlenderte, aber ihre Aufmerksamkeit galt dem zu kurz geratenen Mann, mit dem er eben noch gesprochen hatte. Sie wussten genau, wo sie Sojourner würden aufspüren können, wenn's nötig würde, und er war sowieso nicht so wichtig wie dieser kleine Mann. Von ihnen beiden genau beobachtet, setzte sich ihr Zielobjekt auf eine der Bänke am Seeufer und ließ den Blick über den See schweifen, als gäbe es im ganzen Universum nichts Wichtigeres für ihn zu tun.

»Dieser kleine Bastard hat uns mehr Kopfschmerzen bereitet als die nervigsten drei Typen, an die ich mich erinnern kann«, nörgelte Ardmore weiter, »und es ist ja auch nicht so, als ob es hier auf diesem ach so perfekten Beowulf keine Verbrechen gäbe. Versenken wir einen Pulserbolzen in seinem Hirn, schnappen uns seine Brieftasche und sein Chrono, damit alles nach einem Raubüberfall aussieht, Täter unbekannt, und schon sind wir fertig!«

»Zugegeben, die Aussicht ist verlockend«, räumte Manischewitz, der Ton säuerlich, mit einem Kopfschütteln ein. »Um ehrlich zu sein, so sehr, dass es es mir verdammt noch eins in den Fingern juckt. Leider wird das ganz gleich, was wir der Allgemeinheit weismachen können, weder beim BSC noch dem System Bureau of Investigation verfangen. Die wüssten ganz genau, was passiert ist, ob sie je in der Lage wären, das zu beweisen oder nicht. Deshalb haben die da oben wohl auch entschieden, dass er ein bisschen zu profiliert ist, um damit durchzukommen, ihn hier auf Beowulf einfach auszuknipsen. Er mag ja nur ein Würstchen von einem BSC-Captain sein, aber die Familie, aus der er stammt, macht ihn zu einem ganz besonderen Würstchen von BSC-Captain. Wenn wir einen Benton-Ramirez y Chou auf Beowulf umlegen, bräche hier die Hölle los. Teufel noch eins, selbst wenn ihn ein Bodenfahrzeug erwischen würde, das ein Signal überfahren hat, würde halb Beowulf glauben, wir hätten einen Killer auf ihn angesetzt.«

»Und wenn schon?«, grunzte Ardmore mit finsterem Gesicht. »Die hassen uns hier doch eh schon abgrundtief!«

»Schau, niemand wird ein großes Geschrei veranstalten, wenn wir ein paar oder von mir aus auch ein Dutzend BSC-Offiziere ausknipsen. Oh, man wäre angepisst, sicher, und man würde uns das eine oder andere Mal übel mitspielen, sobald sich die Chance dazu böte, aber im Wesentlichen würde man es unter den Kosten verbuchen, die das Geschäft eben fordert. Die Art Dinge, die nun einmal passieren, wenn man sich mit jemandem wie Manpower anlegt. Aber wenn wir einen Benton-Ramirez y Chou umpusten, besonders hier auf Beowulf selbst, läge die Sache ganz anders. Diese Familie, Guiseppe, *ist* Beowulf. Ich glaube, unsere geschätzten Vorgesetzten haben Sorge, vorsätzlicher Mord an einem Mitglied dieser Familie könnte zu Vergeltungsmaßnahmen auf weit höherer Ebene führen, und keiner von denen da oben möchte Ziel für Lektionen werden, die sich das BSC und ganz Beowulf dann sicher zu erteilen entschließen. Nicht, solange die Mittel fehlen, das mit verdammt größerer Münze wieder heimzuzahlen. So leid es mir also tut, mir bleibt nichts, als anzuerkennen, dass unseren kleinen Bastard hier umzulegen genau den gegenteiligen Effekt haben könnte, den wir uns erhoffen. Ganz leicht ließe sich die Direktion dann davon überzeugen, endlich die politische Linie zu verfolgen, zu der Captain Benton-Ramirez y Chou immer gedrängt hat, und direkte Beziehungen mit dem Ballroom aufzunehmen.«

»Aber warum beschatten wir den Kerl denn dann?« Angewidert wedelte Ardmore in Richtung Display, wo Benton-Ramirez y Chou sich auf der Bank zurücklehnte und lässig die Beine übereinanderschlug. »Wir haben diesen Sojourner nicht davon abgehalten, die nachrichtendienstlich wichtigen Infos zu übergeben, den Empfänger Benton-Ramirez y Chou legen wir nicht um, den Absender Sojourner aber auch nicht. Wie zum Teufel also lautet denn nun unser Auftrag? Also, mit allem nötigen Respekt denen da oben gegenüber«, obwohl er alles andere als respektvoll klang, wie Manischewitz bemerkte, »das Ganze ist doch kolossale Zeitverschwendung, wenn wir nichts zu tun haben, als rumzusitzen und Maulaffen feilzuhalten!«

Höchstwahrscheinlich war, so jedenfalls war Manischewitz bereit es zu lesen, ein Großteil von Ardmores Frustration dem Umstand geschuldet, dass sie beide wussten, ihnen erginge es übel, wenn sie in den Fokus der beowulfianischen Behörden gerieten. Ihre Tarnidentität als lizensierte Mitarbeiter von Black Mountain Security, einer der größten Detekteien von Alterde, würde einer akribischeren Prüfung nicht standhalten – und das, obwohl Ardmore und er tatsächlich dort unter Vertrag waren. Jemand aus dem Black-Mountain-Vorstand hatte sie formal angeheuert, um sie mit den nötigen Papieren zu versorgen, und diese Papiere hatten ihnen die Reise einmal quer durch die Solare Liga dann auch problemlos ermöglicht. Aber dieser Jemand würde sich augenblicklich, im selben Moment, in dem Beowulf eine Verbindung zwischen ihnen und ihrem eigentlichen Arbeitgeber entdeckte, von ihnen distanzieren – immer natürlich vorausgesetzt, der vorgebliche Arbeitgeber wüsste, dass man sie eingesackt hatte. Beowulf gehörte zu den Sternnationen mit an Fanatismus grenzendem Respekt vor den Rechten des einzelnen Bürgers – wenn es um die eigenen Bürger ging. Weit weniger feinfühlig war man hingegen im Umgang mit den Rechten systemfremder Bürger im Dienste von Manpower Incorporated.

»Davon, dass wir hier nur rumsitzen und Däumchen drehen werden, Guiseppe, ist mir nichts bekannt«, sagte Manischewitz daher nach einem Moment des Nachdenkens. »Richtig, die obere Etage ist nicht gerade verrückt danach, sich möglicherweise Vergeltungsmaßnahmen gegen die höhere Managementebene einzuhandeln. Aber irgendeiner da oben regt sich zunehmend über unseren speziellen Freund Benton-Ramirez y Chou auf, warum auch immer. Also könnte es durchaus noch dazu kommen, dass man uns autorisiert, gegen ihn vorzugehen. Wenn ich's recht bedenke, hängt das nur davon ab, wie gut die Chancen stehen, das möglichst still und leise und, ohne großartig Spuren zu hinterlassen, über die Bühne zu bringen. Selbst Beowulf wird bei einem Vergeltungsschlag nicht des Guten zu viel tun, was die da oben wohl befürchten, wenn die Behörden verdammt noch eins keine soliden Beweise dafür haben, wer ihres Erachtens hinter dem Anschlag steckt. Aufgescheucht herumlaufen und einfach so Leute in der Führungsetage ausknipsen, das könnte zu viel behördliche Aufmerksamkeit aus der Liga auf sich ziehen. Ich bin mir sicher, dass Adamson und seine Innenministeriumshansel sowieso schon angefressen sind, wenn der Name Beowulf fällt. Aber wenn sie der Ansicht wären, nach einem Mord an Benton-Ramirez y Chou beispielsweise, dass die *richtigen* Ziele ausgeschaltet werden, die wahren Verantwortlichen, dann schlucken sie das Ganze vielleicht. Das Letzte aber, was Adamson und Co. gebrauchen können, das ist, dass die Behörden hier Beweise für eine Manpower-Operation auf ligaeigenem Territorium wie Beowulf auf den Tisch legen. Und man steckt ja auch nicht drin, welcher Scheiß dabei sonst noch seinen Weg ans Licht findet, wenn das passiert. Daher, jou, wenn die da oben einen Weg sehen, der Beowulf keine verwertbaren Beweise präsentiert, dann könnten sie beschließen, dass wir ihn doch noch kaltstellen dürfen.

Leider wissen wir wenig über Benton-Ramirez y Chous Kontakte und die Informationskanäle, die er nutzt – oder darüber, wie er überhaupt mit dem Ballroom in Verbindung zu bringen ist. Ich kann mir nicht vorstellen, dass Sojourner sein einziger Kontaktmann ist. Wir haben auch keine Ahnung, wie hoch seine Verbindungen in die Regierungsbehörden des Systems und in dessen Streitkräfte reichen und wie gut diese Verbindungen sind. Wir wissen lediglich, dass

Colonel Hamilton-Mitsotakis und Brigadier Tyson viel von ihm halten, aber nicht jeder bei den Systemverteidigungskräften schätzt die Heißsporne vom BSC, und was Tysons Vorgesetzte über Benton-Ramirez y Chou denken, ist uns auch nicht bekannt. Auf der zivilen Seite stehen wir genauso auf dem Schlauch. Stimmt schon, er wird einiges an Kontakten haben, allein schon seiner Familie wegen. Unwahrscheinlich, dass wir gegen ihn vorgehen dürfen, ohne dass ein paar dieser Wissenslücken gefüllt sind. Wir müssen wesentlich mehr über Benton-Ramirez y Chou, seine Ziele und Absichten erfahren, jede Menge loser Enden verknüpfen, ehe die da oben Vergeltungsschläge in Kauf zu nehmen bereit sind, die auf seine Ermordung folgen könnten – egal, ob der Mord ohne Spuren bleibt oder nicht.«

»Wie sollen wir das denn anstellen?«, nörgelte Ardmore weiter und schnaubte. »Wir hatten null Chance, unsere Wanzen im BSC-Hauptquartier zu platzieren, und auf der Direktionsebene sind ihre Sicherheitsmaßnahmen noch rigider. Wir hatten nichts als Glück, Benton-Ramirez y Chou und Sojourner bei der Übergabe beobachten zu können. Aber herausfinden zu wollen, allein was er jetzt im Moment alles laufen hat, kann uns *Jahre* kosten! Und wenn wir die ganzen Infos endlich zusammen haben, ist er uns genau diese Jahre voraus damit, uns noch mehr Scherereien gemacht zu haben.«

»Vielleicht könnten wir ihn davon überzeugen, uns das alles selbst zu erzählen«, schlug Manischewitz freundlich und taktvoll vor.

»Na, dann viel Glück!« Wieder schnaubte Ardmore. »Ich hab mal versucht, Infos aus einem dieser Survey-Corps-Bastarde herauszuholen. An denen beißt man sich die Zähne aus: knallhart, gegen Wahrheitsseren immuner als die beschissene Solarian Navy, und jeder von denen hat eine Selbstmordauslöser. Gut, angenommen die da oben erlauben uns also, dass wir uns den kleinen Bastard greifen. Weiterhin angenommen, es gelingt uns, das zu tun, ohne das Notsignal auszulösen, das der in seine Schulter implantierte Chip absetzt und uns die örtlichen Cops und das SBI oder, schlimmer noch, das BSC auf den Hals hetzt. Und trotzdem bekommen wir nichts aus ihm heraus.«

»Siehste«, Manischewitz jetzt lächeln zu sehen war kein Vergnügen, »das ist der Grund, warum ich bei diesem Einsatz das Sagen habe. Dein Denken, Guiseppe, läuft immer in diesen schlichten, brutalen Bahnen. Nehmen wir einmal an, ich kann die da oben davon überzeugen, unseren nächsten Schritt zu autorisieren, dann habe ich etwas wesentlich Subtileres vor.« Sein Lächeln wurde noch mehrere Nuancen eisiger. »Etwas, was Captain Benton-Ramirez y Chou überhaupt nicht mögen wird.«

»Herr im Himmel, was für eine kranke Waffe!«, brach es aus Alfred Harrington heraus, während er auf den Nerven-Disruptor auf dem Labortisch blickte. Die Erinnerung daran, wie ihm übel geworden war, brach über ihn herein wie die Übelkeit selbst. Er war überrascht, dass seine Hand nicht zitterte, als er sie ausstreckte, um die Waffe zu berühren.

»Genau das«, gab Penelope Mwo-chi ihm recht. Sie stand einige Meter von dem Labortisch entfernt, die Arme vor der Brust verschränkt, das Gesicht grimmig.

»Ich werde nie verstehen, Frau Doktor, warum man das verfluchte Ding überhaupt entwickelt hat«, gestand Alfred. Er drehte die Waffe um und stellte mit Erleichterung fest, dass die Energiezelle fehlte. »Im Nahkampf lässt sie sich wirkungsvoll gegen ungepanzerte Gegner einsetzen, aber gegen

Kampfpanzerungen ist die Wirkung gleich null, und bei fünfundsiebzig bis hundert Metern büßt sie auch ihre Wirkung
gegen ungepanzerte Ziele ein. Ab hundertfünfzig Metern
kann man den Gegner auch gleich mit einer Taschenlampe
anleuchten.«

»Ganz Ihrer Meinung.« Mwo-chi neigte leicht den Kopf.
»Sie haben vollkommen recht. Sie sagten, Sie hätten eine
Waffe wie diese bereits im Einsatz erlebt. Darf ich fragen,
wo?«

»Ähm, tut mir leid, nein«, antwortete Alfred. Er begegnete
ihrem Blick. »Darüber darf ich keine Auskunft geben.«

»Ich verstehe.« Mwo-chis Blick ruhte noch einem Moment
auf ihm, ihre Nasenflügel bebten. »Was mich zu einer be-
gründete Vermutung bringt. Ich bin bereit, zu wetten, dass es
sich dabei nicht um einen Einsatz regulärer Militärverbände
gehandelt hat. Und? Liege ich richtig?«

»Kein regulärer Einsatz, nein.« Alfred runzelte die Stirn.

Mwo-chi lachte leise auf, ein abgehackter, rauer Laut.
»Natürlich nicht, und nicht allein deswegen, weil die Über-
einkunft von Deneb einen solchen Einsatz verbieten würde.
Sie haben es ja schon ganz richtig gesagt: Ein Nerven-Disruptor ist auf keine Entfernung eine effektive Waffe – ausgenommen natürlich aus nächster Nähe. Aber jeder, der von einem
Treffer nicht sofort getötet wird, ist in jedem Fall ausgeschaltet und … wie nennen Sie Menschen in Uniform das
doch gleich? Gefechtsentsprechend kampfunfähig gemacht,
stimmt's?«

»Ja«, erwiderte Alfred, die Stimme tonlos.

Mwo-chi schüttelte den Kopf und sagte freundlich: »Damit
habe ich Sie in keiner Weise angreifen wollen, Alfred. Oder
sonst jemanden, der dient. Aber der Punkt ist doch, dass egal
wie tödlich der Nerven-Disruptor auf kurze Distanz gegen

ungepanzerte Ziele ist, seine Einsatzmöglichkeiten ... tja, nun, eingeschränkter sind als die althergebrachter Sturmgewehre mit Energieversorgung auf chemischer Basis, weit weniger sogar als ein normales Pulsergewehr oder gar ein Drillingspulser.«

»Die an die Truppen ausgegebene Waffe hat eine größere Reichweite«, erklärte Alfred grimmig. »Ich war Zeuge, als ein Schuss einen Gegner auf dreihundert Meter ausgeschaltet hat. Aber Sie haben trotzdem recht: Wenn Reichweiten erzielt werden sollen, die den Nerven-Disruptor Vorteile vor der Konkurrenz einbrächten, wären wir größenmäßig bei einer Waffe, die anderthalb mal so groß wäre wie ein schwerer Drillingspulser. Der aber tötet einen Infanteristen in voller Kampfpanzerung auf eine Entfernung, die zehnmal so groß ist, und mit solcher Energie, dass auch ein Blinder nicht mehr danebentreffen kann. Deswegen habe ich auch nie verstanden, warum sich nie jemand darangemacht hat, den Disruptor zu einer zweckmäßigen Nahbereichswaffe weiterzuentwickeln.«

»Dafür gibt es eine einfache Erklärung: Ursprünglich ist der Disruptor überhaupt nicht als Waffe gedacht gewesen.« Mwo-chi klang jetzt so grimmig wie Alfred eben.

Überrascht schaute er von der Waffe auf, der sein Blick gegolten hatte. Er sah Mwo-chi den Kopf schütteln.

»Der Disruptor ist als eine Art Nervenpeitsche entwickelt worden ... auf Mesa.«

Alfreds Augen verengten sich, und Mwo-chi nickte. »Genau, von Manpower. Ich habe eines von diesen Teufelsdingern hier im Labor unter Verschluss. Meine Anmerkungen zum Verlauf der Projektentwicklung zeige ich Ihnen später. Im Grunde ist der Disruptor als leistungsfähiges Disziplinierungswerkzeug gedacht gewesen, und genau das hat Manpower am Ende auch vorzuweisen gehabt. Als man dort begriff, wie hocheffizient es ist, fragte man sich sofort, wie es sich als Mittel zur Kontrolle von Menschengruppen im Nahbereich einsetzen ließe.« Mwo-chi bleckte die Zähne: Ein Lächeln war es nicht, so freudlos, wie es war. »Man lasse einen oder zwei Sklavinnen die Peitsche spüren und töte dann ein paar von ihnen vor den Augen aller anderen mit dem Disruptor. Manche Art zu sterben ist schlimmer als andere, und ich kann mir vorstellen, dass Menschen, die zu riskieren bereit sind, von einem Pulserbolzen getroffen zu werden oder von einer Klinge, sehr viel gründlicher darüber nachdenken, ehe sie sich gegen jemanden mit einem Nerven-Disruptor auflehnen. Besonders wenn man weiß, dass dieser Disruptor auf Flächenbeschuss eingestellt ist und jeder innerhalb von zehn bis zwölf Metern das Gleiche zu durchleiden hat wie man selbst.«

Alfreds Kiefermuskeln verspannten sich, als alle Puzzleteile an den richtigen Platz fielen und ein Bild ergaben. Zum wiederholten Male stieg die Erinnerung an die Ereignisse auf Clematis in ihm hoch, so hässlich wie damals, mit Brandgeruch und gellenden Schreien ... und mit Begreifen.

Sie hat recht, flüsterte eine Stimme in seinem Hinterkopf. *Sie hat vollkommen recht, was die Reaktion der Menschen einer solchen Waffe gegenüber angeht. Wenn ich gewusst hätte, wenn ich auch nur geahnt hätte, dass sie dieses Teufelswerk gegen uns einzusetzen gedachten, hätte ich doch nie ...*

Rigoros schnitt er den Gedanken ab, noch ehe er zu Ende gedacht war. Es kostete ihn einiges an Kraft, das zu tun, aber es gelang ihm, und er holte tief Luft, füllte seine Lungen mit Sauerstoff. Falls diese Abnormität von einer Waffe tatsächlich von Manpower und seinen Gensklavenhändlern entwickelt und produziert worden sein sollte, ergab es plötzlich Sinn, ausgerechnet auf Clematis über sie gestolpert zu sein.

»Darf ich fragen, Frau Doktor, warum Sie diese Monstrosität auf einem Ihrer Labortische liegen haben?« Um seine Worte zu verdeutlichen und zu betonen, klopfte er mit dem Zeigefinger auf den Disruptor.

»Aus demselben Grund, Alfred, aus dem ich eine der Manpower-Peitschen im Laborsafe eingeschlossen aufbewahre, um nie zu vergessen, was ich am meisten auf der Welt verabscheue.« Sie machte einen Schritt auf Alfred zu, die Arme immer noch vor der Brust verschränkt, und blickte hinunter auf den Disruptor. »Mesa ist Beowulfs böser Zwilling. Es scheint sogar, als ob man dort ganz bewusst immer und überall, wo möglich, unser Gegenpol zu sein versucht. Das Teuflische daran ist, dass wir nicht umhin können, festzustellen, dass wir es ebenso halten, sobald es um Mesa geht. Mir bleibt nichts, als mich genauso schuldig zu bekennen wie jeder andere hier auf Beowulf. Tief in meinem Herzen bin ich davon überzeugt, dass das Teufelsding dort auf dem Tisch auf der Idee eines mesanischen Neurologen beruht. Ich kann sogar den Nervenstimulator identifizieren, der Herzstück des ganzen Teufelsdings ist – und der stammt aus Beowulf. Das ist der Grund, warum ich mich seit so langer Zeit in aller Stille damit beschäftige, wie man den Schaden heilen oder mildern kann, den dieses Ding anrichtet. Deshalb ist es hier, eine Mahnung an mich, in diesem Bemühen niemals nachzulassen.« Mwo-chi sah auf, Alfreds und ihre Blicke trafen sich. »Langer Rede, kurzer Sinn: Glauben Sie bitte nicht, ich verstünde nicht, worüber zu sprechen Ihnen nicht erlaubt ist. Lassen Sie mich Ihnen gegenüber auch eingestehen, dass ich insgeheim in all der Zeit nach einem wissenschaftlichen Mitarbeiter Ausschau gehalten habe, der verrückt genug ist, mich die nächsten langen Jahre bei meinen Bemühungen zu unterstützen. Willkommen an Bord, Crazy Al.«

Allison Chou saß in einem klimatisierten Pavillon, wie es sie in ISU-Innenhöfen für kleine Ruhepausen an frischer Luft allenthalben gab. Theoretisch starrte sie gerade auf das Display ihres Computers. Wie so häufig aber wich auch hier die Praxis von der Theorie ab. Eigentlich nämlich schaute sie blicklos in eine nicht näher bestimmbare Ferne, und in Gedanken war sie mit ganz anderem beschäftigt als mit Studieren.

Drei Wochen waren vergangen, seit sie sich mit ihrem Bruder zum Mittagessen getroffen hatte. Aber der Entscheidung, was ihr nächster Schritt sein sollte, war sie noch kein Stück näher gekommen als in dem Moment, in dem sie seinerzeit ihren Nachtisch aufgegessen hatte. Das sah ihr überhaupt nicht ähnlich. Sie war tatsächlich nie der sprunghafte Typ gewesen, unbekümmert und impulsgesteuert, wie ihre Eltern gelegentlich meinten ihr vorhalten zu müssen. Richtig war allerdings, dass sie selten zögerlich war, wenn es um Entscheidungen ging, und ebenso selten im Nachhinein an getroffenen Entscheidungen zweifelte und sie dann änderte. Allison vertraute ihrem Instinkt, aber auch wenn sie hin und wieder damit falsch gelegen hatte, hatte sie sich nie verunsichern lassen.

Aber genau das, verunsichert, sich ihrer selbst nicht sicher, war sie jetzt.

Am Rand ihres Blickfelds blitzte Tiefschwarzes und Gold auf. Rasch hob sie den Blick, und ihr Mund war mit einem Mal ein schmaler, angespannter Strich. Sie hatte schon mehr als nur ein paar kurze Affären gehabt und sogar zwei ernsthafte, recht stürmische Beziehungen hinter sich gebracht. Dennoch hatte sie nie Gefühle entwickelt wie jetzt, wenn sie den athletischen, hoch aufgeschossenen Lieutenant Harrington über den Campus gehen sah und die Augen nicht von

ihm lassen konnte. Er bewegte sich mit einer solchen Ge-
schmeidigkeit, einem solchen Selbstvertrauen! Allisons
Nasenflügel bebten, als ob es einen besonders betörenden
Duft wahrzunehmen gälte. Dabei gab es nichts zu riechen,
vielmehr war es etwas, das sie in seiner Gegenwart *spürte*. Zum
ersten Mal in ihrem Leben – immer hatte sie unerschrocken
und furchtlos gelebt! – hatte sie Angst vor einem anderen
Menschen.

Nein, korrigierte sie sich, *das stimmt nicht, ehrlich gesagt. Ich
habe keine Angst vor* ihm, *ich habe Angst vor dem, was* ich *in seiner
Gegenwart fühle, und zwar nur, weil ich es nicht verstehe.*

Und das war die Wahrheit und nichts als die Wahrheit.

Nie zuvor hatte sie sich dermaßen zu einem Mann hingezogen gefühlt ... oder zu einem anderen Menschen überhaupt.
Selbst jetzt, wo er mindestens sechzig Meter entfernt war und
noch nicht einmal in ihre Richtung blickte, spürte sie es, dieses leise, wohlige *Schnurren* tief in ihr. Das war etwas anderes
als die allseits und auch ihr bekannte erotische Anziehungskraft, die vom bevorzugten Geschlecht ausgehen konnte, obwohl es gleichzeitig das Erotischste war, das Allison je untergekommen war. Sie fühlte sich nicht von männlicher Schönheit
angezogen oder von einem brillanten Intellekt. So gut aus-
sehend war Harrington nicht, und während nichts nach
allem, was sie wusste, dagegensprach, dass er brillant war,
hatte sie doch erst wenige Worte mit ihm gewechselt. Er hatte
kaum Gelegenheit gehabt, sie mit seiner Intelligenz und seinen Fähigkeiten zu beeindrucken. Nein, es war einfach
nur ... schön, ihm zu begegnen, ihn zu sehen – obwohl das
ein lächerlich blutarmes Wort war, um zu beschreiben, was sie
fühlte. Es war, als hätte sie in ihm und mit ihm etwas gefunden, von dem sie noch nicht einmal gewusst hatte, dass sie es
vermisst oder verloren hatte. Als hätte sie einen alten Freund

getroffen, von dem sie nicht gewusst hatte, dass er je ein Freund gewesen war. Mehr noch: als ob sie endlich entdeckt hätte, was sie brauchte, um ganz und rund und im Einklang mit sich selbst zu sein. Die schiere Kraft dieses Gefühls mit all seiner wohligen Wärme, seiner Zärtlichkeit, hätte schon gereicht, um Allison in Angst und Schrecken zu versetzen. Immer wieder fragte sie sich, wie viel davon Einbildung war, wie sehr sie sich in dieses Gefühl hineinsteigerte und wie lange etwas anhalten könnte, was so wenig greifbar, so unmöglich zu definieren war.

Aber das allein war es nicht, und genau das, dieser eine Umstand, dass da mehr war, war das, was Allison tatsächlich Angst machte. Denn da gab es diese Düsterkeit, diesen Schmerz, als drohten gleich hinter dem Horizont Kummer und Leid . . . oder Zorn. Was immer es war, es lag dräuend über allem, und Allison wusste nicht, was dieses Gefühl auslöste oder was das Ganze zu bedeuten hatte. Umgab Harrington diese dräuende Düsterkeit, und sie fing sie nur auf? Kam sie von ihm, blieb verborgen, überdeckt von anderem wie Gift in einer köstlichen Praline? Oder war Allison selbst der Ursprung dieses verstörenden Gefühls? War es vielleicht etwas, das sie bisher nie wahrgenommen hatte, weil es nur aufgestört wurde, wenn Harrington in der Nähe war? War es eine Vorahnung, eine Warnung, die ihr ihr Unterbewusstsein sandte und auf Schlüssen beruhte, die ihr bewusstes Sein zu ziehen noch nicht fähig gewesen war? Oder war nichts von dem real, was sie fühlte und spürte, wenn es um Harrington ging? War alles nur ihrer Einbildung entsprungen? Und, verdammt noch eins, welches Recht hatte ein junger Kerl, den sie nicht einmal richtig kannte – jemand, der von einer anderen Sternnation stammte –, ihr gemächliches, geordnetes Leben auf den Kopf zu stellen, ohne auch nur in ihre Richtung zu blicken?

Allison seufzte, gab sich einen Ruck und konzentrierte sich zum x-ten Mal auf das, was auf dem Display angezeigt wurde. Sie hing im Lesestoff, den sie zu bewältigen hatte, eindeutig zurück, und Doktor McLeish würde nicht als Entschuldigung gelten lassen, sie habe über einen jungen Mann nachgrübeln müssen, den sie kaum kannte.

Alfred Harrington vermied jeden Blick in Richtung Pavillon, dennoch wusste er ganz genau, dass *sie*, Allison Chou, da war. Er wusste immer, wo sie war – oder zumindest in welcher Richtung man sie hätte suchen müssen. Das bereitete ihm ein gewisses Unbehagen. Nein, es beunruhigte ihn sogar ziemlich.

Er setzte seinen Weg fort, verlangsamte nicht einmal den Schritt, kein verräterisches Zögern. Durch nichts, absolut nichts verriet er, dass er sich ihrer Anwesenheit bewusst war. Sie war bei ihm, nein, in ihm, als ginge sie ihm, buchstäblich sozusagen, unter die Haut. Er konnte es spüren, sie, ganz genau. Die Anziehungskraft, die sie auf ihn ausübte, war erstaunlich. Beängstigend, musste man sagen, denn er konnte sich nicht erklären, warum das so war.

Oder ist es vielleicht doch so, dass ich glaube, ich hätte so etwas schon einmal gespürt? – Ach, Unsinn!

Alfred schnaubte abschätzig, aber der Gedanke wollte ihn einfach nicht loslassen, so sehr er auch versuchte, ihn aus seinem Kopf zu verbannen. Immerhin war er auf Sphinx großgeworden, und er war ein Harrington.

Himmel noch eins, ich bin vielleicht ein Harrington, ja, aber deshalb bin ich doch noch keine Scheiß-Baumkatze! Und Allison erst recht nicht! Es gibt nicht den geringsten Anlass und schon gar kein Recht, so über eine Frau zu denken, die ich nicht einmal kenne!

Was alles der Wahrheit entsprach ... und ihm kein Stück aus der verflixten Sache heraushalf.

Alfred kam an seinem Studierendenwohnheim an, nahm den Kontragrav-Schacht bis zu dem Stockwerk hinauf, in dem sein Apartment lag, schloss die Tür auf und ging schnurstracks auf den Balkon. Auf dem Weg dorthin griff er nach dem kleinen, kompakten elektronischen Fernglas. Dort angekommen, schaute er hindurch, der Mund ein schmaler Strich. Allison saß tatsächlich in dem kleinen Pavillon, den Blick konzentriert auf ihrem Computerdisplay.

Er ließ das Fernglas sinken, kam sich vor wie ein Voyeur, ein Spanner, und ließ sich in einen der Stühle fallen. Die Ellbogen auf den Knien, beugte er sich vor, rieb sich das Gesicht. Dann erst setzte er sich auf und atmete einmal tief durch.

Das war lächerlich. Leider, lächerlich hin oder her, passierte es, dieses ganze widersinnige Allison-Chou-Alfred-Harrington-Ding, und Alfred hat nicht den blassesten Schimmer, was er dagegen tun könnte. Es war beileibe nicht das erste Mal, dass er sich von einer Frau angezogen fühlte, aber so hatte sich das zuvor nie angefühlt. Niemals so, als ob er dem einen Menschen begegnet wäre, der seine andere Hälfte wäre. Der Mensch, ohne den er nicht ganz sein könnte. Nie. Das klang nach einer unglaublich kitschigen, rührseligen, wirklich schlecht geschriebenen Liebesgeschichte, nach der Art Romänchen, die seine Schwester Clarissa mit dreizehn verschlungen hatte. Seine andere Hälfte?! Wie sollte er dieses Gefühl nur quitt werden, ein Gefühl über jemanden, mit dem er exakt ein einziges Mal in seinem Leben gesprochen hatte? Alfred glaubte nicht an Liebe auf den ersten Blick, das hatte er nie getan, und das tat er auch jetzt nicht. Das sagte er sich jedenfalls. Was immer in ihm vorging, also Liebe auf den ersten Blick, nein, das war es nicht.

Sei dir da mal nicht so sicher!, warnte ihn eine leise Stimme, die zu überhören er sich alle Mühe gab. *Hattest du nicht immer diese ›Ahnungen‹, stimmt doch, oder? Du hast dir immer so viel auf deine Fähigkeit eingebildet, andere Menschen ›lesen‹ zu können, hast das genutzt, um über die Jahre hinweg so einiges an Pokerpartien zu gewinnen. Und deine Familie umgibt sich jetzt schon seit Generationen mit 'Katzen, seit drei T-Jahrhunderten. Was, wenn es einen Grund dafür gibt, dass so viele Harringtons über diese Zeit hinweg von 'Katzen adoptiert wurden? Was, wenn du tatsächlich anders bist als der Rest der Welt?*

Unsinn! Er war einfach gut darin, Körpersprache zu deuten, auch kleinste Hinweise. Er las einfach die unterschwelligen Botschaften, die jeder andauernd von sich gab! Vielleicht hatte er so auch immer gewusst, wenn jemand aus seiner Einheit in Schwierigkeiten geraten war, wann ein guter Zuhörer gebraucht wurde oder der sprichwörtliche Tritt in den Hintern, um jemanden wieder in die Spur zu bringen. Das hieß noch lange nicht, dass er übersinnliche Kräfte besäße, und selbst wenn dem so wäre: Allison Chou war keine Harrington, nicht einmal Sphinxianerin oder auch nur Manticoranerin.

Und das, er musste es vor sich selbst eingestehen, war ein riesiges Problem.

Alfred seufzte noch einmal auf, rieb sich erneut das Gesicht, der Gesichtsausdruck grimmig. Wenn er tatsächlich ... anders war, wenn sich herausstellte, dass er tatsächlich besondere Kräfte besäße, welches Recht hatte er, sie anderen gegenüber einzusetzen? Ob Allison überhaupt Gefühle für ihn hegte? Anmerken lassen hatte sie sich das nicht. Aber wenn sie Gefühle hatte, welche auch immer, hegte sie diese Gefühle vielleicht nur, weil er sie in ihr auslöste? Er fühlte sich nicht wie ein böser Zauberer, der umherging und Menschen auf magische Weise in seinen Bann schlug. Er wollte auch kein Zauberer sein, und wenn Allison Gefühle für ihn hegte, dann bitte solche, die ihn selbst betrafen, sein Ich, und nicht eine geheimnisvolle Aura, die ihn möglicherweise umgab.

Sein Lächeln geriet zur Grimasse, als ihm aufging, wie verdreht und wirr dieser letzte Gedanke doch eigentlich war. Trotzdem entsprangen diese Gedanken seinen Gefühlen und waren nicht wegzudiskutieren. Sie besaßen eine innere Wahrheit und waren wichtig. Das schiefe Lächeln war wie weggewischt, als er die Kehrseite des Ganzen betrachtete.

Er war Ausschussware: ein echtes Mängelexemplar. Er war nicht der Mensch, für den er sich immer gehalten hatte, und manchmal fühlte es sich an, als ob der Anstrich von Normalität, der das Tier in ihm vor der Welt verbarg, immer mehr abblätterte. Auf Clematis hatte sich ihm diese Bestie in ihm selbst gezeigt. Deshalb war er förmlich aus dem Marine Corps geflüchtet, fort von der süßen Verführung des Tötens.

Alfred blickte hinunter auf seine Hände, als gehörten sie einem Fremden. Den berauschenden Geschmack von warmem Blut wieder auf der Zunge, der in sein Gedächtnis eingebrannt war, geriet sein eigenes Blut sofort in Wallung. Es war krank, eine Art Infekt, und das machte ihm Angst. So große Angst hatte er sein ganzes Leben lang noch nicht gehabt. Ein Mensch, in dessen Herzen eine Bestie wohnte, sollte anderen nicht zu nahe kommen, denn er war unrein, fehlerhaft ... gefährlich.

Noch einmal atmete Alfred tief durch, dann wuchtete er sich aus dem Stuhl und ging hinüber in die Küche. Zumindest konnte jemand mit einem Stoffwechsel wie dem seinen Trost im Essen suchen, ohne Beute der Fettleibigkeit zu werden.

»Und?«, verlangte Giuseppe Ardmore Aufklärung, und Tobin Manischewitz schüttelte den Kopf.

»Du bist doch kein Schulmädchen mehr, Giuseppe, und das hier ist nicht deine erste große Party«, sagte er streng.

Ardmore schnaubte nur. »Vielleicht nicht, aber das heißt ja nicht, dass ich der Party nicht entgegenfiebere … zumindest wenn sie genehmigt worden ist.«

Noch einmal schüttelte Manischewitz den Kopf. Der letzte Satz war ein Nachklapp gewesen, nachträglich erst angefügt, und nicht wirklich ernst gemeint. Natürlich hatten weder Ardmore noch er selbst je davon geträumt, einen Auftrag ohne vorherige Autorisierung durchzuführen. Ihre Auftraggeber hatten eine unschöne Art, Exempel an denen zu statuieren, die das gewagt hatten.

Und schließlich war ich selbst es, der die Idee hatte. Von daher ist es ziemlich scheinheilig, um nicht zu sagen verlogen, Guiseppes … Enthusiasmus gegen ihn zu wenden. Warum also regt mich seine Ungeduld so auf?

»Warum ist dieser Auftrag etwas Persönliches für dich geworden?«, fragte er laut.

»Wer behauptet denn so was?«, gab Ardmore zurück.

»Der Umstand, dass du es gar nicht erwarten kannst, die Sache anzugehen«, erwiderte Manischewitz und begriff im selben Moment, warum der Enthusiasmus des anderen ihn derart beunruhigte. »Ich bin jetzt auch kein Freund des Benton-Ramirez-y-Chou-Clans, aber du springst herum, als hättest du eine stechlustige New-Texas-Mücke in deinem Raumanzughelm! Wenn wir die Sache vergeigen, wenn wir den Beowulfianern auch nur den Hauch einer Chance geben, uns zu identifizieren, ehe wir die Leiche entsorgt und das System verlassen haben, sind wir so etwas von verdammt tot, dass uns selbst ein DNA-Schnüffler nicht mehr aufspüren kann. Ich kann es nicht leiden, wenn jemand während einer Operation, die so riskant wie diese ist, nicht mehr über den Tellerrand blicken kann, weil er sein eigenes Ding macht und auf Rache aus ist. Also, was ist da los mit dir und diesem Typen?«

»Ich kann ihn nicht ab, okay?«, knurrte Ardmore nach einem Moment des Schweigens. »Seine Familie und er rücken uns jetzt schon seit Jahrhunderten auf die Pelle, und das kann ich nicht ab. Ich kann diesen überheblichen Arsch nicht ab, seine ganze blasierte Art – als ob er cleverer und was Besseres wäre als der Rest von uns. Er geht uns gehörig auf den Zeiger, und er wird uns noch mehr auf den Zeiger gehen, wenn wir nicht langsam mal was unternehmen. Ich habe nicht vor, so zu tun, als ob es nicht eine besondere Befriedigung wäre, jeden Benton-Ramirez y Chou, und insbesondere diesen speziellen hier, zu zertreten wie einen Käfer.«

»Nehm ich dir nicht ab, da steckt mehr dahinter.« Manischewitz setzte sich in einen der beiden Sessel, die zur Apartmentausstattung gehörten, sein Blick kalt wie Eis. »Du hast einen besonderen Grund, warum du ausgerechnet diesem abgebrochenen laufenden Meter an die Eier willst, und ich will wissen, warum. Und zwar jetzt sofort, Guiseppe!«

Ardmore funkelte ihn an, aber Manischewitz lehnte sich in seinem Sessel zurück und wartete. Er hatte nichts gegen ein bisschen persönliches Beteiligtsein, wenn es dafür sorgte, dass ein Job gut lief. Aber Übermotiviertheit beziehungsweise eine Motivation, die zu viel persönlichem Beteiligtsein entsprach, war der beste Weg, um einen Job zu versauen. Außerdem hatte jeder beklagenswerte, noch so kleine Fehler hier auf Beowulf das Potenzial, fatale Folgen für diejenigen zu zeitigen, die an dem auszuführenden Auftrag hier beteiligt wären.

»Also gut«, sagte Ardmore schließlich und runzelte die

Stirn. »Vor drei Jahren hatte ich in New Denver einen kleinen ... Auftritt gemeinsam mit diesem beknackten BSC.«

»In New Denver, echt jetzt?« Manischewitz' Augen verengten sich. »In *dem* New Denver auf Alterde?«

»Nein, in dem auf Andromeda, du Trottel! Auf Alterde,
klar, wo denn sonst!«

»Was zum Teufel hattest du auf Alterde zu suchen?«

Manischewitz war geradezu erschüttert. In den letzten
zehn bis fünfzehn T-Jahren hatten Ardmore und er mehrfach
zusammengearbeitet, ehe sie – von wenigen Ausnahmen einmal abgesehen – fest als Gespann eingesetzt wurden. Nie
allerdings hatte man ihnen Aufträge im Solsystem gegeben.
Bei derartigen Aufträgen machten ihre Auftraggeber lieber
einen großen Bogen um sie, und zwar, um zu vermeiden, dass
die Operationen gefährdet würden, die man Manischewitz
auf der Heimatwelt übertragen hatte. Gensklaverei gedieh in
der Schattenwelt, die auch in der Liga existierte, und zwar
verborgen in den Kanälen, die Korruption geschaffen hatte.
Die meisten verweichlichten, behüteten Kernweltler bekamen dieses weitverzweigte Netz niemals zu Gesicht, ja, ahnten
auch nur von dessen Existenz. Manpower nahm jede Mühe
auf sich, um zu vermeiden, dass das, was im Schatten so prächtig gedieh, ans Licht gezerrt würde, wo man es dann möglicherweise bewusst wahrnähme.

»Wenn die da oben den Wunsch verspürt hätten, dir das zu
sagen, hätten sie es wohl getan, meinst du nicht auch?«,
blaffte Ardmore und tat mit einem Kopfschütteln kund, dass
er seine Heftigkeit bedauerte und eine Entscheidung getroffen hatte. »Schau, du möchtest gern wissen, warum die Sache
mit Benton-Ramirez y Chou für mich was Persönliches ist,
und ich erzähl es dir, in Ordnung? Wir waren in New Denver,
um Fairmont-Solbakken auszuschalten.«

»Du hast Aurèle Fairmont-Solbakken umlegen sollen?«
Manischewitz brauchte die Bestätigung. Teufel noch eins, das
wurde ja immer schlimmer! Aurèle Fairmont-Solbakken war
die Vorsitzende der beowulfianischen Delegation im Parlament der Solaren Liga.

»Ja, doch, natürlich.« Ardmores Ungeduld mit seinem
Gesprächspartner war seinem Tonfall anzuhören. »Die Beowulfianer hatten die Liga-Bürokraten gerade dazu gebracht,
die ständige Stationierung eines Grenzflottenkontingents in
Lytton abzusegnen, und jemand von da oben war deswegen
ziemlich angepisst.«

Manischewitz brauchte einen Moment, um das Lytton-Sys-
tem richtig einzuordnen, dann konnte er abrufen, was er sich
darüber eingeprägt hatte: Es war ein kleines, bettelarmes
Sonnensystem, zumindest vorgeblich unabhängig, und lag
einige Lichtjahre vom Sasebo-System entfernt … einem der
Termini des Erewhonischen Wurmlochknotens. Sollte …?

»Soll das heißen, sie haben versucht einen Stützpunkt in
Lytton einzurichten?«

»Was denn sonst, Mann!«, schnaubte Ardmore. »Die Ere-
whoner reagieren übernervös, wenn es um Sklavenhandel
geht. Vielleicht hat das damit zu tun, dass sie zwischen den
Haveniten und den Mantys eingekeilt sind. Zum Teufel, was
weiß ich denn, vielleicht haben die halt einfach ihre ›Prinzi-
pien‹! Was ich weiß, ist das: Die da oben hatten sich ausgerechnet, dass sie mit einem unauffälligen kleinen Warenum-
schlagplatz in Lytton den Erewhonischen Wurmlochknoten
ausnutzen könnten, ohne … Fracht an Bord zu haben, wenn
sie durch den Zoll von Erewhon müssten. Man könnte aus
dem Hyperraum in den Normalraum eintauchen, die Ware
an einem abgelegen Ort wie Silesia löschen, sich blitzblank
durch den Manticoranischen Wurmlochknoten geradewegs

nach Hause aufmachen, Erewhon passieren, neue Fracht in Lytton aufnehmen und sie an einen ganzen Sektor voller Interessenten verscherbeln, weit genug von den Kernwelten entfernt, um allen lästigen Fragen aus dem Weg zu gehen. Auf dem Rückweg macht man es in umgekehrter Reihenfolge genauso, und weil's so schön klappt, wiederholt man das endlos. Teufel noch eins, man könnte sogar noch zusätzlichen Gewinn einfahren, indem man auf der Erewhon-Manticore-Linie ganz legale Ware aufnimmt! Aber dann haben sich die Beowulfianer eingemischt. Augenscheinlich hat besonders Fairmont-Solbakken das ganze permanente Leitende Staatssekretäriat bekniet, in Beowulfs Sinne zu entscheiden. Ich war von Anfang an der Meinung, dass bei diesem Kuhhandel eine gehörige Portion Erpressung im Spiel war, aber ich kann mich da auch irren. Wieder weiß ich nur eines mit Sicherheit: Die Flotte hat ein Zerstörer-Kontingent nach Lytton abgestellt, und dort ist es auch geblieben. Also haben die da oben entschieden, Beowulf eine Nachricht zu schicken, und genau die sollten mein Team und ich zustellen.«

»Offenkundig ist das nicht passiert«, bemerkte Manischewitz spitz.

»Nein, offenkundig nicht«, räumte Ardmore rau ein. »Tatsache ist, dass es für mein Team nicht sonderlich gut gelaufen ist. Meinen Partner Gerlach und mich mitgerechnet, waren wir zu elft, und ich war der Einzige, der lebend aus der Sache rauskam. Irgendwie haben die Beowulfianer herausgefunden, was passieren sollte. Mitten in New Denver haben sie uns eine Spezialeinheit des BSC auf den Hals gehetzt. Ich war gerade draußen auf Observierung, als sie zugeschlagen haben. Als ich zurückkam, war es, als ob das Team nie existiert hätte. Ich weiß nicht einmal, ob alle gleich tot waren, noch bevor die Forensik aufgekreuzt ist und aufgeräumt hat, oder ob ein paar noch in eine konspirative Wohnung auf Alterde verschleppt wurden und man dort alles an Informationen aus ihnen herausgesaugt hat, was eben ging. Ich weiß nur, dass ich plötzlich allein auf weiter Flur war, alle anderen weg vom Fenster. Der abgebrochene Meter Benton-Ramirez y Chou, der, welch Zufall, bei Fairmont-Solbakkens Ankunft gerade Urlaub in New Denver machte, war ebenso plötzlich nicht mehr auffindbar. Also, ja, stimmt, Tobin, die Sache ist irgendwie schon persönlich. Hast du ein Problem damit?«

»Nein, habe ich nicht, solange du nicht vergisst, dass *ich* dieses Team leite und du dir das, was du persönlich nimmst, nicht bei der Erledigung unseres Auftrag in die Quere kommen lässt. Ach, und solange du nicht vergisst, dass zu unserem Auftrag nicht gehört, den kleinen Bastard umzubringen. Zumindest nicht sofort.«

»Keine Sorge, das vergesse ich schon nicht.« Ardmore lächelte böse. »Und weißt du auch, warum? Weil ich nicht glaube, dass das Ganze so ablaufen wird. Ich glaube, dass Benton-Ramirez y Chou irgendwas besonders Gerissenes probiert, und das wird sie beide ins Gras beißen lassen. Und das, Tobin, passt mir gut in den Kram, besonders gut sogar.«

Allison Chou atmete tief und gleichmäßig, der Kies knirschte unter den Sohlen ihrer Laufschuhe. Nur noch eine letzte Biegung gälte es, hinter sich zu bringen, danach würde sie umkehren und die Laufstrecke wieder zurückrennen. Sie mochte den Rosalind-Franklin-Park, besonders die für Läufer ausgewiesenen Strecken. Der Park war schon vor mehr als zweitausend T-Jahren angelegt worden, und die Ur-ur-Urenkel der Eichen von Alterde, die von längst verblichenen Landschaftsgestaltern gepflanzt worden waren, hatten jetzt

Stämme mit einem Durchmesser von bis zu zwei Metern. Entsprechend ausladend waren ihre Kronen und tauchten die Laufstrecken in angenehmen Schatten – einen Schatten, der jeden Läufer oder Spaziergänger in sanftes, dunkles Grün hüllte. Man konnte fast glauben, am Grund eines der Koibecken zu laufen, die sich über das Parkgelände verstreut fanden. Um so heller, gleißend kam es Allison vor, war das Sonnenlicht, das ganz plötzlich durch Lücken im Laubdach brach, und für den Moment war man geblendet. All das hätte genügt, um den Park zur Lieblingslaufstrecke zu küren, aber obendrein war der Ausgangspunkt der Watson-und-Crick-Allee weniger als zwei Blocks von dem Apartment außerhalb des Campus entfernt, in dem sich Allison einquartiert hatte. Hier lief sie am liebsten, und Laufen gehörte zu ihren Lieblingsbeschäftigungen, wenn sie nachzudenken und harte Nüsse zu knacken hatte.

Stell dich der Sache, mahnte sie sich selbst streng, *du wirst irgendwie damit umgehen müssen. Möglicherweise hast du ja nur eine Schraube im Oberstübchen locker. Eine lebhafte Fantasie hast du ja schon immer gehabt, das lässt sich nicht leugnen. Gott allein weiß, warum du dich ausgerechnet in diese Sache so verbissen hast und jetzt nicht lockerlassen kannst. Aber der einzige Weg, der Sache ein Ende zu machen, ist mit* ihm *zu sprechen. Verbring einfach ein bisschen Zeit mit ihm, anstatt herumzusitzen und dir* über ihn *den Kopf zu zerbrechen. Schlafzimmerblick ist ja nicht nötig, und ihm eine Keule über den Kopf zu ziehen und ihn in die Höhle zu zerren auch nicht. Du musst ja nur, dieser . . . Sache auf den Grund gehen – irgendwie herausfinden, was zum Teufel eigentlich vorgeht und dann entsprechend handeln oder das Ganze endlich zu den Akten legen.*

Sie schüttelte den Kopf und verdrehte die Augen. Klar doch, das war alles, was sie zu tun hätte! Es ergab Sinn, absolut, ja. Oder zumindest so viel Sinn, wie unter diesen Umständen möglich war. Blieb also nur das klitzekleine Problem, dass ihr Umstände wie diese völlig fremd waren, und dem Rest der Welt schien es ähnlich zu gehen. Es waren Umstände, die sich nicht zum Besseren wandelten, nichts, woran man sich gewöhnte oder was sich gar von selbst erledigte. Diese ganzen Gefühle versetzten sie auch kein Stück weniger in Angst und Schrecken als zu Anfang.

Genervt schloss sie einen Lidschlag lang die Augen, öffnete sie wieder. Da war es immer noch, dieses Gefühl, momentan allerdings schwächer ausgeprägt. Trotzdem war sich Allison sicher, dass sie in die Richtung zeigen könnte, in der sich Harrington aufhielt, und zwar absolut zielsicher. Der Umstand, dass die Empfindung hier schwächer war, beunruhigte sie noch mehr als die Empfindung an sich. Der Rosalind-Franklin-Park lag auf der vom Campus abgewandten Seite ihres Apartments, und das bedeutete, wenn sie nicht einfach nur dabei war, den Verstand zu verlieren und alles nur Einbildung war, dass die Empfindung entfernungsabhängig war. Je näher sie dem Campus war, desto stärker wurde das Gefühl, Alfred Harringtons Präsenz zu spüren und sich zu dem Ort hingezogen zu fühlen, an dem er sich befand. Es war, als wäre sie ein Irrläufer, ein Asteroid, den das Schwerefeld eines Planeten eingefangen hatte.

Oh, schau an, perfekt alles auf den Punkt gebracht, nicht wahr? Stimmt, das Düstere, Schwarze, das zu der Empfindung gehört, macht mir Angst. Aber das eigentlich Erschreckende ist das Gefühl, ich könnte die Kontrolle über mich und meine Gefühle verlieren. Es fühlt sich tatsächlich für mich so an, als ob mich etwas anzöge oder einsaugen würde, gegen meinen Willen – etwas, das mich zwingt, ständig in Gedanken bei einen mir völlig fremden Menschen zu sein. Das ist nicht nur ein Hinweis darauf, wie sehr ich aus dem Tritt geraten bin, es lässt eine Art . . . nun, emotionale Abhängigkeit vermuten.

Allison erreichte die letzte Biegung und machte kehrt. Sie gab sich alle Mühe, nicht das Gesicht zu verziehen, als es passierte: Das Gespür für die Anwesenheit dieses einen anderen Menschen veränderte sich gleich nach der Richtungsänderung, als peilte es das Funkfeuer für den Anflug auf den heimatlichen Raumhafen an. *Genug ist genug*, entschied sie. Nachdem sie ihre Runde gelaufen wäre, sich geduscht und die Kleidung gewechselt hätte, ginge sie hinüber zum Campus und würde Lieutenant Harrington auf eine Tasse Tee einladen. Immerhin säße sie ihm dann am Tisch gegenüber und hätte die Möglichkeit, herauszufinden, ob sie sich das alles nur einbildete oder nicht.

Und was passiert, wenn sich herausstellt, dass dem nicht *so ist?* Auf diese Frage wusste sie keine Antwort.

Alfred hatte es sich auf dem Liegestuhl auf dem Balkon bequem gemacht, die Füße, zugegebenermaßen wenig elegant, auf dem Balkongeländer, neben sich auf dem Tisch ein Glas Alessandra Farms 1819. Aus einer dem Gewürztraminer verwandten Rebe gekeltert, war der Wein wahrhaftig eine angenehme Überraschung (nur nicht für Alfreds Bankkonto). Er passte hervorragend zu der scharfen, geräucherten beowulfianischen Wurst und dem Stück reifen Cheddar, die auf dem Teller lagen, der ebenfalls seinen Weg auf das Balkontischchen gefunden hatte. Man baute den Alessandra im Barrique aus, in Fässern aus beowulfianischer Rotdorneiche, die man innen ausbrannte. So ließ sich der Wein mit den Vanillearomen der Röstung und der Adstringenz der entsprechenden Gerbstoffe geschmacklich abrunden. Der hohe Tanningehalt machte anschließend eine lange Flaschenreife erforderlich, ermöglichte sie aber eben auch. Dazu kamen Pfirsich- und Lycheearomen, die dem Weißwein die für Gewürztraminer typische frische, fruchtige Note verliehen.

Auf dem Schoß hatte Alfred ein Lesegerät, dem der Großteil seiner Aufmerksamkeit galt. Er war dabei, die Notizen von seinen letzten Laborversuchen mit Dr. Mwo-Chi im Labor durchzugehen. Während sein Blick auf Wörtern und Zeilen hing, war ein winzig kleiner Teil seines Gehirns anderweitig beschäftigt. Was auch sonst? Dieser Teil spürte der Präsenz eines anderen menschlichen Wesens nach, und das ohne Unterlass, zeigte darauf wie eine Kompassnadel, wo auch immer sich dieses andere menschliche Wesen gerade befand. Alfred tat sein Bestes, die Kompassnadel in seinem Hirn zu ignorieren, und dieses Mal war sein Bemühen endlich von Erfolg gekrönt – gewissermaßen zumindest. Es half sehr, dass Dr. Mwo-chi ihn immer noch drängte, sich so rasch wie möglich den Stand ihrer Forschungen anzueignen, und je vertrauter er mit ihren Forschungsergebnissen wurde, desto beeindruckter war er von ihr und ihrer Arbeit. Es spielte keine Rolle, dass sie trotz brillanter Ansätze bisher keine Lösung für die Problematiken gefunden hatte, die sie beide, Dr. Mwo-chi und ihr neuer wissenschaftlicher Mitarbeiter Alfred Harrington, in den Griff zu bekommen hofften. Tief in seinem Herzen wusste Alfred, wie unwahrscheinlich es war, dass sie beide eben eines Tages diese ›Lösung‹ für die katastrophalen neuralen Schadensbilder fänden, die ein Nerven-Disruptor bei seinen Opfern hinterließ. Vielleicht erreichten sie nicht mehr, als Ideen zur Verbesserung synthetischer Nerven zu entwickeln, und würden sich damit begnügen müssen. Aber sicher gab es eine Möglichkeit, den menschlichen Körper davon zu überzeugen, zerstörtes Nervengewebe zu regenerieren, oder nicht?

Doch, klar, muss es geben! Alfred griff nach dem Weinglas. *Und das nur, weil ich mir nichts sehnlicher wünsche, stimmt's?*

Die moderne Medizin war in der Lage, Menschen ganze Gliedmaßen nachwachsen zu lassen – abgesehen von jener unglücklichen, aber zahlenmäßig bedauerlich großen Minderheit, bei der Regeneration schlichtweg nicht funktionierte. Nur bestimmte Teile eines verletzten Arms oder Beins regenerieren zu lassen war bislang noch nicht möglich. Es gab keine Schaltmöglichkeit, dem Körper zu sagen, er solle ›nur‹ Nervengewebe, ›nur‹ Muskelgewebe oder ›nur‹ Knochen nachwachsen lassen. Es gab nur alles oder nichts. Aus diesem Grund musste beispielsweise ein ansonsten völlig unverletztes Bein, dem ein Nerven-Disruptor lediglich das Nervengewebe in Brei verwandelt hatte, oberhalb des von den Nervenschädigungen betroffenen Bereichs amputiert werden. Danach galt es, das Bein vom Amputationsstumpf aus neu zu züchten. Das war gewiss die beste Lösung bei einem solchen Verletzungsbild, aber was blieb Ärzten zu tun, wenn die Wirbelsäule betroffen und das Rückenmark zerrissen war? Bei Rückenmarksverletzung waren natürlich Nerventransplantation die naheliegendste Lösung, und in Regionen des Nervensystems, die weniger von Bedeutung waren, hatte man damit auch gute Erfolge erzielt. Dennoch blieben selbst bei ausgefeiltester chirurgischer Technik gewisse Einschränkungen in der Funktionstüchtigkeit die Regel. Aber womit man sich bei einem Arm oder Bein vielleicht noch abfinden konnte, war beim Rückenmark schlichtweg nicht tolerierbar. Synthetisches Nervengewebe war bei Verletzungen der Gliedmaßen ein praktikabler Lösungsansatz, vor allem für jene, bei denen Regenerationstherapie nicht anschlug. Synthetische Nerven aber waren kein adäquater Ersatz für körpereigenes Nervengewebe, und die Probleme, die sich bei den peripheren Teilen des Nervensystems ergaben, potenzierten sich im Falle des Rückenmarks.

Außerdem, und das verkomplizierte die Dinge ungemein, waren waffenfähige Nerven-Disruptoren keine Präzisionswaffen. Jeder Treffer schädigte großräumig Nervengewebe. Präziser musste es heißen: Die Folgen eines Disruptortreffers breiteten sich über das Nervensystem des Getroffenen aus, was bedeutete, dass ein Treffer am Bein auch das Rückenmark schädigen konnte. Es kam zu schweren Schädigungen, auch wenn das Rückenmark nicht wie bei einem direkten Treffer komplett durchtrennt wurde, und zwar die Brustwirbelsäule hinauf bis zum Th-10. Ein Rumpftreffer oberhalb der Hüfte war in der Regel tödlich, und Treffer, die nicht zum Tode führten, konnten schwere Hirnschädigungen verursachen.

Solange nur etwas an Gewebe bleibt, mit dem wir arbeiten können! Aber dieses Teufelsding ist mit voller Absicht darauf ausgelegt, Neuraxone anzugreifen und sie aus der Gliazellenhülle zu reißen. Da bleibt nichts, aus dem sich etwas regenerieren ließe, egal, ob aus sich selbst heraus oder unter Regenerationtherapie. Aber es muss doch einen Weg geben ...

In hohem Bogen flog das Lesegerät über das Balkongeländer, das Weinglas zerschellte auf dem Boden, während es Alfred aus seinem Liegestuhl hoch auf die Füße riss. Für einen Sekundenbruchteil stand er noch auf dem Balkon, der Blick schoss hinüber aufs Campusgelände, ehe er herumwirbelte und im Sturmschritt das Apartment durchquerte. Er hielt nur an, um den mit Fingerabdrucksensor gesicherten Safe im Kleiderschrank zu öffnen, sich dessen Inhalt und dann noch eine leichte Windjacke zu greifen.

Drei Sekunden später wurden zwei von Alfreds Nachbarn kurzerhand beiseitegefegt, als sich zwei Meter sphinxianische Muskelmasse mit allem anderen Drum und Dran ihren Weg zum Grav-Schacht bahnten.

Allison stieg von ihrem altmodischen, muskelbetriebenen Fahrrad. Eigentlich brauchte sie das zusätzliche Training nach ihrem Lauf heute Morgen nicht mehr, aber in der Nachbarschaft zu ihrer Wohnung war sie am liebsten auf diese Weise unterwegs. Im Allgemeinen war es einfacher, das Fahrrad zusammenzuklappen und zu verstauen, als sich mit einem Flugwagen oder Taxi aufzuhalten. Im Übrigen war der Frühling die beste Jahreszeit in Grendel, und Allison hatte vor, jeden Tag davon auszukosten.

Sie gab den Entriegelungscode ein und betätigte den Taster. Gehorsam verwandelte der ultraleichte Verbundwerkstoff mit Memoryfunktion, aus dem das Fahrrad bestand, das Gefährt ihn ein handliches, aktenkoffergroßes Paket. Allison sah auf ihr Chrono. Sie fühlte sich alles andere als wohl damit, dass sie wie eine durchgeknallte Stalkerin Einsicht in Lieutenant Harringtons Stundenplan genommen hatte, aber sie hatte es dennoch getan. Dem Plan nach, zu dem Zugang zu erhalten sie dem Sekretariatscomputer die Erlaubnis abgeluchst hatte, hatte der Lieutenant bis vierzehn null null keine Veranstaltungen. Er sollte also Zeit haben, und wo er sich gerade befand, wusste sie ohnehin. Sie spürte die Richtung, in der er zu finden sein würde – vorausgesetzt natürlich, Allison hätte nicht doch den Verstand verloren. Ihrem eingebauten Peilsender nach war er in seinem Apartment. Die Apartmentnummer, die die genaue Lage der Wohneinheit im Gebäude verriet, hatte sie – wie die durchgeknallte Stalkerin, die nicht zu sein sie sich sicher war – seiner Akte im Sekretariatscomputer entnommen.

Ich hätte da natürlich auch noch die Nummer seiner Com-Verbindung, erinnerte sie sich selbst, *also könnte ich ihn wie jeder andere normale Mensch darüber und per Bildübertragung kontaktieren, statt gleich selbst und höchstpersönlich auf seiner Türschwelle zu erscheinen wie so eine durchgeknallte Stalkerin.* Als ihr diese beiden letzten Worte durch den Kopf gingen, verzog Allison das Gesicht. In letzter Zeit kam ihr diese Bezeichnung für ihr Verhalten immer häufiger in den Sinn, besonders seit ihre Träume immer eindeutiger und detailreicher wurden. *Aber was sollte ich denn auch über Com sagen, bitte schön? ›Hallo, Lieutenant Harrington, ich möchte Sie nicht beunruhigen oder nervös machen oder so was in der Art, aber ich bin seit ein paar Wochen völlig besessen von Ihnen, und ich finde Sie unglaublich anziehend. Ich bin, ganz ehrlich, keine Stalkerin oder so was, glauben Sie mir, aber ich möchte Sie unbedingt bespringen, also ... Hallo? Hallo?‹ Komisch, da hat er doch glatt die Verbindung unterbrochen. Wo er wohl hinmusste? So, und jetzt stellen wir uns das Ganze noch mit du statt Sie vor, weil ich ihm das Du ja unbedingt anbieten musste, und es klingt noch schlimmer: ›Hallo, du, ich will dich gern bespringen ...‹ Himmel noch mal!*

Allison schnaubte, unwillentlich belustigt, aber dieses Gespräch, das mit ihm zu führen sie vorhatte, musste einfach von Angesicht zu Angesicht stattfinden, vor allem, wenn sie sicher sein wollte, dass ...

Rücklings traf sie eine immaterielle Faust, ein unglaublich schmerzhafter Schlag. Allison riss die Augen auf, aber das war alles, wozu sie noch fähig war. Der Schuss aus der Lähmpistole raubte ihr die Kontrolle über alle anderen Muskeln, und sie stürzte vornüber, unfähig den Sturz abzufangen. Ungebremst und daher mit ungeahnter Wucht schlug sie auf dem Pflaster auf. Schmerz raste durch ihren Körper, und Allison schmeckte Blut, als ihre Unterlippe aufplatzte.

Panik folgte dem Schmerz unmittelbar, und dann griffen Hände nach ihr und drehten sie behutsam auf den Rücken.

»Ist alles in Ordnung mit ihr?«, hörte sie jemanden fragen. »Das sah wirklich nach einem bösen Sturz aus!«

»War es auch«, erwiderte eine andere Stimme, die höchst besorgt klang. Diese Stimme hatte sie noch nie zuvor in ihrem Leben gehört, sie kam von einem gänzlich Unbekannten, gehörte aber zu den Händen, die sie so behutsam auf den Rücken gedreht hatten. Allison versuchte den Blick scharf zu stellen, aber ihre Augenmuskeln schienen ihren Befehl zu ignorieren, und so war alles, was sie sah, vollkommen verschwommen. Die Hände, die zur zweiten Stimme gehörten, drückten ihr ein Tuch auf die Lippe, um die Blutung zu stillen.

»Ich glaube, sie hat so etwas wie einen epileptischen Anfall«, sagte die Stimme, »aber ich habe schon einen entsprechenden Notruf abgesetzt ... ah, da sind sie ja schon!«

Das gedämpfte Aufjaulen eines aufsetzenden Kontragravs war das Nächste, was Allison gleich neben sich hörte, und dann waren da mit einem Mal noch mehr Hände. Sie hoben sie hoch und legten sie wieder ab, auf eine Trage, davon war auszugehen. Allison spürte, wie ihr regloser Körper angegurtet wurde, dann wurden die Trage und sie mit ihr angehoben und in einen Flugwagen geschoben. Türen schlossen sich, schotteten Allison von der Außenwelt ab, und dann hörte sie eine weitere Stimme.

»Setz sie für den Rest der Strecke außer Gefecht«, sagte diese Stimme, und Panik bohrte sich wie eine Klinge aus Eis in ihre Kehle, als Allison spürte, wie ihr eine Nadel in den Arm gestochen wurde und ihr die Welt endgültig entglitt.

Schlitternd kam Alfred vor dem Campustor an der Edgar-Anderson-Allee zum Stehen. Hektisch sah er sich um, aber er konnte Allison Chou nirgends entdecken. Sie war nicht mehr hier, sie bewegte sich mit konstanter Geschwindigkeit von ihm fort, und tiefer Schrecken, eine riesige Woge, die ihn flutete, drohte ihn zu lähmen.

»Haben Sie gerade eine junge Frau hier gesehen?«, heischte er den nächstbesten Passanten an, den er zu packen bekam, einen Beowulfianer etwa in seinem Alter. »Genau hier, vor gerade einmal einer Minute!«

»He, was bilden Sie sich ein, Sie ...!«, blaffte der andere und keuchte vor Schmerz auf, als Alfred ihn mit beiden Händen packte und durchschüttelte. Er tat es mit wohldosiert eingesetzter Kraft, vor allem angesichts der Umstände – aber immer noch heftig genug, um Blutergüsse zu hinterlassen.

»Haben – Sie – sie – gesehen?«, brachte Alfred zwischen zusammengebissenen Zähnen hervor.

»Ja, ja, doch, hab ich!«, antwortete der Beowulfianer und blickte ihn an, wie es wohl jeder normale Mensch getan hätte, der sich einem Wahnsinnigen gegenübersah. »He, kommen Sie mal wieder runter! Was haben Sie denn für ein Problem?«

»Wo ist sie hin?«, blaffte Alfred.

»Woher soll ich das wissen, Mann?! Zumindest, wenn es die ist, von der Sie sprechen, die hier gerade so eine Art epileptischen Anfall hatte.« Der Beowulfianer wedelte mit der Hand in Richtung Straßenpflaster. »Aber jemand war gleich bei ihr, so ein Typ eben, und hat ihr geholfen, ehe ich überhaupt begriffen hatte, dass sie gestürzt war. Der Typ hatte auch schon einen Krankenwagen gerufen, das ganze Programm halt.«

»Einen Krankenwagen?« Eine neue Angst, von ganz anderer Art als die bisherige, durchzuckte Alfred, während er all die Möglichkeiten durchging, die bei einer augenscheinlich gesunden jungen Frau einen Zusammenbruch auslösen konnten. Trotzdem wusste er sofort, dass nichts davon zutraf. Hier war etwas ganz anderes vorgefallen. Er verstand nicht, warum er sich dessen so sicher war, aber er war es, hundertprozentig sicher sogar. »Was für einen Krankenwagen? Einen von der Uniklinik, einen Notarztwagen der Feuerwehr oder was sonst für einen?«

»Keine Ahnung!«, antwortete sein bedauernswerter Informant schließlich. »Halt eben ein Krankenwagen, Mann! Weiß lackiert, Blaulicht, Sirene, so einer, Sie wissen schon!«

»In welche Richtung ist der Flugwagen geflogen?«

»Nach oben, Mann, wie das Kontragravs halt so machen. Ich hab mich nicht darum gekümmert, wohin der weiter ist, in Ordnung?«

Alfred beherrschte den Impuls, dem Kerl hier und jetzt den Kopf abzureißen. Stattdessen ließ er ihn los und rief auf seinem UniLink eine Karte der Stadt auf.

Die Wagen der Ignaz-Semmelweis-Universitätskliniken trugen die Farben der Universität, waren also blau und weiß. Die meisten anderen Kliniken mit eigenen Einsatzwagen, und von denen gab es in Grendel weiß Gott eine Menge, lackierten diese in unverkennbaren und gut unterscheidbaren Farbkombinationen. Schlicht weiß waren nur die städtischen Rettungswagen, die den Feuerwachen zugeordnet waren, aber dass es der städtische Rettungsdienst gewesen war, der Allison abtransportiert hatte, konnte nicht stimmen. Der Rettungsdienst flog immer das nächstgelegene Krankenhaus an, außer es handelte sich um einen Fall für ein voll ausgestattetes Traumazentrum – und das war nun einmal die Uniklinik, die außerdem *das* Traumazentrum der Wahl in Grendel war. Wenn Allison also einen epileptischen Anfall erlitten haben sollte und man sie ins nächste dafür ausgestattete Traumazentrum, mithin in die Uniklinik, brächte, müsste er ihre Präsenz hinter sich spüren, nicht vor sich und dazu noch immer in stetiger Bewegung von ihm fort.

»Sie sind ja völlig verrückt, Mann, kapiert!«, ereiferte sich der Beowulfianer, kaum dass er sich auf eine Armeslänge Entfernung in Sicherheit wähnte.

Alfred war sich kaum bewusst, dass der andere ihn wild anfunkelte, aber er hatte keine Zeit, sich um dessen Befindlichkeiten zu kümmern. Eigentlich hatte der Kerl ja auch recht. Es war verrückt, sich so sicher zu sein, Allison wäre in Gefahr, nicht zu vergessen, dass Alfred zu wissen glaubte, in welcher Richtung er nach ihr zu suchen hätte. Schließlich gab es nicht einen einzigen verwertbaren Hinweis darauf, dass er richtig lag.

Sein UniLink zeigte ihm die aufgerufene Karte. Rasch überprüfte er an ihr, was er wissen wollte. Auf der direkten Linie, in der er Allison sich von ihm entfernen spürte, gab es keine Klinik. Immer vorausgesetzt natürlich, es war tatsächlich Allisons Präsenz, die er spürte.

Er wählte die Com-Nummer der Notfallambulanz der Unikliniken und wartete mit so viel Geduld, wie er gerade noch aufzubringen vermochte, darauf, dass jemand seinen Ruf annahm.

»Notfallambulanz, Aufnahme«, meldete sich schließlich ein Mann. »Guten Tag, was kann ich für Sie tun?«

»Wurde in den letzten fünf Minuten jemand bei Ihnen eingeliefert?«, fragte Alfred den Mann auf dem winzigen Display des UniLinks. »Eine junge Frau. Sie ist am Edgar-Anderson-Tor kollabiert.«

»Eine junge Frau?« Der Mann auf dem Display senkte den Blick, seine Augen wanderten geschäftig über Zeilen, die er auf seinem Com-Display las. Dann schaute er auf und schüttelte den Kopf. »Wir hatten keinerlei Notaufnahmen in den letzten zehn Minuten.«

»Gar keine?«, brachte Alfred heraus, und der Rezeptionist der Notfallambulanz schüttelte wieder den Kopf. Alfreds Kiefermuskeln verspannten sich, und er kappte die Verbindung.

Was zum Teufel sollte er jetzt tun? Sein Verstand – präziser: in dem Zustand, in dem dieser nun einmal war, oder anders ausgedrückt: was Alfred an Verstand noch geblieben war – sagte ihm, dass Allison entführt worden war. Allerdings hatte er nicht einen Beweis dafür, nichts, null, zero, und noch weniger Beweggrund, darüber etwa den Behörden gegenüber Meldung zu machen. Bei dem Versuch, sich zu erklären, klänge er wie jemand, der den Verstand verloren hätte, müsste er doch angeben, er habe es im Gefühl, dass eine ihm völlig fremde Person in aller Öffentlichkeit und zudem vormittags an einem geschäftigen Wochentag in Grendel entführt worden wäre. Sir, würde man ihn fragen, warum sollte denn jemand die junge Dame entführen wollen? In seiner Vorstellung konnte er die Frage schon hören, sehen, wie die Augen eines Beamten plötzlich interessiert zusammengekniffen würden, während sich dieser Beamte fragte, ob dem zu groß geratenen Fremdweltler vielleicht der eine oder andere Schaltkreis durchgebrannt wäre. Womöglich, würde der Beamte denken, wäre es besser, den Kerl freundlich ins Präsidium zu bitten, um der Sache auf den Grund zu gehen. Und während Alfred auf diese Weise beschäftigt wäre ...

Er atmete tief durch, die Nasenflügel bebten, so tief holte er Luft, und nutzte das UniLink, um sich ein Taxi zu bestellen.

Jacques Benton-Ramirez y Chou knurrte einen abgemildert unflätigen Fluch, als sein Com zirpte. Gerade erst hatte er sich nach einem nächtlichen Trainingseinsatz unter die Dusche gestellt, und er war versucht, das Com einfach klingeln zu lassen. Aber es war der Klingelton, den er für Allisons Anrufe reserviert hatte, und schließlich rang er sich dazu durch, den Ruf anzunehmen. Irgendwie schuldete er seiner Zwillingsschwester zu antworten. Sollte sie allerdings mehr als nur ein bisschen mit ihm über Com plaudern wollen, würde sie noch ein Weilchen warten müssen.

Das Wasser versiegte automatisch, als Jacques die Duschtür öffnete. Er griff sich ein Handtuch und schlang es sich um die Hüften. In seiner Familie gab es keine großartigen Tabus, was Nacktheit anging, aber Allison könnte ja von einem öffentlichen Ort aus anrufen, und da galt es, einen gewissen Anstand zu wahren. Natürlich hätte er den Anruf auf Audio beschränken, die Videoübertragung also abschalten können, aber ihm war durchaus recht, dass seine Schwester ihn tropfnass vor sich stehen sähe. Wenn sie ihn schon aus der Dusche geholt hatte, könnte sie ruhig ein paar Gewissensbisse deswegen bekommen.

Er gab den Annahmecode in das Com neben dem Bett ein. Mit einem Stirnrunzeln quittierte er, dass er zwar die Anrufannahme nicht beschränkt hatte, sie aber nur per Audio mit ihm zu kommunizieren gedachte. Außerdem rief sie über eine geschützte Leitung an; also konnte nur jemand, der den Dechiffriercode dazu besaß, Sinn aus dem Gesagten heraushören.

»Was kann ich für dich tun, Alley?«

»Genau zuhören beispielsweise.«

Die Stimme, die aus dem leeren Display drang, war computergeneriert, und das nicht einmal besonders gut. Es war eine

Stimme, da gab es kein Vertun, die jeder sofort als künstlich erkannt hätte. Jacques' Herz setzte einen Schlag aus.

»Wer spricht da?«, fragte er.

Kein Fremder hätte für möglich gehalten, mit welcher Intensität Angst ihn erfasste. Aber seine Kameraden aus der Einheit hätten den gedämpften, gelassen klingenden Tonfall sofort erkannt und schon nach den Waffen gegriffen, ehe ihm das letzte Wort der Frage über die Lippen gekommen wäre.

»Ich bin jemand, den Sie besser nicht verärgern sollten, wenn Sie die junge Dame, auf die dieses Com registriert ist, in einem Stück wiedersehen wollen«, antwortete die synthetische Stimme. »Der Umstand, dass ich das Com habe, sollte Sie davon überzeugen, dass das auch auf seine Besitzerin zutrifft.«

Jacques regte sich nicht, sein Gesicht war vollkommen ausdruckslos, denn er wusste, dass die Person am anderen Ende der Leitung, die die Stimme für sich sprechen ließ und die er nicht sehen konnte, ihn sehr wohl auf dem Display hatte.

»Ich höre«, sagte er.

»Es gibt Menschen, die nicht glücklich mit Ihnen sind, Captain Benton-Ramirez y Chou. Sie können Sie nicht ausstehen, und sie können auch Ihre Familie nicht ausstehen. Sie sind ganz wild darauf, Ihrer Familie etwas anzutun, denn sie wissen ganz genau, dass Sie das noch weniger mögen als sie Sie. Aber sie sind gewillt, vernünftig zu bleiben. Alles, was Sie dafür tun müssen, ist, ihnen zu geben, was sie wollen, und dann, möglicherweise, bekommen Sie Ihre Schwester zurück, ohne dass sie *ernsthaft* Schaden genommen hätte. Natürlich kann ich mich, was das angeht, täuschen. Aber selbst wenn ich mich täuschen sollte, kann ich Ihnen garantieren, Captain, dass Ihnen nicht gefallen wird, was schließlich irgendwo an irgendeiner Straßenecke aus einem Flugwagen geworfen wird – oder möglicherweise auch an verschiedenen Straßenecken, in Kleinteile zerlegt –, wenn Sie nicht tun, was man von Ihnen will.«

Eiskalt lief es Jacques den Rücken hinunter. Er wusste nur eines: Wer immer Allison in seiner Gewalt hatte, würde sie niemals am Leben lassen, egal was er täte. Die Entführer würden sie vielleicht am Leben lassen, solange er tat, was man von ihm verlangte. Aber wenn es so weit wäre, wenn sie alles hätten, was sie von ihm wollten, oder wenn nichts mehr bliebe, was er ihnen anbieten oder für sie tun könnte, würden sie Allison töten. Auf Beowulf war die Strafe für Entführung dieselbe wie für Mord, seine Beziehungen zum BSC und SBI einmal ganz außen vorgelassen. Die Entführer würden Allison umbringen, um sich einer lästigen Zeugin zu entledigen, und sie würden sie umbringen, weil sie wussten, wie tief der Tod seiner Schwester ihn und seine Familie träfe.

Natürlich könnte auch er das nächste Mordopfer sein. Der Gedanke war alles andere als abwegig. Auch er war schließlich ein lästiger Zeuge, den man zu beseitigen hätte, und sein Tod wäre sicher nichts, was der Person hinter der Stimme sonderlich aufs Gemüt schlüge.

»Was wollen Sie?«, fragte Jacques.

»Ich stelle mir das Ganze wie ein erstes Date vor«, erwiderte die Stimme. »Wir beginnen mit nichts Großem, fangen klein an und finden so heraus, ob Sie in der Lage sind, Anweisungen zu befolgen. Ich will eine Liste aller Angehörigen des Biological Survey Corps, die außerhalb von Beowulfs Botschaften und Konsulaten in den Systemen Poznan, Breslau, Sachsen, Saginaw, Hillman, Terrance, Tumult und Carlton arbeiten.«

Jacques knirschte mit den Zähnen. Die Liste zählte alle wichtigen Sektoren der Silesianischen Konföderation auf, die mehr und mehr zur Brutstätte der Gensklaverei verkommen waren. In diesen Sektoren wurden Gensklaven gehandelt, und durch diese Sektoren gingen Transportrouten der Gensklavenhändler, und das trotz allem, was die Royal Manticoran Navy und die Kaiserlich-Andermanische Marine dagegen unternahmen. Dieser Region hatte in den letzten T-Jahren das besondere Augenmerk des BSC gegolten, denn die Lage dort hatte sich stetig verschlechtert. Immerhin hatten mittlerweile ein paar Mantys begriffen, worauf die militärische Aufrüstung der Volksrepublik Haven abzielte, und es war unvermeidlich, dass die Spannungen zwischen dem Sternenkönigreich und der Volksrepublik noch zunehmen würden. Denn das Verhältnis der beiden Sternnationen zueinander war angesichts des Enthusiasmus, mit dem man in Manticore havenitische Emigranten begrüßte, ohnehin nicht mehr das Beste. Dieser Enthusiasmus hatte ja auch vor allem solchen Emigranten gegolten, die in ihren Berufen den Bestimmungen des Havenitischen Gesetzes zur Erhaltung des Technischen Bestands zu entkommen gewünscht hatten. Mit jedem Jahr, das dieses Gesetz galt – und es war bereits vor vierundsechzig Jahren ratifiziert worden –, nahmen die Spannungen zwischen Manticore und Haven zu. Spät, aber nicht zu spät war Manticores Öffentlichkeit zu begriffen bereit gewesen, dass die ›Panikmacher‹ recht hatten – dass nämlich der Aufbau der Volksflotte in Haven mitnichten ein Arbeitsbeschaffungsprogramm für die darbenden Massen war, egal, was die Legislaturisten behaupteten. Angesichts der Bedrohung aber, die diese Aufrüstung Havens für das Sternenkönigreich bedeutete, bliebe den Mantys gar keine andere Wahl, als mehr und mehr Verbände ihrer Marine ins Heimatsystem zurückzurufen, um dieser Bedrohung begegnen zu können. Und wenn das geschähe ...

»Was lässt Sie glauben, ich hätte Zugang zu solchen Informationen?«

»Ach, kommen Sie, Captain, wir wissen doch alle, was für ein scharfsinniger, erfindungsreicher Kopf auf Ihren Schultern sitzt! Sie haben jede Menge Kontakte, reichlich Beziehungen, und ich bin überzeugt, ein fähiger BSC-Offizier wie Sie ist fähig und in der Lage, sich in jede theoretisch sichere Datenbank zu hacken.«

»Diese Art Information ist in keiner Datenbank gespeichert, zu der ich mir vielleicht Zugang verschaffen könnte.« Jacques schüttelte den Kopf. »Vielleicht kann ich einen Teil der Informationen irgendwo finden, aber nicht das ganze Paket, und sowieso nicht, ohne mich rechts und links vom Weg im Sicherheitszaun zu verfangen.«

»Nun, dann, Captain, haben Sie ein Problem. Oder vielleicht sollte ich besser sagen: Ihre Schwester hat ein Problem.«

»Woher weiß ich, dass sie überhaupt noch am Leben ist?«, fragte Jacques, die Stimme rau.

»Da ist etwas dran. Warten Sie einen Augenblick.«

Ungefähr fünfundvierzig Sekunden vergingen. Dann . . .

»Jacques?« Es war Allisons Stimme. Sie zitterte, aber Allison mühte sich redlich, ihre Angst zu verbergen. »Bist du da, Jacques?«

»Ja, ich bin hier, Alley!«

»Sie haben mir gesagt, ich soll dir sagen, du habest guten Grund, auf sie zu hören«, sagte sie. »Sie . . .«

Ihre Worte gingen in einen langen, schrillen Schrei über, der nicht mehr aufhören wollte. Sie konnte unmöglich so lange geschrien haben, wie es Jacques vorgekommen war, und dann endete der Schrei mit der Plötzlichkeit eines scharfen, schnellen Schnitts.

»Schade«, sagte die synthetische Stimme, während Jacques bleich und angespannt auf das leere Display starrte. »Ist viel schneller bewusstlos geworden, als ich bei ihr erwartet hatte Tja, es gibt ja immer noch ein Morgen, nicht wahr, Captain? Ich finde, es wäre jetzt am besten, Sie würden sich ordentlich ins Zeuge legen und mir die gewünschten Informationen verschaffen, meinen Sie nicht auch? Ihre Schwester, da bin ich mir sicher, wäre ganz meiner Meinung.«

Die Stimme schwieg, und Jacques konnte seinen eigenen Atem hören. Dann ...

»Wir setzen uns bald für einen ersten Fortschrittsbericht mit Ihnen in Verbindung, Captain«, sagte die Stimme noch, ehe die Leitung tot war.

Alfred zwang sich dazu, sich in dem noch auf der Stelle schwebenden Taxi in die Polster zurückzulehnen. Er schloss die Augen und konzentrierte sich ganz auf das schwache Signal der Präsenz, die zu spüren er sich jetzt ganz sicher war. Nein, das bildete er sich nicht ein, ganz gewiss nicht, nicht das.

Er hatte keine Vorstellung davon, wie die Verbindung zwischen ihm und Allison Chou zustande kam oder gekommen war, aber sie war da. Er kannte die Richtung genau, in der sich Allison aufhielt, er hätte mit dem Finger darauf zeigen können, und wenn er sich so sehr, so verzweifelt wie jetzt, auf sie konzentrierte, spürte er weit mehr. Was er spürte, war nicht klar und scharf umrissen, aber es besaß Tiefe und Kraft. Allison bewegte sich nicht mehr von ihm fort, sie hatte angehalten, war angekommen, und er fühlte, was sie fühlte.

Je mehr von ihren Gefühlen er auffing, desto verzweifelter wurde er.

Sie hatte Angst, schreckliche Angst. Angst in diesem Ausmaß hatte nur jemand, der stark war, der um seine eigenen Fähigkeiten wusste ... und nun das Entsetzen kennenlernte, vollkommen hilflos einer Gefahr ausgeliefert zu sein. Und dann, nur Minuten war es her, hatte Alfred noch etwas viel Schlimmeres wahrgenommen: einen verzweifelten stummen Schrei um Hilfe – um Hilfe, die nie kommen würde. Dieser Schrei war schier endlos gewesen, bis er plötzlich wie abgeschnitten verstummt war, und Alfred konnte nun nichts mehr als vage die Richtung angeben, aus der der Schrei gekommen war.

Unzählige mögliche Schreckensszenarien trieben ihn um, die Fantasie und Verstand in Reihe produzierten, Fragen, die ihn quälten. Aber es gelang ihm, sie alle in den hintersten Winkel seines Bewusstseins zu verbannen. Er tat es mit der eisernen Disziplin, die sich der Platoon Sergeant der Marines, der er einmal gewesen war, gezielt antrainiert hatte, und er zwang sich, das Problem kühl und logisch anzugehen.

Er besaß keinerlei Informationen über Allison Chous Entführer, nichts, auf das er hätte einen möglichen Einsatzplan stützen können, mit dem er eine Taktik oder Strategie zu entwickeln in der Lage gewesen wäre. Er hatte keinen blassen Schimmer, wie er zu ihrer Familie in Kontakt treten könnte, und wahrscheinlich hätte man ihn dort für einen Verrückten gehalten, wäre ihm diese Kontaktaufnahme gelungen. Es lag sogar im Bereich des Möglichen, dass man ihn dort für Allisons Verschwinden verantwortlich machte. Dasselbe galt für die beowulfianischen Strafverfolgungsbehörden. Sie könnten mit Sicherheit feststellen, dass der vorgebliche Krankenwagen die junge Frau in keine von Grendels Kliniken eingeliefert hatte. Das allein jedoch würde nicht genügen, um sie davon zu überzeugen, dass ein vollkommen Fremder wie Alfred Harrington wissen konnte, wo man nach ihr suchen müsste. Teufel noch mal, er selbst hätte an ihrer Stelle auch kein Wort geglaubt! Seine erste Reaktion wäre, jemanden, der solche Behauptungen aufstellte, umgehend festzusetzen. Denn so jemand, das war die einzig logische Erklärung, musste mehr wissen, als er bisher behördlicherseits zu sagen bereit gewesen war. Aber ganz gewiss hätte das Wissen dieser Person nicht das Geringste mit irgendeiner geheimnisvollen emotionalen Verbindung zwischen zwei sich vollkommen fremden Menschen zu tun!

Das hieß auch zweierlei: Erstens war er mit an Sicherheit grenzender Wahrscheinlichkeit der Einzige, der wusste, dass Allison Chou in Schwierigkeiten steckte, und zweitens war er der Einzige, der sofort zu handeln in der Lage war.

Und genau das, dass sofort gehandelt wird, ist, was Allison jetzt braucht. Ich weiß nicht, was man ihr gerade antut, aber was immer es ist, ich weiß, dass es etwas Schlimmes ist. Sie hat schreckliche Angst, sie ist verletzt, sie ist allein, und es gibt keine Anhaltspunkte, die dagegen sprechen, dass man sie in den nächsten fünf Minuten umbringt.

Trotz der eisernen Selbstdisziplin schrak er vor diesem Gedanken zurück wie ein nervöses Pferd. Dabei kannte er sie doch überhaupt nicht, hatte nicht mehr als ein paar lapidare Worte mit ihr gewechselt und konnte daher nicht für sich in Anspruch nehmen, in einer Beziehung zu ihr zu stehen! Und dennoch versetzte ihn der Gedanke, sie zu verlieren, in größere Panik als alles, was er bisher in seinem Leben erlebt hatte.

In Ordnung. Das bedeutet, dass ich es zumindest halbwegs geschickt und gescheit anstellen muss, sagte er sich.

Das Taxi wartete mit der Geduld, zu der nur eine künstliche Intelligenz fähig war, während Alfred noch mehr Karten auf seinem UniLink aufrief. Einer KI machte es nichts aus, den ganzen Tag auf der Stelle zu schweben, solange nur die Taxiuhr weiterliefe, und ganz anders als ein menschlicher Fahrer verspürte sie keine Neugier und hatte daher auch kein Motiv, Alfred verblüfft mit Fragen zu löchern.

Er studierte die Karte, orientierte sich mit der Leichtigkeit, die jahrelange Erfahrung schenkte, und überlagerte die Karte mit dem nur in ihm existierenden Signalfeuer.

Die Entführer hatten mit Allison Grendel bereits hundert Kilometer weit hinter sich gelassen, waren über Wälder geflogen, die die hügelige Landschaft bedeckten, darin nur hier und da verstreut, die Behausungen von Menschen, die es vorzogen, in Wald und Natur zu leben statt unmittelbar in der Stadt. Das immerhin war ein erster Hinweis darauf, um was für Menschen es sich bei den Entführern handelte.

Alfred selbst hätte, hätte er Allisons Entführung geplant, sie lieber in ein Versteck in der Stadt gebracht. Grendel war eine Metropole, eine Stadt, in der eng gedrängt tatsächlich Millionen von Menschen lebten. Wenn man erst einmal wieder am Boden war, und das ohne Zwischenfälle oder Vorkommnisse – was den Entführern zumindest gelungen zu sein schien –, könnte man sich im vielköpfigen Gewimmel des städtischen Straßendschungels tagelang, ja, wochenlang verstecken. Die Behörden hätten wenig Chancen, Entführte und Entführer aufzuspüren, außer Letztere täten etwas Dummes und zögen selbst die Aufmerksamkeit beispielsweise der Polizei auf sich. Auf dem Land schien man mehr Versteckmöglichkeiten zu haben, gewiss, aber jemand wie Alfred, der im Busch aufgewachsen war, wusste genau, dass das nur Illusion war. Verkehr war leichter zu überwachen, wenn es wenig davon gab, feste Gebäude und provisorische Lager hoben sich von der Umgebung leicht erkennbar ab, und die Eingesessenen bemerkten fremde Flugwagen oder Fremde an sich in der Nachbarschaft tendenziell schneller.

Aber Allisons Entführer hatten sich genau dafür entschieden, für ein Versteck auf dem Land, und damit dafür, Platz um sich herum und die Möglichkeit zu haben, auf große Entfernung Annäherungen an das Versteck bemerken zu können. Natürlich könnte Alfred annehmen, es handele sich um etwas Persönliches, dass also jemand hinter der Entführung steckte, der sich Allison gegriffen hatte, um sie in sein Haus zu verschleppen, und dieses läge nur zufälligerweise auf dem Land. Ja, so könnte es durchaus sein, und Allisons Entsetzen, das sie geflutet hatte, wie Alfred ganz genau hatte spüren können, wäre Reaktion auf die Erkenntnis, einem Serienmörder oder einem Sadisten in die Hände gefallen zu sein. Aber das wollte Alfred nicht so recht ins Profil passen. Die Entführung war glatt verlaufen – ausgesprochen glatt, sehr professionell. Der scheinbare epileptische Anfall oder Kollaps, den Allison erlitten hatte, der gute Samariter, der gleich vor Ort gewesen war, der Krankenwagen auf Abruf – das alles sprach für mehr als einen Täter, für eine sorgfältig planende Gruppe von Tätern. Sie wollten mit der Entführung etwas aus Allison selbst herauspressen oder aus jemandem, der ihr nahestand und dem sie wichtig war – und die Entführer waren entschlossen, zu bekommen, was sie wollten. Dass es um Geld ginge, kam ihm natürlich als Erstes in den Sinn, auch wenn es knifflig werden dürfte, mit der Lösegeldsumme zu entkommen, wäre sie erst einmal überwiesen. Allisons Familie müsste also reich sein, und er ärgerte sich sehr über sich selbst – und vergeudete damit etliche Sekunden –, dass er nicht mehr über sie in Erfahrung gebracht hatte. Zumindest ihre Verwandtschaftsverhältnisse hätte er durchleuchten können, verdammt noch eins! Aber ihm hatte der Versuch zu sehr nach

Voyeurismus gerochen, nach einer Bestätigung dafür, dass er sich, was Allison Chou anging, in einen besessenen Stalker verwandelte, wie er sowieso schon halb befürchtete. Alles, was er von Allison wusste, neben ihrem Vornamen selbstverständlich, war ihr Nachname: Chou. Dieser Name allerdings war auf Beowulf alles andere als selten.

Höchstwahrscheinlich hatte die Entführung ein anderes Motiv, als Geld aus einer wohlhabenden Familie zu erpressen. Die Entführer würden etwas wollen, das weniger elektronische Spuren hinterließe ... doch, das war weitaus wahrscheinlicher, als eine beliebige Lösegeldsumme, die immer überwiesen werden müsste. Informationen vielleicht? Das klang in Alfreds Ohren sehr viel plausibler. Informatiker mussten nicht selbst reich sein oder sich in einer gesellschaftlich herausgehobenen Position befinden, um Zugang zu Daten zu haben, die für die richtige Person im wahrsten Sinne des Wortes unbezahlbar wären. Datenmengen auf einem Chip könnten in die Hände der Entführer übergehen, ohne dass dieser Chip erst durch das galaxisweite Bankensystem geschleust werden müsste, um genutzt werden zu können. Alfred konnte eine Lösegeldforderung natürlich nicht ausschließen, aber je länger er darüber nachdachte, desto einleuchtender kam ihm Datendiebstahl als Motiv für die Entführung vor.

Schlicht und einfach Rache als Motiv war selbstverständlich auch nicht auszuschließen, was bedeutete, dass die Entführer vielleicht – oder sicher – nicht die Absicht hatten, Allison am Leben zu lassen.

Neuerlich durchstach Alfred Angst, so sehr er sich auch um unbeteiligte Distanz bemüht hatte. Mit aller Macht kämpfte er zurück, was eine klare Entscheidung hätte trüben können. Etwas anderes als klares, gut durchdachtes Entscheiden und Handeln konnte er sich nicht leisten.

Nein, die Entführer waren Profis, keine von Rache oder anderen Motiven getriebene Amateure. Das wiederum ließ den Schluss zu, dass sie Allison nicht gleich umbringen würden. Aber sie hatten sie hinaus aufs Land verfrachtet, um sicher sein zu können, dass niemand unbemerkt in Angriffsnähe zu ihrer Operationsbasis käme. Gewiss, sie wollten von ihrer Umgebung abgeschirmt sein. Aber das hätte man auch in der Stadt haben können, denn dafür war nur ein Keller nötig, der tief genug läge. Aller Voraussicht nach also hätten sie ihre Operationsbasis in militärischer Art – oder zumindest in einer Art, die sie für militärisch hielten – mit einem Sicherheitskordon umgeben. Das könnte übel werden, richtig übel. Alles sprach dagegen, dass sich Entführer, die derart reibungslos zu operieren wussten, Illusionen hingäben. Nein, sie würden nicht glauben, genug Feuerkraft zu besitzen, um, einmal lokalisiert, alles auszusitzen, was die beowulfianischen Strafverfolgungsbehörden in der Lage wären, gegen sie aufzufahren. Also wäre der Sicherheitskordon allein dazu gedacht, Zeit zu schinden: Zeit, um den Rückzugsplan umzusetzen, mit dessen Hilfe sie ihre Hintern aus der Schusslinie zu bekommen gedachten. Teil dieses Rückzugsplans aber wäre, sich ein für alle Mal des Entführungsopfers zu entledigen, also Allison umzubringen. Das jedenfalls war wahrscheinlicher, als dass man plante, sie mitzunehmen.

In Ordnung. Schritt eins musste lauten: Allison aufspüren. Es war sinnlos, sich Gedanken über Taktiken oder Annäherungsmöglichkeiten zu machen, bis Alfred Allison aufgespürt hätte – und wie er das bewerkstelligen sollte, war ihm klar.

Er schaltete auf eine topologische Darstellung der Karte um und betrachtete mit den Augen eines erfahrene Marines das Gelände zwischen Allison und ihm. Die Entfernung zwischen ihnen war sehr viel schwieriger zu schätzen als die Richtung, in die er musste, um zu Allison zu gelangen. Leider hatte er keinerlei Erfahrungen mit parapsychologischen Phänomenen, unter die außersinnliche Wahrnehmungen nun einmal fielen. Entlang der Linie, die ihm die Richtung vorgab, gab es gleich ein paar Orte, die vielversprechend aussahen. Er musste also nur noch herausfinden, an welchem dieser Orte Allison tatsächlich war.

»Wir legen Kurs auf null-drei-fünf Grad an«, erklärte er der KI. »In diese Richtung geht's los. Ich sage Bescheid, wenn wir angekommen sind.«

»Sehr wohl, Sir«, antwortete die KI freundlich. »Möchten Sie, dass ich für die Zeit, die wir unterwegs sein werden, eine Unterhaltungssendung für Sie aufrufe?«

»Nein«, beschied er rundheraus.

»Wie Sie wünschen, Sir. Grendels Ajax-Taxen danken dafür, dass Sie mit uns unterwegs sind. Wir wünschen Ihnen einen angenehmen Flug.«

Jacques Benton-Ramirez y Chou hatte sich fertig angezogen und schloss die Jacke – mit einer Hand, die besser eine Kastagnette gehalten hätte. Sein Blick war düster, hart, und Panik simmerte gleich unter der Oberfläche seiner sorgsam zusammengehaltenen Konzentration.

Manpower steckte dahinter. Den Informationen nach, die die Entführer verlangt hatten, kam kaum jemand anderes infrage – was bedeutete, dass seine Schwester, sein Zwilling, in der Hand von Menschen war, die gewohnheitsmäßig Vergewaltigung und Folter als sogenannte Trainingsmethoden anwandten. Manpower hätte sich nicht weniger darum scheren können, was seine Leute an verstümmelten Seelen und Körpern in ihrem Kielwasser ließen. Das Schlimmste war, dass man bei Manpower persönliche wie berufliche Gründe mehr als genug hatte, um ihn, Jacques Benton-Ramirez y Chou, und infolgedessen auch seine Familie mit Hass zu verfolgen. Es war davon auszugehen, dass der Entführer, der Allison wehgetan hatte, nur um seiner Aussage genügend Gewicht zu verliehen, dies mit einigem Vergnügen getan hatte. Die Entführer würden Allison wieder wehtun, mit oder ohne die Absicht zu haben, ihn, ihren Bruder, dazu zu bekommen, ihren Wünschen zu entsprechen. Ebenso war davon auszugehen, dass die Entführer Allison am Ende umbrächten.

Was sollte er dagegen unternehmen? Was könnte er dagegen unternehmen?

Vor allem anderen musste er sich jetzt so weit von seinen Teamkameraden fernhalten wie irgend möglich. Vielleicht hatte Manpower die anderen Teammitglieder noch nicht identifiziert, aber die Wahrscheinlichkeit sprach dagegen, und hatten sie sie identifiziert, stand jeder der Kameraden unter Beobachtung. Manpower wusste, dass seine erste, die eigentlich natürliche Reaktion auf die Bedrohung wäre, sich an die Menschen zu wenden, denen er mehr als allen anderen vertraute, um mit ihnen gemeinsam Allison zurückzuholen. Sähe Manpower nur einen von ihnen etwas tun, was nicht der Alltagsroutine entspräche, würde man dort annehmen, er hätte genau deswegen den Kontakt aufgenommen: um Allison zurückzuholen. Im selben Augenblick wäre Allison tot.

Aber das hieß ja nicht, dass Jacques niemanden innerhalb des BSC kontaktieren könnte. Er musste nur ausgesprochen vorsichtig dabei sein, wen und wie.

Er verließ seine Wohnung, verschloss die Tür hinter sich und machte sich auf zum Parkdeck. Zweifellos stand er bereits jetzt unter Beobachtung, aber die Informationen, die zu sammeln man von ihm verlangt hatte, gaben ihm den perfekten Grund, das Hauptquartier des Biological Survey Corps in Camp Oswald Avery aufzusuchen, dreihundert Kilometer außerhalb von Grendel. Denn die verlangten speziellen Informationen ließen sich nicht ohne jede Menge Sicherheitsabfragen und Zugriffsberechtigungen per Fernzugriff beschaffen. Von einem der Zugangsterminals innerhalb von Oswald Avery, über den Sicherheitsserver dort, ginge das Ganze hingegen problemlos.

Und Jacques bekäme Gelegenheit, sich mit anderen in Verbindung zu setzen, ohne dass man ihn abhörte oder über die Schulter schaute.

»Verflucht, ich kann's nicht leiden, wenn sie so schnell in Ohnmacht fallen«, beschwerte sich Giuseppe Ardmore und ließ die Nervenpeitsche hoch in die Luft schnellen und sich überschlagen, ehe er sie wieder auffing.

Allison Benton-Ramirez y Chou hing immer noch bewusstlos in dem Stuhl, auf dem sie sie festgezurrt hatten, und Ardmore grinste, während er sie atmen sah. Sie hatten ihr keine Kapuze übergestülpt oder die Augen verbunden, was ihrem Bruder genug darüber gesagt hätte, wie hoch die Wahrscheinlichkeit war, dass sie diesen Raum wieder lebend verließe. Die Kleine mochte das nicht begreifen, aber sie wusste jetzt ohne jeden Zweifel, dass sie tief in der Patsche saß und dabei auch noch sehr schnell immer tiefer sank.

Mit der freien Hand griff er ihr in den Haarschopf und zog ihr den Kopf in den Nacken, um das Gesicht der kleinen Benton-Ramirez y Chou genauer zu mustern. Hübsches Ding, die Kleine, das musste man ihr lassen, und vielleicht würde er sich, ehe alles vorbei wäre, mit ihr ein bisschen vergnügen. Aber momentan ...

»Glaubst du wirklich, er gibt klein bei und tut, was wir verlangt haben?«, fragte Ardmore, ohne den hungrigen Blick von der Kleinen zu nehmen.

Tobin Manischewitz bedachte seinen Partner mit einem ausdruckslosen Blick, obwohl ihn Ardmores Einstellung der Operation gegenüber beunruhigte. Das Konzept, dem die Operation folgte, war ursprünglich Manischewitz' Idee gewesen, aber Ardmore nahm das Ganze mehr und mehr persönlich. Manischewitz war Heuchelei fremd: Nie hätte er bestritten, dass sein Plan hässliche Seiten besaß. Aber diese hässlichen Seiten gehörten für ihn dazu, wenn man das Geschäft betrieb, wie es sich gehörte. Man arbeitete nicht für Manpower, wenn man Skrupel hatte. Skrupel zu haben hatte Manischewitz auch nie für sich in Anspruch genommen. Er hatte immer gewusst, dass Ardmore Charakterzüge besaß, die man nicht anders als bösartig nennen konnte – aus diesem Grund war er so effizient, wenn es an den blutigen Teil der Arbeit ging. Augenscheinlich aber besaß er obendrein sadistische Züge, und das nicht zu knapp – Züge, die Manischewitz bisher verborgen geblieben waren.

Einerseits passte das Manischewitz gut in den Kram. Ungeachtet des weiteren Verlaufs der Operation würde Ms. Benton-Ramirez y Chou ihre Entführung nicht überleben. Dass ihr Bruder sie liebte, war allgemein bekannt und augenfällig. Wenn es überhaupt etwas gab, das seine Professionalität erschüttern und ihn dazu verleiten könnte, Fehler zu machen, weil ihm etwas so richtig unter die Haut ginge, dann die Angst um sie und was man ihr anzutun bereit wäre. Manischewitz ging davon aus, dass sie von Benton-Ramirez y Chou bekämen, was sie forderten, solange sie nicht zu essenzielle

Informationen über die Strategien des BSC und die Menschen verlangten, die dem BSC seine Informationen verschafften. Vielleicht würde Benton-Ramirez y Chou auch diese Quellen preisgeben, aber das würde ihm ungleich schwerer fallen. Denn der Teil von ihm, der professionell zu denken gewohnt war, wusste, egal was ihm sein Gefühl weiszumachen versuchte, eines mit Sicherheit: Unabhängig von dem, was er für seine Schwester zu tun bereit war, waren die Chancen, sie lebend wiederzusehen, äußert gering. Er würde ihnen das Verlangte liefern, solange er sich einreden könnte, dass die Informationen keine Kernbereiche des operativen Geschäfts beträfen ... und solange er sich einreden könnte, es bestünde noch die Chance, seine Schwester aufzuspüren und sie zurückzubekommen.

Das war natürlich illusorisch, und eher früher als später ginge ihm das auch auf. In der Zwischenzeit wäre es am besten, Ardmore Benton-Ramirez y Chou vorführen zu lassen, was seiner Schwester zustieße – oder zumindest zustoßen könnte –, wenn er sich nicht kooperativ verhielte. Das würde den kleinen Bastard vom BSC gehörig aus dem Gleichgewicht bringen und ihn für die Dauer der Operation in diesem desolaten Zustand belassen. Um einer Bedrohung die nötige Glaubhaftigkeit zu verleihen, musste sie absolut real wirken. Manischewitz konnte gut damit leben, dass Ardmore diesen Teil der Operation übernahm.

Mit einer Ausnahme: wenn Ardmores ... Enthusiasmus ihn das Mädchen zu früh vom Leben in den Tod befördern ließe. Vor Sorge krank oder nicht, Benton-Ramirez y Chou würde nur dann weiter Geheimnisverrat begehen, wenn er überzeugt davon wäre, dass seine Schwester noch leben würde und es auszubaden hätte, wenn er ihren Entführern verweigerte, was sie verlangten.

»Meines Erachtens wird er jede Chance nutzen wollen, seine Schwester lebend zurückzubekommen, und daher zumindest unsere ersten Forderungen erfüllen«, beantwortete Manischewitz also die Frage seines Partners und wählte die Worte mit Bedacht. »Ich bezweifele aber, dass wir ihn ewig hinhalten können. Sobald ihm aufgeht, dass er sie nicht zurückbekommt, wird er den Stecker ziehen.« Manischewitz zuckte mit den Schultern. »Was er dann tun wird, weiß ich nicht. Er könnte richtige Dummheiten machen, sollte er glauben zu wissen, wo sie ist. Aber das wird nicht passieren. Warum fragst du?«

»Weil ich anderer Ansicht bin«, meinte Ardmore. Bedächtig leckte er sich über die Lippen, und seine Gemeinheit stand ihm ins Gesicht geschrieben. »Ich glaube, dass er Informationen nicht mehr als einmal ausspuckt, ganz unabhängig davon, wie sehr ich versuche, ihn davon zu überzeugen, doch vernünftig zu bleiben. Ich würde sogar darauf wetten, dass selbst der erste Packen Infos, den wir von ihm bekommen, unpräzise und nicht zu gebrauchen sein wird. Darauf freue ich mich sogar schon.« Er schnippte mit den Fingern und ließ dafür Allisons Haarschopf los. Ihr Kopf fiel nach vorn, baumelte schlaff hin und her, das Kinn auf der Brust. Ardmore blickte zu Manischewitz hinüber, in seinen Augen ein hungriges Funkeln. »Sehr sogar. Denn wenn er in Bestauflösung sieht, was wir mit seiner geliebten kleinen Schwester anstellen, dann wird er, davon bin ich überzeugt, sich selbst einen Pulserbolzen durchs Hirn jagen.«

Manischewitz nickte bedächtig. Er schätzte Benton-Ramirez y Chous Reaktion genauso ein. Er müsste sich dafür nur ausweglos in die Ecke gedrängt fühlen, weil er die Grenze dessen erreicht hatte, was preiszugeben er willens oder in der Lage war, und obendrein mitansehen müssen, welche Qualen seine Schwester hatte durchleiden müssen, weil für ihn sogar in einer derart extremen Situation der Geheimnisverrat ein Ende hatte. Doch der Beowulfianer war ein harter Kerl, abgebrochener Meter oder nicht. Es könnte auch sein, dass er sich nicht umbrächte, sondern sein restliches Leben allein der Rache verschriebe. Diese Möglichkeit hatte Manischewitz bei der Planung der Operation in seine Überlegungen miteinbezogen. Dass es diese Möglichkeit gab, war der Grund, warum Benton-Ramirez y Chou sterben müsste, gleich nachdem er das letzte Informationspaket abliefert hätte. Eine hässliche, kleine Bombe an dem toten Briefkasten, ferngesteuert selbstverständlich, würde dafür sorgen, und zwar, ohne dass man dieses Mal so dämlich wäre, Benton-Ramirez y Chou die Chance einzuräumen, noch einmal in die Nähe eines lebenden Menschen zu gelangen.

»Lass dich jetzt bloß zu nichts hinreißen!«, wandte sich Manischewitz an Ardmore. Dessen Kiefermuskeln verspannten sich, und Manischewitz schüttelte den Kopf. »Benton-Ramirez y Chou wird noch ein bisschen Überzeugungshilfe brauchen, nachdem er das erste Infopaket ausgespuckt hat, also mach dir keine Sorgen. Du bekommst Gelegenheit dazu, ihm auf die Sprünge zu helfen, klar? Aber wenn wir ihn zu heftig bedrängen, gleich schon beim ersten Mal, wird er zögerlich oder renitent reagieren und beim nächsten Treffen vielleicht Schwierigkeiten machen. Das Ganze muss eins-A-professionell ablaufen, Guiseppe. Und«, er sah Ardmore direkt in die Augen, »ich an deiner Stelle wäre vorsichtig, wie lange ich mit der Kleinen vor der Kamera posiere. Du weißt doch, was Cyberforensiker aus visuellen Daten alles an Informationen herausholen können, egal wie sorgfältig wir alles Relevante überblendet zu haben glauben.«

»Keine Sorge.« Ardmore grinste und streichelte die Nervenpeitsche, als wäre sie ein Schoßtier. »Alles, was er zu sehen bekommt, ist die Kleine und das schmale Ende dieser hübschen Nettigkeit hier.« Er streichelte noch einmal über die Peitsche. »Und ich sorge dafür, dass er eine richtig schöne Nahaufnahme von den Augen seiner Schwester zu sehen bekommt.«

»Herr im Himmel, Jacques!« Colonel Sean Hamilton-Mitsotakis' überraschter Blick lag auf dem kleinen, schlanken Mann, der vor ihm in seinem Büro stand. »Allison? Und das ausgerechnet hier, mitten in Grendel?«

»Warum auch nicht?«, gab Benton-Ramirez y Chou zurück, die Stimme rau. »Gott hat mir nie versprochen, einen Mantel aus Unverwundbarkeit über meiner Familie auszubreiten. Das hätte ich wohl besser im Hinterkopf behalten sollen. Ich hätte Allison dazu zwingen müssen, mehr und bessere Sicherheitsvorkehrungen zu treffen. Aber das habe ich verabsäumt, und alles, was ihr jetzt zustößt, ist meine Schuld!«

»Was für ein Quatsch!«, fauchte Hamilton-Mitsotakis und riss sich so weit zusammen, dass er sein inneres Gleichgewicht wiederzufinden in der Lage war. »Sie haben sie schließlich gewarnt, und anders als viele andere Mitglieder Ihrer Familie hat Allison verdammt genau gewusst, was ihr Bruder in Wahrheit so treibt. Und Sie wissen ebenso gut wie ich, dass eine Entführung wie diese eine Eskalation darstellt. Manpower hat dergleichen hier auf Beowulf ebenso wenig probiert wie wir einen Einsatz gegen Familienmitglieder von Manpower-Leuten auf Mesa – und Sie wissen genau, warum.«

»Nun, dass Manpower dieses Mal die übliche Vorgehensweise geändert hat, lässt sich wohl nicht mehr von der Hand weisen, nicht wahr, Sir?«, erwiderte Benton-Ramirez y Chou.

Hamilton-Mitsotakis nickte. »Stimmt, und dafür wird Manpower verdammt noch mal bezahlen, da gebe ich Ihnen mein Wort drauf!«, knurrte er, die Stimme kratzte. Er befehligte die Sondereinsatzkommandos des BSC – was hieß, dass er unter anderem die Zielpersonen für Attentate aussuchte und die Einsätze plante, bei denen die ausgewählten Zielpersonen ausgeschaltet werden sollten.

Benton-Ramirez y Chou kannte die Akten über Manpower-Mitarbeiter in hochrangigen Führungspositionen, die sorgfältig gesichert in den Datenbanken des Colonels versteckt waren.

»Bis dahin«, fuhr der Colonel fort, »bleibt uns nur, Allison zurückzuholen. Weil Sie sich an mich gewandt haben, gehe ich davon aus, dass Sie bereits eine Idee haben, wie sich das bewerkstelligen ließe?«

»Nichts sonderlich Konkretes«, antwortete sein Gegenüber düster. »Die Entführer haben Allisons Com benutzt, damit ich weiß, dass sie sie tatsächlich haben, und weil es sich zu niemand anderem als zu Alley zurückverfolgen lässt. Aber sie haben den Positionsgeber deaktiviert ... natürlich habe ich das als Erstes überprüft. Das Signal haben sie über sicher ein paar hundert Zwischenstationen umgeleitet, ehe es bei mir gelandet ist. Ich brauche nicht zu betonen, dass Allison obendrein die beste Software zum Schutz der Privatsphäre benutzt, die der Markt hergibt.« Er verzog das Gesicht. »Ich habe ihr noch bei der Auswahl des richtigen Produkts geholfen. Niemand hat die Möglichkeit, ihr Com-Signal nachzuverfolgen – und das heißt, ihre Entführer könnten sie überall auf diesem verfluchten Planeten gefangen halten. Sie könnten sogar im Orbit oder sonstwo im All sein, wenn man's recht bedenkt. Die sich daraus ergebende Signalverzögerung würde dann von den Zeitverzögerungen bei der

Umleitung des Signals über derart viele Zwischenstationen überdeckt.«

Hamilton-Mitsotakis nickte. Auf Beowulf nahm man Bürgerrechte sehr ernst und pochte auf deren Einhaltung. Die systemweit gültige Verfassung hatte von den ersten Anfängen der Kolonie an strenge Begrenzungen für die elektronische Überwachung festgeschrieben. Die Bürgerinnen und Bürger hatten ein umfassendes Recht auf eine geschützte Privatsphäre: nicht nur auf Verschlüsselungssoftware, sondern auch auf Software, die Positionsgeber deaktivierte, und das alles, ohne dass es für die Behörden Hintertüren und Umgehungslösungen gegeben hätte. Im Allgemeinen befürwortete der Colonel diese Direktiven, aber für die Strafverfolgungsbehörden konnten diese Gesetze richtig nervig sein ... oder bei den seltenen Gelegenheiten, die man auf Beowulf selbst operierte, für das BSC.

Was ohne Umweg zum nächsten Fettnäpfchen führte, in das man treten konnte.

»Darf ich davon ausgehen, dass Sie sich um eine Außerkraftsetzung von Prescott-Chatwell gekümmert haben?«, fragte er.

»Nein, Sir, habe ich nicht.« Benton-Ramirez y Chou begegnete dem Blick seines Vorgesetzten mit großer Ruhe. »Ist das ein Problem?«

Prescott-Chatwell hieß das Gesetz, das dem BSC, das schließlich keine von Beowulfs heimatweltgestützten Polizeibehörden war, ausdrücklich verbot, Einsätze im Heimatsystem durchzuführen. Verstöße gegen Prescott-Chatwell konnten mit bis zu dreißig T-Jahren Haft geahndet werden. Unter besonderen Umständen allerdings ließ sich das Gesetz außer Kraft setzen, dazu aber war eine Genehmigung auf politischem Niveau der Direktion von Beowulf nötig. Eine solche

Genehmigung zu erhalten war zeitaufwendig – und Zeit war etwas, das Allison Benton-Ramirez y Chou nicht im Übermaß zur Verfügung stand.

Hamilton-Mitsotakis blickte Allisons Bruder tief in die Augen, ein, zwei Herzschläge lang, ehe er müde lächelte.

»Ein Problem? Warum sollte ich damit ein Problem haben? Was mich angeht, handelt es sich angesichts der Informationen, die diese Schweinehunde von Ihnen verlangen, ganz augenscheinlich um einen direkten Anschlag auf das BSC. Daher ist es ebenso augenscheinlich meine Pflicht, sofort entsprechende Gegenmaßnahmen einzuleiten, um den Schaden zu minimieren, den das BSC nehmen könnte. Mit untergeordneten juristischen Fragen kann man sich immer noch beschäftigen, wenn die unmittelbare Gefahr abgewendet ist.«

Einen Augenblick lang herrschte Schweigen, dann gab sich der Colonel sichtlich einen Ruck und fragte: »Was also tun wir, wenn wir sie nicht über das Com aufspüren können?«

»Alles, was mir in der momentanen Lage einfällt, ist, auf Zeit zu spielen, Sir«, räumte Benton-Ramirez y Chou rundheraus ein. »Meines Erachtens werden die Entführer auf einem persönlichen Kontakt und entsprechender Übergabe der gewünschten Informationen bestehen. Denn sie dürften sich, gelinde gesagt, Sorgen darüber machen, was ich bei elektronischer Übermittlung Huckepack wohl alles mitschicke. Ich bezweifele, dass sie dumm genug sind, sich für einen Treffpunkt in der Nähe ihres Verstecks zu entscheiden. Aber ein Realkontakt bringt Schwierigkeiten mit sich – etwa die, dass jemand das Objekt der Begierde am verabredeten Ort einsammeln muss. Unsere einzige Chance, und groß ist diese Chance nicht, besteht darin, den toten Briefkasten zu observieren und demjenigen zu folgen, der den Datenträger einsammelt. Es könnte sich dabei natürlich um eine Drohne handeln, etwas oder jemanden, der keine Ahnung von nichts hat, aber irgendwie muss der abgeholte Datenträger ja auch sein Ziel erreichen, wenn die Entführer mit ihrem Coup etwas gewinnen wollen. Wir können nur hoffen, dass Alley lange genug durchhält, damit uns die Spur der Brotkrumen zu jemandem führt, den ich ... überreden kann, mir zu sagen, wo Alley gefangen gehalten wird.«

Ruhig begegnete Benton-Ramirez y Chou dem Blick seines Vorgesetzten, und sein eigener Blick war kalt und düster. Kalt war der Blick, weil in ihm das Versprechen lag, dass ihm jemand, der den Aufenthaltsort seiner Schwester kannte, diesen auch nennen würde, und düster war der Blick, weil Benton-Ramirez y Chou genau wusste, wie gering die Chance standen, einen solchen Jemand in die Hände zu bekommen und seine Schwester tatsächlich zu finden.

Alfred Harrington kletterte aus dem Taxi und schloss die Luke hinter sich.

Er hatte sich viereinhalb Kilometer westlich des Zielgebiets absetzen lassen, an einer Kammlinie, auf deren anderer Seite sich die Leute befanden, für die er sich interessierte. Daher stand zu hoffen, dass sie seine Annäherung nicht bemerkt hätten, obwohl das natürlich nur eine Vermutung war und das Gegenteil der Fall sein könnte. Alles hing von der Sensorenanlage ab, die sie aufgestellt haben würden. Da sie gewiss unauffällig zu bleiben gedachten, also nur einen kleinen elektronischen Fußabdruck hinterlassen wollten, könnte es sich möglicherweise tatsächlich nur um ein ausgelegtes Netz passiver Sensoren handeln. Das würde dann tendenziell zu einer Reduzierung von Reichweite und Trennschärfe der

Sensordaten führen. Aber es hatte keinen Sinn, sich vorzumachen, sie hätten nicht gesehen, wie das Taxi sie überflogen hatte, dann nach Nordwesten geschwenkt und schließlich – so jedenfalls war Alfreds Hoffnung – verschwunden war. Die KI hatte sich darauf eingelassen, Alfreds aktuelle Position in einigermaßen geringer Höhe anzufliegen, hätte aber niemals die von Beowulfs Sicherheitsvorschriften festgelegte Mindestflughöhe von zweihundert Metern unterschritten, hätte er nicht darum gebeten, auch tatsächlich zu landen. Alfred konnte sich glücklich schätzen, dass die Taxi-KI sich darauf eingelassen hatte, auf seine Rückkehr zu warten ... wobei sie sich dazu nur bereit erklärt hatte, weil er eine unterschriebene, mit Daumenabdruck verifizierte Ermächtigung hinterlassen hatte, das Taxameter dürfe unter Belastung seiner Kreditkarte weiterlaufen. Bei der Geschwindigkeit, mit der besagtes Taxameter lief, würde Alfred dem Taxiunternehmen bald einen vollen Monat seines Solds als Lieutenant schulden.

Aber möglicherweise könnte ihm das Taxi von Nutzen sein. So zumindest lautete der Plan – soweit dieser Plan überhaupt Gestalt angenommen hatte und Bestand haben würde, worauf Alfred der geringen Chancen wegen nicht zu wetten geneigt wäre. Er konnte allein darauf hoffen, dass der Bogen, den er das Taxi hatte schlagen lassen, bevor er sich wieder in südlicher Richtung bewegte, weit genug gewesen wäre, dass dessen Anflug und Landung dank der Kammlinie den optischen Sensoren der bösen Buben verborgen geblieben wäre. Alfreds Hoffnung war auch, dass er mit seinem Manöver, das Taxi am Boden warten zu lassen, das verhindert hatte, was dessen KI ansonsten ganz selbstverständlich getan hätte: sich mittels Kontragrav in die Lüfte zu erheben und auf dem kürzesten Weg nach Grendel zurückzukehren, um den nächsten Fahrgast aufzunehmen. Denn selbst wenn sein

Taxi – und damit seine Annäherung – bisher unentdeckt geblieben sein sollten, wäre genau das ein schlaglichtheller Hinweis für jeden gewesen, der halbwegs wach auf Beobachtungsposten säße.

Das Ganze ist Wahnsinn, sagte sich Alfred selbst einigermaßen ruhig, während er sich seinen Weg durch das Dickicht des ungewohnten beowulfianischen Waldes suchte. Er wusste die Namen der hiesigen Sträucher und Bäume nicht, kannte keine der hier wachsenden Arten, aber er hatte genug Jahre auf der Jagd oder bei Wanderungen in den Wäldern von Sphinx verbracht: Er wusste, was die dunkelbäuchigen Wolken bedeuteten, die von Osten aufzogen. Er konnte den nahen Regen riechen, und ein stetig auffrischender Wind fuhr durch die Kronen hoch über seinem Kopf; Laub und Zweige tanzten darin und sangen seufzend ihr Baumkronenlied. Bewegung, Energie, Leben füllten die Luft über Alfred, und der Geruch nach moderndem Laub, nach Baumrinde und feuchter Erde ließ seine Nasenflügel beben. Zum ersten Mal seit seiner Ankunft auf Grendel fühlte sich Alfred in seinem Element, und wären die Umstände anders gewesen, hätte er seine Wanderung genossen.

Nicht aber unter diesen Umständen.

Die andere Präsenz, die er verspürte, Allison, war genau vor ihm. Sie aufzuspüren war einfach gewesen: Von Grendel aus hatte er strikt geradeaus nach Norden fliegen müssen, genau in die Richtung, in der er Allison spürte, bis dieses treffsichere Gespür sie mit einem Mal hinter sich wusste. Das Taxi hatte gerade einen hübschen, einsam gelegenen Jagdsitz überflogen, und als er das Fahrzeug in großem Bogen nach Westen hatte abdrehen lassen, hatte er die entsprechende Veränderung des Signals gespürt, das Allisons Präsenz für ihn war. Er zweifelte keinen Moment an sich. So absurd es klang, war er sich doch vollkommen sicher, dass sich Allison Chou auf dem Jagdsitz befand.

Und wenn sie da ist, Heißsporn, was dann?, fragte er sich. *Ich bin kein Cop, ich bin nicht einmal mehr ein Marine, und selbst wenn ich noch ein Marine wäre, wäre ich immer noch kein Soldat Beowulfs, weil ich nun mal kein Beowulfianer bin. Auf dieser Welt habe ich null Autorität oder keine Rechtsbefugnisse welcher Art auch immer. Und selbst wenn dem so wäre, Dumpfbacke, was willst du jetzt machen? Den ersten armen Kerl, der dir über den Weg läuft, abknallen?*

Er verzog das Gesicht, aber mahnte sich, an das Motto des Marine Corps zu denken: ›Wird gemacht!‹ Und an das Mantra jedes Unteroffiziers des Marine Corps: improvisieren, sich anpassen und siegen. Eine bessere Zeit und einen besseren Ort als hier und jetzt, um sich an diese Sinnsprüche zu halten, hatte es wohl nie gegeben. Außerdem war es ja nicht das erste Mal, dass er so etwas durchzog.

Angst flackerte auf, als er bei diesem Gedanken angelangt war, und Alfred bemerkte erschrocken, dass ihm die Hände zitterten. Im Schatten eines hohen Baumes, der entfernt an eine Eiche erinnerte, blieb er stehen und hob die Hände, ballte sie zu Fäusten, so fest, dass die Knöchel weiß hervortraten.

Hör auf damit! Wir sind hier nicht auf Clematis!

Nein, er war nicht auf Clematis, aber er war immer noch derselbe Mensch, der er auf Clematis gewesen war, und das ängstigte ihn sehr. Er war derselbe Mensch, dieselbe Bestie, das Tier, das in ihm schlummerte, erpicht darauf, aufzuwachen und losgelassen zu werden.

Lange stand Alfred da, schier endlos erscheinende Sekunden lang, gefangen zwischen der Erinnerung daran, was geschehen war, und der Angst davor, was wieder geschehen könnte. Panik schnürte ihm die Kehle zu. Er konnte es nicht tun. Er konnte das wilde Tier nicht noch einmal loslassen. Nein, unmöglich, es ging nicht!

Aber dann zuckte sein Kopf hoch, seine Augen weiteten sich. Er konnte Allison wahrnehmen, sehr klar, scharf umrissen: Sie war wieder bei Bewusstsein, hatte Angst, Todesangst. Gleich darauf traf ihn Schmerz mit ungeheuerlicher Macht, qualvoller, heißer Schmerz. Es war nicht sein Schmerz, es war ihr Schmerz! Der Widerhall ihrer Qualen durchschnitt Alfred mit dem tödlichen Potenzial einer Vibroklinge. Alfred biss die Zähne zusammen, und seine Zögerlichkeit löste sich in Nichts auf.

Es gibt Zeiten, da lässt man das Tier frei, dachte er.

Tobin Manischewitz hörte den Schrei durch die geschlossene Tür und schüttelte den Kopf. Vermutlich war es nicht vernünftig gewesen, etwas anderes als das zu erwarten, und Ardmore hatte natürlich recht: Sie mussten etwas aufzeichnen, das dazu taugte, Captain Benton-Ramirez y Chou angemessen zu motivieren. Aber es war nicht nötig gewesen, so früh auf die Kleine einzuschlagen.

Nicht nötig, außer um Ardmore seinen Kick zu verpassen, dachte Manischewitz.

Ein weiterer Schrei, dieses Mal schriller, höher noch als der vorangegangene, fand seinen Weg durch die Tür, und Manischewitz schnitt eine Grimasse. Er dachte schon daran, die Tür aufzureißen und seinem sogenannten Partner Bescheid zu stoßen, er solle aufhören, aber der Impuls hielt nicht lange vor. Im Endeffekt juckte es ihn nicht, was mit der Kleinen passierte, ehe sie sie ein für alle Mal loswürden, und es gab keinen Grund, Ardmore früher als nötig in angefressenen Zustand zu versetzen. Aber bei dem Lärm nebenan würde er,

Tobin Manischewitz, der nun einmal kein Sadist war wie Ardmore, seine Arbeit nicht tun können. Also sammelte er seinen Computer ein und machte sich auf in Richtung Treppe.

Ein weiterer gellender Schrei von jenseits der Tür begleitete ihn.

Jacques Benton-Ramirez y Chou saß in dem kleinen, unpersönlichen Büro. Er kannte alle dreizehn Frauen und Männer, die sich in dem Bereitschaftsraum jenseits der Tür des ihm für kurze Zeit überlassenen Büros versammelt hatten und gerade eine letztes Mal ihre Ausrüstung überprüften. Keiner dieser Frauen und Männer gehörte seinem eigenen Team an, aber mit einigen von ihnen hatte er schon zusammengearbeitet, und alle waren gute, verlässliche Leute. Gute, verlässliche Leute, die, während sie Munition aufnahmen und in ihre eng anliegenden Panzeranzüge schlüpften, von niemandem bemerkt würden, der gerade seine eigenen Teamkameraden observierte.

Es war unwahrscheinlich, dass sie etwas zu tun bekämen – dass Jacques ihnen die Gelegenheit für einen Zugriff verschaffen könnte. Aber sollten ihm die Schweinehunde, die Allison in ihrer Gewalt hatten, den geringsten Hinweis auf ihren Aufenthaltsort geben, wäre er vorbereitet und bereit, eine ganze Welt über ihnen zum Einsturz zu bringen oder sie sich unter ihren Füßen auftun zu lassen – und dabei gäbe er einen Scheiß auf die Prescott-Chatwell-Verordnung. Seine Leute und er hätten nur eine Chance: rasch zuzuschlagen, und das auf die schmutzigste aller Arten. Sie mussten die Manpower-Schergen, die hinter der Entführung steckten, schnell erledigen. Die Wahrscheinlichkeit war beängstigend hoch, dass Allison im Durcheinander eines solchen Feuer-

411

gefechts ums Leben käme, aber ihre Chancen wären dennoch ungleich größer, als wenn man ihren Entführern die wenigen Minuten ließe, sie umzubringen oder in einen menschlichen Schutzschild zu verwandeln.

Jetzt war alles, was ihrem Bruder noch zu tun blieb, hier herumzusitzen und zu warten – darauf zu warten, dass die synthetische Stimme ihn über sein Com riefe und ihm sagte, wohin er die Daten zu bringen habe, die er hatte stehlen sollen.

Alfred Harrington erreichte den Rand des gerodeten Gebiets um den Jagdsitz herum und gönnte sich eine Pause. Das fiel ihm schwer, schwerer als vieles, was er bisher in seinem Leben hatte tun müssen. Denn die Wellen aus Entsetzen und die scharfen Salven aus qualvollstem Schmerz, die ihn über seine Verbindung zu Allison erreichten – jene Verbindung, die allen Gesetzen der menschlichen Natur widersprach –, prügelten auf ihn ein. Er wusste nicht, ob sie unter normalen Umständen im selben Maße in der Lage war, seine Annäherung an sie zu bemerken wie er selbst. Die Wahrscheinlichkeit, dass sie ihn jetzt, durch diesen Strudel aus unerträglichem Schmerz und Angst hindurch, noch spürte, schien ihm vernachlässigbar gering in der Wahrscheinlichkeit. Sie konnte nicht wissen, wo er sich befand, und dennoch erreichte ihn ihr wildes, stummes Flehen um Hilfe, griff nach ihm wie eine glühende Pinzette. Er musste sie aus diesem Höllenloch befreien! Wenn er aber den Jagdsitz stürmte, einfach loslegte, ohne Plan, ohne Sinn und Verstand, wäre das Einzige, was er erreichte, sie beide umzubringen. Dessen war er sich sicher, aber ihm lief die Zeit davon. Man quälte Allison mit voller Absicht, ließ sie schrecklich leiden, aber Alfred hatte keine Ahnung, warum.

Er wusste nur, dass die ganze Entführung viel zu durchdacht und durchorganisiert gewesen war, um einzig Allisons Tod zum Ziel zu haben. Dafür hätte es gereicht, ihr von einem vorbeifliegenden Flugwagen aus einen Pulserbolzen zu verpassen. Es war natürlich denkbar, dass die Entführer, aus welchen kranken Gründen auch immer, sie gern leiden lassen wollten, um sich selbst damit Befriedigung zu verschaffen, ehe sie sie umbrächten. Bei diesem Gedanken war sein Mund mit einem Mal staubtrocken vor Angst – einer Angst, die er, was ihn selbst betraf, nie verspürt hatte. So oder so würden die Entführer sie nicht sofort töten. Sicher sein konnte er sich nicht, aber der kalt kalkulierende Teil seines Verstands, auf den er sich ganz konzentrierte, sagte ihm, dass dies das Szenario mit der höchsten Wahrscheinlichkeit war ... und dass die Entführer, wenn er einfach wie ein Berserker den Jagdsitz stürmte, Allison sofort umbrächten.

Das Gute war, dass er Zivilkleidung trug, nicht Uniform. Schließlich hatte sein Plan heute Morgen noch gelautet, den Tag in seiner kleinen Wohnung zu verbringen, um sich, was Dr. Mwo-chis Notizen anging, auf den letzten Stand zu bringen. Also würde nicht gleich jeder, der ihn sah, auf die Idee kommen, er wäre Vertreter einer Strafverfolgungsbehörde oder Angehöriger einer Militäreinheit. Möglicherweise hieße das, dass man ihn nicht gleich niederschießen würde, sondern ihn, den neugierigen Nachbarn, mit einer Tarngeschichte würde abwimmeln wollen. Vermutlich wäre man bereit, ihn sofort über den Haufen zu schießen, wenn er nicht so wirkte, als ob er sich abwimmeln ließe. Aber immerhin blieben ihm dann noch ein paar Sekunden, ehe man das versuchen würde.

Noch besser war, dass er zwar offiziell kein Marine mehr war, sich aber manche Gewohnheiten einfach schwer abstellen ließen. Aus diesem Grund hatte er beim Verlassen seiner Wohnung einen kurzen Zwischenstopp bei dem Safe in seinem Schrank eingelegt. Er ließ die Hand unter die Windjacke gleiten und berührte den Griff des Pulsers im Holster unter seiner linken Achselhöhle. Was Waffenbesitz und -gebrauch anging, war Beowulfs Waffengesetzgebung weniger ... lax als die im Sternenkönigreich, weshalb Alfred den Pulser seit seiner Ankunft im Safe weggeschlossen gehalten hatte. Was Waffen betraf, waren Beowulfianer lange nicht so verständnislos und uneinsichtig wie andere, beispielsweise Menschen von Alterde, und Alfred war nun einmal Flottenoffizier, selbst wenn er hier auf dem Planeten nur Medizinstudent war. Im Schwarz und Weiß der juristischen Beurteilung schuf das immerhin eine Grauzone. Momentan aber sorgte Alfred sich nicht darum, wegen eines Verstoßes gegen die Waffengesetze angeklagt zu werden, sofern der Verstoß unter den gegebenen Umständen überhaupt als solcher angesehen würde.

Das Holster war ein alter Freund, eine Zivilausführung. Sein Vater hatte es ihm zum sechzehnten Geburtstag geschenkt, und seither hatte er es immer in Gebrauch. Der Pulser darin hatte nichts Ziviles, war lupenrein militärisch. Aber Alfred und der Waffenwart seiner Kompanie hatten die langläufige, Drei-Milimeter-Descorso in Hinblick auf Alfreds Bedürfnisse optimiert, wozu auch ein nicht serienmäßiger, handelsunüblicher Shapiro-Griff und ein 216er Simpson-&-Wong-Holovisier gehörte. Jetzt war der Pulser eine Waffe, die extrem gut in der Hand lag, sich so leicht ziehen ließ, als wäre sie aus glatt geschliffenem Glas, und so auch schoss. Zwei zusätzliche Magazine Pulserbolzen hingen an dem Lederholster unter der rechten Achselhöhle. Die Descorso begleitete Alfred noch nicht so lange wie das Holster, in dem sie

414

steckte, aber sie und er waren schon lange ein Paar, ebenso wie die Vibroklinge in Marine-Corps-Ausführung, die magnetisch hinten im Kreuz an seinem Gürtel haftete. Diese Waffen wusste er nur zu gut einzusetzen und zu führen ... aber sie waren auch seine ganze Bewaffnung, was vielleicht keine gute Ausgangsposition war. Schließlich wusste er nicht, was ihn in den nächsten Minuten erwartete.

Ein paar wenige Informationen besaß er immerhin. Kaum dass er den Jagdsitz lokalisiert hatte, hatte er eine Suche über das UniLink gestartet und mit diesem Schuss ins Blaue Glück gehabt. Der Jagdsitz war ursprünglich gewerblich genutzt und dafür auch gebaut worden. Er war rund dreihundert T-Jahre alt und hatte fast ein ganzes hiesiges Jahr lang zum Verkauf gestanden, ehe jemand vor gerade einmal drei Monaten Grundstück und Haus erworben hatte. Alfred rief die Daten über die Transaktion ab und stellte sofort fest, dass der Kauf offenkundig über einen Strohmann abgewickelt worden war. Die Firma, die als Käuferin registriert war, existierte schon nicht mehr, war demnach allein für die Abwicklung des Geschäfts ins Leben gerufen und gleich danach ebenfalls abgewickelt worden. Das war ein handfester Hinweis darauf, dass Allisons Entführung von langer Hand vorbereitet, also von Profis ausgeführt worden war. Dahinter steckte kein psychisch labiler Stalker. Alfred versuchte sich davon zu überzeugen, dass dies ein gutes Zeichen wäre.

Die Aufzeichnungen über die im Rahmen des Kaufs getätigten Transaktionen waren interessant, aber nicht sonderlich informativ, dafür jedoch etwas anderes: Die Grundstücks- und Gebäudebeschreibungen, die der Makler ins Netz gestellt hatte, um einen Käufer für den Jagdsitz zu finden, waren auf dessen Seite immer noch verfügbar. Es gab einen Grundriss für das Haupthaus, eine genaue Baubeschreibung über verbaute Materialien, Wanddicken, Fenster, Dachaufbau und dergleichen mehr. Sogar die Möglichkeit einer virtuellen Haus- und Grundstücksbesichtigung bestand, bei der ein gerüttelt Maß an gerade erst vorgenommenen Renovierungs- und Sanierungsmaßnahmen in dem alten Gebäude in den Vordergrund gestellt wurde. Die virtuelle Besichtigung war natürlich auf Verkaufszwecke zugeschnitten und damit alles andere als ein vollständiges Paket mit Daten einer ordentlichen militärischen Aufklärung. Dennoch bekam Alfred so eine gute Vorstellung davon, womit er es bei diesem Einsatz an geländetechnischen Gegebenheiten zu tun bekäme.

Auch hatte er die KI des Taxis gebeten, die Sightseeing-Ausstattung der Fensterscheiben ebenso zu aktivieren wie die Umgebungsansicht. Die vergrößerte Darstellung des gesamten Terrains, das sie auf ihrem Flug von Grendel bis hierher überflogen hatten, hatte er sich auf sein UniLink heruntergeladen. So besaß er wenigstens ein paar brauchbare Schnappschüsse des Jagdsitzes und seiner Umgebung, die er beim Überflug hatte speichern können. Mit den Informationen, die Sensoren in Militärausführung geliefert hätten, war das natürlich nicht zu vergleichen. Alfred besaß jedoch jetzt die Bestätigung, das zum Fahrzeugpark des Jagdsitzes ein Fluglaster gehörte und vor dem Haupthaus stand. Alfred hatte keine gute Sicht auf den Wagen gehabt, trotzdem schien er dieselbe Karosserieform zu haben wie alle auf Beowulf benutzten Krankentransporter. Nun, selbst wenn der Laster jetzt nicht mehr weiß war: Diese Farbe war mittels einer farbwahlaktiven smarten Oberflächenversiegelung schnell zu erhalten und ebenso schnell wieder loszuwerden, wenn die Maskerade nicht mehr gebraucht würde.

Ein Weile noch hatte Alfred die Seiten des Maklers mit den Grundstücks- und Hausbeschreibungen sowie die Eintragungen im Grundbuchamt studiert und dann miteinander und mit seinen eigenen Überflugbildern und den topografischen Karten aus der Geodatenbank verglichen. Die Karten schienen sehr gut zu sein – sie waren von der gleichen Qualität wie das Material, das der Sphinxianische Forstdienst zu Hause zur Verfügung stellte. Sie waren auch der Grund dafür, dass sich Alfred dem Jagdsitz von Westen her näherte. Die Karten nämlich hatten ihm nicht nur verraten, dass die Kammlinie der Hügelkette dem Taxi die Möglichkeit böten, dessen Anflug zumindest teilweise zu verdecken, sondern auch, dass der Streifen gerodetes Gebiet um das Haupthaus des Jagdsitzes selbst herum im Westen am schmalsten war. Besser noch: Ein ausgetrocknetes Bachbett, das wahrscheinlich nur zu bestimmten Zeiten im Jahr und dafür günstigen Bedingungen Wasser führte, schlängelte sich durch den Wald hinaus auf die Lichtung und führte dann in seiner gesamten Länge am Haupthaus vorbei – und das in einer Entfernung von gerade einmal siebzig Metern. Den Karten nach hatte es so ausgesehen, als ob das Bachbett etwa einen Meter tief wäre, an manchen Stellen sogar mehr als zwei.

Jetzt stand Alfred am Waldrand und blickte über die Lichtung hinweg, und sein aus den Karten gewonnener Eindruck vom Gelände bestätigte sich. Zwischen Haupthaus und Bachbett gab es sogar noch ein kleines Nutzgebäude. Der Website des Maklers nach befand sich dort der Energiegenerator, angebunden an das Netz von satellitenbasierten Energiegewinnungs- und Verteilungsstationen in Beowulfs Orbit. Der entsprechende Eintrag auf der Maklerseite bot wenig Informationen über den Generator selbst, obwohl dort ansonsten in epischer Breite Sanierung und Modernisierung der internen Systeme des Jagdsitzes geschildert waren. Das ließ eine ganz bestimmte Vermutung zu, sehr hilfreich. Zudem war das

Generatorhaus das, was auf den letzten siebzig Metern einer Deckung am nächsten kam. Das alles war wenig genug, aber wenn die Lage an sich nur wenige Möglichkeiten bot, dann musste man sich die Vorteile, die für einen positiven Abschluss des Einsatzes notwendig waren, eben selbst verschaffen.

Wild durchzuckte Alfred ein weiteres Mal der Abglanz von unvorstellbarer Qual und tiefer Angst, die jemand anderes zu durchleiden hatte, und seine Nasenflügel bebten. Schluss damit! Es war an der Zeit, nicht mehr nachzudenken, sondern zu handeln.

Das Licht flackerte.

Es war ein so kurzer Augenblick, so flüchtig der Eindruck nur, dass Tobin Manischewitz es unter normalen Umständen nicht bemerkt hätte. Aber die Umstände waren nicht normal, seine Nerven bis zum Zerreißen angespannt. Also zuckte sofort sein Kopf hoch. Er sah sich in dem sonnigen Arbeitszimmer im Erdgeschoss des Jagdhauses um, obwohl er nicht recht wusste, was er dabei zu entdecken hoffte. Immerhin war er hier weit genug von Ardmore entfernt, um nicht mitanhören zu müssen, wie sich dieser auf seine spezielle Art amüsierte. Von hier aus hatte man einen hübschen Blick auf die Berge im Norden, die am Horizont in milchig-blauer Ferne himmelwärts strebten. Nirgends fand sich ein Hinweis, warum die Energieversorgung gerade einen Schluckauf bekommen hatte. Also wollte Manischewitz schon hoch auf die Füße, verhielt aber mitten in der Bewegung, als die Tür aufging und Riley Brando, der Dritte in der Kommandokette, den Kopf ins Zimmer steckte.

»Was ist los?«, fragte Manischewitz, ehe Brando auch nur dazu kam, den Mund aufzumachen.

»Der verflixte Generator hat sich verabschiedet«, erklärte Brando säuerlich.

»Wieso das denn?« Manischewitz straffte die Schultern, und seine Augen verengten sich. Das plötzliche Versagen von normalerweise verlässlicher Alltagstechnologie ausgerechnet in kritischen Phasen einer Operation löste immer seine inneren Alarmsirenen aus.

»Sieht aus, als wäre es die Steuereinheit für das Ortungssystem«, antwortete Brando. »Das Diagnosepaneel in der Küche meldet, wir würden den zugewiesenen Satelliten nicht mehr verfolgen. Sawney ist raus und schaut nach.« Er verzog das Gesicht. »Ich habe gleich gesagt, wir hätten den Generator austauschen sollen, als wir das Jagdhaus gekauft haben. Das Scheißding ist ja sogar noch älter als ich!«

Manischewitz widerstand der Versuchung, die Augen zu verdrehen. Brando zog irritierend viel Befriedigung aus einem hämischen ›Siehste, hab ich doch gleich gesagt‹. Man konnte sich darauf verlassen, dass er unkte und potenzielle Fehler in jedem Plan und jedem Stück Ausrüstung kommentierte, was ihm zahllose Möglichkeiten gab, seinen Lieblingssatz an den Mann zu bringen. Der Umstand, das seltenst eine seiner düsteren Prognosen zutraf, lehrte ihn kein bisschen Bescheidenheit im Umgang mit diesem Satz. Stattdessen konnte er endlos auf den wenigen Malen herumreiten, wo er tatsächlich recht behalten hatte. Manischewitz war hin und her gerissen von dem Wunsch, es wäre tatsächlich nur die Steuereinheit des Ortungssystems, deren Austausch sich leicht bewerkstelligen ließe, und der Hoffnung, die Ursache wäre eine ganz andere, nur um zu verhindern, dass Brando ihm wieder einen seiner triumphierenden Blicke zuwerfen könnte.

In diesem Fall allerdings würde, so musste sich Manischewitz düster eingestehen, Brando leider recht behalten. Der

Generator war ein hoffnungslos überaltertes Modell, und um sich auszurechnen, mit welcher Wahrscheinlichkeit das Ortungssystem betroffen war, brauchte es keine großen Rechenkünste. Es war das einzig bewegliche Teil, denn es sorgte für die Ausrichtung des Generators auf die jeweiligen Energiesatelliten, die im Orbit Beowulf umkreisten.

»Und das Hilfsaggregat?«, fragte er.

Brando zuckte mit den Schultern. »Ist sofort eingesprungen«, räumte er ein. »Es hat automatisch den Energietransfer mit einer Reserve von dreißig Prozent übernommen.«

Manischewitz nickte. Brando hielt momentan in der Küche die Stellung, immer die Monitore im Blick, auf die das Kamerasystem seine Bilder lieferte. Gleich nach dem Ankauf war das System installiert worden, um das Grundstück zu überwachen. Zuerst hatte Manischewitz es mit einem Netz aus Bewegungssensoren versucht, aber das war angesichts der Vielfalt und Größe der heimische Fauna ein Desaster gewesen. Also waren sie wieder auf die gute alte visuelle Observierung verfallen. Manischewitz war nicht sonderlich glücklich darüber. Aber Ardmore hatte das richtige Argument vorzubringen gewusst: Ihr Sicherheitskonzept beruhte eigentlich und vor allem darauf, dass sie keine Aufmerksamkeit auf sich zögen. Schließlich besaßen sie weder das Personal noch die Feuerkraft, um Angriffswellen eines kompletten Einsatzkommandos lange standzuhalten.

Die eigentliche Überwachungszentrale hatten sie in der Küche eingerichtet, weil es dort sehr viel einfacher gewesen war, die Observierungssysteme Huckepack auf die bestehenden Umweltdisplays und Servicemonitore aufzusetzen, die wiederum ein Vorbesitzer dort in der Küche hatte installiert wissen wollen. Die Küche als Standort war durchaus mit Nachteilen behaftet, denn sie besaß nur zu einer Seite Fenster, und die Gewächshäuser, auf die der Blick durch diese Fenster fiel, blockierten die Sicht auf Grundstück und Umgebung. Dennoch hatte der Standort als solcher ja funktioniert, denn Brando hatte dort die anderen Systeme überprüfen können – in genau demselben Moment, als der Generator ausgefallen war.

Nun, immerhin war das Notstromaggregat, anders als der Generator, brandneu. Es war darauf ausgelegt, den gesamten Jagdsitz zumindest für eine ganze planetare Woche zu unterhalten, also gab es momentan kein auf den Nägeln brennendes Problem. Angenommen, sie könnten den Generator mit den ihnen zur Verfügung stehenden Mitteln nicht selbst reparieren – egal, was nun kaputtgegangen war –, und das war angesichts der Fähigkeiten, die die Leute in seinem Team besaßen, höchst unwahrscheinlich, hätten sie also mehrere Tage, um einen entsprechenden Monteur zur Reparatur des Generators hierherzubeordern.

»Hoffentlich muss das Ding nur neu gestartet werden«, meinte Manischewitz deshalb jetzt. »Sollte das nicht funktionieren, schick Sawney zu mir, sobald er zurück ist. Ich möchte von ihm persönlich hören, wie groß der Schaden tatsächlich ist.«

»Wird gemacht.« Brando nickte, zog sich zurück und schloss die Tür hinter sich.

Manischewitz aber machte sich wieder an den Papierkram, der erledigt sein wollte.

Sawney Sugimoto grummelte vor sich hin, während er zum Generatorhaus hinübertrottete.

Er war nur selten einer Meinung mit Brando, aber dieses Mal würde der ewige Rechthaber tatsächlich recht behalten:

Das olle Ding hätte ausgetauscht gehört, noch ehe sie den Jagdsitz hier draußen gekauft hatten. Überrascht, dass das unterblieben war, musste man allerdings nicht sein. Generatoren waren wie Dächer: Die wenigsten Hausbesitzer machten sich Gedanken ihretwegen ... nun, zumindest bis sie ausfielen beziehungsweise der Regen hineinlief. Fairerweise musste man Generatoren eines zugestehen: Sie waren verdammt robust. Seit zwei oder drei Jahrhunderten wurden sie nach kaum differierenden Bauplänen montiert und waren so zuverlässig, wie Geräte und Gerätetechnik nun einmal sein konnten. Sugimoto hoffte, den Fehler rasch beheben zu können. Denn sollte tatsächlich die Steuereinheit des Ortungssystems hinüber sein, müsste man die komplette Einheit ausbauen und ersetzen. Sugimoto wusste genau, wer eine Routinearbeit wie diese würde übernehmen müssen: er nämlich. Genauso wie ihn Brando für die Generatorüberprüfung ausgesucht hat. Hätte er nicht Mönch, Grazioli oder Zepeda nehmen können? Nein, er musste sich ausgerechnet ihn, Sugimoto, herauspicken! Obwohl er, nein, gerade weil er von allen Bewachern im Außenbereich den weitesten Weg bis zum Generator hatte. Natürlich, klar, Mönch war ein alter Kumpel von Brando, war's nicht so? Hätte nicht Mönch seinen Hintern von der bequemen Sonnenliege lüften und endlich mal was anderes tun können als bloß Däumchen drehen? Nein, warum auch, Brando hatte schließlich Sugimoto, den er stattdessen losscheuchen konnte! Das war mal wieder Brandos kleinkarierte Art, einem alles heimzuzahlen. Wie Sugimoto das auf die Nerven ging! Wieder einer dieser Scheiß-Tage, die ...

Sugimoto erreichte das Generatorhaus und lehnte sein Pulsergewehr gegen die Außenwand neben der Tür, um die Hände für die Eingabe des Eingangscodes frei zu haben. Keiner der vorherigen Eigentümer hatte sich die Mühe gemacht, die voreingestellte Demonstrationscodierung 1–2–3–4 zu ändern, und, jetzt mal ganz ehrlich, warum auch? Warum sie die Schuppentür überhaupt mit einem Schloss gesichert hatten, war Sugimoto ein Rätsel. Gut, Energiegeneratoren waren nicht billig, aber gestohlene Generatoren zu verticken brachte nicht viel ein. Obendrein waren sie groß, unhandlich und schwer, also war es ein echter Akt, sie zu bewegen. Wer also würde …!

Die Tür schwang auf, und Sawney Sugimoto riss überrascht die Augen auf. In der Rückwand des Generatorschuppens war ein Loch, ein ziemlich großes Loch sogar – ein Loch so groß, dass es fast vom Boden bis zur Decke reichte. Es war gute zwei Meter hoch und ebenso breit und sah aus, als hätte jemand es mit einer Vibroklinge in die Wand geschni…

Eine Hand schoss vor, packte Sugimoto vorn an seiner Jacke und riss ihn hinein in den Schuppen. Er wurde herumgewirbelt, als wiege er nichts, und ein Arm, massiv wie eine Eisenstange, drückte ihm rücklings die Kehle zu. Reflexartig reagierte Sugimoto, holte rechts aus und trat mit der Hacke zu, während er gleichzeitig mit der Rechten den Unterarm, der ihm die Luft abdrückte, umkrallte und die Linke nach hinten fuhr, um demjenigen, dem dieser Unterarm gehörte, die Augen auszustechen.

Eine Abrissbirne traf seine rechte Wade – so jedenfalls kam es ihm vor, als sein Angreifer ihm mit einem schweren Stiefel dagegen trat. Der Tritt war mit ziemlicher Gewalt von oben geführt und traf ihn gleich unterhalb des Knies. Ein Knacken im Gelenk, heißer, weißer Schmerz, der Sugimoto laut hätte aufbrüllen lassen, hätte ihm der Unterarm nicht die Luft abgedrückt. So brachte Sugimoto nur ein schrilles, nasales Winseln heraus. Die Linke, mit der er wild hinter sich herumfuchtelte, griff ins Leere. Schlagartig hielt Sugimoto still, stand stocksteif da, als sich eine Hand, der Handteller so groß wie eine mittelprächtige Schaufel, um seinen Hinterkopf schloss. Diesen Griff kannte er, und die Kraft, die sein Angreifer einzusetzen vermochte, war enorm, geradezu erschreckend groß. Ein paar Kilo Druck ausgeübt, und es bräche ihm die Halswirbel im Nacken, als wäre seine Wirbelsäule ein dürrer Stock.

»Viel besser«, sagte eine tiefe, erschreckend ruhige Stimme hinter ihm. »Jetzt schnall mit der Linken den Waffengurt ab und halt die Rechte so, dass ich sie sehen kann. Es würde mir ganz und gar nicht gefallen, wenn ich dir das Genick brechen müsste, ohne dass wir vorher Gelegenheit gehabt hätten, uns näher kennenzulernen.«

»Ortungssystem ist wieder online«, meldete Riley Brando, als er zum zweiten Mal heute den Kopf in Manischewitz' Arbeitszimmer steckte. »Alle Systeme auf dem Diagnose-Display sind wieder auf Grün.«

Brando klang ein klein wenig enttäuscht. Manischewitz bemerkte es, verkniff sich aber jeden Kommentar. Stattdessen nickte er nur. »Rede nach dem nächsten Schichtwechsel gleich mit Sawney. Frag ihn, was er machen musste, um die Steuereinheit wieder online zu schalten, und mach dir mit dieser Info ein Bild darüber, ob wir so weitermachen können oder das Ding austauschen sollten. Falls irgend möglich, möchte ich die nächsten Wochen niemanden in der Nähe des Hauses wissen.«

»Kapiert«, meinte Brando und zog sich erneut zurück.

Alfred lauschte dem Summen, das die Steuereinheit des Ortungssystems beim Ausrichten auf den Satelliten von sich gab. Dafür hatte er nur den altmodischen Schraubendreher entfernen müssen, mit dem er die Satellitenverfolgung blockiert hatte. Seinen bewusstlosen Gefangenen bedachte Alfred mit einem mitleidlosen Blick. Er hatte immer noch erschreckend wenig Ahnung, was eigentlich vor sich ging, wer also die Entführer waren und was sie von Allison wollten. Aber immerhin wusste er jetzt eine Menge mehr als noch vor zehn Minuten. Er wünschte, er hätte Zeit, mehr Informationen zu sammeln, aber diese Zeit blieb ihm nicht. Sein Gefangener hatte erst nicht kooperieren wollen, und Alfred war natürlich nicht so naiv, sich auf die Richtigkeit von Informationen zu verlassen, die er von ihm zu hören bekäme. Erst als er dem Gefangenen den Arm auf den Rücken verdreht und ihm das Schultergelenk ausgekugelt hatte, hatte es sich der Mann anders überlegt und doch den Mund aufgemacht. Die Deneb-Übereinkunft hätte über die Methoden das ein oder andere kritisch anzumerken gehabt, die Gunny Harrington bei diesem Verhör eingesetzt hatte ... nun ja, zumindest wenn sein Gefangener Angehöriger einer regulären Militäreinheit gewesen wäre. Das zu wissen bereitete Alfred momentan aber keine Kopfschmerzen. Wozu auch, denn er hatte es ja nicht mit einer regulären Militäreinheit zu tun.

Das Pulsergewehr, das eben noch seinem Gefangenen gehört hatte, war jedenfalls eine leistungsstarke Militärwaffe mit hoher Ladekapazität des Magazins. Das allein hätte ausgereicht, um Alfred davon zu überzeugen, dass die momentanen Eigentümer des Jagdsitzes nicht die unschuldigen, gesetzestreuen Bürger waren, die zu sein sie alle Welt glauben machen wollten. Der Pulser, der im Pistolenhalfter am Waffengurt des Mannes steckte, ließ genau dasselbe vermuten Obwohl er sich nicht wortreich erklärt hatte, als Alfred ihm die ausgekugelte Schulter verdrehte, hatte der Gefangene genug eingestanden, um ein klares Bild davon zu vermitteln, mit wem Alfred es hier zu tun hatte.

Manpower. Seine Nasenflügel bebten, und das Tier in ihm rührte sich, erprobte die Ketten, in die es gelegt war, als Alfred sich an die Geschehnisse auf Clematis erinnerte. Wieder Manpower. Was könnte Manpower von Allison Chou wollen? Was könnte sie für Manpower so interessant machen, dass man bereit war, eine Operation wie diese zu riskieren? Die ganze Galaxis wusste von dem glühenden Hass zwischen Mesa und Beowulf, und Manpowers Agenten dürften sich wohl keine Illusionen machen, was mit ihnen geschähe, kämen sie hier in Beowulf vor Gericht . . . immer vorausgesetzt, sie schafften es überhaupt bis vor Gericht.

Leider wäre Alfred nicht vergönnt, noch mehr Informationen aus seinem Gefangenen herauszupressen. Früher oder später würde man den Mann vermissen, vermutlich eher früher als später. Das wusste der Strolch in Manpowers Diensten ebenso wie Alfred, und so hatte er ganz offenkundig auf Zeit gespielt. Er hatte zugegeben, dass seine Kumpane und er Allison entführt hätten, um jemanden mit ihr zu erpressen. Er behauptete allerdings, nicht zu wissen, wer das Opfer der Erpressung sei. Möglich war das natürlich. Hätte Alfred selbst eine solche Operation geplant, hätte er die Details soweit eben möglich für sich behalten und nur eingeweiht, wen und in welchem Umfang einzuweihen unumgänglich gewesen wäre. Aber der Kerl konnte auch gelogen haben. Er könnte sich gerade so viel aus der Nase haben ziehen lassen, wie als Antwort auf Alfreds Fragen durchging, und hätte dabei Zeit für seine Kumpane geschunden, die nach seinem Verbleib forschen würden. Deshalb hatte Alfred sich selbst lediglich ein Zeitfenster von zehn Minuten für Fragen zugestanden, mehr nicht. Was er nach Ablauf dieser zehn Minuten aus dem Gefangenen herausgepresst hätte, wäre eh alles, was er zu hören bekäme. Das war einer der Gründe für ihn gewesen, so … überzeugend wie möglich vorzugehen.

Sein virtueller Rundgang durch den Jagdsitz hatte es ihm ermöglicht, seinen Gefangenen bei zwei Lügen zu erwischen. Daraufhin hatte er ihm genug Schmerzen zugefügt, um ihn davon zu überzeugen, sich besser an die Wahrheit zu halten. Es war Alfred schwergefallen, es für das Stück Manpower-Dreck bei Schmerzen zu belassen. Das Tier in ihm war nicht nur wach, es hatte sich bereits erhoben. Die wiederholten Wellen aus glühendem, qualvollem Schmerz, die Alfred über sein Band zu Allison erreichte, dieses seltsame, unerklärliche Band, ja, spüren zu müssen, dass sie kurz davor stand, erneut das Bewusstsein zu verlieren, tat ein Übriges. Es war ihm beinahe unmöglich, die Bestie noch zu zügeln. Aber jetzt musste er entscheiden, was zu tun wäre, ehe er vorrückte, und er legte die Hand an das Heft der Vibroklinge. Sie war durch die Rückwand des Schuppens gegangen wie ein Messer durch Butter. Eine Kehle damit durchzuschneiden wäre ein Klacks.

Alfreds Nasenflügel bebten, und seine Finger umschlossen den Messergriff fester. Das Bedürfnis, den bewusstlosen Mann, das Stück Manpower-Dreck, vom Angesichts Beowulfs zu tilgen, das Universum von ihm zu befreien, ließ seine Finger zucken. Er hatte wieder den süßlich-warmen Geschmack im Mund, der sich noch intensivierte, so verzweifelt ließ es ihn werden, Hoffnungslosigkeit, unerträgliche Schmerzen und tiefe Angst zu spüren, die ein anderes menschliches Wesen durchlitt. Die Kehle des Gefangenen durchzuschneiden wäre einfach, das Einfachste von der Welt, und jeder, der seine Dienste Manpower anbot, jeder, der mitgeholfen hatte, Allison Chou zu entführen und zu foltern, hatte sich seine Fahrkarte in die Hölle bereits verdient.

Aber Alfred Harrington war kein Stück Dreck, wie Manpower es anheuerte. Er musste besser sein als seine Gegner, zumindest das, denn wäre er es nicht ...

Giuseppe Ardmore zwang sich, einen Schritt zurückzutreten und die Nervenpeitsche auszuschalten. Es fiel ihm schwer, ungemein schwer, und er leckte sich über die Lippen. Er kostete die sinnliche, ganze Lust daran aus, anderen Schmerzen zuzufügen, vor allem einem Miststück wie dieser Kleinen hier, Benton-Ramirez y Chous Schwester. Oh, das versüßte ihm die Erinnerung an New Denver, oh ja, und wie! Aber er musste vorsichtig sein. Wenn er sie zu schnell umbrächte, würde Manischewitz wütend. Ardmore hätte damit leben können, klar, Manischewitz würde sich schließlich wieder beruhigen, aber auch er selbst, Giuseppe Ardmore, der in New Denver gewesen war, wollte die Kleine nicht zu rasch vom Leben zum Tod befördern. Er wollte sie so lange wie irgend möglich am Leben lassen, und er freute sich schon darauf, traditionellere Methoden anzuwenden, um den Bruder des kleinen Luders zu ordentlich viel Motivation zu verhelfen.

Ardmore hakte die Peitsche in seinen Gürtel ein und tat die paar Schritte hinüber zum Aufzeichnungsgerät, dessen Objektiv auf die jetzt fast nackte junge Frau in der Mitte des Raumes ausgerichtet war. Sich die Bilder anzuschauen und die dazu passende Tonspur abzuhören wäre fast, als teilte er noch einmal, wie eben gerade, eine Lektion Schmerz aus. Zu überprüfen, ob er sich auch immer schön aus dem

Aufnahmebereich des Aufzeichnungsgeräts herausgehalten hatte, war sicherlich eine gute Idee. Manischewitz hatte natürlich recht mit dem, was er über die Möglichkeiten gesagt hatte, aus dem kleinsten Fitzelchen Bildmaterial jede Menge Rückschlüsse zu ziehen. Aber aus einer Hand in einem Handschuh, die eine Nervenpeitsche schwang, konnte man nun wahrhaftig nicht viel machen. Trotzdem: besser, man sicherte sich ab, dass auch wirklich nur so viel zu sehen war.

Ardmore warf seinem halb bewusstlosen Opfer einen letzten Blick zu, ehe er mit der entsprechenden Taste von Aufnahme auf Abspielen umstellte. Er hatte sich viel Mühe beim Einsatz der Nervenpeitsche gegeben, hatte eine niedrige Einstellung gewählt, gerade niedrig genug, um keine permanenten Schädigungen des Nervensystems herbeizuführen. Aber die Haut des kleinen Luders zeigte böse, dunkelrote Male überall da, wo die Peitsche sie geküsst hatte, und in der Umgebung der Male zuckten und bebten die Muskeln der Kleinen unkontrollierbar. Ardmore hatte dafür gesorgt, dass die Aufnahme noch eine ganze Minute länger fortgesetzt worden war, nachdem er die Nervenpeitsche abgeschaltet hatte. Das nämlich würde ihrem Bruder einen guten Eindruck davon vermitteln, wie hoch die Peitsche eingestellt war.

Alfred war sehr dankbar dafür, dass das trocken liegende Bachbett ihn ungesehen bis zum Generatorschuppen und damit nah ans Haupthaus herangebracht hatte. Aber zwischen diesem und dem Schuppen gab es keine Möglichkeiten mehr, Deckung zu nehmen. Er öffnete die Tür einen Spalt weit, um hindurchzuspähen, und seine Kiefermuskeln verspannten sich. Zumindest bei einer Sache hatte sein Gefangener die Wahrheit gesagt, nämlich was den Mann auf der Sonnenliege betraf. Die bequeme Liege stand neben einem Sonnenschirm und einem Terrassentisch etwa sechzig Meter von Alfreds momentaner Position entfernt, und zwar genau auf der kürzesten Linie vom Schuppen hinüber zum Haupthaus. Der Mann, der sich auf der Liege aalte, wirkte nicht gerade wie der aufmerksamste aller Wächter in der Menschheitsgeschichte. Auf dem Tisch, in Höhe des Ellenbogens des Sonnenanbeters, stand eine Flasche, die bedenklich nach Bier aussah. Alfred wusste ganz genau, wie er jemandem auf Wache Bescheid gestoßen hätte, der sich entschlossen hätte, seinen Hintern in den Schatten zu verfrachten, anstatt in Bewegung und wach und aufmerksam zu bleiben. Unaufmerksam oder nicht, der Kerl würde kaum einen Zwei-Meter-Mann übersehen, einen Fremden zudem, der über den Rasen auf ihn zuschlenderte.

Andererseits hatte er sich auf die Sonnenliege gefläzt, nicht wahr? Vermutlich kannte das ganze restliche Team ihn gut genug, um genau das von ihm zu erwarten. Die gepolsterte Rückenlehne der Sonnenliege war höher als sein Kopf, und die Liege stand so, dass der Blick hausabgewandt aufs Grundstück ging. Aber nicht nur das: Der Himmel hatte sich zugezogen, die Wolkendecke war jetzt sehr viel geschlossener, die Temperatur war gefallen, und der Wind hatte aufgefrischt. Er rauschte so in den Baumkronen, dass es klang wie fernes Wellenbrechen am Strand. Das alles legte eine bestimmte Vorgehensweise nahe ...

Die Descorso mit ihrem vertrauten Gewicht lag bequem in Alfreds Hand. Mit der Linken umfasste er den Türrahmen des Schuppens und lehnte den Ellbogen gegen das einen Spaltbreit geöffnete Türblatt: eine stabile Ablage für den langen Lauf der Descorso. Dann ließ Alfred den roten Punkt der Zielerfassung seinen Platz genau zwischen den Augen des Wächters finden.

430

Sein Blick verriet die innere Ruhe, mit der er zielte, die Unbewegtheit, die in ihm herrschte, nur das Schnurren der Bestie tief in ihm war zu spüren. Langsam sog er Atemluft ein, ließ sie ebenso langsam wieder entweichen. Dann krümmte er ab.

Riley Brando war gerade damit fertig geworden, sich ein Käse-Schinken-Sandwich zu machen. Er griff nach der Bierflasche, die auf dem Küchentresen stand, gleich neben seinem Ellenbogen, und setzte sich wieder vor die Displays des Überwachungssystems, die im Auge zu behalten seine Aufgabe war. Eigentlich sollte er seinen Platz vor den Bildschirmen überhaupt nicht verlassen, sollte sie mit Argusaugen bewachen, als hinge das Schicksal des Universums davon ab. Andererseits konnte niemand an den beiden Posten draußen auf dem Gelände vorbei, deren Blickfeld keinen toten Winkel aufwies, durch den man hätte hindurchschlüpfen können. Nun ja, Mittag war bereits vorbei und damit Essenszeit angesagt, also war es gut, dass das Universum für zwei oder drei Minuten auch ohne ihn hatte auskommen können.

Der Gedanke ließ Brando kichern, und er überprüfte das Diagnosepaneel des Hauses gleich ein zweites Mal, nur um sicher sein zu können, dass sich der verflixte Generator mit seiner uralten Steuereinheit zur Satellitenortung nicht ein weiteres Mal verabschiedet hatte. Hatte er nicht, aber Brando fragte sich, wie lange das wohl noch so bleiben würde. Überalterter Scheiß, was auch sonst, das ganze Ding, Manischewitz hätte verdammt noch eins auf ihn hören sollen! Er verspürte Befriedigung darüber, dass sich seine Einschätzung des Gerätezustands bestätigt hatte, aber er machte sich Sorgen, weil Sugimoto noch nicht erschienen war, um zu berichten, woran genau es denn nun eigentlich gelegen hatte, dass der Generator zeitweilig den Geist aufgegeben hatte.

Wahrscheinlich immer noch damit beschäftigt, sich darüber aufzuregen, dass er raus musste, um den Generator zu überprüfen, dachte Brando und schnaubte amüsiert. Sugimoto mochte Brando nicht – was auf Gegenseitigkeit beruhte. Brando war sich ziemlich sicher, dass sich Sugimoto mittlerweile überlegt hätte, warum ausgerechnet er für diesen Auftrag ausgesucht worden war. *Geschieht ihm recht,* dachte Brando und grinste. *Die Dumpfbacke glaubt, die Weiber fliegen auf ihn, den harten Kerl und Killer, ja? Klar doch, stimmt, aber nur, wenn er mit einem Sack voller Credits angesegelt kommt . . .*

Brando biss in sein Sandwich und kaute genüsslich. Saftiger Schinken und leckerer Emmentaler. Er ermahnte sich, wer altem Groll nachhänge, verhalte sich kleinkariert. Tja, und wenn schon! Wenn's um Frauen ging, war er so kleinkariert, wie er eben war! Sugimoto hatte das ganz genau gewusst, als er sich eingemischt hatte. Der gute alte Sawney hatte noch für jede Menge geradezustehen, wenn's nach Brandos Buchführung ging. Er war sich sicher: Es würden sich noch reichlich Möglichkeiten bieten, Sugimoto das Leben schwerzumachen. Brando schluckte den Bissen herunter und griff nach seiner Bierflasche, während er immer noch grollte und über die Situation damals nachdachte. Möglicherweise hatte ja dieser Scheißkerl Ardmore Sugimoto dazu aufgestachelt. Natürlich war es einfacher – vor allem aber: lebenserhaltender –, es Sugimoto heimzuzahlen als Ardmore, aber eines Tages wäre es so weit und er fände einen Weg, es dem Kerl . . .

Doch da täuschte sich Riley Brando.

Er setzte gerade die Bierflasche an die Lippen, als die Küchentür hinter ihm aufging. Die Ausstattung des Jagdhauses war bewusst rustikal und altmodisch gehalten. Manuell zu bedienende Türen mit Knäufen, die in echten Angeln hingen, gehörten dazu. Brando erstarrte mitten in der Bewegung, die Bierflasche hing kurz vor ihrem Ziel, den Lippen, reglos in der Luft, und seine Augenbrauen schossen nach oben. Er hatte keine Ahnung, was er in seinem Rücken gehört oder vielleicht doch eher gespürt hatte. Vielleicht war es das Geräusch, mit dem die Falle des Türschlosses aufschnappte, vielleicht knarrte die Tür in den Angeln, oder vielleicht war es auch nur der Luftzug beim Öffnen der Tür gewesen. Brando wusste es nicht und würde es auch nie mehr herausfinden.

Mit dem Fuß stieß Alfred Harrington die Tür auf, und der Kolben des Pulsergewehrs, das Sugimoto nicht mehr benötigte, sauste wie eine Ramme auf Brandos Schädel hinunter. Er spaltete seinen Hinterkopf wie eine Eierschale.

Alfred stand vornübergebeugt, die Ohren gespitzt, die Augen zu schmalen Schlitzen verengt. Er zuckte nicht einmal mit der Wimper, als der Mann, dem er eben den Schädel eingeschlagen hatte, wie ein nasser Sack vom Stuhl zu Boden plumpste. Es gab ein dumpfes Geräusch, als der Schädel des Toten auf den Küchenfliesen aufschlug. Eine Blutlache bildete sich, breitete sich aus, kroch in Adern wie dicke, purpurfarbene Tentakeln über Platten und Fugen. Alfreds Gesicht war absolut ausdruckslos, während sich die Blutlache ausbreitete, nur seine Nasenflügel bebten. Er zwang sich dazu, still abzuwarten und auf jeden Laut zu lauschen, auf alles, was Bewegung im Haus verriet.

Es blieb still, nichts tat sich. Noch ein Augenblick verging, und Alfred richtete sich auf. Bei der virtuellen Besichtigungstour des Jagdsitzes hatte er erfahren, wo sich die Küche befand, und sein Gefangener war so ... zuvorkommend gewesen, ihn mit der Information zu versorgen, dass das Umgebungssensorennetz (soweit man bei derart wenigen Sensoren, zumal in diesem Zustand, überhaupt einen so hochtrabenden Begriff verwenden konnte) an die Kontrollstation der Haussysteme genau hier in der Küche angeschlossen war. Alfred war weit davon entfernt, Sugimotos Informationen zu trauen, aber ein rascher Blick verriet, dass diese spezielle Information offenkundig der Wahrheit entsprach. Aber es gab zumindest noch acht weitere Männer, die Grundstück und Haus sicherten, und Alfred war allein.

Ja, sie waren zu acht, aber einen Vorteil hatte er ihnen gegenüber, einen Vorteil, von dem sie nichts ahnten. Es gab das Tier, das in ihm steckte: die Bestie, die nur herausgelassen werden musste. Sie bebte bereits vor Erwartung, die Zähne gebleckt vor Wut und zu allem bereit; ungeduldig wartete sie darauf, losgelassen zu werden. Sein Tier war ein Geschöpf der Hölle. Seinetwegen hatte er sich auf Medizin spezialisiert, wo der Bestie nie wieder die Freiheiten zugestanden würden, die sie auf Clematis hatte genießen dürfen. Das hatte Alfred sich selbst geschworen, aber nicht etwa, weil das, was auf Clematis hatte getan werden müssen, nicht notwendig gewesen wäre. Nein, der Grund war ein anderer: Er fürchtete sich vor dem, in das er sich verwandeln würde, gäbe er der Bestie nach. Nur blieb ihm jetzt keine Wahl: Er musste sich erneut auf sie verlassen, musste sie sich zunutze machen.

Alfred holte tief Luft und schloss einen Herzschlag lang die Augen, nicht mehr als das. Die Entführer quälten Allison momentan nicht mehr, aber nach dem, was sie ihr bereits angetan hatten, war sie geschwächt, stand kurz davor, in tiefe Bewusstlosigkeit hineinzudriften. Sie hatte derart schlimme Schmerzen durchlitten, dass sich das Band zwischen ihnen wie Feuer um Alfreds Ich und Sein legte. Wo sie sich befand, wusste er ganz genau: über ihm, etwas links von seiner jetzigen Position. Sein Verstand, kalt wie Eis über einer See aus Lava, spulte die virtuelle Besichtigungstour noch einmal ab, und Alfred öffnete die Augen wieder: der Fitnessraum. Im dritten Stockwerk, am östlichen Ende des Hauses. Von der Küche käme er auf drei Wegen dorthin, aber zwei davon führten durch den großzügig bemessenen Eingangsbereich und einige Zimmer im Erdgeschoss, die allgemein – was hieß: allen Bewohnern – zugänglich waren. Der dritte Weg aber, ein wenig länger als diese beiden, führte über die hintere Treppe, die Zugang zu den Zimmern war, die beim Bau des Jagdsitzes fürs Personal gedacht gewesen waren. Es war nicht damit zu rechnen, dass jemand mitten am Tag auf seinem Zimmer hockte. Vielleicht stimmte das nicht, aber für eine Route musste sich Alfred entscheiden. Er wählte die Personaltreppe.

Mit Mühe hob Allison Chou den Kopf. Wogen aus Schmerz, rot wie Blut, schlugen über ihr zusammen. Sie hatte das Gefühl, ihre Arme müssten gebrochen sein und ächzten unter dem Gewicht ihres Körpers, der an ihnen hing. Sie war gerade so eben noch bei Bewusstsein, aber etwas ... etwas regte sich in der See aus Hoffnungslosigkeit und Verzweiflung, in der sie unterzugehen drohte. Sie spürte es genau: Was sich da regte, kam näher. Zielsicher konzentrierte es sich auf sie, und in ihm loderte Zorn wie eine Feuersbrunst.

Ihr Verstand verweigerte die Arbeit. Allison hatte nicht den Hauch einer Ahnung, was diese Kerle von Jacques wollten, aber sie wusste ganz genau, dass man sie am Ende umbringen würde. Anders konnte das Ganze nicht enden, nicht nach den letzten zwei Stunden. Ein Teil von ihr hoffte, das Ende käme rasch. Es war allerdings nur ein kleiner Teil von ihr, der Rest suchte nach dem lodernden Zorn dort draußen, nach dem vom Hass genährten Feuer. Irgendwo in ihrem Hinterkopf registrierte Allison, dass sie davor eigentlich hätte Angst haben sollen wie bisher, aber mittlerweile hatte sie gelernt, was wahrhafte Angst war. Sie hatte den eigentlichen Schrecken kennengelernt. Mühselig brachte sie ihre Augen dazu, zur Seite zu blicken. Sie erkannte den Rücken des Mannes, der sie so schrecklich gequält hatte, und während sie spürte, dass das von Hass genährte Feuer näher kam, näher und immer näher, lächelte sie.

Alfred stieg den letzten Treppenlauf hinauf, das Pulsergewehr angelegt, die Treppe stets gesichert im Schussfeld. Er erreichte die oberste Stufe und setzte den Fuß in den Flur des dritten Stocks.

Allison leckte sich über die Lippen. Es musste jetzt passieren. Sie konnte sich nicht in dem täuschen, was sie spürte, und auf dem Tisch lag neben dem HD, das sich ihr Peiniger anschaute, ein Pulser. Der Kerl hatte den Ton heruntergeregelt, aber Allison erkannte ihre eigenen Schreie. Alles in ihr wollte vor der Erinnerung daran zurückschrecken, was ihr jeden dieser Schreie entrungen hatte. Aber der Pulser lag neben seiner rechten Hand, in unmittelbarer Reichweite.

»Bitte«, gelang es ihr zu flüstern, »bitte, lass mich gehen.«

Er hatte sie gehört, schaute auf. Sein Lächeln war böse, hungrig, als ihm aufging, dass sie wieder bei Bewusstsein war.

»Klar doch, Süße, wir lassen dich gehen«, höhnte er, und Allison zuckte zusammen, trotz der Schwäche, die sie überfiel, als er die Nervenpeitsche in die Hand nahm und einen Schritt auf sie zutrat. »Wir können dich nur leider jetzt noch nicht gehen lassen«, sagte er, und Allison wimmerte, als er den Knopf drückte und die Nervenpeitsche mit dem charakteristischen Summen erneut zum Leben erwachte. Aber jeder Schritt, den er auf sie zumachte, brachte ihn einen Schritt weiter weg von dem Pulser auf dem Tisch. »Nur musst du erst einmal eine Kleinigkeit für uns tun.« Seine Augen blitzten. »Keine Sorge, ich bin sicher, du wirst es gleich schon kapieren.«

»Bitte, bitte nicht«, flehte sie, presste die Worte hervor, obwohl aufsteigende Furcht ihr die Kehle zudrückte. Aber der Kerl lachte nur und hob die Peitsche, deren Griff matt glühte.

Angst stach Alfred wie ein glühendes Eisen mitten ins Herz. Es war nicht seine Angst, sondern *ihre*, aber er schmeckte mit einem Mal aufsteigende Panik, die seine eigene war, als ihm aufging, dass Allison etwas vorhatte, einem Plan folgte. Welchem, wusste er nicht, aber er konnte spüren, wie entschlossen sie war. Sie brachte in voller Absicht den Kerl, der sie folterte, gegen sich auf!

Schlagartig befand er sich in zwei Wirklichkeiten. In der einen rannte er einen Gang entlang, so lautlos, dass es für einen Menschen seiner Größe geradezu absurd war; in der anderen drückte ihm neuerlicher Schrecken eines anderen menschlichen Wesens, mit dem er eng verbunden war, die Luft ab. In beiden Wirklichkeiten war die Bestie in ihm wach und hungrig.

Giuseppe Ardmore zögerte, hielt für einen ganzen Augenblick lüsterner Begierde inne, kostete die Angst in Allison
Chous Augen aus, genoss das Wimmern, das sie nicht mehr zu
unterdrücken vermochte, so sehr sie es auch versuchte, und
sah zu, wie sie in einem zwecklosen Versuch vor ihm zurück-
schrak. Er ließ sie das Surren der Peitsche hören, sich daran
erinnern, was diese Peitsche ihr bereits angetan hatte. Deren
Energie vibrierte durch ihn hindurch, süßer und mit mehr
Suchtpotenzial als jede Droge, und Ardmore holte mit einer
leichten Bewegung aus dem Handgelenk heraus aus.

Im selben Moment schwang die Tür hinter ihm auf, knallte
gegen die Wand. Ardmore wirbelte herum, er konnte es nicht
fassen: Im Raum stand ein Fremder, sicherlich mehr als einen
halben Kopf größer als er, ein Pulsergewehr im Anschlag.

Es traf Alfred mit solcher Plötzlichkeit und Macht, dass er
wusste, dieses Bild würde ihn bis an sein Lebensende in seinen
Albträumen verfolgen. In der Mitte eines hellen, von Sonnenlicht durchfluteten Raums, umgeben von Fitnessgeräten,
hing Allison schwer in einem Seil, das an der Decke befestigt
war; ihre Hände waren damit gefesselt, die Arme über den
Kopf hochgezogen. Von dem rohen Seil waren ihre Hand-
gelenke blutig aufrissen, sie war halb nackt. Alfred sah überall hässliche rote Striemen auf ihrer nackten Haut. Er hätte
die Male sofort zuzuordnen gewusst. Dafür hätte es nicht der
heftigen, sicher sehr schmerzhaften Krämpfe bedurft, die ihre
Muskeln entlang der Male zittern und beben ließen, noch
lange, nachdem ihr die Male beigebracht worden waren.

Es hätte auch nicht der Nervenpeitsche in der Hand des
Manpower-Schergen bedurft, der zwischen ihr und der Tür
stand.

Das Pulsergewehr hatte Alfred schon angelegt, aber Allisons Peiniger stand genau zwischen ihm und ihr. Wenn Alfred schösse, würde der Bolzen den Körper des Kerls durchschlagen und *sie* treffen. Er sah dem Mann am Gesicht an, wie erschrocken, wie vollkommen überrascht er war, sah auch die Panik, die Schrecken und Überraschung folgte. Aber was auch immer den Kerl umtrieb, sein Verstand funktionierte und arbeitete rasch. Seine Augen weiteten sich, als er begriff, dass Alfred nicht schießen konnte, ohne Allison zu treffen. Er bewegte sich auf die Tür zu, wobei er zusah, immer schön zwischen Alfred und Allison zu bleiben. Die Nervenpeitsche in seiner Hand schrillte auf, als er mit dem Daumen den Regler auf Abgabe einer tödlichen Energiedosis schob.

Alfred zögerte keine Sekunde. Er machte einen großen, geschmeidigen Schritt vorwärts, die Augen kalt wie Eis. Mit der Linken umfasste er den Vorderschaft fester, die Rechte am Hinterschaft führte den Kolben nach links auf Hüfthöhe.

Giuseppe Ardmores Schrei war abgehackt und kurz, als der Gewehrkolben in einem kurzen, kraftvollen Bogen gegen seinen Kiefer krachte und den Knochen zerschmetterte. Der Schlag war mit so viel Kraft geführt, dass es Ardmore von den Füßen riss. Er stürzte nach hinten, die Nervenpeitsche entglitt ihm, als er auf dem Boden aufschlug. Der Schmerz war heftiger als alles, was er an Schmerzen bisher hatte aushalten müssen, eine Explosion aus Schmerz, die jeden klaren Gedanken zerriss. Nackter Überlebensinstinkt übernahm. Mit den Händen schob er sich rasch, immer noch auf dem Rücken liegend, fort von der Tür.

Alfred brauchte nur zwei weitere große Schritte, hob das Pulsergewehr, bereit zuzuschlagen. Mit einem Fuß, auf die Brust von Allisons Peiniger gesetzt, nagelte er den Mann am

Boden fest. Dessen eine Hand schoss vor, umklammerte sein Handgelenk, die andere wurde in einer hilflosen Abwehrgeste erhoben ... oder in einer ebenso hilflosen wie zwecklosen Bitte um Gnade. Denn Gnade kannte Alfred Harrington nicht, nicht für diesen Mann, nicht heute. Er war die Vergeltung, er war die Gerechtigkeit ... er war der Tod.

Der Schaft des Pulsergewehrs krachte in Giuseppe Ardmores Stirn wie Thors Hammer, mit all der Kraft, die Alfreds trainierte Rücken-, Schulter- und Armmuskulatur ihm verliehen – und der Hass, der ihn beherrschte.

Alfred blickte auf den Toten hinunter, und in diesem Moment war das einzige Gefühl, das ihn beherrschte, Bedauern. Bedauern darüber, dass er ihn nicht noch einmal töten könnte, und noch einmal und noch einmal, immer wieder. Das Tier in ihm brüllte, verlangte nach dem nächsten Opfer, und Alfreds Seele erbebte, so stark war das Bedürfnis, der Bestie zu geben, wonach sie verlangte.

Aber dann schloss er die Augen. Er zwang sich durchzuatmen und wandte sich von dem Hunger ab, den er eben noch hatte stillen wollen, etwas weitaus Wichtigerem zu.

Allisons Kinn lag schwer auf ihrer Brust, als die nächste Woge aus Schwäche, Schock, Angst und Schmerz sie verschlang. Aber selbst jetzt, wo sie einer neuerlichen Bewusstlosigkeit ganz nah war – viel fehlte nicht, und sie wäre in Vergessen und Dunkelheit hinübergeglitten –, erkannte sie ihren Retter. Sie hatte gewusst, ganz genau und ohne eine Spur des Zweifels, in wem so viel Zorn und Hass gelodert hatte. Sie wusste, wer gekommen war, um sie zu retten. Sie wusste nicht, woher sie das wusste, wie sie sich so sicher sein konnte, aber das spielte keine Rolle. Sie wusste ganz genau, dass er Himmel und Hölle in Bewegung gesetzt hätte, um sie zu retten, dass ihn nichts hätte aufhalten können.

»Alfred«, flüsterte sie und spürte seine Hände, seine starken, todbringenden, sanften Hände. Sie spürte, wie er sie losband, spürte, wie er sie auffing, in den Armen hielt, und sie spürte *ihn*. Sie kannte ihn kaum, wusste nichts von ihm und ließ sich dennoch in die reinigende Glut seines Verlangens nach ihr sinken wie in eine schützende Umarmung.

Alfred hielt Allison, als sie in seine Arme sank. Sie wog kaum etwas, leicht wie eine Feder war sie. Wie konnte jemand, so zart und klein wie sie, größer sein als das ganze Universum zusammengenommen?

Seine Kiefermuskeln verspannten sich, als er spürte, wie die Nachwehen der Energiestöße, mit denen man sie traktiert hatte, ihre Muskeln krampfen ließen. Er zog Allison enger an sich, drückte das Gesicht in ihr schweißnasses Haar, spürte ihre Wange an seiner Brust. Am liebsten hätte er sie ewig im Arm gehalten, er wollte das nicht nur, er *brauchte* es. Er wollte, musste sie halten, trösten, beruhigen, bis die Krämpfe nachließen, bis der Schmerz verschwände. Aber das ging nicht. Dafür blieb ihm keine Zeit.

Behutsam setzte er sie auf eine Bank. Es fiel ihm nicht leicht, sie loszulassen, besonders, weil sie sich an ihm festklammerte wie eine Ertrinkende. Aber es gelang. Dann schlüpfte er aus der Windjacke und zog sie ihr an, wickelte sie darin ein. Die Jacke war viel zu groß, riesig. Allison sah klein und verloren darin aus, aber die Jacke bedeckte sie, bedeckte ihre Nacktheit. Er schlang sich das Pulsergewehr über die

Schulter, dann hob er Allison hoch, nahm sie über die andere Schulter, zog mit der Rechten den Pulser und hastete in Richtung Treppe.

»Rinaldo, du Arsch«, grollte Kuprian Grazioli, während er um die Hausecke kam, »zumindest halb wach solltest du sein! Das nächste Mal, wenn ich dich über Com rufe, dann antworte verdammt noch mal glei...!«

Grazioli brach seine Zurechtweisung mitten im Satz ab, als ihm aufging, warum Rinaldo Mönch keine Antwort auf seine Com-Anfrage wegen des Geräuschs gegeben hatte, das Graziolis Aufmerksamkeit erregt hatte. Jetzt war ihm auch klar, was dieses dumpfe Krachen gewesen war. Es war im Rauschen des Windes in den Bäumen fast untergegangen. Grazioli war schon bereit gewesen, einzuräumen, es sich eingebildet zu haben, als es sich nicht wiederholt hatte. Jetzt wusste er es besser.

Er konnte die Rückenlehne der Sonnenliege nur von hinten sehen, aber mehr zu sehen war auch nicht nötig. Wie eine Blume war weiße Polsterfüllung als Folge einer Explosion aus der Lehne herausgequollen, genau auf Kopfhöhe von jemandem, der sich auf der Liege niedergelassen hätte. Was immer das verursacht hatte, war mit hoher Geschwindigkeit unterwegs gewesen, und die Mitte der herausgestülpten, zerfetzten Polsterblume war blutrot, glitzerte noch feucht.

Grazioli stürzte zur Liege hinüber und griff dabei schon nach seinem Com.

»*Tobin!*«

»Was denn?« Tobin Manischewitz schaute vom Papierkram auf, mit dem er sich zu beschäftigen hatte, als sein Name über das Com knisterte.

»Kuprian«, identifizierte sich jetzt der Sprecher. »Rinaldo ist tot! Jemand hat ihm einen Pulserbolzen zwischen die Augen gejagt!«

»*Was?!*« Manischewitz sprang auf die Füße. »Bist du sicher?«

»Klar bin ich das, verflucht noch mal!«, blaffte Grazioli. »Ich stehe vor dem, was von seinem Kopf übrig geblieben ist! Und ehe ich dich kontaktiert habe, habe ich versucht, Riley zu erreichen. Er antwortet nicht!«

Manischewitz' Gesichtsmuskeln verspannten sich. Wenn Brando nicht antwortete, hieß das, dass sich derjenige, der Mönch getötet hatte, bereits innerhalb des Jagdhauses befand. Nicht nur das: Er wusste genug, um sich zuerst um den Sicherheitsposten in der Küche zu kümmern.

Einen Herzschlag lang verweigerte Manischewitz' Verstand ihm die Mitarbeit. Das konnte, durfte nicht passiert sein, schlicht, weil es unmöglich war. Selbst wenn Benton-Ramirez y Chou sich sofort an die Behörden gewandt hätte, selbst wenn er das BSC davon überzeugt hätte, entgegen Prescott-Chatwell hier auf Beowulf einen Einsatz durchzuführen, war völlig unmöglich, dass er sie jetzt bereits gefunden haben konnte!

Könnte es sein, dass das BSC das Com-Signal zurückverfolgt hat? Blödsinn, nein, wie soll das gehen? Wir haben unseren eigenen Satelliten im Orbit benutzt und über ihn das erste Signal umgeleitet, und das mit der besten Software der ganzen Galaxis! Wir haben es über so viele Knoten umgeleitet, nicht einmal Gott selbst könnte das Signal zurückverfolgen! Es existiert schlicht nicht die Möglichkeit dazu, und schon gar nicht in diesem Tempo! Ob die Kleine einen Kennsignalgeber an sich herumträgt, von dem wir nichts wissen? Aber wir haben alles überprüft, alles! Und selbst wenn dem so wäre ...

Er gab sich einen Ruck. Wie man sie aufgespürte hatte, spielte keine Rolle mehr, wo es nun einmal passiert war. Aber wenn der SBI oder das BSC schon hier waren, wo zum Teufel blieb der groß angelegte Angriff? Kein Spezialeinsatzkommando hätte einen Wachposten ausgeschaltet, um dann ohne Verstärkung, die für die nötige Rückendeckung sorgte, in ein Objekt einzudringen. Das BSC war zwar ein raffinierter, zu Finesse fähiger Gegner, aber es vertraute auf die Macht der Feuerkraft, vertraute darauf, einen einzigen gebündelten Schlag führen zu können, der jede Auseinandersetzung sofort beendete, vertraute darauf, die intendierten Opfer zu lähmen und ihnen so die Möglichkeit zur Gegenwehr zu nehmen. Also, welche Sorte Angriff ...?

Manischewitz drückte auf die Taste für Com-Kontakt zu allen Stationen. »Com-Überprüfung!«, bellte er ins Mikro und zwang sich, ruhig stehen zu bleiben, bis alle Mitglieder seines Teams geantwortet hatten.

Von vier Mann fehlte die Rückmeldung: Brando, Mönch, Sugimoto ... und Ardmore.

Scheiße, der verdammte Generator!, dachte Manischewitz. *Wer auch immer der Schweinehund ist, er hat sich den Mann gegriffen, der den Generator zu überprüfen hatte, und hat ihn zum Reden gebracht. Dann ist er quer durch unsere Außensicherung spaziert, hat Riley erledigt, und ...*

Erst jetzt traf ihn die Erkenntnis, was Ardmores Schweigen zu bedeuten hatte, wie ein Schlag zwischen die Augen – und das mit voller Wucht. Wenn der Eindringling Giuseppe ausgeschaltet hätte, dann hätte er ...

Manischewitz' Gedanken überschlugen sich, als seine Überlegungen bis zu diesem Punkt gediehen waren. Wieder schlug er auf die Taste, die ihn mit allen Stationen des Coms verband, doch in eben dem Augenblick meldete sich Kuprian Grazioli erneut.

»*Tobin!* Ein Eindringling kommt gerade aus de...«

Über die offene Com-Verbindung war das Aufheulen eines Pulserschusses zu hören und unterbrach Graziolis Warnung mit abrupter Endgültigkeit mitten im Satz.

»Eindringlingsalarm! Der Eindringling verlässt das Haus gerade wieder!«, bellte Manischewitz ins Com. »Er versucht es im Westen. Palacios, Tangevec, Mészáros, ihr haltet den Sicherheitskordon ums Haus. Der Eindringling wird zum Bachbett gelangen wollen. Wenn er das versucht, knallt ihn ab! Alle anderen kommen zur hinteren Veranda, da sprechen wir unser gemeinsamen Vorgehen ab!«

Er sprach weiter, während er die Schreibtischschublade aufriss und nach seinem Pulser griff.

»Wer immer der Scheißkerl ist, er hat bereits vier von uns ausgeschaltet – fünf, Grazioli mitgezählt. Also passt verdammt noch mal auf eure Hintern auf! Ich nehme an, der Kerl war schon zu Giuseppe vorgedrungen, ehe Grazioli den toten Mönch entdeckt hat, also hat er vielleicht die Kleine bei sich. Ich will die Kleine lebend zurück, sofern wir sie uns wieder schnappen können. Aber vor allem seht zu, dass dieser Schweinehund kalt gemacht wird. Das ist die Hauptsache, klar? Wenn das bedeutet, dass wir die Kleine verlieren, dann ist das halt so!«

Alfred fluchte, während der Mann, der neben der bequemen Sonnenliege gestanden hatte, rückwärts taumelte. Der Bolzen der Descorso war oberhalb der Oberlippe eingeschlagen: Unter der Schockwelle des Einschlags zersplitterten Knochen von Gesicht und Hinterkopf, Blut und fein verteilte Gehirnmasse stoben in einer Wolke davon. Aber er hatte in ein Com geplärrt, als Alfred abgedrückt hatte! Alfreds Blut gefror zu Eis, denn vom windumtosten Waldrand im Norden hörte er jemanden rufen.

Alfreds einzige Chance war von Anfang an gewesen, in das Haus einzudringen, Allison zu finden, sie aus dem Haus und vom Grundstück zu schaffen und das wartende Taxi zu erreichen, ehe die Killer von Manpower begriffen hätten, wie ihnen geschah. Nun war es anders gekommen, und Alfred machte sich keine Illusionen, welcher Sorte Mensch er sich gegenübersah.

Er war schon herumgewirbelt, um einen Ausbruch hinüber in die Wälder zu versuchen. Da ging eine Salve Pulserbeschuss mit der charakteristischen kräuselnden Luftbewegung von überschallschnellen Energiebolzen knapp über seinen Kopf hinweg. Alfred zerbiss einen weiteren Fluch und entschied sich für die einzige Alternative, die ihm jetzt noch blieb: Er spurtete nicht zum Waldrand hinüber, sondern wandte sich nach Süden, schlug einen Bogen, damit der Generatorschuppen zwischen ihm und dem Gewehrschützen im Norden bliebe. So war Alfred für ein paar kostbare Augenblicke gedeckt, dann schrillte eine weitere Salve an ihm vorbei. Blitzschnell wich Alfred zur Seite aus und schlug einen Haken, ehe er mit seiner geschulterten Last in das ausgetrocknete Bachbett eintauchte.

Ein dritter Schuss riss eine Fontäne aus Erde, Gras und Laub aus der Südflanke des Bachlaufs, aber der Schütze konnte sein Ziel jetzt nicht mehr ausmachen. Der Kerl schoss blind, was am Ende natürlich keinen großen Unterschied machen würde. Der Gegner wusste, auf welcher Höhe im Bachbett Alfred Deckung genommen hatte, und der Scheißkerl im Norden war dem westlichen Ende des Bachlaufs näher als Alfred. Der Gegner würde diesen Mann dort in Stellung gehen lassen, einen weiteren Mann zum östlichen Ende schicken und diesen dann nach Westen vorrücken lassen, um die Schlinge um ihre im Bachbett festsitzende Beute immer enger zu ziehen.

Alfred ließ Allison so behutsam wie möglich von seiner Schulter gleiten, während er das erbeutete Pulsergewehr von der anderen Schulter riss. Wenigstens hatte der Schweinehund, dem es zuvor gehört hatte, drei zusätzliche Magazine dafür dabeigehabt. Es wäre also unwahrscheinlich, dass Alfred die Munition ausginge, bevor ihn die Gegner eingekesselt hätten und Allison und ihn erschössen.

Auf die Ellenbogen gestützt, kroch er zum Ufer des Bachbetts und hob vorsichtig den Kopf. Das ausgetrocknete Bett war an dieser Stelle zwei Meter tief, was gut war, und Alfred hatte freies Schussfeld in alle Richtungen. Leider konnte er nie mehr als nur eine Richtung gleichzeitig unter Beschuss nehmen. In diesem Augenblick kam schrill aufheulend die nächste Salve Pulserbolzen ein. Wieder ging sie über seinen Kopf hinweg, war allerdings aus einer anderen Richtung gekommen: östlich von der Position, aus der bisher gefeuert worden war. Im Augenwinkel nahm Alfred eine Bewegung wahr, als der Mann, der soeben gefeuert hatte, hinüber zu einem anderen Wirtschaftsgebäude des Jagdhauses hechtete, das näher am Bachbett gelegen war.

Sofort legte Alfred an, das Pulsergewehr ein vertrauter Kamerad an seiner Schulter, und zog den Abzug durch.

Der rennende Mann schien mitten in der Bewegung ins Straucheln zu geraten, stürzte und schlug mit der knochenbrecherischen Gewalt von achtzig Kilo totem Fleisch auf dem Boden auf. Die Bestie in Alfred fletschte die Zähne und fauchte im Triumph. Machte fünf. Immerhin, und dafür dankte Alfred Gott, war diesem Abschaum klar, dass sie sich in einem Feuergefecht befanden.

Der Gedanke durchzuckte ihn, und auf der Zunge hatte er mit einem Mal einen giftig bitteren Geschmack. Sein Blick zuckte über die Schulter zurück hinüber zu Allison, ehe er wieder ganz dem anrückenden Gegner galt. Es machte keinen Unterschied, wie viele von ihnen er tötete, ehe sie ihn töteten – was sicher war. Er hatte versagt, und Allison würde ebenfalls den Tod finden.

Schluss damit! Ja, vielleicht habe ich versagt, aber noch ist Allison nicht tot, und ich auch nicht! Belassen wir's dabei, alles andere wäre Wahnsinn, und...

»Alfred?«

Seine Augen weiteten sich, als er sie schwach seinen Namen rufen hörte.

»Ja, Allison, ich bin's.« Er war überrascht, wie sanft, wie zärtlich seine Stimme klang, aber er wagte nicht, noch einmal zu ihr hinüberzublicken.

»Du ... bist gekommen, um mich zu retten«, sagte sie.

»Klar, das bin ich.« Er überlegte, ob er sie anlügen sollte, ihr sagen, alles würde gut. Doch er wusste genau, sie würde die Lüge in demselben Augenblick als solche erkennen, in dem er sie ausspräche. Also schüttelte er den Kopf. »Sieht nicht sonderlich gut für uns aus.«

Sie lachte auf, was ihn sehr erstaunte, auch wenn es nur der Abglanz eines Lachens war. Das Lachen endete in einem Schluchzen. Schmerz, Trauer. Weil sie wusste, dass er ebenfalls sterben würde.

»Hier!« Er zog das UniLink aus seiner Hosentasche und

warf es zu ihr hinüber. »Mach Meldung bei den Cops. Sag ihnen, sie sollen das Signal zurückverfolgen. Vielleicht schaffen sie es ja noch rechtzeitig hierher.«

Das zu hoffen wäre verflucht dämlich, aber ihn überraschte, mit welchem Ausbruch von Erregung Allison darauf reagierte. Über das Band zwischen ihnen hallte diese Erregung auch in ihm wider, als sie mit zitternden Händen nach dem UniLink griff. Alfred wollte gerade etwas sagen, da kam eine Salve aus Richtung Haupthaus, und er warf sich herum, erwiderte das Feuer und hörte jemanden einen Warnruf ausstoßen. Getroffen hatte er sicher niemanden. Also waren es jetzt mindestens vier oder fünf, die vorhatten, sie im Bachbett festzunageln und auszuschalten. Er würde sein Glück bei den Angreifern versuchen, die vom Wald her vorrücken würden, und hechtete hinüber zum Südufer des Bachlaufs. Er kam genau zur rechten Zeit dort an, um einen Blick auf einen Burschen zu erhaschen, der unter dem Feuerschutz der anderen gerade zur nächsten Deckung näher am Bachbett sprintete. Pulserbolzen aus allen Richtungen schrillten durch die Luft, aber keiner der Schüsse war gezielt abgegeben worden. Der Gegner hatte keine Ahnung, wo genau sich Alfred befand. Rasch gab er einen dreischüssigen Feuerstoß ab.

Sein Ziel, der Mann, der unterwegs zur nächsten Deckung gewesen war, ging schreiend zu Boden. Es hatte ihm das rechte Bein in Oberschenkelmitte zerfetzt, und Alfred duckte sich wieder ins Bachbett, rollte sich rasch zur Seite, nach links, zu einer neuen Position in einigen Metern Entfernung, während eine ganzer Bolzenschauer dorthin peitschte, wo er eben noch gewesen war.

»Jacques!«, hörte er da Allisons Stimme in seinem Rücken.

Jacques Benton-Ramirez y Chou kannte die Nummer nicht, als die Anrufer-ID aufleuchtete. Es war nicht Allisons Nummer, so viel stand fest. Vielleicht benutzten ihre Entführer zusätzliche Com-Verbindungen, jetzt, wo sie ihre Forderungen an Jacques gestellt hatten. Er gab ein, den Anruf zu akzeptieren, kam aber nicht mehr dazu sich zu melden.

»Jacques!«, rief eine Stimme, die zu hören ihn sofort alarmierte.

»Alley?«

Stocksteif saß er in seinem Stuhl und fragte sich, warum die Entführer sie erneut an ein Com ließen. Ihn erfasste die Angst davor, es wäre nur, um erneut ihre gequälten Schreie zu hören. Aber dann hörte er ein Geräusch, das für jemanden, der es schon einmal in seinem Leben gehört hatte, tatsächlich unverkennbar war. Sofort sprang er auf: das Knistern und Schrillen von Pulserfeuer.

»Jacques, ich bin's, ja. Verfolg das Signal zurück! Wir sind in einem Graben in der Nähe eines Hauses auf dem Land, in Waldnähe. Sie kesseln uns ein. *Mach schnell*, Jacques!«

»Alley!«

Es kam keine Antwort, aber die Verbindung war immer noch offen. Jacques hörte noch mehr Pulserschüsse. Jede Menge Pulserschüsse.

»Sergeant Brockmann, sofort aufsitzen! Los, verdammt noch mal!«, brüllte er, stürzte aus der Tür des Büros und hetzte hinüber zum wartenden Sturmshuttle.

Alfred feuerte erneut – mehr, um den Gegner in seine Deckung zu zwingen, als mit irgendeinem anderen Ziel – und kroch nach links. Sollten die Schweinehunde nur schön die Köpfe unten behalten! Und sollten sie ruhig davon ausgehen, er würde einen Ausfall nach rechts wagen . . . nun, zumindest hoffte Alfred das.

Er spürte, dass etwas . . . jemand am Pistolengürtel über seiner Schulter – der vor Kurzem noch Allisons Peiniger gehört hatte – zupfte und zog. Ein rascher Blick verriet Alfred, dass es Allison war. Sie zog gerade den Pulser im Gurt aus der Pistolentasche. Alfred blickte ihr direkt in die Augen, und ihr gelang ein zittrig ausfallendes Lächeln.

»Du deckst diese Seite, ich die andere«, sagte sie.

»Du weißt, wie man mit einem Pulser umgeht?«

»Nicht so gut wie du, aber mein Bruder hat mich ein paarmal auf den Schießstand mitgenommen. Nicht zu vergessen«, sie schenkte ihm eine weiteres ihrer herzzerreißenden Lächeln, »bin ich die einzige Verstärkung, die du momentan bekommst.«

»Stimmt.« Er lächelte tatsächlich zurück, was ihn selbst überraschte, und schüttelte den Kopf. »Immer schön den Kopf unten halten. Streck ihn immer nur ganz kurz hoch, um dich rasch zu orientieren, und geh sofort wieder in Deckung . . . und streck den Kopf nicht zweimal an derselben Stelle heraus, klar?«

»Jawohl, Sir«, antwortete sie und kroch auf das andere Ufer des Bachbetts zu.

Es war vollkommen daneben, klar, aber in diesem Moment, in dem er beobachtete, wie sie mit dem Pulser ihres Peinigers in der einen Hand auf ihre Stellung zurobbte – die andere, die freie Hand hielt seine viel zu große Windjacke zu – und dabei immer noch am ganzen Leib zitterte wie jemand kurz vor einer altmodischen Ohnmacht, weil man sie mit einer Nervenpeitsche gefoltert hatte, wusste Alfred Harrington eines: Nie im Leben hatte er eine begehrenswertere Frau gesehen.

Nicht der rechte Zeitpunkt dafür, Mann, nicht der rechte Zeitpunkt, mahnte eine Stimme in seinem Hinterkopf. Zweifelsohne hatte sie recht, aber das machte seine Feststellung nicht weniger wahr.

Rasch hob er ein klein wenig den Kopf, lüpfte gerade einmal die Augen über den Saum des Bachbetts, und sah aus dem Augenwinkel eine Bewegung. Geduldig wartete er. Das Haupthaus säumte ein halbes Dutzend in Form geschnittener Sträucher, jeder Strauch ein anderes beowulfianisches Wildtier. Er behielt diese Sträucher im Blick, ihre Spitzen zumindest, kaum dass die Bewegung nicht mehr wahrzunehmen gewesen war. Einen Augenblick später bewegte sich der nächste Busch, ein Kopf wurde vorsichtig aus der Deckung gesteckt ... und explodierte zusammen mit zahllosen makellos gestutzten Zweigen in einer Blutwolke, als ihn Alfreds Pulserbolzen traf.

Wer zum Teufel ist das, fragte sich Tobin Manischewitz selbst, als Emiliano Min den Tod fand. Keine drei Meter von Manischewitz' Position entfernt schlug die Leiche auf dem Boden auf. Manischewitz knirschte mit den Zähnen. Der Schütze mit dem Pulsergewehr hatte bereits Gualberto Palacios und Häkon Grigoriv erledigt. Min mitgezählt, waren das acht Mann von Manischewitz' Team, und bisher hatte niemand den Hundesohn auch nur zu Gesicht bekommen!

Abgesehen von ein paar, die er bereits umgelegt hat, verbesserte er sich selbst.

Er hatte jetzt nur noch acht Mann, ihn selbst eingerechnet, und das schmeckte ihm überhaupt nicht. Es war offenkundig, dass er recht gehabt hatte und der Eindringling ein einsamer Wolf war. Wäre dem nicht so, wäre das Sondereinsatzkommando, das abgewartet hätte, bis er die Frau befreit und aus dem Haus gebracht hätte, bereits über das gesamte Gelände ausgeschwärmt und hinter ihnen allen her. Was nicht hieß, dass der Kerl ein einsamer Wolf bleiben müsste. Der Scheiß-kerl hatte sicher ein Com, musste eines haben, ganz sicher, und hätte es jetzt, wo er die Kleine aus dem Haus heraus-geholt hatte, sicher auch schon benutzt. Die Frage war also, wie schnell er jemanden erreichte und man ihm dort seine Geschichte abkaufte ... und wie rasch die Stellen, die er kon-taktiert hätte, zu reagieren in der Lage wären. Der Grund, warum diese Frage von derart entscheidender Bedeutung war, war schlicht dieser: Seine Leute und er hatten den Hun-desohn ausgerechnet am schlechtesten Punkt im ausgetrock-neten Bachlauf festgenagelt, der sich nur denken ließ – da, wo er freies Schussfeld auf den Wagenpark hatte. Dort standen die Flugwagen und auch der vermeintliche Krankentrans-porter ... und seine Männer und er konnten sich nicht zu-rückziehen und von hier verschwinden, wenn ein Gewehr-schütze von dieser Klasse nur darauf wartete, dass sie genau das täten.

Was für eine verfluchte Scheiße! Wahrscheinlich wird er mir nicht glauben, wenn ich ihm sage, dass wir hier wirklich nur noch ver-schwinden wollen. Teufel noch eins, ich würde es ja selbst nicht glau-ben! Jemanden in einem Flugwagen hoch genug aufsteigen lassen, damit er von da oben das Feuer eröffnen und mich in dem verfluchten Graben erwischen kann? Nie und nimmer!

Ihre einzige Chance war, den Hundesohn auszuschalten, ehe jemand auf seinen Hilferuf reagieren konnte, und zumindest mit ein bisschen Sand im Getriebe der Behör-den durften sie gewiss rechnen. Schließlich hatte selbst das SBI nicht ständig ein Sondereinsatzkommando rund um die Uhr abmarschbereit, und der Hauptgrund dafür, den abgelegenen Jagdsitz hier draußen zu kaufen, war schließlich, dass das Gelände hier außerhalb des Zuständigkeitsbereichs der städtischen Polizeibehörden lag. Die Landeier hier draußen waren mehr Wildhüter als Polizisten. Es war nicht sonderlich wahrscheinlich, dass man diese Kräfte schnell würde zusammenziehen können. Selbst wenn, stand nicht zu erwarten, dass sie ausreichend schwere Waffen hätten und das nötige Training, das man bei den Polizeibeamten in Grendel oder den Beamten vom SBI voraussetzen durfte. Also blieb Manischewitz und seinen Leuten noch ein bisschen Zeit, allerdings nicht sehr viel.

»O'Connor, du und Schreiber, ihr lasst euch in einem Bogen nach Norden zurückfallen. Seht zu, dass ihr aus seinem Sicht- und Schussfeld kommt. Dann wechselt auf die andere Seite des Grabens und sprecht euch mit Tangevec und Mészáros ab. Wir müssen den Hundesohn unbedingt in die Zange nehmen, und das möglichst sofort. Zepeda, ich brauche dich, Yang und Meakin hier bei mir. Und haltet verdammt noch mal die Köpfe unten!«

Bestätigungen kamen über Com zurück, und Manischewitz zwang sich zur Geduld, obwohl er mit einer aus Verzweiflung geborenen Deutlichkeit spürte, wie die Sekunden der wenigen Zeit vertickten, die ihnen noch blieb. Aber er hatte schon zu viele aus Ungeduld den Tod finden sehen. Nein, er würde nichts übereilen, sich nicht zu einem tödlichen Fehler jemandem gegenüber hinreißen lassen, der ein so guter Schütze war wie der Hundesohn dort unten im Graben.

»Es sind jetzt mehr auf dieser Seite als bisher«, meldete Allison, »mindestens ein Mann mehr, vielleicht auch zwei.«

Sie sagte es mit schwacher Stimme, die wie ausgefranst

klang, und Alfred wusste, dass Allison allein Entschlossenheit und Mut und schiere Hartnäckigkeit bei Bewusstsein hielten.

»Sie könnten vorhaben, den Bachlauf zu stürmen«, meinte er leise. »Ein oder zwei werden aus ihrer Deckung aufspringen und vorstürmen, die anderen geben ihnen Feuerschutz. Ich möchte, dass du genau dort bleibst, wo du jetzt bist, bis du glaubst, sie sind so weit, dich direkt anzugreifen. Dann möchte ich, dass du dich nach rechts oder links drehst, kurz hochtauchst, beim Schießen dein Bestes gibst und sofort wieder in Deckung gehst. Bleib ja nicht oben, um zu schauen, ob du getroffen hast! Sie werfen sich wahrscheinlich schon zu Boden, wenn sie das Schrillen der Pulserbolzen hören, obwohl du keinen von ihnen getroffen hast. Du bleibst an keiner Position lange genug, um denen, die da Feuerschutz geben, eine Chance zu lassen, auf dich zu schießen, verstanden?«

Allison schaute ihn über die Schulter hinweg an. Sie spürte brennende Sorge unter der kühl kalkulierenden Konzentration, die ihm Disziplin und Selbstbeherrschung ermöglichten. Und da war noch etwas. Die Gewissheit, dass er für Momente wie diesen geboren war. Das zu fühlen, zu wissen, verabscheute er. Aber alles andere wurde von dem verzweifelten Bedürfnis beherrscht, sie, Allison Chou, am Leben zu erhalten. Allison spürte, wie seine Stärke sie flutete und ihr Kraft gab. Die schwarzen Punkte, die ihr vor den Augen tanzten, verschwanden, und sie holte tief Luft, während sie sich fragte, was für eine absurde, undenkbare Verbindung zwischen ihnen das zu bewerkstelligen vermochte.

»Verstanden«, antwortete Allison, und ihre Stimme war kräftiger und fester als noch vor einem Moment.

»Tobin, wir sind in Position«, meldete Terjo O'Connor knapp über Com an Manischewitz.

»Okay, er kann immer nur eine Richtung auf einmal im Blick behalten«, antwortete der Angefunkte. »Nach drei, klar?«

»Alles klar.«

Manischewitz holte tief Luft und schob sich vorsichtig hoch auf ein Knie. Er hatte jetzt hinter demselben Formschnitt-busch Deckung genommen, der diese Aufgabe so wenig zu-verlässig für Min übernommen hatte. Manischewitz hatte allerdings auch nicht vor, seinen Kopf aus der Deckung zu stecken, wo man ihm diesen von den Schultern schießen könnte. Yang und er würde Rudi Zepeda und Lazare Meakin Feuerschutz geben.

Zumindest bis zur nächsten Deckung, dachte er grimmig. Dann wäre er dran und würde sich aus seiner Deckung heraus-wagen müssen, ganz egal ob ihm das passte oder nicht.

»Eins«, zählte er über das Com vor, »zwei, drei! Los!«

Alfred sah eine Bewegung – einen Sekundenbruchteil, bevor Feuerschutz gegeben wurde. Instinktiv duckte er sich, rollte sich nach rechts, kam hoch, das Pulsergewehr im Anschlag, die Augen kalt wie Eis.

Pulserbolzen zischten über ihn hinweg, aber ihm blieb ein kurzer Moment, ein ganz kurzer Moment, ehe die Hirne hin-ter den gegnerischen Gewehren begriffen, was ihnen die Augen meldeten und dann das Feuer auf seine Position umlenken konnten. Dieser eine Moment genügte Alfred Har-rington, um sein Ziel zu finden. Es war genau dort, wo er es vermutet hatte. Lazare Meakin war immer noch dabei, auf die Füße zu kommen, sich in Bewegung zu setzen, als eine

Drei-Schuss-Garbe seinen Rumpf traf. Meakin schlug auf dem Boden auf, während er mit Lungen zu schreien versuchte, die sich bereits in eine Blut- und Gewebewolke aufgelöst hatten. Alfred duckte sich wieder in den Schutz des Bachbetts, genau in dem Augenblick, in dem Manischewitz und Yang die Mündungen ihrer Pulsergewehre auf seine eben noch gehaltene Position richteten.

Mit einem kurzen Blick auf das, was mit Meakin passiert war, warf sich Rudi Zepeda flach in die vollkommen unzureichende Deckung einer leichten Bodenvertiefung. Er hatte nicht mehr als vier oder fünf Meter Boden in Richtung Bachbett gutgemacht. Jetzt riss er sein eigenes Pulsergewehr von der Schulter und feuerte ganze Bolzensalven blind in Richtung Bachbett.

Hinter Alfred jaulte Allisons Pulser auf, und er spürte ihre aus Verzweiflung gespeiste Entschlossenheit. Den Einfärbungen nach, die ihn über das seltsame Band zu ihr erreichten, bezweifelte er gemeinsam mit ihr, dass sie getroffen hatte. Aber sie war fest entschlossen zu töten, was die Seite in ihm, die zu töten bereit war, noch anstachelte. Das Gefühl unterschied sich von der Schwärze, die ihn wie ein Höllenschlund zu verschlucken drohte, war aber nicht weniger stark.

Wieder nahm er Bewegung vor sich wahr, wieder jagte er eine Feuergarbe in die entsprechende Richtung. Dieses Mal traf er nicht, und das Erwiderungsfeuer wirbelte Erde und Splitt auf, die ihm ins Gesicht stoben. Einer der Pulserbolzen war so nah an ihm vorbeigeschossen, dass ihm der Schädel dröhnte. Alfred duckte sich tiefer in die Deckung, rieb sich hektisch die Augen. Er blinzelte, hoffte auf reinigende Tränen, schüttelte den Kopf, um den Schrecken abzuschütteln, der ihn zu lähmen drohte. Er konnte nur hoffen, dass keiner der Gegner kapierte, wie nah sie dran gewesen waren, ihn zu treffen. Seine Sicht klärte sich, wenigstens zum größten Teil. Wieder hob er den Kopf gerade so weit über den Uferrand, dass er in Richtung Gegner blicken konnte. Es war, als schaue er durch eine Crystoplastscheibe. Noch einmal blinzelte er, wieder und wieder. Da, eine Bewegung! Alfred gab einen Feuerstoß in die entsprechende Richtung ab – im selben Moment, als auch Allison auf ihrer Seite feuerte, einmal, zweimal. Unmittelbar darauf ein Schrei und tiefe Befriedigung, die in ihr brodelte. Alfred jedoch war klar, dass ihre Gegner sich unaufhaltsam vorarbeiteten, dem Bachbett aus beiden Richtungen immer näher kamen. Er betete, niemand von den Kerlen besäße Granaten.

Tobin Manischewitz' Kiefermuskeln verspannten sich, als Kazimierz Mészáros den Tod von Terjo O'Connor meldete. Die Pulserbolzengarbe hatte ihm wie eine hyperschnelle Kettensäge das Bein abgetrennt. Es hatte nur Minuten gedauert, und er war verblutet. Weder Mészáros noch O'Connors Partner, Schreiber, hätten ihn rechtzeitig erreichen können, um das zu verhindern, selbst wenn sie es versucht hätten.

Sein Team war auf sechs Mitglieder geschrumpft, aber es fehlten jetzt auch nur noch vierzig, vielleicht fünfzig Meter bis zum ausgetrockneten Bachbett.

Nur noch ein paar Minuten, dachte er grimmig und sandte ihrem Zielobjekt eine neuerliche Salve Bolzen entgegen. Yang spurtete fünfzehn Meter weiter auf dieses Ziel zu und warf sich gerade noch rechtzeitig zu Boden. *Nächstes Mal bringe ich verdammt noch mal Granaten mit, wie auch immer die beschissenen Einsatzpläne lauten! Aber wir sind ja fast da. Nur noch ein paar Minuten, ein paar Sprints mehr, und wir haben sie!*

Irgendetwas brachte Alfred dazu, aufzusehen.

Er würde nie erfahren, was das gewesen war, nie den Grund kennen. Vielleicht war es lediglich Instinkt, denn gehört haben konnte er nichts. Bei Mach sechs waren sie vor ihrem eigenen Schall über Allison und ihm. Aber weil er aufsah, sah er sie kommen und wusste, was passieren würde.

Er warf sich von seiner Stellung hinüber auf Allison, packte sie sich, riss sie hinunter zur tiefsten Stelle des Bachbetts und schützte Allison mit seinem Körper, als es um sie herum die Welt in Stücke riss.

Tobin Manischewitz bekam keine Zeit mehr, zu begreifen, was passierte.

In seinem Kalkül hatte er nie die Möglichkeit eines Angriff durch Sturmshuttles in Betracht gezogen. Der Einsatz von all-tauglichem militärischem Fluggerät in zivilem Luftraum mit Geschwindigkeiten über Mach zwei wurde nicht nur miss-billigt, solche Einsätze waren schlicht verboten. Sturmshut-tles besaßen keine daueraktiven Transponder wie zivile Ein-satzfahrzeuge, um andere Verkehrsteilnehmer zu warnen, rechtzeitig ihren Luftraum zu verlassen. Auch besaßen Sturm-shuttles weder Ausrüstung noch Autorisierung, auf Flugrech-ner und Navigationscomputer in Flugwagen zuzugreifen und notfalls deren Kurs zu ändern, damit die Einsatzkräfte mit ihren Flugwagen freie Bahn hätten. Ganz sicher aber hat-ten sie nicht die Autorisierung, zivilen Flugraum und Luft-korridore zu verletzen, und das am helllichten Tag mit einer Geschwindigkeit von sechstausend Kilometern pro Stunde. Jeder Militärpilot, der dumm genug gewesen wäre, der-gleichen auszuprobieren, fände sich vor einem Kriegsgericht wieder und müsste mit einer empfindlich langen Haftstrafe rechnen, nicht nur mit einer Degradierung, einem Verweis oder einer Bußgeldzahlung.

Manischewitz wusste das. Auch das BSC wusste das. Manischewitz wurde zum Problem, dass sich das BSC keinen Deut darum scherte.

Mit aufheulenden Triebwerken kam der Sturmshuttle eine erklecklichen Zeitspanne vor ihrem markerschütternden Überschallknall ein. Ihr Zielerfassungssystem hatte sich in einen von Beowulfs Systemverteidigungssatelliten gehackt. Die Systemverteidigungskräfte hätten dem BSC mit beinahe hundertprozentiger Sicherheit den Zugang ohnehin gewährt, aber es war keine Zeit gewesen, die Entscheidung innerhalb der offiziellen Weisungskette abzuwarten. Nun, das BSC war schon immer gern ... nennen wir es: unkonventionell vorgegangen.

Jacques Benton-Ramirez y Chou hatte den Platz des Richtschützen für sich beansprucht. Seine braunen Augen wirkten dunkel wie geschliffener Feuerachat. Über Satellit hatte er das Feuergefecht beobachtet, während der Sturmshuttle mit aufheulenden Triebwerken vom Boden abgehoben und so schnell beschleunigt hatte, dass Nase und Tragflächenkanten vor Hitze weiß glühten. Hastig hatte die Besatzung die Schwerkraftgeneratoren hochgefahren, um sich vor den resultierenden G-Kräften zu schützen, die sie sonst in ihren Andrucksesseln zerquetscht hätten. Gewiss könnte niemand Jacques' Schwester schneller erreichen als Jacques selbst und seine Leute, aber Allison befand sich in fünfhundert Kilometern Entfernung zu Camp Oswald Avery – was einer Flugstrecke von sieben Minuten entsprach. Denn nicht einmal ein Sturmshuttle konnte innerhalb einer Planetenatmosphäre sofort auf Mach sechs beschleunigen. Was Jacques jedoch über den Satelliten beobachten musste, der immer noch auf das sendende Com eingeloggt war und wiedergab, was sich an dessen Position abspielte, ließ ihm das Blut in den Adern gefrieren. Er wusste nicht, wer dort bei seiner Schwester war, aber die hochauflösenden Sensoren des Satelliten hatten ihm nur zwei Personen in dem ausgetrockneten Bachbett angezeigt ... und zehn weitere, die die Schlinge um sie immer enger zogen. Im Gefecht waren sieben Minuten eine Ewigkeit.

Aber irgendwie war es Allison und ihrem Begleiter gelungen, durchzuhalten, nein, nicht allein nur durchzuhalten, sondern dem Gegner bei seinem Vorrücken mit Zähigkeit und ohne Unterlass einen gehörigen Blutzoll abzuverlangen. Jetzt, wo der Sturmshuttle mit der verheerenden Gewalt eines Molochs auf sie zuraste, drückte Jacques den Auslöser auf dem Steuerknüppel des Richtschützen. Zwei Geschossgondeln lösten sich aus dem Waffenschacht der Fähre auf akribisch vorausberechneten Flugbahnen. Sie entfernten sich von der Fähre mit einer Beschleunigung, die selbst die der heulenden Triebwerke des Sturmshuttles in den Schatten stellte. Dann öffneten sich die Gondeln ... genau über den Männern, die vorhatten, das Bachbett zu stürmen. Viertausend Schrapnellgeschosse unter Eigenantrieb sausten jetzt auf die Männer hinab, präzise verteilt über einen ovalen, hundert Meter langen und vierzig Meter breiten Wirkungsbereich. Auf beiden Ufern des Bachlaufs näherten sich diese einander bis auf fünfundzwanzig Meter. Die Detonation der Geschosse riss dichte Wolken aus Staub und halb verdampfter Erde über der Einschlagszone empor. Während der Sturmshuttle darüber hinwegschoss, dann eindrehte, um so viel Tempo wie möglich abzubauen und auf Gegenkurs ging, gab

461

es nichts Lebendes mehr unter diesem langsam aufsteigenden Leichentuch.

Allison Chou öffnete die Augen und sah eine Decke in Pastelltönen und Sonnenlicht. Ihr Blick wanderte über die Monitore neben ihrem Bett. Sie befand sich also, wie ihr sofort aufging, in einem Krankenhaus. Es war so still um sie herum, dass sie das leise Piepen des Herzmonitors hören konnte.

Einen Augenblick lang lag sie ganz reglos da und hielt den Atem an. Dann entließ sie die Atemluft in einem Stoß aus ihren Lungen, einem Seufzer der Erleichterung. Sie schien nicht großartig verletzt. Erneut schloss sie die Augen, ihre Lippen bebten, so dankbar war sie dafür, und dann, zu ihrer eigenen Überraschung, lächelte sie.

Deine Prioritätenliste braucht eine Überarbeitung, sagte sie sich selbst. *Keine schlimmeren Verletzung davongetragen zu haben ist wundervoll, aber vielleicht solltest du dem Umstand mehr Achtung entgegenbringen, dass du noch am Leben bist.*

Jemand räusperte sich, und sofort öffnete Allison wieder die Augen. Ohne den Kopf zu heben, drehte sie ihn nach links, in Richtung des Räusperns. Augen, die den ihren enorm ähnelten, blickten sie an, und sie sah diese Augen blinzeln, sah die Tränen, mit denen sie sich füllten, und griff nach der Hand ihres Bruders.

»Hallo«, sagte sie mit belegter Stimme. Ihre Kehle fühlte sich rau und wund an, und Allison schauderte, als sie sich an die Schreie erinnerte, die sie ihr wund gerissen hatten. Jacques musste bemerkt haben, wie sich der Schatten der Erinnerung über ihren klaren Blick legte, denn er umschloss ihr Hand fester und beugte sich vor, um seine Zwillingsschwester auf die Stirn zu küssen.

»Selber hallo«, sagte er, und dass seine Stimme ebenfalls belegt und heiser klang, hatte nichts mit Schreien zu tun. Er lehnte sich in seinem Stuhl zurück, nahm aber Allisons Hand und legte sich deren Handrücken an die Wange. Mit einem Kopfschütteln setzte er hinzu: »Hast mir einen ordentlichen Schrecken eingejagt, Alley.«

»War selbst ganz erschrocken«, gestand Allison. Wieder bebten ihre Lippen, als sie zu lächeln versuchte; es wurde nur der Schatten eines richtigen Lächelns. Dann verengte sie die Augen. »Das war Manpower, stimmt's?«

»Ja.« Jacques legte ihre Hand behutsam zurück auf die Bettdecke, ganz nah zu sich, an die Kante des Klinikbettes. Zum zweiten Mal musste er sich räuspern. »Ja«, wiederholte er dann und fuhr fort: »Stimmt, es war Manpower.«

»Was hat man von dir gewollt?«

»Informationen. Die wollten, dass ich die Identität aller Agenten preisgebe, die auf Silesia außerhalb von Botschaft und Konsulaten für Beowulf arbeiten.« Jacques verzog die Lippen. »Ich bin sicher, dass man bei nächster Gelegenheit noch mehr und weitergehende Informationen verlangt hätte, aber das war es, was man bei der ersten Übergabe von mir wollte.«

Allisons Augen wurden groß. Sie hatte sich das schon selbst ausgerechnet, aber Manpower musste doch wissen, dass Jacques ihnen die verlangten Informationen nicht geben würde, nicht geben könnte, nie und nimmer, egal was man ihr antäte. Dass er nichts preisgeben durfte und sie so nicht hätte retten können, hätte ihm das Herz zerrissen, ihn am Boden zerstört. Aber er wusste ja, besser noch als sie, seine Schwester, was Manpower mit Informationen wie diesen angefangen hätte, wie viele Leben es gekostet hätte, diese Informationen weiterzugeben. Also blickte Allison ihrem Bruder tief in die Augen und fand es dort bestätigt: Er wusste, dass er es nicht hätte tun können, nicht einmal, um sie zu retten. Sie sah den tiefen Kummer, den dieses Wissen mit sich brachte.

»Es hätte keinen Unterschied gemacht«, sagte sie ihm also, entzog ihm ihre Hand, um ihm die Wange zu streicheln. »Nicht den geringsten, Jacques.« Sie schüttelte den Kopf, ihre Augen verdunkelten sich. »Man hätte mich so oder so am Ende umgebracht.«

»Ich weiß«, entgegnete er, seine Stimme zum Flüstern herabgesunken. Er schloss die Augen, schmiegte das Gesicht in ihre Hand. »Das war mir von Anfang an klar. Manpower hat es getan, zum einen, weil wir nun einmal sind, wer wir sind, und zum anderen, weil man uns eine klare Botschaft senden wollte.« Ihm gelang ein kurzes, eigentümlich schiefes Lächeln. »Offenkundig war man in der Chefetage um einiges angepisster über einen meiner Einsätze auf Alterde, als mir bewusst war.« Er holte tief Luft. »Mir war immer klar, dass das, was ich tue, Menschen in Mitleidenschaft ziehen könnte, die mir wichtig sind – auch dich, Alley. Trotzdem habe ich es tief in meinen Herzen nicht wahrhaben wollen. Nicht bis jetzt.«

»Das ist so, weil das, was du tust, so wertvoll ist und getan werden muss«, erklärte sie ihm. »Und weil wir gerade dabei sind, uns selbst zu zerfleischen, weil wir die Lage falsch eingeschätzt haben: Ich selbst hätte auch ein bisschen vorsichtiger sein können.«

»Tja«, meinte er grimmig, »ich glaube, ich kann dir ohne Wenn und Aber versichern, Alley, dass Manpower nicht noch einmal an dich herankommen wird.«

In seinem Ton schwang eine erschreckende Härte mit, und dieser Zug um seine Augen ... Allisons Augenbrauen wanderten fragend in die Höhe.

Jacques sah es und lachte rau: »Wir haben einen von ihnen

lebend bekommen – fein säuberlich verschnürt in einem der kleineren Nebengebäude haben wir ihn vorgefunden. Und dann haben wir uns eine ganze Weile mit ihm ... unterhalten. Deswegen wissen wir jetzt, wer die Operation geplant und genehmigt hat. Derjenige, der sie geplant hat, ist bereits tot, und in ein paar T-Monaten werden diejenigen – Plural, richtig gehört –, die das Ganze autorisiert haben, ihm folgen. In zumindest zwei Fällen ist dafür ein Einsatz auf Mesa nötig, also beginnen wir unsere Operation wahrscheinlich dort. Die schwierigsten Ziele schaltet man immer zuerst aus. Die anderen knöpfen wir uns dann im Anschluss vor. Du hast mein Wort darauf, Alley: Manpower wird unsere Botschaft klar und deutlich verstehen.«

»Ich möchte nicht, dass jemand sein Leben riskiert ...«, begann sie, während ihr durch den Kopf schoss, welch enorme Risiken eine solche Operation auf Mesa mit sich brächte, wo der Sicherheitsdienst zu den effektivsten – und den brutalsten – in der erforschten Milchstraße zählte. Was Allison selbst passiert war, das war schon schlimm genug. Wenn Frauen und Männer des BSC getötet würden, nur um sie zu ›rächen‹, würde alles nur noch schlimmer.

»Es geht nicht darum, was du möchtest, Alley.«

Ein einziger Blick genügte Allison: Diese tonlose, harte Stimme gehörte nicht ihrem Bruder, sondern Captain Benton-Ramirez y Chou vom Biological Survey Corps.

»Es geht auch nicht darum, mit Manpower deinetwegen abzurechnen, Alley, egal was sie dir angetan haben. Klar, das hat auch einen Anteil daran, keine Frage, glaub ja nicht, dem wäre nicht so! Aber das Ganze begann mit Manpowers Versuch auf Alterde, ein Attentat auf Aurèle Fairmount-Solbakken zu verüben. Unsere Reaktion darauf war nichts als Selbstverteidigung, aber Manpower lässt die Situation jetzt eskalieren. Man hat sich entschlossen, gegen das Corps hier auf Beowulf vorzugehen, und das in einer Art und Weise, die unterstreicht, dass die Eskalation beabsichtigt ist. So etwas mögen wir nicht, und wir werden Manpower Bescheid stoßen, dass ihr Vorgehen eine ganz schlechte Idee war – eine ganz besonders schlechte sogar, nämlich eine, die den Verantwortlichen dafür, den Strippenziehern, über kurz oder lang das Leben kostet, ganz egal, wie lange es dauert und wie schwierig an sie heranzukommen ist.«

»Und ihr erwartet tatsächlich, dass die Spirale der Gewalt so zu beenden ist?« Ihre Skepsis war unüberhörbar, und Allison wusste das auch.

Jacques aber bleckte die Zähne in einem dünnen, kalten Lächeln. »Manpower ist nicht der Ballroom, Alley. Keinen dort treibt der Glaube an eine große Sache an, der Glaube an einen unvermeidlichen Feldzug, um die Opfer der Gensklaverei zu befreien. So denkt man bei Manpower nicht! Dort läuft die Sache anders, dort interessiert nämlich nur eines: Geld, Gewinn, um genau zu sein. Sie geben da einen Scheiß darauf, wie viele Menschen sie umbringen lassen müssen, verstümmeln oder foltern wie dich, wenn sie dabei sind, Geld zu machen. Denn in ihren Augen sind Menschen keine Menschen: Sie sind unbrauchbares oder nutzbares Potenzial, Dinge. Man kann sie kaufen und verkaufen, wegwerfen und ersetzen, man kann sie hin und her schieben wie Zahlenkolonnen innerhalb einer Tabelle. Aber bei Manpower denkt man, man mache das mit anderen Menschen, sich selbst nimmt man aus. Man glaubt dort, der eigene Reichtum, die damit angehäufte Macht und der Mesanische Sicherheitsdienst würde sie vor denen beschützen, die ihnen dasselbe antun wollen, was sie selbst anderen antun. Selbstredend werden wir das Ganze vertuschen, alles schön unter dem Deckel halten müssen. Wenn die beowulfianische Öffentlichkeit erfährt, was geschehen ist, könnten Forderungen nach einem Militärschlag gegen Mesa laut werden. Du kannst dir sicher vorstellen, was der Rest der Liga davon halten würde! Aber Manpower wird begreifen, was hier vorgeht, und dort wird man auch begreifen, was wir ihnen zu sagen haben. Sie halten sich für Geschäftsleute, Alley, und wenn sie entdecken müssen, was es sie kostet, ›Geschäfte‹ auf Beowulf zu tätigen oder gegen Menschen wie Fairmont-Solbakken oder, ja, genau, wie dich vorzugehen, kommen die zu dem Schluss, dass die Kosten zu hoch sind. Da kannst du ganz sicher sein.«

Allison suchte seinen Blick, sah in Augen hart wie Stein und schmeckte stählerne Entschlossenheit in seiner Stimme. Vielleicht hatte er recht. Sie hoffte, er hätte recht, und spürte tief in sich einen Widerhall seiner Härte und Entschlossenheit. Gensklaverei hatte sie schon immer verabscheut. Jetzt hatte der Kampf dagegen eine persönliche Note bekommen. Jetzt hatte sie eine Vorstellung davon bekommen, was Abermillionen von Gensklaven über Generationen hinweg hatten erdulden müssen, sie verstand sie nun, verstand, wie sie lebten und litten, und das in einer Art und Weise, wie keine blutleere akademische Beschäftigung mit dem Thema es ihr jemals hätte nahebringen können.

Jacques blickte sie lange an, schwieg. Dann schüttelte er den Kopf und lächelte. »Das, Alley, ist jetzt aber genug Untergangsstimmung für die nächste Zeit! Bleib hier, ich bin gleich zurück!«

Bleib hier?, dachte sie, während er sich aus dem Stuhl neben ihrem Bett schob, das Krankenzimmer verließ und die Tür hinter sich schloss. Allison schaute hinunter auf das dünne Klinikhemdchen, das sie trug – es gab so einiges auf der Welt, was sich offenkundig nie änderte –, und schüttelte ungläubig den Kopf. *Was glaubt er denn, wohin ich verschwinden könnte, in diesem Aufzug? Nein, sicher nicht, ehe man mir was Anständiges zum Anziehen bringt! Im Übrigen wissen wir beide, er und ich, viel zu viel, um uns einzubilden, die Ärzte hier würden mich entlassen, nur weil ich mich ganz in Ordnung fühle. Man wird mich neurologischen Tests unterziehen und psychologischen Bewertungen ebenfalls, und das noch tagelang, ehe jemand meine Entlassungspapiere wird abzeichnen woll...*

Die Tür wurde wieder geöffnet, und ihr Gedankengang brach ab, als ein sehr großer Mann Jacques in das Krankenzimmer folgte. Allisons Augen weiteten sich, und erst da ging ihr auf, dass dieser Mann schon die ganze Zeit vor der Tür gewartet hatte. Sie wusste, dass er dort gestanden hatte, während sie mit ihrem Bruder gesprochen hatte. Ihr war das zuvor nicht aufgefallen, weil ihr das Gefühl seiner Nähe ganz natürlich erschien. Er musste da sein, spürbar in ihrer Nähe, unweigerlich. Wenn er nicht da gewesen wäre, hätte sie das sofort gemerkt. Er war da, er gehörte zu ihr wie ihr eigener Herzschlag, war ebenso wichtig, ebenso notwendig, damit sie sich vollständig und ganz fühlen konnte. Sie hätte sofort aufgemerkt, wenn er gefehlt hätte.

So war es bisher die ganze Zeit über, begriff sie. *Ich war nicht ganz, nicht vollständig. Immer hat mich dieses Gefühl begleitet, dass die Balance fehlt – dass ich nicht mit mir im Einklang bin. Das war so, weil er so weit fort war. Oder vielleicht auch, weil keiner von uns beiden wusste, was mit uns vorgeht.*

Eine Stimme in ihrem Hinterkopf erinnerte sie daran, dass sie auch jetzt noch nicht wusste, was eigentlich vorging, mit ihm, mit ihr, oder warum ihnen beiden das passiert war. Aber eigentlich spielte das Wie und das Warum keine Rolle. Allison musste es nicht verstehen, es war, wie es war. Mit einem Mal erhellte ein Lächeln ihr Gesicht, ließ sie strahlen, als diese Erkenntnis sie beide wärmte wie Sonnenschein.

»Meines Wissens seid ihr zwei einander nie offiziell vorgestellt worden«, sagte Jacques. »Lieutenant Harrington, meine Schwester Alley. Oder formvollendeter: Alley, darf ich dir Karl Alfred Harrington, Lieutenant der Royal Manticoran Navy, vorstellen? Und das, Alfred, ist meine Schwester Allison Carmena Elena Inéz Regina Benton-Ramirez y Chou.«

Er grinste schalkhaft, als Allison ihm einen vernichtenden Blick zuwarf. Aber rasch wurde aus dem Grinsen ein freudiges Lächeln, und er legte dem Zweimetermann neben sich die Hand auf die Schulter.

»Ich will nicht so tun, als ob ich auch nur die Hälfte von dem begriffen habe, was mir Alfred erzählt hat. Das muss ich auch nicht, schließlich weiß ich, was er getan hat. Das reicht mir, und ich weiß auch, dass ich ihm nie werde zurückzahlen können, was ich ihm schulde.«

Jacques senkte seinen Blick einen Herzschlag lang in den seiner Schwester, dann wandte er sich zum Gehen. Zum zweiten Mal verließ er das Zimmer und zog die Tür hinter sich zu.

»Guten Morgen, Lieutenant Harrington«, begrüßte Allison Alfred leise und gab ihm die Hand – und ihr Herz. »Danke, dass du mir das Leben gerettet hast.«

Er hielt ihre Hand in seiner, als wäre diese Hand das Wertvollste, was das Universum in seiner Gänze zu bieten hätte, und setzte sich in den Stuhl neben ihrem Bett. Seine Augen waren dunkel. Mit erschreckender Eindringlichkeit musterte er ihr Gesicht, als brauchte er eine Bestätigung, dass sie tatsächlich da war. Dass sie wirklich überlebt hatte. Allison erschauerte, denn sie spürte hinter diesem Blick die Not, heißes Verlangen. Nie hatte Allison eine stärkere, mächtigere

Emotion zu spüren bekommen … aber das war nicht alles. Unter anderen Umständen, zu einer anderen Zeit, an einem anderen Ort … oder bei einem anderen *Menschen* hätte der Hunger nach ihr sie erschreckt. Denn dieser Hunger war groß, folgte einem inneren Zwang, der nach Eisen, nach Blut schmeckte. Ein Hunger der Besessenheit.

Zu einer anderen Zeit, an einem anderen Ort, ja, aber hier und jetzt, nein. Erst recht nicht bei diesem Menschen. Was sie unter anderen Umständen erschreckt hätte, tat es unter diesen Umständen nicht, weil sie das gleiche Verlangen in sich spürte. Sie erschauerte, nicht aus Angst, sondern weil dieses Verlangen so wichtig geworden war, das Wesentlichste überhaupt, wenn es um sie selbst ging, darum, wer oder was sie war. Das hatte sie unvorbereitet getroffen. Dieses Verlangen nach ihm, und seines nach ihr, besaß Wärme, war fürsorglich, zärtlich … und doch wild, ungezähmt, stark. Was sie fühlte, brachte sie dazu, gleichzeitig lachen und weinen zu wollen, die Arme um Alfred zu schlingen und ihm das Gesicht mit Küssen zu bedecken. Das Verlangen nach ihm sang einen glockenhellen Ton, der ihr durch und durch ging, als wäre in ihr eine riesige Glocke aus Kristall angeschlagen worden, groß genug, das Universum zum Klingen zu bringen. Wohlklang und Trost in einem, war es ein wohliges Gefühl, zugleich aber auch die erotischste Erfahrung ihres Lebens.

Allison hätte nicht zu sagen gewusst, wie lange Alfred und sie einander einfach nur tief in die Augen blickten – eine halbe Ewigkeit, wie es schien. Viel zu früh endetet sie, als Alfred tief durchatmete und sich in den Stuhl zurücklehnte. Allisons Hand ließ er dabei nicht los.

»Allison Carmena Elena Inéz Regina *Benton-Ramirez* y Chou«, sagte er mit seiner tiefen Stimme, die Allison wohlige, kleine Schauer über den Körper jagte. »Entschuldige, ich dachte doch tatsächlich, du hießest Allison *Chou*. Es hätte die Dinge sehr vereinfacht, wenn ich von Anfang an gewusst hätte, dass du eine Benton-Ramirez y Chou bist. Ich hätte Himmel und Hölle hier auf Beowulf in Bewegung setzen können und dürfen, um ein Mitglied dieser Familie zu retten. Zumindest hätte ich gewusst, dass ich einfach nur deinen Bruder hätte anrufen müssen.«

»Stimmt, das ist mein vollständiger Name, *Karl*«, erwiderte sie, und ein Unterton verriet, dass Alfred sich gerade in gefährliches Fahrwasser begab. »Dieser Name gehört zu den Dingen, vor denen ich mein Leben lang davonzulaufen versucht habe.« Der zweite Satz klang weicher, versöhnlicher und gab damit leichthin etwas zu, das sie nur wenigen gegenüber einzugestehen bereit war.

»Warum?«, fragte Alfred schlicht.

»Aus dem Grund, aus dem man mir diesen Namen vor allem verpasst hat. Weil ich *ich* sein wollte, nicht eine weitere Benton-Ramirez y Chou, begraben unter tonnenschwerer Familiengeschichte und Traditionen. Niemandem auf Beowulf fiele im Traum ein, mich zu etwas zu zwingen, was ich nicht will ... was niemanden hier davon abgehalten hat, es im selben Augenblick doch zu tun. Ich möchte nicht vorprogrammiert werden oder sein. Ich möchte sicher sein können, ganz sicher, Alfred, dass die Entscheidungen, die ich treffe, wirklich meine eigenen Entscheidungen sind. Ich möchte keine medizinische ... Prinzessin sein, Mitglied der medizinisch-königlichen Familie auf Beowulf. Ich möchte einfach nur Allison sein.

Ich bin nicht wie Jacques. Ihm ist nie in den Sinn gekommen, nicht für einen einzigen Augenblick, die Erwartungen anderer an unsere Familie zu erfüllen. Glaub mir, es gibt mehr als genug, die enttäuscht von ihm sind. Sie haben die

Nase gerümpft und sich von ihm abgewandt, als er sich weigerte, eine Karriere in der Medizin anzustreben, und stattdessen lieber ein unbedeutender, kleiner Offizier beim Militär werden wollte – und dann auch noch einer, der seine Pflichten nicht besonders ernst zu nehmen scheint. Das passiert, weil sie ihn nicht gut genug kennen. Sie wissen nicht, was er mit seinem Leben tatsächlich anfängt, was für Pläne er hat. Dass die meisten ihn unterschätzen und ihn nicht für voll nehmen, ist unter anderem der Grund, warum er in dem so gut ist, was ihm Beruf und Berufung ist. Aber so möchte ich nicht leben müssen. Ich will, was der, besser *die* erste Benton, die erste Ramirez, die erste Chou gewollt haben, als sie die Medizin zu ihrem Beruf machten. Ich möchte einfach nur Ärztin sein, Alfred, nicht mehr und nicht weniger. Ich möchte das tun, was eine Ärztin tut: Patienten versorgen, weil es ihr Freude macht und sie weiß, dass es das ist, was sie sich als Beruf ausgesucht hat, und nicht, weil es von ihr erwartet wird.«

Sie verfiel in Schweigen, und es war ihr mit brennender Deutlichkeit bewusst, dass sie niemandem gegenüber das so klar ausgesprochen hatte.

Mich selbst eingeschlossen, dachte sie überrascht. *Nie zuvor sind mir die richtigen Worte dafür in den Sinn gekommen. Vielleicht habe ich es auch noch nie zuvor so klar gesehen, erst jetzt, wo ich es Alfred erklären wollte. Und es ihm zu erklären war mir ein großes Bedürfnis, selbst wenn ich es anderen gegenüber nie wieder so aussprechen werde. Er musste es erfahren, muss es wissen.*

»Das verstehe ich«, sagte er zu ihr, und Allison war sich im Klaren darüber, dass das voll und ganz stimmte. Niemand sonst hätte es so gut verstehen können. Alfred suchte ihren Blick, Sekunden verstrichen, ehe sich sein Blick umwölkte und er das Gesicht abwandte, als wäre er nicht länger in der Lage, ihr in die Augen zu schauen.

»Das verstehe ich«, wiederholte er, die Stimme leise. Angst lag darin und etwas, was Allison Rätsel aufgab. »Ich verstehe das so gut, weil ich selbst vor etwas davonlaufe.«

Sie starrte ihn an, und plötzlich wusste sie, welches Gefühl neben der Angst spürbar gewesen war: Scham. Und schlimmer noch: Es war Scham, die mit Entsetzen gepaart war. Genau das war das dunkle Gefühl in ihm, das ihr immer wieder aufgefallen war, und es machte ihm Angst, so viel Angst, wie ihr die Nervenpeitsche gemacht hatte, Todesangst, aber ...

»Du irrst dich«, sagte sie zu ihm, und ihre Stimme war liebevoll, weich.

Alfred erstarrte.

Sie drückte ihm die Hand. »Ich weiß, was dich so sehr ängstigt, und du irrst dich.«

Für eine ganze Weile hing Schweigen zwischen ihnen. Dann, endlich, sah er Allison wieder ins Gesicht, und sie spürte den Aufruhr der Gefühle in ihm.

Keiner von ihnen beiden wäre je in der Lage, den anderen anzulügen, das wurde Allison in diesem Augenblick zur Gewissheit. Welches Gefühl sie auf der Klaviatur anschlügen, was immer zwischen ihnen vorginge, in ihnen, es gäbe keine Ausflüchte, kein Verschleiern, keine Irreführungen. Aber der Umstand, einander nicht anlügen zu können, hieß nicht notwendigerweise, die Wahrheit für sich gepachtet zu haben. Mit Macht spürte Allison Alfreds Zurückweisung, seine Weigerung, eine andere als seine Wahrheit anzuerkennen. Allison spürte seine Not, seinen Wunsch, die Bestie in ihm zu ersticken, ehe das Tier ihn zerstören könnte – oder, sehr viel schlimmer, die Menschen, die er liebte.

»Ich weiß, wovor du dich fürchtest«, sagte sie und umklammerte seine Hand noch fester, schüttelte sie, um ihre Worte zu unterstreichen. »Ich weiß es. Ich weiß nicht, wie oder woher, aber ich weiß es, und ich weiß, dass du dich irrst.«

»Nein«, sagte er, halb schon ein Flüstern, »*du* irrst dich. Du warst nicht dabei. Du hast es nicht *gesehen.*«

»Das muss ich auch nicht«, sagte sie sanft, »denn ich war dieses Mal dabei. Ich habe den Mann gesehen, der gekommen ist, um mich zu retten. Diesen Mann kenne ich besser als jeden anderen Menschen. Ich kenne ihn besser als mich selbst, weil ich ihn spüre, ganz und gar. Weil ... ach, Alfred, ich kann es nicht erklären, mir fehlen die Worte dazu, ganz wie dir, aber du weißt ganz genau, was ich meine!«

»Allison ...«

Zum ersten Mal bekam sie seine ganze Körperkraft zu spüren, denn seine Hand umschloss ihre jetzt so fest, dass es wehtat. Aber es war ein guter Schmerz, und unerschrocken begegnete sie Alfreds Blick. Sie wusste, was er jetzt sagen würde.

»Meinetwegen sind Menschen gestorben«, gestand er ihr mit brüchiger Stimme, beim Blick in seine Augen schien man in die unendlichen Tiefen des Alls zu stürzen, so dunkel waren sie. »Sehr viele Menschen. Und ich selbst habe auch viele getötet. Es war ... es war ... oh Gott, ich weiß nicht, wie ich in Worte fassen soll, wie es war!«

Er zitterte, und Allison legte die andere auf die Hand, die ihr die Finger zu zerquetschen drohte, als sie in seinem gehetzten Blick die Geister sah, die ihn heimsuchten, und fühlte, was er fühlte, wenn er sich ihnen gegenübersah.

»Ich musste es tun«, stieß er hervor, »ich *musste.* Wenn ich es nicht getan hätte, wären noch mehr Menschen gestorben, und das nicht nur auf Clematis. Ich hatte keine andere Wahl, das ist mir klar, und man hat mich dafür ausgebildet, zu tun, was getan werden muss. Aber ich war so gut darin. Ich war ...

wie eine Maschine, Allison. Ich war eiskalt, hochkonzentriert, zielgerichtet ... und niemals zuvor in meinem Leben lebendiger. Schlimmer noch, ich war hungrig, ich sehnte mich danach. Mir war die ganze Zeit über bewusst, was ich tat, und ich habe nicht einmal gezögert, bin nicht einmal zurückgeschreckt, habe nie aufgehört, die Menschenleben zu zählen, die ich gerade nahm. Am Ende war ich voller Blut, ich watete buchstäblich in Blut, und ich habe wahrscheinlich rund ein Dutzend Menschen erschossen, die nur versucht haben, sich zu ergeben, ehe ich mich wieder genug im Griff hatte, um das Töten einzustellen.«

Seine ganze Seele lag in seinem Blick, im Würgegriff der Geister all jener Toten, die ihn heimsuchten, und Allison sah, wie gequält diese seine Seele war. Sie verstand ihn, und Tränen füllten ihre Augen.

»Ich weiß nicht, was auf Clematis vorgefallen ist«, sagte sie leise. »Ich habe noch nie zuvor davon sprechen hören. Aber ich kenne den Teil der Geschichte, der in dir lebt, Alfred. Die ... Vorfälle auf Clematis sind der Grund dafür, dass du dich hast zur Navy versetzen lassen und warum du dich für die Medizin entschieden hast, stimmt doch, oder?«

»Ich bin gut darin, Menschen umzubringen«, antwortete er, kaum noch hörbar. »Viel zu gut. Wenn ich die Bestie in mir freilasse, was passiert dann? Was wird sie anstellen? Was, wenn ich sie werde, wenn ich zum Tier werde, und das alles ist, was ich noch bin? So will ich nicht leben, und ich werde es verhindern. Das ist der Grund, warum ich das Marine Corps verlassen habe, warum ich mich hinter einem Arzttitel und -kittel verstecke, anstatt zu sein, was ich bin.«

»Du bist Arzt.« So leise Allison antwortete, so stahlhart und unbeugsam war der Ton, den sie anschlug. »Mag sein, dass du vor dem davonläufst, was auf Clematis passiert ist, aber die

Richtung, in die du dich flüchtest, ist die, für die du immer bestimmt warst. Es sind nicht allein Schuldgefühle, nicht allein der Versuch, das Tier in dir zu läutern und Buße dafür zu tun, die Verantwortung für den Tod so vieler Menschen zu übernehmen, der dich zum Arztberuf gebracht hat. Sieh mich an und sag mir ins Gesicht, dass du keinerlei Freude dabei empfindest, diesen Beruf auszuüben, sag es! Sag mir, dass Arzt zu sein nicht tief in deinem Herzen das ist, was du ein Leben lang tun wolltest! Sag es mir, Alfred, denn es ist möglich, dass du dich selbst belügen kannst, aber mich, mich kannst du nicht anlügen!«

Seine Lippen bebten, und Allison schüttelte abwehrend den Kopf. Es gab noch mehr zu sagen.

»Jacques ist Historiker«, sagte sie zu Alfred. »Mehr als das, ehrlich gesagt, die halbe Familie ist überzeugt davon, dass er nicht ganz richtig im Kopf ist, sobald es um Geschichte geht. Er gehört einer Gruppe von Historikern und Geschichtsinteressierten an, die sich selbst Gesellschaft für kreativen Anachronismus nennen. Er besitzt eine ganze Bibliothek voller alter Bücher mit Berichten und Geschichten, die bis ins Vorraumfahrtzeitalter von Alterde zurückreichen. Als ich klein war, hat er mir stundenlang aus dieser Fülle von Büchern Geschichten vorgelesen. In einer dieser Geschichten ging es um ein Mädchen, das, um den Vater zu retten, zugestimmt hat, Gefangene eines Ungeheuers zu werden. Nur dass das Tier eigentlich gar kein Tier war. Es war ein Mensch, der verflucht worden war, diesen Fluch selbst aber nicht brechen konnte, um wieder der Mensch zu werden, der er eigentlich war. Nicht jedenfalls, bis seine Gefangene die Wahrheit herausfand. Das brach den Fluch, der auf ihm lag. Als ich klein war, fand ich, dass es eine wunderschöne Geschichte ist. Aber jetzt ist mir klar, dass sie weit tiefer in die menschliche Seele hineinblickt, als ich damals begriffen habe. Das Tier selbst, der Mensch, der in ihm steckte, musste zu der Überzeugung gelangen, dass er nicht länger das Tier war, das zu werden er sich gestattet hatte. Er musste sich um sie, seine schöne Gefangene, mehr sorgen und kümmern als um alles andere in der Welt. Er musste das loslassen, was seine äußere Erscheinung verkehrt hatte, um sie der inneren Qual anzugleichen. Als seine Gefangene dann hinter die äußere Erscheinung zu blicken vermochte, gab sie dem Tier die Möglichkeit, dies ebenfalls zu tun und den Menschen in sich zu erkennen.«

Mit einem Kopfschütteln, Tränen quollen ihr aus den Augen, nahm Allison Alfreds mit einem Mal schlaffe Hand in ihre beiden Hände und legte sie sich an die tränennasse Wange, schmiegte sie in seine Hand und lächelte.

»Das sind wir beide, Alfred, wir! Ich, die ich von zu Hause weggelaufen bin, um ich selbst sein zu dürfen, und du, voller Angst vor dem Tier in dir, vor allem davor, zum Tier zu werden und kein Mensch mehr zu sein. Aber du bist keine Bestie, du bist kein Tier. Du kannst es kontrollieren, und es war das Tier, das mir das Leben gerettet hat. Du bist nicht zu meiner Rettung gekommen, um eine Entschuldigung für das Töten zu haben. Du bist gekommen, weil du ein guter, fürsorglicher, liebenswürdiger Mensch bist. Ich weiß das, denn ich sehe es, und du weißt, dass ich es sehe. Du weißt das, Alfred, und dass du mit der Bestie, mit dem Tier, zu lange allein warst. Bitte vertrau mir, glaub mir, oh bitte, vertrau mir, Liebster!«

Alfred Harrington blickte in Allisons Augen, in denen Tränen schwammen, spürte die Gewissheit, mit der sie diese Worte gesagt hatte, wie sehr sie von deren Richtigkeit und der Richtigkeit ihrer Gefühle überzeugt war. Etwas in ihm löste sich, als er hörte, wie sie ihn ›Liebster‹ nannte. Etwas, woran er sich über so lange Zeit geklammert hatte, zerfiel plötzlich zu Staub, als er begriff, dass Allison recht hatte. Sie hatte recht. Die Bestie – das Tier – war ein Teil von ihm, aber auch sie, Allison, war ein Teil von ihm. Er könnte die eigene Überhöhung zum Todesengel hinter sich lassen und in Allison die silberne Kugel finden, die das Tier in Staub zu verwandeln vermochte. Sie wäre nicht sein Talisman oder die Zauberformel, die alles richten würde, sondern die einzige Person im ganzen Universum, die wirklich wusste, wer und was er war ... und wer und was nicht.

Er streckte die Linke aus, die noch nie, in keiner Gefechtssituation, weder auf Clematis noch hier auf Beowulf, jemals gezittert hatte, und strich mit zittrigen Fingerspitzen über Allisons Gesicht – eine Berührung so zart und sanft wie die einer Feder. Dann beugte er sich zu der Frau hinüber, die ihn gebeten hatte, ihr zu vertrauen.

»Das tue ich, Alley«, flüsterte er, »das tue ich.«

Und ihre Lippen fanden sich zu einem ersten Kuss.

David Weber
Der beste Plan

»Ich habe nichts dagegen, wenn du dich allein bis raus zum Damm aufmachst und, natürlich, deine Mutter ebenfalls nichts dagegen hat. Nimm dir was für die Mittagspause mit, und vergiss nicht, pünktlich zum Abendessen zurück zu sein.«

»Mom hat überhaupt nichts dagegen. Ich habe sie natürlich gefragt, gleich nach dem Frühstück schon, bevor sie zum Dienst aufgebrochen ist. Sie fand das sogar eine gute Idee. Sonst hätte ich dich doch gar nicht erst gefragt.«

»Ach?« Nach Verstreichen der unvermeidlichen Signalverzögerung sah Honor auf dem Schirm, wie ihr Vater den Kopf zur Seite neigte. Hinter ihm konnte sie das Bullauge in seinem Sprechzimmer auf der Raumstation *Hephaistos* erkennen. Sein Gesichtsausdruck verriet nur eine leise Andeutung von Skepsis. »Ich glaubte doch glatt, mich an ein paar Gelegenheiten erinnern zu können, wo dir diese Kleinigkeit, deine Pläne mit ihr abzuklären, glatt durchgegangen ist.«

' Sie gab sich alles Mühe, gleichzeitig so unschuldig wie frisch gefallener Schnee und angemessen schuldbewusst zu wirken.

Eine Weile noch durchbohrte ihr Vater sie mit seinem Blick, dann stieß er ein Schnauben aus. »In Ordnung, Honor, geh ruhig. Hab Spaß, aber sei bitte vorsichtig!«

»Jawohl, Sir«, erwiderte sie gehorsam und wartete, bis das Bild auf dem Display erlosch. Mit einem genervten Kopfschütteln maulte sie den leeren Bildschirm an: »Blablabla und so weiter und so fort!« Sie verdrehte die Augen. »Herrgott noch mal, ich bin doch kein Kleinkind mehr, Dad!«

Gut, dass die Verbindung schon unterbrochen war. Noch besser, zumindest aus Honors Sicht: Dad hatte nicht explizit nachgefragt, ob Mom den Ausflug auch ausdrücklich für heute erlaubt hatte. Daher hatte Honor das morgendliche Gespräch zwischen Mutter und Tochter Dad gegenüber so zusammenfassen können, wie sie es gerade getan hatte, und war trotzdem peinlich genau bei der Wahrheit geblieben. Während des Frühstücks hatten sie tatsächlich über die Möglichkeit gesprochen, diesen Ausflug zu unternehmen, und Mom hatte sich nicht dagegen ausgesprochen. Nein, tatsächlich nicht! Im Gegenteil, der weibliche Teil von Honors Erziehungsberechtigten hatte der Idee überaus positiv gegenübergestanden. Honor war nur nicht damit herausgerückt, dass der Ausflug schon heute stattfinden sollte. Aber was, bitte schön, änderte das schon an Moms an sich positiver Einstellung dem Vorhaben gegenüber? Außerdem: Was konnte Honor dafür, dass ihre Mutter bis zur Mittagszeit in der Praxis zeitlich sehr eingespannt wäre und einen Patienten nach dem anderen hätte? Was konnte sie dafür, dass eine Regel existierte, die unter allen Umständen, außer in akuten Notfällen, verbot, während der Sprechzeiten anzurufen, wenn also Moms Zeit den Patienten gehörte? Nun, niemand, absolut niemand, würde das Einholen einer Erlaubnis für einen Ausflug als Notfall einstufen. Also lag doch auf der Hand, dass Honor ihre Mutter nicht mit Kleinigkeiten wie dieser würde stören können, ach was, dürfen!

Wer pingelig war, dessen war sich Honor durchaus bewusst, hätte ihr vorgeworfen, sie habe ihre beiden alten Herrschaften schon ein klein wenig an der Nase herumgeführt. Aber sie hatte das ganze Vorhaben mit ihnen abgeklärt, keine Frage, und mit ein bisschen Glück würde Dad vergessen, Mom zu fragen, ob sie den Ausflug denn tatsächlich für heute erlaubt habe.

Klar doch! Und wann bitte hatte ich das letzte Mal so viel Glück?, fragte sie sich sarkastisch. Die Chancen standen gut, dass sie gerade dabei war, sich zumindest eine Woche Hausarrest einzuhandeln. Damit aber könnte sie leben: Das wäre ein durchaus angemessener Preis. Wenn ihre Berechnungen stimmten, müsste die purpurrote Bergtulpe in riesigen Kissen die Wiesen oberhalb des Damms erobert haben und seit den letzten drei oder vier Tagen zur Gänze aufgeblüht sein.

Das hatte Honor ihren Eltern gegenüber nicht erwähnt. Unter allen Blumen und blühenden Sträuchern und Bäumen auf Sphinx waren das die Lieblingsblumen ihrer Mutter ... und morgen hatte Mom Geburtstag. Honor hatte eine genaue Vorstellung, wie dieser Geburtstag auszusehen hätte. Er begänne mit einem Schokoladenkuchen mit Schokoglasur (den liebte ihre Mutter besonders) und gipfelte in der Überreichung einer Originalausgabe der gesammelten Werke des Dichters Dzau Syung-kai aus dem 16. Jahrhundert der Diaspora. Onkel Jacques war es gelungen, die Ausgabe für seine Schwester auf Beowulf aufzutreiben, und ein ordentlich großer Strauß Bergtulpen, den Honor in ein Gesteck verwandeln wollte, sollte Herzstück und Krönung der Tischdekoration fürs Abendessen werden.

Nichts davon hatte sie erwähnen können, sollte ihr Geburtstagsgeschenk für die Mutter eine Überraschung bleiben. Hätte sie es erwähnt, hätte ihre Mutter ihr sicherlich verboten, ohne ›erwachsene Aufsichtsperson‹ so tief in die Wildnis vorzudringen. Ihre Eltern neigten nicht gerade dazu, sie in Watte zu packen. Selten kam Protest, wenn sie einen Tag in den Wäldern herumstreifen wollte, nun, sofern sie sich nicht zu weit vom Haus entfernte. Ihr Vater bestand darauf, dass sie auf diese Ausflüge stets eine Pistole mitnahm. Diese elterliche Vorschrift griff, seit Honor elf Jahre alt war. Sie vermutete, dass ihre Mutter, die im super-ober-überkultivierten Beowulf aufgewachsen war, sich erst und nicht ohne Mühe an eine solche Vorschrift hatte gewöhnen können. Mit Erreichen des zehnten Lebensjahrs war Honor mit großer Disziplin und Strenge an Schusswaffen ausgebildet worden, was selbstverständlich auch das Sicherheitstraining im Umgang mit Schusswaffen umfasste. Was die Eltern (vor allem ihre Mutter) als ›zu weit vom Haus entfernt‹ definierten, war bei Weitem nicht so dehnbar in der Auslegung, wie Honor sich gewünscht hätte.

Eigentlich war das auch der Grund dafür gewesen, dass sie, gewitzt wie sie war, ihrem Vater gegenüber in den Angaben so schwammig geblieben war. Honor log ihre Eltern nie an. Bei den wenigen Malen, in denen sie es versucht hatte, war ihr Vater immer gleich in der Lage gewesen, ihre Schwindeleien aufzudecken, als wäre ihr Schädel aus Glas und er könnte geradewegs hineinsehen. Entsprechend hatte sie diese Versuche schon früh eingestellt. Aber es gab nun einmal einen Unterschied zwischen einer Lüge, einer Schwindelei und der schöpferischen Ausgestaltung der Wahrheit zum eigenen Nutzen – wie in diesem Fall. Es gab zwei Fastbiberdämme, und Honor hatte sich nicht die Mühe gemacht, Commander Harrington darüber aufzuklären, welchen der beiden Dämme sie zum Ziel ihres Ausflugs zu machen gedachte. Hätte er gefragt, wäre sie nicht umhingekommen zuzugeben, dass genau diese Unschärfe ihr, was beide Elternteile anging, gut zupass kam, denn Mutter wie Vater gingen mit an Sicherheit grenzender Wahrscheinlichkeit davon aus, sie würde den Damm am Sand Bottom Creek meinen, an dem sie in den letzten drei Monaten ihr Schulprojekt zur Wildtierbeobachtung durchgeführt hatte. In der Folge wären weitere Eingeständnisse nötig gewesen, etwa dass sich Honor natürlich darüber im Klaren war, dass ihre Eltern kein Problem damit hatten, sie zum Sand Bottom Creek aufbrechen zu sehen, aber sehr wohl damit, dass das Ziel des Ausflugs ihrer Tochter der Rock Aspen Creek wäre. Dafür musste man fast fünf Kilometer tiefer in die Wälder auf dem Besitz Harrington eindringen ... und der SFD, der Sphinxianische Forstdienst, warnte davor, dass diesen Herbst die Gipfelbären sehr früh aus den Bergen zu Tal wanderten.

Selbstredend verstand Honor, warum ihre Eltern es für keine gute Idee hielten, Gipfelbären zu füttern – vor allem wenn die fragliche Mahlzeit aus ihrer einzigen Tochter bestünde. Ebenso selbstverständlich war, dass Honor nicht vorhatte, als Bärenfutter zu enden. Sie war in den Wäldern aufgewachsen, sie war mit ihrem Vater auf der Jagd und zum Angeln in den Bächen und Flüssen gewesen, die sich durch den Familienbesitz schlängelten, oder hatte das Anwesen und die Umgebung mit dem Drachenflieger von oben erkundet. So weit zu behaupten, sie kenne jeden Stein dort, ginge Honor nicht. Das wäre angesichts eines Besitzes, der sich über eine quadratische Fläche von fünfundzwanzig Kilometern Kantenlänge erstreckte, mit seinen Bergen und seinen dichten, unberührten Wäldern, reichlich übertrieben. Aber von diesen mehr als zweiundsechzigtausend Hektar hatte sie auf Wanderungen und durch Überflüge zumindest so einiges kennengelernt. Rock Aspen kannte sie besser als manch anderes Gebiet, denn dort war einer der Lieblingsangelplätze von Vater und Tochter Harrington. Honor wusste auch, wie man ein Auge auf den gefährlicheren Teil von Sphinx' Fauna hatte. Diese immer im Auge zu behalten war Familientradition und ging auf Ur-ur-ur-ur-und-so-weiter-Großmutter Stephanie zurück. Leider konnte Honor für ihr Vorhaben am Rock Aspen nicht den Drachenflieger nehmen. Dafür war der

Wald dort zu dicht (außerdem wäre es alleine schon wegen der Unmengen Tulpen, die Honor zu pflücken und nach Hause zu transportieren gedachte, nicht gegangen). Aber falls sie eine Begegnung der unschönen Art hätte, brächte sie ihr Kontragrav immer noch unverzüglich hinauf in die höchste Baumkrone – oder wie Onkel Jacques es gern ausdrückte: in null Komma nichts.

Zu diesem Plan A existierte auch noch, falls dieser nicht aufgehen sollte, ein Ausweichplan B. Deswegen hatte sie ihre Simpson & Wong aus dem Waffenschrank geholt. Sie glaubte nicht, das Gewehr wirklich benutzen zu müssen, aber wenn der unvermeidliche elterliche Zorn auf ihr Haupt niederginge, wollte sie wenigstens anführen können, dass alles, was sie hätte fressen wollen, sich zuerst die altmodischen Zehn-Milimeter-Kugeln der S & W aus den Zähnen hätte pulen müssen. Ihre Mutter würde das kein Stück besänftigen, aber Honor hoffte, ihr Vater ließe Nachsicht walten, wenn sie vorweisen könnte, mit der entsprechenden Ausrüstung gegen möglichen Ärger gewappnet gewesen zu sein. Wahrscheinlich hätte er selbst sein Pulsergewehr den althergebrachten und waffentechnisch veralteten Nitrotreibladungen der S&W vorgezogen. Aber er hatte Honor das Schießen beigebracht, und er wusste sehr genau, wie gut sie mit einem Gewehr oder einer Pistole umzugehen verstand. Gerade erst hatte sie bei der Twin-Forks-Jugendliga des SFD das Schützenabzeichen in Gold errungen und – das zweite Jahr in Folge – den Shelton Cup mit sechshundert von sechshundert möglichen Punkten gewonnen. Auf eine Entfernung von hundert Metern würde eine S&W-Kugel mit 19,5 Gramm Eigengewicht, die eine Geschwindigkeit von achthundertvierzig Metern in der Sekunde erreichte, siebentausend Joule an Energie gegen jede ihr nicht sonderlich freundlich gestimmte Kreatur zum Einsatz bringen, der Honor begegnen mochte. Auf eine Entfernung von fünfhundert Metern wären es immer noch dreitausend Joule … obwohl man über eine solche Entfernung hinweg kaum zur Selbstverteidigung schießen würde. Die S&W war zudem Honors bevorzugte Langwaffe, und das nicht nur, weil Onkel Jacques sie ihr vor zwei Jahren zum Geburtstag geschenkt hatte.

Damals war das Gewehr genauso groß gewesen wie sie selbst. Seitdem hatte sie einen der versprochenen (oder angedrohten) Wachstumsschübe gehabt. Jetzt war sie beinahe dreizehn Jahre alt und bereits einen Meter siebzig groß. Damit war sie immer noch dreißig Zentimeter kleiner als ihr Vater, überragte ihre Mutter aber bereits um einiges. In jedem Fall aber war sie groß genug, um mit dem abgefederten Rückstoß der S&W zurechtzukommen.

Honor versuchte sich einzureden, dass groß zu sein eine gute Sache war, und gab sich alle Mühe, sich nicht für zu hoch aufgeschossen und zu groß zu halten – obwohl sie sich so fühlte. Niemand wusste so recht zu sagen, seit wann besonders groß zu werden zum genetischen Fingerabdruck der Familie gehörte. Allgemein ging man davon aus, dass das seit Ur-ur-ur-ur-und-so-weiter-Großvater Karl so war. Aber diese Ansicht zu vertreten hieße, so fand Honor, auf Logiklöcher zu bauen. Es stimmte, ihr Großvater war groß gewesen, fast so groß wie sein Sohn, Honors Dad, ganz wie es schon die Urgroßeltern gewesen waren. Aber alle Generationen davor hatten bei der Körpergröße stets nur wenig über dem Durchschnitt gelegen. Wo hatten sich Ur-etc.-Großvater Karls Gene denn da zu Wort gemeldet? Außerdem war da ja noch Honors genetische Disposition mütterlicherseits zu bedenken, und im beowulfianischen Zweig der Familie waren alle ausnehmend klein.

Wann auch immer so übermäßig groß zu sein zum Familienerbe dazugekommen war und so großartig das für die männlichen Mitglieder der Familie sicherlich war, für eine beinahe Dreizehnjährige, die darauf vertrauen durfte, in jedem Fall vor Ende der Pubertät die Ein-Meter-achtzig-Marke zu durchbrechen, und die eine brillante, hochintelligente Mutter hatte, die anmutig, wunderschön und obendrein klein und zierlich war, war es das Letzte, um nicht zu sagen, das Allerletzte. Honor liebte ihre Mutter sehr, aber warum hatte sie ihrer Tochter nicht ihre Schönheit vererbt, zumindest ein wenig davon? Oder warum hatte sie nicht verhindert, dass ihre Tochter so sehr in die Höhe schoss und ihr damit erspart, unter ihrer Größe zu leiden, was schon seit Generationen die Familie plagte?

Rigoros verbannte Honor die Ungerechtigkeit von Größenverteilungen aus ihren Gedanken und schickte ihrer Mutter eine Textnachricht: »Ich gehe nach draußen, Mom!« Honor schlüpfte in ihre Jacke, schlang sich die S&W über die Schulter, überprüfte den sicheren Sitz von Handfeuerwaffe, Buschmesser und Kontragrav und versicherte sich, dass das UniLink in ihrer Tasche voll aufgeladen war. Danach hängte sie sich den Rucksack mit ihrem Mittagessen über die andere Schulter, schnappte sich ihren Lieblingsfilzhut von der Garderobe an der Tür und verließ das Haus.

›Und, wie viel Ärger hattest du heute schon mit Sangeslust?‹, fragte Feine-Nase freundlich. Dabei drehte er sich auf seinem Ast auf den Rücken, um sich die Sonne auf den Bauch scheinen zu lassen.

›Wie kommst du darauf, dass ich überhaupt schon Ärger mit Sangeslust haben könnte?‹, verlangte Lacht-hell zu wissen, der vom Ast darüber auf seinen jüngeren Bruder hinunterschaute.

›Weil ihr beide zur selben Zeit wach wart‹, antwortete Feine-Nase, der Tonfall trocken, ›und wenn du bisher noch nichts getan hast, was sie erzürnt hat, wird dir das gewiss in Kürze gelingen.‹

Lacht-hells Schwanz peitschte durch die Luft. Dennoch bliekte Lacht-hell dabei ein Lachen, deutliches Zeichen dafür, dass er derselben Meinung war wie sein Bruder. Die augenblickliche Sagen-Künderin vom Clan vom Hellen Wasser war die Tochter von Lacht-hells und Feine-Nases Ahninnenschwester. Sie schien es für ihre Pflicht als enge Blutsverwandte zu halten, Lacht-hells Sinn für Humor in einem engen Netz zu fangen.

Zumindest versuchte sie das.

›Du tust mir unrecht‹, erklärte Lacht-hell, nachdem ein Herzschlag verstrichen war. ›Ich habe nichts getan, was sie möglicherweise gegen mich hätte aufzubringen vermocht, seit ich Krummer-Schwanz dabei geholfen habe, zu verstehen, dass sein Goldohrvorrat nicht so gut gelagert war, wie er glaubte.‹

›So lange schon nicht mehr?‹, wunderte sich Feine-Nase. ›Na so was, das ist ja schon fast eine ganze Hand Tage her!‹

›Nicht ganz‹, räumte Lacht-hell bescheiden ein, ›aber sehr nah dran.‹

›Hat Krummer-Schwanz dir eigentlich die Hilfe beim Erkenntnisgewinn gedankt?‹

›Bisher noch nicht. Aber ich bin sicher, dass sein Dank noch folgen wird, hat er erst einmal alle Stellen entdeckt, wo ich seine Vorräte sicher untergebracht habe.‹

Feine-Nase schüttelte den Kopf: eine unter einer ganzen Reihe von Gesten, die die Leute von den Zwei-Beinen gelernt hatten, mit denen sie ihre Welt teilten. Lacht-hell war eine ganze Hand voll Spannen älter als er, und so sehr Feine-Nase ihn liebte, hatte er doch nie verstanden, warum sein Schlitz-ohr von Bruder bei den anderen Clanmitgliedern so beliebt war. Krummer-Schwanz, der in wenigen Spannen schon zu den Clanoberen gehören würde, war nicht für seinen Sinn für Humor bekannt. Obwohl jedes Clanmitglied ganz genau wusste, wer seinen liebevoll gehegten Goldohrvorrat stibitzt hatte, hatte doch niemand – Krummer-Schwanz eingeschlos-sen – versucht, Lacht-hell deswegen die Ohren lang zu zie-hen. Zweifellos war dem so, weil er, sobald Krummer-Schwanz ihn darum bäte, jedes Korn zurückbrächte. Deswegen wohl war es für Krummer-Schwanz eine Frage der Ehre, alle Ver-stecke selbst aufzuspüren: Sein Stolz hätte nichts anderes zugelassen. Wie genau es Lacht-hell gelungen war, die ge-samten Vorräte seines Clangenossen zu stibitzen, ohne sich dabei erwischen zu lassen, war nur eines der Geheimnisse, die durch sein Tun hervorzubringen Lacht-hell sich gern selbst überbot. Nichtsdestotrotz hatte er gewissenhaft Krummer-Schwanz alle Hinweise hinterlassen, die nötig waren, um den ausfindig zu machen, wer sich sein Korn ›geliehen‹ hatte.

›Keine Ahnung, wie du so lange hast überleben können, Bruder‹, meinte Feine-Nase jetzt.

›Jeder Clan braucht jemanden wie mich‹, erwiderte Lacht-hell gelassen, und in der Geistesstimme war seine Erheiterung sofort zu spüren. ›Wir halten euch andere davon ab, zu gesetzt und unbeweglich in eurer Art zu werden.‹

›Ah, du meinst, du sorgst dafür, dass wir anderen ständig an-gespannt und besorgt darauf warten, was du uns als Nächstes antust!‹

›Habe ich genau das nicht gerade gesagt?‹

›Dass du glaubst, das gerade gesagt zu haben, glaube ich dir sogar.‹

Lacht-hell lachte erneut, dann sprang er leichtfüßig auf

den niedrigeren Ast, auf dem sich sein Bruder in der Sonne fläzte, und streckte sich neben ihm aus.

›Für jemanden in deinem Alter bist du zu rund und faul, Feine-Nase. Komm doch mit mir heute! Ein wenig zu üben täte dir gut, und vielleicht lehrt dich ja ein Tag an meiner Seite das Lachen.‹

›Und wohin soll dein Weg dich heute führen, Bruder?‹, fragte Feine-Nase misstrauisch. Sein Bruder war einer der fähigsten Kundschafter des Clans vom Hellen Wasser – was zweifelsohne ein weiterer Grund dafür war, das die Leute dort seinen sogenannten Humor mit Fassung trugen. Seine Vorstellung von einem gemächlichen Ausflug durch den Netzholzwald aber konnte jeden rasch erschöpfen, der leichtfertig eine seiner Einladungen, ihn zu begleiten, angenommen hatte.

›Nicht sonderlich weit‹, tadelte Lacht-hell den Bruder für sein Misstrauen, ›nur bis zum Donnernebel. Borkenmeister und Sagen-Wind haben mich gebeten, die Menge der Schwimmer herauszufinden, die im Fluss zu finden sind. Außerdem soll ich klären, ob und in welchem Maße die Grünnadeln und Grauborken von der Trockenheit der letzten Zeit in Mitleidenschaft gezogen wurden.‹ Seiner Geistesstimme nach war er es ihm ernst mit dem, was er sagte. ›Diese Aufgabe ließe sich mit der Hilfe eines anderen schneller erledigen.‹

Feine-Nases Schnurrhaare zitterten bei der Behauptung, der Donnernebel wäre nicht weit vom Hauptnest des Clans entfernt, aber Lacht-hells Auftrag war gewichtig. Die Laubverwandlung hatte bereits eingesetzt. Viel Zeit verginge nicht mehr, bis in den Bergen der erste Schnee fiele und der Wind ihn auch hinunter in die Täler trüge. Grünnadel- und Grauborkennüsse waren wichtig für die Ernährung der Leute in der Frostzeit. Abgesehen davon waren sie schmackhaft. Außerdem musste Feine-Nase sich selbst eingestehen, dass er sich von Lacht-hells Einladung geschmeichelt fühlte. Obwohl er, der jüngere Bruder, als Jäger und Fährtenleser Respekt im Clan genoss, gehörte er nicht zu denjenigen, die die Clan-oberen normalerweise mit einer Aufgabe für Kundschafter wie dieser betraut hätten. Feine-Nase war klar, dass das seiner Jugend geschuldet war, denn er war kaum halb so alt wie Lacht-hell, und die Aussicht, einen Tag in der Gesellschaft seines Bruders zu verbringen, war reizvoll, sehr sogar. Darüber hinaus, trotz der Wichtigkeit des Auftrags, war Lacht-hells Erkundungsgang für ihn eine gewöhnliche, weil gewohnte Aufgabe, kein besonderes Wagnis, das er unternahm. Aber für jemanden wie Feine-Nase gab es unter Anleitung eines so erfahrenen und tüchtigen Kundschafters wie Lacht-hell noch viel zu lernen. Nicht zu vergessen, standen sich die beiden Brüder trotz des großen Altersunterschieds sehr nahe. Warum also nicht zum Donnernebel aufbrechen?

›Zweifelsohne brauchst du meine Hilfe, um dich nicht zu verirren‹, sagte Feine-Nase daher nach einem Augenblick des Nachsinnens und seufzte schwer, während er sich auf den Bauch rollte und aufstand, ›also sollte ich dich tatsächlich besser begleiten und im Auge behalten.‹

Den Bemerkungen nach, die Honors Mutter bei verschiedenen Gelegenheiten von sich gegeben hatte, vermutete ihre Tochter, dass jemand, der nicht auf Sphinx geboren und aufgewachsen war, den Morgen für ausgesprochen kühl halten würde. Sie selbst fand es lediglich ein bisschen frisch. Während ihrer Wanderung hatte sie nicht einmal die Jacke schließen müssen und genoss die frische, klare Luft. Trockenes Laub raschelte unter ihren Füßen, als sie sich ihren Weg durch die dicht stehenden Fastkiefern und Rotfichten suchte. Wegen der Trockenheit in der letzten Zeit war das Rascheln lauter, das Geräusch schärfer als normalerweise.

Aber es hatte schon Jahre gegeben, da war es noch schlimmer gewesen. Alle vier bis fünf planetare Jahre – was zwanzig bis fünfundzwanzig T-Jahren entsprach – gab es einen sehr trockenen Sommer und einen sehr trockenen Herbst: Sie verwandelten die Wälder auf Sphinx in Zunder, der nur allzu leicht Feuer fangen konnte. Honor selbst hatte noch kein solches Jahr miterlebt, aber ihr Vater sehr wohl. Seine Warnungen waren mit Voranschreiten des trockenen Wetters zunehmend schärfer und entschiedener geworden, wenn es um sorglosen Umgang mit Feuer ging. Der Vorhersage nach würde einem trockenen Sommer und einem ebensolchen Herbst ein schneereicher, kalter Winter mit einer höheren Schneedecke als üblich folgen, mit positiven Effekten auf das Folgejahr. Was das betraf, hatte Honor keinerlei Erfahrungswerte vorzuweisen: Es wäre erst ihr dritter Winter, und der erste zählte eigentlich nicht, weil sie in diesem gerade erst geboren und damit zu klein gewesen war, um sich daran zu erinnern.

Möglicherweise würde der nächste auch schon der letzte Winter sein, den sie zu Hause verbrächte. Ihr Schritttempo verlangsamte sich, als sie bei diesem Gedanken angelangt war, und sie blickte sich um, atmete tief die kühle Luft ihres Heimatplaneten ein, so tief, dass es schmerzte. Mit aller Macht sog sie die geliebten Gerüche und Düfte der Wälder ein, in denen sie geboren und aufgewachsen war. Das würde sie vermissen, oh ja, und wie sehr! Aber für die Erfüllung eines Traums musste man immer bezahlen – und welcher Traum das war, wusste Honor schon, seit sie als kleines Mädchen auf dem Schoß ihres Vaters gesessen hatte.

Woher sie dieser Traum angeflogen hatte, wusste Honor nicht. Sicher hatte ihr Vater Vorbildcharakter dabei, obwohl sie keinerlei Neigung verspürte, Arzt zu werden – und diesen

Beruf hatten sowohl ihr Vater wie auch ihre Mutter gewählt. Ihr Vater war auch erst der Dritte in der Familie, der Dienst in der Flotte getan hatte, und der Einzige in den letzten drei oder vier Generationen. Er hatte seinen Dienst für den Heimatplaneten und das Sternenkönigreich nicht einmal in der Flotte begonnen, obwohl er seiner Tochter nie genau erzählt hatte, warum er von den Royal Marines zur Navy gewechselt war. Honor hatte ihn gefragt, ein einziges Mal, als sie noch klein gewesen war, doch er hatte ihr auf diese Frage keine Antwort geben wollen. Das war ungewöhnlich, weil Mom und er immer alle Fragen beantworteten, die Honor an sie herantrug. Sie war sich daher ziemlich sicher, dass es keine schöne Geschichte war – etwas, worüber er nicht hatte reden wollen, nicht jedenfalls, bis sie größer wäre. Oder vielleicht selbst dann nicht. Väter verhielten sich durchaus so, besonders, so vermutete Honor zumindest, Töchtern gegenüber. Das war ziemlich albern, wenn man bedachte, dass er es gewesen war, der ihr beigebracht hatte, wie man erlegte Jagdbeute ausnahm, da war sie gerade einmal zehn gewesen, und Fische hatte sie schon zwei Jahre davor selbst ausgenommen. Aber Honor war sich ganz sicher, dass es ein großer Unterschied war, ob man Antilopen häutete und nach Waidmannsart aufbrach, eine Baxter-Gans rupfte und auswaidete oder ein anderes menschliches Wesen tötete.

Vor zwei Jahren war sie zufällig über die Orden ihres Vater gestolpert und hatte nachgeschaut, was sie zu bedeuten hatten. Sie hatte herausgefunden, dass das Ostermankreuz die zweithöchste Auszeichnung war, die das Sternenkönigreich zu vergeben hatte, und dass man es für ›außerordentliche Heldenmut‹ im Gefecht verliehen bekam. Nur Mannschaftsdienstgraden und Unteroffizieren stand diese Medaille zu. Honor hatte bei dieser Gelegenheit auch herausgefunden, dass die Verleihungsgründe, was ihren Vater anging, der Geheimhaltung unterlagen. Oder präziser: Der Öffentlichkeit war zumindest nicht zugänglich, wo, wann und wie sich Platoon Sergeant Harrington, Royal Manticoran Marine Corps, das Ostermankreuz verdient hatte. Dass dem so war, hatte aber gewiss Gründe. Dann gab es da noch drei Verwundetenauszeichnungen, die Honors Vater vorzuweisen hatte. Auch diese hatte er nicht als Arzt bei der Flotte erhalten, und wenn er mit seiner elfjährigen Tochter nicht darüber sprechen wollte, weshalb man ihm diese Auszeichnungen verliehen hatte, dann hatte er sich dieses Recht zusammen mit den Auszeichnungen redlich erworben. Eines Tages, dessen war sich Honor ganz sicher, würde er mit ihr darüber sprechen, und wenn auch nur, um sicher sein zu können, dass sie verstanden hätte, welche Folgen ihre Berufswahl für sie haben mochte. Bis dahin aber würde Honor noch Geduld aufzubringen wissen und warten.

Ihre Mutter verblüfften die Pläne ihrer Tochter mehr als ihren Vater, aber auch Mom hatte nie versucht, sie von ihren Absichten abzubringen. Eine militärische Laufbahn gehörte nicht gerade zu den Karriereaussichten, die Mitglieder von Beowulfs Oberklasse wie Allison Harrington für sonderlich erstrebenswert hielten, aber immerhin war eine solche Laufbahn auf Beowulf anders als bei anderen Sternnationen durchaus mit Respekt und Ansehen verbunden. Onkel Jacques hatte im Biological Survey Corps gedient, wie sein Schwager eine Militärlaufbahn allen anderen Möglichkeiten der Berufswahl vorgezogen. Auch wenn der Name es nicht sofort erkennen ließ, war das BSC eine der besten Sondereinsatzkommandos in der Solaren Liga. Aber was auch immer andere von einer Militärlaufbahn hielten, Honors Mutter war immer eine Befürworterin des BSC gewesen und hatte auch die Karriere ihres Mannes in der Navy immer unterstützt.

Nein, Moms Überraschung entsprang weit mehr dem Umstand, wie früh und sicher sich Honor für einen Beruf entschieden hatte und wie viel Energie sie in die Planung ihres zukünftigen Lebens bei der Navy steckte. Mehr als einmal hatten Mutter und Tochter sich über ihre Ziele und Vorstellungen unterhalten. Mom hatte vorgeschlagen, doch, na ja, zumindest mit der Entscheidung zu warten, was sie mit dem ganzen Rest ihres Leben anfangen wollte, bis sie wenigstens neun oder zehn wäre. Sich Ziele zu setzen sei eine gute Sache, ebenso sich klar zu äußern und sein Denken zu bündeln. Für Voraussicht und Planung galt das ebenfalls, hatte ihre Mutter betont, aber die meisten Menschen ließen sich mit solch weitreichenden Entscheidungen ein ganz klein bisschen mehr Zeit. Honor erschien das nicht sonderlich klug. Wenn man wusste, was man vom Leben erwartete, sollte man so früh wie möglich auf das gesetzte Ziel zusteuern. Das war nur vernünftig, mehr nicht. Frau Doktor Harrington hatte daraufhin etwas von der Macht der Natur, von Dickköpfigkeit und von statistischen Ausreißern gebrummelt – nicht zu vergessen von einem gelegentlich gestöhnten ›Ganz der Vater!‹. Aber das Argument, die frühe Wahl sei vernünftig, hatte sie nicht vom Tisch gewischt, sondern anerkannt. Dass dem so war, zeigte in Honors Augen wieder einmal, wie sehr ihre Mutter sie liebte. Klug war sie obendrein, denn sie begriff offenkundig, dass Behutsamkeit die Erziehungswahl der Stunde war. Vielleicht hoffte sie, Honor wüchse im Laufe der Zeit aus ihrem ersten Traumberuf wieder heraus. Falls nicht, würde sie ihre Tochter nicht weniger in ihrer Berufswahl unterstützen als Herr Doktor Harrington.

Honor wusste das zu schätzen, selbst wenn sie nicht hätte sagen können, was eigentlich ihr Interesse an der Geschichte der Flotte des Sternenkönigreichs geweckt hatte. Vielleicht war ein Grund dafür die Abhängigkeit jeglichen Handels – und damit Wohlstands – im Sternenkönigreich vom Manticoranischen Wurmlochknoten, wodurch der Flotte als dessen Schutzmacht eine wichtige Rolle zukam. Vielleicht faszinierte Honor auch nur, zu fernen Sonnen und Planeten zu reisen und fremde Menschen und Kulturen kennenzulernen. Vielleicht waren ihre Träume und Pläne auch wirklich nur kindlich romantische Vorstellungen, die sich verwüchsen, sobald sie Erfahrungen in der wirklichen Welt gemacht hätte. Honor wusste nur, dass sie, seit sie denken konnte, jedes bisschen Bild- und Textmaterial über Marinegeschichte verschlungen hatte, dessen sie hatte habhaft werden können. Sie verschlang alles, bis weit zurück in die Zeiten, wo auf Alterde Kriegsschiffe noch die Meere befuhren, lange bevor die Menschheit das Abenteuer wagte, das erste Mal die Atmosphäre ihres Ursprungsplaneten zu verlassen. Honor wusste – ganz genau so sogar –, dass sie das Deck eines Sternenschiffs unter den Füßen haben wollte, dass sie so und nicht anders, an Bord eines Kriegsschiffs, der Krone dienen wollte. Das war ihr wichtig ... warum und wieso hatte sie nie wirklich in Worte zu fassen vermocht, nicht einmal sich selbst gegenüber.

Aber einen Morgen wie diesen würde sie vermissen, auch das wusste sie und dachte es jetzt, während sie sich umsah und mit jeder Pore die Essenz von Sphinx in sich aufnahm. Honor stammte von Sphinx, war groß geworden auf Sphinx, es war der Ort, der immer in ihrem Herzen sein würde, der Kern ihrer Erinnerungen an Kindheit und Jugend. Sie wusste, wie selbst manch Einheimischer und Einheimische und noch mehr diejenigen, die auf Manticore geboren und aufgewachsen waren, von Menschen wie ihr und ihrer Familie dachten. Hinterwälder wurden sie von ihnen genannt. Landeier, Provinzler, die nicht sonderlich zivilisiert, geschweige denn kultiviert genug waren, ließen sie doch Zwölfjährige mit Waffen im Gepäck durch die Wälder stromern! Die meisten dieser Menschen waren Städter, und Honor behandelte jemanden, der zu einem solchen Leben verdammt war, mit nachsichtigem Erstaunen oder bemitleidete sie gar. Menschen, die so dachten, sollte nicht erlaubt sein, Wanderungen in den Wäldern zu unternehmen, wo sie mit einer solchen Einstellung leicht in Gefahr für Leib und Leben gerieten. Das hieß natürlich, dass diesen Bedauernswerten der Genuss eines herrlichen Morgens wie diesem hier für alle Zeiten verwehrt bliebe. Sie verloren dabei, niemand sonst.

Schluss jetzt!, unterbrach sie sich selbst und musste grinsen. *Klar, ich gehe in vier oder fünf Jahren auf die Akademie. Was soll's? Es sind nur ein paar Stunden Fahrt zwischen Manticore und Sphinx, also ist es nicht so, als könnte ich nicht mal eben nach Hause und den Wäldern einen Besuch abstatten. Auch Daddy hat ja nicht, nur weil er zu den Marines gegangen ist, allen sphinxianischen Staub von den Füßen geschüttelt, stimmt's? Wir alle werden erwachsen und müssen uns entscheiden, wohin wir gehen und was wir mit unserem Leben anfangen wollen. Immerhin habe ich schon eine ziemlich genaue Vorstellung, was ich damit anstellen will.*

›Sie riss sich zusammen und schob weitere Gedanken in diese Richtung beiseite. Stattdessen überprüfte sie das GPS-Signal ihres UniLinks. Ihr Vater hatte darauf bestanden, dass sie lernte, sich mit nichts als einem Kompass zurechtzufinden. UniLinks, so hatte er argumentiert, könnten kaputtgehen oder verloren werden. Kompasse, so meinte er dann, wenn er's recht bedenke, auch. Warum also nicht, während sie sich mit dem einen oder anderen Hilfsmittel orientierte, auch gleich schauen, auf welcher Seite der Baumstämme Moos wuchs? Honor selbst hatte überhaupt nichts dagegen, genau zu wissen, wo sie sich gerade befand. Derzeit befand sie sich allerdings, wie sich herausstellte, ganze drei Kilometer von dem Punkt entfernt, an dem sie sich eigentlich hatte befinden wollen, also sollte sie sich wohl besser etwas sputen.

›*Die Grünnadelnüsse, Lacht-hell, scheinen mir gut entwickelt*‹, bemerkte Feine-Nase.

›*Wohl wahr, aber es sind sehr viel weniger als üblich*‹, antwortete Lacht-hell und sandte seinem Bruder ein Bild von demselben Stück Wald aus der Vergangenheit. ›*Und schau her, Bruder, dort, auf dem gegenüberliegenden Ufer des Flusses! Siehst du, dass dort an einer ganzen Gruppe Grauborken nicht ein einzige Nuss hängt?*‹

Feine-Nase blieb stehen, hielt die geruchsempfindliche Nase, die ihm seinen Namen eingetragen hatte, in die angegebene Richtung. Er neigte den Kopf, schaute sehr aufmerksam hinüber und zuckte dann mit den Schnurrhaaren.

›*Du hast recht*‹, räumte er ein. ›*Was meinst du, warum das so ist?*‹

›*Ich bin mir nicht sicher.*‹ Lacht-hell reckte den Schwanz, wickelte ihn um einen Ast gleich über seinem Kopf und schwang sich dann darauf. Sodann umfasste er den Ast mit Handpfoten und Echtpfoten, während er sich mit einer Echthand die Schnurrhaare zwirbelte. ›*Ich habe mich erst gestern mit Borkenmeister und Sagen-Wind darüber ausgetauscht. Sagen-Wind sang alle Sagenlieder, die sie darüber kannte. Viel Wind blies während der Grünblattspanne nur im Tiefland, und es hat wenig Regen gegeben. Vielleicht ist das der Grund. Aber ich glaube, die Leute haben es den Borkenbohrern und Blattfressern zu verdanken. Denn, so glaube ich, die Borkenbohrer haben Wunden in die Stämme getrieben, und die Blattfresser haben viele der Nüsse verspeist, ehe sie voll ausgereift waren.*‹

›*Das ist nicht gut*‹, meinte Feine-Nase düster. ›*Dem Clan wer-*

den diese Nüsse während der Frostzeit fehlen. Was meinst du, warum die Borkenbohrer und Blattfresser dieses Mal so viel mehr Schaden angerichtet haben als üblich?‹

›Ich glaube, dass es zu wenig Flinkflitzer gab, die sich von ihnen ernähren‹, erwiderte Lacht-hell nach nachdenklichem Schweigen. ›Ich habe das schon einmal miterlebt, während einer trockenen Spanne – einer so trockenen Spanne, dass Flammenwetter kurz bevorstand. Ohne den Regen in der Mitte der Grünblattspanne bauen die Flinkflitzer weniger Nester und ziehen weniger Junge auf. Ist dem so, gibt es während des Laubwechsels mehr Borkenbohrer und Blattfresser als sonst.‹

›Wird das nach Schnee und Eis wieder vergehen?‹ Feine-Nases Geistesstimme klang ängstlich – mehr als nur ein wenig, um der Wahrheit die Ehre zu geben –, und Lacht-hell zuckte mit dem Schwanz.

›So wird es meiner Erfahrung nach kommen, ja. Kälte und Eis sind der Tod von Borkenbohrern und Blattfressern, und gibt es genug Regen während der Schlammzeit, werden deren Gelege noch vor dem Schlüpfen von den Flinkflitzern gefressen, die es dann auch wieder in größerer Zahl gibt. Aber ich fürchte, ein Teil der Grauborken und Grünnadeln haben zu viele und tiefe Wunden davongetragen. Sie werden die Frostzeit nicht überstehen.‹

›Das ist der wahre Grund dafür, dass dich Borkenmeister und Sagen-Wind zum Donnernebel ausgesandt haben, ist es nicht so?‹, fragte Feine-Nase.

›So ist es, ja‹, antwortete Lacht-hell. ›Windsucher war auf der Jagd nach Borkenkauern zwei Hände von Tagen zuvor schon einmal hier, und ihm schienen zu wenig Nüsse an den Bäumen zu hängen. Also wurde ich ausgesandt, um herauszufinden, ob sein Eindruck den Tatsachen entspricht, und ich kann nur bestätigen, was ihm schon aufgefallen ist.‹

Sein Geistesleuchten verriet Trauer und Sorge, während er

sich an dem Ast festkrallte und sich vorbeugte, um über die Gischt hinwegzublicken, die sich wie Nebel aus den Stromschnellen am Fuße des hohen Wasserfalls erhob. Der Fluss war an dieser Stelle nicht breit, nicht viel breiter als drei Leute lang, das Tal eng, in das er sich hinabstürzte. Dafür, dass es so ungewöhnlich trocken gewesen war, war das Wasser in seinem Bett tief und stürzte bemerkenswert rasch gen Tal. Weiter unten an seinem Lauf war sein Bett breiter, und er floss gemächlicher – vor allem da, wo er sich vor dem Damm der Dammbauer staute. Dort war er dann sehr breit und tief und es gab viele gestreifte Schwimmer, manche von ihnen maßen sogar mehr als die Körperlänge der Leute. Daher würde sie zu fangen sicher eine … nun, fesselnde Herausforderung. Im etwas seichteren Wasser bei den Stromschnellen, wo allein die Höhe, aus der der Fluss herabstürzte, für eine immerwährende Wolke aus feinem Sprühnebel sorgte, wäre das Fischen gewiss einfacher. Was er sah, schien ihm jener Spott, den das Leben selbst häufig über jenen ausschüttete, die mit ihm zurechtzukommen hatten: In einer Spanne solch großer Trockenheit, dass es kaum Flinkflitzer gab, hatte der feuchte Hauch des Donnernebels die kranken Bäume so reichlich gewässert.

›Wird das den Clan während der Frostzeit in Gefahr bringen?‹, fragte ihn sein jüngerer Bruder.

›Wohl nicht.‹ Lacht-hell strich wieder die Schnurrhaare glatt. ›Hier beim Donnernebel sind die Schäden größer als überall sonst. Jetzt, wo wir wissen, dass es hier so viel weniger Nüsse als üblich gibt, sollten wir sie hier als Erstes ernten, um zu retten, was die Blattfresser uns übrig gelassen haben. Aber es gibt anderswo mehr als genug andere Waldflecken mit Grauborken und Grünnadeln, die nicht geschädigt sind … zumindest bis jetzt nicht.‹

Feine-Nase wäre beruhigter gewesen, hätte Lacht-hell

nicht diese letzte Einschränkung hinzugefügt. Es verschaffte ihm jedoch Befriedigung, dass er mitgekommen war, um seinem Bruder zu helfen – nicht allein, um ihm Gesellschaft zu leisten, sondern weil sie so gemeinsam etwas entdeckt hatten, was für das Wohlergehen des Clans von Wichtigkeit war.

›Merk auf, Bruder!‹, rief Lacht-hell da plötzlich. ›Schmeckst du es auch?‹

Feine-Nase schaute in die Richtung, in die Lacht-hell wies, und bog die Schwanzspitze ein, als er das junge Zwei-Bein leise durch den Wald auf sie zukommen sah.

›Das ist Tanzt-auf-den-Wolken!‹, antwortete er. ›Was macht sie hier so weit von ihrem Nest entfernt und ohne ihren Ahnen?‹

›Verbotenes, wie es scheint‹, gab Lacht-hell zurück, seine Geistesstimme von Heiterkeit gefärbt. ›Schmeck tief hinein in ihr Geistesleuchten, Feine-Nase! Es erinnert mich sehr an deines, wenn du glaubst, du habest dich davongeschlichen, ohne dass Ahne und Ahnin es gemerkt hätten.‹

›Sie sollte nicht hier sein‹, bemerkte Feine-Nase knapp und gab sich alle Mühe, die Heiterkeit seines Bruders nicht zu beachten. ›Es ist nicht sicher für sie hier.‹

›Das Zwei-Bein mag jung sein‹, widersprach daraufhin Lacht-hell und streckte sich auf dem Ast aus, auf dem er bisher gestanden hatte, um es sich bequem zu machen, ›weiß aber sehr wohl, auf sich selbst aufzupassen.‹ Er legte das Kinn auf die verschränkten Echthände und schloss halb die Lider, während er das näher kommende Zwei-Bein beäugte. ›Ich habe sie ihren Donnerbeller schon benutzen sehen.‹ Sein Geistesleuchten schmeckte unmissverständlich nach Beifall. ›Einem Schneejäger, ja selbst einem Todesrachen, der sie bedroht, wird diese Erfahrung nicht sonderlich munden.‹

›Wenn sie einen der großen Jäger kommen sieht, ja, dann vielleicht‹, beharrte Feine-Nase eigensinnig. ›Aber sie ist ein Zwei-

Bein, Lacht-hell! Sie ist nicht nur geistesblind, ihre Nase ist keine große Hilfe, und die Leute wissen allesamt, dass Zwei-Beine bestenfalls halb taub sind. Ihre Ohren taugen also auch nichts!‹

›Ach, tatsächlich?‹ Lacht-hell legte den Kopf schief, während er den Bruder anblickte. *›Dann ist es doch höchst merkwürdig, dass Todesrachen und Schneejäger sie zu fürchten gelernt haben, anstatt sich vor uns, den Jägern mit den guten Nasen und Ohren, zu fürchten, findest du nicht?‹*

›Ich habe doch schon eingeräumt, dass wenn Tanzt-auf-den-Wolken eine Gefahr sieht, sie sich ihrer mit dem Donnerbeller erwehren kann. Ich mache mir bloß Sorgen, dass sie eine Gefahr zu spät entdecken könnte.‹

›Ach, ich glaube, das wird nicht geschehen, ganz gewiss nicht‹, gab Lacht-hell nachdenklich zurück. *›Ich habe ihr Geistesleuchten jetzt seit beinahe einer halben Spanne nicht geschmeckt, aber es steckt viel von einem Kundschafter in ihr. Schmeck noch einmal hinein, Feine-Nase! Tanzt-auf-den-Wolken ist ein Zwei-Bein, das fast so wie die Leute fühlt, und ihr Geistesleuchten hat an Kraft gewonnen, seit ich es das letzte Mal geschmeckt habe.‹*

Feine-Nase bedachte den Bruder mit einem zweifelnden Blick, dann galt seine Aufmerksamkeit wieder dem Zwei-Bein. Mit seinem Geistesleuchten griff er nach dem des Zwei-Beins. Seine Ohren stellten sich auf, als er dessen Kraft ermaß, so viel Kraft sogar, dass ihm zu nahe zu kommen einen Vorgeschmack auf Schmerz in sich trug. Lacht-hell hatte recht, wie Feine-Nase jetzt aufging. Das Junge gewahrte die Hänge der Berge und die Bäume um sich herum mit derselben Tiefe und Kraft wie jeder Kundschafter.

›Mir war nicht bewusst, dass ihr Geistesleuchten so sehr an Kraft gewonnen hat‹, sagte er nach Verstreichen eines Herzschlags in einem Ton, der tiefen Respekt verriet. *›Es ist sehr kraftvoll, selbst für jemanden aus dem Clan von Todesrachen-Verderb.‹*

›Es ähnelt dem ihres Ahnen sehr‹, gab Lacht-hell dem Bruder zu bedenken, ›ich kann mich noch daran erinnern, wie sein Geistesleuchten nach Ablauf derselben Spannen war, die jetzt sein Junges zählt. Alle Welt weiß, dass die Nachkommen von Todesrachen-Verderb für Zwei-Beine immer ein auffällig helles Geistesleuchten besitzen, aber dieses schmeckt ganz ähnlich wie das Geistesleuchten von Feind-des-Dunkels, wie wir es aus den Sagenliedern über Wurzelt-tief kennen. Es ist eine Ähnlichkeit, keine Gleichheit, aber es gleicht sich irgendwie doch, sehr sogar . . . nun, vielleicht in seiner Klarheit, seiner Bestimmtheit. Manche Zwei-Beine sehen viel und spüren noch viel mehr, Feine-Nase, und ich glaube, dass das Geistesleuchten von Feind-des-Dunkels und Tanzt-auf-den-Wolken mehr Kraft besitzt als das all jener, die in der Zeit vor ihnen waren.‹

Überrascht blinzelte Feine-Nase und beäugte erneut das Zwei-Bein-Junge. Darüber hatte er sich noch nie den Kopf zerbrochen, aber hätte er darüber nachgedacht, wäre ihm solch eine Idee dennoch nie gekommen. Die Jungen im Clan vom Hellen Wasser wuchsen alle mit den Sagenliedern über Todesrachen-Verderb auf und wussten daher, wie hell ihr Geistesleuchten schmeckte, wie sehr es von Furchtlosigkeit beherrscht war und wie erfüllt, fruchtbar und tief ihre Bindung an Klettert-flink gewesen war. Es war ebenso ruhmreich wie tragisch für den Clan gewesen, dass nach Todesrachen-Verderbs Hinscheiden Klettert-flink ihrem wundervollem Geistesleuchten in die ewige Dunkelheit gefolgt war. Für ein Zwei-Bein hatte sie lange gelebt, aber von den Leuten hatte vor ihrem Tod niemand tatsächlich verstanden, wie kurz die Lebensspanne der Zwei-Beine doch war.

Jetzt, wo Feine-Nase das Geistesleuchten von Tanzt-auf-den-Wolken, das immer mehr zu Lacht-hell und ihm aufschloss, mit mehr Bedacht kostete, ging ihm auf, dass sein Bruder recht hatte. Als ob die Sonne selbst, so jedenfalls fühlte es sich an, zu den Goldblättern und Grünnadeln hinabgestiegen wäre und mit ihrer Strahlkraft jeden blendete, der unvorsichtig genug war, ihr direkt ins Gesicht zu blicken. Feine-Nase hatte nie den leisesten Anflug dazu verspürt, sich an ein Zwei-Bein zu binden, nicht einmal mit Mitgliedern von Todesrachen-Verderbs Clan, die in allen Clans der Leute hoch angesehen und geschätzt waren. Aber wenn er je die Sehnsucht danach verspürt hätte, nach diesem herrlichen Lichtschein zu greifen, je den Wunsch verspürt, sich lebenslang an eines dieser anderen Wesen zu binden, dann wäre es dieses Geistesleuchten, das ihn angezogen hätte wie Nachtflügler das Licht.

›Sie ist wahrhaft Todesrachen-Verderbs Junges, einerlei, wie viele Spannen zwischen ihnen liegen – und das nicht nur, weil sie beide gern in den Wolken tanzen‹, teilte Lacht-hell dem Bruder mit, seine Stimme wie Laub in einem lauen Windhauch. ›In Sagenliedern habe ich Todesrachen-Verderb viele Male geschmeckt, und dieses Zwei-Bein-Junge ... es wird genauso stark sein, genauso vieles bewegen oder sogar mehr als ihre ferne Ahnin. Davon bin ich fest überzeugt.‹

›Hast du je in Betracht gezogen, dich mit einem der Zwei-Beine zu verbinden?‹, fragte Feine-Nase neugierig.

Belustigt blickte Lacht-hell auf. ›Nein, kleiner Bruder, nein, tatsächlich nicht! Denn wenn ich es getan hätte, hätte ich mich wohl an Tanzt-auf-den-Wolkens Ahnen gebunden, als er ein wenig älter war als sie jetzt. Ja, ihr Geistesleuchten besitzt große Strahlkraft, aber ihre Lebensspanne ist viel zu kurz. Es gibt auf dieser Welt noch viel zu viel Neues für mich zu entdecken, was ich dann verpassen würde, um mich bereits jetzt an ein Zwei-Bein zu binden, selbst wenn es noch so jung ist wie dieses Junge vor uns. Außerdem ist Tanzt-auf-den-Wolken mehr noch Wurzelt-tiefs Tochter als Todesrachen-Verderbs. Ganz wie er will auch Tanzt-auf-den-Wolken zu anderen Welten oder

Sonnen aufbrechen, das ist ihr Weg, und ich bin ein Kind dieser Welt, Feine-Nase. Auch wenn ich Kundschafter bin, habe ich nicht vor, diese meine Welt zu verlassen.‹

Feine-Nases Schwanzspitze zuckte und signalisierte damit bedächtig Zustimmung, während er dem letzten mit seinem Bruder geteilten Gedanken noch nachhing. Todesrachen-Verderbs Geistesleuchten hatte an Helligkeit in den Sagenliedern des Clans vom Hellen Wasser kaum etwas verloren. Diese Welt war auch die ihre gewesen. Auch wenn sie sie mehrfach verlassen hatte (wobei Klettert-flink sie dann jedes Mal begleitet hatte und mit Sagenliedern von den anderen Welten der Zwei-Beine zurückgekehrt war), war Todesrachen-Verderb immer wieder heimgekehrt, denn diese Welt war, wonach ihr Herz hungerte. Nun, es stimmte, nicht alle ihrer Nachfahren hatten diesen Hunger im Herzen von ihr geerbt, und dennoch …

Versonnen musterte Feine-Nase Lacht-hell, und dieser wandte den Kopf und erwiderte seinen Blick, die Ohren aufgestellt, als er die Frage seines Bruders schmeckte.

›*Wie kannst du dir so sicher sein, dass es das Zwei-Bein-Junge fort und zu anderen Welten zieht?*‹, fragte Feine-Nase daraufhin.

›*Wie kannst du Zweifel daran hegen?*‹, gab sein Bruder zurück. ›*Schmeckst du denn nicht, wie sie sich gerade jetzt von allem verabschiedet?*‹ Sein Blick wanderte wieder hinüber zu dem Zwei-Bein-Jungen. ›*Sie geht sicher nicht morgen oder den Tag danach, aber sie wird diese Welt verlassen, Feine-Nase, und sie selbst ist sich nicht gewiss, dass sie zurückkehren wird. Ich habe das schon bei ihrem Ahnen geschmeckt, genau das.*‹

›*Nun, das vermag ich tatsächlich nicht zu schmecken*‹, räumte Feine-Nase ein. ›*Vielleicht weil ihr Geistesleuchten mich derart blendet. Darüber hinaus hat Sagen-Wind gesagt, deine Geistesstimme sei stärker als die der meisten Männchen, und du bist obendrein Kund-*

schafter.‹ Bei den Leuten wusste jeder, dass Kundschafter deshalb Kundschafter wurden, weil ihr Geistesleuchten die Umgebung, in der sie sich bewegten, wesentlich schärfer und klarer aufzunehmen wusste, als andere das konnten. ›*Vielleicht ist das der Grund, warum du Tanzt-auf-den-Wolken besser zu schmecken verstehst als ich.*‹

›*Dem mag so sein*‹, meinte Lacht-hell nachdenklich. ›*Unsere Linie ist schon, das ist wahr, über viele Hände an Spannen hinweg eng mit Todesrachen-Verderbs Clan verbunden. Es ist auch wahr, dass ich älter und erfahrener bin als du. Vielleicht ist das die bessere Erklärung dafür.*‹

Dass Feine-Nase und Lacht-hell in direkter Linie von Klettert-flink abstammten, stimmte. Aber das, so konnte Feine-Nase nicht umhin festzustellen, traf auf viele der Leute vom Clan vom Hellen Wasser zu. Das also war sicher keine befriedigende, alles klärende Begründung. Alle Kundschafter und Jäger des Clans vom Hellen Wasser hielten Wacht über Todesrachen-Verderbs Clan. Selbst jene, die sich mit keiner Person verbunden hatten, gehörten zur Sippe. Sie waren geschätzt und gern gesehen und sobald sie in das Revier des Clans kamen, wurden sie begleitet und bewacht. Tanzt-auf-den-Wolken war da keine Ausnahme. Obwohl keiner der Leute sich an sie gebunden hatte, hatten viele von ihnen die himmelhohen Flüge mit ihr geteilt, die ihr ihren Namen unter den Leuten eingetragen hatten. Wie Todesrachen-Verderb war Tanzt-auf-den-Wolken eins mit dem Wind, niemals glücklicher, als wenn sie sich von ihm in schwindelnde Höhen tragen ließ und sich ihm ganz und gar, mit Herz und Verstand, überantwortete. Wer hätte diese wundersamen Augenblicke mit ihr teilen, ihre jauchzende Freude schmecken können, ohne sie ins Herz zu schließen?

Dennoch gab es auch eine dunkle Seite in ihr. Lacht-hell

aber hätte nicht den Finger einer Echthand darauf legen können, welche. Dass Todesrachen-Verderbs Nachkommenschaft nur so wenige Spannen zu leben hatte, sorgte dafür, dass die Leute sie nur noch mehr umsorgten und gernhatten. Die Lebenserwartung von Zwei-Beinen umfasste gerade einmal halb so viele Spannen wie die der Leute. In den Sagenliedern wirkte es manchmal, als seien sie schon vergangen, ehe sie überhaupt richtig angekommen wären. War es da verwunderlich, dass die Leute umso schmerzlicher darauf bedacht waren, sie zu begleiten und zu beschützen, wenn sie sich im Revier des Clans aufhielten? Nichtsdestotrotz war sich Feine-Nase sicher, dass kein Clanmitglied, so sehr jeder von ihnen Wacht über ›ihre‹ Zwei-Beine hielt, das hätte aus Tanzt-auf-den-Wolkens Geistesleuchten herausschmecken können, was Lacht-hell darin schmeckte. Nun, vielleicht ja auch nur herauszuschmecken glaubte.

›Zwei-Beine sind unstet‹, führte er aus. ›Wurzelt-tief ging vor vielen Spannen von hier fort, lange, bevor ich geboren wurde. Jetzt aber ist er wieder hier und auf dieser Welt tatsächlich tief verwurzelt.‹

›Stimmt wohl, doch dafür hat er einen hohen Preis bezahlt. Ich weiß nicht, was ihm zugestoßen ist, Feine-Nase, aber ich habe sein Geistesleuchten danach geschmeckt, und sein Herz hat eine tiefe Wunde davongetragen. Er schrie vor innerer Qual, und es erschütterte mich. Was immer ihm widerfuhr, hat sein Geistesleuchten noch heller werden lassen, dennoch war er nach seiner ersten Rückkehr hierher noch nicht so tief verwurzelt wie ehedem. Das geschah erst, als er mit Tanzt-durchs-Leben hierher zurückkehrte. Mit ihr zusammen war er heil und ganz. Die beiden sind ebenso eng miteinander verbunden, wie es die Leute sind, wie bei den Leuten Gefährtin und Gefährte. Sie sehen und schmecken nicht, was die Leute im Geistesleuchten anderer schmecken können, aber die beiden sind lange nicht so geistesblind wie andere ihrer Art. Ihre Liebe füreinander brennt so lichterloh wie

Wipfelfeuer während der Flammenzeit. Ich glaube, dass Wurzelt-tief,
hätte er sich nicht mit Tanzt-durchs-Leben verbunden ...

Lacht-hell ließ den Satz unvollendet, und Feine-Nase verengte die Augen zu schmalen Schlitzen, während er Andeu-
tungen von dem auffing, was sein Bruder unausgesprochen
gelassen hatte.

›*Doch genug damit, faul hier herumzuliegen und Zwei-Beine zu*
beobachten!‹, meinte Lacht-hell betont munter. ›*Wir müssen*
uns noch viel anschauen und herausfinden, ehe wir zum Clannest
zurückkehren können. Komm, Feine-Nase, folge mir, wir machen noch
einen echten Kundschafter aus dir!‹

Honor hätte nicht zu sagen gewusst, was sie dazu gebracht
hatte, aufzuschauen und die Baumkatzen zu bemerken.

Ihre Fellzeichnung, Cremeweiß im Wechsel mit Grau, war
eine hervorragende natürliche Tarnung, und wie alle ihrer
Art waren diese beiden 'Kater in der Lage, mit der Geduld des
Jägers absolut bewegungslos zu bleiben. Honor überlegte, ob
sie die beiden aus Höflichkeit ansprechen sollte, jetzt, wo sie
bemerkt hatte, dass sie sie offenkundig beobachteten. Es gab
immer noch viele, die Zweifel an der Intelligenz der Baumkatzen hegten – darunter auch auf Sphinx Geborene, die es
eigentlich hätten besser wissen müssen. Honor gehörte nicht
zu diesen Unbelehrbaren. Sie hatte Stephanie Harringtons
Tagebuch gelesen und darüber hinaus die Aufzeichnungen
eines Dutzend anderer Harringtons, die in den letzten drei
T-Jahrhunderten von Baumkatzen adoptiert worden waren.
Für Honor bestand kein Zweifel daran, dass Baumkatzen
intelligent waren, ja, sogar intelligenter als die Mehrheit der
Menschen, die Honor in ihrem bisherigen Leben kennengelernt hatte. Zumindest verstanden die 'Katzen Standard-

englisch um einiges besser, als die meisten Menschen glaubten, und soweit es Honor selbst betraf, war das der schlagende Beweis für die Intelligenz der 'Katzen. Stephanie Harringtons Tagebuch zeigte in aller Deutlichkeit, in welchem Maße es Löwenherz und sie frustriert hatte, dass sie nicht imstande waren, in vollem Umfang miteinander zu kommunizieren. Stephanies Hypothese, die 'Katzen würden sich untereinander telepathisch verständigen, machte den Umstand nur umso beeindruckender, dass sie die Leistung zu vollbringen vermochten, eine *gesprochene* Sprache zu verstehen.

Aber Honor konnte sich natürlich nicht sicher sein, dass das auch auf diese beiden Individuen zutraf. Obendrein hielten sie Abstand zu ihr. Sie hätten es als rüde empfinden können, angesprochen und auf diese Weise gestört zu werden, statt darin einen Akt der Höflichkeit zu erkennen. Außerdem gehörten diese Wälder weit mehr den 'Katzen als ihr, sie waren hier zu Hause. Der Besitz Harrington gehörte zu den wenigen Freisassengütern, die vollständig in ihrer ursprünglichen Form erhalten geblieben waren. Er war ohne Unterbrechung seit den Tagen, in denen Land und Haus in die Hände von Richard und Marjorie Harrington übergegangen waren, von Generation zu Generation weitergegeben worden. Aber die 'Katzen hatten schon immer hier gelebt, schon lange davor. Wenn sie schon großzügig genug waren, dieses ihr ureigenes Land mit den Harringtons zu teilen, hatten sie jedes Recht, diejenigen zu sein, die ihrerseits den Kontakt herstellten, wenn es ihnen passte, und nicht umgekehrt.

Immer wieder hatte es Phasen in Honors Leben gegeben – vor allem, als sie noch klein gewesen war –, in denen sie sich sehnsüchtig gewünscht, ja den Tag herbeigesehnt hatte, an dem sie von einer 'Katz adoptiert würde. Niemand wusste so recht, was die 'Katzen in einem solchen Fall zu dem entsprechenden Menschen hinzog, auch die Harringtons nicht, von denen häufiger Familienmitglieder adoptiert worden waren als von allen anderen Familien auf Sphinx. Was immer die Adoption auslöste: Es waren nicht die Menschen, die sie in Gang setzten. Es waren die 'Katzen, die sich ihren Menschen aussuchten, nicht umgekehrt. Ganz offenkundig waren die 'Katzen dabei ausgesprochen wählerisch.

Um der Wahrheit die Ehre zu geben: Honor war, nachdem sie herausgefunden hatte, wie lang die Lebensspanne von Baumkatzen in der Wildnis war, überrascht gewesen, dass Baumkatzen sich überhaupt an Menschen banden. Die Menschheit hatte lange gebraucht, um zu begreifen, dass Baumkatzen sogar mehr als einhundertfünfzig Jahre alt werden konnten, und anfangs war auch niemandem aufgegangen, dass 'Kater, die sich an einen Menschen banden, den Tod ihrer menschlichen Bindungspartner nicht überlebten. Beim Gedanken an all die 'Katzen, die sich selbst dann noch Menschen gewählt hatten, nachdem ihnen klar gewesen sein musste, dass Menschen eine weitaus kürzere Lebenserwartung hatten als sie, schossen Honor regelmäßig die Tränen in die Augen. Anders als die adoptierten Menschen, wussten sie schon sehr viel früher, dass sie mit der Bindung an einen Menschen einen Großteil ihres Lebens opferten. Was, so fragte sich Honor dann immer, übte eine solche Anziehungskraft auf sie aus, es dennoch zu tun, trotz der drastischen Verkürzung ihrer Lebensspanne, die sie damit riskierten?

Immerhin wird Prolong das nun endlich ändern, dachte sie. Ich frage mich, ob den 'Katzen das bewusst ist? Selbst Daddy gehört erst zur ersten Prolong-Generation. Haben genug Menschen bereits über ihre bisherige Lebenserwartung hinaus gelebt, dass die 'Katzen den Unterschied bemerken konnten? Können sie schon herausgefunden haben, dass es jetzt die Menschen sind, die sie überleben könnten, statt umgekehrt? Und wenn ja, wird das ihre Einstellung Adoptionen von Menschen gegenüber vielleicht ändern?

Honor hatte nicht die blasseste Ahnung, wie die Antworten auf diese Fragen lauteten. Was sie selbst anging, war das auch nicht weiter von Interesse. Sie hatte mehr Kontakt zu Baumkatzen, als der überwiegende Teil der Menschheit sich auch nur erhoffen durfte, und keine Baumkatze hatte Honor erwählt. Ganz offenkundig mochten sie sie, doch, das schon, und Honor hätte etwa ein Dutzend Baumkatzen aus einer großen Gruppe ihrer Spezies herauspicken können – vor allem wüsste sie jederzeit jene herauszusuchen, die mit ihr Drachenfliegen gewesen waren. Dennoch hatte keine von ihnen ihr je so in die Augen geblickt, wie Löwenherz in Stephanies geschaut hatte.

Auch gut, sagte sie zu sich selbst, während sie stehen blieb, ganz still dastand und die Baumkatzen beobachtete, die sich rasch und elegant von Baumwipfel zu Baumwipfel durch den Wald von ihr fortbewegten. *Baumkatzen gehören hierher, hierher nach Sphinx. Es wäre nicht fair, eine von ihnen ins All hinaus mitzunehmen, fort von hier und auf andere Planeten. Ich weiß nicht einmal, ob eine von ihnen ertragen könnte, sich für viele T-Jahre hintereinander von ihrem Clan zu trennen. Und selbst wenn: Hätte ich denn das Recht, einen 'Kater darum zu bitten? Tja, wenn irgendetwas meine Pläne gründlich durcheinanderzubringen könnte, dann wäre das eine Baumkatze, die mich adoptiert!*

Seit Königin Adrienne war Leitlinie der offiziellen Navy-Politik, dass von Baumkatzen Adoptierten erlaubt war, diese an Bord eines Schiffes und auf den Posten mitzubringen, auf beziehungsweise zu dem man sie beordert hatte. Dennoch argwöhnte Honor, dass die Navy die Aussicht, es mit einem miteinander verbundenen Menschen-Baumkatzen-Paar zu tun zu haben und mit diesem dann ja auch umgehen zu müssen,

nicht sonderlich entzückte, egal was die Vorschriften besagten. Also wäre es selbstverständlich Grund genug für jemanden, der auf einen Platz in der Akademie hoffte, nicht auch
noch einen 'Kater im Gepäck zu haben. Es wäre ohnehin
schon schwierig genug für die Tochter eines Freisassen, einen
der ebenso raren wie begehrten Plätze tatsächlich zu ergattern ... obwohl es sicher nicht schaden würde, dass der Frei-
sasse in diesem Fall Commander Alfred Harrington hieß.
Dennoch wäre dieser Bonus vielleicht nicht hoch genug, um
es ungeachtet der offiziellen Politik mit einer Baumkatze
durch die Offiziersauswahl zu schaffen. Im Übrigen, auch das
wusste Honor, war es Praxis bei der Navy, die Laufbahn von
Adoptierten so anzulegen, dass sie und der Adoptierende im
Doppelsternsystem von Manticore verblieben – etwa auf einer
der Raumstationen – oder für Verwendungen auf der Planetenoberfläche selbst abgestellt wurden. Das geschah, um
sicherzustellen, dass sie, wenn nötig, schnell nach Sphinx
kommen konnten. Eigentlich hatten die bestehenden Vorschriften das nicht im Sinn gehabt, und es war dort auch nicht
festgeschrieben, aber das änderte nichts an der Handhabungs-
praxis von Adoptionsfällen. Eigentlich musste man daran auch
nichts großartig ändern. Honor wollte unbedingt zur Sternen-
flotte, aber sie war durch und durch Sphinxianerin und obendrein eine Harrington. Der Drang, Baumkatzen zu schützen,
war bei ihr sozusagen genetische Disposition. Wie also hätte
sie einer Politik widersprechen können, die Baumkatzen in
Sicherheit und nahe der Heimat wissen wollte, aus der sie
stammten und zu der sie gehörten?

Trotzdem war es diese Politik der Flotte, die Honor im Alter
von elf Jahren den Wunsch hatte aufgeben lassen, von einer
Baumkatze adoptiert zu werden. Selbst wenn sich ihr die
Gelegenheit geboten hätte, hätte sie ein solches Ansinnen

zurückweisen müssen, wollte sie je ein Sternenschiff Ihrer Majestät befehligen und in fernen Sonnensystemen stationiert werden, die mit eigenen Augen zu sehen es sie verlangte. Die Chancen, eine solches Kommando je zu erhalten, standen in einem Ausmaß gegen sie, das man mit Fug und Recht hätte monumental nennen dürfen, auch ohne dass sie sich mit einer Baumkatze belastet hätte. Honor war sich dessen nur allzu bewusst. Denn Kommandoposten waren rar gesät, und die Familien mit Einfluss besaßen die Tendenz, die besten Posten für sich zu behalten. Aber wenn Honor schon von einer Laufbahn in der Flotte träumte, dann doch gleich von einer, nach der es sie wirklich verlangte!

Sie wartete, bis das letzte Aufblitzen von 'Katzenbewegung vom Rascheln des Laubs in der sanften Brise verschluckt wurde, die durch die Baumkronen wehte. Tief atmete Honor durch. Der kühle Dunst von den Jessica Falls waberte bis zu ihr hier unter den Bäumen hinüber. Wie eine Liebkosung spürte sie ihn auf ihren Wangen, ganz, als wäre es ein zärtlicher Abschiedsgruß von den Baumkatzen, und füllte ihre Lungen damit, als wäre es ein reinigendes Elixier. Noch einen Moment ließ sie verstreichen, blieb still stehen, ihr Blick ging hinauf zu der neunzig Meter hohen Klippe, von der sich die Wasser hinabstürzten. Sie nahm das nicht enden wollende Donnern der Wasser in sich auf, das Gurgeln und Tosen der Strudel unten im Becken, in das sich die Wasser stürzten. Erst dann, nach diesem Moment, in dem sie all das in sich aufsog, wandte sie sich um und ging flussabwärts in Richtung Fastbiberdamm davon, dorthin, wo sie die Bergtulpen zu pflücken gedachte.

›*Die Baumfrüchte sind dieses Mal zwar viel kleiner als gewöhnlich*‹, bemerkte Feine-Nase, als Lacht-hell und er durch den Netzholzwald huschten, ›*aber die Schwimmer scheinen mir sehr zahlreich.*‹

›*Sie scheinen es nicht nur, sie sind es*‹, erwiderte Lacht-hell. ›*Und ich glaube, sie sind auch größer als in der Spanne zuvor.*‹ Er verharrte einen Augenblick auf einem der Netzholzäste und beobachtete unten auf dem ansonsten still daliegenden Wasser der Dammbauer die weiten Kreise, die sich darauf immer weiter ausbreiteten. An dieser Stelle musste eben noch ein gestreifter Schwimmer aufgetaucht sein, um sich einen unvorsichtigen Winzflügler zu schnappen. ›*Ich vermute, sie sind gut genährt, weil es so wenig Flinkflitzer gab. Daher blieben mehr Winzflügler übrig, von denen sie sich ernähren konnten, und so sind sie groß und stattlich geworden.*‹

›*Es gibt immer jemanden, der sich an einer solchen Fülle labt*‹, meinte Feine-Nase und ließ seinen Bruder Zustimmung spüren. Gleich darauf wurde er verlegen, weil er Lacht-hells leises Lachen schmeckte. Er hatte wirklich nicht vorgehabt, wie einer der Clanältesten zu klingen, der ein gerade entwöhntes Junges belehrte.

›*Damit hast du ganz recht*‹, erklärte Lacht-hell darauf, und der Tonfall, den er wählte, war klar eine Entschuldigung für seine gerade eben noch aufwallende Heiterkeit. ›*Doch nun komm! Wir sollten nachschauen, wie es um die Dammbauer steht. Sie sind manchmal leichter zu erjagen als die Schwimmer.*‹

›*Leichter ja, aber sicher nicht gefahrloser*‹, warf Feine-Nase ein und sandte seinem Bruder ein Bild von den prächtigen Zähnen der Dammbauer. Ausgewachsen waren die Dammbauer tatsächlich größer und schwerer als einer der Leute. Eigentlich zogen sie es vor, sich unter Wasser in Sicherheit zu bringen und zu verstecken, sobald ihnen Gefahr drohte. Aber in die Enge getrieben, verstanden sie es hervorragend, sich zur Wehr zu setzen.

›Die Welt verspricht niemandem Sicherheit, kleiner Bruder‹, meinte Lacht-hell daraufhin. ›Die Kunst ist, dessen immer Gewahr zu sein, wenn die Gefahr am weitesten entfernt scheint.‹

Zustimmend fuhr Feine-Nases Schweif durch die Luft, und die beiden Brüder huschten weiter durchs Netzholz. Laub, das von Ästen und Zweigen segelte, schwamm auf dem See unter ihnen. Es war mehr Laub als üblich in dieser Zeit der Spanne: ein weiterer Hinweis darauf, dass es sehr trocken gewesen war. Einige kleinere Äste und Zweige wirkten brüchig oder schienen abgestorben.

›Die Borkenbohrer waren hier offenkundig sehr fleißig bei der Arbeit‹, meinte Feine-Nase, und Lacht-hell musste ihm traurig recht geben.

›Die Grauen mögen den Geschmack von Netzholz besonders gern, und sie bohren sich tiefer ins Holz als viele andere. Feine-Nase, hilf mir bitte zusammenzutragen, welche Übergänge am schwersten geschädigt sind. Es ist wichtig für die Jäger des Clans, genau zu wissen, wo sie besonders vorsichtig sein müssen.‹

Honor verzog das Gesicht, als sie an einer Rotfichte vorbeikam, bei der sich mehr als die Hälfte der geschuppten, eigentlich blau-grünen Blätter braun oder gelb verfärbt hatten. Während ihrer Wanderung hatte Honor eine große Zahl solcher dürregeschädigten Fichten gesehen, und sie hatte sich bereits vorgenommen, dem Forstdienst diesbezüglich Meldung zu erstatten. Es gab viele Anzeichen für Befall der Bäume durch Borkenkäfer und Flachpanzerbohrer, was, dahin ging zumindest Honors Vermutung, nach einem so trockenen Sommer vielleicht kein Wunder war. Die Stein- und

Hügelschwalben, die sich von ihnen ernährten, zogen in Jahren wie diesem weit weniger Jungvögel auf. Die Fortpflanzungsrate beider vogelähnlicher Spezies waren von einem ganzen Wust an Lebensbedingungen in der unmittelbaren Umgebung und Klimafaktoren abhängig, und besonders in Trockenperioden fiel sie stets geringer aus. Wahrscheinlich, dahin jedenfalls gingen Honors Vermutungen, stand Letzteres in Zusammenhang mit den Insektenarten, von denen sich die Schwalbenanaloga ernährten und die in solchen Zeiten nur unzureichend im Angebot waren. Nun, was für das restliche Haley's Land galt, galt hier am Rock Aspen Creek leider nicht, denn hier sorgte der Sprühnebel des Wasserfalls dafür, dass es der Insektenpopulation ganz ausgezeichnet ging. Tatsächlich war diese seit Honors letztem Besuch sogar noch angewachsen, und das beträchtlich. Es gab jede Menge Hinweise auf Blattschneiderameisen und Blattscherer.

Trockenperioden und ihre Folgen für das natürliche Gleichgewicht gehörten zum Kreislauf des Lebens auf Sphinx, und der Forstdienst würde das Areal schwerlich mit Insektiziden einnebeln wollen, aber die Ranger behielten Entwicklungen wie diese datentechnisch gern im Auge. Die Flachpanzerbohrer etwa nahmen in der Rangliste der Verursacher von Baumsterben unangefochten die Spitzenposition im sphinxianischen Ökosystem ein.

Ob die beiden 'Kater hier waren, um den Zustand der Bäume zu prüfen? Bäume und ihre Früchte sind gerade in Herbst und Winter für Baumkatzen von großer Bedeutung. Es wäre also sinnvoll, in einem Jahr wie diesem den Zustand der Bäume im Auge zu behalten. Ich hoffe, es gibt diesen Winter keine Nahrungsengpässe für sie!

Honor wusste, dass es manchmal zu solchen Engpässen kam, was alle hart ankam, die sich um die Baumkatzen sorgten. Baumkatzen, die hungergeschwächt und in Not bei einer der Rangerstationen aufliefen, die der Forstdienst betrieb, konnten darauf vertrauen, mit Nahrung versorgt zu werden und medizinische Hilfe angeboten zu bekommen. Aber vor Jahrhunderten schon hatte der SFD entschieden, außer zur Katastrophenhilfe nicht in die freie Natur einzugreifen. Harte Winter gehörten nach der Definition des SFD nicht zu den Katastrophenfällen, es sei denn, es käme zu echten Hungersnöten. Verstandesmäßig konnte Honor durchaus begreifen, warum ein solches Vorgehen richtig war. Zu früh und bereitwillig gemachte Unterstützungsangebote führten nicht nur zu einer größeren Abhängigkeit der 'Katzen vom Menschen, sondern auch zu Überbevölkerung, die früher oder später in einer echten Katastrophe enden musste. Doch Verständnis für die Politik des SFD aufzubringen hieß nicht, von dem abzulassen, was ihre Eltern und Honor selbst taten: Baumkatzen mit Nahrung zu versorgen, die vor ihrer Haustür erschienen. Die Harringtons konnten sogar, um der Wahrheit die Ehre zu geben, im Winter mit durchschnittlich einem Baumkatzenbesucher pro Woche rechnen. Es war nur zu offensichtlich, dass unter Baumkatzen längst die Runde gemacht hatte, die Harringtons seien leichte Beute und hätten immer noch irgendwo Sellerievorräte, die man ergattern könnte.

Jetzt, wo sich Honor dem Fastbiberdamm näherte, wurde der Fluss breiter und tiefer. Fastbiber konnten bis zu sechzig Kilo Gewicht auf die Waage bringen, und die Baumstümpfe von Rotfichten, Fastkiefern und Berghickory gaben unmissverständlich Auskunft darüber, wie effizient sie als Holzfäller waren. Wie ihr vierbeiniges Pendant von Alterde, denen diese genuin sphinxianische Spezies ihren Namen verdankte, pflegten Fastbiber das Holz für ihre Dämme und Wohnbaue im Frühjahr oder Sommer zu schlagen und es dann für ihre

Bauvorhaben im Herbst und Winter über ablagern zu lassen. Sie vermochten Bäume mit einem Durchmesser von bis zu sechsunddreißig Zentimetern zu fällen, auch wenn sie jüngere Bäume mit dünneren Stämmen bevorzugten. Genau wie ihre Namensgeber bauten sie Kanäle, über die sie dickere Stämme und Äste dorthin flößten, wo sie sie benötigten. In vielerlei Hinsicht waren Fastbiber, angesichts der Schäden, die selbst eine kleine Population in Waldgebieten anzurichten vermochte, die destruktivste Spezies auf ganz Sphinx. Andererseits waren die Seen, die sie mittels ihrer Dämme entstehen ließen, ausschlaggebend für den Bestand ökologisch gesunder Sumpfgebiete und den Erhalt beziehungsweise die Wanderung von Wasserscheiden. Auch die Verbreitung von Pfostenbäumen beförderten Fastbiber durch ihre Dämme und Kanäle.

Aus nicht bekanntem Grund nämlich mieden sie deren Holz und rührten Pfostenbaumstämme nicht an. Wie der SFD schon vor langer Zeit herausgefunden hatte, waren etwaige giftige Inhaltsstoffe nicht der Grund für diese ihre Abneigung. Aber Pfostenbäume waren Überlebenskünstler: Gegen viele Krankheiten und Parasiten, die die sphinxianische Flora heimsuchten (den Fastbiber eingeschlossen), hatten sie Widerstandskräfte entwickelt. Allem Anschein nach war der Geschmack von Pfostenbaumholz nichts, was zumindest Fastbibern genehm gewesen wäre, und die Angewohnheit der Fastbiber, alles andere entlang der Bach- oder Flussläufe und der Seeufer vor ihren Dämmen anzunagen und zu fällen, schuf Platz für die Ausbreitung der Pfostenbäume, was wiederum eine glückliche Fügung für Baumkatzen war.

Schade, dass die Resistenz der Pfostenbäume Schädlingen gegenüber nicht auch für Flachpanzerbohrer gilt, dachte Honor, die sich sorgsam ihren Weg durch das Holzlager der Fastbiber bahnte. *Andererseits könnte ich, fänden die Fastbiber auch Geschmack an Pfostenbaumholz und würden sie ebenfalls fällen, hier wahrscheinlich mit meinem Drachenflieger landen, was mir eine Wanderung wie diese doch glatt erspart hätte!*

Ein paar Augenblicke verwandte Honor darauf, sich selbst zu überzeugen, dass sie tatsächlich lieber hergeflogen wäre, als sich ihr Ziel zu erwandern. Sie scheiterte und schnaubte amüsiert über sich selbst.

Ohne weitere Mühen erreichte sie den Zulauf des Fastbibersees und lächelte anerkennend, als eine Leopardforelle halb aus dem Wasser schnellte, um sich eines der unzähligen Insekten zu schnappen, die über dem See schwirrten. Es war nicht gerade die größte Leopardforelle, den Honor je zu Gesicht bekommen hatte (immerhin konnten sie achtzig bis neunzig Zentimeter lang werden), aber dennoch ein Prachtstück seiner Gattung, keine Frage. Hier unterhalb des Wasserfalls gab es also ein exzellentes Angelrevier.

Honor sah sich um, um sich zu orientieren, und erblickte in der Ferne durch die Bäume hindurch einen Fleck Purpurrot. Wenigstens hatten die Käfer nicht alle Bergtulpen gefressen, für die Honor sich extra auf den Weg hierher gemacht hatte! Jetzt musste sie also nur noch einmal halb den See umrunden, dann pflücken, wofür sie sich hierher aufgemacht hatte, und die Wanderung zurück nach Hause antreten.

Mit einem Mal erstarrte Feine-Nase und hob alarmiert den Kopf.

›Schneejäger!‹, schickte er seinen Ruf hinaus und schmeckte Lacht-hells Überraschung als Widerhall seiner eigenen. Aber sein Bruder war lange nicht so beunruhigt wie er selbst, und

Lacht-hells Unaufgeregtheit wusste auch Feine-Nases Besorgnis zu dämpfen.

›Ich hatte nicht erwartet, sie so früh in dieser Spanne so tief talwärts anzutreffen‹, fügte Feine-Nase einen Augenblick später hinzu.

Zustimmend zuckte Lacht-hell mit den Ohren und erkannte damit auch die Erklärung für das Ausmaß an Überraschung an, die den Bruder veranlasst hatte aufzuschrecken.

›Das geschieht in der Tat nicht oft‹, bestätigte er. *›Vermutlich war die Jagd bei der herrschenden Trockenheit für sie lange nicht so gut wie üblich. Das mag ihr frühes Erscheinen erklären, aber besser wir schauen uns das an.‹*

Vorsichtig schlichen die beiden Baumkater näher. Um ihnen hoch hinauf in die Kronen der Bäume zu folgen, waren Schneejäger ebenso wie Todesrachen viel zu groß und zu schwer. Zudem besaßen Schneejäger ein weniger ausgeprägtes Revierverhalten als Todesrachen, was natürlich nicht bedeutete, dass sie nicht jeden der Leute, den sie erwischen könnten, genüsslich verspeisen würden. Nur Todesrachen waren größer als Schneejäger und daher ihr einziger natürlicher Feind. Gerade standen zwei der Räuber bis zur Schulter im See der Dammbauer, und während die beiden 'Katzenbrüder sie beobachteten, tat einer der beiden Schneejäger einen Sprung, bekam so einen der gestreiften Schwimmer mit den scharfen Zähnen zu packen und schleuderte ihn mit einer kraftvollen Kopfbewegung hinüber ans Ufer.

›Da siehst du ihn, den Grund, warum sie hier sind‹, meinte Lacht-hell, und Feine-Nase schmeckte plötzlich aufkeimende Vorsicht im Geistesleuchten seines Bruders. *›Sie haben zu spät in der Spanne geborene Junge.‹*

Feine-Nase nickte, während er die beiden tollpatschigen Schneejägerjungen am Ufer dabei beobachtete, wie sie ungestüm das Unterholz nach dem gestreiften Schwimmer durchstöberten, der dort wild zappelnd gelandet war. Die beiden waren jung, gewiss, und offenkundig noch sehr tapsig, hatten aber bereits ein Mehrfaches der Größe, die die Leute erreichten, und mit ihren zahnbewehrten Kiefern war ebenso gewiss alles in bester Ordnung. Der immer noch zappelnde Schwimmer wurde in zwei ungleiche Hälften zerlegt, als die beiden Jungen sich um die Beute stritten. Der mit dem kleineren Stück blökte unzufrieden, als ihm aufging, dass sein Geschwister es besser getroffen hatte als er.

›Ich fürchte, der Fischfang wird lange nicht so reichhaltig Beute bringen, wie wir gehofft haben‹, sandte Lacht-hell jetzt niedergeschlagen seinen nächsten Gedanken, und Feine-Nase konnte nicht umhin, ihm auch dieses Mal recht zu geben. Ein einzelner Schneejäger fraß an Schwimmern pro Tag mehr, als einer der Leute wog. Ein Paar, dass seine Jungen noch zu versorgen hatte, konnte einen See der Größe, wie die Dammbauer ihn hier am Donnernebel aufgestaut hatten, in kurzer Zeit leer fischen.

Aber selbst wenn sie das täten, würden ihre Jungen kaum die Frostzeit überleben, denn an ein Durchschlafen durch die lange Kälte war für sie in ihrem zarten Alter nicht zu denken.

Reglos hockte Feine-Nase auf dem Netzholzast und blickte hinab auf die Schneejäger. Er konnte sich eines gewissen Mitgefühls für die beiden nicht erwehren. Schneejäger besaßen ein wenig mehr Verstand als Todesrachen. Also begriffen die Eltern oder ahnten zumindest dunkel, dass ihre Jungen so gut wie verloren waren. Das konnte Feine-Nase in ihrem trüben, verworrenen Geistesleuchten erkennen. Dort fanden sich keine scharf umrissenen Gedanken, die sich teilen ließen, wie es unter den Leuten der Fall war, oder sich schmecken ließen, ohne sie teilen zu können, wie bei den Zwei-Beinen. Aber auch Schneejäger hatten Gefühle, und die beiden erwachsenen Jäger gleich unter Feine-Nases Versteck waren aufgewühlt, weil der Zeitpunkt des undeutlich empfundenen Verlusts immer näher rückte.

›Das ist traurig, Lacht-hell‹, sandte er zu seinem Bruder hinüber.

›Wenn sie Glück haben und der Schneefall erst spät einsetzt, überleben ihre Jungen vielleicht‹, kam dessen Erwiderung.

›Und wie wahrscheinlich ist das?‹

›Nicht sonderlich wahrscheinlich‹, räumte Lacht-hell ein. ›Und wenn der Jagderfolg oben in den Bergen so mager ausfällt, wie ich das befürchte, werden andere Schneejäger diesen hier folgen. Geschieht das, verteidigen diese beiden ihr Revier ... und ihre Jungen. Dafür dürften sie sich sogar Todesrachen entgegenstellen.‹

Bei diesem Gedanken legte Feine-Nase die Ohren an. Jeder, der geneigt gewesen wäre, Schneejäger mit Leuten gleichzusetzen, selbst ganz entfernt nur, wäre von ihrer Bereitschaft, sich an den Jungen anderer Vertreter der eigenen Art zu laben, rasch eines Besseren belehrt worden. Nun, immer noch besser als Todesrachen, die bereit und darauf aus waren, alles, was sie erwischen konnten, ohne Ausnahme herunterzuschlingen. Ebenso rasch verflog das Mitgefühl für die Schneejäger bei dem Gedanken, in welcher Geschwindigkeit ein Paar mit Jungen jedwede Beutetiere im Revier eines Leuteclans zu schlagen und zu verzehren vermochte, besonders in einer Spanne, in der sich diese Beutetiere nur spärlich vermehrt hatten, das Beuteangebot also gering war.

›Die Ältesten dürften nicht erfreut sein, das zu hören‹, teilte Feine-Nase seine Meinung mit dem Bruder.

›Du bist wahrhaft mit Weitsicht gesegnet, kleiner Bruder‹, gab

Lacht-hell trocken zurück. ›*Bessere Nachbarn lassen sich doch kaum vorstellen!*‹

›*Wahrhaftig nicht*‹, ging Feine-Nase auf Lacht-hells Ironie ein, fuhr aber fort: ›*Aber egal, ich finde, wir sollten Tanzt-auf-den-Wolken vor den Schneejägern warnen und besondere Vorsicht walten lassen.*‹

›*Nun, Feine-Nase. das ist mal eine wahrhaft gute Idee*‹, gestand Lacht-hell ihm zu. ›*Obwohl es natürlich um einiges leichter wäre, wenn wir sie unsere Geistesstimmen hören lassen könnten.*‹

›*Keiner von den Leuten kann alles haben.*‹

›*Mag sein, gewiss, kleiner Bruder, aber wünschen kann man es sich ja trotzdem.*‹

Der Tonfall von Lacht-hells Geistesstimme war trocken, und gleich darauf, das spürte Feine-Nase, hatte sich die Aufmerksamkeit seines Bruders anderem zugewandt. Erst verstand Feine-Nase nicht, was Lacht-hell tat, dann aber ging ihm auf – und sein Schweif richtete sich vor Überraschung hoch auf –, dass sein Bruder, der Kundschafter, nach Tanzt-auf-den-Wolkens Geistesleuchten suchte.

Auf eine solche Entfernung war das selbst für einen Kundschafter ein Ding der Unmöglichkeit, geradezu unsinnig ... aber lange nicht so unsinnig wie der Umstand, dass Lacht-hell tatsächlich fand, was er gesucht hatte.

›*Sie nähert sich aus dieser Richtung*‹, erklärte er und deutete mit einer Echthand flussaufwärts. ›*Und sie ist schon auf demselben Ufer des Dammbauersees wie die Schneejäger.*‹

›*Dann sollten wir uns beeilen, zu ihr zu stoßen*‹, schlug Feine-Nase vor und machte einen eleganten Satz auf die nächste Netzholzbrücke zu.

Honor watete durch einen der Kanäle, die die Fastbiber angelegt hatten. Der Kanal war schon dabei, in sich zusammenzusinken, aber immer noch zu breit und sein Saum zu instabil, um auf gut Glück einen Sprung hinüber zu wagen. Honor ließ also lieber Vorsicht walten. Das Wasser ging an keiner Stelle höher als bis zum halben Stiefelschaft, blieb also ein gutes Stück davon entfernt, ihr in die Stiefel hineinzulaufen. Aber der Grund war schlüpfrig, und Honor balancierte ihr S&W auf der Schulter, damit es ihr nur ja nicht in die Quere käme, während sie sich ganz darauf konzentrierte, nicht das Gleichgewicht zu verlieren. Sich hier und jetzt auf die Nase zu legen wäre ebenso demütigend wie unangenehm.

Nicht, dass irgendwer hier in der Wildnis das mitbekäme, erinnerte sie sich selbst. *Und wenn ich es vor Mom nach Hause schaffe, könnte ich mich frisch gemacht und umgezogen haben, bis sie …*

Ihr Kopf zuckte hoch, als sie einen Windhauch flüstern und Laub rascheln hörte, als ginge eine Bandsäge durch dünnes Sperrholz – oder war es doch eher ein Geräusch, das an reißendes Segeltuch erinnerte? Ein Geräusch wie dieses hatte Honor noch nie zuvor gehört, und trotzdem wusste sie sogleich, was es bedeutete. Sie *spürte*, was es bedeutete, und so hechtete sie die abschüssige Böschung des Fastbiberkanals hinauf, auf das Geräusch zu.

›*Feine-Nase!*‹

Lacht-hells Geistesstimme war ein schriller Warnschrei, aber er kam zu spät. Feine-Nase sprang auf den stabil wirkenden Netzholzast … und der Ast gab unter ihm nach, als er auf ihm landete. Borkenbohrer hatten sich in das Holz hineingefressen, den Ast mit ihren Gängen ausgehöhlt, und unter Feine-Nases Gewicht barst er. Die Klauen, die Halt im Netzholz hätten finden sollen, griffen ins Leere, als das geschwächte, nur mehr einem Schwamm ähnelnde Holz förmlich zerfiel, und Feine-Nase stürzte kopfüber in die Tiefe.

Wild zuckte sein Schwanz und ringelte sich um einen anderen Ast, und einen Lidschlag lang schien es, als habe Feine-Nase den Sturz abfangen, sich selbst retten können. Das dachte auch Lacht-hell. Aber es wäre wohl besser gewesen, sein Bruder hätte sich fallen lassen, denn die Borkenbohrer hatten auch diesen Ast geschwächt. So brach auch er unter Feine-Nases Gewicht vom Stamm und stürzte dem jungen 'Kater hinterher. Keine zwei Leute-Längen von den beiden Schneejägerjungen entfernt schlug Feine-Nase auf dem Boden auf. Die beiden jaulten vor Schreck schrill auf und blökten in ihrer Angst hilfesuchend und nicht weniger schrill nach ihren Eltern, da landete der abgebrochene schwere Ast auf Feine-Nase, und Lacht-hell hörte ihn vor Schmerz aufheulen, als der Ast ihm das Mittelbecken brach.

Kaum dass das ausgewachsene Schneejägerpaar seine Jungen angstvoll kreischen hörte, pflügten sie von ihrem Angelplatz im Dammbauersee durchs Unterholz auf ihre Jungen in Not zu. Diese waren rückwärts getaumelt, nur fort von Fellknäuel und Ast, während ihre Eltern noch im Wasser waren. Jetzt stürzten die großen Räuber auf den Verletzten zu. Hätte sie nicht schon ihr Instinkt geleitet, die Jungen zu verteidigen, dann ihre Absicht, dem Nachwuchs eine gute Mahlzeit zu verschaffen.

Lacht-hell setzte den Netzholzbaum hinab, nahm sich aber trotz aller wilden Hast die Zeit, zu prüfen, ob die Äste, auf die er zu springen oder an denen er sich festzuhalten gedachte, ihn auch trügen. Wenn er Feine-Nase als Erster erreichte, könnte er ihn vielleicht hoch hinauf ins Netzholz und damit in Sicherheit bringen. Vielleicht ...

›Nein, Lacht-hell, nicht!‹, schrie Feine-Nase. ›Ich kann meine Handpfoten nicht bewegen! Ich kann nicht klettern! Komm nicht herunter!‹

In lautlosem Protest flammte Lacht-hells Geistesleuchten auf, aber Feine-Nase verfolgte bereits sein eigenes Ziel und schleppte den verletzten Körper mit verblüffender Geschwindigkeit robbend über den Boden. Es gelang ihm eine umgestürzte Grauborke zu erreichen, die die Dammbauer gefällt und zum Austrocknen liegen gelassen hatten. Der Durchmesser des Stammes entsprach halb der Körperlänge von einem der Leute, und Feine-Nase wand sich in das Gewirr aus trockenen, toten Ästen hinein. Es gelang ihm tatsächlich, sich in eine flache Bodenkuhle unter den Grauborkenstamm zu quetschen, gerade einmal groß genug für ihn. Lacht-hell vermochte die spitzen Stiche aus grellem Schmerz zu schmecken, die den Bruder trafen, wenn er dabei bewegen musste, was an Knochen gebrochen war.

Doch trotz Schmerzen und Angst war seine Stimme klar. ›Es gibt keinen Grund dafür, dass wir beide den Tod finden‹, sandte er seinem Bruder, während sich der erste der ausgewachsenen Schneejäger seinen Weg durch das Ästegewirr der Grauborke bahnte. ›Bleib, wo du bist!‹

Lacht-hell wusste genau, dass sein Bruder recht hatte, aber das war nicht von Bedeutung.

›Nein!‹, schrie er zurück. ›Ich lasse dich nicht im Stich!‹

›Nein, nicht!‹, kam die schrille Antwort des Bruders. ›Tu's nicht, Lacht-hell, tu's nicht!‹

Doch sein Protest verhallte ungehört. Lacht-hell hatte sich schon mit wütendem, verzweifeltem Fauchen aus der Höhe des Netzholzes hinuntergestürzt und landete, die Krallen ausgefahren, im Nacken des Schneejägers.

Honor war noch fünfundsiebzig Meter entfernt, als sich die Baumkatze aus dem Pfostenbaum hinunter auf den Gipfelbären stürzte. Selbst jetzt, wo die Fastbiber ihre Herbsternte an Holz eingefahren hatten, gab es mehr als genug Unterholz, um ihr die klare Sicht auf das Geschehen zu nehmen. Seltsamerweise brauchte sie nichts zu sehen. Sie *wusste*, was geschah. Irgendwie, auf welche Weise auch immer, wusste sie es.

Das Herz schlug ihr bis zum Hals, als sie den kleinen cremefarben-grauen Beschützer eines anderen Lebens im Nacken des großen, gefährlichen Räubers landen sah. Der Gipfelbär war ein Drei-Meter-Riese, wog gewiss mehr als fünfhundert Kilo und brüllte seine Wut heraus, als ihm die messerscharfen Klauen der 'Katz durch den Bärenpelz ins Fleisch gingen. Aber dieser Pelz war dicht, und die Haut saß locker auf einer dicken Fettschicht auf, weswegen keine 'Katzenkralle wirklich bis tief ins Fleisch durchzudringen vermochte. Die 'Katz konnte den großen Allesfresser also verletzen, ihn reizen, aber nie und nimmer bezwingen, und das war dem mutigen Kerl auch bewusst. Und Honor wusste, dass es ihm bewusst war, denn in demselben Augenblick, in dem dieser Gedanke ihn für einen Moment beherrschte, teilte sie mit ihm die Erkenntnis, dass er bei dem Versuch, den Räuber von seiner Beute abzubringen, sein Leben lassen würde.

Der Gipfelbär raste, kreiselte in dem sinnlosen Versuch, nach dem wütend fauchenden sechsgliedrigen Fellknäuel zu schnappen, das ihm im Nacken saß und ihn mit seinen Klauen bearbeitete, wieder und wieder um sich selbst. Vorerst ließ er von seinem eigentlichen Ziel ab: der anderen, der verletzten Baumkatze unter der Rotfichte. Auch das wusste Honor. Der zweite Bär des Pärchens galoppierte in dem seiner Spezies eigenen unbeholfen wirkenden, aber erstaunlich schnellen Gangart auf die beiden Kämpfenden zu. Das grau-beige Fell der 'Katz verschwamm Honor förmlich vor den Augen, so rasend schnell wich der mutige Angreifer den Prankenschlägen aus, mit denen der Gipfelbär den 'Kater in Stücke reißen wollte.

Mehr aus Frustration denn aus Schmerz brüllte der Bär auf und warf sich seitlich zu Boden, wälzte sich hin und her. Honor stockte der Atem, als ihr aufging, dass der mächtige Räuber die kleine 'Katz mit seiner schieren Körpermasse erdrücken wollte.

Lacht-hell hörte Feine-Nases verzweifelten Protest, nahm ihn aber kaum mehr wahr. Für ihn schrumpfte die Welt auf eine Blase aus blutroter Wut zusammen, während er den über-mächtigen Gegner mit den Krallen traktierte. Für mehr war kein Platz, keine Energie übrig, nur sich winden und aus-weichen und an Fleisch und Pelz des Schneejägers reißen, das war, worauf sich seine ganze Aufmerksamkeit richtete. Irgendwie gelang es, unter den um sich schlagenden Tatzen des Räubers wegzutauchen, nie dort zu sein, wo der Riese hin-langte. Dessen Pelz und Fleisch war währenddessen Lacht-hell der Baum, der ihm Halt beim Aufstieg bot, denn so wie dort, beim Erklimmen der Bäume, nur jetzt sozusagen an einem pelzbezogenen Stamm, setzte er seine Krallen ein. Während er die Klauen der drei Gliedmaßenpaare abwech-selnd dem Feind in Brust, Achseln, Hals und Nacken und dann in die Schultern schlug, brüllte der Schneejäger vor Wut und Schmerz. Lacht-hell saß dem Räuber so nah auf dem Pelz, saß ihm so weit oben auf dem Rücken, dass dieser ihn nicht recht zu erreichen wusste.

Es blieb Lacht-hell keine Zeit, darüber nachzudenken, was

er tat. Und was er tat, tat er aus dem Stegreif: Es war nichts als Reflex, jede Bewegung dem Impuls entsprungen, zu überleben. Dennoch, trotz rasender Wut und wirrer Bestürzung, war ihm, als wäre er jemand anderes – jemand, der ihn beobachtete. Er vermochte sogar den Schneejäger mit den Augen dieses Beobachters zu sehen, erkannte den Augenblick, in dem der Räuber sich entschied, sich hinzuwerfen und sich auf dem Boden zu wälzen, um ihn, den Angreifer, zu zerquetschen, und irgendwie, er wusste selbst nicht, wie, gelang es ihm, sich mit einem beherzten Sprung in Sicherheit zu bringen, ehe der Räuber auf dem Boden aufprallte.

Überrascht bemerkte Honor, dass sie das Gewehr hielt und angelegt hatte.

Sie konnte sich nicht daran erinnern, wie es in ihre Hände gelangt war, wie sie es entsichert hatte, wie sie es angelegt hatte. Aber da war es, die ihr vertraute S&W, der Kolben ruhte an ihrer Schulter, und im selben Augenblick entdeckte sie etwas über sich selbst – etwas, das sie zuvor nie vermutet hätte.

Sie war ruhig. Keine Spur von Panik, keine Schockstarre, nichts davon erdrückte sie. Sie war außer sich vor Sorge um die beiden Baumkatzen, aber es störte den See aus Ruhe in ihr nicht. Die Sorge um die 'Katzen hatte Anteil an ihr, war aber kein Teil von ihr. Wie hätte sie es sonst beschreiben können? Sie war zwar nicht unbeteiligt, *blieb* aber davon unbehelligt. Ihr Hände zitterten nicht, kein bisschen, ihr Atem ging normal, und jeder Gedanke, der sie durchschoss, war klar: Kühler Verstand regierte sie.

Als der Gipfelbär sich zu Boden warf, hatte sie nicht gesehen, dass die 'Katz sich in Sicherheit gebracht hatte, und dennoch wusste Honor es, und das mit absoluter Sicherheit. Der kühle Verstand, der sie regierte, ließ sie den anderen Bären als Ziel auffassen, nicht den, den die 'Katz angegriffen hatte. Mit roboterhafter Präzision schwang der Gewehrlauf in dessen Richtung – in Richtung des Gipfelbären, der die Baumkatze hatte landen sehen und nun auf sie zustürmte.

Lacht-hell landete und schrie vor Schmerz.

Er hatte vermeiden können, unter dem schweren Leib des Räubers erdrückt zu werden, aber seinen Pranken war er nicht entkommen, nicht ganz. Eine Tatze hatte ihn halb erwischt, aus der Luft gepflückt, als wäre er eine Grünnadelnuss, mit der ein Clanjunges spielte. Trotzdem, obwohl der Schlag ihn nicht voll getroffen hatte, hatte er Lacht-hell die Rippen gebrochen, und heißer Schmerz durchfuhr ihn – erst recht, als er gegen den Felsen prallte, gegen den der Prankenschlag ihn schleuderte. Lacht-hell war schwer verletzt, er wusste es, seine linke Echthand war taub und nicht zu gebrauchen, wahrscheinlich gebrochen. Aber es gelang ihm, sich aufzurichten, hoch auf die Echtpfoten zu kommen. Er entblößte die Fänge in einem abwehrenden Fauchen … und sah den zweiten Schneejäger, den Rachen weit aufgerissen im Gebrüll, unmittelbar vor sich …

KRAAACH!

Mit der Schulter fing Honor den Rückstoß der S&W ab. Sie hatte das Ziel im idealen Schusswinkel vor sich, es bot ihr die Breitseite zum Blattschuss, und mit der Anatomie der Gipfelbären kannte sich Honor gut aus. Der rot glimmende Punkt des Brownfield-Holographics-Visiers zeigte genau auf die

Mitte zwischen Schulter und Mittelbecken des anvisierten Ziels, und Honor wusste, noch bevor sie abdrückte, dass der Schuss sitzen würde: ein lupenreiner Blattschuss, genau hinter dem Schulterblatt in den Thorax, die Kammer, wie die Jäger sagten, angetragen. Wie beabsichtigt, zerriss die 19,5-Gramm-Gewehrkugel Lungen und Herz des heranstürmenden Gipfelbären, und das gewaltige Raubtier, noch immer in der Bewegung auf seine Beute zu, wirbelte halb herum. Mit Schwung rutschte der massige Körper, jetzt nicht mehr als ein Fleischberg, gegen den Felsen, der schon den Flug der 'Katz gestoppt hatte.

Der noch verbliebene Gipfelbär stemmte sich hoch auf die Tatzen, brüllte zornig und stürmte, den Kopf tief zwischen den Schultern, auf den neuen Feind zu. Sich einem angreifenden Gipfelbären unmittelbar gegenüberzusehen war keine Situation, die viele Jäger lebend überstanden hätten. Der Pfostenbaum genau hinter, oder besser: über Honor war zu dicht, um den Kontragrav einzusetzen und sich damit rechtzeitig in Sicherheit zu bringen, ohne sich in den Ästen zu verfangen. Honors kühler, methodisch arbeitender Verstand maß mit beinahe schon unheimlicher Präzision Winkel und Geschwindigkeiten. Die Möglichkeit, dem Raubtier zu entkommen, bestand nicht, also suchte Honor ihr Heil darin, die einmal eingenommene Stellung zu halten. Der Lauf der S&W schwenkte hinüber zu dem neuen Ziel, und das Visier erfasste die angreifende Bestie. Honor sah den roten Punkt der Zielerfassung, sah den Bären den Kopf zwischen die Schultern nehmen, und sie wusste: Die Wahrscheinlichkeit, dass selbst eine Waffe mit der Durchschlagskraft der S&W den enorm dicken Schädelknochen des mächtigen Raubtiers nicht zu durchschlagen vermochte, war groß. Trotzdem krümmte sie den Finger um den Abzug ... doch etwas ließ sie innehalten, zumindest einen Herzschlag lang. Sie hatte etwas wahrgenommen, etwas mitbekommen, ohne es vollkommen zu begreifen. Vielleicht ein Muskelzucken, etwas in der Art. Und da hob der Gipfelbär den Kopf, um zu brüllen, um ihr, dem Feind, die mächtigen Fänge zu zeigen, und Honor krümmte ab, ohne dass sie das bewusst entschieden hätte.

KRAAACH!

Die Kugel verfehlte so gerade eben den Unterkiefer des Bären. Zwei Zentimeter rechts von der exakten Brustmitte schlug sie ein, und das Wutgebrüll der Bestie verwandelte sich in ein schrilles, schockiertes Jaulen. Der Gipfelbär geriet ins Stolpern, doch seine eigene Körpermasse trug ihn vorwärts, ohne dass er die Bewegung noch hätte kontrollieren können. Nicht mehr Absicht, sein eigener Schwung trieb ihn voran. Mit einem geschmeidigen Schritt zur Seite und einer halben Drehung behielt Honor das Ziel in ihrem Schussfeld, während fünfhundert Kilo eines tödlich verwundeten Gipfelbären an ihr vorbeiwankten. Der Länge nach schlug der Bär hin, krümmte sich, rang damit, die Beine wieder unter Kontrolle zu bekommen, wollte sich aufbäumen, um Honor, die Feindin, die ihn getötet hatte, unter sich zu begraben. Der Bär fletschte die Zähne, spuckte Blut, als er sich tatsächlich aufrichtete, und Honor schoss ihm, um sicher sein zu können, dass ihm das nicht gelänge, aus einer Entfernung von fünf Metern durchs rechte Ohr direkt in den Kopf.

›Lacht-hell! Lacht-hell!‹

Die Geistesstimme sickerte in sein Bewusstsein ein. Es schien ihm endlos lang, bis er die Stimme erkannte, bis er begriff, dass Feine-Nase noch lebte. Dann ging ihm auf, dass er selbst, weil er die Stimme hörte, ebenfalls noch am Leben sein musste. Doch dass sie beide lebten, war ein Ding der Unmöglichkeit! Das Letzte, woran sich Lacht-hell erinnerte, war, dass Tanzt-auf-den-Wolken den Schneejäger getötet hatte, der aber immer noch, vom eigenen Schwung getragen, auf ihn zu geschossen war. Lacht-hell hatte sich noch mit einem Sprung vor dem heranrollenden Fleischberg in Sicherheit bringen wollen, aber dafür war keine Zeit mehr geblieben. Als hätte ein ganzer Goldblattbaum ihn unter sich begraben, so hatte es sich angefühlt, und dann hatte ihn Dunkelheit verschluckt.

Jetzt gelang es ihm, die Augen zu öffnen, und er entdeckte, dass er eine dünne, aber dennoch erstaunlich reißfeste und ebenso erstaunlich warme Decke eingehüllt war. Es handelte sich ganz offenkundig um eine Zwei-Bein-Decke, hergestellt aus einem ihrer wundersamen Stoffe. Außerdem war seine taube Echthand, das entdeckte er ebenfalls, gerichtet und mittels eines Astes entsprechender Länge ruhig gestellt worden. Mit dem auf einer Seite klebrigen Zeug, mit dem die Zwei-Beine alles in ihrer Welt zusammenhielten, war der Ast an seiner Echthand festgezurrt. Erst jetzt ging ihm auf, dass er, in die Zwei-Bein-Decke gehüllt, im Schoss eines Zwei-Beins lag. Er hob den Blick und sah in zwei braune Zwei-Bein-Augen.

»... Koordinaten«, gab Honor dem Ranger des Sphinxianischen Forstdienstes durch, den sie auf dem Display ihres Uni-Links sah. »Wir sind etwa einhundertachtzig Meter nördlich des Biberdamms unterhalb von Jessica Falls am Rock Aspen Creek, und ich benötige hier ganz dringend einen auf 'Katzen spezialisierten Veterinär. Ich habe hier eine 'Katz mit gebrochener Vordergliedmaße und gebrochenen Rippen, die die letzten zehn Minuten bewusstlos war, und eine weitere mit gebrochenem Mittelbecken. Ich glaube, Letztere könnte auch innere Verletzungen davongetragen haben, also bitte beeilen Sie sich. Und Sie sollten auch jemanden vorbeischicken, der die Gipfelbärenjungen einsammelt.«

Sie bemerkte selbst, wie unnatürlich ruhig ihre Stimme klang. Immerhin saß sie gerade mit zwei schwer verletzten Baumkatern zwischen zwei toten ausgewachsenen Gipfelbären, während deren beiden nun verwaisten Jungen untröstlich und verwirrt ob der Geschehnisse und ihres Verlustes blökten und jaulten.

»Die Veterinärin ist unterwegs«, erklärte Ranger McIntyre nun.

Honor kannte ihn nur oberflächlich, von einigen Kursen Überlebenstraining her. Er war eigentlich immer ganz nett gewesen, aber davon, dass sie ihn gut genug kannte, um ihn einzuschätzen, konnte keine Rede sein. Daher war sie erstaunt darüber gewesen, wie glücklich sie gewesen war, ausgerechnet ihn beim SFD zu erreichen.

»In den nächsten fünfzehn Minuten sollte ihr Flugwagen bei Ihnen auftauchen«, fuhr McIntyre fort. »Aber bis dahin lassen Sie mich bitte überprüfen, ob ich auch alles richtig verstanden habe, was Sie da melden, Ms. Harrington. Sie sind ganz allein da draußen mit zwei toten Gipfelbären, sehe ich das richtig?«

»Ja, ja, schon, und ich weiß ja auch, es ist keine Gipfelbärensaison«, antwortete sie verhalten, ehe sie zu einer Verteidigung ansetzte: »Aber ich hatte kaum eine Wahl, das verstehen Sie sicher. Die beiden Gipfelbären haben die 'Katzen angegriffen und hätten sie auch getötet und dann mich sicher gleich hinterher!«

»Oh, den Teil Ihrer Meldung habe ich verstanden, dazu

habe ich auch keine weiteren Fragen. Was ich hingegen nicht verstanden habe, ist, was Sie ganz allein da draußen in der Wildnis zu suchen haben. Ich vermute, Sie haben Ihre Eltern zuvor davon nicht in Kenntnis gesetzt, junge Dame, oder?«

»Natürlich habe ich das!«, gab sie zurück und hätte nicht gekränkter in ihrer Ehre klingen können. »Nun, gewissermaßen zumindest«, setzte sie dann lahm hinzu, als der Ranger kein bisschen beeindruckt von ihrer gelungenen Vorstellung schien. »Bei mir war alles bestens, bis die 'Katzen in Schwierigkeiten gerieten!«

»Sicher doch«, meinte McIntyre in einem Tonfall, der das Gegenteil andeutete. Dann holte er tief Luft und schüttelte den Kopf. »Obwohl ich, wenn ich's recht bedenke, nicht so überrascht sein sollte, es mit jugendlich-impulsiver Unbedachtheit und starrköpfiger Unverfrorenheit in diesem Ausmaß zu tun zu haben – besonders nicht, was Sie angeht!«

Honor riss die Augen auf. Sie konnte sich nicht einer Sache in ihrem ganzen Leben erinnern – tja, nun gut, bis heute zumindest –, mit der sie einen solch resignierten Tonfall des Rangers verdient gehabt hätte. Sie zog, ganz vorsichtig, die verletzte 'Katz in ihrem Schoß enger an sich. Die andere 'Katz war viel zu schwer verletzt, als dass sie hätte wagen können, sie zu bewegen – jedenfalls nicht mehr, als sie es getan hatte, nachdem sie ihr Buschmesser dazu benutzt hatte, um den Holzstamm zu zerteilen und fortzuschaffen, unter dem der Kater sich verborgen hatte. Sie hatte ihn dann mit ihrer Jacke zudeckt. Honor sammelte sich, wollte nicht weiter über die 'Katzen und die Schwere ihrer Verletzungen nachdenken, und blickte verwirrt ins Display.

»Oh, jetzt tun Sie doch nicht so unschuldig, junge Dame!«, schnaubte McIntyre. »Schließlich hat das Tradition in Ihrer Familie!«

Honor blinzelte verwirrt, und dann wurden ihre Augen noch größer und runder, als ihr aufging, wovon der Ranger sprach. Aber das war lächerlich, absolut lächerlich! Sie war von keiner der beiden Baumkatzen adoptiert worden, und außerdem wollte sie das gar nicht! Sie hatte doch nur getan, was getan werden musste, und das war ...

Sie blickte hinunter in ihren Schoß.

Ein Fehler.

Sie sah in zwei grasgrüne Augen, deren Blick leuchtender war, tiefgründiger, stiller als alles, was sie an innigen Blicken kannte, zugleich dunkler als jeder See, in den sie je geschaut hatte. Es zog sie in diese bodenlose Tiefe, sie fiel, stürzte hinein, und während sie fiel, spürte sie etwas – jemanden –, der nach ihr griff. Ein Ruf, eine Stimme, klar, scharf umrissen, dennoch unhörbar für Honor. Die Stimme war da und war es doch nicht. Sie war eine Imagination, eine Vorstellung und dennoch realer als alles, was Honor kannte. Es war überhaupt nicht so, wie Stephanie Harrington es in ihrem Tagebuch beschrieben hatte ... und trotzdem traf ihre Beschreibung es genau.

Aber ich kann mich *nicht adoptieren lassen!*, regte sich eine leise Stimme in Honors Hinterkopf auf. *Das bringt doch all meine Pläne durcheinander! Alles, einfach alles, mein ganzes ...*

Die Stimme in ihrem Hinterkopf verstummte, belanglos geworden neben der Stimme, die Honor hörte, ohne sie zu hören. Den Traum aber gab es immer noch, unverändert blieb er Teil ihres Sehnens, all ihrer Pläne und Hoffnungen, der Zielstrebigkeit, mit der sie sie verfolgte. Nun, sie würde ein paar Dinge ändern müssen, Anpassungen vornehmen, weil zu ihrem Traum nun auch dies hier gehörte, unverbrüchlich, unveränderlich. Undenkbar, es wäre anders.

Immer noch sprach McIntyre, der Ranger des SFD, über

Com zu Honor, aber sie hörte ihm nicht mehr zu. Sie lauschte einer anderen Stimme, und zärtlich berührte sie die seidenweichen Haarpinsel an den Ohren der Baumkatze, *ihrer* Baumkatze, und sie war das, zudem sie gerade geworden war: das Wertvollste im ganzen Universum.

›*War es denn nicht so, Lacht-hell, dass du dir sicher darin warst, dich niemals an ein Zwei-Bein zu binden? So jedenfalls hatte ich dich verstanden.*‹ In Feine-Nases Geistesstimme lag Schmerz wie ein Schatten, und sie war schwächer als gewöhnlich, dennoch war die Erheiterung deutlich zu spüren. ›*Andere Pläne, sagtest du doch, habest du, nicht wahr?*‹

›*Eines Tages bist du wieder gesund, Feine-Nase*‹, antwortete Lacht-hell, ›*und an diesem Tag bezahlst du für all das!*‹

›*Aber das Ganze war doch nicht* meine *Idee!*‹, protestierte Feine-Nase, und sein Geistesleuchten war voller Wärme und Liebe für den Bruder ebenso wie dessen Geistesleuchten für ihn. ›*Ich habe dir extra noch gesagt, du sollest den Schneejäger nicht angreifen, und du warst es, der so töricht war, meinen Rat auszuschlagen! Und dass die Netzholzäste gebrochen sind, war auch nicht meine Schuld.*‹

›*Mag ja sein, aber das wird dir am Ende nicht das Fell retten, kleiner Bruder. Ich und kein anderer bin der, der Witze reißt und anderen Streiche spielt! Weder du noch die Welt hingegen sollten Schabernack mit mir treiben! Und tu jetzt nicht so, als ob du dich nicht schon diebisch darauf freust, die Geschichte dieses ganz gewissen Tages Sangeslust zu beschreiben!*‹

Feine-Nase blickte ein leises, von Schmerz überschattetes Lachen und griff mit seinem Geistesleuchten nach dem des Bruders, um es zärtlich zu liebkosen. Lacht-hells Geistesleuchten war immer schon hell und kraftvoll gewesen. Jetzt aber war es heller als Sonnenlicht im Wasser und wurde mit jedem Augenblick, der verstrich, noch heller und kraftvoller.

›Es tut mir leid, großer Bruder, dass deine Pläne sich nun zerschlagen‹, meinte er mitfühlend, *›aber es ist mir nun klar, dass du mit Tanzt-auf-den-Wolken recht hattest. Sie ist wahrhaft Todesrachen-Verderbs Junges . . . ebenso wie Klettert-flinks dein Ahne ist. Diese beiden waren schon Himmelsstürmer, aber ihr beide, ihr werdet Himmelsstürmer sein, die noch höher hinaus und hinauf in die Himmel kommen!‹*

›Damit könntest du recht haben‹, lautete Lacht-hells Antwort, und seine Ohren zuckten, als er das Sirren hörte, das eines der Flugdinger der Zwei-Beine ankündigte. Er wusste – ohne zu wissen, woher – dass das Flugding eine Heilerin bringen würde, die seine Person herbeigerufen hatte. Dennoch war das eigentlich nicht von Bedeutung. Er sog ihre helle, ihn willkommen heißende Freude in sich auf, kuschelte sich wohlig in ihre Freude, ihn gefunden zu haben, wie in eine warme Decke nach einem Tag voller Eis und Schnee.

›Damit könntest du recht haben‹, wiederholte er, *›denn es gibt viele Welten, und Tanzt-auf-den-Wolken möchte sie alle besuchen. Das dürfte sehr viel Zeit in Anspruch nehmen, aber sie wird diese ihre Absicht in die Tat umsetzen, denn sie ist ein Zwei-Bein, das die Bedeutung von scheitern nicht kennt. Also wird sie sie alle besuchen, und ich mit ihr, und unser Sagenlied wird eines sein, dass die Leute niemals vergessen!‹*

Joelle Presby
Zu dienen verpflichtet

Claire Bedlam Lecroix, das war ihr Name, ein üblicher Name auf Grayson, ihr Rang Midshipwoman in der graysonitischen Marine – immer noch. Per Handflächenabdruck schloss Claire die Luke zum dritten Instandsetzungshangar für Unterstützungssysteme von GNS *Ephraim* hinter sich. Sofort sah sie sich nach etwas um, auf das sie einprügeln könnte. Höhnisch grinsten ihr aber nichts als unnachgiebige Oberflächen entgegen. Ihr blieb nichts anderes übrig, als das soeben erst an sie ausgelieferte Päckchen auf eine der Arbeitsflächen zu drapieren, um die Fäuste darin zu versenken. Gleich mehrfach schlug sie darauf ein.

Die Faustschläge in das Päckchen befriedigten lange nicht so, wie auf die Wasseroberfläche des Langschwimmbeckens auf Saganami Island einzudreschen. In Graysons giftigen Ozeanen war nie jemand geschwommen, aber die Mantys mit ihren sauberen, Sicherheit schenkenden Planeten kannten keine Aversionen gegen Wasser. In der alles auf den Kopf stellenden Gesellschaft von Manticore war Claire förmlich aufgeblüht. Angefangen hatte sie auf der Akademie mit einer Fantasie, in der sie sich selbst als Schauspielerin sah, die einen Mann im Offiziersrang spielte. Ganz in dieser Fantasie aufgegangen, war sie sogar davon überzeugt gewesen, Geschlecht spiele tatsächlich keine Rolle. Im echten Leben auf der *Ephraim* murmelte Claire: »Ja, Tante Jezzy, ich weiß, ich weiß, ich hätte es besser wissen müssen! Ja, Lucy, stimmt, Träume sind ansteckend. Du hast mich gleich gewarnt, dass es umso härter würde, wieder auf dem Boden der Tatsachen zu landen.«

Noch einmal überprüfte Claire die Luke. Sie wollte nicht, dass plötzlich jemand hereinschneite, während sie damit beschäftigt war, Selbstgespräche zu führen, um nach der gerade erlebten neuerlichen Enttäuschung mit der Welt wieder ins Reine zu kommen. Danach verpasste sie dem Päckchen die nächste Runde Faustschläge.

Die für die körperliche Fitness vorgeschriebenen Schwimmkurse hatte Claire eigentlich gemieden, aus Furcht, dass Gutsherr Burdette oder, schlimmer noch, Tante Jezzy von den unschicklichen, weil wie eine zweite Haut anliegenden Badeanzügen erführen. Stattdessen hatte sie sich Lucys entschlossen vorgebrachte Aufmunterungen zu Herzen genommen und sich für einen Selbstverteidigungskurs nach dem anderen eingeschrieben. Diese Kurse hatten sie gelehrt, zurückzuschlagen. Im Wasser war Claire dann nur durch Anwendung roher Gewalt nicht untergegangen – indem sie gegen seine durch nichts zu beeindruckende Oberfläche trat und schlug.

Die *Ephraim* hatte kein Schwimmbecken, und wieder Teil ihrer eigenen Kultur zu sein war für Claire weitaus weniger erleichternd gewesen, als sie sich noch vor einem Jahr vorgestellt hatte. Zu diesem Zeitpunkt hatte ihr Saganami-Jahrgang seinen Abschluss gemacht. Die Marineoffiziersanwärterinnen und -anwärter, Midshipmen und Midshipwomen oder kurz Middies, hatten ihre ersten Fahrten unternommen – nun, zumindest jene, die von Manticore stammten. Daher hatten sie bereits die Feiern geplant, die am Ende der Fahrten stünden, denn dann erwartete sie alle die Beförderung zum Ensign. Claire hingegen war auf der *Ephraim* angetreten und hatte seitdem ein Wartungsprojekt nach dem anderen verwalten dürfen, während das Schiff bei einer Inspektion nach der anderen durchgefallen war. Und nun prügelte sie auf die Ensign-Uniform ein, die zu tragen ihr wohl nie vergönnt sein würde. Sie holte tief Luft, schüttelte sich und öffnete das Päckchen, um die Uniformen darin auf verräterische Falten hin zu überprüfen.

Die Uniformen der Grayson Space Navy in drei vollständigen Sätzen mit Rock, ein Geschenk von Gutsherrn Burdettes Gemahlinnen, hingen glatt und faltenfrei in Claires bebenden Fäusten. Selbstverständlich faltenfrei, was auch sonst! Die gutsherrlichen Damen wären ja auch daran gescheitert, etwas anderes als einen Laden zu finden, der Stoffe und Bekleidung höchster Qualität verkaufte. Ebenso selbstverständlich ginge man davon aus, dass Claire eine Änderungsschneiderei würde bezahlen können, um die nötigen letzten Anpassungen an den Uniformen auf Maß vorzunehmen. Mit Rücksicht auf die Würde der weiblichen Dienstverpflichteten hatte der für die Uniformen zuständige Ausschuss kürzlich die jüngste Version mit Rock zugelassen, aber in diesem Ausschuss saßen nun einmal keine Dummköpfe. Es waren Hosenröcke, die den Trägerinnen volle Bewegungsfreiheit gaben und Schicklichkeit auch bei Schwerelosigkeit garantierten. Die Rockbahnen endeten in breiten Aufschlägen, die sich ganz genau wie die Hosenvariante der Uniform in die Schäfte der zu eben dieser Uniform gehörenden Stiefel stecken ließen. Claires Röcke sollten diese Aufschläge offenkundig erst noch bekommen: Die derzeit ungesäumten Hosenrockbeine würden die Stiefelstulpen vollständig ausfüllen und keinen Platz mehr für die Füße lassen.

Vielleicht vermuteten die Damen ja, Claire wäre auf wundersame Weise gewachsen und seit ihrem letzten Geschenk, den Middies-Uniformen, nun so hoch aufgeschossen wie Admiral Alexander-Harrington. Die Damen hatten wenig Ahnung vom Leben der einfachen Siedler, und noch weniger Ahnung von den Lebensumständen der Familie Bedlam. Aus

Sicht der Damen war es eigentlich nicht abwegig, anzunehmen, eine Midshipwoman, die kurz vor dem Aufstieg zum Ensign stand, könnte es sich leisten, Änderungen in einer entsprechenden Schneiderei zu bezahlen. Auch Claire hatte fest damit gerechnet, mittlerweile ihre Beförderung in der Tasche zu haben. Immerhin waren seit dem Abschluss des 1920er-Jahrgangs auf Saganami Island eineinhalb Jahre vergangen.

Wieder atmete Claire mehrfach und bewusst tief durch und versuchte den Zorn über ihr überzogenes Bankkonto hinunterzuschlucken. Dem Prüfer sei Dank, hatte sie den Kontostand von der Ledigenunterkunft auf der Station aus abgerufen. Hätte sie es nicht getan, wäre ihre Zahlungsanweisung wohl oder übel in der Kassenschlange der aufgesuchten Änderungsschneiderei geplatzt. Sie wusste, dass die Geschäftsinhaber die fleckige Haut von in der Kindheit unzureichend behandeltem Hautkrebs einzuordnen wussten. Augenblicklich hätte man sie als jemanden mit unzureichender Kreditwürdigkeit eingeschätzt. Denn jemand wie sie, anders als jemand, der kein Greifer war, könnte einen gewährten Kredit höchstwahrscheinlich nicht zurückzahlen.

Die Betreiber dieses Geschäfts hätten jederzeit in einer der Predigten all der Straßenprediger von Burdette auftauchen können, mit denen das gottesfürchtige Volk gemahnt wurde, nicht die Hand nach dem falschen Gott des Reichtums auszustrecken und nach Wohlstand zu greifen. Selten bedachten die Menschen, dass damit genau sie selbst gemeint sein könnten und der Vorwurf sie selbst traf. Greifer endeten in der Regel allein und schutzlos an Orten wie dem Birdies. Erfolgreiche Geschäfte auf einer Orbitalstation führten sie jedenfalls nicht. Und hatten Greifer nicht ein solches Los verdient, wo sie sich doch vor den Prüfungen des Lebens versteckten, anstatt diese anzugehen? Nun, außer, so hoffte Claire jedenfalls, man konnte angelegentlich um Vergebung dafür bitten, sich seine eigenen Prüfungen ausgesucht zu haben?

Kurz zog Claire in Erwägung, eine ihrer Cousinen im Birdies zu bitten, ihr Geld vorzuschießen, verwarf den Gedanken aber sogleich wieder. Sicherheiten, dass sie das Geld schnell würde zurückzahlen können, konnte sie nicht geben. Außerdem mochte die Familie dann erfahren, dass die wusste, wie viel von dem Geld, das die Mädchen mit ihrem eigenen Körper verdienten, sie der Familie vorenthielten. Auf Lucy konnte man sich verlassen. In ihr brannte immer noch die Wut, die es ihr ermöglicht hatte, Gut Burdette zu verlassen, aber ihrer beider Cousine Mary hatte gelegentlich schwache Momente und kehrte dann immer wieder reuig nach Hause zurück.

Schlimmer noch: Mary bereute ihr Tun mit beunruhigender Regelmäßigkeit und beichtete zusammen mit ihren eigenen die Sünden aller in ihrer Umgebung. In der Regel betraf, oder besser: traf das nur Lucy. Aber Claire hatte keinerlei Interesse daran, im Familienrat in die dann unvermeidlich folgenden Debatten mit den entsprechenden Schuldzuweisungen hineingezogen zu werden.

Wenn Tante Jezzy Gründe hatte, Claires Konto so vollständig zu plündern, wie es die Bankbelege zeigten, mussten es gute Gründe sein. Es wären Gründe, die weder billig waren noch eine damit bereits erfolgte Begleichung der Schuld nahelegten. Nein, damit, mit dieser einen Transaktion, waren Tante Jezzys Gründe noch nicht aus der Welt geschafft. Nun, möglicherweise hatte auch ihr Cousin Noah das Konto entdeckt und das Guthaben für sich selbst abgehoben. Claire biss die Zähne zusammen und gab sich Mühe, nicht zu vergessen, dass dem pubertierenden Familienoberhaupt dieses Privileg nun einmal zustand.

Die Erlaubnis, dass Claire woanders als zu Hause arbeiten durfte, hatte Noah erteilt und ohne viel Federlesens alle nötigen Anträge auf Verlängerung unterschrieben. Wer war sie schon, dass sie ihm sein geringes Alter vorwerfen durfte?

Mit der nötigen Umsicht breitete sie die Uniformen im saubereren Bereich der Arbeitsflächen aus und sah sich nach einer Möglichkeit um, die unumgänglichen Änderungen an der Rocklänge selbst zu bewerkstelligen. Der Cutter – natürlich eine für Industriezwecke geeignete Schneidemaschine und obendrein für Materialien gedacht, die weitaus widerstandsfähiger waren als weicher Stoff – machte kurzen Prozess mit der Überlänge der Hosenrockbeine. Claire brauchte nur noch den Schnittabfall aufzulesen.

Die Stoffreste hatten einen hohen Stretchanteil. Claire schmunzelte bei dem Gedanken, sie Lucy anzubieten, damit sie sich daraus ein Kostüm für einen ihrer nächsten Tanzauftritte basteln könnte – natürlich nur, um ihre Augen lachen zu sehen, wenn sie das Angebot ablehnte. Aber Mary würde der Witz bei der Sache voll und ganz entgehen und sofort einen gemeinsamen Auftritt planen, bei dem jede von ihnen nur einen einzigen Knöchel züchtig bedeckt hätte. Der Birdies Club würde die Nummer als Auftritt in einer Middies-Uniform anpreisen, und die Jungs im Publikum wären sicher hin und weg.

Sorgfältig stopfte Claire die abgeschnittenen Saumüberschüsse in den Mülleimer.

Völlig außer Atem erreichte Claire das holzvertäfelte Vorzimmer zum Büro des Eins-O und antwortete damit auf die Einbestellung noch vor den beiden anderen Offizieren, die namentlich aufgeführt gewesen waren. Nur Augenblicke später kam der stellvertretende Taktische Offizier hereingestürmt. Sein Blick fiel auf sie, und er verzog leicht den Mund, die Lippen mit einem Mal viel schmaler, während er sofort den Blick wieder abwandte.

»Haben Sie in letzter Zeit etwas angestellt, von dem ich noch nichts weiß?«, fragte er.

Sie versuchte, nicht mit den Zähnen zu knirschen, sondern beantwortete die eigentliche Frage: »Sir, ich weiß nicht, worum es geht.«

Vom Gang her kam der Leitende Unterstützungssystemoffizier hereingeschlendert, zog ein Taschentuch hervor, entfaltete es und wischte sich damit über die Stirn. Sein maßgeschneiderter graugrüner Anzug war farblich bestens auf seine Augenfarbe abgestimmt, und der Grundton des Stoffes betonte vorteilhaft die ersten silbergrauen Einsprengsel in seinem dunklen Haar. In Zivilkleidung und offenkundig darauf aus, jemanden zu beeindrucken, war er – offenkundiger ging es nicht – dabei gewesen, das Schiff zum Landgang zu verlassen. Die *Ephraim* hatte die zweifelhafte Ehre, in der technischen Abteilung eine zusätzliche Planstelle bereitzuhalten, den LUSO, geschaffen vom Amt für Personalwesen zur Ausweitung der Wartungsroutinen. Auf diese Weise sollte die Reparaturanfälligkeit des Schiffes endlich auf Normalmaß gebracht werden. Der LUSO zwinkerte Claire zu und versetzte dem 2TO spielerisch einen Schlag gegen die Schulter.

»Claire ist viel zu artig und sittsam, um Ärger zu verursachen. Ich wette, der Eins-O hat bloß eine Reparatur auszuführen.«

Die ›artige‹ Claire hoffte, er liege mit seiner Vorhersage richtig. Im Kopf ging sie die Liste mit Verstößen gegen die

Regeln der Flotte auf der Suche nach etwas durch, das einen auf Eins-O-Ebene ausgesprochenen Verweis erforderlich machte: Ihr fehlten noch ein paar Unterschriften unter beförderungsrelevanten Qualifikationen für den Ensign (okay, es waren sogar einige, nicht nur ein paar), dann war da noch das Kleiderbündel unter ihrem Arm, und dann gab es den Betrunkenen, der sie mit Lucy verwechselt hatte.

Der Trunkenbold hatte sich gestern beim Offizier vom Dienst entschuldigt, kaum dass er wieder nüchtern gewesen war, und ihre Cousinen machten aus den Blutsbanden zu ihr brav ein Geheimnis, selbst vor dem LUSO, der ihnen stets besonders großzügig Trinkgelder zusteckte.

Die fehlenden Qualies? Warum sollte der Eins-O ausgerechnet jetzt anfangen, Anstoß daran zu nehmen?

Es musste um die Ensign-Uniformen gehen! Obwohl sie mit ihrem Blick erst die Aufmerksamkeit darauf lenkte, riskierte Claire dorthin zu blinzeln, wo die Offiziersinsignien fehlten, die sie sich bisher nicht verdient hatte und vielleicht auch nie verdienen würde. Könnte der Eins-O ihr zur Last legen wollen, dass sie ein Päckchen mit Uniformen angenommen hatte, die ihr nicht zustanden?

Ja, doch, sie war sich ziemlich sicher, dass es darauf hinausliefe. Man würde ihr Päckchen in dieselbe Kategorie einordnen wie das von Midshipman Harris, das ihm seine ehemaligen Schulkameraden geschickt hatten. Darin hatten sich Bilder von Frauen befunden, die unzweifelhaft derselben Beschäftigung nachgingen wie Lucy und Mary.

Ohne Claires Unbehagen wahrzunehmen, tauschten die beiden männlichen Offiziere ein paar Scherze aus. Der 2TO ging sogar so weit, ein Lächeln aufzusetzen. Als es verblasste, kaum dass sein Blick zufällig Claire streifte, ließ er sich die Gelegenheit nicht entgehen, den LUSO seiner Aufmachung wegen aufzuziehen. Das folgende Geplänkel zwischen den beiden enthüllte, dass er zu einem Treffen mit den Müttern einer möglichen Verlobten unterwegs war. Er wollte ihnen die Blackbird-Werften zeigen. Selbst Claire schenkte er ein kurz aufblitzendes Lächeln, und sie erwiderte es, obwohl offenkundig war, dass er nur für den bevorstehenden Besuch Freundlichkeit übte.

Daraufhin legte der 2TO die Stirn noch tiefer in Falten, und Claire beeilte sich, das Lächeln von ihrem Gesicht verschwinden zu lassen. Seine Frauen hatten erst kürzlich in die Öffentlichkeit getragen, wie unglücklich sie darüber seien, beide mit dem Sold eines Junior Lieutenants auskommen zu müssen, und hatten Einspruch dagegen erhoben, dieses bisschen Einkommen nun auch noch mit einer dritten Ehefrau teilen zu müssen. Seitdem verlief der stets kurz gehaltene, nachgerade brüsk zu nennende Umgang mit der einzigen Ledigen in der ihm zumindest formal unterstellten Middies-Schar reichlich angespannt.

Beim letzten Empfang für Offiziere und Ehefrauen in der Offiziersmesse hatte Claire klarzustellen versucht, dass sie nur aus einem einzigen Grund bei der Flotte diene: um Kenntnisse zu erwerben, die ihr eine Arbeitsstelle in den Blackbird-Werften einträgen, sobald sie ihre Dienstzeit hinter sich hätte. Bemerkungen der Frauen des Eins-O darüber, dass Claire sowieso nicht attraktiv genug wäre, um die Aufmerksamkeit eines Offiziers zu erregen, mochten ein Übriges dazu beigetragen haben, auch wenn sie Claire bis ins Mark trafen. Hätte der 2TO etwas weniger dem Alkohol zugesprochen, hätte er wohl auch seine Erwiderung, im Dunkeln sähen alle Frauen mehr oder weniger gleich aus, gewiss unterlassen oder zumindest so leise ausgesprochen, dass der volltrunkene Midshipman Harris die Worte nicht hätte wiederholen und in voller Lautstärke durch die Messe blöken können. Zum nächsten Empfang für Offiziere und Begleitung erging die Einladung dann nur noch an Offiziere oberhalb des Ensign-Rangs. Der Ausschluss aus diesem illustren Kreis war beinahe eine Erleichterung.

Umgeben von Männern zu arbeiten, so jedenfalls sah Claire selbst es, war allerdings geradezu erholsam, verglichen damit, auf Gut Burdette mit Graysons schädlicher und schändlicher Geburtenrate von drei Mädchen auf einen überlebensfähigen Jungen aufzuwachsen. Dr. Allison Harrington, die Lady Mutter des berühmten Admiral Honor Alexander-Harrington, hatte ein Heilmittel dagegen entdeckt, aber das würde erst den nachfolgenden Generationen Rettung sein. Nichts und niemand vermochte Claires unzählige totgeborene Brüder ins Leben zurückzubringen.

Die Männer von Graysons schienen immer noch zu erwarten, dass Frauen wie Claire ohne Unterlass auf der Jagd nach einem Ehemann wären, aber anders als Frauen maßen und bewerteten sie diese dabei nicht ständig. Na schön, das stimmte nicht, die Bewertung war durchaus da. Claire konnte nicht umhin, sich selbst dahingehend zu berichtigen. Aber hier an Bord bewertet zu werden, das war ein anderes Paar Schuhe. Von Middies, egal ob männlich oder weiblich, erwartete man schließlich, dass sie ohne Unterlass ihr militärisches Wissen und ihre Fähigkeiten aufpolierten.

Lucy und Mary, die im Birdies tanzten, waren von der Familie mit allem Drum und Dran sozusagen abgeschnitten. Dennoch machten sie sich die Haare und legten Make-up auf, ehe sie an ihrem freien Tag den Klub in normaler Straßenkleidung verließen. Fremde, die ihnen auf der Straße begegneten, würden Frauen, die nichts auf ihr Äußeres hielten, mit Verachtung strafen oder gar beschimpfen. Nun, zumindest eine Frau hatte das getan, als Claire einmal aus dem Haus gegangen war, ohne Make-up aufzulegen.

Unwillkürlich wich Claire in Richtung Schott zurück und senkte den Kopf, nahm aber augenblicklich Haltung an, als sich die Tür zum Büro des Eins-O öffnete. Die Lachfältchen um die Augen, die normalerweise so typisch für den Eins-O waren, verdrängte heute ein leichtes, angespanntes Zucken im linken Augenwinkel. Die beiden Offiziere strafften augenblicklich die Schultern.

Claire probierte ein breites Lächeln. Es fühlte sich an, als ob sie die Zähne fletschte. Sie leckte sich über die Lippen, bereit für den kurzen, einleitenden Plausch, schloss aber den Mund gehorsam auf die gehobene Augenbraue und das kaum wahrnehmbare Kopfschütteln des LUSO hin.

»Was ist denn das da, Middy?«, fragte der Eins-O und deutete auf das Kleiderbündel über ihrem Arm.

Gequält stammelte Claire die Erklärung, dass die Burdette-Damen so zuvorkommend gewesen seien, ihr von Zeit zu Zeit Uniformen zu schicken. Der neuen Uniformregularien wegen hätten sie ihr solche mit Rock schicken wollen, aber, das gab sie unumwunden zu, sie hätten leider alle die Rangabzeichen eines Ensign.

Der Eins-O unterbrach sie mit einer brüsken Handbewegung. Der 2TO holte scharf Luft, um ihr den offenkundig für nötig befundenen Einlauf zu verpassen. Dabei aber wanderten seine Augen hektisch zwischen Claire und dem Eins-O hin und her, denn er wartete auf sein Stichwort.

Anstatt ihm das zu geben, zeigte der Eins-O auf das Bad in seiner Kajüte und sagte: »Gehen Sie, Middy, und ziehen Sie die neue Uniform an.«

Der 2TO blies die angehaltene Luft aus und blinzelte dabei vor Überraschung gleich in Serie.

Als Claire zurückkehrte, hielt sie in der Hand ihre Midshipwoman-Uniform, in die sie die beiden zusätzlichen Uniformröcken eingerollt hatte.

Die beiden Lieutenants beugten sich gerade über den Schreibtisch des Eins-O und unterzeichneten auf dem Display mit gleichermaßen unglücklichen Gesichtern Formulare, während der Eins-O auf und ab ging.

Zwei Seesäcke standen in der Kabine gleich neben der Luke. Mit den Fettstreifen an der Seite besaßen sie auffällige Ähnlichkeit mit Claires abgenutzten eigenen. Der Anblick schlug ihr schwer auf den Magen. Morgen sollte die *Ephraim* das Dock verlassen. Da man ihr bisher keine Kajüte zugewiesen hatte, hatte sie die Seesäcke aus ihrem Quartier an Bord vorerst in einem unbelegten Spind im dritten Unterstützungssystem-Instandsetzungshangar (kurz: Unterstützungshangar drei) verstaut. Ebendiese beiden Seesäcke waren nun in das Büro des Eins-O gebracht worden.

Die beiden Lieutenants waren fertig. Der Eins-O setzte die Signatur mit der Unterschrift des Kommandanten unter die Ausfertigungen. Claire schluckte schwer. Etwas lief hier gerade ganz übel schief. Der Kommandant der *Ephraim*, Captain Ayres, war lediglich auf Urlaub, nicht etwa arbeitsunfähig. Der Eins-O drückte die Sendetaste, und was immer da gerade übermittelt wurde: Es geschah, ohne noch einmal offiziell vom Kommandanten in Augenschein genommen worden zu sein.

Der Eins-O wandte sich Claire zu und streckte ihr die Rechte entgegen: »Ich gratuliere zur Beförderung, Ensign.«

Bei dem übermittelten Formular musste es sich um Claires Unterlagen für die unverdiente Beförderung auf dem Weg zum Amt für Personalwesen handeln. Der 2TO starrte an ihr vorbei das Schott an, aber der LUSO schenkte ihr ein zaghaftes, zögerliches Lächeln. Claire brachte ein Dankeschön über die Lippen, was möglicherweise nicht ganz dem militärischen Usus in einer solchen Situation entsprach. Innerlich aber bebte und zitterte sie. Als zuletzt jemand auf dem Schiff zum Ensign befördert worden war, hatte es offizielle Feierlichkeiten gegeben und einen Empfang in der Offiziersmesse. Captain Ayres hatte eine kleine Rede darüber gehalten, wie hart der Mann gearbeitet hatte, um sich den Ensign-Pin zu verdienen.

Der Eins-O räusperte sich und sagte: »Sie sind mit sofortiger Wirkung auf die *Manasseh* versetzt. Dort melden Sie sich morgen zum Dienst.«

Rasch setzte er noch etwas über die Bedenken des Kommandierenden hinzu, einen weiblichen Offizier auf Fahrt an Bord zu haben. Captain Ayres habe um Claires dauerhafte Versetzung auf die Blackbird-Werften gebeten, erklärte der Eins-O weiter. Da für eine derartige Versetzung ein Offizier zumindest im Rang eines Ensign Voraussetzung gewesen sei, sei dem Gesuch jetzt stattzugeben. Der Eins-O war überzeugt davon, dass genau dies geschehen würde, ehe das Schiff ablegte, auch wenn sich Commander Greentree drüben auf der *Manasseh* nicht darauf verstehe, sich zu entspannen und es zu genießen, sein Schiff von Zeit zu Zeit in den Docks überholen zu lassen.

Purer Neid stand dem 2TO ins Gesicht geschrieben, und selbst den LUSO sprang offenkundig eine Form von Wehmut an. Einen Moment lang überlegte Claire, ob sie wohl eifersüchtig auf sie wären.

Claire Bedlam Lecroix, jetzt im Rang eines Ensign, verließ ihr erstes Schiff ohne jeden formellen Abschied.

Allein stand sie mit ihren Seesäcken in der Ankunftshalle von Blackbird Alpha, der Plattform, die zugleich Kontroll- und Personalzentrale war. Ein Stück zu ihrer Linken füllte sich der reguläre Shuttle nach Blackbird Bravo mit einer munteren Mischung aus Geschäftsreisenden und Flottenangehörigen auf ihrem Weg zu den Fressmeilen und Vergnügungsvierteln in den B-Sektionen. Lucy und Mary teilten sich einen ausreichend großen Raum gleich über dem Birdies in der Sektion B3, um Claire einen Schlafplatz anbieten zu können. Aber man könnte sie unehrenhaft entlassen, wenn man sie dort hineingehen sähe und daraus die falschen Schlüsse zöge.

In die Ledigenunterkünfte zurückzukehren wäre wohl auch keine Option. Dort hatte sie gerade erst heute Morgen ausgecheckt, aber in der Zwischenzeit dürfte die Bank ihre Zahlungsanweisung zurückgewiesen haben. An der Rezeption schätzte man es überhaupt nicht, zukünftige Soldschecks zu belasten, und würde ihr wahrscheinlich nicht nur ein Zimmer verweigern, sondern dem Offizier vom Dienst auch noch nahelegen, in ihrer Personalakte ein Weisungsschreiben hinsichtlich gescheiterter Zahlungsvorgänge zu hinterlegen. Sicher war es klüger, in den Datensätzen des Rezeptionsrechners nur eine Nummer zu bleiben. Vielleicht ließ man sich dort so davon abhalten, lange genug über ihren Fall nachzudenken. Dann blieben Wutreaktionen aus, so stand zumindest zu hoffen. Claire schleppte ihre Seesäcke den breiten Korridor entlang zu den Andockhangars, wo die Shuttles von der *Manasseh* und einigen anderen Schiffen an- beziehungsweise ablegten, und hoffte dabei inständig darauf, an Bord des Schiffs gäbe es für sie eine nicht belegte Kajüte.

Claire wartete auf den Shuttle und wischte die mit einem Mal feuchten Handflächen am schweren Stoff ihrer Röcke ab.

Vor lauter Nervosität rann ihr der Schweiß bereits in Bächen den Rücken hinab. Die bauschigen Hosenrockbeine steckten vorschriftsmäßig in ihren Stiefeln. Aber die vom Industriecutter gekürzten und mit Isolierband befestigten Säume piksten und rieben bei jeder Bewegung an Claires Knöcheln, und momentan zappelte sie ständig herum. Also ermahnte sie sich selbst, nicht mehr herumzutänzeln wie eine Kellnerin, die auf Trinkgelder aus war, sondern stattdessen die Haltung einer Harrington zu zeigen.

Als Kellnerin in Tante Jezzys Lokal war Claire eine echte Katastrophe gewesen. Die Sache mit der Offizierslaufbahn ließ sich auch nicht so gut an, aber die Bezahlung war um einiges besser. Im Stillen wiederholte Claire ihr persönliches Mantra: Nur eine Dienstzeit in der Flotte, nur die Kosten für Saganami wieder einspielen, länger nicht, dann raus aus der Flotte und irgendeinen Job in der Raumfahrtindustrie annehmen, wo man Frauen einstellte. Aufgabe für heute wäre also, nur einen Platz zum Schlafen zu finden, der sich nicht im Birdies befände, weiter nichts.

In einem chromblitzenden Bullauge sah sie etwas aufscheinen, und ihr Gesicht erstarrte zu einer glupschäugigen Grimasse. Das konnte doch nicht ... Aber sie hatte richtig gesehen: Das waren eindeutig die Rangabzeichen eines Captains, und beim Träger dieser Rangabzeichen handelte es sich eindeutig um Captain Matheson Ayres, den Kommandanten von GNS *Ephraim*. Seitlich ein wenig versetzt, stand er ein Stück hinter ihr, und ein amüsiertes Lächeln umspielte seinen Mund. Nicht zum ersten Mal fragte Claire sich, wie er diesen Rang bekleiden konnte und dabei nur einen Zerstörer kommandierte.

Claire zwang ihre Gesichtsmuskulatur in völlige Unbewegtheit, während ihre Gedanken rasten. »Verzeihung, Sir, habe ich vielleicht an Bord der *Ephraim* unbedacht etwas vergessen?«, fragte sie und zuckte innerlich zusammen. Es war ihr gar nicht erlaubt gewesen, etwas auf die *Ephraim* zu bringen. Sollte Captain Ayres bemerkt haben, dass sie heimlich einen Spind in der ausschließlich Chief Petty Officers vorbehaltenen Sektion genutzt hatte, um dort aktuell nicht benötigte Uniformteile oder ihr Mittagessen zwischenzulagern, mochte das den Chiefs Ärger ohne Ende eintragen.

Captain Ayres lachte nur über Claires soeben ausgesprochene Vermutung. Er war kein Freund eingehender Erörterungen oder langwieriger Analysen. Warum auch? Sein Leben dürfte wohl eher von der gradlinig verlaufenden, unkomplizierten Art sein. Nur Greifer wie Claire würden Versuche wider die natürliche Ordnung unternehmen. Es musste Ayres wohl einen Schock nach dem anderen versetzen, dass sie nicht aufhörte, ihn damit zu belästigen. Aber jetzt war er hier, und damit bot sich eine weitere Gelegenheit ... Sie schenkte ihm ihr bestes Wie-man-renitente-Gäste-behandelt-Lächeln.

Dabei kämpfte sie mit aller Macht gegen die Zweifel an, die ihre Mundwinkel dabei ernstlich zittern ließen. Eine innere Stimme flüsterte ihr zu, dass Tante Jazzy sie im Teenager-Alter eher wegen ihres mangelnden Geschicks im Umgang mit den Kunden als ihrem Geschick im Umgang mit Maschinen wegen lieber zu den defekten Spülmaschinen geschickt hatte als zu den Kunden.

Mutig zwang sie ihre Mundwinkel, brav in Stellung zu bleiben, und machte dabei möglichst große, hoffnungsfrohe Augen. Sie wollte sich unbedingt selbst überzeugen, die in ihren Worten aufscheinende Hoffnung könnte echt sein: »Sie haben Ihre Meinung geändert, Sir, ist es nicht so? Ich mache Ihnen auch bestimmt keine Probleme! Ich hatte mich schon darangemacht, die Rohrleitungsdiagramme um das

Lazarett herum zu überprüfen, weil mir der LUSO die Kosten genannt hat, die für ein Frauenabteil und die entsprechende Waschgelegenheit im Schiff anfie...«

Der Captain verzog das Gesicht, als wäre ihm ein unangenehmer Geruch in die Nase gestiegen. Claire geriet ins Stocken, setzte den Vorstoß aber unbeirrt fort. »Nicht wahr, Sir, es wäre ja auch nicht angemessen, wenn ein niederer Offiziersrang den Waschraum benutzen müsste, der Flaggoffizieren auf Besuch vorbehalten ist.«

Ihr forsch vorgetragener Verstoß führte zu nichts, wie sie mitten in der Erklärung begriff. Es einfach sein zu lassen, ging aber ebenso wenig.

Heimtückischerweise versteifte sich ihr Verstand darauf, bereits begangene Fehler zu wiederholen. Er tat dies sogar auf die Gefahr hin, weitere möglichst geringfügige Modifikationsmöglichkeiten im Schiff sinnlos hervorzusprudeln, die einem frisch gebackenen Junior Officer weiblichen Geschlechts eine Schlafkoje für sich allein eingetragen hätten.

Erinnerungen an Verstöße gegen die Gebräuche und das militärische Protokoll im Umgang mit Offizieren der *Ephraim* und deren Frauen vermengten sich mit Erinnerungen daran, wie gerne Tante Jezzy Claires Aktionsradius auf den kundenunzugänglichen hinteren Teil von Lokal, Imbisswagen oder Marktstand beschränkt hatte. Dort hatte es nur gegolten, elektrische oder elektronische Geräte aus dem Inventar zu reparieren oder die Lagerbestände zu verwalten. Nur höchst selten – zum Beispiel bei Nichterscheinen der gesamten Servicemannschaft einer Schicht oder bei einem unerwartet hohen Ansturm von Gästen – war Claire nach draußen geschickt worden, um sich ums Gästewohl zu kümmern, Bestellungen aufzunehmen, Gläser nachzufüllen oder Geschirr abzuräumen. Aber all diese Fehlschläge gehörten der Vergangenheit an! Jetzt galt es Captain Ayres dazu zu bewegen, ihre Versetzung zurückzunehmen – seinen Prüfungen muss man sich stellen, und so. Sie musste den Versuch wagen trotz und wegen all der menschengemachten Fußangeln, die noch zu dem hinzukamen, was der göttliche Prüfer jedem Menschen, Mann oder Frau, an Prüfungen auferlegte.

Schließlich beendete Claire ihr Plädoyer in eigener Sache: »Jedenfalls, Sir, habe ich die Leitungsdiagramme in meinen alten Datensätzen in Unterstützungshangar drei, und ich habe einen Weg gefunden, eine Waschgelegenheit in einen der Abstellräume für Medizinbedarf hinter der Medizinischen einzubauen und dazu noch eine Koje und einen Spind hineinzuquetschen. Kostengünstig wäre mein Lösungsvorschlag obendrein – viele Austins würden das nicht werden. Eigentlich würden die Einsparungen durch das andere Steuergerät für den Kombüsenbedarf, das ich Ihnen vor ein paar Monaten vorgeschlagen habe, die Ausgaben mehr als decken.« Claire frischte das verblassende Lächeln wieder auf. Immer mit einem Paukenschlag enden. Das war wichtig, Tante Jezzy hatte ihr das eingeimpft. »Also dann, Sir, darf ich meine Sachen wieder an Bord der *Ephraim* bringen? Ich möchte keinesfalls eine Verspätung beim Ablegen verursachen.«

Captain Ayres verdrehte nur die Augen.

Sein Blick ging über Claires Scheitel hinweg, als er sagte: »Hallo, Phin, ich bin vorbeigekommen, um mich persönlich zu entschuldigen.«

Claire warf rasch einen Blick über die Schulter und spürte plötzlich Hitze in die Wangen steigen. In ein paar Schritt Entfernung stand dort ein Durchschnittstyp von Master Chief mit Zottelhaaren und leicht schiefer Nase. Aber an ihn hatte Captain Ayres seine Worte eben nicht gerichtet. Der Kommandant der *Ephraim* sprach den Commander im Weinrot und Gold des Protector's Own an – einen großen, durchtrainierten Mann, der sich gut auf jedem Rekrutierungsposter gemacht hätte. In die Tasche, die er hielt, war das Wappen von GNS *Manasseh* eingestickt, drei goldene Streifen zierten seinen Ärmel und straften die Jugendlichkeit der Gesichtszüge ebenso Lügen wie das akkurat geschnittene, glänzend schwarze Haar. Auf dem Namensschild auf seiner Brust stand zu lesen: »Greentree, Phineas.«

Claire schluckte. Dieser umwerfend gut aussehende Offizier in den Mayhew-Farben von Protector Benjamin IX. musste der Kommandant der *Manasseh* sein.

Captain Ayres erwiderte Greentrees Ehrenbezeugung. »Ich hoffe, meine Entschuldigung wird auch Elsabeta und Annette Marie erreichen. Nun, jedenfalls war meine Jenny entsetzt darüber, was mir die Personaldienststelle geschickt hat ...« Bei diesen Worten machte er eine Handbewegung in Richtung Claire und überließ seine Bezeichnung für sie gnädigerweise der Fantasie. »Ich habe die Leitung der Station angewiesen, sie auf Blackbird stets zu eskortieren und von meinen Jungs fernzuhalten. Eine Weile lang hat Willard diese Aufgabe übernommen, aber mir ist zu Ohren gekommen, dass ihn sich diese fremdweltorientierten Männer im Protector's Own gegriffen haben. Nichts für ungut, Phin, war nicht so gemeint, ich weiß ja, dass es da keine Gemeinsamkeiten mit den Fremdweltlern gibt. Außer der Uniform, meine ich.«

Der Master Chief stand in einer nicht ganz dem Rühren entsprechenden Haltung. Er hatte den starren Blick eines langgedienten Soldaten, der ein Gespräch zwischen Offizieren geflissentlich zu überhören gedachte, obwohl es seiner Ansicht nach in Inhalt und Form dem militärischen Verhaltenskodex nicht entsprach. Das verriet das kurze Zucken seiner Augenlider.

Captain Ayres nahm sich nicht einmal genug Zeit zum Atemholen, sondern fuhr fort: »Mir lacht dieser Tage selbst das Herz in dem Wissen, ein gradliniger GNS-Offizier zu sein.«

Claire ging in Gedanken die Liste aller Schiffe der GSN und des Protector's Own durch, die sie sich auf Saganami Island während ihrer Ausbildung in den Kopf gekloppt hatte. Die *Manasseh* war wie die *Ephraim* nur ein ganz normales Schiff der Grayson Space Navy, gehörte keinem der Elite-Geschwader an, die direkt Protector Benjamin Mayhew unterstellt waren. Das machte Phineas Greentree zu einem jener Ausnahmeoffiziere, die von der GSN aus den Reihen des Protector's Own angefordert worden waren. Auf diese Weise wurden Kommandostellen besetzt, die aus eigenen Reihen nicht zu füllen waren.

Mit einem ruhigen, beherrschten Lächeln hörte Commander Greentree zu, während Captain Ayres seine wortreiche Entschuldigung für Claires Versetzung fortsetzte – oder vielleicht gleich dafür, dass sie überhaupt existierte. Auf der Raumflottenakademie auf Saganami Island hatte es einen graysonitischen Midshipman namens Greentree gegeben, ein paar Jahrgänge hinter Claire. Sie knirschte mit den Zähnen. Man hatte sie tatsächlich auf ein weiteres Schiff versetzt, das von einem Offizier kommandiert wurde, der einer Familientradition folgend zur Flotte gegangen war.

Tradition war der Knüppel, mit dem die Bedlams zu häufig geschlagen worden waren, um Respekt vor dem entwickeln zu können, was so vielen Familien Flottenangehöriger wichtig war. Die Verwirklichung des Gleichheitsprinzips in der Gesellschaft war eine wunderschöne Saganami-Fantasie, aber Tante Jezzy hatte Claire genug über das Leben gelehrt, um an Märchen nicht mehr zu glauben.

Immer und immer wieder hatte Captain Ayres wiederholt, dass Frauen nicht dazu bestimmt seien, in Uniform ihre Pflicht zu tun. Mitglieder seiner Familie hatten schon zusammen mit Captain Hugh Yanakov höchstselbst auf der Gründungsfahrt zur Kolonisierung des Planeten Grayson diese ihre Pflicht erfüllt. Daher sollte gerade ein Ayres wissen, was es hieß zu dienen. Das zu betonen, wurde der Captain ebenfalls nicht müde. Natürlich ließ sich jede, absolut jede Abstammungslinie auf Grayson bis zu diesem Kolonisierungsschiff zurückführen, und es war automatisiert und von Computern gesteuert gewesen, da Besatzung und Kolonisten die Fahrt im Kälteschlaf verbracht hatten. Gegenargumente wie dieses verschwieg Claire jedoch geflissentlich. Sie hatte gelernt, den Mund zu halten.

Schließlich endete Captain Ayres Litanei wie folgt: »Natürlich darf man ihr Geplapper auf keinen Fall allzu ernst nehmen. Ich habe sie scharf im Auge behalten lassen. Kein einziges Mal hat sie sich auf einen meiner Jungs eingelassen, obwohl einige ihr zweifelsfrei Angebote gemacht haben – selbstverständlich keiner der Offiziere, obwohl sie es wahrscheinlich genau darauf angelegt haben wird. Trotzdem hätte der ein oder andere gerne seinen Spaß mit ihr gehabt, wenn sie denn gewollt hätte. Die Kleine ist einfach nur unbedarft, ein harmloses Ding. Die Beschreibung ihres Liebesnests auf meinem Schiff, gleich hinter dem Krankenrevier, wie sie sich das vorgestellt hat, war ja gerade für aller Ohren zu hören. Unschuldig wie der junge Tag glaubt sie allen Ernstes, jedermann würde einer Midshipwoman eine abgeschiedene Abstellkammer als Rückzugskoje erlauben, wo niemand sie und ihre Aktivitäten im Augen behalten kann.«

»Midshipwoman?« Commander Greentrees Blick wanderte von Ayres hinüber zu Claire und fragte schmallippig: »Sind Ihnen die Uniformen ausgegangen, Ensign, oder muss es wirklich Midshipwoman heißen?«

Claire war sich gewiss, mittlerweile puterrot angelaufen zu sein. »Ich ... ähm ...« Sie blickte hinüber zu Captain Ayres. Er hatte den Anstand, ebenfalls zu erröten.

Dann zuckte er in entschieden unmilitärischer Art mit den Schultern und wedelte mit der Hand in Richtung Claire. »Sie hat nicht aufgehört, danach zu fragen, Phin. Ich war nicht bereit, sie an Bord zu behalten oder dergleichen. Aber es war der Zeitpunkt, an dem alle anderen Middies die Stufe höher gefallen sind und zum Ensign befördert wurden. Das und dass das Amt für Personalwesen nicht aufgehört hat, ihretwegen nachzufragen. Man wollte ein Weisungsschreiben, das ihrer Personalakte beizufügen wäre, mit einer ausführlichen Begründung dafür, warum sie es nach dem ersten T-Jahr nicht bis zum Ensign gebracht hat.

Ich muss gestehen, dass ich einen Entwurf bereits zusammengeschustert hatte. Ich hatte mir gedacht, wenn wir alle in der Flotte nur standhaft genug bleiben und die armen Dinger nicht befördern, die man in dieses Fiasko hineingeschubst hat ... Nun, dann müssen deren Familien sie ja wieder aufnehmen, wenn sie sich ihnen gegenüber anständig verhalten wollen. Aber mein Eins-O hatte da so eine Idee ... Nun ja, Phin, wenn die Kleine einfach auf Blackbird bleibt, kann man sie später als Quertransfer zu den Werftheinis stecken. Solche Versetzungen funktionieren aber nicht mit Middies, nur mit Offizieren.

Deswegen ...« Ayres hob erneut entschuldigend die Schultern. »Es tut mir ehrlich leid, Phin, ich weiß nicht, was ich noch sagen könnte. Man könnte sie sicher degradieren, ganz einfach so, glaube ich.«

»Der Eins-O. Aha.« Commander Greentrees Mund war nur noch ein ganz dünner Strich. »Sir.«

Claire glaubte sich gleich übergeben zu müssen. Der Kommandant der *Manasseh* wirkte mindestens ebenso wütend wie der 2TO.

»Aber es hat doch wohl zumindest eine Prüfungskommission gegeben?« Gnädigerweise, und es war keine sonderlich große Gnade, die ihr hier gewährt wurde, sah Commander Greentree, wenn er wütend war, nicht mehr ganz so aus wie ein Vid-Star. Dennoch wand sich Claire innerlich, weil er die nötige Ehrenbezeugung Captain Ayres gegenüber vermissen ließ. Dann fiel ihr ein, dass dessen zweite Frau Jennie Greentree Ayres hieß, also waren die beiden irgendwie verschwägert, weshalb das wohl doch seine Richtigkeit hatte.

Captain Ayres schien sich jedenfalls nicht im Mindesten geringschätzig behandelt zu fühlen.

»Eine Prüfungskommission? Selbstredend nicht, es handelte sich ja nur um eine Beförderung auf dem Papier. Ich konnte ja nicht ahnen, dass sie sich weigern würde, die Versetzungspapiere zu unterzeichnen und dann darauf drängen würde, auf ein Schiff zu kommen.«

Claire blinzelte bei dem Versuch, sich daran zu erinnern, wann sie sich geweigert hatte, irgendetwas zu unterschreiben. An diesem Morgen im Büro des Eins-O hatte sie nicht einmal ihre Initialen unter irgendetwas gesetzt. Was hatte der Eins-O dem Captain da nur erzählt?

»Jede vernünftige Frau«, fuhr dieser nun fort, »sollte verstehen, dass wir unseren eigenen Frauen nicht einfach so freien Lauf lassen können, wie das bei den Mantys gang und gäbe ist. Manchmal aber kommen die auf ausgefallene Ideen, nicht wahr? Großer Spaß, wenn man sie da gerade im eigenen

Bett hat. Nicht so spaßig, wenn man eine von denen zu befehligen hat.«

Commander Greentree, wie er so dastand, brachte Captain Ayres schließlich dazu, sich wieder abzuregen. Ayres wiederholte die kleinlauten Entschuldigungen, dieses Problem seinem Schwager aufgehalst zu haben, wo er doch im Sinn gehabt habe, dieses Problem – also Claire – an Willard weiterzureichen, den Wichtigtuer von der Wartungsabteilung von Blackbird. Der hätte Claire verdient gehabt, so hätte es sich gehört, ja. Schließlich gehörte er zu den Fürsprechern jener fremdweltlerisch beeinflussten Vorstellungen, die der Protector für die Sozialsysteme am Arbeitsplatz umgesetzt wünschte.

Mit einer letzten Entschuldigung und einer angedeuteten Verneigung seinem Schwager gegenüber ging der Kommandant der *Ephraim* davon.

Commander Greentree wandte sich an Claire. Rasch ließ er den Blick an ihr hinab und wieder hinauf wandern, was ihm viel zu viel verriet. Mit gewaltiger Anstrengung entspannte sie die verkrampften Kiefer, hörte auf mit den Zähnen zu knirschen und hatte ihre Mimik wieder im Griff. Ja, vielleicht war ihr Äußeres so wenig ansprechend, dass es beinahe schon an Hässlichkeit grenzte, und vielleicht verriet der leicht fleckige Teint auf erst spät erkannten Hautkrebs, der dann mit wenig Sorge um das Aussehen der Patientin therapiert worden war. Sie sah gut genug aus für eine nicht sonderlich wohlhabende Siedlerin von Burdette, die keinerlei Aussichten auf jene Sorte Heirat hatte, bei der es sich für ihre Familie gelohnt hätte, sich für Schönheitsbehandlungen in die Zinsknechtschaft zu begeben.

Claires neuer Kommandant hieß sie mit den Worten willkommen: »Warum tragen Sie nicht wenigstens Make-up?«

Selbstverständlich trug sie sehr wohl Make-up. Es war nur nicht sonderlich gut. Claire war sich sicher, ihr Lächeln verriete jetzt genau jene störrische geistige Abwesenheit, für die die Burdette-Damen sie so oft gescholten hatten. »Ich weiß keine Entschuldigung vorzubringen, Sir.«

Commander Greentree bohrte den Blick in den Rücken seines sich davontrollenden Schwagers. »Zumindest sollten Sie in die medizinische Abteilung der Basis hinübergehen und sich die Haut behandeln lassen. Jennie erwähnt sie andauernd in ihren Mitteilungen an Elsabeta, also weiß ich, dass es hier im Wellnessareal einen Dermatologen gibt, obwohl sich Jennie darüber beschwert, dass der Service im Wartebereich nicht dem entspricht, was sie vom Gut gewohnt ist.«

Claire wollte schon widersprechen, doch Greentree ließ sie nicht zu Wort kommen. »Nichtsdestotrotz können wir die Mantys nicht zu dem Schluss kommen lassen, dass wir Dienstverpflichtete auf unseren Schiffen mit im Dienst erworbenen Verletzungen herumlaufen lassen, die leicht zu behandeln gewesen wären. Wie haben Sie sich das überhaupt eingehandelt? Nachlässig im Lager des Maschinenraums gewesen?«

Vor Wut über die unterstellte Pflichtvergessenheit lief Claire rot an. Sie war vier oder fünf gewesen, als das letzte Mal Hautkrebs bei ihr festgestellt worden war.

Greentree schüttelte den Kopf. »Macht ja nichts. Sie haben dazugelernt, wie ich sehe. Aber lassen Sie das in Ordnung bringen. Einmal gemachte Fehler im Gesicht mit sich herumzutragen hilft niemandem. Haben Sie mich verstanden?«

»Jawohl, Sir.« Das immerhin, wenn auch nicht mehr, konnte Claire bestätigen. Sie ließ von der halb formulierten Erklärung ab, bei der ausgesprochen würde, was alles an falschen Schlussfolgerungen er gezogen hatte, und ergriff stattdessen eine andere sich bietende Gelegenheit beim Schopfe. »Sir, wann soll ich vor der Kommission vorsprechen?«

»Welcher Kommission?«

»Der Prüfungskommission wegen meiner Beförderung zum Ensign.«

Commander Greentrees Nasenflügel bebten. »Sie tragen die Rangabzeichen bereits. Ich gehe davon aus, dass auch Ihr Sold inzwischen angepasst wurde. Sollte dem nicht so sein, wird sich mein Eins-O um die entsprechenden Formalitäten kümmern. Unabhängig davon besagen die Befehle, die Ihr Captain Ayres bei seiner Ehre als zuständiger Offizier unterzeichnet hat, dass Sie sich im Rang eines Ensign an Bord melden. Alles noch Nötige müssen Sie sich also im Dienst aneignen. Versuchen Sie, sich vor Ihren Leuten nicht allzu häufig auf die Nase zu legen. Man wird Sie erneut qualifizieren oder«, wieder verzog er das Gesicht, »wohl eher, wie zu vermuten steht, erstmalig für Ihre Wache qualifizieren. Das wird reichen müssen.« Er murmelte den Namen seines Schwagers, und es klang wie ein Schimpfwort, dann setzte er in befehlsgewohntem Ton hinzu: »Von mir brauchen Sie sich keine ungerechtfertigten Beförderungen zu erhoffen.«

Commander Greentree verzog das Gesicht und bedeutete Claire mit einem Wink, an Bord des Shuttles zu gehen, der sie zur *Manasseh* bringen würde. Claire achtete darauf, dass ihre Miene unbewegt blieb, während sie seiner Aufforderung nachkam.

Auf dem Rückflug begleitete sie Master Chief Wallens. Endlich ohne die beiden Kommandanten in Hörweite stellte Claire sich ihm vor und erkundigte sich, an wen sie sich, einmal an Bord, zu wenden habe, um sich einen Schlafplatz zuweisen zu lassen. Sofort wurde ihr eine Kajüte zugewiesen und sie mit den schiffseigenen Uniformabzeichen und dem nötigen Computer mit Arbeitsmaterial sowie den aktuellen Schiffsplänen versorgt. Claire musste sich redlich Mühe geben, dem Master Chief nicht sofort um den Hals zu fallen.

Während der Shuttle zur *Manasseh* übersetzte, erzählte Wallens Claire jede Menge Anekdoten über die Mannschaft und stellte Fragen nach Familie und Gut. Der Einfachheit halber ließ sie die ganze Sache mit Jezzy und Noah aus und hielt sich stattdessen lieber an Gutsherrn Burdette.

Der Master Chief erhielt von ihr Sonderpunkte dafür, nicht einmal mit der Wimper zu zucken, als so schnörkellos der Name Lord William Fitzclarence fiel, des verblichenen Gutsherrn Burdette. Schließlich war es eben jener Lord Burdette gewesen, der als extremer Fall von schlechtem gutsherrlichem Benehmen in die jüngste Geschichte eingegangen war, weil er Gutsherrin Harrington als Protector Benjamins Vorkämpferin zum Duell gefordert hatte und ihr unterlegen war. Mit tödlichen Folgen für ihn.

Sein Nachfolger als Gutsherr Burdette, Nathan Fitzclarence, hatte beschlossen, Frauen als Offiziersanwärterinnen auf die Akademie zu schicken, als es darum ging, aus seinem Besitz Kandidaten für Saganami Island zu nominieren. Das war als eine Art Friedensangebot an Protector Benjamin IX. und Gutsherrin und Admiral Harrington gedacht, ohne den beiden ein solches Angebot direkt unterbreiten zu müssen. Den drei ausgewählten Kandidatinnen gegenüber hatte er keinen Zweifel daran gelassen, dass er von ihnen keineswegs erwartete, tatsächlich in Saganami den Abschluss zu schaffen. Die Lehrpläne auf der Akademie seien ja auch sehr viel anspruchsvoller als die einschlägiger graysonitischen Mädchenpensionate, und natürlich wollten sie alle drei doch so bald als möglich eine eigene Familie haben. Nathan Fitz-clarence sah es als persönlichen Gefallen an, dass die Väter der drei Kandidatinnen seine Pläne und Bestrebungen zu unterstützen bereit gewesen waren – und die drei Mädchen ebenso. Genau wie es ihr Tante Jezzy geraten hatte, ließe Claire unerwähnt, dass ihr Vater tot war, dass die meisten der Bedlam-Frauen unverheiratet waren und dass die Rolle des Familienoberhauptes ihrem minderjährigen Cousin Noah zugefallen war.

Lord Burdette war vernünftig genug, um zu wissen, dass man unter Graysons Bevölkerung keine Harringtons erwarten konnte. Diese eine spezielle Harrington sei, so verkündete er, über ihr Geschlecht hinaus eine absolute Ausnahmeerscheinung. Immerhin habe sie es sowohl in der Grayson Space Navy wie in der Royal Manticoran Navy zum Admiral gebracht. Vermutlich wäre keine andere Frau je in der Lage, in ihre Fußstapfen zu treten, so hoch liege jetzt die Messlatte. Schließlich sei sie sogar Gutsherrin. Lord Nathan hatte diesen Satz mit der Ehrerbietung eines Mannes ausgesprochen, der Graysons Gutsherrensystem und den Respekt davor mit der Muttermilch eingesogen hatte. Selbst Jahre, nachdem er William nachgefolgt war, schien ihn noch immer zu erstaunen, dass er diese bedeutende und hohe Position selbst innehatte.

Erst in Saganami war Claire die ganze Bedeutung des Duells aufgegangen. Die einzige Liveübertragung, planetenweit auf HD gelaufen, die mit dem ehrabschneidenden Tod des Gutsherrn endete, war auch für das ganze Gut eine Schmach gewesen und daher nichts, was man Kindern erklärt hätte. Es gab qualitativ höherwertige Aufzeichnungen, aber unter den Studierenden in Saganami, die echtes Blut nie hatten fließen sehen, war die blutrünstigste Fassung die beliebteste. Sie war aus einem ungünstigen Winkel heraus aufgenommen und hatte kaum Ton – bis auf kaum verständliche Verwünschungen, die Lord Burdette seiner Gegnerin Honor Harrington entgegenschleuderte. Das Vid war nicht dazu angetan, die Aufmerksamkeit der Midshipmen zu fesseln – mit Ausnahme der letzten Sekunden. Burdettes Rücken verdeckte das Geschehen gerade lange genug, um einen Herzschlag später das Bild mit der dreißig Zentimeter langen, massiven Stahlklinge zu füllen, die Harrington ihrem Gegner beim tödlichen Stoß durch die Kehle bis in den Nacken trieb, dass das Blut nur so spritzte.

Die beiden anderen Midshipwomen von Burdette waren aus der Akademie ausgeschieden, kaum dass ihre Familien ihnen andere Möglichkeiten eröffnen konnten. Vage erinnerte sich Claire daran, eine von ihnen später noch einmal mit Mann, älterer Ehefrau und etlichen Kindern im Schlepptau getroffen zu haben. Claire aber war auf Saganami Island geblieben. Etwas anderes wäre in ihrem Fall auch nicht ratsam gewesen.

Die ursprüngliche Bewerbung war auf eine Position erfolgt, die als Gegenleistung für harten Dienst im All eine umfassende Absicherungen im Krankheitsfall – wie für Angehörige der Grayson Space Navy üblich – und darüber hinaus Unterstützungszahlungen für Familienangehörige versprach. Dann erfuhr Claire, dass sie für die Aufnahmeprüfung in die Akademie angemeldet war und ihr, sollte sie die Abschlussprüfung auf Saganami Island schaffen, eine Offiziersstelle winkte. Tante Jezzy und die gesamte engere und weitere Verwandtschaft verschwendeten keine Zeit: Sie zeigten Claire in aller Deutlichkeit, was die Familie davon hielte, sollte sie aus der Akademie ausscheiden wollen, falls sich die Ausbildung dort als zu hart für ihre zartbesaitete Weiblichkeit herausstellte. Man war sich mit Tante Jezzy einig: Selbstredend könne Claire den Dienst quittieren, wenn sie das wollte – aber machte sie diesen Schritt, müsste sie sich eine andere Familie suchen, in deren Schoß sie zurückkehren könnte.

Eine Gelegenheit wie diese bot der Prüfer Siedlerfamilien selten – nur etwa alle sieben Generationen einmal. Wäre der Verwandtschaft bereits zu diesem Zeitpunkt vollumfänglich bewusst gewesen, für welche Art von Laufbahn und Position sich Claire damit bewarb, hätten sie wohl lieber eine andere von den Mädchen ... Tja, vielleicht gab es niemanden sonst in der Familie, den man statt ihrer und mit größeren Erfolgsaussichten hätte schicken können. Aber bei allem, was heilig war, wäre es alles andere als gut für sie, wenn sie Mist baute und ihrer Familie und sich selbst diese Chance verbaute.

Solange man zurückdenken konnte, war kein oder keine Bedlam mehr auf einer höheren Schule gewesen, geschweige denn, hatte diese erfolgreich abgeschlossen. Vor mehreren Generationen hatte es einige wenige Lecroix gegeben, auf die das zugetroffen hatte. Aber Claires Vater war bei einem Industrieunfall ums Leben gekommen, da war sie neun gewesen. Wie in den meisten Siedlerfamilien gab es auch in ihrer Verwandtschaft nur wenig Männer. Als ihr Vater gestorben war, hatten seine Schwestern schon in andere Familien eingeheiratet. Zu den guten Familien gehörten die Bedlams sowieso nicht, und es war nicht gerade förderlich, dass Claire ein Einzelkind war. Ihre Mutter hatte sich, zumindest Claires Erinnerung nach, einer Fruchtbarkeitsbehandlung nach der anderen unterzogen, und drei zumindest hatten einen gewissen Erfolg gehabt. Aber ihre drei Brüder waren dann doch Todgeburten oder Fehlgeburten gewesen. Selbstverständlich gab es Medikamentierungen und Fruchtbarkeitsbehand-

568

lungen, die Wirkung zeigten, und auch die Uteruskompensatortechnik bot Lösungen – für jene mit den nötigen finanziellen Mitteln. Aber Mittel in dieser Höhe ließen sich mit dem Einkommen eines Agrartechnikers auf Gut Burdette nun einmal nicht erwirtschaften.

Mit Sold und Beihilfenpaket der Grayson Space Navy komme man endlich auf durchschnittlichen Lebensstandard, hatte Tante Jezzy hervorzuheben gewusst. Dafür müsse man nicht einmal Dienst in der Eliteeinheit, im Protector's Own, tun. Die ganze Verwandtschaft hatte sofort verstanden. Eine Weile lang brütete man noch über den Detailfragen und versicherte sich gegenseitig, wie erstaunlich man das Ganze finde. Selbst Noah hatte sich von der allgemeinen Aufregung anstecken lassen.

Auf Umwegen hatte Claire erfahren: Nachdem Noah nicht für Saganami nominiert worden war, hatte die Familie versucht, ihn dazu zu bewegen, sich doch von der GSN anwerben zu lassen, wenn er erst einmal achtzehn geworden war. Dagegen hatte er sich vehement gesperrt. Claire verübelte es ihm nicht, zumindest nicht sonderlich. Dienst in der GSN zu schieben war harte Arbeit. An und für sich war Noah ein netter Kerl, aber er besaß keinerlei Ehrgeiz, mehr Energie in etwas zu stecken als unbedingt nötig. Im Übrigen war Noah ganz dafür, mit beiden Beinen fest auf dem Boden zu bleiben, wie er selbst es gern ausdrückte, und nicht diese Unendlichkeit aus Nichts zwischen sich und eben jenem festen Boden zu haben. Claire hingegen hatte nichts dagegen, zwischen sich und die giftigen Schwermetalle in Mutter Natur jede Menge Nichts – sprich: All – zu bringen.

Auf der *Manasseh* war in das Schild an der Claire zugewiesenen Kajüte bereits ihr Namen eingraviert und sorgsam mit glänzendem Lack überzogen. Ihren Namen hier und jetzt zu lesen, leichterte enorm das Gewicht, das auf ihren Schultern zu ruhen schien. Dann las sie die nächste Zeile – und dort einen weiteren Namen: Ensign Cecelie Rustin.

Augenblicklich lief Claire rot an. Von der jungen Frau aus dem Jahrgang, der dem ihren auf Saganami Island gefolgt war, hatte sie bereits gehört. Selbstverständlich gab es jede Menge Graysoniten auf der Akademie, aber unter den vielen Männer nur einige wenige Frauen. Für die Jungs aber waren offenkundig alle weiblichen Midshipmen ein und dieselbe Frau – eine, die für jeden Fehler aller Midshipwomen geradezustehen hatte. Bei sich selbst, also unter den männlichen Kameraden, wären sie hingegen nie auf die Idee gekommen, das Benehmen eines Einzelnen allen anzulasten. Claire versuchte sich daran zu erinnern, welcher der Verstöße gegen Fremdländisches, die man ihr angelastet hatte, in Wahrheit von Rustin begangen worden war. Das Einzige, was Claire aber mit Sicherheit zu sagen wusste, das war, dass Cecelie Rustin ein Jahrgang hinter ihr gewesen war … was ihr schon bitter genug aufstieß.

Sie schluckte schwer an gallebitterem Zorn über die Ungerechtigkeiten des Lebens, als ihr durch den Kopf schoss, dass Rustin verdammt schnell gewesen sein musste, wenn sie jetzt schon Ensign war und nicht nur Midshipwoman.

Wutentbrannt rechnete Claire es durch. Selbst wenn Rustin ihren ersten Posten an Bord erhalten hätte und während der vorlesungsfreien Zeit von Saganami Island auf Fahrt gegangen wäre, um sich das ganze Wissen über die Schiffssysteme einzuverleiben, konnte sie nicht halb so lange hier an Bord gewesen sein, wie Claire selbst gebraucht hatte, um

Ensign zu werden. Wut vermischte sich mit Scham, und mit Schwung trat Claire durch die Luke in ihre neue Kajüte. Beinahe hätte sie den Kofferkuli in der Luke eingeklemmt, als dieser versuchte, ihren zackig-abrupten Bewegungen zu folgen.

War Rustin die Kadettin im Triathlonteam gewesen, die alle Preise abgeräumt hatte, die normalerweise Kameradinnen von Hochschwerkraftplaneten holten? Oder war sie die Streberin gewesen, die – nur aufs Lernen fixiert – alle Zusatzkurse belegt und den Dozenten ohne Ende Fragen gestellt hatte, die nichts mit examensrelevanten Themen zutun gehabt hatten?

Das geschniegelte Fräulein Strebsam saß über einen Monitor gebeugt mit dem Rücken zur Tür, als Claire in die Kajüte platzte, womit dem Augenschein nach die Sachlage ja wohl geklärt war: Rustin war also die studierwillige Lernmaus. Schon während Claire durch die Luke gekommen war, hatte sie den Blick über das Platzangebot in der Kajüte schweifen lassen. Sie war auf der Suche nach vorschriftsmäßig Verstautem, das sie aus den momentanen gesicherten Lagerplätzen forträumen könnte, um in dem dann frei gewordenen Platz ihr Gepäck zu verstauen.

Mit einem zuckersüßen Lächeln, dem Claire sofort misstraute, sah die kleine Rustin auf. Aber als sie Claire ansichtig wurde, mauserte sich das Lächeln zu einem offenen breiten Grinsen. Sie sprudelte ein Willkommen heraus und sprang dabei mit Vehemenz von ihrem Sitz auf. Die Vehemenz war offenbar typisch für sie. Denn während Claire in Erwartung, dass der dabei umgerissene Stuhl auf dem Boden aufschlüge, zusammenzuckte, fing Rustin mit einer Hand den Stuhl mitten im Sturz ab und stellte ihn ordentlich wieder hin, ohne sich auch nur umzudrehen.

Mit der für Claire zur Gewohnheit gewordenen Skepsis erwiderte sie das Lächeln. Unterdessen wuselte Rustin aufgeregt um sie herum, betonte mehrere Minuten lang, wie froh sie darüber sei, nun ein weiteres weibliches Wesen hier an Bord um sich zu haben, mit dem sie sich anfreunden könne – nicht, dass man sich hier mit den Jungs nicht anfreunden könne. Aber Frauen hätten ja ein besonderes Band zueinander ... nun, davon sei zumindest Commander Greentree überzeugt. Bis dahin hatte Claire unverbindliche Laute von sich gegeben, mit denen sie immerhin andeutete, zuzuhören.

Bei der Erwähnung ihres allzu gut aussehenden Kommandanten verspannte sich ihre Gesichtsmuskulatur, und Rustin hielt in ihrem Redefluss verwirrt inne. Offenkundig spürte sie in diesem Moment nichts von dem ›besonderen Band zueinander‹. Claire mühte sich, den angespannten Zug um den Mund wieder verschwinden zu lassen und freundlicher dreinzublicken. Daraufhin entspannte sich auch Rustin wieder und plapperte ohne Punkt und Komma weiter.

Nach Claires Ansicht war es vollkommen unnötig, mit Worten auf Rustins Redefluss zu reagieren, und Claire versuchte lieber herauszufinden, welche der Spinde noch frei wären, damit sie ihr Zeug auspacken, ihre Seesäcke zusammenfalten und sie irgendwohin verfrachten könnte, wo sie nicht im Weg wären. Als Claire in stummer Aufforderung den ersten Seesack öffnete, sprang Rustin sofort los, um leere Fächer zu öffnen, die ihre neue Mitbewohnerin belegen könnte. Gleichzeitig führte sie alle Spinde und Fächer vor, die sie bereits belegt hatte, und bot an, man könne ja tauschen, wenn Claire das eine oder andere gern benutzen würde.

Verlegenes Schweigen entstand, als Claires um ein Jahr früherer Abschluss zur Sprache kam. Claire mussten die Gesichtszüge und damit das aufgesetzte Lächeln immerhin so weit entglitten sein, dass sich Rustin bemüßigt fühlte, zu einem abwiegelnden Vortrag auszuholen. Jeder wisse schließlich, Schiffe in der Werft böten nun einmal einer Midshipwoman nicht sonderlich viel Gelegenheit, die Schiffssysteme im Einsatz kennenzulernen. An diesem Punkt angelangt, kam sie wieder zum Thema Commander Greentree. Für Claire war es schwierig, der dahintersteckenden Logik zu folgen. Aber immerhin verstand sie Rustins Ausführungen dahingehend, dass sie überzeugt davon war, Greentree habe das Amt für Personalwesen gebeten, einen weiteren weiblichen Offizier auf die *Manasseh* zu versetzen.

Die These, Frauen träten am liebsten in Grüppchen auf, passte selbstredend hervorragend zu den Erfahrungen mit Heirat und Ehe, die der Commander selbst gemacht hatte, wie sich jetzt herausstellte. Offenkundig weil seine erste Frau Elsabeta ausgesprochen unglücklich über die gesellschaftlichen Verpflichtungen war, die die Ehe mit einem aufstrebenden Offizier mit sich brachte, unterschied sich nun, nach seiner Heirat mit seiner zweiten Frau, Annette Marie, sein Eheleben himmelweit vom bisherigen.

Schnell ging Claire auf, dass Rustin es sich zur Gewohnheit gemacht hatte, mögliche Missverständnisse unter einem Berg aus Erklärungen zu begraben. Plötzlich verwunderte nicht mehr, dass der andere Ensign unterstrich, der älteren Frau gebühre nichtsdestotrotz der angemessen hohe Rang und der Respekt, der ihrer gesellschaftlichen Position zukomme. Nichtsdestotrotz, aha. Dabei schien Claire eindeutig – aber hier nahm das Wortgeklingel überhand und verwirrte –, dass Annette Marie das richtige Händchen für die Pflege der sozialen Kontakte und damit die Karriere eines hohen Offiziers hatte, die man von seiner Frau erwartete, während Elsabeta lieber zu Hause blieb, möglicherweise in Gesellschaft der

Katze und eines guten Buches. Falls jemandem das unangenehm aufstoße, so wusste Rustin zu berichten, schrecke Elsabeta nicht davor zurück, denen, die sie dazu nötigten, etwas
derart Ausgefallenes wie Teekränzchen für die anderen Offi-
ziersdamen auszurichten, getrocknete, gemahlene Katzen-
hinterlassenschaft in den Tee zu rühren.

Zaghaft gelang es Claire, ein paar Fragen zu stellen. Die
Katzenhinterlassenschaften waren keine Erfindung von
Rustin, sondern nachweislich so – nun, zumindest hätten
nicht weniger als drei Offiziersfrauen die Geschichte Rustin
gegenüber erwähnt. Rustins unverbindlicher Meinung nach
sollte man alle Offiziersfrauen mit Ausnahme von Elsabeta
Greentree wann immer möglich weiträumig umgehen, da sie
sich mit unterschiedlicher Meisterschaft in der gesellschaftlich gepflegten Kunst der öffentlichen Ausweidung anderer
übten, vor allem von Geschlechtsgenossinnen.

Mittlerweile war es Claire gelungen, das plötzliche Erröten
einzuordnen, das den blassen Teint ihrer Mitbewohnerin
belebte. Gleiches galt für die blonden Locken, die der streng
nach hinten gebundenen Frisur entkommen waren – die
eigentlich eigens dazu gedacht war, sie zu bändigen. Claire
konnte nicht umhin, aus beidem eine wichtige Erkenntnis
abzuleiten: Fraglos hatte das sich in der Messe versammelnde
Offiziersfrauen-Klübchen einen gewissen Ensign Cecelie
Rustin zum Staatsfeind Nummer eins erklärt. Die Damen hatten die Reihen bereits eng geschlossen, kaum dass sie den ersten Blick auf Rustin geworfen hatten. Es war selbstredend re-
ner Instinkt, der sie ihre Ehen verteidigen ließ. Dieser wurde
durch die Tatsache um so notwendiger, dass man von den
betreffenden Ehemännern immer wieder getrennt wurde.
Beides aber würde ihre Abscheu gegenüber Rustin wachsen
lassen. Die Offiziersfrauen hatten bereits sämtliche Huren

der Galaxis zu fürchten, und mit Rustin hatten sie eine Frau, die nun auch noch Tag und Nacht gemeinsam mit ihren Männer in den Weiten des Alls unterwegs war. Nun, in der Rückschau, ging Claire auf, dass sie sich darüber hätte ärgern sollen, von dem Damenklub auf der *Ephraim* so leichthin akzeptiert worden zu sein.

Soeben wollte sie die letzte ihrer Uniformen verstauen, als Rustin in verblüfftes Entzücken über das Isolierband ausbrach, mit dem Claire die Hosenrockbeine ihrer Uniform umsäumt hatte. Einen Augenblick später hatte ihre Mitbewohnerin ein ausgeklügeltes Nähset von jener Art hervorgekramt, das Claire bei einer von Gutsherrn Burdettes Ehefrauen während ihrer obligatorischen Besuche im Herrenhaus selbst gesehen hatte.

Da waren sie alle versammelt, die Werkzeuge des Müßiggangs, denen die Reichen sich Stunde um Stunde widmeten, um etwas in Handarbeit zu vollenden, wofür eine Maschine lediglich Sekunden benötigt hätte. Echte Künstler würden sie benutzen, um ihre einzigartigen Kreationen zu erschaffen, die von den modebewusstesten unter den Gutsherrendamen getragen wurden. Jetzt nahm Rustin die Stoffschere, die das Label einer der besten Schneiderwerkstätten Graysons trug, ließ sie von der Linken in die Rechte wandern, um die von Claire malträtierten Hosenrockbeine am Saum neu zuzuschneiden.

Claire riss ihr die Schere aus der Hand.

Die Uniformen waren wirklich teuer gewesen. Zeugin dabei zu werden, wie eine Linkshänderin und obendrein nur Amateurschneiderin ein für Rechtshänder gedachtes Werkzeug benutzte, um ohne Schnittvorlage Stoff von dieser exquisiten Qualität zuzuschneiden, war nicht, was Claire im Sinn hatte. Ihre Kajütenkameradin nahm die gemurmelten

Entschuldigungen ohne Groll hin und gab ohne jedes Zögern zu, beim letzten Versuch kläglich gescheitert zu sein. Rustins Mütter hatten ihr das Nähset geschickt und dazu noch zwei neue Uniformen, damit sie lernen könne, es richtig zu machen.

Claire gingen förmlich die Augen über. Der Gedanke, eine Familie könnte genug Geld haben, um gleich zwei neue Uniformen schicken zu können, und dennoch verlangen, dass Rustin die Näharbeiten selbst bewerkstelligte, statt sie in Profiqualität von einer Änderungsschneiderei durchführen zu lassen, war ja auch zu ausgefallen!

Ihre Mitbewohnerin erwiderte, es sei ungemein wichtig, zu lernen, unabhängig zu sein. Offensichtlich war sie sich nicht der Ironie ihrer Worte bewusst: eine erwachsene Frau, die Kleidung von ihren Eltern gestellt bekam, während sie gleichzeitig auf ihre Unabhängigkeit pochte. Claire beschloss unerwähnt zu lassen, dass ihre Finanzmittel den Weg in die umgekehrte Richtung gingen.

Nach dem Auspacken kämpfte Claire bei dem Versuch, dem zuletzt erhaltenen Befehl ihres Kommandanten zu folgen – sich einer Behandlung ihrer Gesichtshaut zu unterziehen –, mit dem Kommunikationssystem des Schiffes. Rustin schaltete sich ein und stellte die Verbindung von ihrem eigenen Monitor aus her. Sie gab den Com-Code ein und erläuterte Claire währenddessen, dass bei Privatgesprächen nach außerhalb des Schiffes eine Übertragungsgebühr fällig wurde. Obwohl den medizinischen Dienst zu kontaktieren als Dienstanruf galt, wäre es außerordentlich nervig, in einem der Arbeitsbereiche des Schiffes die entsprechende Privatsphäre dafür zu bekommen.

Die Frage, wann die Rechnung käme, damit Claire ihren Anteil bestreiten könnte, tat Rustin mit einem Lachen ab. Sie meinte, das wäre doch eine Kleinigkeit und die Mühe nicht wert, diese Kosten aus den wesentlichen längeren, teureren Übertragungen herauszurechnen, die sie ihrer Mutter einmal die Woche schicke.

Ihre Mitbewohnerin verließ die Kajüte, um Claire tatsächlich ein wenig Privatsphäre zu verschaffen. Sie bedachte die sich schließende Luke mit einem Lächeln, das tatsächlich echt und ungekünstelt war. Der andere Ensign war wahrhaftig ein netter, wenn auch reichlich unbedarfter Mensch. Spontan fasste Claire den Entschluss, der Kameradin so viel Unterstützung angedeihen zu lassen wie möglich – und wenn das bedeutete, ihre gesamten Uniformen neu säumen zu müssen.

Claire rief in der Klinik an und erreichte einen gelangweilten Dermatologen, der sie die Auflösung der Kamera höher setzen, ihr Gesicht erst so, dann so in die Linse halten und sich ihre Hände zeigen ließ. Sein Blick fiel auch auf das Narbengewebe auf ihrem rechten Handrücken. Er schickte einen Behandlungsplan direkt an das Krankenrevier der *Manasseh*, den Claire sich später abholen könne. Dann murmelte er noch etwas über Metzger, die Kinderärzte spielen wollten, schien aber überzeugt, eine Besserung des Hautbildes werde sich schon nach ein paar Wochen einstellen. Als Claire zögernd fragte, wie hoch die Kosten dafür wären, trug ihr das einen vollends verwirrten Blick ein.

Sich ihrem neuen Boss, einem gehetzt wirkenden Lieutenant Loyd, vorzustellen, ging rasch und problemlos. Er hatte die Berichte über die Betriebsstörungen und das totale Versagen von Systemen auf der *Ephraim* gelesen, die der LUSO verfasst hatte. Loyd war sehr daran interessiert, dass auf der *Manasseh*

keine der nötigen Wartungsroutinen verpasst würden, sodass – anders als bei ihrem Schwesterschiff – auch keine lang-
wierige Liegezeit im Dock erforderlich wäre. Er stellte Claire
einige technische Fragen. Dabei kam sehr schnell heraus,
dass er außer der bloßen Tatsache, dass Metall durch Strahlung deformiert werden konnte, nicht wirklich verstanden
hatte, was und wie solche Deformierungen vor sich gingen. Er
war auch nicht vertraut mit der Tatsache, dass bestimmte prä-
ventive Wartungsprogramme die Lebensdauer von Maschinen zu verlängern vermochten. Weil Loyd die Laufbahn als
Taktischer Offizier anstrebte, vergab Claire ihm. Immerhin
wusste er, dass Maschinenanlagen wichtig waren, und wollte,
dass es an Bord jemanden gäbe, der sie im Auge behielt und
dafür sorgte, dass sie länger als nur seine eigene Dienstzeit auf
der *Manasseh* durchhielten.

Das Gespräch wurde in der Offiziersmesse abgehalten.
Einige ranggleiche Kameraden schauten herein, hielten
sich nicht mit Bemerkungen zurück und warfen Claire die
ein oder andere herausfordernde Frage an den Kopf. Am
Ende kam der Eins-O vorbei und stellte noch ein paar taktische Fragen.

Sofort bot Lieutenant Loyd dem Vorgesetzten an, Claire
dabei behilflich zu sein, ihre Leistungen auf taktischem
Gebiet aufzupolieren. Er wäre bereit, einige Simulationen für
sie laufen zu lassen, jetzt, wo sie endlich an Bord eines voll
funktionstüchtigen Schiffs der *Joseph*-Klasse wäre. Der Eins-O
schnaubte und bemerkte, Sims würden in einem Dock nicht
weniger gut oder schlecht laufen als im All. Er nahm Claire in
den Blick und sagte, auf diesem Schiff gebe es keine Entschuldigung mehr, sich vor der Fortsetzung ihrer taktischen Ausbildung zu drücken.

Mit einer lässig beiläufigen Bewegung warf er einen Minicomp auf den Tisch. Die offiziellen Prüfungsunterlagen für Midshipmen vor der Beförderung zum Ensign waren auf dem Schirm bis zum Ende gescrollt und schon von allen Offizieren unterschrieben, die hereingeschneit waren und Fragen gestellt hatten. Der Eins-O klopfte seine Taschen ab, blickte sich suchend um und verzog gequält das Gesicht. Daraufhin angelte Claire nach dem Eingabestift in ihrer Tasche und zog ihn hervor. Der Eins-O schnappte ihn sich, kritzelte die letzte noch fehlende Unterschrift unter das Dokument und klatschte zur Bestätigung seinen Daumenabdruck darauf.

Loyd und der Eins-O sprangen auf. Claire selbst kam auf die Füße, mit weichen Knien, aber immerhin, und beeilte sich, es den beiden Vorgesetzten mit dem in Saganami antrainierten Instinkt gleichzutun.

Von links hinter ihr ertönte Commander Greentrees Tenor. Es war die Aufforderung an den Eins-O, ihm das Schiffsabzeichen auszuhändigen. Claire schätzte sich glücklich, nicht so leicht zu erröten wie andere. Der Mann war einfach zu hinreißend.

Nach allem, was Rustin gesagt hatte, hatte er zwei Frauen. Aber vom Sold eines Commanders könnte er gewiss eine dritte unterhalten ... nun, sofern er eine weitere Frau überhaupt wollte und seine beiden bisherigen Frauen sie zu dulden bereit wären. Die Burdette-Damen jedenfalls würden mit ihrer Meinung nicht hinter dem Berg halten. Greentree seinerseits schien nicht einmal zu bemerken, dass sie ruckartig den Kopf hob, um den Blick nicht länger über seinen Körper wandern zu lassen. Den Boss wissen zu lassen, dass man ihn mochte, war nie eine gute Idee. Diese Wahrheit musste sich Claire gerade selbst unter die Nase reiben, um sie nicht in Vergessenheit geraten zu lassen. Warum konnte er nicht wenigstens wie Captain Ayres ein bisschen müffeln oder schmutzige Fingernägel oder so haben?

Während sich Claire darauf konzentrierte, nicht mit den Augen an ihrem Kommandanten kleben zu bleiben, füllte sich die Messe mit sämtlichen Offizieren, die an Bord der *Manasseh* Dienst taten. Rustin winkte ihr aus einer Ecke zu und hielt mit breitem Grinsen beide Daumen hoch. Nicht auf und ab zu hüpfen war wahrscheinlich schon das höchste an Heimlichkeit, das die Frau zustande brachte. Claire war bereit, das ihrer Ausbildung auf Saganami Island zuzuschreiben.

Dem Amt für Personalwesen liege keine Aufzeichnung von Claires Eid auf GNS *Ephraim* vor, der bei der Beförderung zum Ensign geleistet werde, informierte Commander Greentree in einer Tonlage, die dazu bestimmt war, in der ganzen Messe gehört zu werden. Sein ironisches Lächeln machte überdeutlich, dass er sich all dessen bewusst war, was er ungesagt gelassen hatte. Die Pressestelle der Blackbird-Werften war nicht in der Lage gewesen, eine qualitativ hochwertige Aufzeichnung aufzutreiben, um sie Gut Burdette für dessen Pressearbeit zukommen zu lassen. Wenn sie also nichts dagegen habe, werde er, Commander Greentree, die Zeremonie hier auf der *Manasseh* zu wiederholen. Er hatte Rustin gebeten, ihm ihre Middy-Rangabzeichen zu besorgen, und winkte die Kajütenkameradin nun herbei, um Claires Kragen- und Schulterstücke auszutauschen, damit sie wieder nur den einzelnen silbernen Pin am Kragen trüge wie eine Midshipwoman.

Commander Greentree scheuchte Rustin in ihre Wartepositionsecke zurück und gab dem Spacer, der dafür abgestellt war, das Ereignis festzuhalten, einen Wink, mit der Aufnahme zu beginnen. Der Eins-O ließ die versammelten Offiziere Haltung annehmen und verlas den Dienstbefehl vom graysonitischen Marineamt, der Midshipwoman Claire Bedlam Lecroix berechtigte, die Rangabzeichen eines Ensign zu tragen und die Pflichten und Verantwortlichkeiten eines Offiziers der Grayson Space Navy auf Empfehlung von Commander Phineas Greentree, Kommandant von GNS *Manasseh*, zu übernehmen.

Auffallend war das Fehlen von Ayres' Namen auf dem Befehl. Claire bezweifelte daher, dass es sich um eine Kopie des alten Befehls handelte, und das mit gutem Grund. Niemals hätte das Amt für Personalwesen dann den Namen des ursprünglich um die Beförderung nachsuchenden Offiziers in den des momentanen Vorgesetzten geändert.

Schlagartig konzentrierte sich Claire wieder auf das Hier und Jetzt, als Commander Greentree sie den Diensteid sprechen ließ. Ein weiteres Mal schwor sie Grayson, Protector Benjamin Mayhew IX. und dem Protectoralamt Treue. Sie werde ihre Pflicht Gott und ihrer Sternnation gegenüber erfüllen, sich in gewissenhafter Erfüllung ihrer Pflichten den Prüfungen stellen, die auf sie zukämen. Die Eidesformel war ihr so vertraut, dass sie aufpassen musste, nicht plötzlich bei Sätzen zu landen, die aus den allgemeinen Fürbitten für den Protector von Grayson stammten oder dem Treueschwur auf Gut Burdette.

Commander Greentree bedachte sie mit einem breiten Lächeln. Das war unfair. Ein Mann, der so schön war wie er, sollte wissen, was er Frauen damit antat, und sich besser unter Kontrolle haben. Claire krallte in ihren Stiefeln die Zehen zusammen, um sich nicht von dem Hauch Aftershave ablenken zu lassen, als er sich vorbeugte, um ihr die zwei silbernen Pins eines Ensign an Kragen und Schulterstücke zu stecken.

Claire sah sich in der Messe um, allemal besser, als darüber nachzudenken, wie es sich anfühlen würde, legte ihr ein Mann, ein treu sorgender Ehemann, eine Halskette um, statt ihr Rangabzeichen anzustecken. Ach was, sie sollte sich glücklich schätzen, hier sein zu dürfen! Doch ja, wirklich, das sollte sie. Und wenn sich Burdettes gutsherrliche Damen Gedanken zu machen begännen, dass Claire keinen Mann mit Interesse selbst an einer dritten Ehefrau fände, die in der GSN diente und ständig auf Fahrt war – na und? Das alles hier war doch eigentlich nur als Mittel zum Zweck gedacht. Immerhin besaß Claire jetzt einen Offiziersrang – neben einer beeindruckend fundierten Ausbildung samt Abschluss von Saganami Island in Antriebstechnik und Ingenieurswesen für Unterstützungssysteme. Zwar nutzte die Handelsmarine andere Antriebssysteme als die Flotte, aber die Physik dahinter war dieselbe. Claire hatte sich schon dafür entschieden, obendrauf noch den Abschluss an der Technikerschule der Handelsmarine zu setzen.

Möglicherweise kämen graysonitische Interplanetarspediteure nicht auf die Idee, sie anzuheuern. Aber es gab ja auch andere, die Geschäfte mit Jelzins Stern machten und keine Probleme damit hätten, eine junge Frau in der Besatzung zu wissen. Mit ihrer Ausbildung könnte sich Claire auch ein Leben auf den Blackbird-Werften aufbauen. Wer weiß, vielleicht träfe sie einen Mann, der sich eine Frau wünschte, die gemeinsam mit ihm durchs All schipperte. Mit ihr an Bord hätte er gleich die Einreisebedingungen von Graysons Transitbehörden erfüllt und sparte so die Kosten für zusätzliche einheimische Arbeitskräfte.

Es war ein sehr kopflastiger, wenig Rücksicht auf Gefühle nehmender Plan, aber Claire war zuversichtlich, dass er funktionieren könnte. Die GSN bot jede Menge Aus- und Weiterbildungsmöglichkeiten. Die Gefechtssimulationen waren für

Claires Langzeitpläne natürlich ohne jeden Nutzen, aber zumindest auf der *Ephraim* hatte man sie leicht umgehen können. Auf der *Manasseh* würde es kaum anders laufen. Aber selbst wenn das nicht gelänge und Zeit für die Sims draufginge, schlügen Gefechtssims immer noch den Abwasch mit der Hand, wenn im Imbiss wieder einmal erst genug Profit erwirtschaftet werden musste, um sich davon die Ersatzteile für den Geschirrspüler leisten zu können.

Die kurze Beförderungszeremonie endete mit Applaus, zu dem der Eins-O das Zeichen gab. Er scheuchte dann die versammelten Offiziere auch gleich, Claire zu gratulieren und auf dem Schiff willkommen zu heißen. Einer nach dem anderen folgte seiner Aufforderung. Die Lieutenants und Offiziere in höherem Rang fragten dabei alle nach ihren favorisierten Sportarten oder anderen Freizeitvergnügen auf Saganami Island und welche Fächer sie belegt habe oder etwas in dieser Richtung. Sie schienen genau darauf zu achten, was die Kameraden vor ihnen in der Schlange fragten, denn Wiederholungen gab es nur alle fünf bis sechs Gratulanten.

Die Midshipmen und Ensigns boten Claire nur ein schlichtes »Gratuliere!« oder manchmal noch ein »Willkommen an Bord und meinen Glückwunsch!«.

Rustin umarmte sie. Ungeschickt erwiderte Claire die Umarmung und schaute sich sogleich nach Anzeichen aufkeimender Missbilligung um. Dabei fiel ihr das erste Mal der Austauschoffizier von der Royal Manticoran Navy auf. Der Mann hatte ein anzügliches Grinsen und die kastige Körperfülle, die von extrem viel Sport auf Wettkampfniveau in jungen Jahren zeugte und in den Folgejahren von hoher Kohlehydratzufuhr ohne die nötige Muße, Disziplin und Gelegenheit, Energie auch wieder zu verbrennen wie zuvor. Wäre er Graysonit, hätte sein rundes Gesicht dem Alter nach einem

Midshipman gehören können. Bei einem Manty, der den Rang eines Lieutenant Commander bekleidete, verriet es lediglich, dass er sich einer lebensverlängernden Prolong-Behandlung hatte unterziehen können. Claire musterte den Manty noch einmal und kam zu dem Schluss, sie müsse seinen Gesichtsausdruck wohl nicht als Böswilligkeit auffassen, da alle anderen in der Messe keinerlei Reaktion darauf zeigten.

Mit dem Ellenbogen knuffte Commander Greentree seinen Eins-O in die Rippen. Was gesagt wurde, ging in den vielen in der Messe geführten Unterhaltungen so gut wie vollständig unter, aber es war eindeutig noch zu entnehmen, dass der Kommandant es genoss, eine zweite Frau als Offizier an Bord zu haben und es nicht lassen konnte, seinem Eins-O seine Zweifel daran unter die Nase zu reiben, dass Rustin und sie so gut miteinander auskämen wie Schwestern.

Claire hatte keine Schwester – sie hatte überhaupt keine Geschwister. Das war bei graysonitischen Siedlerfamilien selten anzutreffen, unter reichen Gutsherrenfamilien aber nachgerade unerhört. Nun, ausgenommen natürlich, Beschämendes wäre in der Familie vorgefallen, Untreue etwa, die zu Scheidung und Verleugnung führte, ein tragischer Todesfall oder eine Mischung daraus.

Der nächste Gratulant in der Reihe musste die Bemerkung des Kommandanten teilweise aufgeschnappt haben. Er verband daher seine Glückwünsche mit der Frage, wie Claires Geschwister wohl auf die guten Neuigkeiten reagierten.

»Ich bin Einzelkind, Sir.« Claire gefror das Lächeln im Gesicht, als sie so mir nichts, dir nichts Informationen über sich preisgab, die für sich zu behalten ihr auf der *Ephraim* noch gelungen war.

Dem Lieutenant fielen fast die Augen aus dem Kopf.

In der Messe breitete sich mit einem Mal unbehagliches Schweigen aus, bis Rustin, die nur ein paar Schritte entfernt gestanden hatte, sich mit einem breiten Lächeln umdrehte und betont munter in die Runde warf: »Na, jetzt hat sie ja mich, und ich für meinen Teil bin entzückt!«

Der stahlharte Unterton in Rustins Stimme war eine absolute Überraschung. Glaubte Rustin allen Ernstes, sie könnte andere beschützen, wo sie selbst doch anscheinend ihr eigenes Leben vor allen ausgebreitet hatte, auf dass es seziert und beurteilt würde?

Claire zwang sich, Verwirrung und Frage für den Augenblick beiseitezuschieben und sich auf den nächsten potenziellen Angreifer in der Reihe zu konzentrieren. Später, in geschützterer Umgebung, wäre immer noch Zeit, über Rustins Beweggründe nachzudenken und zu entscheiden, ob Claires selbsternannte neue Freundin tatsächlich in der Lage war, sich selbst die Schuhe zu versiegeln.

Lieutenant Loyd war der Nächste. Die tiefe Falte zwischen seinen Augenbrauen legte nahe, dass ihm die plötzlich unterschwellig in der Messe kursierenden Spekulationen über dunkle Flecken in Claires Familiengeschichte nicht entgangen war. Sein angedeutetes Lächeln könnte Vorfreude bedeuten, sie gleich mit entsprechenden Fragen zu löchern, oder der Versuch sein, sie zu beruhigen.

Claire verspannte sich. Wenn es Letzteres wäre, hätte ihn das Ganze ja gar nicht erst gestört. Langsam kam Claire zu der Erkenntnis, sich in der Öffentlichkeit wohl und entspannt zu fühlen, wäre ein Ding der Unmöglichkeit.

Lieutenant Loyd riss einen Witz darüber, dass er bei der nächsten Flottenübung den Taktischen Offizier der *Ephraim* gleich zweimal erledigen würde, wo dieser doch so kläglich bei Claires Taktiktraining versagt habe. Daraufhin lachte und schmunzelte man in ihrer ganzen Ecke der Messe wieder. Augenscheinlich war man hier, in der Messe der *Manasseh*, stolz auf Lieutenant Loyds bewiesenes Können während taktischer Simulationen. Man schien auch nicht der Ansicht, er wäre ein Aufschneider und verspreche mehr, als er zu leisten in der Lage wäre.

Loyd wandte sich um und schlug dabei vor, dass die Gruppe Claire auf die Sprünge helfen solle, damit sie die *Manasseh* repräsentieren und die *Ephraim* ausschalten könne.

Der Vorschlag wurde mit lauten Beifallsbekundungen aufgenommen.

Claire aber schrak ein wenig zusammen. Ihr altes Schiff sollte so weit hinter der *Manasseh* liegen, dass ein frisch gebackener Ensign in einer Sim gegen gestandene Offiziere ein und sogar zwei Ränge über ihr antreten und dennoch die Oberhand behalten sollte? So also war das in den Augen ihrer neuen Crew, ja? Verbrachten sie etwa ihr ganzes Bordleben mit Taktik-Simulationen, oder was? Commander Greentree war Offizier im Protector's Own, klar, geschenkt. Dessen Offizieren sagte man nach, sie seien unerbittlich, was Drill und Übungenzeiten anging. Aber würde das wirklich einen so großen Unterschied machen? Claire war davon überzeugt, dass Captain Ayres seine Lieutenants und Lieutenant Commanders vorschriftsgemäß in der Woche – und das jede Woche! – vier Stunden Simulationstraining absolvieren ließ.

Lieutenant Loyd schloss seine improvisierte Hymne über eine Claire, die als Offizier in der taktischen Abteilung glänzen werde, mit der Behauptung, sie wäre der beste Ensign, der seit Abigail Hearns das Gut Owens gesehen habe.

Commander Greentrees vid-reifes Rekrutierungsoffizierlächeln machte einem nichtssagenden Gesichtsausdruck Platz.

Anscheinend hatte der Master Chief umgehend Bericht erstattet.

Ebenso schlagartig ging Claire auf, dass sie nun die nächste Bombe würde platzen lassen müssen. »Eigentlich stamme ich vom Gut Burdette, Sir.«

Einige der Offiziere in Hörweite wiederholten den Namen des Gutes für die, die weiter hinten standen und Claires Richtigstellung nicht mitbekommen hatten. Dieses Mal starrte sie jeder in der Messe entsetzt an.

Der Eins-O war es, der das betroffene Schweigen vom anderen Ende der Messe her brach. »Moment mal, Ensign Lecroix, dieser Part fehlte in Ihrem Werdegang als Offizier, den man uns von der *Ephraim* übermittelt hat. Dann rücken Sie mal raus mit der Sprache, wie es Ihnen gelungen ist, Gutsherrn Burdette die Nominierung für Saganami Island aus dem Kreuz zu leiern!«

Claire schluckte. Mit der nötigen Umsicht ordnete sie ihre Gedanken, um bei der nun fälligen Erklärung nur ja nichts zu sagen, was man aufs schrecklichste missverstehen könnte, sowohl hier an Bord wie zu Hause auf Gut Burdette. Je weniger Worte sie verlöre, umso besser. Aber die hier Versammelten schienen sich nicht auf etwas anderes als eine umfassende Erklärung für das Ganze einlassen zu wollen. Na dann: Zuerst über den Tod von Lord William Fitzclarence im Duell hinweghuschen. Nein, wenigstens sich selbst gegenüber sollte sie ehrlich bleiben: Das war kein Duell gewesen, sondern versuchter Mord an Admiral Alexander-Harrington. Claire konnte in den Augen der Anwesenden lesen, dass sie alle daran dachten, wie der letzte Gutsherr Burdette sein Bestes gegeben hatte, den Admiral umzubringen – die erste und beeindruckendste Frau, die zu Graysons Verteidigung Uniform trug.

»Ähm.« Na, großartig, Claire, erste Sahne, so anzufangen! »Lord Burdette war so freundlich, mich für die Offiziersausbildung vorzuschlagen, Sir.«

Sie schwieg, während die anderen Offiziere einander zuflüsterten, damit sei Nathan Fitzclarence gemeint, der Cousin, der William nach dessen verlorenem Duell als Gutsherr von Burdette gefolgt sei.

Lieutenant Loyd stand da, sein Blick ruhte auf Claire, sein Mund war leicht geöffnet, als suche er noch nach einem Weg, mehr zu erfragen, ohne Claire ins nächste orbitale Minenfeld zu schicken. Sie wünschte, er würde es lassen und einfach das Thema wechseln.

»Was hat er sich dabei gedacht?«, fragte der Lieutenant schließlich, und Claire gab sich alle erdenkliche Mühe, mit dem Schott hinter ihr zu verschmelzen.

»Im Vorjahr hatte Gutsherr Owens Abigail Hearns nach Saganami geschickt«, antwortete sie. »Der Protector schien angetan davon...« Jetzt errötete Claire doch, und das heftig. »Ehrlich gesagt, die ganzen politischen Überlegungen dahinter verstehe ich nicht recht, Sir, aber Lord Burdette war in dem entsprechenden Jahr nur bereit, junge Frauen vorzuschlagen. Unsere Ältesten fanden, äh ... keine sonderlich freundlichen Worte für die Kandidatinnen, aber Lord Burdette meinte, wir müssten es versuchen. Falls der Dienst in der Flotte, nun, nichts für uns, äh ... Zartbesaitete wäre, würde er alles in seiner Macht Stehende tun, um uns gut zu verheiraten. Aber er müsste dem verr...«

Der Kommandant hustete laut, und Claire bemerkte gerade noch rechtzeitig, dass sie drauf und dran gewesen war, den Stammtischspitznamen des *alten* Gutsherrn von Burdette für den Protector, ›verrückter Benji‹, über ihre Lippen kommen zu lassen.

»Ähm, er meinte, er habe vor, Protector Benjamin zu zeigen, dass Frauen von Grayson nicht dazu gemacht seien, wie Gutsherrin Harrington zu sein.«

Betretenes Schweigen folgte. Selbst Rustin schien für den Moment sprachlos.

Lieutenant Loyd fand als Erster die Sprache wieder. »Sie haben mich total abgehängt. Man hat Sie also mit der Anweisung nach Saganami geschickt, den Dienst zu quittieren. Was ist anders gelaufen?«

Claire blickte ihm direkt in die Augen und vergaß die letzten fünf Jahre mühsam antrainierter militärischer Höflichkeit. »Es ist halt ein guter Job.«

Loyd klappte der Kiefer herunter, nicht das erste Mal heute, aber dieses Mal, weil er von einem Ohr zum anderen grinste. Er wandte sich zu Commander Greentree und dem Eins-O um. Dann rief er durch die ganze Messe, als ob nicht bereits jeder dort Claires Antwort gehört hätte: »Es ist ein guter Job, Skipper!«

Gerade eben noch gelang Claire, ihm keinen wütenden Blick entgegenzuschleudern, indem sie die Augen konzentriert auf ihren amüsierten Lieutenant richtete, statt auf ihren Kommandanten.

»Siedler können es sich nicht leisten, einen guten Job aufzugeben.« Die Entgegnung, die sanft und gedämpft im Tonfall hatte herauskommen sollen, klang rau, so wütend war Claire, und hallte durch den ganzen Raum. Sie bemühte sich, die Lautstärke zu senken, bis hinunter zu einem Flüstern, in dem Versuch, ihre Gedanken nicht unkontrolliert über die Lippen zu bringen. »Ich habe eine Menge Mäuler zu stopfen, Sie ...« Es gelang ihr, nicht den abfälligen Begriff für einen Spross aus Gutsherrenfamilien zu benutzen, der ihr augenblicklich in den Sinn gekommen war.

Stattdessen bekannte sie vor ihrem Lieutenant: »Sir, ich kann einen guten Job nicht aufgeben, nur weil jemand anderes glaubt, ich wäre für harte Arbeit nicht gemacht.«

Der Zorn, den sie mit Mühe gedeckt hielt, kochte bei dem nächsten Gedanken gleich noch einmal hoch: Hart? Was wusste denn eine Gutsherrenfamilie über harte Arbeit?

Lieutenant Loyd stand vor ihr und schüttelte sich vor Lachen. Offenkundig hielt er, was mit Heftigkeit gesprochen war, für eine gewagte Art von Humor.

Der Nächste in der Reihe musste erst eine Weile damit ringen, sein Gewieher einzustellen, ehe er seine Frage herausbringen konnte. Alle Fragen, die jetzt noch gestellt wurden, drehten sich um Gut Burdette. Keiner der Fragesteller schien zu bemerken, dass Claire ihre Situation alles andere als komisch fand. Es schien keinen Unterschied mehr zu machen, was sie sagte. Sie alle hielten ihre Antworten für ausnehmend komisch.

Die meisten kamen jetzt mit Bemerkungen in der Art von: »Davon lässt sich ein guter Siedler doch nicht unterkriegen.« Allmählich dämmerte Claire, dass sich die meisten Offiziere selbst für Siedler hielten und sich mit ihr identifizierten, obwohl ihre Familien Einflussmöglichkeiten besaßen, die weit über das hinausgingen, was die Bedlams auf die Beine zu stellen sich je erhoffen konnten. Diese Einflussmöglichkeiten, so jedenfalls stellte sich das Ganze Claire dar, besaßen sie über Beziehungen zu Gutsherrenfamilien. Aber wenn sie alle sie, Claire Lecroix, plötzlich adoptieren wollten, wer war sie, das zu hinterfragen? Claire schob das in eine entsprechende Ecke ihres Verstandes, um später herauszufinden, ob sie alle sich vielleicht in einer Art und Weise über sie lustig machten, die sie nicht begriff.

Die restlichen Offiziere überbrachten ihr ihre Glückwünsche und stellten ihre Fragen. Während die Gratulanten-schlange vorrückte, pflanzte sich Lieutenant Loyd neben Claire auf. Als sie ihn mit einem Blick aus den Augenwinkeln bedachte, lächelte er und verkündete, er müsste aus erster Hand die Geschichten hören, die sein neuer Ensign zum Bes-ten gebe, weil er sie auf keinen Fall aus zweiter Hand von einem Kommandierenden einer anderen Abteilung erfah-ren wolle.

Mit schnöder Regelmäßigkeit würgte der Lieutenant selbst in rascher Folge jene Sorte Fragen ab, die Claire bis zu den Bullaugen der Messe zurückweichen ließen. Sie wartete auf Warnsignale in der ungebetenen Beschützerhaltung des Lieutenant, aber er fasste sie nicht an, bedrängte sie nicht und setzte auch ansonsten keines der raffinierten Signale ab, wie Männer es zu tun pflegten, die in irgendeiner Weise die Kontrolle über Claire gewinnen wollten. Wenn überhaupt, ging es ihm darum, den Rest der in der Messe Versammelten unter Kontrolle zu bringen. Also zwang sich Claire, sich so weit zu entspannen, dass sie ihre Fassung wiedererlangte.

Der letzte Offizier war an der Reihe – wie sich herausstellte, der Manty. Er bewegte sich ein wenig seltsam, als versuchte er, einen Vid-Star zu imitieren. Sein Lächeln war nett, und er hatte sich offenkundig nicht – anders als der der Rest in der Messe – auf Claires Kosten köstlich amüsiert und lauthals mit-gelacht. Er stellte sich als Lieutenant Commander Kevin Lockhart vor, »... aber bitte nennen Sie mich Kevin!«, und bot Claire an, später zu ihm zu kommen, falls sie seine Unter-schrift für die Wache benötige.

Mit zusammengepressten Lippen verfolgte Rustin seinen Abgang.

Claire steckte eine weitere Einladung des Offiziersfrauenklubs der *Ephraim* in ihr Wachbuch. Nur mit halbem Ohr hörte sie Rustin zu, die die neuesten Ereignisse aus ihrer Abteilung zum Besten gab. Claires Kajütenkameradin war bester Laune, noch besserer Laune als üblich, und das schon seit dem mehrere Tage zurückliegenden Moment, als ihre Abteilung ein fast perfektes Ergebnis bei den Schießübungen mit Laserwaffen zustande gebracht hatte. Seither fehlte nicht viel, und sie wäre von Schott zu Schott geprellt wie eine Bilardkugel von Bande zu Bande. Commander Greentree war höchst zufrieden gewesen und ebenfalls bester Stimmung, was naturgemäß auf sämtliche Offiziere, Unteroffiziere und einfache Besatzungsmitglieder durchschlug. Der Skipper war ausgesprochen gut darin, nicht spürbar werden zu lassen, wenn er einen schlechten Tag hatte. Aber was ein Kommandant tat oder unterließ, beeinflusste nun einmal in hohem Maße das Bordleben. Seine persönlichen Befindlichkeiten schlugen immer durch, egal wie sehr er sich bemühte, sich zurückzunehmen. Claire hatte in Erwägung gezogen, die gute Stimmung zu nutzen, um einen Urlaubsschein an den Vorgesetzten zu bringen. Sie wollte zwei Wochen frei nehmen, um einen Aufbaucrashkurs in Ingenieurwesen für Lebenserhaltungssysteme der Handelsmarine zu belegen. Nach erfolgreicher Prüfung am Ende hielte sie dann ein entsprechendes Zertifikat in Händen. Eigentlich hatte sie ihren Plan mehr als nur in Erwägung gezogen: Sie hatte versucht, ihn in die Tat umzusetzen. Der Eins-O aber hatte, soweit Claire das beurteilen konnte, den Urlaubsantrag nicht weitergeleitet. Also hatte sie den ganzen Papierkram höchstselbst ausgedruckt und zum Skipper in dessen Büro getragen. Er aber hatte ihr den Urlaubsschein nicht genehmigt. Gesuch abgelehnt.

Claire starrte auf ihren Bildschirm, kämpfte mit den Tränen ... und verlor. Es lief hier ganz genauso wie auf der *Ephraim*, mit dem einzigen Unterschied, dass sie dort nichts anderes von den Vorgesetzten erwartet hatte. Also war sie dort immer auf der Hut gewesen, weshalb sie auch keinen Schlag in die Magengrube kassiert hatte wie hier. Rustin war gerade voll und ganz damit beschäftigt, den nächsten Brief an ihre kleine Schwester zu verfassen. Daher würde sie nicht bemerken, dass Claire nicht aufpasste und nicht reagierte. Sie wandte das Gesicht ab und ließ die Tränen die Wangen hinunterkullern.

Um selbst beschäftigt auszusehen, ging Claire ihre Nachrichten durch. Sie hatte an diesem Terminal die Überweisungsfunktion für ihr Bankkonto noch nicht eingerichtet, aber das wäre natürlich ein Leichtes für sie. Tante Jezzy bat für diesen Monat um eine Aufstockung der üblichen Überweisungssumme, weil sie eine Korbwiege oder etwas Vergleichbares für die jüngste Großnichte kaufen müsse. Irgendwie hatte Tante Jezzy vor Noah geheim zu halten verstanden, dass sich mit Claires Beförderung auch ihr Sold erhöht hatte. Dafür jedoch verlangte sie nun Zugriffsmöglichkeit auf dieses Zusatzgeld, zumindest von Zeit zu Zeit. Die Summe, die Tante Jezzy für den Säugling vorgesehen hatte, hatte Noah für ein Kontragrav-Bike ausgegeben. Also brauchte die Familie diesen Monat mehr Geld von Claire.

Außerdem hatte Tante Jezzy für Claire noch einen Auftrag: Sie sollte herausfinden, ob es wahr sei, dass Gut Harrington ein Bankkonto besitze, das allein auf den Namen einer Frau laufe. Noah den Zugang zu Konten zu verwehren, deren rechtmäßiger Eigentümer er war, war natürlich arglistige Täuschung. So fühlte es sich aber nicht an. Denn die Konten existierten ja nur, weil Claire ihren Sold von der GSN dorthin überwiesen bekam. Protector Benjamin hatte graysonweit Frauen Privateigentum per Gesetz erlaubt. Aber den Gesetzen von Gut Burdette nach war der Schutzherr einer Frau weiterhin verantwortlich für all ihre Verbindlichkeiten und all ihr Eigentum. Die sich nicht vollends widersprechenden Gesetze griffen nun in einer Art und Weise ineinander, von der Claire überzeugt war, sie seien nicht in Protector Benjamins Sinne, denn nun gehörten Claires Bankguthaben auch Noah. Es kam noch schlimmer: Noah hatte herausgefunden, wie er Gelder von den Familienkonten abbuchen konnte, kaum dass er von ihnen wusste. Offenkundig hatte Noahs momentaner Vaterersatz, ein Diakon, etwas mit der Vermittlung dieser Kenntnisse zu tun.

Claire putzte sich die Nase. Sie wünschte, sie wäre wieder auf der *Ephraim*.

Da klopfte es an der Eingangsluke. Rustin unterbrach die Nachricht an ihre Schwester und blickte auf.

Claires Blick sah zur Luke hinüber, vergaß dabei vollkommen, dass Rustin jetzt ihr Gesicht sehen konnte. Rasch fuhr sich Claire über die Augen und machte Anstalten aufzustehen, aber Rustin gab ihr durch einen Wink zu verstehen, sich in Richtung Waschgelegenheit in der Kajüte zurückzuziehen, und ging selbst zur Luke.

Sie öffnete sie nur ein Stück weit und verstellte dem unerwarteten Besuch den Blick in die Kajüte. Auch Claire war so der Blick versperrt. Aber sie wusste sofort, dass Lieutenant Loyd auf der anderen Seite der Luke stand, schließlich konnte sie ihn mit Rustin reden hören.

Rasch wusch sich Claire das Gesicht, auch wenn Wasser laufen zu lassen Loyd verriet, dass sie sich hinter ihrer Mitbewohnerin versteckte.

Rustin versuchte zu erklären, dass Claire nicht sofort zu

sprechen sei, ohne preiszugeben, dass sie bis eben geflennt habe.

Lieutenant Loyd wollte nichts davon hören.

Er setzte sich einfach über Rustin hinweg. Claire hatte nicht erwartet, Rustin könnte tatsächlich jemanden, irgendjemanden, aufhalten. Aber es war nett von ihr, zumindest den Versuch zu wagen. So war sie, ihre Mitbewohnerin Rustin: immer nett, aber nicht immer effektiv. Claire überraschte, dass Loyd nicht einfach die Luke aufgedrückt und die Kajüte betreten hatte. Vielleicht glaubte er, sie wäre nicht angezogen.

Stattdessen rief der Lieutenant seinen Befehl durch die Luke: »Claire, wir treffen uns in fünf in der OPZ!«

Rustin startete einen weiteren Versuch, ihm das irgendwie auszureden, aber Claire schluckte und antwortete mit einem »Aye, Sir!«. Es klang verheult, aber dagegen ließ sich nun einmal nichts machen.

Lieutenant Loyd musste gegangen sein, denn Rustin schlüpfte in die Kajüte zurück, schloss sorgsam die Luke und tanzte wie ein Miniaturtornado durch die Kajüte. Sie zupfte Claires Uniform zurecht, bürstete Fusel weg und drückte Claire schließlich eine kleine Plastiktube Augentropfen in die Hand. In Sekundenschnelle sorgte die klare Flüssigkeit dafür, dass die Augenrötungen verschwanden. Ohne das verräterische Rot war kaum noch zu bemerken, dass die Augen geschwollen waren.

Kurz nahm Rustin Claire in den Arm und scheuchte sie dann aus der Luke, um sich den neuen Unbilden zu stellen, die der Tag für sie bereithielte. Vorgesetzte suchten Ensigns wie Claire nicht aus bloßer Nettigkeit in deren Kajüten auf. Mit Schaudern dachte Claire an das letzte Mal zurück, wo sie sich ihre Zulassung zum Offizier vom Dienst von

Lieutenant Commander Lockhart hatte abzeichnen lassen müssen.

Claire beeilte sich, zur Operationszentrale zu kommen, und bemerkte viel zu spät, dass sie ohne ihr Tablet die Kajüte verlassen hatte. Doch als sie hektisch ihre Brusttaschen abklopfte, stellte sie zu ihrer Überraschung fest, dass Rustin es ihr zusammen mit einem Eingabestift in die Tasche praktiziert hatte, ohne dass es Claire aufgefallen war. Der spitz zulaufende Plastikgriffel, mit dem sich Notizen direkt auf dem Bildschirm machen ließen, hatte den Namen einer angesagten Designfirma eingraviert, was ihn unverkennbar zu einem von Rustins Griffeln machte. Sorgsam steckte Claire ihn im Gehen in die Tasche zurück, um ihn nur ja nicht zu verlieren, und hastete weiter. Unmittelbar vor der OPZ prallte sie mit Lieutenant Commander Lockhart zusammen.

Den Zusammenstoß dämpfte der Umstand, dass Lockhart im gleichen Moment einen halben Schritt zurückwich. Claire konnte sich des Eindrucks nicht erwehren, er hätte vor der OPZ gestanden und darauf gewartet, dass sie in ihn hineinliefe. Er trat einen Schritt vor, als Claire rasch einen zurück machte. Grinsend hielt er sie im Arm, langte mit einer Hand tiefer und kniff ihr in den Allerwertesten.

Claire versetzte ihm einen rechten Haken genau auf den Solarplexus.

Lockhart taumelte rückwärts, verwünschte Claire lauthals und versprach, alles, was er vom Taktikkatalog bereits abgezeichnet habe, wieder zu löschen.

Claire biss sich auf die Lippe und brachte Distanz zwischen sich und ihn. Was passierte, wenn er sie tatsächlich Commander Greentree meldete, wusste sie nicht mit Sicherheit zu sagen, aber für sie selbst käme sicher nichts Gutes dabei herum.

Das selbstgefällig hämische Lächeln schlich sich wieder auf Lockharts Gesicht, und er forderte sie dazu auf, zu seiner Kajüte zu kommen, wenn sie bereit wäre, sich zu entschuldigen. Zackig machte er auf dem Absatz kehrt und schritt den Gang entlang. Dabei summte er ein Liedchen, das momentan in den Stripteaselokalen besonders beliebt war. Claires Ohren liefen hochrot an.

Lieutenant Loyd stand auf der Schwelle zur OPZ, die Lippen ein dünner, weißer Strich. Claire fuhr zusammen, ihr Magen ein einziger Klumpen Eis, während sie sich fragte, was gesehen zu haben er sich wohl entscheiden würde. Er blies angehaltene Atemluft aus. »Das werden wir beide dem Skipper melden müssen.«

Schlagartig war Claire speiübel. »Ich bin nicht bereit, Sie auch noch ranzulassen. Ganz egal, was Sie dem Skipper erzählen, das mache ich nicht!«

Der Lieutenant lief vor Wut rot an, ganz wie Claire erwartet hatte, stieß aber keine weiteren Drohungen aus.

Nervös zog Claire sich bis zum Bullauge zurück. Ihre Augen hetzten hierhin und dorthin, immer auf der Suche nach Öffentlichkeit, die ihr Schutz gewährt hätte. Eigentlich war sie sich sicher, dass der Lieutenant nicht der Typ war, der die Finger nicht bei sich behalten konnte. Bisher jedenfalls hatte er nichts getan, was sich in diese Richtung interpretieren ließe. Sie zog sich noch einige weitere Schritte zurück. Dabei stolperte sie über einen knöchelhohen Kabelkasten.

Wild fuchtelte sie mit den Armen, darum bemüht, ihr Gleichgewicht wiederzufinden und nicht rücklings hinzuschlagen, als Loyd sie beim Arm packte und eben das verhinderte. Im nächsten Moment, Claire hatte gerade wieder festen Stand gewonnen, ließ er ihren Arm fahren, als wäre er ein heißes Lichtbogenschweißgerät. Abwehrend die Hände erhoben, trat er ein paar Schritte zurück.

»Das Ganze, Ensign, ist so verfahren, dass ich nicht weiß, wo mit den Erklärungen beginnen. Ich hatte vor, mit Ihnen ein Betreuungsgespräch zu führen, das war der Plan. Ich wollte Ihnen klarmachen, dass Sie, wenn Sie diesen guten Job, wie Sie es nannten, behalten wollen, Ihren Job auch machen müssen, anstatt Schaufensterpuppe für GSN-Uniformen zu spielen.« Er verengte seine Augen zu schmalen Schlitzen. »Offenkundig hatte ich keinen blassen Schimmer, was meine eigenen Offiziere so umtreibt. Also sehen wir jetzt zu, dass wir das in den Griff bekommen.«

Claire verschränkte die Arme vor der Brust und zog die Schultern nach vorn. Es half nicht, ihren Busen bekam sie so nicht ganz verdeckt. Sie verspannte sich, während sie darauf wartete, was ihr Ausbruch ihr dieses Mal wieder an Ärger einbringen würde.

Mit eingezogenem Kopf duckte sich der Lieutenant durch die Luke in die OPZ und ließ mit ein paar rasch hingeworfenen Befehlen die Petty Officers auseinanderspritzen und den Gang entlangjagen.

Claire konnte sich nicht entscheiden, ob sie hinein in die OPZ sollte oder draußen bleiben. Sie wollte mehr Menschen um sich herum, aber auch nicht fort von dem Lieutenant, solange sie nicht wusste, was er mit ihr vorhatte.

Master Chief Wallens kam um die Ecke geschossen, nahm das Tempo heraus und betrat gemessenen Schritts die OPZ, als wäre er gerade eben vorbeigeschlendert gekommen.

Claire folgte ihm hinein, und Lieutenant Loyd dirigierte sie zu einem Sessel.

Der Master Chief nahm gleich neben ihr Platz, auf einem Sessel mit nur wenig Abstand zu ihrem. Er setzte sich so, dass er dem Lieutenant gegenübersaß, zückte sein Tablet und schien mit einem Mal voll und ganz eingenommen von dem Verwaltungskram, den es dort offenkundig zu erledigen galt.

Lieutenant Loyd setzte sich ebenfalls, rieb sich mit beiden Händen die Stirn und massierte sich immer noch die Schläfen, als er zu sprechen anhob: »Also dann, Ensign Lecroix. Die Idee von dem Gefecht bei diesem Betreuungsgespräch war eigentlich, dass Sie in Habachtstellung vor mir stehen und ich Sie anbrülle, weil Sie die Taktiksimulationen nicht durchlaufen haben, wie ich Sie zu tun aufgefordert hatte – und die der Skipper Ihnen zu durchlaufen aufgetragen hat, als Sie Ihre Beförderung bekommen haben. Entsprechend geknickt sollten Sie, so der Plan, die OPZ verlassen – selbstredend erst, nachdem Sie hoch und heilig versprochen hätten, nicht mehr auf der faulen Haut zu liegen. Die nächsten vier Stunden hätten Sie dann damit verbracht, Schiffe in Stücke zu schießen. Und dann, so die Erwartung, hätten Sie in den nächsten Wochen die Hälfte Ihrer Zeit damit zugebracht, alles mögliche andere ebenfalls in seine Bestandteile zu zerlegen. Von da an etwa wären Sie dann auch in der Lage gewesen, tatsächlich etwas anderes zu riskieren als das eigene Schiff, zumindest hin und wieder. Stattdessen passierte *das*.« Lieutenant Loyd machte eine Handbewegung in Richtung Luke und Gang, um sich gleich darauf im Sessel zurückzulehnen und die Fingerspitzen beider Hände aneinanderzulegen. »Warum haben Sie ihm nicht gleich in die Eier getreten?«

Dass der Master Chief sich mit einem Mal nicht mehr rührte, war ein deutliches Zeichen dafür, dass er sehr wohl zuhörte.

Claire biss sich auf die Lippe.

»Das ist der Moment, an dem es an Ihnen ist, etwas zu sagen, Ensign«, mahnte Lieutenant Loyd in mildem Ton.

Claire sank noch tiefer in ihren Sessel. Sie war sich sicher, dass ihr Gesichtsausdruck Trotz und Starrsinn verriet. Aber sie war noch nie gut darin gewesen, ihre Gefühle zu verbergen, wenn sie sich angegriffen fühlte. »Ich weiß keine Entschuldigung vorzubringen, Sir«, flüchtete sie sich in die Standardantwort.

Lieutenant Loyds Erwiderung »Scheiß auf die Akademie!« war nicht, was Claire erwartet hatte. Er machte sich erneut daran, seine Schläfen zu massieren, und seufzte.

Starr lag Claires Blick auf ihm. Sie wartete darauf, dass er ihr eine andere Antwort abzuringen versuchte. In einer Situation wie dieser kann man zwar nicht gewinnen, aber man kann an seinem Stolz festhalten und verliert nicht.

Der Lieutenant erwiderte ihren Blick, blinzelte gelegentlich oder ließ lange genug den Blick im Raum schweifen, um daraus kein Blickduell werden zu lassen, aber er schwieg beharrlich.

»Man kann ihnen keinen Tritt verpassen«, krächzte Claire schließlich.

Lieutenant Loyd gab einen Neugier bekundenden Laut von sich, genauso verhalten in Stimmumfang und Ton wie sie.

»Sehen Sie, es ist . . .« Claire räusperte sich und versuchte in normaler Lautstärke und ohne Zittern in der Stimme weiterzusprechen. »Wenn jemand so etwas tut . . .« Misstrauisch huschte ihr Blick zu Master Chief Wallens hinüber. Sie erwartete, dass er reagierte, sie unterbräche, Einzelheiten verlangte oder Beweise. Er aber zeigte keinerlei Reaktion, also fuhr Claire fort: »Nun, wenn es eine fremde Person ist, ja, dann funktioniert das, nehme ich an. Aber man muss mit aller Kraft zutreten und darf auf keinen Fall danebentreffen. Das ist nichts, was man sonderlich gut üben könnte.

Aber Fremde machen so etwas in der Regel nicht. Es sind Menschen, die man kennt, weil man ihnen tagaus, tagein begegnet. Ein Fausthieb, über den gehen sie vielleicht mit einem Lachen hinweg. Den bekommen sie leichter verpackt, ohne daraus ein Machtspielchen zu machen. Denn wenn daraus ein Machtspielchen wird, dann wird's richtig übel.«

Claire klappte den Mund zu, ehe sie vielleicht zu viel preisgäbe. Bisher hatte sie nur Tante Jezzys kleine Geheimnisse ausgeplaudert, nicht ihre eigenen. Ihr hatte man das einfach so beigebracht, mehr nicht.

Lieutenant Loyd schüttelte den Kopf. »Ensign Lecroix, wir müssen wirklich an Ihrer Taktik arbeiten!«

Claire legte die Unterarme auf den Tisch vor ihr und faltete die Hände. »Nein.«

Der Lieutenant schnaubte und hob die Augenbraue. »Normalerweise würde ich Ihnen so einen Scheiß nicht durchgehen lassen – was Sie eigentlich auch wissen sollten. Aber ich bilde mir ein, dass das heute für Sie kein normaler Tag war. Was meinen Sie? Liege ich damit richtig?«

Claire schluckte. Sie wusste nicht, was sie tun sollte, weil er ihr wegen ihres offen gezeigten Ungehorsams nicht gleich den Kopf abgerissen hatte. Der Master Chief tat wieder so, als wäre er ganz in das versunken, was es auf seinem Bildschirm zu lesen gab. Claire sah wieder hinüber zu Lieutenant Loyd und sagte: »Ich entschuldige mich für das, was ich im Gang gesagt habe.«

Der Lieutenant hob lediglich die Augenbraue und wartete.

Verwirrt sah Claire ihn an, dann errötete sie und setzte hinzu: »Sir.«

»Entschuldigung angenommen«, antwortete er sofort. »Aber ich will immer noch, dass Sie Taktik trainieren.«

Claire schüttelte den Kopf. »LT, wahrscheinlich meinen Sie es gut, Sir, aber was soll das bringen?«

»Oh, keine Ahnung! Vielleicht die Möglichkeit, Politik mit anderen Mitteln fortzusetzen und Kriege für unsere Sternnation auszufechten und zu gewinnen. Aber vielleicht geht es ja auch nur darum, dass es zufällig Ihr verdammter Job ist, und es das Richtige wäre, seinen Job so gut wie möglich zu machen. Was meinen Sie?«

Claire sackte erneut in sich zusammen, schluckte schwer und schloss die Augen. »Wenn Lockhart mich Commander Greentree meldet, und genau das wird er tun, schmeißt man mich raus. Vielleicht schmeißt man mich nur von diesem Schiff, aber vielleicht auch gleich ganz raus aus der GSN.« Sie erschauerte. »Es gibt keinen Grund, mir den Taktikstoff reinzupfeifen, und, Sir, verstehen Sie, den hat es nie gegeben. In meinem Fall ist das Beste, was ich tun konnte, genug solide Erfahrungen als Ingenieurin zu sammeln, um einen Job auf dem zivilen Arbeitsmarkt zu finden. Taktikkenntnisse helfen da kein Stück weiter.«

»Wow, Saganami hat sich an Ihnen echt die Zähne ausgebissen!«, hauchte der Lieutenant.

Dann straffte er die Schultern und fuhr fort: »Jetzt bietet sich Ihnen hier kostenfrei eine Offiziersweiterbildung. Tja, und Betreuungsgespräche gibt es auf zweierlei Art, stimmt's?«

Claires Nicken fiel arg ruckartig aus, als sie nach dieser Frage vor Anspannung steif in ihrem Sessel saß. »Ja, Sir.«

»Momentan führen wir ein ganz zwangloses Gespräch, während ich nach einem Weg suche, trotz Ihres Dickschädels zu Ihnen durchdringen zu lassen, dass ich Sie schätze. Ich möchte, dass aus Ihnen ein guter Offizier wird. Aber selbst wenn ich anders denken würde, würde das keine Rolle spielen. Denn *der Skipper* hat beschlossen, dass aus Ihnen ein guter Offizier werden soll. Eventuell ist Ihnen ja nicht entgangen, dass er ein Greentree ist. Jede Menge Greentrees dienen in der Flotte. Im Allgemeinen sind das alles harte Burschen, aber unser Commander gilt selbst unter den Greentrees als harter Bursche.

Sind Ihnen die weinroten Uniformhosen aufgefallen? Ja, genau, er hat sich aufs Protector's Own eingelassen, weil er das Kriegshandwerk unter einem Alfredo Yu, einer Harriet Benson-Dessouix und, nicht zu vergessen, einer Honor Alexander-Harrington erlernen wollte. Und die haben ihn genommen – was mehr zu bedeuten hat als so manch anderes. Denn das Protector's Own nimmt nur die Besten der Besten.

So weit, so gut, kehren wir zu der anderen, der *offiziellen* Art von Betreuungsgespräch zurück. Ein solches Gespräch ist für die schwierigen Fälle da, um Einträge in die Personalakte vornehmen zu können – nur für den Fall, dass man einen dieser schwierigen Fälle ganz aus der Flotte heraushaben möchte. Im Allgemeinen gehört es nicht zu den Gepflogenheiten, Fehler und Schwächen ranghöherer Offiziere mit Untergebenen zu diskutieren. Aber ich stehe im Rang ebenfalls unter dem Offizier, um den es hier geht. Also nennen wir diesen Teil unseres Gesprächs Vorgesetztenbashing der JOPA, in Ordnung?«

Claires Blick ging wieder hinüber zu Master Chief Wallens. Er gab immer noch vor, alltäglichen Verwaltungskram zu erledigen. Oder vielleicht erledigte er tatsächlich gerade Verwaltungskram und wurde routinemäßig als Aufpasser zu vage informell gehaltenen Betreuungsgesprächen hinzugezogen. »Ähm, das ist die Junior Officer Protection Association, stimmt's, Sir?«

»Stimmt genau, die Schutzvereinigung der Subalternoffiziere. Normalerweise geht's dabei um jede Menge Tinnef, den man eigentlich nur dann braucht, wenn man sich ganz dämlich angestellt hat und ein bisschen Gruppendruck ausüben möchte, um zu verhindern, dass man sich vollends in die Scheiße reitet. Aber von Zeit zu Zeit gibt es Vorgesetzte bis hinauf zum Skipper, die einfach durchdrehen. Also hat die JOPA durchaus ihre Existenzberechtigung. Wie in diesem Fall.

Also erkläre ich Ihnen jetzt, dass ich, wie der Zufall so spielt, Kenntnis davon habe, dass bereits eine Akte mit entsprechenden Einträgen über Mr. Lockhart existiert. Ich weiß auch, dass der Kommandant bereits auf der Suche nach dem letzten Nagel zu Lockharts Sarg ist, und den kann ich ihm jetzt liefern. Eigentlich kommt er dabei von Ihnen, denn ich melde das Ganze ja nur. Bisher hat Lockhart mir leidgetan, weil seine Ehe auf Manticore in die Brüche gegangen ist, und er schien zu glauben, dass graysonitische Frauen beinahe so etwas wie eine andere Spezies im Vergleich zu den Manty-Frauen sind, mit denen er bisher zusammen war. Ich dachte, er wäre in Trauer und nicht auf der Jagd. Wenn wir es sehr unglücklich treffen, ist er noch ein paar Wochen lang an Bord. Aber sehr viel wahrscheinlicher ist, dass wir ihn beim nächsten erreichbaren Raumhafen von Bord werfen.«

Erleichterung durchflutete Claire . . . gemischt mit ungläubigem Schrecken darüber, nicht dafür bestraft zu werden, für sich selbst eingestanden zu sein.

Nach Lieutenant Loyds Maßgaben durfte sich die *Mannasseh* glücklich schätzen. Später am Abend suchte der Kommandant Claire noch in ihrer Kajüte auf. Zuvor hatte sie mehrere

Stunden lang Simulationen durchgespielt, bei denen sie in schnöder Regelmäßigkeit von verschiedensten Gegnern erledigt worden war. Der Lieutenant war mit ihr die aufgezeichneten Simulationen Einstellung für Einstellung durchgegangen und hatte ihr gezeigt, warum es sie jedes Mal erwischt hatte.

Eine Aufzeichnung hatte der Kommandant auch als Beweis gegen Lockhart. Lieutenant Loyd hatte für sich selbst eine taktische Simulation laufen lassen und aufgezeichnet, während er auf Claire gewartet hatte. Die Aufzeichnung zeigte auch Bilder durch die offene Tür hindurch und alles an Ton, was Claires unfreiwillige Begegnung mit dem Manty-Austauschoffizier hergab. Greentree lief rot an und vermied Blickkontakt mit Claire, als im schnellen Vorlauf das Grinsen des Mantys nach Claires Faustschlag zu sehen war. Der Schlag war bestens festgehalten. Der Kommandant brauchte nur noch ihren Daumenabdruck und ihre Unterschrift zur Bestätigung, dass es sich bei der Person, die in der Aufzeichnung zu sehen war, wirklich um sie handelte. Dann versorgte er sie mit den Kontaktinformationen für einen Rechtsbeistand, falls Claire Anzeige gegen Lockhart erstatten wolle.

Rustin hielt sich im hinteren Teil der Kabine auf, in Beschlag genommen von dem Andockmanöver an die Raumstation. Also zögerte Claire nicht zu fragen: »Sir, ich habe einen Vorgesetzten geschlagen. Warum werde ich nicht unter Anklage gestellt?«

Der Skipper schüttelte den Kopf. »Das habe ich nicht verstanden. Was haben Sie gesagt?«

Claire wiederholte ihre Frage, und wieder behauptete der Kommandant nichts verstanden zu haben.

Sie wollte die Frage schon ein drittes Mal stellen, überlegte es sich aber plötzlich anders. »Was ist noch auf dem Band zu sehen?«, fragte sie stattdessen.

Der Kommandant betätigte die entsprechende Taste, und die Aufzeichnung lief bis zum Ende. Man sah Lieutenant Loyd aufspringen und den Blick auf das Geschehen blockieren, ehe man Lieutenant Commander Lockhart gedämpft knurren hörte und dann – ganz deutlich – seine Aufforderung an Claire zu verstehen war.

Greentree zuckte mit den Schultern. »Unter Kriegsrecht könnte er Strafanzeige stellen, aber kein Admiral aus Graysons Flotte wird dem folgen, und das fällt nun einmal unter deren Gerichtsbarkeit. Der Kommandant könnte sich der Sache annehmen, aber seines Erachtens brauchen Sie alle Zeit, die Sie nur kriegen können, für Taktiksimulationen. Sie sollten dabei nicht von Kleinigkeiten abgelenkt werden, die jeder Disziplinarausschuss der Admiralität, der seine fünf Sinne beisammen hat, sofort abweisen wird.«

Claire blinzelte. »Sie haben einen Zeugen ...« Sie ließ den Satz unvollendet, weil ihr aufging, dass Lieutenant Loyds Bericht an eben dieser Stelle eine Lücke aufwies oder er mit dem Kommandanten im Bunde war.

Schon im Gehen schnaubte Greentree und sagte über die Schulter hinweg zu Claire: »Ingenieurswesen auf Handelsmarinestandard ist pillepalle. Das hätten Sie schon nach Ihrem ersten Jahr in Saganami gepackt! Ihre Urlaubsscheine, mit denen Sie Zeit mit der Vorbereitung auf eine berufliche Laufbahn im Zivilleben verschwenden wollen, werde ich genehmigen, wenn Sie gute Ergebnisse in den Taktiksimulationen erzielen und aufhören, Bauernfängern auf den Leim zu gehen.«

Claire war sofort klar, dass die Rede von dem Kurs war, für den sie Urlaub hatte nehmen wollen. Aber das war doch keine Bauernfängerei gewesen! Außer ... sie versuchte sich daran zu erinnern, ob in der Hochglanzwerbung überhaupt erwähnt worden war, wer das Zertifikat eigentlich ausstellte und von wem die Anbieter akkreditiert worden waren. Mit einem Mal schien ihr das Ganze nur noch halb so wichtig.

Nun grübelte sie auch darüber nach, ob sie schon Wochen früher mit der Sprache hätte herausrücken sollen, statt Lockharts Annäherungsversuchen immer wieder auszuweichen. Nicht nur der Master Chief, sondern noch eine Reihe anderer, die an Bord dieses Schiffes Dienst taten, schienen vertrauenswürdig.

Einen weiteren Nachmittag und Morgen verbrachte Claire mit Simulationen, während sich die *Manasseh* anschickte, an der unzulänglich ausgestatteten Raumstation im Orbit von Masada anzudocken. Es war ein paar Tage her, dass Claire Gelegenheit gehabt hatte, Wartungsprotokolle durchzugehen oder stichprobenartig Systemüberprüfungen vorzunehmen. Wenn Offizier zu sein bedeutete, beständig ›gegen das Schiff anzukämpfen‹, wie Lieutenant Loyd und der Kommandant beharrten, musste sich Claire darauf verlassen, dass andere Offiziere daran dachten, Wartungsroutinen klug einzuplanen und zu gewährleisten, dass die Besatzung Zeit, Ausrüstung, Ausbildung und Übung hatte, um die *Manasseh* davon abzuhalten, im Hyperraum wegen Strahlungskorrosion auseinanderzufallen. Was an Material verbaut war, besaß geradezu fantastische Qualität, also würde strukturelle Integrität auf einem modernen Kriegsschiff wahrscheinlich nie zum Problem. Der Gedanke entlockte Claire ein schiefes Grinsen.

Während des Andockmanövers hatte Rustin Brückenwache. Claire hielt die gerade laufende Simulation an, als das Schiff die Orbitalstation erreichte. Sie wollte das Anlegemanöver auf dem Schirm in der OPZ beobachten, wo Rustins

Boss, Lieutenant Knutson, Wache hatte und den Offizier aus seiner Abteilung im Auge behielt. Vom ersten Ersuchen um Andockerlaubnis wurde Claire dadurch abgelenkt, dass der Wachhabende Station und Schiffe im Orbit markieren und als Übungsziele anvisieren ließ. Alle an Bord dieses Schiffes waren und wurden ohne Unterlass darauf gedrillt, gewohnheitsmäßig zu töten und zu zerstören. Captain Ayres hätte es heftig beanstandet, hätte seine Mannschaft Verbündete für die Berechnung von Feuerleitlösungen genutzt! Immerhin war einer der Manty-Kreuzer so freundlich, Lieutenant Commander Lockhart in Obhut zu nehmen und der *Manasseh* so den langen Weg nach Manticore zu ersparen. Commander Greentree war darüber offenkundig weniger erbaut.

Lieutenant Knutson pausierte bei seiner Zielerfassungsübung und drehte stattdessen den Lautsprecherton höher, als die *Manasseh* immer weiter zur Station aufkam. Man hörte Rustin das standardisierte Andockersuchen wiederholen, ohne dass Antwort von der Station gekommen wäre. Die Signalanzeige leuchtete grün und verriet, dass alle Com-Kanäle frei waren. Der Wachhabende scrollte in den Logeintragungen der Vorgängerwache zurück. Hier fand sich, dass ein paar Minuten vor dem Wechsel zur jetzigen Wache der Kontakt zur Station einwandfrei gewesen und eine verbale Bestätigung eingegangen war.

Die Augenlider des Wachhabenden zuckten, und er klammerte sich mit beiden Händen an seine Konsole – genau einen Augenblick, bevor ein Ächzen und gedämpftes metallisches Schleifgeräusch zu hören war und der Schiffsrumpf erzitterte. Claire ließen die Vibrationen ihres Sessels aufspringen, und Deck und Bullaugen vibrierten ebenfalls. Die Vibrationen aber waren völlig anders als die, die sie von den Schiffsmaschinen im Normalbetrieb her gewohnt war. Das ganze

Schiff erbebte. Der Wachhabende schaltete von Schirm zu Schirm und sprach in unaufgeregtem Ton über Headset mit anderen Stationen. Rasch drehte sich Claire einmal um die eigene Achse, um herauszufinden, was hier gerade in Stücke ging und welche Wachstation verabsäumt hatte, die Anlage abzuschalten, die gerade in höchster Not kreischte.

Knutson entschied sich für einen Kamerawinkel, jauchzte und rief ein paar Petty Officers in Hörweite um einen Monitor zusammen. Auf seinem Visierschirm erhöhte er die Vergrößerung eines Streifens blanken, glänzenden Metalls seitlich an der Station. Dort, wo der Rumpf der *Manasseh* entlanggeschrammt war, waren Antennen abgeknickt.

Knutson grinste. »Na, das ist mal nicht spurlos an ihr vorübergegangen!«

Einer der Petty Officers schüttelte den Kopf. »Ich habe die Station nicht eine Antwort auf unser Andockersuchen geben hören.«

Der Wachhabende schnaubte. »Oh, vor dem Wachwechsel und bis Ensign Rustin das Com fürs Andocken übernommen hat, haben die da drüben wunderbar Antwort geben können. Damit kriegen wir die, falls sie es wagen sollten, Beschwerde einzureichen. Diesen Mit-Schweigen-strafen-Trick versuchen die sehr häufig, wenn eine Frau ein Schiff führt und auf der Station ein Masadaner am Com sitzt statt einer vom Manty-Aufsichtspersonal. Ich habe läuten hören, Manty-Skipper würden die Wachen darauf abstellen, dass immer ein männlicher Offizier das Andockmanöver durchführt. Aber nach dem, was in den letzten Tagen war«, er zuckte mit den Schultern, »vermute ich mal, dass unser Skipper keine Lust darauf hatte, die Masadaner zu verhätscheln.«

Der Petty Officer erwiderte das breite Grinsen des Wachhabenden und beugte sich vor, um die Schäden an der

Station besser begutachten zu können. »Das wird sie lehren, auf Mama zu hören.«

Lieutenant Knutson nickte Zustimmung und prophezeite die Entlassung des verantwortlichen Offiziers, dessen Aufgabe es gewesen wäre, das Andocken des Schiffes mittels Andockarmen zu koordinieren.

Schiffe der *Joseph*-Klasse waren eigentlich nicht dafür ausgelegt, ohne Unterstützung durch entsprechende Arme anzudocken. Es sei zwar rein technisch möglich, meinte der Wachhabende, immer noch grinsend, aber er wisse von keinem anderen Zerstörer, der ein solches Manöver außer in einer Sim gefahren sei.

Claires Blick ging wieder hinüber zu den Schäden an der Station, und sie fragte sich laut, wie schwer die *Manasseh* denn wohl beschädigt sei. Ein Schadensalarm hatte nicht aufgeheult, also konnte es nicht so schlimm sein.

Mit einem leisen Lachen rief der Offizier vom Dienst den Schadensbericht ab, aber das Funkeln in seinen Augen verriet es bereits: Er war überzeugt davon, das Ergebnis zu kennen. Die entsprechenden Meldungen gingen rasch ein: Ein Kratzer, eher ein Schönheitsfehler als ein Schaden, zierte jetzt die halbe Rumpflänge der *Manasseh*. Orbitalstationen, deren Bau prinzipiell die kostengünstigsten Firmen übernahmen – die wiederum masadanische Subunternehmern dafür unter Vertrag nahmen –, waren kein Gegner für graysonitischen Panzerstahl.

Später, in der eigenen Kajüte, hatte Claire ihre liebe Not, einer sich gedemütigt fühlenden Cecelie Rustin zu erklären, dass es Commander Greentrees Absicht gewesen war, ein unübersehbares Zeichen zu setzen. Claire nahm ihre Mitbewohnerin in den Arm und versuchte noch einmal, sie davon zu überzeugen, dass es überhaupt nicht um sie gegangen sei.

Cecelie brachte immer nur heraus: »Aber ich habe einen Kratzer ins Schiff gefahren! Das erste Mal am Ruder, und schon gibt's Kratzer!«

Die Masada-Station war so schmutzig, wie man es von Betreibern erwarten konnte, die ihrerseits erwarteten, dass Reinigungsarbeiten nichts kosten sollten, dann aber meistens die Frauen, die sofort kräftig zugelangt hätten, von der Station fernhielten. Schon nach ein paar Stunden Landurlaub kehrte Cecelie an Bord zurück, wütend darüber, dass man sie, weil sie eine Frau war, an den Essensständen nicht bedienen wollte. Auch in Burdette passierte das hin und wieder. Mancherorts wollte man Frauen eben nicht bedienen, aber es gab immer Ausweichmöglichkeiten. Cecelie, das arme Ding, schien es persönlich zu nehmen.

Mit Claire am Ruder legte die *Manasseh* ohne Zwischenfall wieder von der Station ab. Sie war dankbar dafür, dass Rustin nicht der Typ für Eifersüchteleien war. Der zuständige Offizier war ausgesucht höflich und reagierte prompt auf Anfragen. In Claire blitzte der Gedanke auf, ob wohl auch ein Offizier mit weniger guten Beziehungen als Commander Greentree in der Lage gewesen wäre, den Stationskommandeur, wie geschehen, durch den gezielt herbeigeführten Unfall einzuschüchtern, anstatt selbst für unzureichende Kommunikation mit der Stationsleitung eine unehrenhafte Entlassung zu riskieren. Tja, der damals zuständige Offizier hatte die *Manasseh* nicht über Com aufgefordert, das Andockmanöver abzubrechen, aber . . . Claire war überzeugt, sie selbst wäre das Risiko lieber nicht eingegangen, auch wenn es jetzt ein Vergnügen war, zu hören, wie ihre Anweisungen zur Steuerung der Andockarme wiederholt und präzise umgesetzt wurden.

Tags drauf bescherte ihr der Dienstplan einen ganzen herrlichen Tag dienstfrei bis zur nächsten Wache. Sie nutzte die Zeit, um nach den obligatorischen Sims die Logbücher für all die sogenannt sekundären Systeme durchzugehen, die man üblicherweise unter dem Begriff Unterstützungssystemtechnik zusammenfasste.

Beim Überfliegen der Daten fiel Claire auf, dass der Sanitäter eine der Routinewartungen für den Naniten-Akkomodator nicht eingehalten hatte. Sie nahm einen Vermerk vor und mahnte ihn, einen neuen Termin für die Wartung anzusetzen und sie umgehend hinter sich zu bringen. Unschlüssig schwebten ihre Finger über der Tastatur, während sie darüber nachdachte, ob es gut wäre, ihm gleich einen konkreten Termin vorzuschreiben, damit die Sache auch wirklich zügig erledigt würde. Möglicherweise aber würde ein solches Vorgehen den an sich tüchtigen Mann verärgern. Also löschte sie die anhängte Terminvorgabe wieder.

Danach machte sie es sich zur Aufgabe, im Logistiknetzwerk den schnellsten Weg aufzuspüren, um an Ersatzteile heranzukommen. Dabei wiederholte sie wie ein Mantra, dass Maschinen und Ausrüstung nicht immer nur dann kaputtgingen, wenn man sie reinigte. Nur dieses Mal war genau das passiert.

Über Lieutenant Loyd versuchte Claire, einen Termin beim Eins-O zu bekommen. Sie wollte sich für den schlecht angelegten Wartungsplan entschuldigen. Aber ihr Ressortoffizier verdrehte nur die Augen.

»Ausrüstung geht kaputt, Ensign. Das ist nun mal so.«

»Aber, Sir, das ist es ja! Ich hätte den Wartungsplan so organisieren müssen, dass wir in der Nähe eines Ersatzteildepots gewesen wären, als wir die Wartungen durchführten.«

»Ah, heißt das etwa auch, wir sollten vermeiden, uns in Kampfhandlungen verwickeln zu lassen, sofern wir nicht in

Nähe eines Depots sind?« Der Lieutenant wischte sich mit der Hand über den Mund, wohl um ein Schmunzeln zu verbergen. »Ensign, die *Manasseh* ist ein Kriegsschiff, und als Kriegsschiff ist sie dafür ausgelegt, hin und wieder Schäden hinzunehmen. Sie ein bisschen härter ranzunehmen als ein Handelsschiff dient unserer Sache.«

Mit ein paar Vorschlägen, wie Claire ihre Überlebenschancen in den Sims steigern könnte, fesselte er ihr Aufmerksamkeit so weit, dass Wartungspläne und deren Optimierung für den Moment an Wichtigkeit verloren.

Eine Woche hatte genügt, um ein Magen-Darm-Virus, das sich rasch im Dreck auf der Station ausgebreitet hatte, von dort auf die *Manasseh* überspringen zu lassen. Die Mannschaft wurde arg gebeutelt.

Vom Krankenlager aus rief Lieutenant Loyd Claire an, um ihr unter Stöhnen und Ächzen die Anweisung zu geben, das nächste Mal um seinet- und seines Überlebens willen dem Schiffssanitäter doch bitte schön genauer auf die Finger zu schauen und so durch detaillierte Vorgaben ihrerseits unzulässige Unterlassung auszuschließen.

Zum Glück waren die Ersatzteile schon sehr bald verfügbar. Claire reparierte den Naniten-Akkomodator in Gesellschaft des Sanitäters, der ihr während der gesamten Prozedur nervös über die Schulter sah. Eine ganze Schlange von Patienten wartete bereits vor dem Krankenrevier, und der Sani hastete zurück an die Arbeit, kaum dass der Akkomodator die erste Charge der benötigten Medikamente ausspuckte.

Den ganzen Morgen über war der Eins-O damit beschäftigt, abteilungsweise die Besatzung zur Behandlung zu schicken.

Am späteren Nachmittag suchte der Sanitäter nach Claire in der OPZ. Ihre Stimmung sank sofort auf den Nullpunkt.

»Bitte, oh bitte, sagen Sie jetzt nicht, der Akkomodator hat schon wieder den Geist aufgegeben!«

»Nein, Ma'am. Nein, Ma'am!« Errötend blickte er sich um und maß den Abstand zu den Petty Officers an ihren Wachstationen mit Blicken. Nach Claires Ansicht befanden sie sich allesamt in Hörweite, aber der Sani entspannte die Schultern. Vielleicht war er zu der Überzeugung gelangt, sie wären zu beschäftigt, um das Gespräch mitanzuhören. »Es geht um Ensign Rustin, Ma'am.«

Claire nahm ihr Headset ab, um ungeteilte Aufmerksamkeit zu signalisieren.

»Während der Revierstunde«, er machte eine Handbewegung in Richtung Krankenrevier, »habe ich jeden in der Schlange nach seinen genauen Symptomen gefragt und«, jetzt sank seine Stimme zu einem Flüstern herab, was die Aufmerksamkeit jedes Petty Officers in der Nähe auf sich zog, »sie wusste nicht zu sagen, ob sie von der Flitzeritis kommen oder von dieser Frauensache, Sie wissen schon.«

Die obere Hälfte seiner Ohrmuscheln lief knallrot an. Unterdessen ging Claire auf, dass er damit Rustins Menstruation meinte. »Verstanden, ja.« Sie wartete nun darauf, dass er ihr mitteilte, warum er ihr das erzählte.

Einer der Petty Officers in Hörweite gehörte zu Cecelies Artillerieabteilung. Er blickte zwar immer noch starr auf sein Steuerpult, doch Claire sah ihn das Headset neben das Ohr schieben.

Der Sanitäter kaute auf der Unterlippe herum. »Aber sie hat die ganze Zeit über Schmerzen.«

»Nie im Leben – eine Woche pro Monat, vielleicht auch anderthalb, mehr nicht.«

»Ma'am, Sie haben mich missverstanden.« Sein Blick bekam etwas Flehentliches. »Sie bat mich um Menstruationsnaniten auf Vorrat, als sie sich im Revier gemeldet hat, und ich habe Nein gesagt.«

Claire blinzelte überrascht. »Warum das denn?«

»Nun, ich dachte, sie wären nicht so wichtig. Meine Schwestern haben nie ein Wort darüber fallen lassen, dass sie Schmerzmittel nötig hätten, und Sie, Ma'am, haben auch nicht danach gefragt, seit Sie an Bord sind, nicht ein einziges Mal.«

»Wie bitte?« Ihr Verstand verarbeitete die im Gesagten enthaltenen Vorwürfe. Aha, offenkundig wollte der Sani, dass sie Rustins Krankengeschichte bestätigte oder bestritte. »Doc, geben Sie ihr die gewünschten Medikamente.«

»Oh, ähm, habe ich, Ma'am, und ich habe sie jetzt bevorratet.« Jetzt liefen seine Ohren komplett rot an. »Miss Lecroix, Ma'am, brauchen Sie auch welche?«

Mit Müh und Not gelang es Claire, das Kichern zu unterdrücken, das ihr bei seinem Gesichtsausdruck, einer Mischung aus Verlegenheit und Angst, die Kehle hinauf wollte. »Nein, danke, mir geht es gut.« Sie lächelte ihn an.

»Aber warum?«

Kopfschüttelnd meinte sie: »Menschen unterscheiden sich nun einmal voneinander, Doc.«

Claires Gespräch mit dem Sani machte schnell die Runde an Bord. Als Reaktion auf die Geschichte, die allen vor Augen führte, dass Cecelie jeden Monat durchlitt, was sie gerade erst durchgestanden hatten, ging die Mannschaft dazu über, Cecelie Rustin ›Ensign Robustin‹ zu nennen. Der Sani musste sich von Cecelies Abteilung gefallen lassen, auch wenn der Ton freundlich blieb, fortwährend mit der Nase darauf gestoßen zu werden, ihrem Lieblingsoffizier die benötigte Behandlung vorenthalten zu haben. In dieser Sache kam Claires Abteilung den Kameraden zu Hilfe, was zu einer höchst selten zu beobachtenden Verbrüderung von Artilleristen und Technikern führte. Dem Sani blieb nur, gebetmühlenhaft das Versprechen zu wiederholen, alle Medis immer schön im Vorrat zu haben und die Wartungsroutinen fleißig einzuhalten.

Claire beobachtete das Ganze stets mit einem unterdrückten Schmunzeln. Ihre Mitbewohnerin war tatsächlich um einiges robuster, als es den Anschein hatte. Was Claire aber ein Rätsel blieb, war doch, wie schnell die Männer auf der *Manasseh* dazulernten und sich auf die Kameradinnen einstellten. Wenn man von Noah doch nur dasselbe sagen könnte und er wäre wie der Sani! Aber die Anforderungen des Alltags an Bord nahmen ihre ganze Aufmerksamkeit gefangen und gaben sehnsüchtige Gedanken wie diesen keine Chance, sich zu entfalten.

Mittlerweile ließ Lieutenant Loyd bei den Simulationen Claire mit anderen Offizieren im Team arbeiten. Mit großem Abstand zog sie es vor, von der Schadenskontrolle aus am Kampfgeschehen teilzuhaben – weitaus lieber jedenfalls, als auf dem heißen Stuhl an der Taktikkonsole zu sitzen. Auf ihrem bevorzugten Platz, von dem aus sie die gesamte Schiffstechnik im Augen behalten konnte, füllte sie ihren Bildschirm mit detaillierten Schaltbildern aller Systeme und blieb, wie es so schön hieß, immer schön in ihrem eigenen Hinterhof: Hier konnte sie mittels ihrer Kompetenz als Ingenieurin Wege finden, das Schiff kampffähig zu halten. Ein anderer Offizier führte dann während dieser Teamübungen den Angriff und traf die Entscheidungen über einzuleitende Abwehrmaßnahmen. Wenn ihr virtuelles Schiff Treffer hinnehmen musste, leitete Claire Energie, Luft und was auch immer benötigt wurde, nach Bedarf um, und hielt das Schiff so kampffähig – oder sorgte dafür, dass es sich zurückziehen und erneut zum Angriff bereitmachen konnte.

Nach wie vor aber bestand ihr Ressortoffizier darauf, dass sie auch von der taktischen Station aus am Gefecht teilnehme. Der Dienstplan des Eins-O allerdings wies ihr für das nächste Flottenmanöver nach Rückkehr zu Jelzins Stern die Schadenskontrolle zu.

Dem Flottenbericht nach hatte die *Ephraim* immer noch Probleme mit den nötigen Wartungsarbeiten und war nach Blackbird zurückgekehrt. Die *Manasseh* würde das Manöver also mit ihren Schwesterschiffen gemeinsam in den Blackbird-Simulatoren anstatt im All absolvieren, damit die *Ephraim* ebenfalls daran teilnehmen könnte.

Das alles durchdringende Heulen, das Klarschiff zum Gefecht befahl, riss Claire aus dem Tiefschlaf. Das Auf und Ab der Alarmsirene hielt an, während sich Claire aus der Koje rollte und nach ihrem eng anliegenden Raumanzug griff. In Sekundenschnelle war sie hineingeschlüpft. Der wache Teil ihres Gehirns wartete auf ein letztes, allmählich verklingendes Aufheulen, das die Besatzung wissen ließe, dass es sich nur um einen Übungsalarm handelte.

Es blieb aus.

Claire versiegelte den Anzug, riss die Kabinenluke auf und rannte zum Maschinenleitstand. Die Gänge füllten sich mit Besatzungsmitgliedern, die Freiwache gehabt hatten und nun, wie befohlen, zu ihren Stationen hasteten. Claire schlüpfte durch die Luke zum Leitstand, bemerkte, dass alle Gesichter exakt die gleiche Anspannung kennzeichnete, die sie selbst verspürte. Dennoch konnte von Durcheinander keine Rede sein, und innerhalb weniger Minuten waren alle auf ihren Plätzen. Claire erkannte Besorgnis in den Blicken ihrer Kameraden, doch Angst sah sie nicht, noch nicht zumindest, während sie selbst ihren Platz einnahm und die Ohrhörer einstöpselte.

»An alle, hier spricht der Kommandant!«

Gewohnt zackig kam die Stimme über sämtliche Kanäle, und einen Moment lang war Claire erleichtert, weil sein Tonfall so unaufgeregt und normal klang. Die Erleichterung war nur von kurzer Dauer.

»Für eine Übung zur Präzisionsnavigation sind wir soeben in den Normalraum eingetaucht«, fuhr Commander Greentree fort, »und befinden uns etwas mehr als dreißig Lichtminuten vor Uriel. Bisher haben wir kein Signalfeuer von Blackbird aufgefangen. Auf unsere Überlichtübermittlungen erhielten wir keine Antwort. Möglicherweise fällt meine Reaktion darauf zu heftig aus.« Man hörte ihn leise lachen. »Aber der Protector wünscht, dass wir sorgsam mit diesem seinem Schiff umgehen, also bleibt es bei Klarschiff zum Gefecht, bis ich mit Sicherheit weiß, was vor sich geht. Sollte sich herausstellen, dass die nichtsnutzigen Tagediebe auf Blackbird schuld an dem ganzen Gewese sind, geht die erste Runde nach Ankunft auf mich! Weitermachen!«

Auf dem Kommandokanal hörte Claire Lieutenant Loyd den Anflugkurs der *Manasseh* auf Blackbird Alpha mit Höchstgeschwindigkeit bestätigen. Minuten später verkündete er das Aussetzen von Drohnen. Claire zog sich der Magen zusammen. Diese Vögelchen waren ein teures Spielzeug. Den Start von gleich zweien würde der Kommandant nur dann befehlen, wenn er es für außerordentlich geboten hielte, einen Blick auf Blackbird zu werfen. Claire schaltete ihren Bildschirm auf die Wiedergabe taktischer Anzeigen und las dort, dass sich ihr Boss den Countdown anzeigen ließ, wann die ersten Berichte der Drohnen über Blackbird eingingen. Die erste Sonde sollte unter Höchstgeschwindigkeit am Werftkomplex vorbeischießen und selbst noch bei minimaler Distanz zum Zielobjekt sicheren Abstand davon ebenso halten wie zu den Monden und Uriel selbst. Die zweite Drohne sollte abbremsen, um Detailinformationen zu liefern, würde aber die vorgegebenen Koordinaten erst eine Stunde nach der ersten erreichen. Zwei von Claires Technikern an den Konsolen schaltete auf das Display der Drohnentechniker in der OPZ um, so wie sie es eingeübt hatten, wieder und wieder, bis es ihnen in Fleisch und Blut übergegangen war. Auf diese Weise wäre sichergestellt, dass ihnen keinerlei Hinweise darauf entgingen, wo ihre Spezialisten für Kniffliges zuerst gebraucht werden könnten. Claire schaltete auf die Kanäle der beiden Drohnentechniker um und ließ sie auf Überwachung mitlaufen.

Über zwei Stunden lang passierte nichts.

Dann plötzlich fluchte der Techniker von Drohne eins vor Überraschung laut auf, als sein Sensorbildschirm rot aufflammte: ein gescheiterter Versuch, das Funkfeuer der An- und Abflugkontrolle zu erfassen. »Blackbird Alpha, Blackbird Bravo, Knotenpunkt 2A, Blackbird Charlie, Knotenpunkt 3A ...« Der Text auf dem Bildschirm lief rascher durch, weil mehr Navigationsfeuer hätten in Reichweite sein müssen ... es aber nicht waren. Dann rutschte diese Warnung in den unteren Bildschirmquadranten, als eine neue Warnung gelb aufleuchtete. Nun wurden geortete und identifizierte automatisierte Funkfeuer aufgelistet. Der Drohnentechniker gab seinen Bericht durch, ehe Claire Sinn in das Datenkauderwelsch über lokalisierte Funkfeuer gebracht hatte.

»Commander, hier Drohnentechniker eins«, meldete er sich. »Die Funkfeuer von Orbitalwerft Blackbird sind schwer beschädigt. Die meisten Leitstrahlgeber übermitteln kein Signal, die noch funktionstüchtigen melden Positionsabweichungen. Bei einigen sind diese Abweichungen gewaltig, und ihr aktueller Kurs ergibt keinerlei Sinn. Was die angeht, die *kein* Signal abgeben: Ich kann nicht sagen, ob sie überhaupt noch existieren.«

»Drohne zwo in achtundvierzig Minuten in Sensorenreichweite«, setzte der zweite Drohnentechniker dem Bericht des ersten hinzu.

Nach einer kaum wahrnehmbaren Pause antwortete Commander Greentree: »Also gut. Erstatten Sie weiter Bericht.«

Viel zu viel schwarze, leere Fläche war auf dem Kontrollschirm für Drohne eins zu sehen, während Drohnentechniker eins eine Dreiviertelstunde damit zubrachte, detailliert fehlende oder falsch positionierte Sektionen der Werft aufzuführen, die auf seinem Bildschirm als verwischte Flecken erschienen. Die meisten Einzelheiten stammten aus der automatisierten Datenerfassung.

Die zweite Drohne verwandelte, was bis dahin abstrakt und gesichtslos gewesen war, in echten, plastischen Schrecken. Was ein präzis arbeitendes Räderwerk miteinander verwobener Werftplattformen nahe dem Mond Blackbird hätte sein sollen, war eine diffuse Wolke aus verbogen umherstrudelnden Metallteilen und zu Staub zerblasenen Trümmern in einem in Chaos versunkenen Orbit. Die Sensorenabtastungen offenbarten, dass Trümmerteile in Richtung Uriel und alle anderen erdenklichen Richtungen davonstoben. Das meiste davon verging, zu Einschlägen auf dem Mond geworden, die selbst für das ungeschulte Auge erkennbar waren, für Augen, die eher eigene im Gefecht erlittene Schäden zu beurteilen gewohnt waren, nicht die, die der Gegner genommen hatte.

Für einen schier endlosen Augenblick herrschte Stille. Dann begann Drohnentechniker zwei seinen Bericht. Seine Stimme klang flach, er erlaubte sich keinerlei Empfindungen.

Claire ließ seine Schadensliste über ihren rechten Ohr-hörer laufen, links ging sie die anderen Kanäle durch. Das konnte unmöglich Folge eines tragischen Unfalls gewesen sein. Die enormen Zerstörungen wiesen auf gezielten Be-schuss nicht nur der zivilen Werftanlagen und Marine-arsenale hin, sondern auch der Habitatmodule, der Leucht-feuer und der Shuttles, die Überlebende hätten aufsammeln können.

Der schiffsexterne Funkverkehr war ein einziges Wirrwarr aus panisch feuernden Notfalltranspondern und dem ebenso hektischen wie verzweifelten Hin und Her von Nachrichten-übermittlungen zwischen den zivilen Schiffen, die sich im Orbit von Grayson drängten.

Die Kommandofrequenzen der *Manasseh* verwandelte sich in einen vor Aktivität wild summenden Bienenstock, während Claire und ihre Techniker die schmutzigen Details mithör-ten, die aus den Lautsprechern drangen. Offenkundig hatte man es mit einem hinterhältigen Blitzangriff auf die Werftan-lagen zu tun, kein Gegner befand sich mehr im System. Die Trümmer der Werftanlagen aber sprenkelten wie Rußflecken den Himmel über Blackbird und Uriel.

Der Angriff war vor mehr als sechs Stunden erfolgt und längst vorbei, als die *Manasseh* ins System transistierte. Ihr blieb hier also nichts, was sie hätte angreifen können. Be-fände sich die *Manasseh* im Gefecht, würde Claires dienst-ältester Chief in der technischen Abteilung nun Reparatur-teams ausschicken, wobei Claire diejenigen anführen würde, die für die heikelsten Aufgaben eingeteilt wären. Die *Manas-seh* brauchte ein solches Vorgehen nicht, aber die Blackbird-Werften sehr wohl.

Claire gab eine Nachricht mit niedriger Priorität an Lieute-nant Loyd ein. »Sir, bitte Shuttle eins bemannen zu dürfen.

Meine Techniker sind für Such- und Bergungsaktionen einsatzfähig.«

Claires Nachricht erschien mit höchster Priorität und einer Antwort des Lieutenants wieder auf ihrem Schirm. »Erlaubnis erteilt. Legen Sie los! Nehmen Sie den Sanitäter mit.«

»Beiboothangar für Start vorbereiten.« Die Stimme des Eins-O hallte über den Kommandokanal, das Echo eine Folge der vielen Lautsprecher, die auf denselben Kanal eingestellt waren. »Einsatzbereitschaft für sofortigen Start von Shuttle eins herstellen. Sanitäter meldet sich für Bergungsaktion am Beiboothangar.«

Claire sprang aus ihrem Sessel, riss dabei schon die Ohrhörer heraus. »Das gilt uns! Ich nehme Reparaturteam eins. Überprüfen Sie nochmals und eingehend Ihre Sauerstoffvorräte, vor uns liegen jede Menge Spaziergänge im All. Versorgen Sie sich mit Scheinwerfern und schwerem Gerät, Hydraulikscheren und -spreizern. Chief, wir benötigen jedes Überlebensset, das Sie auftreiben können. Los jetzt!«

Weit weg von der *Manasseh* blieb von den einzelnen Segmenten der Orbitalwerften im der Katastrophe entsprungenen Chaos nicht viel mehr als ein Skelett. Nebelschwaden aus Lebenserhaltungsgasen umflorten es neben bizarren Blumen aus in der Kälte des Alls erstarrten Metalldämpfen. Schäden wie diese würden auf einem Schiff jegliches Überleben unmöglich machen. Eine Raumstation war nicht viel anders als ein Schiff.

Der Shuttlepilot scheute vor dem Anblick auf seinem Schirm zurück und wandte sich zu Claire um.

»Dort!« Mit spitzem Finger deutete sie auf das nächstgelegene größere Trümmerstück, das eine Notfallbake aufwies.

»Passen Sie den Kurs der Rotation dieses Segments an und gehen Sie gleichauf, wenn Sie können. Wir benutzen Trossen vom Shuttle aus und sehen uns drinnen um, ob wir jemanden finden. Es scheint mir groß genug für Überlebende.«

Ihre Techniker hatten bereits den Ausschleusungsvorgang eingeleitet. An ihren Gürteln baumelten Überlebenssets – nichts als reinster Optimismus –, die Sicherheitsleinen waren am Rumpf des Shuttles eingehakt. Das Stationssegment, so stellte sich rasch heraus, hatte einen vollkommenen Druckabfall erlitten. Claire gab ihren Leuten Befehl, sich durch ein Schott Wand zu schneiden, das sie anhand einer Verzierung als Teil der Wand eines beliebten Restaurants auf der Station erkannte. Gäste und Personal waren Leiberknäuel, von Tischen eingeklemmt oder an die Wand gepresst, die zum Boden geworden war, seit der letzte Einschlag in der Nähe das Trümmerteil beschleunigt hatte.

Die eingedrückte gegenüberliegende Wand, die zuvor der einladend breite Eingangsbereich gewesen war, war um das Pult des Oberkellners zusammengedrückt. Dort gab es einen Notfalltransponder, diskret außer Sicht der Gäste angebracht. Wahrscheinlich war er ursprünglich dafür gedacht gewesen, den Sicherheitsdienst der Station zu rufen, falls die abendliche Gästeschar aus dem Ruder lief. Darüber dachte Claire nach, während sie den Transponder überprüfte. Er war so eingestellt, dass er sich bei einem Energieausfall automatisch einschaltete. Der Schalter zur manuellen Bedienung war nicht betätigt worden.

Claire aktivierte ihn und nahm, wie das System es ermöglichte, eine kurze Sprachnachricht auf. So hatten die Betreiber unauffällig den Sicherheitsdienst etwa über einen Raubüberfall informieren könnten. »Drucklose Sektion B2 durch Shuttle-Team von GNS *Manasseh* untersucht. Keine Überlebenden. Sterbliche Überreste von dreiundzwanzig Personen.« Das sollte genügen, um Bergungsteams der *Manasseh* davon abzuhalten, dieses Trümmerteil aus Versehen ein zweites Mal zu überprüfen, statt andere Trümmer in Augenschein zu nehmen.

Den Transponder abzuschalten, war sie weder willens noch fähig. Die Familienangehörigen würden die sterblichen Überreste gesichert und überführt wissen wollen.

Claire bedeutete ihrem Team, ihr zurück zum Shuttle zu folgen.

Der Pilot sah ihre bleichen Gesichter und stellte keine Fragen. Stattdessen berichtete er, dass die Sensortechniker vom Mutterschiff, während Claire und ihr Trupp in B2 gewesen waren, eine Liste derjenigen Trümmerteile erarbeitet hatten, in denen Überlebende aufzufinden am wahrscheinlichsten wäre.

Der Pilot setzte Kurs auf das nächste Trümmerteil.

Claire bemerkte, dass sie dieser Kurs von der umhertrudelnden Masse wegführte, in deren Mitte sich irgendwo auch Sektion B3 mit den Birdies befinden musste. Sie rief eine Vergrößerung dieses Raumquadranten auf dem Bildschirm auf. Dort gab es nur pulverisierte Trümmer, sonst nichts. Das Blutbad, das dort angerichtet worden war, verschwamm tränenreich vor Claires Augen.

»Lecroix, hier spricht die *Manasseh*.« Commander Greentrees Stimme schallte aus den Lautsprechern. »Erwarten Lagebericht, over.«

Claire ging auf Übertragung. »Sir.« Sie schluckte schwer, würgte ihre Angst, ihren Schrecken hinunter, und hörte überrascht, wie klar, deutlich und unbewegt ihre Stimme klang, obwohl ihre Wangen tränennass waren. »Keine Überlebenden gefunden. Kurs zum nächsten Trümmerteil angelegt.

Erbitte Fortsetzung einer Suchmustererstellung durch die *Manasseh*, um weitere mögliche Trümmer zu lokalisieren, in denen es Überlebende geben könnte.«

»Gut gemacht. Wir schicken Ihnen weitere Koordinaten. Halten Sie mich auf dem Laufenden. Wir sind dabei, mehr Shuttles auf den Weg zu bringen.«

Die *Manasseh* schickte Claires Shuttle von einem Trümmerhaufen zum nächsten, und Shuttle und Besatzung folgten den Anweisungen, fanden die nächsten Leichen und erstatteten auf dem Weg zu den nächsten Koordinaten Bericht. Manchmal entdeckte Claires Team wiederzuerkennende Leichen, nicht nur unidentifizierbare Leichenteile, aber nie fanden sie die Luft, die zum Überleben nötig gewesen wäre. Claire wies ihre Techniker an, die Leichen so zu belassen, wie und wo sie waren. Der Shuttle hatte nicht den Platz, sie zu bergen.

»Wir dürfen nicht nachlassen oder an Tempo verlieren«, erklärte Claire den Technikern und hielt sich an der Hoffnung fest, dass es vielleicht da draußen noch jemanden gäbe, dem es nicht egal wäre, wie lange sie bräuchten, um ihn oder sie zu erreichen. »Im nächsten Segment gibt es vielleicht noch Überlebende.« Sie versuchte, die Zweifel, die sie verspürte, nicht in ihrer Stimme mitschwingen zu lassen.

Beinahe funktionierte das auch. Ihr Team reagierte mit einer ganzen Liste Szenarien, unter denen das möglich wäre.

»Ein Lufteinschluss, durchaus denkbar, ja.«

»Jemand in einem Anzug. Auf so einer Werft wird doch jede Menge Wartungsarbeit im All ausgeführt. So jemand hat beim Angriff in seinem Anzug gesteckt.«

»Jou, oder diese Gesichtsatemmasken. Viele haben so was und benutzen das auch.«

Claire nickte ihren Leuten zu, froh um ihre Unterstützung

und dankbar dafür, dass die Leichen noch eine Weile in ihren verbogenen, verdrillten Metallsärgen blieben. Alle Toten hatten mit einem Mal ausgesehen wie Lucy und Mary, Claire hatte nur lang genug hinschauen müssen – selbst die offenkundig männlichen Leichen.

Ihr Team begnügte sich damit, kurze, abgehackt wirkende Berichte aufzuzeichnen, um die Leichen für die spätere Bergung zu markieren. So wurden die Trümmerhaufen mit sterblichen Überresten eindeutig im Orbit identifiziert, und es konnte zum nächsten Wrackteil weitergehen. Einige Stunden später – zwölf nach der Uhr des Shuttles – beorderte die *Manasseh* sie zurück zum Mutterschiff, um abgelöst zu werden, statt Shuttle und Crew die nächsten Koordinaten zuzuteilen.

Auf dem kurzen Rückflug brachte Claires dienstältester Techniker am Com den Rest des Teams auf den neuesten Stand über die düsteren Lagemeldungen der anderen Bergungsteams. Vier Shuttle hatten die *Manasseh* gerufen, kaum dass sie die Funkstille gebrochen hatte. Die Shuttle waren zwischen einzelnen Sektionen der Orbitalwerft unterwegs gewesen, als der Angriff erfolgte. Irgendwie war es ihnen gelungen, auch danach zu vermeiden, von Hochgeschwindigkeitsgeschossen, zu denen die Trümmer der Station geworden waren, durchlöchert zu werden. In einem Shuttle saß eine Besatzung aus Werftarbeiterinnen und -arbeitern einer Helling: Die Männer und Frauen, die sonst selbst neue Schiffe bauten, fuhren nun eine eigene Rettungsmission.

Was der Helling-Crew so wundersam das Leben gerettet hatte, war der Umstand, dass sie ihr letztes Schiff am Tag vor dem Angriff vom Stapel hatte laufen lassen und für die nächsten Wochen nicht zu einem Neubau eingeteilt gewesen war. Diejenigen, die sich auf der Station befunden hatten, waren dabei gewesen, ihre Siebensachen von Bord zu bringen, um anderswo die Arbeit aufzunehmen. Werftler hatten natürlich Raumanzüge, darin arbeiteten sie ja nun einmal, und es war leichter, sie anzulegen, als sie mit sich herumzuschleppen. Die Helling der geretteten Crew hatte nur einen einzigen direkten Treffer erhalten. Dieser hatte der Hülle der Werfthalle Löcher in einer Größe eingetragen, die sich zwar nicht so rasch reparieren, aber ansonsten durchaus verschmerzen ließen. Keine der anderen Hellinge, in denen halbfertige Kriegsschiffe gelegen hatten, war so gut weggekommen. Die hyperraumtüchtigen Schiffe waren, das ging aus den Berichten der Shuttlepiloten eindeutig hervor, Hauptziele der Angreifer gewesen. Nur die Fertigungsstraßen für Waffentechnik waren noch heftiger unter Beschuss genommen worden.

Mit der Helling-Crew war die Zahl der Überlebenden auf dreiundvierzig gestiegen. Darüber hinaus hatte die *Manasseh* jetzt vier Shuttles mehr für die Rettungsmission zur Verfügung.

Im Com knisterte es unnötig laut. »Hey! Wir haben hier draußen einen Überlebenden!« Das musste der Shuttle der Werfter sein.

Claires Herz tat einen Satz, und sie sehnte sich danach, den Shuttle umkehren lassen zu dürfen. Aber die Werfter hatten sich selbst schon einmal zu retten vermocht, und der Kommandant würde ihnen Unterstützung schicken, sollten sie diese benötigen.

Dieses Mal war es der Eins-O, der antwortete: »Verstanden, Mr. Cuoio. Wo haben Sie die Überlebenden entdeckt? Brauchen Sie Unterstützung? Over.«

»Oh, 'tschuldigung. Tja, wo, ähm, wohl auf dem Mond. Aus einer der Blackbird-Basen da unten klopft sich einer in dem statischen Rauschen irgendwelchen Blödsinn zusammen. Äh, Moment, Ihr Marineheini sagt gerade, da würde gemorst. Keinen Schimmer, was das heißen soll, aber wenn da wer klopfen kann, ist er wohl noch am Leben, und hier oben gibt's jede Menge Zeug, das drauf und dran ist, auf den runterzuregnen. Haben Sie was zum Schießen dabei?«

Der ›Marineheini‹, der sich als Second Lieutenant herausstellte, übernahm rasch die Com-Konsole, um die Lage zu erläutern. Ein großes Wrackteil der Orbitalstation hatte eine angrenzende Basis erwischt, besaß aber noch genügend Zusammenhalt, um die Schwesterbasis vor den einkommenden Trümmern zu schützen. Ein paar größere Brocken machten den Anschein, als würden sie bald einschlagen, und der Lieutenant fragte nach, ob man die anderen Shuttles auf neuen Kurs setzen könne, um den großen Trümmern andere Aufschlagbahnen zu geben. Er halte für unnötig, und wiederholte es: unnötig, erneut auf Blackbird zu schießen.

»Roger, Lieutenant«, antwortete der Eins-O. »Shuttles sind auf dem Weg. Weitermachen und landen. Wir halten Ihnen für den Rückflug vom Mond den Himmel frei.«

Claire hörte Mr. Cuoios Freude, als er die Namen der Überlebenden auflistete, die sie gerettet hatten. Sie versuchte sich an die Namen all der Werfter zu erinnern, die sie während ihrer Stationierung auf der *Ephraim* kennengelernt hatte, um herauszufinden, ob jemand von ihnen unter den Überlebenden wäre.

Eine neue, ausgeruhtere Besatzung erwartete Claire und ihre Leute im Beiboothangar, die Gesichter tränenfeucht, aber hochkonzentriert. Die Neuen wuselten um Claires Team herum, um die Systeme zu checken. Mit einer Kehrtwende, bei der sie ein Tempo vorlegten, das gegen alle Vorschriften verstieß, brachten sie den Shuttle wieder aus dem Hangar hinaus. Commander Greentree stand gleich daneben im Kontrollraum und verlor kein Wort darüber.

Stattdessen fragte er Claire, ob sie sich nicht setzen wolle. Im Kontrollraum des Beiboothangars gab es nur eine einzige Sitzgelegenheit, und auf diesem Sessel saß der Techniker, der Ab- und Anflug aller Shuttles dirigierte. Um Greentrees blicklose Augen waren jetzt tiefe Falten zu sehen. Claire verkürzte das Überbringen der Todesnachricht soweit möglich.

»Ich habe die Trümmer gesehen, ich war mitten drin im Trümmerfeld. Ich weiß es also. Der Klub, in dem meine Cousinen gearbeitet haben, war in Werftsektion B3. Sie hatten keinen Urlaub geplant, dafür hätten sie auch gar nicht das Geld gehabt. Also weiß ich bereits, dass Lucy und Mary tot sind.«

Commander Greentree schloss die Augen. »Mein Beileid.« Er schien eine Frage stellen zu wollen, überlegte es sich aber offenbar anders.

Claire neigte den Kopf zur Seite. »Sie wussten nichts von meinen Cousinen? Aber was . . .?« Langsam dämmerte es ihr. »Die *Ephraim.* Sie hing immer noch hinter dem Zeitplan.«

»Es ist ganz schnell gegangen«, meinte Commander Greentree. »So muss es gewesen sein, ja. Die Kriegsschiffe in den Docks wurden als Erstes angegriffen.«

Claire nickte. Endlich flossen die ersten Tränen.

»Manche von der Mannschaft dürften Landgang gehabt haben oder zu Ausbildungseinheiten nicht an Bord gewesen sein«, setzte Greentree hinzu.

Claire blickte ihn an, nichts weiter, und sein Mund wurde ein schmaler Strich. Die meisten Ausbildungsmöglichkeiten hatten sich auf den Blackbird-Werften befunden. »Oder hatten Heimaturlaub«, berichtigte er sich selbst.

Claires Kehle war mit einem Mal wie zugeschnürt. Sie

konnte nichts dagegen tun. Irgendwie schaffte sie es bis zu ihrer Kajüte, wo Cecelie war, die etwas zu essen für sie hatte, und ihr sofort ihr Beileid aussprach. Erst da kam Claire der Gedanke, dass sich wahrscheinlich auch Jennie Ayres auf Blackbird befunden hatte, da Captain Ayres sie während der Liegezeiten seines Schiffes im Dock immer gern in seiner Nähe hatte wissen wollen. Claire fischte die elegant cremefarbene Einladung vom Ehefrauenclub der *Ephraim* aus dem Stapel auf ihrem Schreibtisch. Für eine besondere Essenseinladung aller Damen hatte man eigens den Offiziersklub auf Blackbird gemietet. Heute. Claires Knie gaben nach.

Nicht nur Lucy und Mary waren tot. Nahezu jedes Besatzungsmitglied der *Ephraim* samt Ehefrauen war jetzt eine in der Kälte des Alls gefrorene Leiche … oder zerschossen zu sterblichen Überresten, die auf ein Shuttle warteten, das genug Zeit für die Identifizierung der Toten hätte. Claire übergab sich, unfähig, sich nicht an all die Augenblicke zu erinnern, in denen sie diese Menschen, die alle, alle verloren waren, fort für immer, verabscheut hatte. Mary und Lucy, hatte sie den beiden je gesagt, wie lieb sie sie hatte? Sie konnte sich nicht daran erinnern und hing ein weiteres Mal über der Waschschüssel.

Tage später zog die *Manasseh* Trümmer der Blackbird-Werften auf andere Flugbahnen oder zerschoss sie – alles der entsetzlich spät gestartete Versuch, die Blackbird-Anlagen auf der Mondoberfläche zu schützen. Die Familien der Vermissten baten um die Rückführung der in den Überresten der Orbitalstation eingeschlossenen Leichen. Jedes Trümmerstück wurde zuvor auf Anzeichen von Leben gescannt. Gerade in dem Moment, in dem die beiden letzten Überlebenden in ihre Raumanzüge geschlüpft waren, um ihre Arbeitsschicht mit Außenbordarbeiten zu beginnen, war der Angriff erfolgt, und sie waren von der Station fortgeschleudert worden. Man hatte die beiden vor über vier Tagen gefunden. Heute war Tag fünf nach der vollkommenen Zerstörung der Blackbird-Werft.

Claire wechselte ihre Shuttlemissionen mit taktischem Simulationstraining ab, in das sie sich vergrub. Andere Schiffe erreichten Blackbird, übernahmen die restlichen Bergungsmissionen oder bezogen um das gesamte System Wachposten. Für ihren Einsatz wurde Claire mit einem freien Tag belohnt, den sie schlafend verbrachte.

Nach wie vor schlaftrunken, schreckte sie das Aufblitzen der Anzeige für verpasste Anrufe auf, unterstrichen von dem höflichen Zirpen ihres Kajütenterminals, das ihr einen Anruf aus der Burdetter Kathedrale ankündigte. Sie zog eine frische Uniform an und nahm den Anruf entgegen.

Ein Diakon in einer über und über bestickten Soutane neigte den Kopf und entbot ihr salbungsvoll einen Willkommensgruß. »Des Höchsten Segen, mein Kind. Möge der Prüfer dir Linderung für all deine Mühen zuteil werden lassen und deinem Beschützer Kraft schenken.« Mit eindringlich dreinblickenden, weit aufgerissenen Augen saß Noah neben dem um einiges älteren Mann.

Der Diakon kam Claire vage bekannt vor. Er gehörte zu jener laizistischen, nur mit der ersten Stufe der Weihen versehenen Geistlichkeit, die sie ihre ganze Jugend über zu meiden versucht hatte. Denn erfahrungsgemäß hatten alle in dieser Gruppe Kirchendiener die Tendenz, das Leben anderer auf die angeblich richtige Bahn zu lenken, ohne sich die Zeit zu nehmen, deren Leben überhaupt zu verstehen. Wie aufrecht ihr Cousin neben dem Diakon saß, konnte nur bedeuten, dass dieser der jüngst zum Vaterersatz Erwählte war. Noah hatte schon schlechter gewählt. Claires Verstand ging sofort die Liste der Möglichkeiten durch, was Anlass für den ungewöhnlichen Anruf sein könnte.

»Guten Abend. Oder doch guten Morgen?« Claire blinzelte.

Der Diakon stieß Noah an.

»Hallo, Claire-Claire, wir haben Nachmittag.«

Der Diakon versetzte ihm neuerlich einen Stoß in die Rippen.

»Und du hast jetzt nach Hause zu kommen.«

Ihr Verstand verkam zu Mus, zähem Gedankenbrei. »Hä?«

»Reuebezeugung!«, soufflierte der Diakon Noah.

»Claire«, fuhr Noah fort und lief rot an, »schau, es tut mir wirklich leid. Ich hätte dich nicht zu diesem ganzen Marinezeug da drängen dürfen. Ich weiß, du findest es da grässlich, und es war falsch. Ich hätte dich wirklich nicht drängen sollen, das zu tun, dir diese Zeit auf der Akademie in Manticore aufdrängen dürfen. Das hab ich jetzt begriffen, verstehst du, weshalb es in Ordnung ist, wenn du jetzt wieder nach Hause kommst.«

»Ich soll *was*?«

Der Diakon nickte Noah anerkennend zu. An Claire gewandt, verkündete er: »Junges Fräulein, Ihr Beschützer hat Sie hiermit über seinen Wunsch in Kenntnis gesetzt, dass er die in Ihrem Fall erteilte Erlaubnis widerruft, außerhalb der Heimat zu arbeiten. Sie werden also mit dem nächsten verfügbaren Shuttle zu Ihrer Familie zurückkehren.«

Benommen schüttelte Claire den Kopf.

Der Diakon seufzte und schloss die Augen. »Barmherziger Prüfer, schütze unsere Herzen in dieser dunklen Zeit vor dem Übel, mit dem Gier und Missetaten es vergiften. Lehre uns, unsere Wurzeln in Ruhe und Beschaulichkeit der Heimat zu schlagen und uns so zu nähren und zu erhalten. Segne diese Deine Tochter, die vor Dein Angesicht tritt. Wandle Kaltherzigkeit in Sanftmut und öffne ihr Herz für Deine Herrlichkeit.« Er holte Luft, und Claire hoffte, er wäre am Ende seiner Litanei.

Er war es nicht. »Auf dass ihr durch Deine Güte die Schuppen von den Augen fallen, damit sie die Sündhaftigkeit Deines Volkes erkennen kann. Auf dass sie ihre eigene Sündhaftigkeit erkenne und Genesung von dem Übel in Deiner heiligen Gegenwart suche. Auf dass sie die Frevelhaftigkeit derer erkenne, die uns führen, da diese uns Deiner heiligen Vergeltung hat anheimfallen lassen.«

Vorsichtig linste Noah unter einem halbgeöffneten Augenlid hervor.

Claire suchte nach Worten, aber mit einem Mal war ihr Mund staubtrocken.

»Prüfer, schenke ihr die Reinheit des Herzens, um sich von der Verderbtheit der Hurerei abzuwenden und nicht auf den Spuren ihrer verlorenen Cousinen zu wandeln.«

Als Lucy und Mary so offen als Huren beschimpft wurden, suchte Noah erschrocken Claires Blick. Sie waren doch nur Tänzerinnen gewesen. Wirklich. Sie hatten nackt für Geld getanzt, das einsame Männer, nicht gewohnt, ohne ihre Frauen zu sein, dafür ausgegeben hatten, sie zu sehen.

Der Diakon fuhr in seinem Gebet fort. »Vergib ihr ihren sündhaften Stolz und ihren nicht minder sündhaften Neid. Vergib ihr, wie ihre Familie ihr vergeben hat. Schicke diese Deine Tochter zurück nach Hause in den Schoß der Familie.«

Sprachlos betätigte Claire den Ausschalter und beendete den Anruf.

Cecelie saß ihr gegenüber, die Augen weit aufgerissen.

Zum Nachdenken ging Claire in die OPZ. Dort fand sie Lieutenant Loyd, der die Berichte über den Angriff auf Blackbird und das Wenige abspielte, was man den nicht zerstörten, auswertbaren Sensoren entnehmen konnte – und das sicher zum wiederholten Male. Viel zu sehen außer Raketen und Tod gab es nicht. Wieder schossen Claire verräterische Tränen in die Augen. Dass ihre Gefühle sie regelmäßig übermannten, gäbe sicher eine gute Entschuldigung dafür ab, sie aus dem Dienst zu entfernen. Nur, da es Blackbird-Werften nicht mehr gab, würde die ganze graysonitische Schiffbauindustrie für mindestens eine Generation einen schmerzhaften Rückgang erleiden. Claire bliebe dann nicht viel mehr, als auf Gut Burdette zurückzukehren. Das stieß ihr im wahrsten Sinne des Wortes so sauer auf, dass sie den Würgereiz niederkämpfen musste. Wie hatte sie so herzlos werden können, dass sie, obwohl all diese vielen Menschen tot waren, immer noch das Ende ihrer eigenen kleinen, dummen Träume beklagte?

Lieutenant Loyd sah auf und fror die Aufzeichnung ein. Mit einem Wink gab er ihr zu verstehen, sich zu ihm zu setzen.

Claire benutzte eines der Taschentücher, die jetzt dauerhaft eine ihrer Anzugtaschen belegten, ließ aber die Spucktüte für Anfälle von Raumkrankheit dort, wo sie in jedem Anzug steckte. »Ich habe ein Problem, Sir.«

Das trug ihr ein bitteres Lachen ihres Lieutenants ein.

Claire konnte nicht anders, als zurücklächeln. Lachhaft, ja, nur *ein Problem* zu haben, wo doch das gesamte Nachschubsystem an Waffen und Schiffen, das die Grayson Space Navy benötigte, in Stücke gerissen war. Unbekannte hatten ihre Sternnation brutal überfallen, die halbe Bevölkerung schrie nach Blut, ohne zu begreifen, dass niemand wusste, an wem man hätte Vergeltung üben sollen!

»Es handelt sich um ein Problem mit der Familie«, erklärte sie.

Diese Ankündigung ernüchterte den Lieutenant sofort. »Lockhart hat Sie doch nicht ...« Die Worte schienen ihm im Hals stecken bleiben zu wollen, und es dauerte ein paar Augenblicke, ehe Claire ein Licht aufging, was er auf ihre Ankündigung hin als Erstes vermutet hatte.

»Oh nein, nein, kein Schwangerschaftsproblem! Ein Pubertierendes-Familienoberhaupt-mit-falschem-Vaterersatz-Problem, darum geht's!« Claire ballte die Fäuste.

Offenkundig verblüfft, neigte Lieutenant Loyd den Kopf zur Seite.

Claire unterdrückte ein Seufzen. Die wenigsten Menschen verstanden, wie schrecklich Gesetze sein konnten, wenn sie nie ganz unten in der Hierarchie und damit unter der Knute dieser Gesetze hatten leben müssen. Also erklärte sie ihrem Boss, warum und wieso Noah die ursprüngliche Erlaubnis, die für die Akademiezeit gegolten hatte, unterzeichnet hatte und berichtete von den regelmäßigen Soldabbuchungen.

Loyds Augenbrauen wanderten nach oben.

Errötend gab Claire zu, die Solderhöhung, die mit der Beförderung zum Ensign einhergegangen war, geheim gehalten zu haben. Dann fasste sie den Gut-Burdette-Altarruf kurz zusammen, zu Gottesfurcht und Frömmigkeit als Familienwerten zurückzukehren, der Noah dazu bewogen hatte, ihre Arbeitserlaubnis rückgängig zu machen.

Lieutenant Loyds Augenbrauen blieben oben. Nach längerem Schweigen bestand die gesamte Antwort, die er zustandebrachte, aus: »Wow!« Er schüttelte den Kopf und wiederholte: »Wow!«

Claire sah sich genötigt auszuführen: »Sie haben gesagt, ich sollte mit allen Problemen zu Ihnen kommen, sobald sie aufträten. Dass genau dafür direkte Vorgesetzte wie Sie da seien.«

Lieutenant Loyd schnaubte. »Erinnern Sie mich das nächste Mal daran, so etwas niemals mehr von mir zu geben.« Er schüttelte erneut den Kopf. »Ich hatte ja keine Ahnung ...« und verstummte. »Oh, ja, das könnte funktionieren! Sie haben gehört, wie unsere jüngsten Befehle lauten, richtig?«

Claire rieb sich die Stirn und erinnerte sich vage an den Marschbefehl, Kurs auf Transit nach Grayson zu setzen, aber sie hatte ja einen Tag Freiwache gehabt, um Schlaf nachzuholen, und war daher nicht auf dem neuesten Stand, was auf dem Schiff los war.

Ihr Ressortoffizier zuckte mit den Schultern. »Sicherlich ist der Flurfunk schon durch damit. Bei dem VIP, den wir in Grayson aufsammeln sollen, handelt es sich um Michael Mayhew. Wir bringen seinen Stab und ihn nach Manticore. Nach dem Angriff und so scheint es der Protector vorzuziehen, ihn in einem Kriegsschiff dorthin bringen zu lassen, statt wie sonst in der üblichen Jacht.«

Für ein paar Minuten unterbrach Loyd das Gespräch, um den Zielanflug der *Manasseh* in den Orbit von Grayson zu beobachten.

Als sie auf den vorgegebenen Kurs im Orbit einschwenkte, war Commander Greentrees Stimme über den schiffseigenen Kanal für allgemeine Ankündigungen zu vernehmen. »An alle auf der *Manasseh*, wir sind dabei, ein wichtiges Mitglied der Mayhew-Dynastie an Bord zu nehmen. Bitte heißen Sie ihn willkommen und unterstützen Sie seinen Stab, als wäre es der Protector selbst. Ich bin sicher, Sie alle werden mich durch Ihr Verhalten mit Stolz erfüllen.

Wir wurden angegriffen, und Sie alle wissen, wie viel uns

dieser Angriff gekostet hat. Der Protector schickt seinen Bruder zu Königin Elisabeth, um Vorbereitungen für einen uns aufgezwungenen Kriegszug zu treffen, und für diese Reise seines Bruders hat er die *Manasseh* ausgewählt. Grayson und Manticore haben Feinde dort draußen, an denen wir in vollem Umfang Vergeltung üben werden. Dies ist der erste Schritt dazu.«

Die OPZ-Besatzung brach spontan in Beifall aus.

Die übliche Zeremonie bei Shuttle- und Personaltransfers lief reibungslos. Nur Mayhew selbst und einige Mitglieder seines Stabs kamen an Bord. Der Rest seines Stabs verblieb auf Grayson, beschäftigt mit in letzter Minute noch zu treffenden Reisevorbereitungen. Sie würde sich auf später startenden Shuttles einschiffen, nachdem die Besatzung der *Manasseh* die Hangars und Arbeitsräume um- und neu eingeteilt hätte, um auf dem Kriegsschiff Platz für die auserlesenen Passagiere zu schaffen.

Erst den gereckten Hälsen an den Nachbarkonsolen entnahm Claire, dass der hochrangigen Delegation gerade mit Commander Greentree an der Spitze, statt direkt zu den bereitgestellten Kajüten geleitet zu werden, eine offizielle Besichtigung des Schiffes zuteil wurde. Dabei wurde auch gleich die Mannschaft vorgestellt, so zum Beispiel jeder in der OPZ: Alle hier wurden namentlich genannt. Mayhew nahm sich die Zeit, einigen Petty Officers die Hand zu schütteln. Sie würden noch ihren Enkelkindern erzählen können, dass sie tatsächlich einmal einen Mayhew getroffen hätten!

Mit geschliffener Eleganz arbeitete sich Mayhew durch die Reihen, blieb gerade lange genug bei jedem Einzelnen stehen, um ein paar Worte zu wechseln, aber nie so lange, dass sich jemand in Gesellschaft eines so hohen Besuchs hätte unbehaglich fühlen können.

Claire hatte gerade noch genug Zeit, ein gekünsteltes Lächeln aufzusetzen, als er auch schon die Hand ausstreckte, um einen Händedruck mit ihr zu tauschen.

»Ensign Lecroix«, sagte er, »es ist mir ein Vergnügen, Sie kennenzulernen. Commander Greentree lobt Ihren Einsatz während der Bergungsmissionen in den höchsten Tönen.«

»Danke schön, Sir.«

Dann ließ er die Granate unter den Gesprächsthemen platzen. »Dann erzählen Sie mir doch bitte von Ihrem Cousin Noah.«

Claire blickte von ihm zu ihrem Kommandanten, dann zu ihrem Ressortoffizier. Nachrichten verbreiteten sich offenkundig schnell.

»Sir, mein Cousin ist das Oberhaupt unserer Familie auf Gut Burdette. Er hat in meinem Fall eine schriftliche Erlaubnis für das Arbeiten außerhalb der Heimat für meinen Eintritt in die Akademie auf Saganami Island erteilt. Aber man hat ihm eingeredet, die Erlaubnis zurückzuziehen.«

»Das hat man mir berichtet, ja. Vertritt denn Gutsherr Burdette im Allgemeinen die Ansicht, er könne in Kriegszeiten Dienstverpflichtungen zur Marine seiner Sternnation untergraben?«

»Sir, nur mein Cousin und ... tja, ein Geistlicher, der ihm einzuflüstern scheint, was er zu tun hat, waren daran beteiligt, nicht der Gutsherr selbst.«

»Nun, es geht um von ihm erlassene Gesetze«, sagte Mayhew, und das angespannte Spiel seiner Kiefermuskeln verriet, dass er den Gutsherr persönlich dafür verantwortlich zu machen gedachte, wie dessen Gesetze ausgelegt wurden. Mayhew durchbohrte Claire noch einen Moment mit seinem Blick, ehe er tief und scharf Luft holte. »Besäßen Sie wohl die Güte, mich zur Offiziersmesse zu begleiten, Ensign?«

Claire war verblüfft – ganz abgesehen von nervös, verlegen und durcheinander –, und das hatte sich bis zu ihrer Ankunft dort auch noch nicht gegeben. Um ein Haar hätte sie deswegen nicht mitbekommen, dass man ihr die Frau mit dem silbernen Haar, die zu Mayhews Gefolge gehörte, als Elsabeta Greentree vorstellte, die Frau des Kommandanten, die zugleich Rechtsberaterin in Mayhews Stab war. Es war geradezu lachhaft, dass der Bruder des Protectors höchstpersönlich sich Claires Probleme annahm, besonders in Zeiten wie diesen. Aber Mayhew und Elsabeta löcherten sie auch weiterhin mit Fragen zu Noah, zu den Bedlams und zum Rechtssystem auf Gut Burdette.

Auf die ersten beiden Fragen hätte Claire reichlich zu antworten gewusst, wollte ihr Wissen über Noah und Familie aber nicht in aller Öffentlichkeit breittreten. Was die dritte Frage betraf, hatte sie keine Antworten beizusteuern, aber das spielte kaum eine Rolle. Denn zwischen den Fragen griffen Michael Mayhew und Elsabeta auf Statuten und Regularien aus ihren Rechtsbibliotheken zu, ohne dass sie von Claires Seite Hinweise und Ermunterung dazu gebraucht hätten.

Cecelie Rustin steckte für einen kurzen Augenblick den blonden Lockenkopf um die Ecke – gerade lange genug, um die Gruppe in der Messe in den Blick nehmen zu können. Sie grinste glückselig und verschwand. Damit war für Claire klar, dass ihre Mitbewohnerin das Klatschmaul gewesen war. Die Marine stand einer Familie darin, das Leben ihrer Mitglieder über deren Köpfe hinweg zu verplanen, in nichts nach.

Claire rieb sich die Augen, um die Bilder von Lucys und Marys Gesichtern loszuwerden, die immer wieder die Gesichter jener Leichen überlagerten, die ihr Shuttle-Team aufgefunden hatte und nun durch die Messe geisterten. Währenddessen entwarf Elsabeta juristische Schlachtpläne, um nicht nur Noah den Zugriff auf Claires Konten zu verwehren, sondern um nötigenfalls gerichtlich durchzusetzen, dass die Familie Claire die früheren Soldzahlungen zurückerstattete, wobei alles auf einem eher wackelig zu nennenden, aus der Geschichte abgeleiteten Anspruch basierte, ein Offizier sei immer als Herr anzusehen – im klassischen, alten Sinne des Gentleman. Gentlemen aber stünden dem Gesetz auf Burdette nach nicht in einem wie auch immer gearteten Abhängigkeitsverhältnis, was jegliche Abbuchungen von Claires Konto unzulässig mache.

Mayhew blickte sehr skeptisch drein.

Die anderen Mitglieder der diplomatischen Delegation hatten sich in Nähe der beiden und um die Messe herum versammelt, wahrscheinlich um die Arbeit zu machen, die für den Besuch in Manticore wichtig zu erledigen war.

Claire hüstelte und zog die Aufmerksamkeit aller im Raum auf sich. »Entschuldigen Sie, Sir, aber ich bin mir sicher, dass mein eigenes kleines Problem die Zeit nicht wert ist, finde ich. Die Allianz mit Manticore und das alles ist doch viel wichtiger.« Claire schluckte, und da sie unsicher war, wie sie ihre beiden Helfer korrekt anzusprechen hatte, hielt sie sich an die militärischen Höflichkeitsregeln. »Sir, Ma'am, mit Ihrer Erlaubnis würde ich gern Lord Burdette anrufen.« Commander Greentree hatte sich Lockharts mit Erfolg angenommen, sobald er über dessen Verhalten ausdrücklich informiert worden war. Was, wenn ihr Lord Gutsherr gar nicht wusste, was seine Gesetze anrichteten? Claire unterdrückte die Stimme in ihrem Hinterkopf, die darauf beharrte, dass Lord Burdette, sollte er davon tatsächlich nichts wissen, ein viel zu großer Dummkopf wäre, um auf Vernunftgründe zu reagieren.

Mayhew fuhr sich über die Lippen, wohl um jenes kleine Lächeln zu verbergen, das seine Augen sehr wohl erreichte.

Augenblicklich fragte sich Claire, ob sie die Ehrenbezeichnung mit ihrer Anrede für den Bruder des Protectors total verpfuscht hatte. ›Sir‹ war ein herrlich unbestimmter Sammelbegriff für Militärangehörige, deren Rang oder Titel man nicht genau herauszufinden vermochte.

»Master Mayhew«, nahm sie einen neuen Anlauf, »mein Lord Gutsherr hat mich für Saganami Island, die Flotte und so weiter vorgeschlagen. Es erscheint mir nur fair, ihm . . . nun ja, die Chance zu geben, die Dinge wieder ins Lot zu bringen. Das ist schließlich seine Aufgabe, finde ich.«

Das Lächeln brach sich Bahn und umspielte Mayhews Lippen.

Dieses Mal bezog man Claire in das Gespräch mit ein. Elsabeta wollte Noah zuerst mit dem nötigen Papierkram bombardiert wissen, aber Mayhew befürwortete ein Vorgehen, bei dem man sich lediglich die Möglichkeit vorbehielte, vor Gericht zu ziehen. Claire wiederum bestand darauf, auf Gut Burdette anzurufen, um sich auf Lord Burdettes Terminplan setzen zu lassen, sobald die *Manasseh* aus Manticore zurückgekehrt sei. Für den Anruf würde sich Claire das Geld von Rustin borgen, dieses Mal ohne Skrupel zu verspüren. Das war das Mindeste, was ihre Mitbewohnerin tun konnte. Schließlich war sie es, die dafür gesorgt hatte, dass die schmutzige Wäsche der Bedlams nun in aller Öffentlichkeit gewaschen wurde!

Commander Greentree bot sein Büro für den Direktanruf an, Elsabeta erbot sich, eine Liste der strittigen juristischen Kernfragen auszuarbeiten.

Dankenswerterweise war in Greentrees Büro nicht genug Platz für Mayhews ganzen diplomatischen Stab. Nur Claire und Mayhew selbst saßen direkt vor dem Bildschirm. Commander Greentree und Elsabeta standen etwas abseits und schauten zu, wie Mayhew seinen persönlichen Code eingab und Gut Burdette erreichte – ohne die üblichen automatisierten Abfragen mit anwählbaren Antworten dazu, in welcher Art von Angelegenheit man bei Lord Burdette vorzusprechen gedenke.

Die dritte Frau des Gutsherrn nahm das Gespräch sofort an. Sie schien überrascht, sich Michael Mayhew gegenüberzusehen, schenkte aber Claire ein breites Lächeln und ließ sich im Plauderton darüber aus, wie vorteilhaft ein anständiger Rock an einer Frau in Uniform aussehe.

Claire bedankte sich dafür und auch gleich noch einmal dafür, dass sie Röcke samt Uniformen als Geschenk des Gutes erhalten habe. Der dicht gewebte schwere Stoff saugte den Schweiß von ihren Handflächen, ohne davon fleckig zu werden.

Eine ältere Dame mit eindeutig missbilligend zusammengekniffenen Lippen schob sich ins Bild. Claire erkannte in der Dame eine der Mütter Seiner Lordschaft. Kurz begrüßte sie Michael Mayhew und fixierte sodann Claire mit eisigem Blick.

»Miss Lecroix«, grüßte die Gutsherrnwitwe in ebensolchem Ton. Auf Burdette hatte noch nie Billigung erfahren, dass der militärische Rang einem schlichten ›Miss‹ oder ›Madam‹ bei der Anrede einer Frau der Vortritt zu geben wäre. Claire erinnerte sich nur zu gut daran. »Wären Sie bitte so freundlich, mir zu erklären, wie es Monate her sein kann, dass Sie mit Anstand kleidsame Uniformen von meinen Schwiegertöchtern als Geschenk erhalten haben, und nicht eine von ihnen hat ein Wort des Dankes von Ihnen gehört.« Die Gutsherrnwitwe stierte Claire an, die rot geschminkten Lippen wieder eine schmale Linie, die Mundwinkel weiß, so sehr nahm sie Anstoß an Claires Benehmen.

Claire dachte daran, sich mit der Blackbird-Katastrophe herauszureden, aber erneut hochkochende Wut gestattete ihr nur, die Wahrheit zu sagen. »Ich hatte nicht die Mittel, die Röcke säumen zu lassen, geschweige denn, eine Antwort zu schicken.«

Mit einem Mal waren die Lippen der Witwe wieder zu sehen, und auch die Köpfe der beiden anderen Schwiegertöchter waren nun am Rand des Bildschirms zu erkennen. Offenkundig waren die gutsherrlichen Damen vollzählig erschienen, um zu hören, was Claire zu sagen hätte.

Der Prüfer allein wusste, ob überhaupt jemand ausgeschickt worden war, um Seiner Lordschaft selbst Claires Anruf zu melden. Mit einem einzigen Blick beendete die Gutsherrnwitwe das sich erhebende Stimmengewirr, als die Fragen ihrer Schwiegertöchter nun auf Claire einprasselten, und klopfte auf das Sitzpolster neben ihr, damit die Frauen ihres Sohnes sich zu ihr setzten.

Nun plötzlich mit wesentlich mehr Anteilnahme in der Stimme fragte die alte Dame: »Ist Ihr Vater also erst kürzlich verstorben, meine Liebe?«

Claire lachte auf. »Oh nein, mein Vater starb, als ich neun war, und ohne ihn ist meine Mutter nicht mehr so recht zu Kräften gekommen. Ich bin bei einer Tante mütterlicherseits aufgewachsen. Die Bedlams jedenfalls waren ohnehin nie mit viel Kindern gesegnet, schon gar nicht mit Jungs. Unser Familienoberhaupt ist daher mein Cousin Noah.« Ganz automatisch ließ Claire unerwähnt, dass die Frauen in ihrer Familie ein Faible dafür hatten, noch ledig Mütter zu werden.

Die Gutsherrnwitwe schien dennoch sofort zu verstehen, was Claire unausgesprochen gelassen hatte.

Sie stellte ihre nächste Frage: »Es handelt sich bei diesem

Cousin nicht zufälligerweise um Noah Bedlam? Jenen Noah Bedlam, der vor ein paar Jahren unbedingt ein Jetboot in den Aquakulturbecken ausprobieren musste und einen Unfall verursachte, oder?«

Claire beobachtete, wie die gutsherrlichen Damen Blicke tauschten und einander damit bestätigten, genau zu wissen, wer die Bedlams waren ... und demonstrativ nicht nach Noahs Vater fragten. Es musste irgendwo auf dem Wust von Papier gestanden haben, der Folge des Haftbefehls gewesen war: ›Vater unbekannt‹.

Claire schloss die Augen. »Es ging um ein zu Schrott gefahrenes Boot, ja. Nähere Einzelheiten sind mir nicht bekannt, da ich zum Zeitpunkt des Unfalls auf Saganami Island war. Ich weiß nur, dass zehn Monate meines Solds als Midshipwoman nötig waren, um mein Konto wieder ins Plus zu bringen. Danach wusste ich mit der Bank vereinbaren, keine Kontoüberziehungen mehr zuzulassen. Ich nehme an, es war ein Bußgeld zu entrichten?«

»Eine erkleckliche Summe, ja«, bestätigte die Gutsherrnwitwe. »Das Becken war kontaminiert. Offenkundig hat Noah das Boot zuerst in einem fließenden Gewässer ausprobiert, und seine Schnapsidee, auf die Zuchtteiche auszuweichen, war die Reaktion auf die Sorge der Familie um seine Gesundheit, wenn er weiterhin auf den natürlichen Gewässern unseres vergifteten Planeten führe.« Die alte Dame zuckte mit den Schultern. »Ich weiß nur, dass mein Sohn meinte, Noah habe die Schuld für sein Verhalten dem Genörgel seiner Mutter zugeschrieben, als der Richter ihn fragte, wieso er durch die Aquakulturbecken gefahren sei.«

Claire konnte es nicht verhindern: Sie lachte auf. »Das könnte stimmen, ja!« Sie krallte die Finger in den Rock, nur damit ihre Hände zu zittern aufhörten, und versuchte, auf das eigentliche Thema des Gesprächs zurückzukommen. »Meinen Sie, Ma'am, Sie könnten in nächster Zeit einen Termin mit Lord Burdette für mich arrangieren? Ich möchte ihn darum bitten, mich juristisch unabhängig zu machen. Noah möchte, dass ich den Dienst quittiere, was in der momentanen Situation nun wirklich nicht angebracht wäre, Sie verstehen. Wegen der Ausbildungskosten habe ich der Flotte gegenüber noch eine Dienstpflicht zu erfüllen.« Und dann war da ja auch noch Blackbird. »Außerdem befinden wir uns im Krieg, auch wenn wir noch nicht wissen, mit wem.«

Die Gutsherrnwitwe schüttelte den Kopf. »Das dürfen wir nicht zulassen. Es tut mir leid, mein Kind, aber damit würden wir einen Präzedenzfall mit ungeahnten Folgen schaffen.« Ihr Blick wanderte hinüber zu Michael Mayhew. »Nicht diesen Blick, Lord Mayhew! Wir haben bereits zwei Anträge auf juristische Unabhängigkeit von Miss Lucy Bedlam und Miss Mary Bedlam. In ihren Anträgen heißt es, sie arbeiteten künstlerisch. Aber es ist noch keine Woche her, dass Miss Mary sich entschuldigt und bekannt hat, in Wahrheit seien sie, nun ...«

»Stripperinnen«, half Claire ihr ungerührt aus. »Sie haben in einem Klub namens Birdie für Männer getanzt. Ich habe ihre Leichen nicht finden und bergen können.«

Die Damen Burdette rissen die Augen auf, selbst die Gutsherrnwitwe.

Mayhew erholte sich als Erster und tätschelte Claires in den Rock gekrampfte Hand. »Mein Beileid.«

Claire ließ den Rock los und rieb sich die Schläfe. »Danke. Lucy vermisse ich besonders. Noah strich liebend gern das Geld ein, das die beiden verdienten, aber er hat sich auch liebend gern vorgemacht, sie verdienten ihr Geld als Kellnerinnen und strippten nur, weil sie das selbst so wollten, und nicht, weil es der einzige Grund dafür war, dass der Klub sie überhaupt eingestellt hat.« Sie blickte die Damen Burdette an. »Mary und Lucy haben auf Blackbird gearbeitet.«

»Möchten Sie, dass Ihr Cousin wegen Zuhälterei angeklagt wird? Ich bin mir sicher, dass das auf jedem von Graysons Gütern gegen das Gesetz verstößt.« Mayhew verschränkte die Hände und blickte von Claire zur Gutsherrnwitwe und wieder zu Claire.

Claire erbleichte. Sie hatte keine Ahnung, welche Strafe auf Zuhälterei stand, aber Noah hinter Gitter zu wissen, zerrisse die Familie, so viel stand fest. Hinter Gittern oder gar hingerichtet. Einer Frau die Würde zu nehmen, indem man sie zwang, sich zu prostituieren, könnte als Kapitalverbrechen gewertet werden.

»Unsinn!« Die alte Dame hob die Hand. »Die beiden jungen Frauen weilen nicht mehr unter uns. Es ist nicht recht, schlecht von den Toten zu sprechen.« Sie kniff die Lippen zusammen und strafte mit den folgenden ihre vorangegangenen Worte Lügen. »Wie auch immer, das letzte über die beiden ausgestellte Schriftstück in unserem Besitz bezeichnet sie als künstlerisch tätig. Es dürfte jetzt nahezu unmöglich sein, Beweise dafür zu finden, ob sie die Arbeit aus freien Stücken oder nicht antraten oder ob dies eigenständig und ohne Zustimmung ihres Familienoberhauptes geschah. Die Erlaubnis, außerhalb der Heimat zu arbeiten, die ich überprüft habe, sagt klar und deutlich, dass sie als Servicepersonal in einem ganz anderen Lokal, namens, wenn ich mich recht entsinne, Sporthalle beschäftigt waren.«

Dass die zweite Frau Seiner Lordschaft tiefrot anlief, offenbarte, dass sie es besser wusste als ihre Schwiegermutter. Claire fragte sich, wer sie wohl aufgeklärt haben mochte.

Sie schüttelte den Kopf. »Es handelt sich um dasselbe

Lokal, Madam Gutsherrin. Es ist so ähnlich wie bei Kneipen in Collegenähe, die gern Bibliothek heißen. Die Blackbird Sporthalle. Die Gäste dort sprachen untereinander kurz vom Birdies, ihren Frauen gegenüber von der Sporthalle, soweit ich weiß.

Ma'am, darf ich Sie bitten, dafür zu sorgen, dass meine Tante Jezzy Bedlam von Marys und Lucys Tod erfährt? Ich habe mir bisher keinen Anruf leisten können, um ihr und dem Rest der Familie die Todesnachricht zu überbringen. Sie wissen bereits, dass Mary und Lucy vermisst werden, aber ich habe selbst an den Rettungs- und Bergungsmissionen teilgenommen. Die Familie hofft vielleicht immer noch auf eine Chance, dass die beiden überlebt haben könnten. Diese Chance aber gibt es nicht. Der Angriff war mörderisch, wirklich schrecklich. Es wird keine Namen mehr geben, die man der Liste der Überlebenden wird hinzufügen können … besonders nicht von den Werftsektionen, auf denen sich das Birdies befand.«

Mayhews Gesicht blieb ausdruckslos, wie Claire feststellte, als ihr Blick zu ihm hinüberhuschte. Die Existenz von Herrenklubs war sicher nichts, das man normalerweise in gemischtgeschlechtlicher Gesellschaft zur Sprache brachte. Mayhew schien diesen Teil des Gesprächs ignorieren zu wollen, und die Damen Burdette ignorierten im Gegenzug seine Anwesenheit während der Besprechung dieses heiklen Themas.

Wieder krampften sich Claires Finger in den Rock. »Ich hatte gehofft, Peinlichkeiten dieser Art umgehen zu können, Madam Burdette. Bitte übermitteln Sie Ihrem Herrn Sohn meine ungebrochene Dankbarkeit, mich für den Flottendienst empfohlen zu haben. Nach wie vor ist es für mich eine Ehre, eine Tochter des Gutes Burdette zu sein. Dennoch ersuche ich jetzt um die Übertragung meiner Bürgerschaft auf ein anderes Gut.«

Mit eisernem Willen stählte sie ihre Nackenmuskeln, um nur ja nicht zu Mayhew hinüberzublicken und seine Reaktion auf ihre Worte mitzubekommen. Wenn er erschrocken täte, würden die Burdettes niemals glauben, dass ein anderer Gutsherr Claire aufzunehmen bereit wäre. Aber wenn er seine ausdruckslose Miene nur ein paar Augenblicke länger beibehalten könnte...

Die Gutsherrnwitwe hob die Augenbrauen und blickte über Claires Schulter hinweg auf Mayhew. Mit einem schroffen Befehl sandte sie die jüngste Schwiegertochter, den Gutsherrn selbst holen. War es ein Ruf nach Unterstützung, um eine dreiste Siedlertochter in die Knie zu zwingen, oder das Eingeständnis, die instabile Städtekuppel retten zu wollen, indem man Druck von ihr nahm?

Claire wiederholte ihre Bitte um Freiheit. »Madam, ich habe mich dienstverpflichtet. Daher erlaube ich mir zu fragen, ob...«

Die Burdettedamen verschwanden. Lord Nathan Fitzclarence, das Wappen von Gut Burdette hinter sich an der Wand des Studierzimmers, beugte sich vor und blickte starr in die Gesichter seiner Anrufer. »Ja doch, ja doch, aber Sie hatten die Gelegenheit, Fragen zu stellen. Jetzt bin ich dran.«

Hatte er die ganze Zeit über das Gespräch verfolgt und darauf gewartet, zu erfahren, was ein Mayhew mit einer seiner Siedlertöchter vorzubringen hatte, wenn er über Privatleitung anrief? Auf der Suche nach Hinweisen darauf, dass es sich so und nicht anders verhielt, blickte Claire zu Mayhew hinüber und glaubte in seiner Reaktion ein Ja zu erkennen.

Durch nichts aus der Ruhe zu bringen, sagte Master Mayhew: »Ihnen einen schönen guten Morgen, Nathan. Danke, dass Sie sich zu uns gesellen.«

Claire verneigte sich im Sitzen. »Des Prüfers Segen, Gutsherr.«

Mit einer raschen Handbewegung schien Lord Burdette all die üblichen Höflichkeitsfloskeln wegzuwischen. »Da haben Sie mir ja was Schönes eingebrockt, Michael.«

Mayhews hochgezogene Augenbrauen deuteten an, dass er niemandem etwas eingebrockt zu haben fand.

Claire hörte bereits das Blut in den Ohren rauschen, das Gefühl vertraut, wenn es um ihre Familie und deren Wahrnehmung durch andere ging: Scham, gemischt mit Frustration. »Es ist nicht Noahs Schuld, dass er keinen Vater hat.« Claire blitzte beide Männer an, forderte sie heraus, ihr zu widersprechen. »Kein Wunder, dass er nicht weiß erwachsen zu werden und Verantwortung zu tragen, denn er hatte niemanden, der es ihm vorgemacht hätte! Das aber ist Ihre Schuld! Wenn Sie den Frauen in seiner Umgebung erlaubt hätten, erwachsen zu sein und Verantwortung zu übernehmen, hätten wir es ihm beibringen können.

Stattdessen verwandelte er sich vom Kleinkind direkt in einen Diktator, ohne je Gelegenheit zu bekommen, Fehler zu machen, die nicht gleich die ganze Familie in Schulden stürzen. Deshalb sind meine beiden Cousinen weg von zu Haus, rauf auf Blackbird, um zu strippen und ihr Leben zu verlieren. Und dann rümpft man auch noch die Nase über sie, ganz so, als ob sie nicht alles getan haben, was sie haben tun müssen, weil was anderes gar nicht gegangen ist.« Claire lief rot an, als ihr aufging, dass ihr in ihrer Wut die ganze antrainierte Saganami-Island-Grammatik über Bord gegangen war. Dabei war sie noch gar nicht fertig.

Wild zuckte ihr Blick erst zu Mayhew, dann zu ihrem Gutsherrn. »Es gibt keine Möglichkeit, das Gut legal zu verlassen, und die GSN erlaubt ihren Offizieren keine Rechtsbrüche, also machen Sie sich bloß keinen Kopf, Sir. Ich bin ruiniert, mein ganzes Leben futsch, nur weil irgendein Idiot Noah bei seinen Schuldgefühlen gepackt hat, um ihn dazu zu bekommen, meine auswärtige Arbeitserlaubnis zu widerrufen.«

Die beiden Gutsherren blieben stumm. Claire hätte sich am liebsten übergeben. »Aber, Lord Gutsherr, Sie hätten eine immer wieder lästig fallende Familie haben können, die es schließlich doch zu etwas gebracht hätte. Der Prüfer ist mein Zeuge, dass Tante Jezzy, Lucy, Mary und der ganze Rest der Familie geglaubt haben, dass Sie uns alle damit, mich für die Akademie vorzuschlagen, haben retten wollen. Wir waren schon dabei, wieder auf die Beine zu kommen.«

Unbehaglich rutschte Gutsherr Burdette auf seinem Sessel hin und her.

Claire schwieg, den Blick starr auf die schmale Welle geheftet, die der Stoff ihres Rocks gleich oberhalb der Knie warf. Vielleicht könnte sie die Uniformröcke behalten und zu den Paraden am Gründungstag tragen oder so – nur um sich selbst ins Gedächtnis zu rufen, dass sie einst gedient hatte.

Lord Burdette sagte: »Ich nehme an, dass ich Ihnen allein juristische Unabhängigkeit gewähren kann, aber es eröffnet sich mir nicht, wie das die restliche Familie weiterbringen soll. Wenn es nur einen starken Mann unter Ihnen allen gäbe, der alle davon abhalten könnte, so häufig zu Fall zu kommen ...«

Claire schnappte regelrecht nach Luft, und dann purzelten die Worte ihr einfach über die Lippen. »Übertragen Sie sie mir«, flehte sie und beugte sich vor, so weit, dass sie fast schon vor dem Bildschirm kniete. »Seit anderthalb Jahren habe ich eine ganze Abteilung Techniker unter mir und leite sie immerhin so problemlos, dass man mich zum Ensign befördert hat. Meine Familie besteht, alle auch entfernten Verwandten mitgerechnet, nur noch aus sechs oder acht Personen, abhängig davon, wer nun tatsächlich auf Blackbird war. Ich kenne all diese Menschen in- und auswendig. Wenn Sie mir selbst die Verantwortung für mich übertragen, kann ich auch die Verantwortung für den Rest übernehmen.«

Mayhew murmelte kaum hörbar etwas über die Verantwortlichkeit eines jeden, sich seiner Prüfung zu stellen. Claire biss die Zähne zusammen, und Lord Burdette nickte bedächtig. »Ich könnte Sie gewiss anstelle des berufenen Bewährungshelfers zu Noahs Vormund ernennen, ja, und die von ihm Abhängigen kämen dann zwangsläufig ebenfalls unter Ihre Vormundschaft. Aber was würden Sie dann tun? Die meiste Zeit über sind Sie nicht vor Ort! So kann man keine Familie leiten und lenken.«

Aus dem Augenwinkel sah Claire Elsabeta und Commander Greentree gereizt reagieren.

»Ich verfahre, wie die GSN seit langer Zeit verfährt, und überlasse es Tante Jezzy, alles am Laufen zu halten. Genau wie die Offiziere es machen, bekommt sie Vollmacht, in meinem Namen zu handeln. Und«, setzte Claire, ohne länger darüber nachgedacht zu haben, hinzu, »ich habe vor, die Flotte nach Ablauf meiner Verpflichtungszeit zu verlassen. Eigentlich hatte ich auf der Werft arbeiten wollen, aber ich werde wohl erst dabei helfen müssen, sie wieder aufzubauen.

Wir werden den Werftkomplex brauchen, wenn wir uns denjenigen vorknöpfen wollen, der uns das angetan hat. Wer dieser Feind auch immer sein mag, er weiß, wie wichtig die Blackbird-Werften für uns waren, sonst hätte er gleich einen Angriff auf unseren Heimatplaneten und dessen Bevölkerung unternommen. Aber wir können den Komplex wieder aufbauen, und genau das werden wir tun.

Ein paar von meinen Cousinen sind keine üblen Schülerinnen. Wenn Noah mein Konto nicht mehr plündern kann, könnte ich sie auf eine ordentliche Handelsschule schicken. Vielleicht lässt sich sogar Noah dort anmelden und findet Geschmack daran, ein bisschen was zu lernen und zur Abwechslung mal was Nützliches zu tun. Dann hätte er etwas, worauf er stolz sein könnte – etwas, was er *allein* geschafft hätte. Vielleicht haben wir in ein paar Jahren ein Unternehmen aufgebaut, dass beim Wiederaufbau der Orbitalstation mithilft. Die GSN könnte das gut gebrauchen, und sollte Burdette nicht sowieso mehr Raumfahrtindustrie haben?«

»Warum nicht?« Der Anflug eines Lächelns umspielte Gutsherrn Burdettes Lippen. »Ihr juristischer Freibrief wird dem nächsten Paket beiliegen, das meine Frauen Ihnen schicken. Und meinen Glückwunsch zur Beförderung, Ensign!«

In den penibel sauberen Gängen, die Claire von der Kabine des Kommandanten zurück zu ihrer eigenen führten, herrschte das übliche geschäftige Hin und Her von Besatzungsmitgliedern. Aber entweder hatte Cecelie Claires Geschichte nur so weit Kreise ziehen lassen, wie sie glaubte, dort Hilfe für Claire zu finden, oder die Mannschaft hatte tatsächlich allgemein nichts dagegen, dass Claire sich gegen eine Gesellschaftsordnung auflehnte, in der ein Pubertierender seiner Mutter und seinen Cousinen als rechtmäßiger Vormund und Beschützer aufgehalst werden konnte. Es gab Jungs, die sich dabei gut machten. Noah gehörte nicht dazu.

Claire nahm eine Nachricht für Tante Jezzy auf und speicherte sie ab. Cecelie würde ihr etwas Geld leihen, um sie abschicken zu können. Sie konnte weiß der Prüfer nicht darauf bauen, dass Tante Jezzy eine Nachnahmenachricht anzunehmen in der Lage wäre, ohne dafür das Kochgeschirr des Imbisses versetzen zu müssen. Zweifel ließen Claires Magen rumoren. Lord Burdette könnte es sich noch einmal überlegen, oder ihr mochten Patzer unterlaufen, schlimmer noch als Noahs.

Claire machte sich auf den Weg in die Offiziersmesse. Dort fand sie Cecelie, Commander Greentree und Elsabeta vor, die lebhaft darüber diskutierten, welche Auswirkungen es auf die gesamte Rechtsprechung von Burdette haben würde, wenn das Recht, Familienoberhaupt zu sein, auf einen weiblichen Offizier ausgedehnt wurde, und wie Lord Burdettes Richter diesen Präzedenzfall wohl auslegen mochten.

Lieutenant Loyd lächelte Claire ein Willkommen zu und bot ihr einen Platz neben ihrer Kajütenkameradin an.

Claire sank in den weichen Stuhl mit gerader Lehne und nahm Elsabetas Glückwünsche mit einem abgehackt wirkenden Nicken entgegen.

Schlagartig flaute Cecelies Gleich-springt-sie-vom-Stuhl-Aufregung ab. »Claire, ist etwas nicht in Ordnung? Dein Gutsherr hat doch seine Zusage nicht zurückgenommen, oder? Unmöglich, er hat es dir vor Zeugen zugesagt!«

Kurz und heftig schüttelte Claire den Kopf, ehe sie die Arme um sich selbst schlang und sagte: »Was, wenn ich das jetzt vermassele? Mit meiner Familie umzugehen ist nun mal nicht einfach. Sie sind keine ordentlich ausgebildeten, trainierten Besatzungsmitglieder, die auf Verlässlichkeit und Richtigkeit gegebener Anordnungen vertrauen und ihnen deshalb so lange folgen, wie der Offizier, der sie gibt, sich nicht wie ein Vollidiot benimmt.«

Commander Greentree tauschte ein wissendes Lächeln

mit Lieutenant Loyd, als sie Claires durchaus treffende Beschreibung der Befehlsgewalt von Jungoffizieren hörten. »Sie bekommen das hin«, versicherte er ihr.

»Ganz selbstverständlich sogar!« Cecelie lächelte, und die für sie typische quirlige Springhüpferei kehrte ein Stück weit zurück. »Du solltest die verrückten Geschichten hören, die mein Chief über Offiziersfamilien zum Besten zu geben weiß. Er sagt, mit mir langweile er sich, weil ich keine Frauen hätte, die meinen ganzen Sold durchbrächten, oder Kinder, die von der Schule flögen.«

Elsabeta setzte hinzu: »Und im Krisenfall weitet der Damenklub natürlich die Mitgliedschaft auf ganze Familien aus. Wir sind für die Familien da, wenn ihr draußen seid, um Piraten, Haveniten oder sonst wen zu jagen.« Sie machte eine Handbewegung in Richtung einer Gruppe Botschaftsangehöriger und nahm im Nachgang damit noch einmal auf die Zerstörung der Blackbird-Werften Bezug.

»Zu den Aufgaben der militärischen Führung gehört auch die Betreuung der Angehörigen«, erklärte Commander Greentree. »Ich sehe keinen Grund, warum das für Ihre Familie nicht gelten sollte.«

»Sie unterstützen mich? Sie alle?«, stammelte Claire, und ihr Blick huschte von einem zum anderen in der Messe. Sie sah in die Gesichter der Anwesenden und glaubte ihnen.

Lieutenant Loyd grinste Claire an. »Wie heißt doch der Slogan so schön? *Verpflichte dich zum Dienst in der GSN! Wir machen einen Mann aus dir!*«